华 文 经 典

HUAWEN

SᴜPERIOR

赵 颢
（昌王）

赵颢，字仲明，初名仲紃。

赵颢即位后，进封昌王。赵颢尤嗜学，好图书，博求善本。

文彦博

文彦博，字宽夫。

宋神宗时期，反对王安石变法。一生历仕四朝，出将入相。

薛奕

薛奕，字世显。

真实历史上是熙宁九年的武状元。本作中薛奕为增强北宋海上实力做了许多贡献。

萧佑丹

萧佑丹，辽国大臣，辅佐辽国太子耶律濬。

智谋超群，眼光高远。是谋略和眼界都不逊于石越的人物。

唐康

唐康，字康时。

为石越的义弟。谈吐风趣，内心持重稳健，心思缜密。

耶律乙辛

耶律乙辛，辽国魏王。

辽国的奸臣，有夺位之心。谋害辽国皇后萧观音的主谋。

曹太后

（慈圣太后）

曹太后，宋仁宗的皇后。

政治上，她反对王安石变法的改革，主张罢王安石相，还反对宋神宗北取燕、蓟诸州。

赵云鸾

（柔嘉县主）

郓国公赵宗汉的小女儿，因年纪在宫中排行第十九，故称为「十九娘」，是一位刁蛮县主。

击鞠比赛图

新 ③ 宋

·大结局珍藏版·

关于宋朝的大百科全书式小说

阿越 著

中国致公出版社
China Zhigong Press

图书在版编目（CIP）数据

新宋.3 / 阿越著. -- 北京：中国致公出版社，

2018

ISBN 978-7-5145-1179-6

Ⅰ．①新… Ⅱ．①阿… Ⅲ．①长篇历史小说 - 中国 -

当代 Ⅳ．①I247.5

中国版本图书馆 CIP数据核字（2018）第 001682号

新宋 · 3

阿越 著

责任编辑：蒋晓舟

责任印制：岳　珍

出版发行：　中国致公出版社　China Zhigong Press

地　　址：北京市海淀区翠微路2号院科贸楼

邮　　编：100036

电　　话：010-85869872（发行部）

经　　销：全国新华书店

印　　刷：北京德富泰印务有限公司

开　　本：710毫米×1000毫米　　1/16

印　　张：22

字　　数：413千字

版　　次：2018年7月第1版　　2018 年7月第1次印刷

定　　价：45.00元

目 录

第一章

砥砺前行

 为之，则难者亦易矣；不为，则易者亦难矣。

——《为学》

1

虽然石越与桑梓儿成婚后不久便即出知杭州，京中的赐第只余唐康这半个主人，但桑楚俞却是坚信爱婿必要重回京师大用的，一直都请人替他经营府宅。桑家财力雄厚，又不会在爱女爱婿身上吝啬钱财，三年来银钱如流水似的使出，早已令得石府焕然一新，颇具泉石花木之胜。尤其后花园中，叠垒山石，凿池引水，林木蓊郁，花竹清绮，加之院外古树参差，蔚然深秀，春秋佳日，月夕花晨，四时四季之情竟是全然不同。

此时是四月初夏，春虽已去，但万物生机不减。临窗的那架葡萄，已近花时，红紫芳馥，繁英密蕊，霏霏满几榻。石越扶着病体稍愈的梓儿在葡萄架下的藤榻上斜靠着，自己则坐在她的身边。"大哥，你真的决定要守孝三年吗？"自从感觉到梓儿的怨怜之后，石越隐约意识到了缘由，便渐渐有意识地跟她讲一些自己在朝中的事情。

石越见阿旺等人都在远处采花，轻声笑道："那只是策略。"

"策略？"梓儿睁着大眼睛，有些迷茫地问道。

"是啊，如此一来，既可封世人之口，不至于让政敌说我是不孝之人；再则亦可让皇上做一个表态——看看他会在多大程度上支持我。我要做的事情，若得不到皇上有力的支持，下场只怕不会太好。"石越耐心地解释道。

梓儿怔了一怔，随即摇了摇头，轻轻说道："我是不懂这些的。不过不管大哥做什么，我都愿意陪在大哥身边，富贵贫贱，那也没什么可怕的。"

石越一手握着她的手，一边仰首轻轻笑道："这些事情，不懂也好。但大哥只要你相信大哥所做的事，都是有利于天下百姓的，便足够了。"

"我相信。"梓儿抬起目光注视着石越，柔声而肯定地回答，在她清澈的眸中，是无比的坚定与温柔。

石越微微一笑，郑重其事地点了点头。

"大哥……"

"嗯？"

"我想去看看楚姐姐……"梓儿迟疑着，但终于还是说了出来。楚云儿因何受刑，眼前情形如何，她已经知道了大概。

石越没料到她会说出这句话来，不由怔了一下，旋即笑道："那也得等到你身体康复以后呀！现在可不方便出门。"石越开玩笑地说着，一边伸手摸了摸梓儿的腹部。

梓儿红着脸，低声道："你欺负我！"

"我哪里敢？"石越朗声笑着，此时朝中大事已宁，梓儿又怀了身孕，他的心情极为欢畅。

"楚姐姐的病情怎么样了？我想如果你答应的话……"梓儿垂着头，似乎不敢看石越的眼睛，声音却似下了极大的勇气，"若大哥答应的话，就把她接进府中来疗养吧？"

石越愕然望向梓儿，却意外看见她清澈的眸中似有泪光。她低垂着头，那泪雾似乎挂在她长长的睫毛之上，在隐约的泪光之下的，是一种说不出的哀伤与压抑。他不由得心中一震，疼爱怜惜一时间尽数涌上心头，当下蹲下身去，紧紧握住她的双手，轻声但又诚挚地说道："妹子，你再不要胡思乱想，若将她接入府中，名不正言不顺，必然多有嫌隙，给人口实；况且她自己也不会愿意……"说到最后一句，声音似乎顿了一顿，因为他自己也不能确定，楚云儿是不是会不愿意，但是在桑梓儿心中，他知道那必然是不会愿意的。

"我、我愿意给她名分！"梓儿认真诚恳地说道，却依然不敢抬起眼睛去看石越，在她的心中，其实也不知道自己这样说究竟是对是错。她甚至有一些茫然，似乎自己也不确定自己在做什么。

石越缓缓地摇了摇头，其实一直以来，他都不太能辨出自己内心真实的情绪——楚云儿为他做的事，他不是没有感动过，楚云儿的心意，他不是毫无觉察了解，只是一种更为重要的东西似乎早已经在很久很久的以前牵系住了他的心，让他的感情始终控制在一个尺度之内。但此刻梓儿眼中的泪水却突然教他明白了许多事。"我对云儿……"他的声音顿了一顿，有些自嘲地笑了笑，然后轻轻说道，"我对她，有尊重、有同情、有感激、有愧疚……但是这些，和真正的喜欢是两回事。一个能够安慰自己的人，并不一定就是自己真正喜欢的人。而且那也是很久很久以前的事了，妹子，你真的不用想太多了。"他还有想说的话，可是看着梓儿，那些话，他又觉得一时间似乎又说不出来，只得温柔地看着妻子。

"可是……"梓儿长长的睫毛微微颤动着，一时间说不出话来，因为她还是不知道是自己是不是已经相信了石越的话，还是真的能放得下对楚云儿的同情？

"不许再想这些了。"石越站起身来，半开玩笑半认真地笑道，"若你身子还不快些康复，你哥哥和王家小姐十天后的婚事，我可是不许你去的！"

"我……我可只有一个哥哥……"

石越一边笑吟吟地看着梓儿着急的样子，一边道："傻妹子，你须得好好将养，若是在婚宴之上被别人家眷看着你这般病骨伶仃的模样，还不要让人笑了我石子明养不起妻子吗？而且，你此刻腹中可是我的孩子呢……"他话未说完，梓儿的脸已经羞红到脖子根上了。石越看得心动，正要继续调笑，却见明眸红着脸站在十步之外的地方，显是有事禀报，因见他夫妻说话，便不敢打扰。

明眸见石越看到自己，连忙敛身道："学士，蜀国长公主派人求见夫人。"

石越笑道："快让她进来吧。"一面转头对梓儿说道："不知是长公主有什么事情？"

梓儿想了想，笑道："我也不知道，长公主对笔砚书画颇为精识，或者是问我要什么东西，或者是送什么东西给我罢。"

不多时，一个中年妇人随着明眸走了进来，见石越也在，连忙行礼请安："学士，夫人万安。"

"苏大娘不用多礼。"梓儿在石越的搀扶之下坐了起来，微笑道，"长公主一向可好？妾身回京后一直没有去拜访，反劳公主记挂，心里甚是不安。"

"长公主一切都好。长公主让奴婢给夫人带来一些东西，并要我告诉夫人，夫人是头胎，又染了风寒，一定要好生将养，若要什么东西，虽然府上不缺，但若是大内才有的东西，便尽管开口，不要见外。身子骨最是要紧的。"苏大娘伶俐地说道。

"有劳长公主惦记，妾身实不敢当。"

苏大娘又笑道："长公主说，上次夫人从杭州捎给她的琉璃跳子棋，柔嘉县主看了要过去，若是夫人还有，便请让奴婢带去。改日再来致谢。"

石越不禁莞尔，那琉璃跳子棋，不过是他在杭州时让人制成，给梓儿在闺中聊解寂寞的玩具，当时只制了四副，一副送给向皇后，一副送给蜀国公主，一副梓儿千里迢迢地托人送给自己未来的嫂子王昉，自己也就留了一副。不料蜀国公主的竟被柔嘉夺爱，这时竟又特意派人来要。但既是长公主要的东西，却也没有小气的道理，何况梓儿本来就甚是大方，果便听她笑道："可巧我这里还有一副，便劳烦大娘带回去。"

"如此甚是多谢了。"

梓儿笑道："一点小东西，值得谢什么？"她见阿旺早已过来，便吩咐道："阿旺，快去把那副跳子棋取了来，另外我房中还有两把高丽扇，扇页上风物甚是有趣，也一并请苏大娘带去，当是我一点小小的心意；再取三瓶大食的蔷薇露[1]，两瓶给公主，一瓶便送给苏大娘了。"

这些东西，在当时都是奢侈之物——须知当时的蔷薇露，都是用琉璃瓶盛装，一个瓶子便价值不菲了。宋朝的公主们少有骄奢之人，蜀国公主更是一向节俭，是以

....

[1]　蔷薇露，又叫蔷薇水，波斯语名 gulab，阿拉伯语名 mawarol。宋时已流入中国，是一种香水。凡本卷所叙高丽、日本国、大食等海外之事物风俗，大抵取自中华书局版《中外交通史籍丛刊》诸书，其中又以《诸蕃志校释》为宋人所著，所取尤多。

连带她们这些下人，也难得有几样好东西。苏大娘见平白得了一瓶蔷薇露，实在是喜出望外，却不能不笑着谦逊道："这如何敢当？"

梓儿见阿旺答应去了，又微微一笑，道："这值不得什么，妾身劳烦长公主记挂，才是十分的不安。烦劳苏大娘转告长公主，待妾身身子好一些儿，便去给公主请安。"

苏大娘连忙答应，又说了些闲话，待阿旺取来东西，便告辞而去。

石越见梓儿处置这些事时，言词对答均甚为得体，气度俨然，哪里还似自己初见之时那个娇蛮可爱的小女孩？但自己还清清楚楚地记得她当时指着唐棣娇声说话的神气，直待目光看见自己，才脸红羞怯地退回房中……他回想起往事，心中忽然全是暖意，不由得笑赞道："我夫人可能干得很呢！"

"那也是大哥才想得出这些东西来。司马相公[2]作七国象棋，着法复杂，闺中竟是没有几个人会玩，到现在我在找不到七个女伴来凑齐下棋的人。这个跳子棋就不同，两人可以玩，六人也可以玩，又简单又有趣，在杭州时，在各衙门的女眷中早已风行一时，许多人家都争相仿制。若不是琉璃珠太贵了，就说是风行天下，也不奇怪。"梓儿此时却不知道，其实琉璃跳子棋在大宋禁中的嫔妃宫女、朝中大臣的家眷之中，也早已风行了，它又有个诨名，便叫"石子棋"。禁中要仿制几副棋，自然是极容易的，皇后妃子们正好拿来赏赐众人，柔嘉正是因为没有讨到这个彩头，才从蜀国公主那里巧取豪夺，蜀国公主不便向皇后开口，只得来问她讨要。

这些曲折，石越自然也不知道，这时听梓儿这样说，不由笑道："这下可害得你也没得玩了，我这便托人再去定制几副，免得还有人问你讨要。"心里却突然想道："若是能把玻璃镜子做出来，还不知道你会有多高兴呢！"

大内，瑶津亭。

曹太后与高太后一面下着跳子棋，一面说着闲话。向皇后与几个妃子则站在一边陪侍。"圣人，官家最近寝食可好？"曹太后虽然已经五十九岁，但思维依然清晰敏锐。

"回娘娘，这几日官家依然是忙于国事居多，每日早上的点心，都只是草草吃过便罢。"向皇后回道。

"这样也不行，龙体要紧。"

"臣妾也劝过，只是听说吕惠卿、曾布、蔡确等人，日夜上疏请官家再行新法，

---

[2] 其时一般非宰执不得称相公，但也有例外者，如司马光未登相位之前，民间称呼其为"相公"已久。

官家忙着议定此事……"

曹太后默默听着，她心里虽然不以为然，却并不轻易开口说话，只道："国事再忙，亦当注重身子骨才好。"

"官家现在何处？"高太后随口问道。

"是在崇政殿召见石越吧，石越三次上表请求丁忧守孝，都被官家驳回了。臣妾听官家的语气，是一定要重用石越了。"

"不料石介能生出一个这样的儿子。"曹太后感叹地说道，"这个石越，除了年纪轻一点、资历浅一点外，竟是个完人。依哀家看来，朝中一定有大臣劝官家'成全'石越的孝道，以奖励风俗吧？"

"正如娘娘所料，而且人数不少。大抵都夸石越毕竟懂得礼法，官家不当夺其志……"

曹太后点点头，将手中的珠子连续几跳，送入高太后一方，淡淡地说道："官家已经做了八年的皇帝，这些事情，他看得透了。"

内东门小殿。

偌大的殿中，只有赵顼与石越两人，所有的内侍都远远地站在殿外。

"陛下，臣斗胆，自熙宁二年开始变法图强，陛下于变法，可有什么领悟？"石越平和地注视着赵顼，从容问道。

赵顼沉吟一会儿，道："唯有'艰难'二字！"

"自古以来，要变法，没有不艰难的！而克服这艰难，就各有各的办法：商鞅变法能够成功，是他依着秦王的坚毅，用严刑峻法来推行法令；汉武能够成功，是他重用当时尚不得重视的士人，来对抗功臣勋贵们；北魏孝文帝能够成功，除了他本身的雄才大略之外，汉族士大夫们的支持也殊不可少……"

赵顼悟道："卿的意思，朕变法要想成功，也要有所依托？"

"陛下英明。陛下不唯要自己意志坚定，更要清楚地明白，变法要达到什么目的，要采用什么手段，会得罪什么人，陛下能依托的，又是什么人？"

赵顼沉默良久，突然长长地叹了一口气，道："朕也不知道能依托的是什么人。朕是天下百姓的君父，所作所为，自然是为了江山社稷、天下百姓……"

"当日王莽，岂是故意把国事弄坏的？"石越毫不客气地反问道。

赵顼哂然道："朕岂和王莽同？"

"陛下是圣明之君，自然非王莽能比。臣只是希望陛下明白，想法再好，若方法不对，一样会为害百姓；倘若以为心意是好的，就不去管手段的好坏，王莽亡国，就是前车之鉴。"

赵顼细细咀嚼石越这句话，半晌方叹道："朕当深思。"

"臣愿赠陛下十二个字，为陛下鉴。"

"卿试为朕道来。"

"凡变法之要，在于'因势利导、循序渐进、不畏艰阻'十二字而已，陛下若能体悟这十二个字，施行天下，何愁变法不成功、国家不富强！"

"因势利导、循序渐进、不畏艰阻。"赵顼不断地低声咀嚼着这十二个字。忽然抬起头，注视石越，郑重说道："卿当助朕。"

"臣不孝之人，岂可重用，且资浅德薄，难以服众。"石越推辞道。

赵顼走下御座，快步走到石越身前，诚恳地说道："君臣相交，贵在知心。卿岂可弃朕而去？"他此时完全忘记，自己也有疑忌石越之时。

石越拜倒在地，哽咽道："陛下知遇之恩，微臣粉身碎骨，难报万一。只是人言可畏，臣岂敢损陛下知人之明？"

赵顼俯身亲自扶起石越，道："卿不是常说'苟以利国家，岂因生死避'吗？朕不惧人言，卿有何惧？今日即夺情除卿翰林学士，三日之后，即拜参政。卿之主张，朕当施行！"

石越再次拜倒，亢声道："陛下若果真要用臣，则请陛下收回成命，内翰臣不敢辞，参政断不敢受。"

"这是为何？"

"臣资历依然太浅，为内翰[3]为陛下出谋划策，拾遗补阙，则无不可；若为参政，绝难服众，反增侥幸之风。"

赵顼沉吟一阵，终于点头道："既如此，先不拜参政亦可。卿可将变法之主张，条陈以闻。"

"臣当尽心竭力，以报陛下！"

2

公元1075年，当时是宋朝第六位皇帝赵顼在位的熙宁八年。这一年有两个四月，在第一个四月的月圆之日，当时的白水潭学院山长、《汴京新闻》报馆长桑充国与前丞相王安石之次女王昉举行了隆重的婚礼。这场婚礼的盛况，不亚于公主出降[4]，朝

---

[3] 翰林学士的简称。

[4] 读音为"chū jiàng"，指帝王之女出嫁。

野凡有名望的人物，几乎都亲自出席或者送去了贺礼，其中身份最显赫的人物，便是皇弟昌王赵颢。而引人注目的是，翰林学士石越，并没有出现在当天的婚礼中。这件事情引起了许多人无端的猜测，但是其实背后并没有什么特别的原因。只不过因为不久前由邺郡君改封为鲁郡君的石夫人韩梓儿因为在父丧中，只是非常低调地前往祝贺，不免更加引起人们对石越与桑充国关系的猜疑。实际上这一天石越之所以没有出现在婚礼中，是因为皇帝赵顼将他留在宫中讨论国政，直到深夜。

大内所用的蜡烛由河阳县专造，用龙涎香等香料灌入烛心，本来是同时点燃一百二十枝，赵顼节省宫中开支，减为二十四枝，虽不及平时明亮，恍若白昼，却也幽香袭人，宫殿中华丽的陈设，在烛光闪烁下，璀璨生辉。

但是无论赵顼还是石越，都没有心思去欣赏烛中美景。将近十万字的《变法图强札子》，是作为机密奏折上呈的。石越细细解释，赵顼不断发问，君臣二人在这里讨论构建的，是一个憧憬中的强大国家。为了防止全部变法主张颁布后过于惊世骇俗，在石越的强烈要求下，这份折子只有赵顼、石越、韩维三人知道。

"陛下，具体执行之时，遇上什么问题，现在都不可预料。整体的大构架固然不可泄露出去，但是每一个具体的改革要颁行之前，却依然应当按例进行讨论，以集思广益。若是发现有误，亦当不惮于改正。臣非圣人，不能无错。"待全部解释完毕，石越又特意申明道。

韩维满脸兴奋之色，附和道："臣以为子明所说的是正理。"韩维是石越千挑万选，才选中的结盟对象，王安石依靠韩维才登上相位，而石越也要依靠韩维，来缓解将来皇帝对于一个臣子过于专权的猜忌。

赵顼此时已经被石越所描述的构想完全说服，他站起身来，英俊的面容在烛光的照耀下，闪闪发光："朕决意施行！"

石越与韩维一齐拜倒，朗声道："陛下圣明！"

"二卿平身。"赵顼又走到案前，再看了《变法图强札子》一眼，说道，"那么第一步便是改官制、兴学校，韩卿，可为朕拟诏。"韩维依然兼着翰林学士。

"是。"韩维一面答应，快步走到案前，铺开一张宣纸，提笔蘸墨，写道："改官制诏……"

石越见他运笔如飞，数百言诏书，不假思索，顷刻可就，不由十分佩服。他接过韩维写好的诏书，朗声念道："朕嘉成周以事建官，以爵制禄，大小详要，莫不有叙，分职率属，万事条理。监于二代，为备且隆，逮于末流，道与时降……唯是宇文造周，旁资硕辅，准古创制……今将推本制作董正之原……便台省寺监之官，实典职事，领空名者一切罢去……中书门下、学士院可条具闻奏，兹诏示。想宜知悉。"

这诏书之意，乃是声明要向南北朝时宇文氏之周朝学习，改革官制，赵顼亦不觉点头嘉许，道："明日即以此诏交付中书、学士院。"

韩维又铺开一张纸，提笔写道："兴学校诏：学校崇则德义著，德义著则风俗醇。故教养人才，为治世之急务。仍诏宰府立法，更制革弊，增建学校，条具闻奏。议可，颁付礼部施行。"

赵顼接过看了，笑道："只恐中书门下立法，不能尽如人意。"

韩维也笑道："自古以来，都是乡有乡学、县有县学、州有州学、国有太学。由乡学而县学，由县学而州学，由州学而太学，中书门下立法，臣料其不能出于此，无非是裁定名额费用而已。"

"很难说古制不好。"石越笑道，"但臣主张的兴学校之法，是要结合州县乡学之古制，为陛下建立一个完整的学校教育体系。"

"教育体系？"赵顼揣摩着这个名词，笑道，"卿当为朕言之。"

"臣以为，完整的教育体系，包括普通教育、军事教育、专门教育。所谓普通教育，便是以太学、州学、县学、乡学为核心的学校体系；军事教育，则是以武学为核心的学校体系；专门教育，所谓医、画、农、工，皆在此列。陛下变法图强，不仅仅是要振百年之沉苛，而且应当立千世之基业，故此，臣以为，着眼之处，须当长远……"当下石越以案中玉器陈设为筹，一面说一面摆弄，向赵顼解释他设计的学校教育体系——那是一种以官办为主体，结合私办学校、书院；以自费教育为主体，结合奖学金制度；以高等教育为主，鼓励推行基础教育的教育制度。石越拿起一本书，放在案上，道："此为蒙学和乡学，国家有主客户一千四百余万，便以两户才有一个男孩需要教育，亦有七百万之巨，因此要使每个人都受到教育，非数百年不能为之；要使每个人都可以受免费的教育，今日之财政，便是倾举国之力，亦有所不能。陛下虽然仁泽天下，但亦只能等行有余力之时，再作此想。故此，臣以为，蒙学与乡学，陛下可责成各县官员，鼓励民间兴办或官民合办，甚至可以列为政绩考核之条件；而民间办蒙学与乡学者，可以赠匾嘉奖，免役抵税——只需学校达到一定之规模，其办学所费之资，皆可从应缴税款中抵去；民间本有向学之风，只要再加鼓励提倡，虽然不可能人人入学，但是亦能有一个良好的基础。至于国家财政，暂时无力及此。"

赵顼与韩维点点头，二人心中自然明白，所谓使人人得免费入学，不过是石越在《三代之治》中的空想，也只有桑充国那样的人物，才会在开封府广泛实践。开封府富甲天下，已是非常困难，想要推行全国，那可真是要难于登天了。

石越又拿起一本书，放在上一本书之上，道："这是县学。全国有县千二百有余，日后便加裁并，亦不在少数。若用白水潭式学校教育，每县便只设五名学官，亦有六千名，而按例，县学生员，朝廷当供给禀食，以每县三十人计，又是三万人要仰赖国家赋税。因此，若要大兴学校，以往日之方法，则难免使朝廷财政雪上加霜。这些人，待之薄则下有怨言；待之厚则朝廷不足；然育人为治世之急务，朝廷亦不可因噎废食。"

赵顼点头道："本朝学校之法，一直不能贯彻，其根本原因，便在于此。只是学校例不收费，若加变革，只怕群议汹汹……"

庆历新政提倡大兴学校，结果终是不能彻底贯彻实行，县学以下，时办时废，其根本的原因，就是因为国家财政支持不起这巨大的花费——虽然当时仅中央政府岁入，折缗钱就超过六千万贯，但是支出比之却更多，财政得不到缓解，分出钱来办学校，客观上就不太可能。当时认为官办学校，本为国家培育人才，而且贫家子弟，以上学为最佳之出路，若要收费，则使下层无进身之望，导致社会分裂，因此在当时人看来，绝无收费之理。这一点赵顼与宋朝的有识之士都早已意识到，但他们苦于历史之成规，无法放开手脚去想办法来改变折中。

石越自然也是明白这一点，才想出这个对策。见赵顼指出问题的症结，便笑道："陛下毋忧，白水潭学院五年来收费育人，天下早已习惯。各地书院，生员或者出钱米，或者边读边耕作，臣也只见书院如雨后春笋，不见其有衰败之势。可见收费未必不可行。当年孔子收徒，亦不是免费的。若官立县学，其中每年二成考绩优异者，依然由朝廷为其出学费、供食宿；其余八成，则由生员自负学费，朝廷加恩，免其役使。那么计其花费，朝廷所出之钱，甚是有限。而这些生员纵有怨恨，也有限得紧，谁让他成绩不好，学问不佳呢？朝廷毕竟不能养无用之人。"

韩维思忖一下，却笑道："虽然如此确会少了许多怨言，且亦非不可行。然我以为亦有不妥之处，一则学生得免役，其弊必生，或有寄名者，或有赖着不毕业者；再者便以每县学五名先生而计，有没有这么多先生，也是个问题；且各县情况不一，县小者，生员不足，县大者，先生不足。"

这原是石越所没想到的，他忙点头道："持国所言甚是。若是寄名，实难防范，只有严申制度，多派官员巡查，若有违犯者，加以重惩，且凡入县学者，必经考试，考试由县令、知县与县学学官会同主持，或者可以防范一二；若是赖着不毕业，则不妨定下规条，最多五年，必须结业。县大县小的问题，或者可以如此，凡万户以上的县，方立县学。万户以下的县，或者就近在附近大县上学，或者几县合立一县学。"

赵顼也笑道："朕以为可行。"

石越见皇帝认可，便继续说道："凡县学所学科目，除五经、论语、算术、射术、博物、物理为必学科目之外，由各学校自定。务必使学生文武双全，不可偏废。"

韩维问道："射术、博物，或者还可以理解，物理又何必加上，似乎于经国济世无用；而且偏远之郡，闻所未闻，亦无师者可教。"

石越笑道："所谓君子不器，县学生员，当不求其精，务求其博。先生的问题，并非不能解决，白水潭、嵩阳、应天诸书院，都有物理学之课，何愁无人？"

赵顼知道"物理"本是石学中的重要科目，石越为自己的学术主张张目，改革时夹带点私货，也是人之常情——这事王安石也干过，便只是微微一笑，却不反对。他正要重要此人，于小节处自然不妨纵容。

石越见韩维不再反对，又将一本书放上，道："县学之上，便是书院、学院。各州皆立学院，除四京之学院外，只许生员在本州学院入学，各军、监，皆不立学院，只命其就近入学。凡各县学毕业生员，可升入学院，亦可由考试进入学院就读。各官立学院，成绩优异者前一百名，且不得超过学院生员总数之二成，由朝廷供给学费，免其食宿；凡学院，皆依白水潭学院之制。礼部可三年一次，裁定各书院等级，赐给院贡生名额，使其优异者，可得直接参加礼部试；此外，凡是书院毕业，便可直接参加各路之取解试；愿为武官者，由兵部试合格，待官制改定后，可授从九品武官。"

赵顼沉吟了一会儿，问道："卿可算过，如此国库每岁所费为几何？"

"各学院、县学仅二成生员及学官需国家供给，以八成生员之学费，供其所费，纵有不足，亦属于有限。以全国计，臣以为便有十万之士子需入学院，国家需供给者，最多一万人，各地物价不一，平均每人每岁供给十二贯钱，如此每岁十二万贯足矣。纵有二十万人入县学、州学，朝廷所费，亦不过二十四万贯——十年之内，能有此规模，便是千古未有之盛事。朝廷岂能吝啬那区区二十余万贯？"

赵顼仔细想了想，确定对财政不会造成太大的负担，心里不由暗暗松了口气，却又突然想起一事，连忙问道："那似白水潭、嵩阳、横渠这些书院，又当如何？"

"凡私立学院、书院、县学，须得有司批准，学生名单送有司备案，按年考核其资格，否则，可取消其学生免役之特权，甚至勒令停办。朝廷毕竟不可能同时在二百余州兴办学院，臣以为当用三年时间，逐步创办，以缓解对财政、人员的压力。因此朝廷应当鼓励士绅、商贾出资创办私立县学、学院，三年之内，私立学校若能保证一定的生员数量，学生成绩考核能达到一定的标准，朝廷可以仿照乡学蒙学的办法进行嘉奖、免役、抵税。"

韩维笑道："创办学校便能抵税，又能挣得名誉，相信很多人都乐于办学。不过若有人借此多抵税的话……"

赵顼摇摇头，笑道："韩卿过虑了，朝廷不怕他们多抵税，这点钱，朕舍得出！只需叫有司严格审批，不要让什么人都可随便办学院，以免误人子弟，便可以了。"

"陛下圣明。"石越真心诚意说道，赵顼能有这种见识的确也是颇为难得的。

赵顼脸上略有得意之色，正要夸奖石越几句，忽见石越手里还拿着一本书，奇道："难道这学院之上，还有什么学校吗？"

韩维欠身笑道："陛下忘了太学了吗？"

"太学？"

石越点头道："正是。"把那本书放到了最上面，"国家最高官立学院，是太学。"

"为了尽可能减少反对的声音，太学依然维持上、中、下三舍法名号不变。但是三舍法却可改成等同于白水潭式的一、二、三年级。太学生员来源有三：其一，五品以上官员，许子弟一人入学，三品以上官员，许子弟两人入学；其二，各学院、书院推荐毕业的学生；其三，公开考试。太学总人数不得高于三千，免费入学，供给食宿。上舍毕业，前十名赐进士出身，可直接释褐为官。其余人等，许参加礼部试，由进士谋出身；不愿参加礼部试者或参加礼部试落第者，许参加吏部试，合格为九品以下官。愿为武官者，参加兵部试，合格者授从九品上武官，优异者，可径授正九品。太学生员，在太学所习，为五经、论语、算术、射术、地理、律学、史学等科目。"

赵顼听完，却不去问石越，反望了韩维一眼，道："韩卿之意如何？"

韩维意味深长地答道："或有深意焉。"

赵顼拿起那本代替太学的书，反复看了两眼，笑道："如此一来，太学的学生，只要不太笨，将来都会当官吧？"

"差不多如此。"石越沉声说道，"陛下，恩荫补官、任子太滥，是本朝一大弊政，范文正公、王介甫，无不想革除之，臣亦不外如是。但若直接革除，不免将天下士大夫一股脑儿地得罪了。臣以为不如折中，先将五品以上官员子弟送往太学，待日后彻底纠正此弊之时，至少五品以上官员，便不会过分反对了。"

赵顼与韩维这才知道石越着眼果然长远，赵顼把手中的书放回那堆书上，笑道："石子明果然名不虚传。"

3

吕惠卿穿着深紫色湖丝长袍，拿着一根玉签逗弄着鹦鹉，从背影来看，委实称得上倜傥风流、儒雅端庄。

"皇上与石越几次彻夜长谈，颁布《改官制诏》与《兴学校诏》给中书门下的前一天晚上，宫里的人说，皇上与石越、韩维一直说到三更。"吕升卿低声道。骤风吹过，直吹得吕惠卿的衣袂高高扬起，就连壁间字画也簌簌作响，悬挂着的金丝笼也不由得东摇西晃。"山雨欲来风满楼。"吕惠卿叹了口气，说道，"翰林学士这个位置，进可攻，退可守，我就是做翰林学士的时间太短了。"

"想不到石越竟然是石介之后……"吕升卿心中依然耿耿。

"石介之后？"吕惠卿冷笑道，却不再多说，转过话题，道，"韩家兄弟一唱一和，现在朝中时兴的，都是如何改官制，如何兴学校……"

"最可恨的是蔡确，以前恨不能置石越于死地，现在两人仿佛没有过矛盾。听说他的儿子蔡渭和冯京的女儿定了亲事……"

吕惠卿皱着眉瞪了吕升卿一眼，诉道："怨恨别人有什么用？胜负乃兵家常事，输了只能怪自己本事差，不必找别的原因。"他望了望天空，见天色阴沉，转身走回房中，突然沉声说道，"石越手段高明，我十分佩服。"

"如今我们该怎么办？"吕升卿问道。

"只有静观其变。"吕惠卿沉吟良久，才道，"现在只有等石越犯错，不管怎么说，我依然是参知政事，皇上依然还信任我。我便暂且把风头让给石越！"

"那么大哥的意思是，你不准备就改官制与兴学校表明意见？"

"当然要表明意见，我就附议韩绛的意见便是。"吕惠卿冷笑道，"若一言不发，皇上要么以为你无能，要么以为你怨恨，那都是愚人所为。"

吕升卿正要说话，忽听到一声霹雳般的巨响，倾盆大雨从变黑了的天空中倾泻下来。淅沥的雨声落在地上，顿时汇成一条条的小溪流，向低处倾泻而去……他不由得怔了一下，说道："下雨了。"

"下雨了，姑娘。"阿沅一面把门关上，走到楚云儿床前，轻轻说道。楚云儿脸色苍白消瘦，高烧之下，已经昏迷几天了。虽然沈家园的条件并不是很差，而且也有不少下人服侍，石越请来的医生也是京师名医，但她的病情却始终不见好转——棒伤虽愈，但感染风寒惹下的病根，却一日比一日严重。阿沅心里又急又痛，也不过是在勉强支持，细心服侍着。

从楚云儿昏迷之前的两天起，石越就一直没有来过，阿沅哪里能知道这几天他在翰林学士院与众学士一起，商议细节条例，务求说服几个翰林学士，共同拿出一份完美的官制、学校方案来，以和中书门下的方案抗衡，让皇帝能够更理直气壮地选择。这些翰林学士，都是饱学之士，自然是意见百般。要调和众人的观点，说服、妥协，都在所难免。因此石越便是每日回家，也不过草草用餐，便躲进书房与潘照临商议细节。有时甚至还得去白水潭学院，找程颢等人咨询。但凡改革，若用古制支持，便可更有说服力，只是不免要多知道典故方能让人无法反对；而若是凭空创革，那用来说服他人的理由就更加要切合情理。这中间要耗费的智慧、心力，实非外人所能了解。好在这几日梓儿心情不错，家中照顾之人不少，而他上一次看到楚云儿之前，楚云儿病情已略有好转，因此倒也能放得下心来。

但是身处阿沅的立场，却不可能知道石越这些苦衷。她一个小女孩，自然想当然地认为朝中大事都是一言而决，只看得见表面上的风光无限。在她心中，像石越这样的"大官"都是说一不二，每日都是极悠闲的，兼之刚开始时石越几乎天天来探望，更加深了她这种印象。因此，此时对于石越，她心中实是颇有怨怪之意。石越一日不来，她竟似没有主心骨一样，做什么都不知如何是好。

"呼！呼！"

"呼！呼！"

院子中依稀传来敲门的声音。

阿沅全然没有料到这样的大雨天还有人来敲门。她把手中的药碗放在桌上，小心帮楚云儿盖好被子，走到窗前，向外看去。却见一个男仆打着伞，在大门之前和人说着什么。她招手叫过一个小丫头，吩咐道："去吩咐一声，若是来避雨的，就让人家进来避避雨，只要不吵到姑娘就行了。"

小丫头答应着，抓了把伞跑出去，和男仆低声说了几句什么，又一路小跑回来，向阿沅回道："不是避雨的。是石府的人来看我家姑娘。"

"石学士府的？那还不快让他们进来。"阿沅仿佛看到救星了一样，急忙说道。

小丫头迟疑了一下，支吾道："是……是石夫人和他们府上的二公子。"在楚云儿的这些丫鬟仆役眼中，石越与自家主人之间是有着说不清的暧昧的，这时候来的却是石夫人……阿沅脸色也沉下来了，冷冷地说道："她来做什么？姑娘现在这个样子，她想来看笑话吗？"她话音未落，却听到门"吱呀"一声，已经被打开了。守门的男仆叉着双手，不知所措地望着唐康打着伞走进院中。阿沅轻咬着嘴唇，幽怨地望着唐康的身影。

唐康远远已望见阿沅，他记性甚佳，已看出便是当日满身是泥的女孩子，不由朝阿沅微微点头一笑，方去看院中情形，见地上颇有积水，因皱了皱眉，向外面招招手，一个家丁模样的人走到他跟前，听他低声说了几句什么，又走了出去。

阿沅正不知他在玩什么把戏，唐康已经走到廊前，抱拳笑道："阿沅姑娘，实在是失礼了。楚姑娘可还好吗？"他对楚云儿是颇有几分敬意的。

阿沅心里恼怒他不请自进，隔着窗子讥道："石府二公子又有什么失礼的，小民可不敢当。"

唐康却不与她分辩，只笑道："恕罪则个，待会儿再当面向主人赔罪。"

阿沅听到这话，眼睛一红，道："若是姑娘此时能听到你赔罪，你便再放肆我也不来怪你。"语气却是软了。

唐康心中一惊，正要再问，见几个家丁抱着不知道哪里找来的草席进入院中，张罗着用草席在院中铺出一条路来，他便不再多问，告了一声罪，走出院去，迎梓儿进来。他们出门之时本还没有下雨，只是去进香，转道回来之时，梓儿因问道沈家园就在附近，便坚持要来看看楚云儿，唐康拗她不过，只好带她前来，哪知道竟下起这等大雨来。因梓儿有孕在身，唐康是细心之人，便让人去找点东西铺在地上，在富贵人家，这也是平常之事。仓促之间，只是垫点草席，只能算是"草就"了。但阿沅却没见过这样的排场，她见众人在院中铺草席，便隐约猜到是做何用处了，心中不由又气又恨，以为这是故意来显摆，冷笑数声，把窗子一关，背过身去，走到床前，怔怔地望着楚云儿，泪水不知不觉就涌了上来。

她一个人发了一会儿呆，便听到外面哗哗的大雨声中，有女子说话的声音依稀传来，阿沅知道这是梓儿来了，她想了一回，咬咬牙，用袖子揩去眼泪，整理一下衣服，打开门，走了出去。这时梓儿已被人簇着到了廊前。见到阿沅出来，梓儿忙柔声问道："阿沅姑娘，楚姐姐怎么样了？"

阿沅随便敛衣行了一礼，冷笑道："倒是有劳石夫人挂怀了，我家姑娘福大命大，只怕还不会如夫人所愿。"

梓儿听她语气不善，怨念实深，竟不由一怔。旋又挂念着楚云儿的病情，也不便和她解释，勉强笑道："阿沅姑娘，你多有误会。我也盼着楚姐姐能好起来……"

"是吗？那可真让我们这些草民折福了。"阿沅冷冷地望着梓儿，语气生硬。她这般旁若无人，梓儿还能体谅，但是石府的下人，却早已怒目相视了。一直待在那里不知所措的小丫头见气氛变僵，连忙走到阿沅身边，低声说道："阿沅姐姐，我看石夫人也是好意。"

阿沅瞪了她一眼，骂道："你倒会吃里爬外，是不是以为姑娘不行了，想投个好主子呀？"

"你……你……"小丫头不料脾气素来极好的阿沅竟说出这样的重话，脸霎时就涨得通红，眼眶一红，跺了跺脚，终于一句话没说完，转身往自己的房间跑去。阿沅说出这种口没遮拦的话语，心里也是后悔，却毕竟不愿意在梓儿面前服软，依然倔强地站着，竟是望也不望她一眼。

唐康已略略知道阿沅的性子，见她阻住梓儿，虑及外面风雨交加，梓儿病体初愈，若是又有点儿什么不妥，可不是闹着玩的。连忙走上前来，笑道："阿沅姑娘，我们本是善意，你这样做，若是楚姑娘知道，怕会不高兴。"

"我家姑娘就是心软，才来见你们这些紫衣黑心的人。"

唐康温声道："我们是什么人，日后你便知道，但此刻这样，我相信却是有拂你家姑娘之意的。我们看看楚姑娘的病情，或许还能想出什么办法来。"

"谁知道你们安的什么心？"阿沅咬着牙说道。

她这么冷嘲热讽，梓儿与唐康倒还不在意，石府的下人却都已怒形于色。阿旺忍不住便出言训道："你一个丫头，便这般没个尊卑大小之分，若是让我家夫人受寒，你担待得起吗？"

本来似梓儿与唐康步步忍让，阿沅或者还会搁不住心软，但阿旺这么一说，反倒激起她性子来了，她冷笑几声，道："你这种夷狄之人，便知道尊卑大小？我又有什么担待不起的？最多把我抓到衙门去，也打几十板子。反正你们这等官府之家，草菅人命也惯了。"

梓儿见阿旺还要说话，忙喝止阿旺，一面笑道："阿沅姑娘，原是我们冒昧打扰。我们并无他意，只需看得楚姐姐一眼便走，还请让我们一见。"

"少在我面前唱双簧。若真安着好心，只需不要来打扰我家姑娘就好了。"阿沅对梓儿的偏见，不知为何，竟是根深蒂固。

唐康揣度情势，知道梓儿不见着楚云儿，断不肯走；而阿沅却也不会轻易让步。这样纠缠，终不是办法，他眉头一皱，忽然望着阿沅身后，惊声叫道："楚姑娘，你怎么了？"众人闻言，都是一惊，阿沅更是关心则乱，慌忙转身望去，却是什么也没有，不禁呆了一呆，唐康趁势快步抢上前去，把门推开，走进房中。阿沅这才知道上当，但阿旺早已扶着梓儿走进房中，她却是无论如何也不敢在楚云儿房中吵闹的。只得紧走几步，跟着进了房中，狠狠地瞪了唐康一眼。唐康少年心性，见阿沅瞪他，反朝她吐舌一笑，直把阿沅气得脸都青了。

梓儿走到床前，见楚云儿这般憔悴，心中一酸，眼泪簌簌地流了出来，轻声唤道："楚姐姐……"

阿沅走到床前，"哼"了一声，低声骂道："猫哭耗子，假慈悲。"

梓儿被她冷言冷语对待，心中郁闷至极，却又不好争辩，只好装作没有听见，向唐康问道："康儿，你说这该怎么办？"

唐康走到阿沅跟前，低声道："阿沅姑娘，方才多有得罪。在下也是迫于无奈。"

阿沅"哼"了一声，不去理他。

唐康又赔笑道："你千万不要见怪。楚姑娘最近的情形怎样？大夫可和你说过没？说出来，大家商量一下，也好想个对策。这都是为了楚姑娘好的。"

阿沅本不愿理他，可又怕误了楚云儿的病情，心中又是委屈，又是难受，眼泪终是忍不住，又流了出来，一面泣道："你们来又济得甚事，偏偏学士又不来。若是学士来了，亲自喂药，姑娘或者还能喝得进一点，我每次喂药，都是吃一半吐一半的……"

梓儿听到阿沅说什么"偏偏学士又不来""亲自喂药"，心中顿时打翻五味瓶，竟是不知道是什么滋味在心间。呆呆地痴立在那儿，说不出一句话来。

阿沅本是无心之语，见梓儿如此模样，心中竟似有一种快意，正要添油加醋再说几句，却见唐康寒着脸，冷冷地瞪着她，她心头突然一怯，终于把那些话吞回肚子里。

良久，梓儿望了楚云儿一眼，苦笑道："康儿，再给楚姐姐找几个好大夫来诊诊脉，不知道大哥能不能来……"

"石卿，上次卿和朕说，学校之法，有三个体系……"赵顼望着宫殿外的倾盆大雨，哗啦啦的似乎把人心中阴霾也一并冲走了。

"是。不过微臣以为，凡事不可性急。须得一步一步来，世上可做的事情很多，但该做的事情很少，陛下当做该做的事情。"石越的眼睛里尽是血丝，脸色憔悴。

"卿所谓普通教育之法，中书门下并无特别的反对意见，只是冯京向朕言道，有些军下辖数县，主客户七八万，若不设学校，于理不合。朕以为所言极是，已着政事堂商议，凡户数超过两万户的军，可以设县学或者学院。"赵顼慢条斯理地说道，"卿意如何？"

"臣无异议。"石越欠身道，"韩相和王参政的奏疏，臣已拜读，学士院拟的条例，也早已送到中书。初步的意见，是学校推行之法，分五年逐路实行。第一年，只在四京、京畿路、京东东路、京西南北路、两浙路、淮南东西路、江南东西路、成都府路执行。以后按年逐次推行，终及全国。"

"五年时间，似乎太长了一点。"赵顼皱眉道。

"臣以为并不长，这些事情千头万绪。另外，翰林学士元绛的奏疏中，言道宗学、番学，不可偏废；又如此大规模众建学校，应当设立专门的机构来总领其事……"

"卿以为如何？"

"臣以为陛下既已决意改革官制，不妨等到改官制时，或是在礼部设一个院，或以国子监来专责管理学校事宜便可。至于宗学是隶太常还是隶礼部或国子监，须陛下圣裁，下臣不敢妄言。而在京师设番学，使各部落酋长贵人子弟入学，习汉文，知汉礼，行汉俗，为朝廷培养一些心向汉化、忠心不二的臣子，这是谋国之言。"

赵顼思忖了一会儿，道："既如此，可让国子监管理学校之事，宗学亦隶属国子监。至于番学，朕亦以为可行。"

"陛下圣明。"石越习惯性地恭维了一句，又道，"专门教育，似画、律、乐等，是为朝廷培养人才，则可以纳入太学之中，不过单列一门罢了。这个只要议定条例，便可推行。至于培养各种工匠的学校，若由朝廷出资，或会引起士大夫不满，倒不如让那些商人去办，朝廷反倒省事。"说到这里，石越顿了顿，又道："臣奉旨到政事堂与宰臣们商议，诸公都不同意由朝廷出资兴办，以为有那些余财，倒不如花在县学、官立学院上，诸公认为这种事情朝廷不加禁止便是了，没有必要去提倡。但臣以为，士农工商，国所不可或缺……"

赵顼摇摇头，笑道："石卿自己也说，可以做的事情很多，应该做的事情很少。这些东西，无须太在意。数千年来，毕竟没有听说过工者亦要读书的。朝廷上下，只怕都不会同意。"

石越坚执道："陛下，这就是应该做的事情，千百年后，后人会夸赞陛下的远见卓识！"

赵顼见他如此坚持，又是奇怪又是好笑，笑道："这又是什么远见？石卿，朕以为没有必要为这等小事，惹得朝议沸沸扬扬。"

"是以臣想出另外一个办法，请陛下定夺。"

赵顼无可无不可地望着石越，听他继续说道："朝廷可下诏，凡钟表、印刷、造船等行会所有民营作坊、商号，每年必须到有司登记发证，方可开业，发证之要求，除了出具业主之身份证明、作坊地点、规模大小之外，同时要求三年之后，若无一定比例的雇工是在有司登记、朝廷认可的技术学校毕业的学徒，则将课以高额罚金，甚至不许经营。这样那些作坊主、商人，就会主动去开办技术学校。为了保证商人们不瞒天过海，有司可以对技术学校进行抽查考试，若达不到要求，则课以罚金、勒令停办。如此，朝廷不必为技术学校出一文钱，反倒可以坐收一笔登记费。"石越一面说一面在心里叹气，他明明知道这样做利弊参半，却也别无选择。因为整个朝廷中没有一个人支持朝廷出钱办技术学校，理由也很简单——朝廷有这个钱，不如去办乡学县学。迫于无奈，石越只得向商人、作坊主们开刀，用律令逼他们办学校。好在唐家的技术学校，已有一定的规模，石越这样做，不仅没有得罪唐家，反而无形中又为唐家拔一个头筹。

赵顼想不到石越要求朝廷办技术学校不成，不惜加重各作坊的成本也要逼他们办技术学校，心里颇是不解，问道："卿说的这个技术学校，真的有这样重要吗？"

石越此时也不知道自己这个主意的利弊究竟如何，但他非常遗憾中国有许多技术的失传，如果采用这种方法，那么好的技术可能更容易由学校层面进行推广——虽然石越这个时候心里也并没有底，但说什么也得试一试。因道："陛下，以臣之浅视，认为技术学校的普及非常重要。"

赵顼心里难以理解，但他已知石越势在必行，不由玩笑道："拗相公之外，又有一个拗学士。既是卿坚持，朕也准了。每年国库能多收一点登记费，朕不会反对的。"

石越见皇帝取笑，也笑道："反正收的是有钱人的钱，微臣也不会于心不安的。"

君臣二人对视一眼，不由齐声哈哈大笑。

4

四月份的这场大雨，整整下了三天之后，天气终于开始放晴。

新婚的王昉比她的姐姐要幸福得多，桑家对于能够得到前宰相的垂爱，完全是受宠若惊，上上下下对王昉都非常的客气。而桑充国也称得上是个如意郎君。若说还有什么缺点的话，就是少了一个诰命。但是王昉对这个并不是很看重。

给公公、公婆请过安之后，王昉无所事事地在院中和丫头们踢绣球玩耍。忽见桑充国取了披风，似是准备出门，她连忙丢了绣球，迎了过去，笑道："桑郎，是要去学院吗？"

桑充国点点头，心不在焉地答道："嗯。"

"出什么事了吗？"王昉立时便注意到桑充国神色的不正常。

桑充国苦笑着摇摇头，说道："刚刚欧阳公子来过，告诉我朝廷今天正式颁布《诸州县兴学校敕》，并且把内容抄给我看了。"

王昉从桑充国手中取过披风，亲自给他披上，一面笑道："这是好事呀。范文正公、我父亲，都是想要兴学校的。无论由谁来完成，我父亲一定都会很高兴，这不也是桑郎的愿望吗？"

桑充国奇道："你怎么说便是我的愿望？"

"桑郎若不愿意大兴学校，何苦在京师费尽心思办义学？"王昉调皮地眨眨眼，笑道。

桑充国微微点头，笑道："这倒是。"但立时又皱了眉，叹道，"不过你不知道这《兴学校敕》的内容，政事堂的相公们……"说罢，又摇了摇头。

王昉见他大不以为然，心中一动，笑道："桑郎，可以给我看看那份敕令吗？"

"那又有什么不可以的？"桑充国一面从袖子中取出一卷密密麻麻写满字的纸来，递给王昉；一面挽着她，到院中藤椅上坐了。

王昉垂首细细读了一遍，她记性甚好，生性聪明，虽然比不上父兄可以一目十行，却也不遑多让。读完后，蹙眉想了一会儿，忽道："桑郎，你是准备反对这份敕令吗？"

"反对倒谈不上，根据《出版条例》，似这样的敕令，不涉及军机大事，朝廷未曾明令禁止议论，《汴京新闻》可以提出自己的看法，至少可以帮助朝廷拾疑补阙。"

"那桑郎的意思，还是要管了？"王昉认真地问道。

"是。有些话不能不说。"桑充国慨然道，"若按这个敕令执行，从此穷人读不起书。或者说，若穷人的成绩在一百人中不能成为前二十名，不仅仅生活无着落，还要缴纳学费，这实在让人无法接受。"

王昉微微点头，道："桑郎说的很有道理。贫穷之户，若要读到县学，往往需要举家举族之力供给，待入了县学，这才由朝廷供给，从此可以不需要家人族里负担。若按这个条例，那家贫而资质仅是中等之人，需要由家人族里负担到学院毕业，的确不太公平。而且朝廷舍不得出钱办蒙学，政事堂诸公，见识远不及桑郎。"

"难得娘子有这等见识。"桑充国不由大起知己之感。

王昉抿嘴一笑，道："但是，桑郎，你可知这个敕是谁写出来的？"

"谁写的？"桑充国接过敕令，看了一会儿，摇头道，"欧阳公子说是中书门下颁的诏书。"

王昉微微摇头，笑道："若是妾身没有看错的话，这是石子明的政见。"

"何以见得？"桑充国心里倒并不意外，只是他不知道王昉何以如此肯定。

"从敕令的详细程度，执行方法，以及技术学校等等，无一不可看出石子明的印记。妾读过石子明的全部著作，还有一些奏疏，家父也常常提起他。相信妾身不会看错。"王昉笑道。

桑充国不由佩服地叹道："欧阳公子也这般说，娘子若是男子，必是国家栋梁。"

王昉被丈夫夸奖，俏脸微红，垂首不语。桑充国见她娇羞不可方物，心中不由一荡，将她拥入怀中，笑道："可惜今日不能多待，学院报馆琐事太多。"

王昉轻声问道："桑郎，你明知是石子明的政见，还要公开质疑吗？"

桑充国沉吟了一会儿，道："子明在《三代之治》中说要让人人都可免费入学，要让贫家子弟能凭自己的能力博一个出身，可是他高居庙堂之后，却似乎把《三代之治》中说的种种理想，忘得一干二净。真是让人失望。"

"这或是他性格沉稳，顾虑过多使然。家父曾经说，石子明前途不可限量，现在他虽然只是翰林学士，却是他实际上第一次正式推行自己的政策主张，尚未执行，便被你质疑，只恐将来结下难解之怨恨，使得兄弟不睦。"王昉注视着桑充国，眼中尽是担忧之色。桑充国苦笑数声，竟不知如何回答。"桑郎不如先去见见石子明，当面问问他究竟是何主意。若是有理，便由《汴京新闻》替他向天下解释——料来天下不能理解的士大夫，并不在少数。若是无理，再委婉批评。这样既不伤兄弟之情，又顾全了公义……"王昉柔声劝说道，以她的见识，实在不愿意桑充国得罪眼见正在得势的石越。

桑充国却只是默不作声，似乎在思考什么。

"桑郎，石子明第一次主持这么大的政策，他急需博得皇上、朝中大臣、清议的支持，若此时唱反调，纵然他明知你有理，也会变成政敌的。三份大报中，《西京评论》背后是富弼撑腰，就算他们再反对，妾身肯定这一次他们一定三缄其口；《新义报》的编辑，都是支持新法的，他们是朝廷的喉舌，肯定也会支持。若《汴京新闻》

不支持，那就是成了《谏议报》之流了。"王昉继续劝说道。

桑充国注视着王昉，叹道："这些我以前从来没有想过，我只知道道理最大。"

"这些本不是什么光明磊落的东西。"王昉笑道，"我知道你定不能说违心之话，那么便去见见石子明，看看他如何说？若真的兄弟反目，桑、唐两家都要表明立场，便是令妹，也难以自处。"

"好吧。"桑充国终于点点头，站起身来，笑道，"我便去见见子明。"

"嗯。"王昉也笑着站起来，帮他整整衣冠，轻声叮嘱道，"千万不要动意气。"

与此同时，石府，石越正在艰难地游说着王韶。

"军事教育体系的设想，是在京师创办讲武学堂，将军中指挥使、都头一级的将校分批召回培训一年，第一批受训将领，选其精干者组成教导军，然后将都头以下的小校们，分批抽调，进行训练。一年之后，这些受训的军吏，搭配讲武学堂结业的军官，从禁军中抽调士卒，整编成满员的指挥，进行严格训练……"石越一面说，一面注意观察枢密副使王韶的表情。王韶又矮又胖，肤色黝黑，若走到大街上，很难引起人的注意，只是一双眸子精光四溢，显出他并非常人。王韶受王安石知遇之恩，本来也不愿意再俯首事人，况且以他今日的地位也高于石越，虽然石越炙手可热，可他王韶也未必放在眼里。他这次来石府，是因为石越几度拜访，他却不过面子，只得回拜一次。

"在下记得王丞相曾经提出过将兵法，朝廷一直没有全面正式推行，依在下愚见，法令越繁杂，便越难推行，只要推行将兵法便足矣。"王韶并不肯留情面。

"将兵法之弊，还是易使将领拥兵自重，似有违祖宗成制。"石越虽依然笑容可掬，但言语中却绵里藏针。

王韶丝毫不理会石越话中的暗示，淡淡道："恕在下愚昧，看不出此法比将兵法强在何处。那些军校，只要将领得力，在军中一样也能练得好。"

"若是将领不得力呢？"石越笑着反问道。

"若将领不得力，再好的兵也是送死的。"王韶眉毛都没动一下，让人看不出他心里的想法。

"诚然。"石越一心想得到他的支持，强耐着性子，笑道，"但是在下的方法，纵然将领不得力，也能使军队战斗力大幅提高，不知大学士以为然否？"

"我是个直人，石学士莫怪。石学士的意思我明白，但这种朝廷大事，朝中议定如何，便是如何。我只要奉行圣旨便是。"王韶这已是当面声明拒绝支持石越了。

石越看王韶神态，知道已无法挽回，也只得作罢，勉强笑道："这也是做臣子的本分，在下理会得。来，莫谈国事，请喝酒。"

王韶站起身来，把杯中之酒一饮而尽，抱拳道："宅中还有些事，便先告辞了。"

石越又留了一回，但终是话不投机，只得送他出府，望着王韶上马远去，不由长叹了一口气，怏怏走回府中。

"我也没有料到王韶竟会拒绝。"潘照临早已在厅中等候。

"军事教育体系、兵制改革、裁军，我本预备步步为营，不动声色地进行。皇上也同意了，但若不能得到军中名将的支持，只怕阻力重重。"石越心有不甘。

潘照临也点头道："本朝能带兵的将领，只剩下王韶、郭逵、刘昌祚、种谔数人而已，如张玉之辈，一勇之夫而已；李宪终是宦官，唐代之鉴不远。可恨狄武襄早死。"

"英雄也要时势，也未必当真无人，也许是没有机会，声名未显之故。"石越叹道。

"现在这些将领，王韶是唯一在京的，但他位高权重，又受王安石知遇之恩，公子难以笼络。倒是郭逵因与韩绛不和，一直不得志，在太原做知州，与王安石也未必没有嫌隙，他当年名声，仅次于狄武襄，若然公子在皇上面前推荐他，他必然感激——不过此人眼高于顶，若不能让他心折，他反要来轻视你，且用他就不免得罪韩绛。此外种谔时运不济，也是被贬在外，他和韩绛关系也好，公子若要用他，只要皇上答应，他必然乐意听从。"

石越想了想，说道："兵者国之大事，不可不慎。先写封信，试探一下郭逵，若是意见不同，终不能勉强。"

"也好。军事改革要单独进行，我们先设法让朝廷接受公子的官制改革方案。"

二人正讨论着，却见侍剑快步过来，禀道："公子，舅爷求见。"

"长卿？"

"长卿？"

石越与潘照临对望一眼，暗道："他来做什么？"

大雨过后，树叶比平时更加新绿。石越与桑充国在南郊外的一片树林中并辔而行，带着雨水珠的树叶，在微风中摇晃，一不小心，水珠就像骤雨似的落在二人的头上。但二人都似有无限的心事，竟然丝毫没有觉察一般。

"长卿找我出来，定有要事？"石越觑见桑充国神色，已知他定是有话想对自己说。

"嗯……的确有事。"桑充国故意不去看石越，自顾自地说道，"我刚看到朝廷颁布的《诸州县兴学校诏》……"

"唔？"

"我、我听说这是子明你的政见？"桑充国突然勒马，转头望着石越。

"不错。"石越淡然笑道。

"我有点儿不明白，这份敕令和子明你在《三代之治》中说的，完全不同。"桑充国注视着石越，质问道。

"的确不同。"石越已经猜到了桑充国的来意，笑道，"长卿，《三代之治》中，有些构想，是要几百年的时间去实现的，我所做的，是第一步。"

"可我认为这一步太不公平。"

"此话怎讲？"石越奇道。

桑充国道："你可知道贫穷的人家，都以读书上进为唯一的出身之道？他们往往是一家一族，支持最有希望的几个人去读书，十年寒窗，能中进士的，是其中极少的部分，大部分，便止于县学。这些人的资质不过中等，也许并不能得到奖学金，对于这样的人，你要他们如何选择？继续读书，家里族中供不起了；若不读书，十数年的功夫，尽皆付诸东流……"

"这我知道。我听说有些人甚至只能喝粥度日。但是，长卿，我问你，在此之前，全国究竟又有多少地方有县学？范文正公读书，要断齑画粥，像这样的杰出之士，若依我的法子，便可以有一份保障，使他们不至于因为生活所迫，而不能发挥自己的才能！"

"杰出之士，始终只是少数。还有中人之资的人呢？他们也需要有一个希望。"

"纵是中人之资，若按绝对人数算，这个法子施行之后，也会比前受益的人多。"

"未必，你可没有限制那二成人中有钱人的数量，若有什么情弊，谁又能料到？难道你便能说可以杜绝情弊？"

"一项政策的推行，不能只去考虑最坏的状况，否则天下再也没有可做的事情。天下州县以千百计，纵然有些地方有情弊，但是从总量来说，依然是有更多人受益。那二成人中，纵有人以权谋私，也不可能把所有的名额全占了。"石越轻描淡写地说道。

桑充国愣了一会儿，突然道："子明，你不觉得你的话似曾相识吗？"

石越也怔住了，他这才意识到，自己辩护的言辞，竟然和王安石为新法辩护的言辞，如此相似。他夹了夹马腹，向前紧走几步，苦笑道："长卿，我也是有不得已的苦衷，若是用以前的政策，朝廷根本出不起这笔钱。"

桑充国骑了马追上，听到石越诉苦，反问道："朝廷官员个个锦衣玉食，恩宠不断；军队数目庞大，空费粮饷。只需裁汰几万军队，略减官员的恩赐，哪里便会有没有钱的道理？"

石越见他说得这么简单，笑道："世事哪能如此轻易？我可不想出师未捷身先死。"

"为之，则难者亦易；不为，则易者亦难。"桑充国慨声道。这是石越的"名言"，也是桑充国的座右铭。

石越望了桑充国一眼，百感交集，竟是说不出什么话来。

二人默默地前行，各自想着心事。走出树林的那一霎，石越突然把马勒住，对桑充国说道："长卿，你容我三思。"

桑充国默默地点了点头，突然叹了口气，道："不管怎么样，我们的目的，是一样的。"

5

与桑充国在白水潭附近告辞之后，石越牵马沿着一条田间小道往回走。他反复考虑着自己倡导的学校政策，类似桑充国的质疑，绝对不止桑充国一人有，只不过现在只有桑充国一人有机会提出来罢了。但是，桑充国式的解决办法却是绝对不可行的。在威信未著之前，悍然触犯官僚阶层的利益，而且同时涉足军队改革，根本就是树立强敌的同时，还要授人以柄，那在政治上是取死之道。

"石山长。"一个清朗的声音打破了石越的思考。

石越循声望去，叫他的是一个十七八岁的青年，瘦瘦高高，肤色略黑，一身破旧的灰布长袍，虽然打着不起眼的补丁，却非常的干净整洁。石越见他虽然穷困，神态间却有一种清逸淡泊，站在自己面前，虽然略显羞涩，却也是不卑不亢，颇为得体，不由暗暗称奇，连忙微笑着回礼道："你是白水潭学院的学生吗？"

那个青年略带腼腆地一笑，点头道："学生包绶，草字慎文，是白水潭学院明理院二年级学生。"

"包绶？"石越觉得这个名字非常耳熟，却不记得在哪里听说过。

包绶微微一笑，脸色似乎有些发红，道："久慕山长大名，寒舍就在附近，不知山长是否有暇去小憩片刻？"

石越不知为何，对这个年轻人竟是颇有好感，颔首笑道："如此多有打扰。"

包绶见石越答应，忙引着石越前行。二人绕过几片小树林，前面隐隐便露出一带黄泥墙，墙上用稻草麦秆掩护。慢慢走近，便见墙内是数楹茅屋，外面种了桑、榆各种树木，院外有一土井，旁边有辘轳之类。石越看这样子，便已知包绶家境贫寒。

包绶引石越进到院中，便见数个大木盆里，堆满了衣服，一个四十来岁的女子坐在旁边搓洗，见包绶带了石越进来，连忙站起来，敛衽道："不知有贵客光临，多有失礼。"

石越连忙还礼："不敢。"心中暗暗称奇，他本以为包绶不过平常的农家子弟，可这女子落落大方，谈吐文雅，显然又不是一般人家的女子。

包绶略带兴奋地对那个女子说道："嫂子，这位便是石学士。"

那个女子诧异地抬眼打量石越一眼，又行了一礼，道："原来是石学士，请屋中坐。"

石越连忙谦逊还礼，随包绶走进屋中。见屋中虽然昏暗，家具多是破旧，却也十分整洁。石越告了座，笑道："慎文，令尊令堂不在家吗？"

包绶黯然道："学生不幸，五岁丧父，家兄早夭，全由寡嫂抚养长大，家中便只有寡嫂与学生、义侄包永年以及一个老仆四人。"

石越不料他身世竟如此可悯，怔道："家中可有产业？"

"学生祖籍是庐洲合肥人，虽在开封出生，却一向是在合肥长大。因慕白水潭之名，便变卖了一些产业，来到开封，买下这处房子，以方便就学。"包绶解释道。他一家四口的生活来源，不过靠寡嫂崔氏替人家洗衣服、缝补，再加上他在义学上课挣点薪水，过得甚是清苦，只不过他却不愿意向外人诉苦，因此语气之间，倒像很平常一般。

石越点点头，鼓励道："自古英才出贫家，将来必有集英殿戴花的一日。"

崔氏端了茶进来，听到此语，微笑道："若有那一日，慎文不可忘了老家堂屋东壁的祖训。"

包绶肃然道："绝不敢违。"

石越心中好奇，向崔氏问道："贵府的祖训，可否让在下一观？"

崔氏笑道："祖训却在老家。慎文，你可背给学士听听。"

"是。"包绶站起身来，朗声念道："后世子孙仕宦，有犯赃滥者，不得放归本家；亡殁之后，不得葬于大茔之中。不从吾志，非吾子孙。"

"后世子孙仕宦，有犯赃滥者，不得放归本家……"石越默默念了一遍，喃喃道，"包绶……合肥……"心中灵光忽现，脱口说道："你是包孝肃之后？"

包绶点头道："正是先父。"

石越知道包拯官至枢密副使，不料身殁之后，家中竟然如此清贫，他举目打量屋中陈设，叹道："孝肃公果然让人敬佩。前不久富韩公向皇上举荐你，你为何不愿意受官职？"

包绶淡然笑道："我不愿意以父荫受官，宁可参加考试。"

石越见崔氏包容地望着包绶，显是也很支持他的决定，不由肃然起敬。清贫至此，却能放弃禄养，宁可守着贫寒，一定要从直中去取功名，石越扪心自问，自己便不能做到。

"慎文有此节操，日后当能不堕令尊之名。"

石越又问了问包绶的学业，取来包绶平日所写的文章策论细读，虽然及不上秦观的文章偶傥清丽，却另有一种中规中矩的坚持，其中于时政的见识，更在秦观之上，倒和唐康在伯仲之间。他不由更是喜爱。他存心想考考包绶，看看他的见识究竟有多高，便笑道："今日所颁《诸州县兴学校诏》，慎文可曾见到？"

"早上在白水潭已经看了。"

"你觉得如何？这是良策，还是恶政？"石越故意问道。

"自然是良策，只是……"包绶迟疑道。

"只是什么？但说无妨。"石越笑着鼓励道。

"学生以为宰府颁行此诏，是朝廷财政不支的权宜之计，但仅以二成优异者由朝廷供给，只恐难防情弊请托。况且富家子弟得此奖学金，不过锦上添花；贫家子弟失此，却有饥馁之忧。学生以为颁行此法，不能止下之怨言。"

包绶这些话，却是说中了石越的心病。石越见包绶也有这样担忧，不由苦笑道："但此法比起以前，却是能让更多的贫家子弟入学。"

"或者可以。"包绶没有注意石越的语气，继续说道，"但百姓只会看到形式上的不公平。"

石越叹了口气，道："却不知道有什么更好的办法？难不成真要全面免费？可是朝廷哪里又有这样的财力。"他此时，已经不再是在考较包绶，而是变成了抒发心中的烦恼。

"或者……或者也不是没有办法。"包绶大着胆子说道。

"哦？"石越精神一振，问道，"慎文有何良策？"

"学生也不知是否可行……"

"无妨，先说出来，是否可行，可以再加参斟。"

"是。"包绶道，"学生以为，朝廷可以再下一诏，凡那二成成绩优异、当得奖学金者，若自愿放弃奖学金，朝廷可追赠其死去的祖先一个官职——如此，许多富家子弟而祖上无官职者，必然会放弃奖学金要求封赠。这样省下来的名额，便可由贫家子弟递补。"

石越思忖了一会儿，笑道："读书便可以得封赠？"

包绶不好意思地笑道："学生原也是异想天开。"

"不，慎文，这是好办法。不过需要有更详细的条例……"石越得到包绶的提醒，实有柳暗花明之感，他笑道，"我们的确可以想办法，让那些奖学金名额，尽可能地分给贫家子弟。"

"把奖学金的名额，尽可能地分给贫家子弟？"赵顼笑道。

"不错。"石越回道，"凡五品以上官员，已有子弟在太学入学，且官员受朝廷禄养，可令其在州县入学之子弟，不得享受奖学金。若成绩在优等者，由朝廷赐金花嘉奖；凡祖上无官，家有三顷之田以上者，若成绩优等可得奖学金，若肯让奖学金三年，朝廷封赠其先人一人七品散官；若肯让出五年奖学金，朝廷封赠其先人二人七品散官。如此，既可奖励孝道，淳化风俗；又可让出名额给贫家子弟，名为助学金。为鼓励上进，又可规定，凡成绩连续两年不能在前一半名次以内者，不得享受助学金……"

"这倒是个好主意。"赵顼一面翻阅石越的条陈，一面笑道，"亏得卿想得出来。"

石越见赵顼应允，笑道："陛下，这却不是臣想出来的。"

"哦？那又是谁的主意？"赵顼听石越的语气，便知他要举荐人了，笑着把条陈合上。

"是包孝肃之后包绶的主意。"石越笑道，便将在南郊邂逅包绶的事情说了一遍。

赵顼听得连连感慨，赞道："崔氏抚养包绶长大，且为包家长房收养义子包永年，是使包拯一家有后的功臣；而且难得又能安贫向道，恪守祖训。这样的女子，朕不能不奖励！"

石越本意想推荐包绶，不料赵顼却对崔氏大加赞赏，石越也只得随声应和道："这个女子的确让人敬佩。"

"朕要让礼部议格，封赐她一个诰命，以奖率风俗！"

"陛下英明。"

赵顼又提起笔来，蘸蘸墨，在屏风上写下"包绶"二字，一面笑道："闰四月初一，在文德殿，讨论改官制，卿可准备妥当了？"

"己有草稿……"石越正要详说，便见一个内侍走了进来，尖声道："官家，枢密使吴充、参知政事吕惠卿、枢密副使王韶求见。"

赵顼疑惑地望了石越一眼，问道："石卿，今日政事堂哪位当值？"

"是吕惠卿。"

"参政与枢院同时求见？"赵顼脸色一下子凝重起来，"快宣。"

石越心中也不住地敲鼓，他反反复复地想着熙宁八年"历史上"曾经发生过的事情，却终是什么都想不起来。君臣正在惊愕之间，吴充、吕惠卿、王韶已经走了进来，叩首行礼。石越见三人神色，在似忧似喜之间，心中更是奇怪。

吕惠卿偷眼见石越也在场，眼中闪过一丝嫉恨，不过立时便将眼皮垂下，将一本奏折递上，神色从容地说道："陛下，交趾李乾德奉表陈诉，状告知桂州沈起在融州强置城寨，杀交人千数。"

赵顼刚打开奏章，听到此言，不禁愕然道："朕不是已经严令沈起，不得擅起边衅了吗？"

"确有此诏。"吴充道，"不过沈起入桂之后，立即遣使入溪峒募集土丁，编为保伍，派设指挥二十员，出屯广南……"

赵顼拍案大怒，厉声道："他便敢如此？视朕和朝廷为无物吗？"

"陛下息怒，国家克河州、平泸夷、收峒蛮，边臣艳羡，本是上有所好，下必甚焉……"吴充不冷不热地说道。

"什么上有所好，下必甚焉？"吕惠卿看了吴充一眼，道，"沈起欲邀功，抗诏不遵，怎么便是上有所好，下必甚焉？"

王韶亦不免误伤同类，也道："沈起擅兴边衅，当自严责，但吴枢密的话，却是不敬。陛下不过意图恢复，并非穷兵黩武。"

吴充斜着眼望了二人一眼，淡然道："陛下，臣并无他意。"

赵顼摆摆手，道："朕知道。眼下之事，是决定如何处置此事。乾德上表，朕不能不答；沈起抗诏，朝廷不能不管。"

吴充欠身道："陛下圣明，只是此事曲在中国，当今之计，只有将沈起罢职，好生安慰乾德，以弥边衅。"

吕惠卿知道那沈起也是一向亲附王雱的，既无维护之心，便也道："臣也同意如此处置。同时可遣使者质问沈起，为何竟敢大胆抗诏，是否别有隐情？"

"陛下，臣以为不可。"王韶见吴充、吕惠卿都主张靖绥，连忙出声反对。"若如此处置，是向交趾示弱，只能更增其气焰，只怕南交从此无宁日。"王韶望着赵顼，急道，"但凡小国夷狄，不通教化，是禽兽之属，畏威而不怀德。示之以威，则其心敬服，凛然不敢犯；若怀之以德，彼则以为软弱可欺，得寸进尺，欲求无止。沈起开边衅是一错，但若此时罢沈起而慰交趾，则是再错。一错已甚，岂可再乎？"

吴充摇头道："此言差矣，天子德被四方，岂有不能以德服众之理？既然说沈起有错，有错焉能不改？"

吕惠卿心中认定沈起是王雱党羽，沈起不罢，他却没有办法将王雱牵扯进来，见有吴充支持，也是不依不饶，道："若不处置沈起，只怕从此边臣不知朝廷为何物。只需善择守臣，李氏割据安南边鄙之地，又岂敢捋中国虎须？"

赵顼一时觉得王韶有理，一时又觉得吴充、吕惠卿说得不错，心中摇摆，便拿不定主意，见石越一直沉默不语，便问道："石卿以为当如何处置？"

"陛下。"石越欠身道，"如今实在不宜在南交开战，但若示交趾以弱，毕竟不妥。臣以为，不如遣一使者召回沈起，让他说明为何竟敢不顾朝廷严令，擅启边衅。同时择一善守出知桂州，只需不断绝与交人互市，不遮断其通使之路，内修守备，外加安抚，料来不至有事。再遣一使者往交趾，宣示朝廷怀德之意，则交趾一郡之地，断不敢与中国为敌的。"他一心一意要改革朝政,自然也是希望在无关的事情上,一动不如一静。

赵顼思忖了一会儿,心中却又有不甘之意,一面他恼怒沈起抗诏,一面却又觉得沈起轻易击杀交人千数,交趾似乎软弱可欺,因此沉吟不决。

石越揣见赵顼心意,又道:"陛下,南交是瘴疬之地,中国兵士前往,未及交战,十停已损一停,便得胜回朝,十分之三,又已死于疫疾。得不偿失,正是言此。如今国内千头万绪,去年灾害,元气至今未复,此时不是开战之时。"

赵顼想起国库的窘状,这才不太甘心地颔首道:"便依卿所言。只是桂州知州,诸卿以为谁人可任?"

吕惠卿见赵顼对石越言听计从,心中大是不忿,但他生性隐忍,面上却不动声色,笑道:"臣以为知处州刘彝可以代任。"

吴充却知道刘彝也是好大喜功的人,此人知桂州,南交必无宁日,忙道:"臣以为知邕州苏缄可以代任;刘彝代任,只恐招惹事端。"

枢密使这么公开反对宰执区区一个边远知州的人选,若是韩绛,只怕脸上早已挂不住了,但吕惠卿业已打定暂时退让的主意,竟是毫不在意,反笑道:"臣无异议。只是派往交趾的使者,须得慎重。"

石越心中想起一事,连忙说道:"臣以为沈括可当此任。"

赵顼皱眉不语,他没料到石越会举荐沈括,虽然沈括现在参与军器监改革诸事宜,但赵顼对此人印象,始终不佳。

石越却知道此时出使交趾并非美差,那种瘴疬之地,中原人士谈虎色变,无人愿往,何况两国关系正在紧张之时,虽然交趾绝不敢杀害大宋使者,但毕竟有风险。石越推荐沈括前往,正是想让他立功,以改变皇帝对他的印象。他见吕惠卿等人不置可否,心中便已知已成功一半,又道:"臣以为沈括定能不辱使命。另外,臣以为可同时命令薛奕的船队顺途往交趾港口耀武,以震慑交人。"

赵顼终于点头答道:"便以沈括为宝文阁待制,出使交趾。"

6

辽国中京大定府,是汉朝之新安平县,唐太宗伐高丽,便曾驻跸于此,其后曾置饶乐都督府。耶律阿保机建国后,平奚族,括有此地。其后辽圣宗使人望气,有楼阁之状,遂议在此建都,实则是为了镇压奚族。皇城之中,除祖庙宫殿外,有大同驿以接待宋使,朝天馆招待高丽使节,来宾馆招待夏使。在当时是辽国的一个政治中心。

这一日，在从辽国南京析津府通往中京大定府驿道上的松亭岭，与往常一样，又来了一支毫不起眼的商队。这只商队的成员大部分都是南京道的汉人，谁也想不到，如今已算是宋室重臣的石越的幕僚司马梦求，就混迹在这商队之中。

司马梦求是从杭州直接乘海船北上，潜入辽国的。当石越在杭州得到辽国大军压境的消息时，司马梦求便对情报的可靠性产生了怀疑。他说服了石越，主动前来辽国以探听虚实。但是，结果却并不如尽如人意——在他离开辽国南京之时，宋辽和议已成。他此行没有起到太大的作用，反而在石越面临重大危机的时刻，未能在石越身边出谋划策。不过，这些是司马梦求此时所不知道的，也是他不可能未卜先知的。

虽然自知自己的使命已经没有意义，但司马梦求却没有沮丧，而是临时决定趁此机会打探一下辽国的形势。因听说辽国太子已回中京，他便决定前往中京去打探消息。离开南京已经非止一日，这日行至松亭岭，他见地势险峻非常，便停下马来，细心观察形势。跟随司马梦求的，是一家析津府商号去中京贩卖药材皮货的商队，这个商号名义上是辽国汉人的产业，实际上却是唐家的资金。商队的领队叫韩先国，他见司马梦求对此处颇有兴趣，便招呼着商队到一处酒铺停下来歇脚，自己陪着司马梦求四处闲逛。

其时辽国承平日久，松亭岭虽有驻军，却是稀稀垮垮的，更无半点警惕之心。司马梦求看了半晌，心中便生鄙夷之意，挥鞭指着那些辽军问道："韩兄，辽兵尽是这般模样吗？"

韩先国笑道："辽国最精锐的军队，是宫卫骑军、御帐亲军，共六十万骑，非五京乡丁可比。"

司马梦求点点头，又问道："我听说辽国军队，百姓年十五以上，五十以下，皆隶兵籍。每正军一名，有马三匹，打草谷家丁、守营铺家丁各一人。人备铁甲，马备皮甲，弓有四张，箭四百，别有长短枪等物，装备精良。平日遣打草谷骑四出抄掠以供养军队——所不解者，这承平之时，如何能靠抄掠来供养六十万骑兵？"

韩先国本是落第的秀才，为唐家所笼络，并非毫无见识之辈，他见司马梦求说起辽军制度，分毫不差，心中也不禁佩服。一直以来，他都在揣测着司马梦求的身份——潘照临与唐家在辽国所建的间谍网络，为防泄露，都非常隐秘，因此发展也极其缓慢，骨干之人至今不过二十余名，大部分相互都不认识，所有的人都只知道自己向宋廷效忠，除此之外，便所知有限。当自称"马林水"的司马梦求拿着玉制鱼符与接头暗号前来时，韩先国便已经在暗暗揣测他的身份了。这是几年以来，第一个拿着玉鱼符来找他的人。

韩先国笑道："马先生所说不错，不过所谓打草谷供养军队，也只是片面之词。

辽国的军队一样要耗费国家的粮饷。"

司马梦求却是不由慨叹道:"六十万骑兵!若大宋有六十万骑兵,天下不足平。"一面却是细心地目测着驻扎在松亭岭的辽兵人数,以便晚间绘图记下来。

韩先国摇摇头,背着手笑道:"宋与辽不同,辽国养得起,是因为马不要本钱,大宋可做不到。其实只要士卒精练,将帅得力,政治清明,骑兵又有什么用?幽蓟之地,是城寨攻防,又不是大漠追逐。"

这番话却很难说是对是错,但二人其实也只是闲聊,司马梦求自也不会辩驳,只点点头,说道:"我这次北来,听说辽国各属国、部落,对辽国朝廷,都多有不满,韩兄久居燕地,可有耳闻?"

"那不足为奇。"韩先国笑道,"这些部落、属国,当契丹强盛时,便唯唯诺诺,不敢不听;但若其虚弱,自然会先为自己考虑。似幽蓟的汉人,虽然未必心怀故国,但也未必会为辽人卖命。"他见司马梦求有愕然之色,又满不在乎地笑道:"我听说南朝有人以为析津府的汉人一定心怀大宋,这其实不过是一厢情愿而已。老百姓只需平安生活,才不在乎什么宋国辽国,他们早已经习惯了契丹人的统治。"

这些话却是让司马梦求着实诧然,不禁问道:"既是如此,那么韩兄为何……"

韩先国知道他想问什么,自嘲地笑笑,坦然道:"马先生以为我是心怀故国吗?嘿嘿……我不过是因为累试不第,没什么出身之路。有人出钱帮我创业,让我能有机会做点事业,自然死心塌地地为大宋卖命。辽国像我这样的汉人倒是不少,若有人加以笼络,却是多少有点儿用处的。"

他说得十分坦然,司马梦求也不是寻常之人,心中的诧然早已变成淡然,这时只是点点头,傲然道:"不管是出于什么理由,但韩兄的选择却是十分明智。大宋才是前途无量的国家!朝廷日后绝不会忘记韩兄的功勋,封妻荫子,等闲之事。"

韩先国却只是不置可否地笑笑,显然并不太当真。司马梦求笑道:"我知道你不信,若在几年之前,我也不信。但是现在,一切都已经改变!"

韩先国见司马梦求说得认真,心下竟也不由信了几分,他思忖一会儿,终是不明白为什么说"现在一切都已经改变",便试探着问道:"马先生,朝廷养着我们这些人,自然是有意幽蓟,那究竟什么时候才会有用?"

司马梦求望了韩先国一眼,笑道:"不要急,此事非一朝一夕之功。慢慢地,你就会明白我的信心从何而来了,不用太久,所有的人,都会有这样的信心的。"说完,挥鞭抽了一下马背,驰回酒铺。他倒不是不信任韩先国,对方既然是潘照临说了可以信任的人,司马梦求自然是信任潘照临的识人之明。但是,有些事情,现在口说无凭,也没有什么说服力,倒不如保留一点神秘感,日后自然有事实来说服对方。

韩先国怔了一下,来不及细细咀嚼司马梦求的话,也连忙拍马跟上。二人一前一后，才靠近酒铺，便觉得一股森冷之气迎面而来。只见酒铺前，不知何时来了一队黑甲卫士，军容肃穆，凛然生威，见二人走近，四个卫士立时围了上来，用契丹话喝道："什么人？"

韩先国见他们的打扮旗号，已知这些人竟是宫卫骑军，心中不由一凛，一霎时就换过脸来，满脸堆笑，用流利的契丹话说道："小的们是商队的头头。"两个在酒铺歇脚的商队伙计也连忙跑过来，一面作揖，一面解释。那几个卫士又上上下下打量了二人一眼，这才释去疑心，任二人进入酒铺。

司马梦求与韩先国暗暗称奇，看这个样子，酒铺中必有大人物，但是为何却不驱逐众人呢？司马梦求本来也难得见识一下辽国的贵人，更是暗暗留心。

二人走进酒铺，便见两个契丹人占了一张好桌子，在那里饮酒，旁边站着八个剽悍的卫士。其中一个神态儒雅的中年人见到司马梦求，似乎微微一怔，用契丹话问道："那位先生，请过来一下。"用词虽然客气，但神态语气，却非常傲慢。

韩先国知道司马梦求不会说契丹话，连忙拉着司马梦求走了过去，赔着笑问道："不知贵人有何吩咐？"

那人却不去理他，望着司马梦求微微一笑，在另一个人耳边低语数句，忽然用流利的汉语说道："这位先生是南朝人吧？"

司马梦求心中一震，他知既已被人识破，毕竟不能再掩藏，否则只能启人疑窦，便装出讶异之色，抱拳答道："学生的确是南朝人。却不知先生如何知道？"

那人笑道："我去过南朝许多次，两朝人物，略有些不同处，倒也分得出来。"

"足下果然慧眼。"司马梦求笑着恭维道。

"哪里，却不知先生台甫如何称呼？来北朝何事？"那人看似漫不经心地问道。

"不敢，在下马林水，草字纯父。因为生性喜欢游历，来北朝，无非是想看看北地的风光。"

"哦？"旁边那个契丹人突然开口说道，"先生倒是个雅人，不过这样做，似乎触犯了大辽的律法。"他的汉语，竟然也甚是流利。

司马梦求连忙谢罪道："在下实是不知，还望恕罪。"他却不知道那两人，一个便是辽国太子身边最重要的谋主萧佑丹，另一个，是辽主刚刚任命辅导太子的太子少傅、客省使耶律寅吉。萧佑丹往来宋朝，颇能识人，竟一眼认出司马梦求是宋朝人，不过他却也没什么疑心，毕竟自澶渊之盟后，宋辽之间大体也和平了几十年，这几十年间，宋朝几乎从未有往辽国派遣间谍的事发生。事实上，以萧佑丹所知，宋朝根本就没有这样的机构存在，只有边境守臣偶然会遣间谍潜入，但活动范围也大体限于南京道边境，深入松亭岭这样的腹地，既无必要，也十分不智。因为宋辽之间，现在还是辽强宋弱，派遣间谍一旦被辽国发现，无疑是白送辽国一个把柄，不但宋朝可能会为此付出昂贵的代价，更关键的是，派遣间谍的官员，一定会被辽国要求追究责任，以宋廷面对辽国的弱势，多半也会牺牲掉那官员以平息辽国的怒火。甚至，即使间谍未被辽国发现，打探了情报回国，上禀宋廷，宋朝两府的宰执们是会奖赏还是会处罚那位"多事"的官员，也都是很难说的事……因此，这卖力不讨好的事，根本就不会有边境的官员去做。饶是萧佑丹再聪明，也绝对想不到远在杭州的石越竟然会"多管闲事"到这个地步，这实在已是一个异数。

反而，萧佑丹是知道，虽然宋辽两国之间有着严格的关防，但是私自越境的事却是屡见不鲜，这其中大部分自然是从事走私贸易的，其次则是一些许下大愿的僧侣，而偶尔，也会有一些读书人，虽不多见，却也不至于让见多识广的萧佑丹骇怪。而这些敢于越境游历的读书人，通常也不是寻常的儒生，要么是性情怪僻，要么是在本国科场失意，要么就是胸中颇有丘壑，或者是几样兼而有之……

萧佑丹与耶律寅吉本来是有要事要赶回中京，因辽主很快就要任命太子耶律濬总领政事，他二人须得在中京替太子谋划，特别是耶律寅吉，在辽朝威望甚高，颇为魏王所忌，太子身边，有他无他，相差甚大。因此二人在此短暂歇脚，不愿意扰民，也没有把旁人赶走，不料竟然邂逅司马梦求。一个人的气度是经历养成，毕竟遮掩不住。萧佑丹于相人之术也有一些心得，此时见司马梦求神态之间，颇出常人，心中一动，竟隐隐生了招纳之意，因笑问道："马先生想必也是读书人吧？"

司马梦求却不知道对方什么打算，忙作出愧色，道："惭愧，累试不中，最终无意功名，只愿留意山水。"

"非也。"萧佑丹笑道，"我观先生非腐儒可比，必是文武兼修之人。"说罢站起身来，用契丹话大声喝道："来人。"

一个黑甲卫士跑上前来，高声应道："在。"

"取弓箭，我要与马先生试试骑射。"萧佑丹喝道，一面拉着司马梦求的手，走出酒铺。早有卫士取来弓箭，交给二人。萧佑丹取了两个卫士的头盔，指着远处的一棵树，令他们将头盔挂在树枝上，一面用汉语向司马梦求笑道："马先生，我们来试试骑射，你若能胜我，私来我朝之罪，一切不问，我待以上宾之礼；若胜不得我，便要得罪先生，送予官府治罪。"

司马梦求不由暗暗叫苦，此时耶律寅吉也已出来观看，眼见四周卫士环绕，终是脱身不得，而且也不能置韩先国等人于不顾，这时骑虎难下，只得硬着头皮应允。

萧佑丹见他答应，大笑上马，左手引弓，一箭正中头盔。

司马梦求也只得咬牙上马，他要胜得萧佑丹，竟驱马向后奔驰，在马上返身挽弓，便听弓弦响动，飕的一箭，正中头盔。

这一手施展出来，不要说萧佑丹，便是耶律寅吉与那些铁甲卫士，也不禁齐声叫好。

萧佑丹见逼出来司马梦求的本事，不由微微一笑，拈弓搭箭，三箭连发，二箭射中头盔，一箭擦着头盔而过，正中树枝。这却也已经是不错的本事了。司马梦求见众人叫好，心中已是暗悔卖弄，但骑虎难下，这时也只得依样学葫芦，连发三箭，却是箭箭中的。

萧佑丹不料司马梦求弓马如此了得，不由高声赞道："好本事！南朝有此人而不能用，可谓无人。"

司马梦求只得欠身答道："侥幸而已。"

萧佑丹下了马来，亲自扶着司马梦求下马，一道走到耶律寅吉跟前，笑道："少傅，如何？这是天赐此人予大辽。"

耶律寅吉颔首笑道："这样的人才，定然深知大宋人情虚实，他日石越得志，我们亦不至于束手无策。"

司马梦求与韩先国听到二人对答，不由面面相觑，心中又是好笑又是着急。萧佑丹又转身向司马梦求说道："马先生，实不相瞒，这一位，是当今太子之师耶律少傅，在下萧佑丹，是太子属下。以先生之才，南朝朝廷竟然不能用，若弃之山野，岂不可惜？我大辽太子英睿天授，爱贤如渴，才华远在元昊辈之上，先生如若不弃，定能不负胸中所学。"

耶律寅吉也走过来，道："良臣择主而仕，若先生不弃，太子当待以张元、吴昊之礼；先生名标青史，富贵荣身，皆不过等闲之事。"张元、吴昊，是当年不得志而投奔元昊的汉人。元昊扰乱华夏，得此二人之力甚多，而元昊亦不惜以师礼待之。

司马梦求万料不到竟然有这样的事情发生，当真是目瞪口呆，不过他却立即意识到这是千载难逢的机会，一面诚惶诚恐地拱手行礼："原来是耶律少傅与萧公，失敬失敬，在下有眼不识泰山，还望恕罪则个。"一面又假意推辞道，"学生何幸，敢蒙二公错爱？只是学生乃是山野陋人，实无意功名富贵……"

"哎，先生何必过谦。"萧佑丹却是笑着打断了他，说道，"我已问过下人，你们商队也是要去中京，如此便一道前往，待先生见过太子，便知太子实是可辅之主，所谓楚才晋用，本是平常之事，先生断不可辜负了胸中的才学。"

司马梦求见萧佑丹此人精明强干，辩才滔滔，心中也不由暗暗警惕。他当然知道似萧佑丹这样的人物，虽说眼下热情的招揽自己，但却断然不可能随便信任自己，更不可能会轻易委以腹心。但是，若能有机会进入辽国太子府，哪怕只是一个普通的门客侍从，萧佑丹能否从自己口中探得宋朝的虚实自然不问可知，但是于自己了解辽国虚实，却是天赐良机。当下半推半就，又客套谦逊了几句，竟然应允了萧佑丹一道前去中京，拜见太子。

萧佑丹与耶律寅吉见司马梦求答应，也甚是高兴。他二人都知道太子地位并不巩固，多一人之助，便多得一人之力，因此萧佑丹才会如此格外留意人才，求贤若渴。司马梦求哪怕其他方面再无所长，但只需他不是魏王的爪牙，以他的武艺，至少也是为太子增了一得力侍卫，在这个时候，也是难得的。一路之上，萧佑丹又不动声色地询问、试探司马梦求的底细来历，这些司马梦求自是早就编好，对答如流，滴水不漏。萧佑丹与耶律寅吉更是放心，二人都觉得此番前往中京，竟然能偶遇到司马梦求这样的人才，实在是一个极好的兆头。

但萧佑丹毕竟是谨慎之士，不出司马梦求所料，一路之上，凡有司马梦求在的场所，他便绝不会说什么重要之事，反倒不断向司马梦求询问宋朝风物人情。司马梦求这时也有意卖弄，议论宋朝各地风土人物，点评士夫政事，竟与萧佑丹谈得甚是投机。

如此众人快马前行，走了几日，过石子岭出山，又走了一百七十里，辽国中京大定府，便在眼前。

不要说和开封府那样的巨城相比，即使是比起城方三十六里，城墙高三丈，厚一丈五尺的析津府来，中京大定府，都称得上是城垣卑小。当时辽国人口约有四百万，户数在百万左右，丁数约二百万左右，而且，因为辽主耶律洪基以及之前的几任皇帝大抵昏乱，因此民间隐户、逃户甚多，真正登入户薄的人口，实际不过十之六七而已。但是，相比人口，辽国的国土面积却更加广阔，即使是统治的核心区域，也是地广人稀。因此中京大定府的居民人数，是远远不及宋朝的普通大城。

司马梦求在朱夏门前勒马观望这座辽国的行政首都，以常理而论，南京道是辽国最富庶、最发达的地区，其次便是渤海国故地。朱夏门是大定府南门，从南京道往来的商贾人群，无不要从此经过，只需观看此门之繁华与否，便可知辽国之治乱盛衰。此时正是上午，司马梦求见来往行人，虽然也是络绎不绝，但是人数却并不太多，比起大宋，不要说东京之南熏门，便是比杭州也难望项背。"如此小的国家，却扼住大宋咽喉近百年，真是可叹！"司马梦求一念及此，不由微微摇了摇头。

这细微的动作，早已落入身后的萧佑丹眼中，他驱马过来，笑道："马先生看中京而摇头，却不知何故？"

司马梦求见萧佑丹如此观察入微，心中暗暗警惕："此君真人杰也。"口里却笑道："实不相瞒，我看到中京之繁华，尚不及宋之中城，而辽国却能蔚然为上国，不免心生感慨。"

萧佑丹与耶律寅吉相视一眼，哈哈笑道："我大辽能有今日，除开先祖努力之外，也是天授，天神地祇佑护，方有今日之局面。"

司马梦求曾经听说过，天神与地祇，是辽人所信之二神，天神为一骑白马的男子，地祇为一驾青牛小车的妇人。他甚少接触契丹的杰出人物，对他们的见解也颇为好奇，便笑着问道："辽国能有今日，当是百战之功，为何说是天授？"

萧佑丹笑道："马先生是南朝高士，当能博古通今，先生可知我契丹盛于何时？"

司马梦求知道这是萧佑丹考较自己的学问，当下微微笑道："我听说契丹源出鲜卑，本是宇文别部的一支。又有说契丹是南匈奴贵族之后。至北魏年间，已是北方强国。但若论强盛，当始于五代。"

萧佑丹点头笑道："马先生说得不错，但北魏之时，契丹力不如人，常受欺凌，真正强大的机会，是唐太宗贞观二年，我契丹归附唐朝与突厥作战。其后虽然偶有边将侵侮，但终唐一世，我契丹都因得到了唐朝的支持，所以才能有机会击败强敌，蒸蒸日上。到五代中国大乱，契丹趁时而起，得幽蓟之地，方能成今日之大国。倘若中国得人，又岂有今日之契丹？所以说我大辽之兴，半是天授。"

司马梦求见萧佑丹如此夸耀这所谓的"天授"，心中不由十分感叹，他也知道五代之时的种种故事，似辽国能够灭亡后晋，全是因后晋用人不当，否则辽太宗耶律德光难逃全军覆灭的命运。当下干笑道："闻公高论，胜读十年之书。在下本以为北朝之士，必轻南朝。"

耶律寅吉摇了摇头，道："本朝太宗皇帝攻克开封后，本欲占据中原，但终不能立足，临出开封之前，太宗皇帝道：'我不知中国之人难制如此！'自此之后，本朝再无问鼎中原之意，只求世世与南朝为兄弟之国。似本朝制度，也多半取自中华，于南朝之士，又岂敢轻焉？"

"不错，当年太祖皇帝为八部所迫，赖以兴国者，汉人也；先朝韩德让等人也是汉人，官至封王。我大辽以南面官治汉人事，以北面官治契丹事，于番汉一视同仁；且历代皇帝，都崇信儒教，未曾有不亲自拜祭孔子者；而朝中大臣贵戚，不通汉语，不习汉字者，百中无一，谁人又曾敢轻视中国之士？皇太子殿下，不仅弓马纯熟，而且诗画琴棋，也无一不通，如南朝石越、苏轼的文章，太子殿下曾亲览而赞叹也。以先生之高才，若能悉心佐辅太子殿下，必能大展胸中抱负。"萧佑丹这番话，虽然语多夸饰，无非是要进一步游说司马梦求为辽太子效力，但是其中所说，大体却也近于实情。契丹是半牧半耕之民族，汉化程度相当高。

司马梦求正要答话，忽见朱夏门城门大开，数百黑甲骑兵排着整齐的队伍，整肃而出，黑压压的旌旗蔽日，一时之间，整个城外便只听见整齐的马蹄之声。司马梦求见到这个阵仗，不由吃了一惊，正要转过头来询问萧佑丹，却见那些黑甲骑兵从怀中一齐取出号角，"呜呜呜"地吹了起来。他回头觑见耶律寅吉，脸上却是颇有惊喜之色。

司马梦求见萧佑丹朝他微微努嘴，心中一动，已知是怎么一回事了。连忙回转马头，肃然观望，便见两面绣有日月的大旗，拥着一个身着金铠的年轻人，从城中飞驰而出。那些黑甲骑士都齐声呐喊道："千岁、千岁、千千岁！"

萧佑丹过到司马梦求身边，低声笑道："马先生，这是太子殿下的亲兵。太子殿下出城，亲迎耶律少傅回京来了。"说罢，萧佑丹与耶律寅吉早已翻身下马，迎了上去。

司马梦求却是依然在队伍中，并未跟上。韩先国趁着这时，催马过来，低声道："马先生，若是有事，在下在大同酒楼等您。"说完，也不等司马梦求答应，便又连忙闪回后面的商队之中。

司马梦求见辽太子与萧佑丹、耶律寅吉笑着说了几句什么，又见耶律寅吉朝太子拜倒，显是心情甚是激动，辽国太子又亲自搀起，心知这是辽国太子御下之道，不由微微冷笑。只是细心打量辽国太子的亲兵卫队。不料耶律濬扶起耶律寅吉之后，竟然与萧佑丹、耶律寅吉一齐驱马，直奔他而来。司马梦求只在一怔之间，耶律濬等人已到眼前。他连忙翻身下马，拜道："草民拜见太子千岁。"他游目四顾，便见兵士早已来齐，此时个个躬身，以刀撑地。

耶律濬笑着跳下马来，一把扶起，朗声道："马先生是南朝高士，不必多礼。快快请起。"

司马梦求不料耶律濬如此随和，心中亦不由有几分感动，口中连连谦道："山野草民，岂敢，岂敢。"

耶律濬笑道："此处非待贤之所，还请入城说话。"说罢左手一挥，队伍立即奏起鼓乐，欢迎嘉宾。耶律濬左手搀着耶律寅吉，右手搀着司马梦求，一齐上马，在众军士的拥簇之下，一道入城而去。

进入东宫之后，酒宴却是早已备好的。耶律濬一面笑道："少傅，马先生，在此先设家宴，替二位接风洗尘，简陋处勿怪为是。"一面竟是要请耶律寅吉与司马梦求上坐。

二人却是无论如何也不敢坐那个位置，司马梦求见辽国太子如此礼贤下士，心中又是惊讶，又是警惕。他自是不知道耶律濬因为外公萧惠、舅舅萧慈氏奴尽皆早死，只余一个舅舅叫萧兀古匿，却是才智平庸之辈——舅家无人，而皇帝耶律洪基日渐一日的昏庸，不仅仅信任耶律乙辛、张孝杰这样的奸臣，前几日居然还传出用掷骰子的方法来任命朝廷官员这样荒唐的事情——这对于有意重振朝纲，大展作为的耶律濬来说，不能不产生莫大的危机感。更何况南朝石越如今已经开始被重用，更让耶律濬要迫不及待地聚集人才，以求在朝中与耶律乙辛、张孝杰抗衡。耶律寅吉素以忠直见称，得他支持，颇能笼络一些朝官；而耶律濬又在心中视石越为大敌，迫切想知道宋朝虚实，因此对二人，耶律濬竟是格外的礼遇。耶律寅吉对此却是心知肚明。他虽然感于太子的礼遇，却也是知道分寸的人，终不敢去坐那个上首。最终一番辞让，还是太子坐了上首，耶律寅吉、司马梦求次之，萧佑丹在下首相陪。

酒过三巡之后，耶律濬笑着对萧佑丹说道："佑丹，父皇已经答应我的请求，你改任皇太子惕隐。"

司马梦求知道所谓的"皇太子惕隐"，是管理皇太子宫帐之事的官员，相当于皇太子的大管家、侍卫总管，是皇太子的心腹之人。耶律濬得萧佑丹为谋主，司马梦求不由微微皱了皱眉，但忽地想起萧佑丹的厉害，立时警觉，连忙低头饮酒掩饰，一面偷眼觑视萧佑丹。好在萧佑丹却并没有注意他，他望了耶律濬一眼，心不在焉地说道："多谢殿下。"

耶律濬见他神情中似有忧色，不由一怔。正要相问，耶律寅吉轻轻咳了一声，说道："殿下，您总领北、南枢密使事，有励精图治之意，臣早有听闻。本朝能得太子如此，是国家社稷之福。"

耶律濬连忙谦笑道："少傅谬赞了。"

耶律寅吉却脸色沉重地摇摇头，继续说道："殿下胸怀大志，上任几日，便任命了一批低层官员，将原来那些靠阿谀奉迎得官的腐虫罢免，又推荐素有忠直之名的马群太保萧乌克邻为契丹行宫都部署，使一些忠直之士能有机会为报效朝廷，大有澄清天下之志，臣等非常钦佩，百姓们都交口称赞殿下英明果决。"

耶律濬迷惑不解地望着耶律寅吉，他口中说的尽是赞美的话，但是脸色非常的严肃，似乎在说着什么严重的事情一样。

耶律寅吉似乎没有看见耶律濬的眼神一般，只是回头望了望左右。一直沉默不语的萧佑丹使了个眼色，那些侍奉的宫婢们连忙一一退下。一个青衣卫士走了过来，躬身行礼。耶律濬举起左手，沉声道："撒拨，你带人四处巡视，任何人不许靠近。"

"是。"撒拨简短地答了一声，转身离去。

司马梦求知道这是要谈论机密之事，连忙站起身来，笑道："殿下，草民亦有点儿乏了，先行告退。"

耶律寅吉微微一笑，道："马先生不必走，殿下托先生以腹心，先生国士，又岂得置身事外？"

萧佑丹素知耶律寅吉是有分寸之人，既然他不介意留下这个马林水，就是说他要讲的话可以让他知道，当下朝耶律濬使了个眼色。耶律濬立时笑道："马先生不可见外，快快请坐。待会还盼不吝赐教。"

司马梦求却知道这不过是笼络之计，当下也不推辞，抱拳道："不敢。"他也正想趁机多知道一些辽朝的虚实。

耶律寅吉见司马梦求坐下了，这才接着说道："殿下，当今朝中，耶律乙辛与张孝杰惑乱皇上，殿下如此行事，不是正犯二人之忌吗？殿下罢斥的人，正是二人的党羽，如此操之过急，是臣所不解者。"

萧佑丹也苦笑着摇头，他本来已经劝谕耶律濬不要打草惊蛇，但是事有两难，若是不去罢斥奸小，那么一切雄心壮志，都不过是空中楼阁。皇太子和耶律乙辛、张孝杰的对立，几乎是无法回避的。他也知道以皇太子的性格，是绝对无法身居重位却隐忍不作的。因此他一路上听说的种种作为，既让他高兴皇太子是个明君，却也让他无比的担心，害怕太子斗不过耶律乙辛与张孝杰。这时候耶律寅吉当面指出来，却正是说出了他的心事。果然，耶律濬只是微微一怔，便笑道："少傅，所谓冰炭不同炉，我若想有所作为，便不能太束手束脚了。那些奸小，怕他们何来？何况父皇终究只有我一个儿子。"

耶律寅吉这才知道耶律濬有恃无恐的原因，不由叹道："不可恃，殿下，此事不可恃。皇上正富春秋，未必会担心日后无子，何况，恕臣直言，皇上便是没有了儿子，也还有孙子！"

耶律濬怔道："孙子？"

"正是，皇长孙已经出生。"

"少傅是说我儿子阿果[5]？"耶律濬问道。

耶律寅吉点点头，道："正是。"

"这怎么可能？"耶律濬几乎不敢置信。

"若有人在皇帝面前进谗言，中伤殿下，当皇上不相信殿下之时，未必不能选择皇长孙为嗣。殿下锋芒不可太露，锋芒太露，上则让皇上不安，皇上亦担心唐太宗之事复见于今日；下则让奸臣侧目，树敌于朝。"耶律寅吉冷冷地说道。

"这……"耶律濬仰身靠在椅背上，似乎是问话，又似乎是喃喃自语，"可是……这可能吗？……南朝石越已经被重用，我朝现在四处叛乱，百姓怨声载道，若再不振作，只怕社稷不保……"

司马梦求不料石越竟然给耶律濬如此大的压力，心中竟不免有一丝骄傲，又有一丝惭愧，他身为石越的幕僚，在此之前，竟然不知道北朝辽国，有一些杰出之士正把石越当成巨大的威胁。

耶律寅吉也没有料到太子如此迫不及待，竟然也是迫于石越的压力，他沉默良

---

[5] 即耶律延禧，小名阿果。

久，目光转向司马梦求，问道："马先生，你以为如何？"

司马梦求见众人的目光都聚到自己身上，沉吟一会儿，道："石子明的确是百年难遇之人，只是宋朝朝廷上的纷争，便是诸葛亮复生，也必然会束手束脚，暂时似乎不必太担心。"

耶律寅吉与萧佑丹相顾点头，又问道："先生说得是。"

司马梦求又道："攘外须先安内。安内之术，草民赠太子殿下八个字 ——"他略略一顿，轻声说道，"豺狼当道，安问狐狸？"

"豺狼当道，安问狐狸？"耶律濬等人重复着司马梦求的话，各自思考着，一时之间，厅中变得无比的寂静。

过了好一阵子，忽然听到撒拨在门口沉声说道："殿下，有书信。"

耶律濬朝众人点头示意，起身走到门口，从撒拨手中接过一个火漆木匣，回来放在桌上，从腰间取出一把小刀，刮去火漆，从匣中取出一卷白纸，打开来细细看了，脸上明显有欣喜之色。他看完之后，将纸卷成一团，一个护卫立时捧着火炉走了过来。耶律濬将纸条连木匣丢入火中，望着高高蹿起的火苗，笑盈盈地说道："一头豺狼已经被赶出大道了。"

"哦？"耶律寅吉与萧佑丹都形动颜色，紧紧望着耶律濬。

耶律濬笑道："萧素与萧岩寿弹劾耶律乙辛那厮，父皇已经下诏，罢耶律乙辛北枢密使，他现在的官职，是中京留守。此贼既去，张孝杰不足为虑。"

第二章
典制北门

今天大宋要做的事情，是天地间一大变局。

——石越

1

闰四月初一。

大宋，文德殿。

大臣们按着班次站在自己的位置上，皇帝赵顼头戴皂纱折上巾，身着浅黄袍衫，腰间系着玉装红束带，脚穿六合靴，端坐在御椅上。今天的朝会，虽然不是一年三次的大朝会，但所有的人都知道，今天是第一次在朝堂上辩论两个版本的官制改革方案。在如此较大规模的朝会之上，翰林学士石越的班次，是相当靠后的。至少如韩绛、吕惠卿、蔡确、曾布等，都远远地站在他前面。他能看到的背影，也就是同为翰林学士的韩维罢了，他的背后，站着翰林学士元绛、张璪。

但是文德殿之上，每个人都心知肚明，今天的主角之一，就是站在人群中的石越与韩维。

"诸卿，改官制诏颁下之后，中书门下与学士院皆呈上了改官制的条例，众卿都已看过，今日朝会，便是要廷议以何者为优？是否可以互相取长补短？章程拿定，便好颁行天下。"皇帝环视众人，朗声说道。他说完，顿了顿，望着王珪说道："王珪，你先来说中书门下的条例。"

"遵旨。"王珪出列，欠身道："陛下颁改官制诏，诏中书与翰林院各自详定官制，是欲使名实相符，以正名合古制，此本朝百年之盛事。国初承唐制，三省无专职，台、省、寺、监无定员，类以他员主判。于是三省长官不预朝政，六曹不厘本务，给舍不领本职，谏议无言责，起居不记注，司谏正言，非特旨供职，亦不任谏净。凡官人授受之别，有官、职、差遣。仕者尽以登台阁、升禁从为显宦；而不以官之迟速为荣滞。于是陛下慨然欲更其制，下诏议行，臣等愚昧，以为宋承唐制，官制之变革，其要者，无非是使一切领空名者，尽皆罢去，而以阶寄禄。故中书门下所上官制，有三省六部，有职事官、散官、勋爵诸等……"

王珪口若悬河，说了大半个时辰，介绍中书门下的改官制方案，石越等人早已读过，中书门下的方案，完全以《唐六典》为基础，再辅以宋制，是一个中规中矩的方案，三省事无大小，以中书取旨，门下审覆，尚书执行，分班奏事。这个方案，既没有任何创举，也原封不动地保留了枢密院等机构设置，并没有要求增加相权。较大的改革，是撤销了三司使，使其权归于户部。

等王珪说完，赵顼微微颔首，目光投向石越，道："翰林学士石越。"

"臣在。"

"卿说说学士院的条例。"

"遵旨。"石越应声出列,朗声道:"陛下下诏厘定官制,诏臣与翰林学士韩维、元绛、张璪,以及枢密院承旨张诚一领其事。臣等以为,改官制之要义,除名实相符之外,需要使权力互相制衡、增加效率,去除冗官与重复设官,故此臣等所定官制,是以唐制与国朝旧制为基础,权衡古今利弊得失而设……"

吕惠卿早已读过石越等人草拟的方案,这个方案颇有出人意料的设想,他也能感觉其中的智慧与见识,但他一眼就可以看出,这个方案其实并不完全,例如军事方面,枢密院等一切,完全因袭旧制,毫无更改,因此他一直在揣测着石越的用心。吕惠卿一面听着石越侃侃而谈,一面低着头偷觑韩维等人神色,只见韩维脸色沉稳如常,元绛从容自若,唯有张璪面有得色,他心中略一思忖,便已知石越必有一个更详尽的方案,只是暂时没有公布。想通此节,吕惠卿连忙细心听石越向皇帝阐述其要旨。

"究其实,臣等所拟之方案,与中书所拟方案,大同而小异。"石越说了一句照顾中书面子的话,便接着说道,"臣等以为,凡一国之官制,无非是由朝廷与地方组成。而中央朝廷,又可细分为数部分,三省与枢密院、门下后省等,可称为中枢;各部、寺、监等,可称为辅枢;学士院、翰林院、秘书监等,可称为附枢;御史台为监察;诸殿阁学士修撰等,可统称为贴职;另外又有宫廷官、东宫官、王府官。除此之外,枢密院以下,可以细列为军事系统;大理寺等又可细列为司法系统。如此划分,则朝廷官员烦要职掌,便可以一目了然。此外又别有崇官、散阶、勋、爵等,臣等统称为勋爵体系……

"而其中最要者自是中枢。臣等细考古今,究其得失,定中枢制度:中枢以尚书省掌全国大小政事,以枢密院掌军事,以门下后省掌上下封驳之权,以中书省掌外制宣敕,谏诤人君;以门下省掌谏议……"

虽然石越等人所拟的官制,众人早已知详,但是他在朝堂上公开宣读,依然引来了众官的侧目,若非有皇帝在,有殿中侍御史虎视,只怕早就一片哗然了——石越所定的制度,虽然是三省之名,实际上却又是一次千古未有的大变局。韩维与元绛见到众人表情,不由相顾点头,嘴角微微泛出冷笑,张璪却是愈发连下巴都扬了起来。

"尚书省,有决策、行政之权。设尚书令之位,虚位以待储君监国、学习政务之用,为使上下得所,储君非监国,不掌印不决策;非储君,纵亲王亦不得为尚书令。于尚书省设政事堂,掌大小事务决策,以尚书左右仆射为宰相,领政事堂;另设参知政事为副宰相,列政事堂议事,然参知政事不单授,可使辅枢各部尚书、寺卿之贤能者,加参知政事衔,以为副相。参知政事除六部尚书例加外,各寺卿、知监事中择三四人兼任,如此,宰相虽只两人,副相却有六至十人。尚书省位权虽重,而有参知政事相制衡，则臣下不能擅权。另设尚书左右丞，列席政事堂，分监辅枢各部寺监之行政，以为行政监督之职……"

"臣有事启奏！"班列中，忽然有人大声打断了石越的禀奏。

赵顼不由皱了皱眉。文德殿上，所有的大臣，都不由自主地把目光往说话的方向聚集过去，所有人都想知道究竟是谁这么不给炙手可热的新贵石越面子，居然当殿打断他说话。殿中侍御史们早已蠢蠢欲动，有人已经在筹算着趁此机会送石越人情了。却见一个脸色金黄的中年人走出班列，昂声道："臣宝文阁待制孙览有事启奏。"

见到此人出列，众人都吃了一惊。吕惠卿眯着眼睛，脸上不由露出一丝讥笑 —— 原来这个宝文阁待制孙览，是最近新除的。此人一向转任地方，颇有治迹，但说起来，却是更偏向于旧党一面，因石越得势，才能够再入中央为宝文阁待制。他的哥哥，便是在白水潭学院威望甚高的孙觉！没有人料到，竟然会是一个被隐隐打着石党标记的人，出来向石越发难！

赵顼见是孙览，脸色稍稍缓和，他对孙览有点儿印象，数年之前便是赵顼亲自调他入中央做司农寺主簿的，后来被判寺事舒亶弹劾后又离开中央。此人是个虽有才干，却经常与执政者意见不合的人物。赵顼耐着性子问道："卿有何事？"

"臣以为翰林学士院所拟官制甚为不妥。"孙览亢声说道，总算他对石越还有一些情分，并没有去点他的名。

"哦？有何不妥？"赵顼的脸色开始变得难看，张璪也开始不自在起来。石越与韩维、元绛六目相交，亦只有苦笑。

"自唐以来，向是以中书为决策，以尚书为行政，以门下驳议，此千古之典范。翰林学士都是饱学之士，平白就让尚书省身兼决策、行政之权，破坏三省平衡，未见其利，先见其弊，再用增加参知政事之法来制衡相权，更是画蛇添足，多此一举。臣不以为然。"

张璪早已忍耐不住，跨出一步，向赵顼躬身道："陛下。"他侧着身子觑了孙览一眼，高声说道，"臣等以为，改官制是为了增效去冗。使各部尚书、寺卿兼参政，决策之时，诸相便能深知各部寺内情，凡有大事，各部尚书、寺卿同时站在本部寺之立场表达意见，而左右仆射则协调融和，无论大小政事，政事堂皆能尽知其情弊。这样的制度，好过中书、尚书互不相闻，虽有制衡，却互不了解。且各部尚书、寺卿既然兼参知政事，隐然便可以与左右仆射分庭抗礼，左右仆射虽然官高位重，却也无法擅权。如何又可以说是画蛇添足？"

这种种制度，虽然多出自石越的想法，比如尚书兼参政，就类似于20世纪之内阁，虽然难说尽善尽美，但较之三省分权，却还是有其优势的。张璪校对《唐六典》，精通故事典章，在这份方案中出力甚多，他知道只要这份方案最终采用，凭借种种创制，他张璪便可以借此名扬万世，因此倒成了为官制辩护的急先锋。

孙览虽觉得他说的也有道理，但心中却尚不服气，又问道："如此，将置中书省于何地？"

张璪见孙览有退让之意，得意地扬起下巴，高声说道："以中书省掌外制宣敕，谏诤人君，有何不可？"

"这，这不合祖制。"

"三代以来，何曾有中书省，何曾有门下省？秦汉之际，中书省又在何处？制度因循变化，本是天道之常。况且国朝以来，官制混乱，太祖、太宗征战四方，真宗、仁宗、英宗皇帝休养生息，无暇厘正。逮至本朝，皇帝英明，遂有此盛事，此祖宗留给皇上做的事情，如何说是不合祖制？臣以为，皇上如此，正是要给后代，立千秋万代之规模。上及三代，下至汉唐，其制度规模，善者可循，恶者可改，合时者可用，不合时者可去，这才是道之所在。"张璪舌辩滔滔，说得孙览哑口无言，他这才知道，所谓的"翰林学士"，并非浪得虚名。

赵顼也连连点头，笑道："孙卿可还有意见？"

"臣孟浪，请陛下恕罪。"孙览本是直率之人，见说人家不过，人家也不是强词夺理，便干脆伏首谢罪。

赵顼含笑摇了摇头，道："卿无罪。今日朝议，本就是要讨论官制，若有不妥，诸卿尽管直言。孙卿之失，不合太心急，且待石子明读完再说不迟。"

"陛下圣明。"

一片拍马屁的拜贺声落下之后，吕惠卿忽然道："陛下，臣有个问题，想问石学士。"

赵顼微微颔首，目光转向石越，石越连忙道："参政请说。"

吕惠卿笑道："依学士院之条例，政事堂除左右仆射之外，另有参政十人左右。便是说，朝廷多则有十二位以上的宰相，少则有八位以上，政事堂决策之人如此之多，难免众议纷纷不能决，若意见分歧，无法全堂画诺，又当如何是好？难道事无巨细，都要陛下亲断吗？若如此，则宰相之体何在？皇上设宰相又有何用？"

"参政问得好。"石越笑道，"左右仆射轮流值日，诸参政亦轮流值日，小事由左右仆射与诸参政决断备案；大事召政事堂会议，若不能全堂画诺，亦由左右仆射决断，但若决策失误，左右仆射便当为此负责。若左右仆射之间亦有分歧不能决，或者参知政事之间意见纷争，则可由左右丞交皇上裁决。如此，左右仆射亦不敢逆多数参政之意见而轻率决策。"

吕惠卿略一思忖，笑道："如此甚好。"

石越又继续说道："何况无论大小事务，尚书省皆不直接草诏敕，大事由学士院草拟，小事由中书省舍人院草拟。翰林学士与中书舍人若以为不妥，可以拒绝拟诏。此外更有门下后省给事中，上可封还诏书，下可驳正百官章奏，诸诏敕无给事中画押，不得颁行，此唐制之善者也。给事中者，位卑而权重，由人主择清介出众之士任之。凡诏敕，给事中认为不合理者，说明理由封还之。执政再思，修改之后再至门下后省，给事中画诺则可。若否，则不得颁行。若一份诏书封还三次，则当付诸廷议。廷议许给事中，则执政当辞职；廷议许执政，则给事中当辞职。如此，臣等以为，朝廷之诏令，必然都是经过深思熟虑的决策……"

殿中诸人都知道给事中历来便有封驳之权。但石越提出三次封驳，便有一方要为此付出乌纱帽的代价，却是无形中加重了给事中的权威。众人自然不知道石越是因为看见后世的给事中，因为不要负责任，就滥用职权，所以想出此策来防患于未然，同时也迫使执政们正视给事中的权威。皇帝自然乐于看到臣子们互相制衡，且以宋代之皇权，赵顼也根本不介意给事中有权力封还他的诏书——皇帝被臣子扫面子的事情，实在太多了。

众大臣一面听着石越滔滔不绝地介绍着他的官制改革方案，便是连韩绛、冯京、吕惠卿、王珪，都知道皇帝是打定主意要采纳这个方案了。这其中的修改最多是细节性的。此时众人心中想的倒是自己究竟能分到哪个职位。与其纠缠于官制改革这种无"实际意义"的东西，倒不如花点心思去想想之后的实利。毫无疑问，除左右仆射之外，兵部尚书兼参知政事、吏部尚书兼参知政事，应当是最让人眼热的职位了。

而另一方面，枢密院系统的大臣们则个个都无动于衷，石越刻意回避了军事体系的改革，枢密院、三衙等原封不动的保留，武职系统也丝毫没有触动，这一点出乎很多人的意料。只有枢密使吴充与枢密副使王韶，心里才非常明白，军事体系的改革，是势在必行的。吴充突然想起来自内廷的小道消息，说他将出任兵部尚书兼参知政事，而将有一位中书的宰执对调过来担任枢密使。他嘴角不由抽搐了一下。后面石越说的什么，竟完全没有在意了。

这个世界上，不把禄位放在心上的人，毕竟是少数。

当天的讨论一直到未时的钟声响起才告结束。整个过程并没有激烈的辩论，但也没有最终的结论。因为所谓的官僚体系毕竟非常庞大，其中可以争议的地方实在太多了。

从文德殿出来后，蔡确觑见左右无人，快步走到王珪身后，低声道："禹玉公请留步。"

王珪忙停下步来，笑道："蔡中丞，有何指教？"

"禹玉公，有句话，不知当讲不当讲？"蔡确眼珠转动，微微笑道。

王珪见蔡确说得奇怪，他也是老于世故的人，不由笑道："中丞有话但请直说。"

"今日之朝议，禹玉公应当明白圣意何在了。"

王珪笑道："人君择善而从也是平常之事。学士院的方案好，便用学士院的，不仅在下，便是政事堂其他诸位，我也可以担保他们并不介意。"

"诸相公宰相之量，自当如此。"蔡确打着哈哈笑道，"不过……"

"中丞有话但请直讲。"

蔡确游目四顾，见无人在侧，压低声音道："在下听到传闻，说圣上曾对韩维、石越说，若新官制推行，朝中大臣，陛下想要新旧参用。"

王珪一怔，道："这亦是常事，比如石越，自然要趁着机会大用。只是不知他会做左右仆射还是吏部尚书兼参政，这也是别人争不来的。"王珪心里也有自己的小九九，他自知资历、根基不及韩绛，宠信才智比不上石越、吕惠卿，朝廷之中，谣言数日之前便已传出，韩绛、吕惠卿、冯京、吴充、石越这五人，免不得要分了左右仆射外加兵部、吏部尚书，以及一个枢密使的职位。他王珪的本分，应当是守着六部尚书中的一个职位了。

蔡确见王珪神色中并不担心，心中冷笑，脸上却笑道："大参可知御史大夫一职，圣上有意由何人担任？"

"这……中丞说笑了吧？石越也说御史大夫不轻授，本朝亦没有先例。"

蔡确故意轻描淡写地笑道："在下却听说并非如此，本朝有一人一直简在帝心，圣上在韩维与石越面前，曾指着御史大夫的官职，说御史大夫非此人不可。"

"啊？"王珪眉毛一挑，问道，"那是何人？"

蔡确压着嗓子，一字一顿地说道："司马光。"

"司马君实？"王珪愕然道。

"正是。"

"司马君实不是曾经拒绝御史中丞的任命吗？这，这……御史大夫，或者谣传罢？"

蔡确听话知音，便知目的已经达到了一半，笑道："此一时彼一时，如今介甫已罢相，新法大部分暂时中断，若说司马光回朝也不奇怪。说不定司马君实在洛阳待久了，正在后悔呢。"

王珪心中却已在计算起来——石越心里未必希望司马光回朝，只是石越虽然内里依然是用变法来博皇帝信任，但又焉知他不会向司马光、范纯仁辈卖弄人情？司马光若为御史大夫，他王珪固然要寝食难安，甚至相位堪危；但是他蔡持正只怕也要无处安身，便是吕吉甫也万万容不得司马光回朝中的……

蔡确瞅见王珪脸色阴晴不定，只是垂首踌躇，不免又有点儿心急——司马光做御史大夫，首当其冲的就是他蔡中丞，堂堂柏台首领，不仅从此要屈居人后，而且只怕司马光上任第一本就是弹劾自己。到时候别说御史中丞，便是要留在汴京这个花花世界也不可得。但他心中虽急，却要外示平静，笑道："禹玉公，你可知要阻司马光入朝，最好的办法是什么？"

王珪虽知蔡确必然有所主张，天塌下来有高个子顶着，但事关自己的富贵前途，却也不能不关心，连忙问道："持正有何良策？"语气间又变得亲热了几分。

蔡确笑道："皇上早有意要收复灵武，这次官制改革，凡是涉及武事的官职，都暂原样保留，禹玉公可知其中玄虚？"

王珪思忖了一会儿，道："兵者大事也，或是为了慎重。"

"这么说，禹玉公也不认为皇上会不整顿武事，石越、韩维会不改革武官了？"

"那是自然，兵制是迟早会动的。依某看，也许是皇上现在没有得力的枢密使人选，所以才不急于改革兵制。"

蔡确从容道："禹玉公既然知道这个道理，何不送给石、韩一个人情，也替皇上分忧？我可听说最近石越的家人几次来往于太原……"

"太原？"王珪不由一怔，半晌，才失声笑道："持正果然智珠在握，如此简单的方法，我居然没有想到。"

石府，石越书房。

"公子又把司马君实搬出来，是一手妙棋，但也是一着险棋。"潘照临听石越说到皇帝有意司马光，石越在旁边大加撺掇之时，不由笑道。

石越轻轻啜了口茶，笑道："司马君实也是个固执的人，兼之声望太隆，若他入朝，牵制实多，皇上未必没有借他来保持朝中平衡之意，但是现在却不会太着急，中书门下本来就四分五裂，各有主意，皇上又用我和持国等人借学士院推行政策……"

潘照临轻轻摇头，道："今上登基八年有余，朝野之事，已大有进步。他数度遣使问王介甫平安，又加赐王安上官爵，为的便是防着中书门下的相公们有朝一日得意忘形，便可一道诏旨往金陵诏回王介甫，这么着中书门下就没有谁能真正弄权。留下司马君实在洛阳，从今年正旦开始，不过几个月时间，已有两次遣使赏赐，一次是赐龙凤团茶，一次是赐座钟与笔墨，还不是怕有一日新党坐大，就可以召回司马光，从中制衡。王安石与司马光，始终是两个大伏笔。"他顿了顿，又继续抽丝剥茧地分析道："但皇上突然要召回司马光，揣其原因，或是今上毕竟年轻，还是沉不住气，或是他现在就觉得朝中力量的均势已被打破。中书四相，没有两个人是同心的，枢密使、三司使、御史中丞亦无强援，唯一略显齐心的，只有学士院……"

说到此处，石越不由望了潘照临一眼，心中一震。"我在朝中并无根基可言，若说现在就来防我……"

潘照临沉声道："若是改官制后，皇上有意让公子做到吏部尚书兼参政，甚至是左右仆射，而韩维、冯京隐隐与公子一体，翰林院元绛、张璪，甚至连蔡确也有倒向公子的意思，皇上这时候想要召回司马君实，也未必不合情理。"

"这……"

"我想这着棋，或是庆寿宫那位老太太下的也不一定。"潘照临苦笑道。

石越不想自己搬起石头砸了自己的脚，他本以为皇帝并没有什么强烈的意愿要召回司马光，所以一点也不反对皇帝将司马光推出来，吸引那些争权夺利者的目光，顺便也卖给旧党一个人情，如此来分担自己将要遇到的阻力——这本是"暗度陈仓"之计。但若司马光真的来做宋朝的第一个正儿八经的"御史大夫"，位列三公，掌握着监督百官之权，又兼着司马光巨大的名望，从此真不知道会有多少掣肘了。

"真要和司马光打交道了吗？"石越不禁喃喃道。

"司马光最终会不会入朝，取决于皇上的态度——王安石不在，没有几个大臣敢直接反对这项任命，旧党势力犹在，司马君实声望又这么高。但公子可以将官制改革，特别是兵制改革的大局尽早定下来，若朝廷做出一副有意整兵经武的样子，司马光愿不愿意复出，还是未知之数。"

"不错。"石越击掌笑道，"司马光一向反对朝廷用兵，若与皇上政见不合，未必会复出。新官职任命之时，我会向皇上力拒左右仆射或者吏部尚书之职。"

"不做左右仆射或者还好，但不做吏部尚书……"

石越笑吟吟站起身来，走到书案前，提笔蘸墨，写下几个字来，递给潘照临，笑道："我就求皇上让我做这个官吧。"

潘照临凝视半晌，拊掌笑道："极妙！"

二人计议方定，便听到唐康在门外低声说道："大哥，有太原的书信与陈桥镇传书。"

"快送进来吧。"

唐康推开门走了进来，朝二人欠欠身，一面从袖中取出一封书信并一个密封的小铜筒，递给石越。石越先拿起小铜筒，见上面有数道火漆印，他检视正常后，方剔开火漆，从筒中取出一个小纸卷，打开看时，却见上面写着莫名其妙的字体，便递给潘照临，问道："潜光兄，这又是什么字？"

潘照临接过来看了一眼，笑道："这是西夏字和契丹小字糅合在一起的密语，这是析津传来的消息，第一站传到大名府，在大名府再换鸽子，传到陈桥镇，陈桥镇飞马报到京师。这还是第一次由析津正式传来的消息——说纯父准备去契丹中京探听虚实。"

唐康听到"契丹中京"四个字，脸上不由露出羡慕的神态，笑道："什么时候我也能去去便好。"

石越望了唐康一眼,淡淡道:"你和潘先生学好这些密语,平素好好学兵法、武艺,将来未必没有机会做个儒将。有朝一日,统十万之旅,观兵中京,才是好男儿。"

唐康忙敛容答道:"我记得了。"

石越点点头,这才拆开郭逵的书信,只见上面用刚劲的字体写道:"某启。孟春犹寒,伏惟学士阁下动止万福。前急足自府还,伏蒙赐书为报,因得备问起居之节、进退之宜,私心喜甚,何可甚道……"

石越看完,顺手递给潘照临,笑道:"是平常书信,郭公殷勤致意矣。"

牡丹花开时节。

西都洛阳的大街小巷人来人往。

与富弼府第的张扬相反,司马光的府邸,藏在洛阳巷陌深处,若非陈襄事先知道,绝难寻到。作为皇帝身边重要的史官,起居注修撰者,陈襄对司马光府有一种别样的感情——《资治通鉴》书局便在司马光府中。他把马车停在司马光府外几十步的地方,仔细打量着这个不起眼的巷子。离司马光府约五百步的地方,有一座外表极其简陋的宅院,宅院的大门横匾上,不起眼的题着"西京评论"四个魏碑大字——这里便是闻名天下的《西京评论》报馆所在地。这座宅子里面,不仅有数以十计的房间、会客厅,还有一个藏书数万卷的藏书楼,以及一个占地十余亩的大花园。每当报纸定稿之后,便有快马从这里将报纸清稿分送洛水边上三个印书坊,连夜排版,第二日上午,便能把刚刚印好的报纸,发送到各个卖报人、书坊。据陈襄所知,三大报中,《皇宋新义报》是一日一刊,除正旦、五月初一、冬至三天外,从不间断;《汴京新闻》是每月二十九刊,月末休息一日——有时候甚至连月末也照常刊印;《西京评论》则是一月三休,逢初十、二十及月底便休刊。除三大报之外,似《谏闻报》及其他新创办的小报,则往往是三日一刊甚至五日一刊。

已经五十八岁的陈襄,身体依然康健,他一面打量着入眼的景物,一面朝司马光府上走去。"这个司马君实,自从贬退洛阳之后,一直闭口不谈朝政,只是专心编撰《资治通鉴》……"陈襄想起自己身负的使命,以及关于司马光的种种传言,目光不由自主地又瞥了一眼五百步外《西京评论》报馆——《西京评论》的现任主编范祖禹同时也是《资治通鉴》书局重要成员,司马光的主要助手;而《西京评论》最重要的核心成员,除了有嵩阳书院的师生、洛阳名宿之外,还有一个人,便是司马光之子司马康;同样,负责《西京评论》的销售发行等事宜的,传说便是富弼之子富绍庭……

"司马君实真的不关心朝政吗?"陈襄无论如何也不会相信这种说法。思量间,陈襄已经走到了司马光府前。

早有仆人看见陈襄，连忙迎上前来请安迎接。陈襄问道："你家司马学士^[6]在家吗？烦劳通传一声，便说故人陈述古求见。"说罢从袖中掏出一个名帖递给仆人。

那仆人却不接他的名帖，只问道："陈先生可是从京师来吗？"

"正是。"

那仆人顿时满脸堆笑，欠身道："我家学士等待多时了。陈先生，便请进吧。"一面说一面引着陈襄往屋中走去。

陈襄奇道："你家学士知道我要来？"

"前几日，有个智缘大师来过，小的正在旁边侍候，他说不多日陈先生要来，我家学士便嘱咐小的，若有从京师来的陈先生，便可直接请进去，万不敢让您等候。那个智缘大师不愧是得道高僧，果真能掐会算……"仆人说起此事，不由叹服不已。

"智缘？"陈襄怔了一下，大相国寺方丈智缘大师颇有名气，是王安石的方外密友，如何会来拜会甚少和释道交游的司马光了？而且还能料到自己的到来？正在猜疑间，忽听到一人唤道："古灵公^[7]，小侄有礼了。"

陈襄抬眼便见司马光之子司马康正给自己行礼，连忙搀起，笑道："贤侄不必多礼。令尊可在？"

司马康笑道："家父正在书房，不知古灵公远来，请往客厅奉茶，容小侄去通报一声。"

陈襄上下打量着司马康，见他手中拿着黑黑白白的一根根小棒，不由笑道："贤侄莫急，你手中拿的却是什么物事？"

司马康忙笑道："这是嵩阳书院格物院一个学生发明的玩意，黑色的叫炭笔，白色的叫石笔。"

"这是笔？"

"正是。"司马康笑道，"这炭笔倒也寻常，这石笔却是将石膏加热至一定程度之后，再将热石膏加水搅拌成糊状，灌入模型凝固而成，甚是巧妙。用这种石笔，再配上黑色的木板，写完可以擦去，擦掉可以重写。于书院讲课，颇为便当。"

"哦？"陈襄将信将疑地接过一支"石笔"，端详一会儿，赞道，"若能如此，果然便当。"

司马康笑道："我已问过家父与那个学生，便要将此物的制作方法公布于《西京评论》与《嵩阳学刊》之上，使它可以造福天下。"

[6] 司马光时为资政殿学士。

[7] 陈襄，号古灵先生。

陈襄连连赞叹，夸道："君子重义轻利，原当如此。"

司马康一笑，谦逊几句，将陈襄请进客厅。陈襄见客厅中陈设精雅，诸物尽皆一丝不苟，心里暗暗点头。司马康待陈襄坐了，亲手从仆人手中接过茶来奉上，这才转身对仆人说道："快去知会老爷，便说京师古灵先生光临。"仆人应声退出门外。司马康又站在陈襄下首，笑道："听说最近京师伯淳先生与正叔先生各出了一部新书，伯淳先生说天理自在宇宙洪荒之间，若要明天理，非得穷究万物之理，得其本原真相，而格物之道，虽得不少体悟，却还得从实物中去寻；正叔先生则说天理本在人心之中，格物之道，是穷致其理，凡物之理，精妙无穷处，需得从人心中去寻。昔日二程先生在洛，愚侄也曾听过教诲，似乎主张相近，不料数年之后，竟有殊途之虑。古灵公是饱学名儒，却不知公以为二程之说孰是孰非？"

陈襄不料司马康张口便问起学问上的分歧，而且是近来在儒林惹得纷纷扰扰的二程兄弟分途之事，不由笑道："殊途无妨，若能体悟天道与圣人的仁心，从实物中寻也罢，从人心中寻也罢，只要能寻到，便是正道。依老朽之见，程伯淳颇受石子明所倡之逻辑学影响，凡事皆欲寻其道理是如何来，却不知道道理之得，有时候便是羚羊挂角，无迹可寻的；而程正叔则太重体悟，虽然也常说吾日三省吾身，却怕有一日落入玄想之中。"

"述古兄见识不凡。"一个沉稳的声音从门外传来。陈襄知是司马光到了，忙站起身来迎接。司马光笑着走进厅中，与陈襄对揖一礼，寒暄数语，再次分宾主坐了，道："方才说到二程。述古兄可知二程之分途，原因究竟何在？"

陈襄微微一笑，道："无非是石子明。"

司马光摇摇头，徐徐说道："从表面上看来，自然是石子明。但究其实，则无非是内圣与外王孰轻孰重的分歧。二程之说本来是欲从内圣中求外王之道，从人心中求天理，桑长卿在《白水潭学刊》中著文说，这种主张之实际就是要让士大夫皆成圣贤，再来感化贩夫走卒，皆成圣贤，若其有一样不能成圣贤，那么由内圣而求外王，终不可得，这却是见识敏锐之语。而自石子明大张杂学、重《论语》以来，其赤帜却是直接由外王而外王，他将一切过往视为奇技淫巧之事，都用一个'仁'字包了，他说那些奢侈之物卖给有钱人，国家从中多征一分税，则可以让百姓少出一分税；他说商人若能使一个地方物价平稳，则商人之仁与圣人之仁无异……如此等等，则石子明竟不止是想由外王而外王，竟是想由外王之术，而入内圣之道。白水潭有学子鼓吹：时时有坏心，却不得不做好事，要好过时时存着善心，却全然不做好事；吃斋念佛诵经一世，不若耕田一岁功德大……"

陈襄仔细揣摩着司马光的话语，他知道司马光与自己其实差不多，是两汉以来经生的门徒，他们相信从五经之中，能找到经世济用的方法，能找到致天下太平的方法。因此他们的本质上，相信外王之道更甚于相信内圣之道，虽然他们也认为外王内圣才是最理想的人生。从司马光的这番话中，陈襄努力想读出一丝褒贬来，却终是一无所获。

"那君实是以为程伯淳这是回归外王之道了？"陈襄试探着问道。

司马光点点头："程伯淳是有志于事功的人，他是白水潭学院的首领之一，日日受到石学影响，若还一成不变，那便是咄咄怪事。"

"那君实以为这是好是坏？"陈襄决定单刀直入。

司马光沉吟一会儿，方道："学风归于朴实，自然也是好事。由杂学而入经学，未必不能找到一条新路——程伯淳的转变，无论如何，我以为都是一桩大事。但石子明之学说，过分相信外王便可以治天下，甚至以为外王可以及于内圣，未必没有隐忧。只是这是百年之后的事情，以光之才，不能预料。"

陈襄不由笑道："如今天下之学，十分之七，都归于外王了。除石学外，王介甫之新学，虽宗《周礼》，实际却是公羊家之遗意，不脱于外王之学，若真有隐忧，那程正叔的学说，未必没有他存在的道理。也许百年后纠正浮弊，便要靠程正叔了。可见世间之上，有阴必得有阳，有阳必得有阴。"

司马光听陈襄言辞当中，意味深长，竟似别有他意，不由一怔，想起受王安石嘱托来见自己的智缘说的话来："学士与相公，虽都不在朝中，却无一日不在皇上心中。相公的宰相做得与常人不同，怨谤虽多，威信亦大，不到万不得已，皇上不会再下旨往江宁，但给学士的诏旨，依小僧看，迟则一年，快则半年，必然下来。相公之意，是盼着学士莫要推辞，朝中那位学士，志向本事皆是难得，但少年得志，或有孟浪处，上上下下，多有不放心的、忌恨的，若有学士在朝中，则朝野都能安得住心，便于那个学士也是有好处的……又有一事，学士的风骨，九重之内也知道的，诏旨断不会轻易下，毕竟会有一个人先来——依小僧看，或者便是陈述古……"

陈襄自是不知道司马光在想什么，见司马光默不作声，又继续说道："我在京师曾听说——太皇太后言道：当今朝廷，甚少老成之人，若老成之士，外臣中自以司马君实为楷模。最近朝中改官制，皇上也说想要新旧参用，圣上手指御史大夫一职说，此非司马光不可。石子明亦深以为然，听说他向皇上进言，道司马君实志虑忠纯，若为御史大夫，朝中可无邪党……"他一面说，一面偷偷看司马光的脸色。司马光却只是淡淡一笑，反问道："述古兄此来，是奉了圣意呢？还是私下来拜访。"

陈襄笑道："我却是奉了圣意私下来拜访。"

司马光微微颔首，道："那么，只怕述古兄回朝之后，便没有这道旨意了也未可知。"

陈襄愕然道："这怎可能？"

"岂不知世事难料？"

"那若还有这道旨意呢？"

"为人臣子的，又岂能不想报效朝廷？"司马光淡淡地答道。

2

"殿下。"萧佑丹轻声唤道。

耶律濬今夜穿着契丹番服，紫窄袍、水晶饰带，紫皂幅巾，腰中别着一把弯刀。他轻轻梳理着爱马的毛皮，一面问道："佑丹，有事吗？"

"殿下真的决定大事改革？"

"时不我待。"

"但耶律乙辛始终是心腹之患。"萧佑丹皱眉道。

"找个机会除掉他便是。"耶律濬不以为意地说道，"朝中不少大臣，也是支持我的。"

"只怕那是镜中花，水中月。面对皇上数十年的积威，还有数十万皮室军，这些支持都只是虚影罢了。"萧佑丹不客气地说道。

耶律濬停下了动作，转过身来盯着萧佑丹，半晌，深吁了一口气，问道："难道要我什么也不做？"

萧佑丹放缓语气，温声劝道："殿下的动作太快了。你三天之内罢免任命了一百三十名官员！现在朝廷中，群小怨谤载道。"

耶律濬"哼"了一声，没有回答。

"你又下令允许民间印刷书籍，开办学校，请求皇上让契丹人参加科举考试——这些事情，皇上能高兴吗？皇上一向以为本朝是以武立国的。"

"契丹人实际已经在读书，我不过是承认事实罢了。何况文武不可偏废，科举可以给契丹人进身之道，培育契丹的人才，有何不可？父皇会答应的。"

萧佑丹苦笑道："这些倒也罢了，可是你减免了中京、上京道今年一半的赋税，又请求减免南京道、西京道三成赋税，这皇上能答应吗？你要让一半的乡丁归乡，要检视皮室军的数目，要求对叛乱部落剿抚并用，这皇上能答应吗？"

"我知道肯定没这么容易答应，但我必须试一试！"耶律濬压着嗓子道，"契丹人是立国的根本，现在契丹人都民不聊生——我必须让契丹人有时间去放牧、去打猎、去耕田，让他们的牛羊繁殖，让女人生孩子，只有如此，我大辽的根基才会稳固！我还要让汉人和那些蛮夷部落不至于心生怨恨，要让他们对大辽既敬且畏，这样大辽才会强大！"

萧佑丹沉默良久，低声道："殿下不能太心急。万一皇上翻脸……"

耶律濬游目四顾，见并无他人，沉吟了一下，忽低声道："萧素飐从圣驾，萧忽古深得宠信，二人皆已向我效忠。"

萧佑丹心中不由凛然，萧素倒也罢了，萧忽古何时向耶律濬效忠，他竟全不知情，这个太子殿下的本事，看来比他想象得更加了得。

"萧忽古之父本是我外公旧部，我外公在世，颇为照料……"耶律濬低声解释了一句，又继续说道，"现在若有可虑者，便是耶律乙辛那厮为中京留守，中京的兵权，我不及他。且那些将领我又动不得。只需找个借口除去此贼，皇上仅我一子，万事不足虑。"

萧佑丹思忖良久，沉声道："既然如此，干脆求一刺客，杀耶律乙辛于市中。"

"就怕事情暴露，反为不美。"耶律濬摇摇头。

萧佑丹微微叹了口气，不再多说，转过话题道："若论厘清朝政诸事，本朝之法，虽不可照学南朝。但南朝事多有可取处，马林水与臣几次交谈，臣以为确是个人才，殿下可以常常咨询他。"

耶律濬望着夜空，轻声叹道："毕竟不知道此人底细，若用起来，还要慎重。上次之事，我想来也有一点后悔，似乎有些轻易了。"

辽国犊山。辽帝耶律洪基行宫。

耶律洪基穿着一身宽大的红袍，手握金樽，开怀畅饮。不久前赐姓耶律的北府宰相张孝杰与北面林牙耶律燕哥坐在下首陪饮。侍卫萧忽古与萧十三侍立两旁。几个侍从官员则趴在下首掷骰子，凡胜者得锦缎一匹，负者杖责一十，因此不时有人被拉下去打屁股，哇哇的叫声从帐外远远传来，引得耶律洪基哈哈大笑。

耶律燕哥见耶律洪基心情甚是欢畅，连忙凑着兴笑道："陛下，下臣最近得了几件宝物，不知陛下可否替臣下鉴赏一下。"

"哦？"耶律洪基醉眼迷蒙地笑道，"是何宝物，快呈上来，让朕一观。"

"是。"耶律燕哥谄笑着退出帐外，朝自己的家奴做了个手势，家奴连忙递过一个镶金盘子。耶律燕哥双手接过，小心地吹了吹，双手捧着走进帐中，轻轻放在耶律洪基的案上。

耶律洪基掀开盖着的红绸，笑道："这又是什么物事？"话音未落，眼睛却已直了——放在盘中的，是一套黑色犀牛皮甲，皮甲上缀着一般大小数百颗东珠，光芒夺目，晃得整个金帐之内都觉耀眼。在犀甲之旁，是一柄精铁小刀，单是看到刀柄，便已知价值万金——那是用极其名贵的白犀角刻成的刀柄！

耶律燕哥笑道："陛下，白色犀角，便在天竺也是甚稀罕之物，传说只有独角兽之王，方能有之。普天之下，也只有陛下配得上此物。"

耶律洪基哈哈大笑，拿着小刀，拔刀出鞘，在空中比画几下，斜着眼望了耶律燕哥一眼，笑道："说吧，燕哥你送这么名贵的宝物给朕，想要朕赐你什么？"

耶律燕哥谄笑道："陛下说笑了。陛下富有四海，做臣子的只愿陛下万寿无疆，哪里还用得着别的什么？这些东西，其实是魏王耶律乙辛所贡，魏王说这些东西非人臣所应当有，只有陛下才配得上，因此特意托臣贡上。"

"好、好！"耶律洪基笑道，"难得他有这份心思。"

耶律孝杰趁机道："魏王对陛下的忠心路人皆知。当年重元作乱[8]，魏王披甲执刀与逆贼格斗，已可证其忠节。这次罢为中京留守，魏王亦毫无怨言，只说恨为小人构隙，使君臣有间。魏王起于贫贱，富贵全赖陛下赐予，又何曾敢有二心？"

"孝杰说得有理。"耶律洪基叹道，"乙辛的忠心，朕是知道的。明日便让他复任北枢密使罢。叫他暂时留在中京，好好辅佐太子。"

"陛下圣明。"耶律孝杰与耶律燕哥顿时喜笑颜开，齐声拜贺。萧忽古恶狠狠地瞪了对面笑眯眯的萧十三一眼，悄悄退出帐外。

萧忽古出来后，围着金帐巡视一圈，见左右无人，纵身闪入一个帐篷中。帐中两个侍卫正在喝酒，见有人闯进来，吓了一跳，慌忙抢过坑上的兵刃戒备。萧忽古皱皱眉，大步走了过去，笑道："阿萨、刺葛，有酒没？"

二人这才看清楚是萧忽古，连忙放下兵刃，笑道："原来是萧将军，正有几袋美酒。"

萧忽古走到近前，借抓起一袋酒的时机，低声道："皇上要让魏王复职，留守中京辅佐太子。"说完便喝了两口酒，高声笑道："果然好酒，可惜还要值日，我先走了。"

阿萨与刺葛会意地点点头，一起将萧忽古送出帐外，躬身道："送萧将军。"

萧忽古出得帐来，正待返回金帐，忽地瞥见帐角微微抖动，再望夜空，却无一丝风意，他心中一动，朝阿萨、刺葛努努嘴，二人立时会意，忽地往两面窜出，直抄帐后。二人方动，便见一个身影从帐后逃出，萧忽古冷冷望了身影一眼，忽然拔出兵刃，大吼一声，掷向黑影。但听"噗"的一声，黑影倒在地上。萧忽古快步上前，翻过黑影的身体，见他一息尚存，连忙弯了腰，厉声问道："是谁派你来的？"

那人却瞪着萧忽古，并不答话。萧忽古正待再问，便听阿萨在身后低声道："萧

---

[8] 耶律重元之乱，发生在辽国清宁九年秋七月，宋仁宗嘉祐八年。当时耶律洪基在太子山，皇太叔重元与儿子楚王等人作乱，犯行宫。当时耶律乙辛为赵王，与叛军战有力。后因功晋魏王。

将军，有人来了。"萧忽古脸一沉，抓起刀柄，猛地拔出，反手一刀，便把此人的头砍了下来。也不管血溅得满身都是，一手持刀，一手提着头颅，大步往金帐走去。阿萨与剌葛连忙紧紧跟在他身后，一道往金帐而去，任由那些闻声而来的侍卫去处理尸体。

守在金帐的萧十三见萧忽古如此模样走近，心中一惊，正要拦他，却见他手中人头形状，不由惊唤道："这是蒲哥！"

萧忽古一怔，问道："你认得此人？"

"他也是护卫，最近方调进来的。"

"原来如此。"萧忽古点点头，冷冷道，"他在金帐后觑视，我到阿萨、剌葛帐中讨酒喝，正好看见，追他不住，被我掷刀砍了。"

萧十三愕然道："他怎会做出如此行径？"

萧忽古双目瞪圆，悖然作色，厉声道："怎么？你以为我撒谎？"

萧十三知道萧忽古勇猛过人，怒则杀人，心中先怯了，哪敢再和他争辩，连忙放下脸来，笑道："谁不知阿斯怜是我们契丹人中的英雄？小弟绝无此意，绝无此意。"阿斯怜是萧忽古的契丹小名。

萧忽古脸色稍霁，将刀和头颅递给阿萨，进帐禀报。

耶律洪基正在喝得开心，见萧忽古满身是血走了进来，心中一惊，以为哪里造反了，顿时连酒也醒了几分，坐稳身子，厉声问道："阿斯怜，怎么回事？"萧忽古躬身禀道："护卫蒲哥觑探金帐，意图不轨，被臣给杀了。"

耶律洪基听说不过是一个侍卫不轨，立时放下心来，笑道："这等小事，杀了便杀了。"

"陛下，臣以为但凡谋反行刺，必有同谋……"

耶律洪基摆摆手，不以为然地笑道："区区一个护卫又怎敢来行刺朕？无非是来刺探点隐秘罢了。杀了便是，不必深究。朝中有多少人想知道朕说了什么，是怎么想的？朕可杀不完。"说罢，有意无意望了耶律孝杰、耶律燕哥一眼。

萧忽古心中一凛，这才意识到，这个皇帝虽然纵情酒色渔猎，不太把百姓朝政当回事，却是个不折不扣的聪明人。他不敢再说，连忙答道："遵旨。"

耶律洪基笑着倒了一杯酒，放到案上，笑道："阿斯怜，你忠心耿耿，便赐你御酒一杯。这个金樽，也赏了你罢。"

"谢陛下。"萧忽古大步上前，接过酒来，一饮而尽，将金樽揣在怀中，退出帐来。一阵夜风刚好袭过，他竟不禁打了个冷战。他的父亲，本来是太子耶律濬的亲外公枢密使萧惠的旧部，当年辽帝亲征元昊，他父亲触犯军法，是萧惠念在他是随自己征回鹘阿萨兰的旧部的情分上救下。其后萧忽古跟随招讨使耶律赵三，因为勇猛过人而名闻三军，耶律赵三将爱女嫁给他，皇帝又手诏擢为护卫，宠信无比 —— 当时萧忽古绝对想不到，自己会如此之深地卷入到宫廷的政治斗争中。但无论如何，自己的岳父耶律赵三已向皇太子效忠，自己的父亲又受萧惠之恩，兼之自己几年的护卫生涯中，随眼可见皇帝的昏庸、太子的贤明 —— 最重要的是，萧忽古认为，帮助太子，不等于背叛皇帝，而是对皇帝的另一种忠心。因此萧忽古在岳父的劝说下，很自然地在皇太子与魏王中，选择了皇太子。

但今天晚上，萧忽古突然觉得，自己的皇帝，也许并不是那么好糊弄的！

3

江宁。

小舟泊在岸边，一个渔夫端坐垂钓。一个壮实的和尚骑着黑驴慢慢走近，到离渔夫垂钓处数十步远的地方，便下得驴来，轻轻走近，也不作声，只盘腿坐在地上，嘴唇微动，双手不停地拨动着佛珠。那渔夫钓得一阵，也不见浮标动静，心中似乎极烦闷，"啪"的一声，提起线来，往另一处甩去。那和尚见到此景，不由微微一笑，高宣佛号，笑道："阿弥陀佛，相公怎么还是这般沉不住气？"

渔夫听到后面有人说话，似乎唬了一跳，放下竿子，转过身来 —— 见着和尚，立时面露喜色，笑道："智缘大师，你终于回来了。"

"贫僧回来了，却不知相公回来未？"智缘笑道，他面前的渔夫，正是大宋的前任宰相王安石。

王安石摇摇头，叹了口气，道："我却是回不来了。"

"不忙，终有回来一日。"智缘笑道，又问，"公子病情可有好转？"

王安石苦笑道："时重时轻，终日目视南方，却不知有何心事。"

"贵人自有天佑，相公亦不必太忧心。"

"我就怕这孩子自小太聪明，易遭天妒。"

"贫僧却怕公子是胸襟未广之故。"

王安石摇摇头，默然良久，方问道："大师，此行顺利否？"

智缘淡然道："略尽人事而已。相公忠君之心，也可报得了。"

"或是我多虑。"王安石苦笑道，"退出朝中，许多事情，反倒看得清楚。石子明之才，若用之于正道，自是朝廷之福；若万一有莽操之心，他三十便已得志，此后若数十年执政，真不可料。"

"贫僧此去京师，特意见过王子纯。子纯说，石越在游说他，似有意整军经武，贫僧看石子明之规模气度，不在相公之下。他由改革官制入手，颇见高明。如此之人，不用则可惜，不防则可惧。"

王安石听说石越拉拢王韶，倒也不是太意外，道："军制是本朝忌讳，我创议将兵法已是困难重重，他石子明又有何良策？"

智缘低宣佛号，缓缓说道："其中具体之策，便是枢密使吴充，亦不得与闻。所知者无非皇上、石越、韩维数人而已。现下所知的，不过是练兵之法，恕贫僧直言，此法已不在相公将兵法之下。"说罢便将当日石越所说练兵之法复述了一遍，且说了王韶拒绝之意。

王安石静静听完，沉思一会儿，笑道："石子明之意，不止于此。"

智缘微笑点头："相公也看出来了。石子明用讲武学堂与教导军，一面是整编军队，培训将校，训练士卒；一面也是要趁机裁汰冗兵！贫僧之见，他是想先把禁军中的冗兵裁汰到厢军，待到禁军事了，再来整顿厢军，步步为营，不动声色解决困扰本朝数十年的大弊政。自古以来，人心只要有退步，就不会铤而走险。禁军裁到厢军，军吏虽然薪俸减少，待遇变差，却也是技不如人，且毕竟还有薪俸可拿，每个指挥中被淘汰的又是少数，纵有怨言，也闹不出事来——只是不知石子明究竟想把禁军控制在何种规模，若是裁的人太多，终究还需要别的手段。"

王安石沉吟道："只要皇上有决心，有耐心，这样裁军，总能成功。我所担心的，却是讲武学堂的山长与教导军的指挥使由谁来担任？此人若威信太高，皇上断不能放心；若威信不高，又如何服众？石子明迟迟不肯下决心推行，定然是在犹疑这个人选。"

智缘怔道："相公是说石子明找子纯，是想让他做讲武学堂的山长？"

"也许吧。"王安石收拾起钓具，轻叹口气，不再说这个话题，笑问道，"君实那边又如何？"

"司马君实不是出世之人，但他与石越毕竟不同，会不会回京师，也很难说。"

"哦？"

智缘笑道："方今天下，除去那些顽固无识之人，真能有主张的，不过三人而已。相公主张的是富国强兵，司马君实主张的是富国安民，至于石子明，却似乎是什么都想做，也有司马君实的富国安民，也有相公的富国强兵。相公说开源，司马君实说不能开源、只能节流；而石子明却似是说，既要开源，又要节流。司马君实能不能与他共处，贫僧也料不到。"

这番话说得王安石也笑了："那便且听石越去做吧，我们回去手谈一局如何？"

智缘一面接过王安石的钓具，绑在驴背上，笑道："甚好，贫僧正好手痒。"

二人相顾大笑，离了江边，向城中走去。才走近城外官道边，便听到一个背着书篓的人大声唤道："《海事商报》，第一份《海事商报》，杭州最近创刊，江南十八家大商号联合发行，有海外奇闻，有各地商情——江东第一报，不可不看。"

王安石饶有兴趣地停下脚步，与智缘对望一眼，叫过卖报人，笑道："报家，这又是什么报纸？"

那卖报人连忙应了一声，笑道："哎、这位官人，这《海事商报》是江南十八家大商号合伙创刊，前天才在杭州发行的，快马送到江宁府，您看这报纸，厚厚一叠，不过五文钱。这也是咱们江南第一份报纸……"

王安石瞅了一眼，果然是厚厚一叠，不由奇道："这岂不要亏本吗？"

卖报人笑道："人家有的是钱，旁人也管不着。官人要不要来一份？有京师十天前的物价，是急足快马昼夜兼程从京师将物价抄送到杭州的，还有海外日本国、高丽国的奇闻。这儿，有扬州、杭州物产价格——若要做个营生什么的，这《海事商报》最有用。"

智缘和尚拿起一张报纸，读得几句，忽然扑哧一笑，笑着读道："《李家纺织机最好》《买船出海，当到唐家船坊》……"

王安石接过来看了一眼，也笑道："这便是所谓的'广告'了。难怪厚厚一叠，竟全是广告，果然是'商报'。"一面掏出五文钱，递给卖报人。

《海事商报》其实也并非只是些商业信息，其中也有皮公弼的奏章，讲的是交子之法与铸钱之事；还有一篇《高丽游记》，不过内容却不敢恭维，无非是一个落泊子如何去高丽经商，复兴家业，且博得美人归的粗俗故事……

王安石一面看一面笑道："这份报纸还好是在江南发行，若在江北，定然为千夫所指，被人骂成败坏世道人心的罪魁祸首。"

智缘却似没有听到王安石的话，出神地望着报纸，忽然道："相公，你说这份报纸真的是商家自发创办的？"

王安石怔道："大师何出此言？"

"相公，你看这个——这是给技术学校招收学员的广告，这是招老师的广告……"

王安石看了一眼，不以为然地说道："这不过是平常之事，大师何必大惊小怪？"

"相公，我所惊怪的，不是这两则广告，而是这几篇报道。这一篇是为朝廷的兴学校唱颂歌的；这一篇是讲江南这些商号如何和朝廷合作创办学校的；再看这一篇对新成立的'江南联合技术学校'的介绍，那些学生在此，甚至可以学到座钟制造技术——其中还有几个科目，竟是与军器监合作的，学生毕业后将往军器监各作坊做事……"

王安石连忙细细读下去，果然便如智缘所说，他思忖一会儿，似自言自语地问道："唐家为何愿意放出座钟制造的技术？为何会扯上军器监？"

智缘笑道："只有一个解释。"

王安石哂然叹道："的确，也只有一个解释。"

"石越在杭州两年治绩，很博得商人好感。如今杭州蔚然成为江东大镇，夷商往往宁可多历风浪，也愿意在杭州靠岸，市舶务的岁入更成为主要财政收入。石越是唐家的保护人，也是众所周知的——贫僧以为，这《海事商报》是与石越进行呼应的，石越推行的第一项政策，三大报虽都是正面评价，但如《汴京新闻》，总是少不了左一个建议，右一个建议，若千里之外，能得到来自'民间'的认可与全力支持，无疑会增加石越的威信。这样，在改官制后，只要石越愿意，他也能够有更多的理由占据一个更高的位置……"

王安石正要答话，忽然背后一个声音笑道："大师说的，只怕却是错了。"

二人齐齐吃了一惊，转过身来望去，却见一个二三十岁的男子，站在身后七八步远的地方，笑吟吟地望着二人。王安石倒也罢了，智缘却是文武兼修的和尚，听觉一向敏锐，有人站在自己身后如此之近，他居然不知，这一惊却是非同小可。

那人见到王安石，立时拜倒，爽声道："晚辈程栩，拜见王相公。"

王安石诧怪道："你是何人？怎么认得我？"

程栩笑道："晚辈是孙少述先生的弟子，西湖学院延请孙先生往学院讲学，故一向在杭州读书，是以相公不识。"他口中的孙少述，名叫孙侔，当年与王安石、曾巩交好，名倾一时。年轻时也求过功名，不料累举不第，后来母亲死后，自誓终身不仕，隐居在江、淮间，名声极大。王安石却没有想到他被请了西湖学院，听说程栩是孙侔的学生，不免笑道："令师一向可好？"

"家师身体甚好。因晚辈家在金陵，此次回乡探亲，家师记念相公，特托晚辈带书信问候相公万福。本欲亲自送往尊府，却不料在此处邂逅。"程栩一面说一面递过一封信来。王安石接过来草草看了，却无非是问候平安之意。

智缘打量程栩一眼，道："施主如何认得这便是王相公？"

程栩笑道："晚辈岂止知道王相公，还知道大士是大相国寺方丈智缘大师。"他生性敏悟，自幼兼习文武，机缘凑巧听到王安石与智缘的对话，兼之平素也听说过二人的事迹，又岂能猜不出来？这时候却不过是故弄玄虚而已。

王安石于小节处却不甚注意，伸手扶起程栩，笑道："想是尊师和你说过我的相貌，也不足为奇。贤侄说家在金陵，敢问令尊是？"

程栩忙欠身答道："晚辈草字近谦，排列第三，相公唤晚辈三郎便是。家父名讳程望，本是庆历间进士，现已致仕，便住在城东。"

王安石也是庆历间的进士，却不认得程望此人，想来不过寂寂无闻之辈，当下也不再多问，笑道："贤侄方才说大师猜错了，却是为何？"

程栩笑道："晚辈放肆了，不过据晚辈所知，这《海事商报》其实与石学士无干，乃是提举市舶务蔡京蔡元长，与敝院山长李先生，召集了十八家大商号，一同商议决策的。"王安石与智缘对望一眼，心中不约而同地想道："蔡京不就是石越的爱将吗？"他们哪里便肯相信，这件事情石越的确没有参与。

程栩显得甚是豪爽健谈，又笑道："自兴学校诏颁布以来，仅以两浙路而言，学校如雨后春笋般冒出，富民以为建学校既可博名又可抵税，无不乐从。此官民两便之事，石学士此举，颇得民心，又何必画蛇添足？不过蔡提举之所以要创办《海事商报》，传说其中倒是另有隐情。"王安石与智缘见他如此交浅言深，不免心中好笑，一面却又忍不住好奇之心，不由问道："又有何隐情？"

程栩却不过是说些市井传闻之意，更不以为意，他生性洒脱，也不在乎王安石对自己的观感，因此肆无忌惮地笑道："相公自是知道朝廷明颁诏令要改革官制。杭州便有传言，说新官制其实已定，而六部九寺中，太府寺将负责商税与市舶等事务，蔡提举猜到朝廷以后必定会重视吏才，他这时干出治绩来，无非是想入太府寺，以为升迁之道而已。两浙路上则呼应朝廷新政，下则吸引商贾拓展税收，一时之间朝野称誉，号称大治，这中间又岂能少得了蔡提举的功劳？"

王安石见程栩语气中颇有嘲讽之意，顿时大是不以为然。心道："蔡京持什么心迹姑且不论，但他若真有本事报效朝廷，自当论功行赏，按能授职。若人家有本事做点事出来，便嘲笑人家是追名逐利之辈，那天下事又由谁去做？"只不过程栩虽是孙侔的学生，但毕竟相交不深，兼之王安石心中并不喜欢蔡京，更不愿意帮他辩解，当下哂然一笑，道："市井传闻，姑妄听之。明年又是大比之年，贤侄此次回乡，可是想整点行囊往京师赴考？"

程栩摇了摇头，笑道："晚辈已经无意功名，倒是想学薛提辖。"

饶是王安石颇为开明，此时也不由吃了一惊，诧道："你想考武举，去水军？"

"薛提辖是机缘凑巧，以后很难有这般机会了。"程栩无比艳羡地说道，"石学士组织船队通商，给朝廷带来巨大的收益。昔大食夷商至广州、泉州，一船之货，多者可卖数十万贯，而除去税收与成本，利润少说也有两三万贯，多者十万贯。而今朝廷组织规模庞大之船队，常年来往于东、南两方航线，将大宋的物产运往各国，将各国的特产运回大宋，据晚辈估算，朝廷每年由此，最少可以净入两百万贯。利之所在，食髓知味，朝廷又岂会轻易放弃？晚辈在杭州时已听到传言，说朝廷将在沿海设十个港口五支官船队，又听说有官员向朝廷建言，若有二十万贯财产以及十户具名联保，每年一次性向朝廷缴纳五万贯以上的税款，朝廷可许其组织五只船、八百人以下的半武装船队，来往固定的线路经商……"

纵然是王安石，也万万料不到一个儒家弟子、官宦之后，会公然和他说这些满口利益的事情，他与智缘相顾苦笑，心中真是百感交集。王安石虽然言利，却依然是儒家的传统——"公利可言"，就是说虽然提倡重义轻利，但是"公利"还是可以说的。这同时也是石越的理论据点，不过石越在这一点上，做得比王安石虚伪得多，也成功得多，他大大倡导了"公利可言"的风气，但即使如此，象程栩这样的人也是很少的。程栩注意到了王安石的表情，却丝毫不以为然，反倒有点儿无礼地笑道："久闻相公不是名教礼法中人，如何也如此作态？我此番回金陵，便是要说服家人，只待朝廷下诏，我便要组建船队出海，将来有朝一日，我还要去石学士所描述的那些大陆，我要亲自证明看看我们生活的大地，是不是真的是圆的！"

遇上这样狂妄的年轻人，倒真把王安石给弄得有几分尴尬，他有几分欣赏这个年轻人的豪气，却又有点儿哭笑不得，只得勉强点点头，问道："贤侄既有这样的志向，为何不去报效朝廷，参加朝廷的水军？"

程栩脸色奇异地望了王安石一眼，笑了笑，没作声。

王安石被他这副神态弄得莫名其妙，不由望了智缘一眼。智缘低宣佛号，他知道王安石一生，最大的缺点，就是不知道下面的情弊有多少，只得轻声解释道："相公，这事容易明白。薛奕的船队有多大的利润，现在朝廷的武官们没有不知道的，若不是石越，薛奕早就被撤换。若真要建船队，要么就是朝廷精挑细选，要么便是朝中重臣贵戚的亲戚——若说有人想用大笔贿赂换一个提举水军事来做，贫僧是不会奇怪的。无论怎样，一个新人，休说是如薛奕一样指挥船队，便是做个船长，也不可能。这位程施主是心高气傲的人，又岂能屈居人下？"

"让民间建立武装商船队，此事枢密院未必会同意。"赵顼一把抱起才两岁的淑寿公主，放在自己的膝上，微笑着逗弄着，一面和石越谈论国家大事。

石越站在一旁微笑着，他很喜欢这个场景，这样的赵顼，显得更加亲切。不过认为皇帝是"亲切"的，始终是一个危险的想法。若不是这里是南郊御苑，若不是这里没别的大臣，赵顼断然不会如此显露他父爱的天性。别的臣子，要么就会规劝皇帝守着礼法；要么就会谄媚他的"仁爱"，只有石越才会微笑着，很平常地看待这种事情。

赵顼的心里，也很渴望这种平常的看待。

"杭州市舶司的成功证明了一件事，大宋完全可以主动参与海外贸易获得更大的利益，而不仅仅是被动地抽税。"石越轻声说着，生怕惊扰了才两岁多两个月的淑寿公主。小女孩睁着黑溜溜的眼睛，好奇地看着石越，时不时还会抽空伸出胖嘟嘟的小手，去扯赵顼的胡须，嘴里不停地嘟囔着奇怪的音节。看得石越几乎忍俊不禁，却不敢偷笑，只能强忍着继续陈说："从主动海外贸易中，我们可以得到很多好处。朝廷每年从中至少可以获到相当于免税法收入的净入。同时还有别的收获，读诗书谈礼乐的蛮夷，不容易成为大宋的威胁，他们会乐于接受陛下天子的地位，向大宋朝贡，向往大宋的教化与繁荣。因此，在对外贸易的同时，应当有专门的人向各国提供九经，如果他们的贵族子弟愿意来中土学习，我们也要提供方便。"

赵顼出神地听着石越说话，一时间竟没有注意膝上的小女孩，已经悄悄爬了下来，而且顺便把他桌子上的东西，撒得满地都是。石越依然沉浸在他的描述当中："陛下是天子，是代理上天治理天下万民的人，因此，教化百姓，让普天下所有的人都接受礼乐诗书的教化，本来就是上天赋予陛下的职责。大宋周围的国度，没有不仰慕我们中华文明的，我们有责任帮助他们。当然我们也应当记住魏征的话，不可为了蛮夷而削弱中华，中华才是根本。但行有余力，则不当放弃。所有的船队，不仅要为朝廷带回财政的收入，也要向四夷散播天子的恩泽！"

"船队还有很多好处。"石越压抑着自己的兴奋，首先，要让传统的政府慢慢地喜欢上海外贸易带来的利益，只要时间够久，这种收入就会变成一种习惯，那时候，很多事情都会自然而然的发生。"长期来看，大宋应有三到五只船队，在杭州的船队，可以有一支到两支，分驻杭州与明州，主要负责对高丽与日本国的贸易……杭州以北，考虑到气候的原因，只设港口，不必再设船队。在泉州可以设一支，广州设一支，在雷州或者琼州设一支 —— 这三支船队，将主要负责南海的贸易。"广州以南的海域在白水潭最新的教本中，被称为南海。"但泉州船队，在时间适合时，可以将琉球括入大宋的版图，雷州或琼州的船队，在日后要惩罚交趾时，也大有用处。"

赵顼皱了眉毛，道："雷州是瘴疠之地，绝对无法供养一支船队。夷商也不会愿意在那里靠岸。"

"陛下圣明。雷州的船队规模不必太大，主要来往于交趾与广州之间贸易，熟悉水路，了解交趾情况，同时也以军养军。"石越一面说着，突然弯腰抱起摇摇晃晃走到他脚下，拼命扯他衣襟的淑寿公主，想起自己马上要出生的孩子，几乎有忍不住要亲一口的冲动，好在五年多的时间，总算让他立时想起自己身处的时代，连忙抑制住自己的本能反应，将她轻轻还给皇帝。

"只怕交趾不肯上当。"赵顼接过淑寿，轻轻捏了一下她的小脸，笑道。淑寿却丝毫也没有理会皇帝的威权，张着双手，拼命地想往桌子上扑，待发现企图不成，立时转换了策略，伸出手来指着石越，奶声奶气地喊道："抱、抱……"石越从来没有和小孩打交道的经验，顿时便傻了眼，心里虽然也想抱一下，却没有胆子开那个口，半晌才缓过神来，说道："那就看沈括的本事了，交趾也是乐于与中国互市的。"

赵顼微笑着点点头，立即又几乎有点儿嫉妒地望了石越一眼，似乎不明白自己的女儿怎么会这么亲他，一面问道："那些民间武装船队，又有什么用处？这不是与朝廷争利吗？"

"贸易只会越做越繁荣。这些船队，是朝廷的补充，十家望族联保，数十万贯资产抵押，所有船只、水手登记在册——岸上无家属的水手，不得受雇于私人船队，如此朝廷就不必担心他们敢不顾法令，这些人可以让贸易更加活跃，万一有事，又可征召他们为朝廷所用，这是寓兵于民的古义，是'海上屯田'之策。朝廷还可以从中得到一大笔税收。"

赵顼笑着点头道："这些船队归谁管？"

"殿前司。水军将统称为虎翼军，这个旗号不再授予马步军。杭州水军将改名为殿前司虎翼第一军，当然，为了减少诸夷的戒心，对外只称杭州市舶司贸易船队。至于贸易，则由太府寺直辖各市舶司，由市舶局直接派人负责。"

赵顼沉吟了一会儿，笑道："此事朕以为可行。待五月初一新官制改定后，再下诏颁行。各主官人选，须得千万慎重，朕要一一亲自召见。"

石越正待说话，忽见李向安急急忙忙走过来，叩首禀道："官家，三司衙门失火，火势蔓延不止。"

赵顼与石越齐齐大吃一惊，三司号称"计省"，是主管国家财政的要害之地，此地失火，档案卷宗的任何损失，都会造成极大的混乱！这让赵顼与石越如何不惊？赵顼也顾不得许多，抱起淑寿公主，急声道："快，摆驾回宫。"

三司是一个庞大的衙门，大小房屋有数千间。一旦失火，里面尽是些积年的档案文卷，更是不可以抑止。偏偏此时还刮起风来，一时风助火势，火借风势，大火瞬间便烧掉了千百间房子。当赵顼与石越赶到之时，正是火势最炽的时候，石越生怕赵顼有失，骑马趋前，将赵顼远远拦住，厉声道："陛下与公主便可在此指挥，待臣去一看究竟。"

赵顼颔首点头，高声呼道："狄咏何在？"

"臣在。"扈从中立时闪出一位面如冠玉的年轻人，身着铠甲，腰佩弯刀，俊逸非常。

"卿可随石学士去看看究竟，护卫学士安全。"

"臣领旨。"

石越连忙谢了恩，带着狄咏往火灾现场驰去。赵顼望着二人远去的背影，却见远远有二人正驱使兵丁救火，忙向左右问道："那二人是谁？"李向安最是眼尖，凑前尖着眼望了一阵，跑回来禀道："回官家，似乎是吕参政与知军器监章惇。"赵顼点点头，忽地想起一事，立时厉声问道："曾布呢？他人在何处？"李向安见皇帝勃然变色，吓得连气都不敢喘大了，只敢轻声答道："这个，老奴不知道。"

石越却不知皇帝在那里生气，他与狄詠走到现场时，便见吕惠卿与章惇亲自上阵，各据一角，指挥着救火的工作。二人脸上都被火熏得黑一块紫一块的，身上更飘满了烟灰。石越下了马，快步走到吕惠卿近前，高声问道："吉甫，情势如何？"

吕惠卿回头见是石越，不由摇头苦笑，道："已经把隔火带清理出来了，可三司算是彻底完了。"

石越望着那火势，此时便是白痴也知道三司肯定是彻底烧光了。他正要大举改革，撤三司，权归枢密、户部、太府，不料突如其来一场大火，把三司烧了个干干净净！接下来的户部，可真要白手起家了。他抱着万一的希望问道："三司的档案卷宗，有没有抢救出来一些？"

"哪里还有卷宗？竟是烧了个四大皆空。"石越循声望去，章惇不知什么时候到了身后，他脸上泛着青白的光，竟是抑制不住的气愤。

"曾子宣呢？"

听到这话，吕惠卿袖着手，不发一言；章惇却忍不住冷笑："嘿嘿……三司失火，倒是我这个知军器监最先发现救火。我来之时，三司的官吏兵丁们，乱成一团，若不是吕参政弹压，只怕火势会蔓延，不知道还要烧掉多少地方。"

石越的脸立时也青了，他抱了抱拳，道："吉甫，子厚，皇上就在那边看着。有劳二位再调集人手，先把火灭了。善后之事，稍后再议。在下还要先去回禀皇上。"

"这是自然。子明你请便。"二人抱拳送走石越。章惇望着石越的背影，偷觑吕惠卿神色，正要说话，却发现吕惠卿眼中闪过稍纵即逝的冷笑，他心中也忽地一动，把要说的话全部收回了肚子中。

这场大火，整整烧了五个时辰，最后几乎把三司衙门全部烧光，一切卷宗案牍，损失殆尽。而三司使曾布，竟然到大火将灭时，才匆匆忙忙赶到现场。

当天晚上，崇政殿，烛火通明。

"究竟是何原因起火？是无意失火，还是故意纵火？"赵顼铁青着脸，恶狠狠地盯着曾布，厉声问道。

曾布腿都吓软了，这天降祸事，他又如何料得到？还想着趁着春天将逝的时光，去城外垂钓，不料发生这样塌天的事故。这时他根本无法面对皇帝的质问，嚅嚅答道："陛下，臣有罪、臣有罪……"

"朕知道你有罪！"赵顼愤怒地站起身来，指着曾布，高声吼道，"朕要问的，是怎么起火的？"

"臣、臣不知。"曾布的声音更加小了。

"好、好！既然你不知道，那你也不必知道了！"赵顼怒不可遏，"三司烧光了，你也不要再做三司使！你去广州做知州吧。"贬到广州，在宋代来说，已是非常严重的重贬，但是曾布的确有过错，而皇帝又在怒气中，众人竟是皆不敢出声。

"陛下。"石越眼睁睁看着自己可以引为助力的未来的户部尚书变成了广州知州，心中尽是失望与无奈。但这个时候，他还是必须出来说话。

赵顼见是石越，怒气稍抑，问道："卿有何事？"

"臣以为曾布的确有失职之辈，但是远逐广州，似乎处罚太重。请陛下三思。"

赵顼听石越竟然敢为曾布说情，顿时悖然作色，怒道："比起三司的损失来，这算什么重？卿不必再说，谁敢为曾布说情，谁便随他一道去广州！"

石越微微苦笑，望了曾布一眼，见他面如死灰，只不停地顿首谢罪，当下只得在心里叹了口气，道："陛下，当务之急是立即善后，三司事务，牵涉全国，为防人趁机为奸，臣请陛下立即下诏，令各路州县军监立刻封缄熙宁五年以来账目。同时提前将三司之事转交户部处理，以尽可能挽回损失。"

他的建议立时调动了所有人的神经——如若采纳，则石越的官制草案等于事实通过，而户部尚书兼参知政事的位置，更是炙手可热。吕惠卿与章惇、韩维不约而同地望了石越一眼，心里都非常佩服石越利用灾祸的本事。他们自然不知道，"对任何事情的后悔不应当超过十秒钟"这是石越的信条。

赵顼虽余怒未息，但提及这件大事，他依然竭力让自己冷静下来，把目光投向几个丞相。韩绛以降，宰执们这时也没有更好的办法，兼之他们早知皇帝已圣心默许，这时纷纷表示赞同。

"那谁来做户部尚书？"赵顼马上问道。

韩绛心里飞速地运转着，老奸臣滑的他，立时决定给石越一个顺水人情，当下假意思忖一会儿，道："臣以为，石越可当此任。"冯京、王珪、蔡确等人更无反对的意思，纷纷同意。连吕惠卿也表示赞成。韩维与元绛等人心中却是明镜似的，若让石越做户部尚书，这些相公们，根本就是松了一口气。

"不行。石越另有他任。"赵顼未及多想，便脱口否决。他完全没有意识到他这句话会给臣子们多少联想，把目光投向石越，问道："石卿以为谁可任户部尚书？"

石越却是知道这些相公们的小算盘，若不加解释，让人误会自己图谋更高的职位，只怕自己会成为众矢之的，忙顿首道："陛下，以臣的资历，做户部尚书只会开倖进之门，臣自是万万不敢，臣以为有一个人，可以当此重任。"

吕惠卿目光霍地一跳，立时垂下眼睑，他心中不住地想着石越说的话："本以为他是嫌户部尚书官小，怎么的说出资历不足的话？石越究竟打的什么主意。"他游目四顾，却见韩绛等人皆似若有所思，便知人同此心，心同此想，当下更加留神听石越说话。"臣以为，司马光可当户部尚书兼参知政事一职！若其在位不称职，臣甘与同罪。"

"啊？"

惊讶的声音在崇政殿内响起，不仅仅是皇帝，连吕惠卿这样城府极深之辈，也掩饰不住内心的惊异。冯京等倾向于保守派的大臣脸上，露出了难得的笑容。蔡确与王珪面面相觑，竟不知道是喜是忧！

"司马光？"赵顼下意识反问了一句。

"是。"此刻，没有人可以猜透石越的心思，"以司马光为户部尚书，臣敢保证，国库不会有一文钱被滥用。"

"你打的是什么主意？石越。"吕惠卿低着头，他与司马光是不折不扣的政敌，但是他并不惧怕司马光，"想让司马光被户部烦琐的事务绑住手脚？或者竟然是想将司马光玩弄于股掌？"吕惠卿绝对不相信石越与司马光是一党的。

"陛下。"冯京激动地出列，高声说道，"臣也愿同保司马光可当此任。"

王珪小心地审度着情势："两害相权取其轻！"他心中飞快地思考着利弊得失，"户部尚书总好过御史大夫。"终于主意拿定，王珪朗声说道："陛下，臣以为司马光之才，做户部尚书绰绰有余。"

赵顼从来没有怀疑过司马光的能力，但是手中的御史大夫，突然变成了户部尚书，不免让他生出几分哭笑不得的感觉。他犹疑着，想起陈襄的回奏："司马光这次十之八九会答应复出。"但是石越的推荐，也不无道理——司马光的确是户部尚书的上上之选。"反正石越已经拒绝了左右仆射的任命，他要担任的官职并不需要一个御史大夫来制衡，或许是朕多心了……"反复思忖良久，赵顼终于点头，道："便召回司马光，授户部尚书兼参知政事。下诏各路封缄熙宁五年以来账目，着蔡确彻查三司失火原因……"

曾布完全不知道自己是怎么样离开崇政殿的。打击太过于突然与巨大，让他在朝会散了之后，都没有回过神来。"知广州军州事"并不可怕，可怕的是皇帝那恨之入骨的神态。但谁又能想到，三司重地，会发生如此可怕的火灾呢？在仆人的搀扶下，曾布木然上了马，穿行在灯火通明的汴京街道上。京师的能工巧匠们，在州桥附近建成了一座比白水潭规模更加宏大的钟楼，巨大的钟摆撞击着，发出清脆的响声，告诉人们，现在已经是凌晨的寅时了！曾布意识中还记得，这座钟楼的拨款，还是他亲手画的押。但是现在这一切都已经没有意义了。州桥旁边，有艺人在表演着奇能异术，有人在口吞铁剑，有人在玩着药法傀儡，有人口吐五色水……穿着各式各样衣服的男男女女，穿梭于热闹的街市中，享受这一天的乐趣，完全没有受到三司大火的影响。而他，之前还是被称为"计相"、掌握着这个庞大帝国的财政大权的三司使，却被一场大火逼得不得不离开权力的中心，这个世界上唯一的不夜城！

真不甘心。

"子宣，子宣。"

曾布隐隐约约听到有人在唤自己，他勒住马，欲要回头，却忽然嘲笑起自己来："必定是幻觉罢，这个时节，人人避之唯恐不及，又岂会有人叫我？"他摇了摇头，催马欲行，不料追者早已到了身后。"子宣，可叫我好赶。土市子旁边新开一间仙人酒楼，且去喝几盅杜康如何？"石越一把拉住曾布的马辔，笑道。

曾布不料石越会这个时候来追自己，他看了一眼石越，又看了一眼自己身上，微笑着摇了摇头，道："还穿着朝服，不必张扬为好。"

石越看他强作笑容，知道曾布也是要强之人，也不好勉强，他望着曾布，诚恳地说道："子宣，塞翁失马，焉知非福？广州虽远，却是大有为之地。若能有一番治迹，弟在朝中为兄进言，重返汴京，并非难事。他日当更加风光。万不可灰心丧气。"

曾布以为石越不过是安慰之辞，他心中虽然感激石越念旧，口里却言不由衷地说道："不以物喜，不以己悲。愚兄知道的。子明在朝中，多多努力。"

石越见他神态，已知是必不相信的。他也不便解释，只好说道："子宣，你到了广州就知道端详。天下之事，变化万端，不可逆料。若你自己放弃，那么也没什么办法，只可惜了你的才学。若能不自弃，那么皇上也不会放弃你的。"

曾布细细咀嚼着石越的话语，在眼前的一片迷茫中，似乎隐隐感觉到了一丝希望，却又不知道希望是什么……

三司大火的原因，很久以后都有人怀疑其中存在着巨大的阴谋，成为熙宁年间有名的疑案之一。它如此明显地变动了政治版图，司马光痛快地接受了任命，数日之后便带着《资治通鉴》书局离开洛阳，进驻户部，保守派因此开始了重返权力中心的进程，石越的政治策略也开始变得更加积极。但是在当时，御史中丞蔡确在开始调查后的第二天，就有一个低级官员来投案，证实是因为自己煮药不慎失火，引发了这场损失巨大的大火。而且很快，蔡确就发现"事实"果真如此 —— 这完全是一起偶然的事故。皇帝由此罢免了三司使曾布以下数名官员，那位煮药不慎失火的官员，按着宋律，也不过是罢官而已。

在司马光返京后的第三天，闰四月二十日晚上，司马光的府邸，来了一个客人。

司马光的精神极好，但是眼睛明显肿大，而眼角也泛着疲态 —— 石越端详着这个赫赫有名的老人，知道户部的事情把他累得不轻。三司烧光后，重建一个户数超过一千四百万、口数超过三千万的庞大帝国的主要财政管理系统，石越自然明白司马光面临多大的压力。御史台现在依然由蔡确领导，这位蔡中丞正等着司马光犯错，然后身败名裂地被赶出朝廷——各路的官员们，想趁机谋利的，不知道会有多少，至少石越自己就不敢接手这个工作。

也许这件事情，还真的只能够由司马光来做。

石越掩饰性地啜了一口茶。他比谁都明白，虽然在他一手倡导的新官制中，财经大权有相当一部分被划给了六部九寺中排名最后的太府寺，又将传统的少府剥离出辅枢系统，但在财政上，最主要的机构，依然是户部。原因十分简单——没有哪种税收比得上农业与人头税！那是国家财政的主要来源，是牵涉国家根本的关键性税收。

"君实相公。"石越终于打破了寒暄之后短暂沉默，直截了当地说明来意，道，"我这次来，是想请教一下相公对青苗法、免役法、方田均税法的看法。"

司马光也一直在揣测着石越的来意，这时他沉吟了一会儿，方说道："子明，从新官制来看，钱庄归太府寺的市易局管理，青苗法一直运行良好，自然可以保留。免役法扰民不当，老夫以为当废了。方田均税，更不可行。"

他的回答早在石越意料当中，"相公以为废掉免役法，复行差役法，就可以不扰民吗？"石越悠悠问道。

司马光一怔，沉吟良久，道："两害相权取其轻。"

石越淡淡一笑，道："在下却有不同的想法。"

"哦？愿闻高论。"

"我以为差役法绝不可复行，但免役法与募役法也要改革。改良役法，首先要改革五等户分等，将五等户正式改成城乡三等。一等户为上户，二等户为中户，三等以下统称下户。下户免役，自然也不必交纳免役钱；中户与上户所纳免役钱，均由户部裁定，中户一年所纳，不得超过两贯，上户按口算，每口不得超过一贯，二十年内不得增加。如此，百姓不会再受差役的困扰。相公按理户部，可以严令地方，不得税外加役，以免重蹈覆辙。"

"若依子明所说，于百姓便，于官府却不便。如此征税，免税钱起码要减少三成到五成，到时候连募役的钱都出不起，政府便无法运转。且官府很多事情，良民不愿意做，顽劣之辈则借此把官家的财产卖掉，然后逃之夭夭。这是募役法的一大弊端。"

石越沉默了一会儿，注视着司马光，徐徐说道："若不行募役法呢？"

"啊？"司马光匪夷所思地望着石越，吃惊得嘴都合不拢。

石越似乎完全没有注意司马光吃惊的样子，继续说道："本朝弊政，以役法最为害民。多少百姓因此家破人亡——不仅免役法害民，差役法一样害民。要彻底革除这一弊政，非要有一大变局不可！"

"但百姓服役是天经地义的。自古以来便是如此。"

"没什么天经地义的。本朝徭役多重，相公岂能不知？能便百姓、利国家的事才是天经地义。若有一位君主，愿意节俭开销，让百姓免服徭役，难道相公认为这是不应该吗？"

"那自是仁政。不过事情总要可行才好。"司马光捋须道。

"必定可行。"石越的眼中露出热切的光芒，"但会损害到胥吏的利益，也许会让其怨声载道！"

司马光不屑地说道："不必理会他们。子明，且说说你的办法。"

"本朝养了百万之兵，禁军要打仗，不得不养。教阅厢军是禁军的补充，也未尝无用。但是那些不教阅厢军，又有何用？这些不教阅厢军，形同杂役，当中有些人还是虚占名额不干活，只吃空饷。但是这些厢军，却是资历老于官府差遣的人，他们深知下层情弊，没有小吏能欺负到他们。我的想法，就是把一部分差役，固定交给不教阅厢军去做，他们力有不及的，再去募役。"

司马光静静听完，思忖良久，几乎是同情地望了石越一眼，道："这近于空想。"

宛如一盆冷水泼头而来，石越万万料不到司马光给自己的设想如此评价。他愕然道："为何说是空想？"

"下层之事，千头百绪，不是几十万厢军做得完的，纵然做得了，也不可能把这些厢军分配到各县去，否则厢军就不再是厢军了。还有一些事情，比如催税，又如何能够让厢军去做？若依老夫之见，为政务在简要。子明果真有意惠民，不如想办法说服皇上，将一些不必要的役税科目废除，何苦如此烦琐？"

石越默然良久，忽然问道："相公的《资治通鉴》，已经修到魏晋了吧？"

"正是。"司马光狐疑地望了石越一眼，不知道他怎么突然问到这个上面。

"各朝各代，科役减了又加，加了又减，由此导致的治乱循环，不知道相公如何看待？"石越的语气尖锐起来，"相公是要归之于天命吗？"

司马光略略迟疑，道："正是。治乱循环，本是天理。我辈再怎么努力，也只能让治世长久一点，乱世减少一点，却不能阻止乱世的到来。"

"那么为何远古之世，太平有千百年，近古却不过二三百年？"

"因为后世德化不淳。"

"那么有何良策？后世的人就一定要接受二三百年一乱的命运吗？"

"孔圣之学，可以救之。"

"孔子以后，多不过四百年，短不过数十年，必有一乱。又是何故？"

"因为后世未能复古。"

"给相公宰相之位，五十年的时间，相公能复古吗？"

司马光一怔，迟疑了好久，终于还是摇摇头，道："不能。"

"一百年时间，能吗？"

司马光又沉吟了一会儿，终于诚实地说道："不能。"

石越又追问道："使诸葛亮、魏征复生，能否？"

司马光颓然摇头，道："凭一人之力，便是孔子复生，也在能与不能之间。"

石越点点头，道："既然如此，那么又谈什么为万世开太平？"

"若众人齐心，尚有可能。"司马光忽然抓住一根稻草。

"相公修史，以古可知鉴今，可曾见过有所有的读书人一条心的时候？"石越毫不客气地驳斥道。

"这……"

"今天大宋要做的事情，是天地间一大变局。不仅仅事关大宋的祸福兴亡，也关系到华夏能否脱离这一治一乱的宿命。"石越情不自禁地站起来，双手挥动着，"凭借德化不能完成的事情，我们要用更出色的制度来达成。我不惮烦琐，要用厢军来解决役法的事情，就是想一劳永逸地解决役法的弊端。"

"制度？"司马光完全不相信这套说辞。

"不错，为后世立下可以效法的规模制度，最重要的，是要让后世不能随意地破坏这个制度。"

"今日我们可以败坏祖宗法制，后世为什么不可能败坏我们立的制度？"司马光语带讥讽地说道。

"我们的制度若不合时宜，也会被淘汰。但是它本身要有足够的力量，去制约一些不必要的破坏。"石越没有理会司马光的语气。

司马光摇摇头，板着脸说道："老夫不相信有这样的东西存在。人若死了，一切作为，皆由后人做主，又岂是你我所能左右的？秦始皇欲传万世，二世而亡，为万世笑柄，子明不要步他的后尘才好。"

石越终于知道自己要说的东西，毕竟缺少说服力。他已经明白对司马光，只能够退而求其次，得到他的有限支持便是成功。至少司马光是赞成减免役税的。"那就由我来开源，由你来节流吧。裁并州县的事情，你总不会反对吧？"石越望着司马光，无可奈何地在心里安慰着自己。

4

司马光果然没有反对裁并州县的计划，不仅如此，他在给皇帝的第一份奏疏中，提出了包括正式废除免役法、募役法，恢复差役法，减免数项差役，将八等县[9]改成三等，裁并户数不足三千户的县，废并所辖不足三县的州，节省朝廷财政开支等十条建议。《司马十策》在递给皇帝几天后，就被中书门下几位宰相或真心，或别有用心地下令在《皇宋新义报》中刊登，各报纷纷转载，朝野中的目光，一时间全被吸引。舆论或赞成或质疑，吵得不可开交。

"想不到司马君实竟然会提出如此全面的财政主张。"连潘照临都掩饰不住自己的吃惊。

石越心情极是畅快。"司马光实在是替我背去了一件大麻烦。"他笑着亲手换了根蜡烛，这一段时间，白天他基本上没有任何空暇可言，"按他的建议，全国的县可以合并到八百到九百，州也可以减少一二十个。由此全国至少可以有近十万百姓可以不要再服差役，而官员也要裁减一千以上。"

"这事本来司马光不做，公子也要做。现在司马光做了，名声上司马光会更受敬仰，但那些裁汰官员的怨恨，也一并归到司马光身上了。"在潘照临看来，这是捡了个大便宜。

"阿弥陀佛，我可不要什么名声。我只要少一点麻烦便好了。"石越双手合十，笑道。

陈良也笑道："司马君实表面上谨慎温和，实则与王介甫是一样的人。要求皇上宫廷用度裁减二成，以为天下表率 —— 皇帝是非答应不可了。"

石越摇头笑道："皇上和我说了，除恢复差役法之外，其余主张，都会答应司马光。这大部分事情也都是户部该管的。若司马光做好了，国库省下的这笔钱，百姓减轻的负担，都值得大大地记上一功。"潘照临与陈良都无言地点点头，不管对司马光的观感如何，那些措施若是成功，对于整个改革计划来说，都是好事。"此外，为了适应户部的计划，皇上已经决定，中枢、辅枢、附枢、监察、贴职诸系统的改革，将提前推动。"石越故作平淡地说道，"尚书左仆射是……"

"尚书左仆射是韩绛；右仆射是吕惠卿……"赵顼的脸在烛光中映得红通通的。

"韩绛还说得过去，吕惠卿 —— 罢，罢，官家既然想用，便用吧。"曹太后不易觉察地皱了皱眉。她最近身体欠安，时不时竟然会梦见仁宗皇帝，"哎，真是老了。"她暗暗叹了口气，温声说道，"我本以为左右仆射中官家会给石越留一个职位。"

赵顼笑道："朕本来是想让石越做右仆射，但石越坚决辞了。"

曹太后霍地睁了一下眼睛，随即叹道："那么留给石越的，是吏部尚书？"

....

[9] 宋制县分赤、畿、望、紧、上、中、中下、下八等。

"吏部尚书，暂时定的是韩维。"赵顼有些犹疑地说。

"一门两相？"曹太后怔道。

"的确有碍物议。"赵顼坦白地承认，"但韩维是朕信得过的人选。"

曹太后摇摇头，语重深长地说道："官家，韩维人是不错，但若要用他，不如便让韩绛出外。巨堤溃于蚁穴，忠臣与奸臣，只有后世才能分得清楚。"

"娘娘说得甚是。"

"官家英纵神武，有太宗皇帝之风，我是妇人，本不当多话。但于制度上，却不可不慎。"

"娘娘说哪里话来，朕是以为韩绛与吕惠卿分立，是目下不二良策。王珪、冯京，皆不足与吕惠卿相抗。"赵顼心里从不把这个奶奶当寻常老妇人看待。

"依我看，依旧让韩维做翰林学士的好。"

"朕理会得了。"

曹太后说了这一会儿话，忽觉气紧，猛地咳了数声，赵顼连忙上前给她轻轻捶背。好一阵子，曹太后才气息渐平，轻声道："官家，石越此人，是忠是奸，委实难料。若从现在来看，他是古今少有的大忠臣，难得又年轻又稳重，又有才干，简直便似上天送给官家的。那太祖、太宗托梦之事，更是让人难测高深。此人若是用得好，自然是官家之福、大宋之福。但我常想，大奸似忠，这石越拒右仆射，连吏部尚书也不做，这谦退之道，已近于权谋了。这样的人，实在不可不防。"

这一席话让人听得悚然动容。赵顼左右四顾，见无人在侧，这才放心，低声道："朕还有时间去了解石越，娘娘但请放心。"

曹太后点点头，注视着赵顼，道："官家，我是要见仁宗的人了，也没什么好顾忌的。我们曹家世代忠臣，也没有人在朝中任要职，更不会有什么外戚乱政的事情。我为的都是赵家的江山——不论石越是忠是奸，司马光、范纯仁，甚至王安石，这几个人都必定不会牵入乱谋之中。无论何时，官家都要让这几人有一个人在朝中……"

赵顼微微颔首，道："朕明白。"顿了一会儿，又说道，"石越向朕推荐的吏部尚书人选，是冯京，以范纯仁为吏部侍郎。"

曹太后怔了一下，摇摇头，叹道："看不透，真看不透。"

"朕明天便改诏令，以吴充为兵部尚书，以冯京为吏部尚书，范纯仁为吏部侍郎，户部尚书是司马光，刑部尚书为陈绛，礼部尚书王珪，工部尚书苏辙……"

"石越竟然不在六部尚书之中？"

"不在。但是九卿之中，也有加参知政事衔的。石越位在九卿。"

"九卿？"曹太后略一沉吟，问道，"司农寺还是太府寺？"

赵顼笑道："娘娘果然料事如神，朕让石越做太府寺卿加参知政事。九卿当中，眼下只有司农寺、大理寺、太府寺三寺卿能加参知政事。"

"如此官家竟有了十一位宰相。"曹太后静静想了一会儿，道，"我不知道这是好是坏，但官家要做中兴大宋的皇帝，总是一件好事。祖宗家法，要善待读书人。我常听说民为国本，官家若能守住祖宗家法，善待读书人，同时也善待百姓，便能是一位受后世称颂的仁君了。"

"娘娘放心，朕会牢记在心。"

汴京城的天边开始发白的时候，数骑快马冲出了四墙的城门。黎明前的晓风好似在卷动天边剩下的那重黑幕，赵顼挂着披风，站在大内西角楼的高楼上，眺望远空，他知道，不久之后，粉红色的云朵，将如火花似的向四边奔放，太阳——将发出四射的光芒。

他不知道的是，此时汴京城中的一座府邸中，也有人在静静地望着东方的天空。

"尚书右仆射……尚书右仆射……嘿嘿……"吕惠卿不停地把玩着自己手中的玉箫，忽然，猛地往一块大石头上一击，一声脆响，玉箫断成两截。不知道为什么，当知道自己很快就要真正站到权力的高峰之时，吕惠卿的心中，并没有半点高兴，反而是说不出来的烦躁。走掉了曾布，新党的骨干并没有如想象中的那样集中到吕惠卿的身边；朝中来了一个自己极度讨厌的司马光，却并没有和石越闹得不可开交——所有的事情皆不如意。吕惠卿觉得自己就像一个丧失了先手的棋手，对手的每一步，都在侵削自己的利益，而自己却只能够步步隐忍。

"还是要忍。也许，机会，就在不远处。"吕惠卿紧紧握住半截玉箫。

"大哥。"吕升卿远远站在十步开外，怯声唤道。

"什么事？"吕惠卿没有回头。

"桂州来信……"

"什么？"吕惠卿霍地转身，"信在哪里？"

吕升卿连忙走近，将信递上。吕惠卿留心看了一下封皮，见无异样，这才拆封取出信来，细细阅读。吕升卿站在一旁，抑制不住好奇，悄悄打量着吕惠卿的脸色，却见他平淡如常，心中不由失望，下意识地缩了一下头，便即告退。吕惠卿漫不经心地点点头，待到吕升卿从自己的视线中完全消失，他脸上才露出不自觉的微笑，仰首望天，用几乎细不可闻的声音自言自语道："天助我也！"

第三章

莫须有

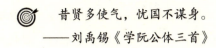

昔贤多使气，忧国不谋身。

——刘禹锡《学阮公体三首》

1

"薛提辖，沈待制的使团已经到达交趾。"

"知道了。"薛奕站在甲板上，注视着远处的天际线，心中突然有莫名的澎湃。他这次麾下远航的船队，整整有二十五艘庞大的战船，跟在战船后面的，是数十艘民间的商船。这些船上面，装满了大宋的各种商品，座钟、瓷器、丝绸、棉布、蔗糖、书籍……不可胜数。除此之外，还有数以千计的装备精良，曾经有远渡高丽、日本国经验的士兵。皇帝在下诏的同时，为了壮大声威，还让军器监带来了三百枚霹雳投弹——石学士更是在私信中表示，若这次能不辱使命，皇上很可能准许在杭州设霹雳投弹院，他的水军，从此可以装备这种强大的武器。而这次返航之后，杭州水军的旗帜上，将绣上"殿前司虎翼军第一军"九个金灿灿的大字，他薛奕将顺理成章成为第一军都指挥使，升迁之快，为大宋百年来所罕见。想到这些，薛奕觉得连那带着腥味的海风，都格外的让人舒服。

"薛提辖，我们这次应当在哪里登陆？"胖乎乎的甫富贵不知道何时蹑到了薛奕身后。这个甫富贵城府极深、精于计算，薛奕与他打一年多的交道，早知此人不可小觑。有一次他听人说这个姓甫的，竟是河北韩家的什么亲戚……从此薛奕对他，更是另眼相待。见他询问，薛奕忙笑道："甫先生，船队刚刚在琼州做过休整，就是为了直接在河内附近登陆。"

"河内？"甫富贵惘然反问道。

薛奕微微一笑，道："就是李乾德建牙的升龙府，不知道什么缘故，白水潭与西湖学院最新出版的海外全图都在后面标了'河内'二字——听说是石学士取的名字，却不知道真假。"

"他小小交趾，原也当不起'升龙府'这三个字。"甫富贵嘻嘻一笑，见薛奕招招手，有两个文士打扮的人过来，在他们面前，摊开一张最新的海图。甫富贵知道每次出海，都会有几个"书记"记录各种情况，然后交给西湖学院、白水潭学院甚至枢密院备档，由这些机构再画出全新的海图，其中便以西湖学院近水楼台，地图最为精准。但是在对各夷国、岛屿的命名上，习惯却以白水潭学院为主。

薛奕俯身望着海图，手指在上面不停地移动着。这张地图是西湖学院所绘，但包括交趾等国被称为"南海"这一带的海图，多出自传闻与采风，并不精确——若是杭州、高丽、日本国三国之间被统称为"大宋海"（白水潭学院的地图将其分称"东海""黄海""渤海"，但是杭州人一直固执地称之为"大宋海"）的庞大海域，他倒是可以相信一下海图。在这里，薛奕能依赖的，只能是那些有经验的商人与廉州、钦州、雷州、琼州派来的向导船。

"这里有个岛吗？"薛奕向他的书记问道。书记并不仅仅是记录资料，抄发文书这么简单，现在船队的规模并不正规，他们还要负责整理各种情报交给薛奕。

"这个小岛叫吉婆岛，离河内甚近，吉婆岛的对面，有一个深水海港，可以停泊我们的大船。"说话的书记叫钱平，非常的精干。薛奕一直都在怀疑此人有不同寻常的背景。另一个书记叫苏子秀，根本就是市舶司派来的"奸细"。"不管你们是什么人，我薛奕行得正，立得直，也不必怕你们。只要有本事，我就能容你们待在这个位置上。"薛奕心里的主意打得清楚，自己统军在外，若说身边没有"奸细"，那才是匪夷所思。

"钱先生，你可能确定？"薛奕瞪着双眼，望着钱平沉声问道。

"这是向导船上的水手提供的消息，我不能确定。"钱平谨慎地回道。

"我们离吉婆岛有多远？"

"不到两更。"——当时航海，六十里称为一更。

薛奕沉吟一会儿，忽然站直身来，拍拍手，笑道："传令，船队驶向吉婆岛。"

"遵令。"传令兵大声应道，正要去发旗语，忽见一个传令兵快步跑了过来，大声喊道："报——"

薛奕立时收起笑容来，把脸一沉，厉声喝道："什么事？"

"启禀提辖，西南方船只发现交趾人的船队，至少有四十余艘！"

甲板上的气氛立时紧张起来——这是船队第一次遇上大规模的敌人，从数量上看，敌船的数目还在己方之上，加之大宋的船队是劳师远征，对敌人完全不了解，地形也不如敌人熟悉，这一切，都更让人心中加倍的不安。

"传令——神舟与商船退后回避，战船列长蛇阵准备迎敌！"薛奕站上船头，厉声喝道。

震天的战鼓在平静的海面响起，瞭望塔上的士兵不停地挥动着手中的旗帜，透过鼓声与旗语，宋船之间互相交换确认着一道道的命令。数艘神舟级大船与商船一面放下联络用的小艇，开始转舵，缓缓后退；战舰则依次驶入自己的位置，将自己的撞角，对准了西南方向。二十五艘福船级战舰上，到处都是军官驱使士兵的吼叫声。每艘船的甲板上，士兵们飞快地披挂纸甲，准备弓箭与朴刀；炮手们疯狂地奔跑着，将数以十计小型弩炮推到战斗位置，副手则将成坛成坛的火油弹搬到弩炮旁边；操纵着巨型床子弩的战士则拼命地拉着弓弦，一张张床子弩张弦待发，虎视眈眈地望着远处的黑点……

鼓声三响之后，海面一片静寂，只有斗大的飞虎旗在海风中猎猎作响。薛奕早已披挂整齐，站在旗舰的甲板上，望着交趾的战舰驶近。他斜着眼看了一下大旗飘动的方向，嘴角露出一丝微笑："我们在上风。"

"我们要先礼后兵。"薛奕没有回头看身后的属下，厉声喝问道："谁愿去问问他们的来意？"

"学生愿往。"率先请令的竟是长相秀气的苏子秀。

"便烦劳苏先生一行。"薛奕赞许地望了苏子秀一眼，一挥手，早有士兵放下小船，吊下苏子秀，往交趾的船队划去。

"敌舰四十五艘，斗舰十五艘，走舸三十艘！"忽然，瞭望的士兵大声喊道。

"有走舸？"薛奕皱起了眉毛。

"提辖，我军全是大型帆船，若让敌人走舸靠近冲撞，十分不利。"

"我知道了。"薛奕举起手来，厉声喝道："命令各船，听我号令，便即进攻！"

"薛提辖！"钱平沉声道，"苏先生已经……"众人望了一眼海中，苏子秀的小船，在一起一伏的海浪中，已经到了双方船队的中间位置。薛奕寒着脸望了钱平一眼，别过脸去，注视着交趾的船队，冷冷地说道："大宋的使者，有他自己的使命！"

交趾人显然已经发现了出现在眼前的巨无霸舰队，他们停在了视线的最远处，似乎在犹豫什么。如此庞大的舰队，在当时的海上，是绝无仅有的！没有人敢于贸然行事。"也许他们又要放弃了。"人们心中都泛起了这样的念头。然而，在短暂的停顿之后，交趾人开始变换队形，三十艘走舸突前，排成横队，十五艘斗舰居后，列纵队。

"交趾人想用走舸突前冲撞，护卫斗舰进攻。"一个幕僚说道，话音刚落，交趾的船队又开始了逼近。

"来意不善。"钱平在心里抽了一口凉气，正待说话，便听有人说道："提辖，交趾人还在逼近，要不要召回苏先生？"

"来不及了。"薛奕他抬眼望了苏子秀的小船一眼，寒声道，"便是李乾德，也没有胆子敢杀大宋的使者！"

与此同时，"大越国"升龙府。

与沈括谈判的大将军李常杰是个极为精悍的老头。熙宁五年之时，年仅七岁的李乾德即位，大权落到了辅政的太师李道成手中，但没过多久，宦官出身的李常杰就大得宠幸，几年时间，就掌握了交趾的军政大权。此时李乾德不过是个十岁出头的小孩，一切军国事宜，实际上都是由李常杰说了算。李常杰出身武将家庭，自幼读诗书、习兵法，精通权谋之道。交趾自李公蕴得位以来，便颇有开疆拓土的野心，与周边诸国战争不断，但对于宋朝，还是颇有畏惧之心。当沈起在桂州修寨练兵之时，李常杰便已经感觉到空气中的杀意。沈起刚刚兴兵，极通权变的李常杰立刻就做出可怜的样子，派使者昼夜兼程向中原汴京的皇帝谢罪喊冤。中原文化区内的外交关系，"礼义"是重要的主题，甚至连北方强大的辽国也非常注意"礼义"之说，李常杰心里非常明白：宋朝断不敢冒天下之大不韪，公然破坏外交准则，招致辽人的嘲笑与轻视。毕竟，只有唯一的强者或者得到唯一强者的支持，才可能破坏准则而不招致惩罚。宋朝并非唯一的强者。

但尽管如此，中原王朝对交趾李朝来说，仍然是绝对的强者。所以在南交一人之下，万人之上的李常杰，面对大宋的使者沈括，依然不得不装出一副笑脸来，细心地奉迎。

沈起已经就地罢职，继任的苏缄一面开放互市，一面继续训练土丁，修缮守备，让人摸不着头脑，不知道宋朝打的什么主意。李常杰还听来往的商人报告说宋朝有一只巨大的船队，从广州到交趾来了——这是大宋的缓兵之计吗？不敢掉以轻心的李常杰立即倾全国之力，组织了一支精锐的水军，日夜在红河三角洲海岸线附近巡逻。一面又亲自去见沈括，拐弯抹角地质问："下藩世代为大宋守卫南疆，实不敢有半点叛心，每岁进贡也从不敢怠慢，不知为何，却总是为边臣侵凌……"

"沈起擅自兴事，非朝廷本意。朝廷已下旨将沈起罢职。"沈括早知他想说什么，不待他说完，便软硬兼施地说道，"但将军也万不可因此生怨望之心，否则不是朝廷的不幸，而是交趾的不幸。"

"下藩万万不敢。"李常杰谦声道，一面又申诉道，"只是在下听说新上任的苏知州，依然在训练兵丁，大修战备……"

"这个将军不用担心。"沈括打着官腔，拖长了音调说道，"各地守备是为了防范盗贼，那是平常之事。朝廷知道郡王忠心耿耿，这才派我不远万里而来，晋封郡王为南平王——这是前所未有的恩典。将军可转告郡王，只要不生二心，朝廷更可赐丹书铁券。"

当时但凡交趾嗣子继位，请命之后，宋朝就会赐封交趾郡王，几年之后，再次请命，才会晋封南平王，而且，宋朝从来不肯封交趾郡王为"国王"——这个待遇，远远不及高丽，甚至连占城都不如。原因当然是因为自秦汉五代以来，交趾一直是中国郡县，在宋朝看来，交趾与幽蓟、灵夏无异，不过是个分裂政权而已。想西夏为了得到个"国王"的封号，和宋朝不知道打了多少仗，交趾实力远远不如西夏，宋朝只是因为曾经出兵恢复受挫，战略重心又在两北，无暇南顾，才勉强容忍它割据。这已经是心中抱憾，怎么还可能轻易给"国王"的封号？

但这般待遇，对于交趾君臣来说，却也是十分不满的。虽然宋使亲自来升龙府晋封李乾德为"南平王"，也是莫大的面子。但到底也不过是个姿态而已。而所谓的

"丹书铁券"，从历史的经验来看，与其说是免死金牌，倒不如说是催命符。凡得过"丹书铁券"的，几乎都没有好下场。

李常杰心中暗骂，脸上却笑道："皇上隆恩，下藩君臣，莫不感激！"

沈括这才笑道："朝廷知道交趾物产匮乏，已下令沿边各州，不得阻碍互市。并将派遣市易船队前来交趾各沿海口岸，与南交互市。这是千古未有之恩典，于南交来说，也是求之不得的好事。因此朝廷希望交趾为船队提供靠岸的港口，进行补给与市易。中国地大物博，尽是繁华之地，本来也无求于交趾。朝廷这一番好意，想来将军不至于拒绝吧？"

"这……"李常杰倒吸了一口凉气！交趾一向不许宋朝船只来贸易，偶有船只，也要进行种种限制，就是怕让宋人知道国内虚实，同时也避免宋朝的影响向各个部落渗透，这时沈括打着互市的名义，要求从海岸进行互市，李常杰不免又惊又疑。

"沈待制，这历代以来，都是从陆地进行互市……"

"大宋自有大宋的规模制度。陆地海上，都是一样的。这些船队不仅仅要在交趾停留，还要向更南的诸国宣播大宋皇帝的恩泽，将军难道连朝廷一番好意，也不愿接受？"

"绝无此意，绝此无意。只是尚有诸多不便，还要一一上传……"

"提辖，苏先生已经上了交趾人的大船，交趾船队还没有停下来。"

薛奕黑着脸，望着交趾人的船队，双唇紧闭如铁。交趾船队越来越近、越来越清晰了……

"提辖，交趾船队进入弩机射程！"

"交趾船队进入弩炮射程！"

薛奕双瞳忽然缩小，狠狠地盯着眼前的船队，猛地拔出刀来，喝道："满帆，弯月阵，弩炮攻击！"

如同雷霆响起，进攻的鼓声打破了海面的寂静，数以百计的弩炮忽然同时发射，如同漫天冰雹散落，成百上千的火油瓶铺天盖地的散落交趾船队，炮雨方落，一次可以发射数十枝火箭的床子弩发出"嘭嘭"的声音，上千枝火箭如蝗雨射向交趾船队，高速飞行的弓箭与空气摩擦，立时便燃，一波攻击过后，交趾的走舸舰上，霎时到处都燃起了熊熊大火。

交趾水军完全没有料到在自己理解的射程之外，会遭到宋军的突然攻击。在这波猛烈的攻击之下，数十艘走舸顿时乱成一团，有一艘走舸战舰慌忙转舵，却不小心与友军撞在一起，结果两艘战舰一同漏水，尚未交战，便做了海底亡魂。有些战舰想用海水来浇灭大火，不料以水烧上，大火反而越燃越大。只见海面上烈火熊熊，将海水映得通红，交趾战舰上不断传来哀号声，许多的士兵纷纷弃船跳海逃生。

但在这一片混乱当中，也还有二十来艘走舸冲了出来，其中还有数艘真是悍不惧死，船上一面燃着大火，一面以惊人的速度，冲向宋军战舰。

"弓箭手！"薛奕没有时间庆祝第一轮攻击的成功，果断地下达了第二道命令。

宋军的弩炮手们飞速地计算着投射距离，甲板上的战士们则已排成了方阵，拉弓引箭，轮次向逆风冲击的交趾走舸攻击。一时间，南海的海面上，鼓声雷动，箭如雨下，炮若蝗飞，又有几艘走舸终于支持不住，缓缓沉入海中。

但双方战舰的距离也终于不断地靠近。一艘奇迹般逃过宋军几轮打击的走舸竟冲到了一艘宋军战舰之前，尖锐地船角狠狠地撞进了这艘宋舰的船身上，宋舰立时裂出一道大口子，海水哗地涌了进去。

交趾战舰上顿时传来一阵巨大的欢呼声——但这欢呼声很快便变成了惊愕——受创的宋舰并没有沉没，反而趁着交趾走舸那一瞬间的失神，宋舰将几块乌鸦嘴木板搭了在走舸之上，一队队的宋军蜂拥而入，斫杀着猝不及防的交趾水军。

这一刻发生的事情，显然严重打击了尚不知"水密隔舱"为何物的交趾水军的士气。超远射程的弩炮、弩机；用水浇不灭的大火；走舸撞不沉的战舰……一向称霸南方的交趾水军，仿佛面对着一支由怪物组成的舰队，不知所措。

而且他们还处在下风。

但宋军没有给他们缓过气来的机会，接近宋舰的走舸，受到更密集的火箭攻击，宋军的炮手开始用手向交趾走舸投掷火油弹，只见走舸一艘接一艘地沉没，侥幸撞上宋舰的走舸，也难逃覆辙。小小的走舸，根本没有与福船级的战舰进行接舷战的能力。尽管这些走舸上的交趾水军依然用他们仅有的火箭顽强地攻击着强大的宋军舰队，在甲板、船舱与宋军进行着白刃战，但是战争似乎已经没有了悬念。

走舸后面的交趾斗舰也已经失去了与宋军进行接舷战的勇气，交趾主将的座舰，率先开始转舵。十几艘斗舰，也纷纷开始调转船头。

"留下一半战船收拾这些走舸，其余战船升起所有的船帆，随我追击！"薛奕并不满足于这点战绩，他要全歼这只交趾舰队。

但便在此时，左翼忽地传来"轰"的一声巨响——一艘宋舰为了避开一艘冲向自己的燃烧着的走舸，在转舵时正好碰上冲过来的友舰，将友舰的船头撞掉了一大块，灾难并没有就此结束，另一艘燃着熊熊大火的走舸，疯了似的撞到了受伤的宋舰上，几块着火的木板正好打到了装满火油弹的坛子里，宋舰的甲板上，立时燃起滔天大火。

"继续追击！"薛奕铁青着脸，重复了一遍命令。

薛奕的座舰上，所有的风帆全部张开，不依不饶地朝着交趾斗舰逃跑的方向追去。

交趾水军更加熟悉海洋的情况，而宋军战舰却有更快的速度，这场南海上的追逐战，持续了三个多时辰之后，交趾水军的主将，才不得不面对必须一战的现实。而当双方再次交战之时，除去在追逐的过程中触礁沉没以及落队的战舰，交趾水军只余下十艘战舰，而薛奕的身后，也只有六艘战舰。

交趾水军仿佛又看到了胜利的希望。在数量上，他们再次占据着绝对优势。对宋军的远程打击能力心怀忌惮的交趾水军，将胜利的希望寄托在接舷战上。不顾宋军的箭雨，交趾主将命令自己的舰队一面用弓箭回射，一面不顾一切地靠近宋舰。

但当交趾的斗舰快要靠近宋舰之时，怪事发生了——宋舰竟然纷纷主动靠了过来，率先用乌鸦嘴搭上了交趾的斗舰。交趾的水军将领们甚至没有时间嘲笑宋军的"有勇无谋"——准备接舷战的士兵都聚集在甲板上预备着厮杀，这时候，从宋舰上扔过来十几个黑黝黝的东西，上面还有一根线在飞速地燃烧着——紧接着，轰，轰，巨大的爆炸声在一艘艘交趾战舰上响起，许多人还没弄明白是怎么回事，便被气浪冲到海里，甲板上到处都是血肉横飞……交趾舰队的主将和他的十余个僚属被当场炸死，交趾士兵还未来得及从霹雳投弹的爆炸中回过神来，宋军士兵已经踏着乌鸦嘴冲杀过来……

2

"此战得胜，交趾人见识到薛奕的舰队，便能知道大宋随时能向红河出海口运送数以万计的精兵，并且可以水陆夹击河内。这样的情势下，李常杰断不敢拒绝朝廷的任何'美意'。"枢密副使王韶向皇帝介绍薛奕海战胜利的经过时，声音亦抑制不住激动。海上的功业也是了不起的成就。薛奕的官职低微，没有资格直接递送奏章——但这一次胜利之后，他的身份、地位都必然会有所不同。

石越也笑道："是以大宋水军在吉婆岛驻扎数日之后，李常杰最终答应了朝廷的所有要求，沈括与薛奕一道和李乾德签订了盟约后，已准备启程回国。"

"这是《升龙府盟约》的大概内容，还要请皇帝钦准——"韩绛也显得甚是高兴，"交趾永为大宋藩属，交趾嗣子继位，须经大宋皇帝册封。交趾不得对他国称臣。大宋皇帝恩许大宋臣民与交趾互市，大宋船队可在交趾沿海指定的十三个城镇与交趾互市，关税不得超过二十分之一，前十年之关税由大宋征收，用以补偿大宋军费。交趾须为大宋船队提供有偿补给与帮助。吉婆岛与对岸之归义城[10]为大宋国土。交趾须协助大宋修筑归义城。交趾须协助大宋各学院学生在交趾进行博物考察。交趾明定儒家为国本，用儒家经典进行科举考试选拔官员，大宋有偿协助交趾创办学校。大宋许可交趾臣民赴大宋参加科举考试，中第者可以回交趾担任官职。交趾嗣子必须在汴京番学受三年之教育。交趾每年朝贡之物为……"

王珪首先皱起了眉来，笑道："臣怎么听着这个盟约似乎给朝廷带来了一堆麻烦。除了得到一个海外小岛和一个城池外，什么也没有。筑城、守城，都是一大笔开支。"

石越见皇帝也有疑惑之意，连忙笑道："归义城与吉婆岛，不过是监视李乾德之意。只需派数百人驻扎便可，只要我们有随时夺回来的能力，这种海外之土，就不用劳民伤财地去驻守。陛下可以下德音，将要处死的刑犯全部流放到那两处去编管。这份盟约真正的目的，是为陛下子孙得到了交趾一国的臣民。"

"此话怎讲？"

"自秦汉以来，交趾便为中国郡县。但自唐代以后，交趾便割据分裂，沦为蛮夷。陛下若徒以武力兼并，只能得其地，不能得其民。且南交偏远瘴疠之地，国家耗费军费驻扎，所得不足以偿所失，使陛下虽然得扩地之虚名，却以四夷害中国，非策之善者。而今之策，乃是让交趾国用自己的财赋教养臣民，而其臣民学习的是儒家典籍，他们的老师也是大宋人。时日浸久，交趾的百姓由夷返夏，自不待言。他们自会从心里认可大宋的皇帝才是这个世界上理所当然的共主！如此所费有限，而陛下虽不得其地，却能得其民。"石越努力地向赵顼推销他的文化殖民主义，"依着这份盟约，将来交趾的官员都是大宋培育，官员中必然大部分都亲宋。这岂不远远好过直接占领交趾。所谓'上兵伐谋，其次伐交，其下攻城'，此之谓也。这其实是不战而屈人之兵。"

他这番话倒是引起了一些人的共鸣。赵顼也笑道："这话倒是不错。这回薛奕将俘虏的船全部送回国，朕打算将这些船放在金明池，给百姓们也看看。他与沈括的功赏，两府可以商议了报上来。另外，便是派谁去驻节归义城，给个什么官职为好？"

"臣以为官职不可过高，以正七品左右为佳。"一直没怎么开口的吕惠卿忽然说道，"至于官员，选派武官最好。"

石越若所有思地瞥了吕惠卿一眼，笑道："臣亦赞同吕相处置，日后陛下的海外国土定然会越来越多，至于官名，臣以为不如便叫权持节都督海外归义城军政事。"

"那便准奏。"

---

[10]　海防城市。

吕惠卿见一切都说得差不多了，因从袖中取出一份奏折，道："陛下，前往桂州召沈起的使者已经回京。昨日政事堂臣当值，有一份章奏要递呈皇上。"

"哦？"内侍从吕惠卿手中接过奏章递给赵顼，赵顼接过细读，表情忽然凝重起来。韩绛、石越等人都是莫名其妙，不知道吕惠卿闹的什么玄虚。赵顼看完之后，将奏章轻轻放好，游视众人，最后将目光落在石越身上，笑问："石卿现在有多少田院地宅？"

众人越发不解，石越也是一怔，答道："臣蒙陛下圣恩，所赐田宅，现在已有近百顷，具体数额，臣却不清楚，这等事还要问臣的管家才知道。"

"想不到石越倒是小事上糊涂。"赵顼笑道，"朕听说卿分了五十顷地给卿的兄长？卿的田产，都在什么地方？"

石越见皇帝问得稀奇，心中不免不安起来，忙回道："臣的产业，都在汴京与老家两处。"

"只有这两处吗？"

"臣除此以外，的确已再无产业。"石越斩钉截铁地答道。

"那么是谁在桂州等数州兼并良田数百顷？"赵顼神色中已有责怪之态。

石越完全是丈二和尚摸不着头脑，愕然道："陛下，臣在桂州，绝无产业。"

"子明，兼并良田已是不对，还要巧取豪夺，逼得数十家走投无路，又让地方官镇压，却未免太过于心狠。"吕惠卿在旁冷冷地说道。

"什么？"不要说石越，便连韩绛、王韶、冯京等人，全都怔住了。

"陛下！"石越惊讶之后便是生气，继而又觉荒唐，竟忘了礼数，亢声道，"臣绝不敢做这等欺君害民之事！请陛下明察。"

赵顼看了看手中的奏折，又看了一眼石越，微微摇头，道："卿远在京师，自然不会去做这等事情。但难保卿的亲戚朋友门客，没有借着卿的名义为所欲为。""这……"皇帝这么说后，不仅石越，旁边的众人也都迟疑起来——说石越兼并，的确让人感觉匪夷所思，但是说到他的亲戚朋友门客，那又有谁敢保证？就算是石越，也不敢打下这包票。赵顼又道："这件事朕一定要查个水落石出。使者去桂州罢免沈起——居然引出数十户百姓联名告状，告的竟然是朕的弘股重臣，翰林学士！"皇帝的语气很平静，但越是如此，就越让人觉得心惊。

石越近乎无礼地直视皇帝良久，忽然缓缓跪下，沉声道："陛下，若臣果真做了这样的事情，甘愿受罚！"

其实当时位高权重的大臣，在各地兼并田产、广置物业，都是再平常不过的事情。似王安石、司马光这样清介的是极为少见的。其余之人若说有什么区别，不过就是做得漂亮不漂亮罢了。韩绛、冯京见皇帝如此"小题大做"，早就不以为然。韩绛存心要卖个面子给石越，当下出列说道："陛下，石越人才难得，岂可因小过而……"

"韩相公。"韩绛的话没有说完，便被石越打断了。石越板着脸，昂然道："多谢相公为在下说情。不过若我果真做出这样的事情，则是愧对陛下知遇之恩，又有何面目位列朝堂？臣再无他想，只请陛下遣一能臣查明真相，还臣清白！"

赵顼见石越如此理直气壮，神色稍霁，温言道："朕与卿君臣相知，不比他人。他人若是这种过错，自有国法绳之，用不着朕来生气。但若是卿发生这样的事情，朕须容不得卿去欺压百姓，欺君瞒上。同样——"赵顼又看了一眼奏章，冷冷地说道："朕一样也容不得有人来诬陷朕的重臣！"

"臣谢陛下隆恩！"石越顿首道。

"这件案子，御史中丞蔡确，监察御史蔡承禧去审理，朕要亲自看全部供词。"

3

"石子明暗中派人在广南西路诸州县兼并田地？"一辆漂亮的四轮马车内，王昉瞪大了眼睛，不可思议地望着清河郡主。

清河郡主抿了抿嘴，轻轻道："我也是入宫时听太皇太后与太后、皇后聊天时说起的，"她顿了一顿，又补充了一句，"但究竟真相如何，眼下还不得而知。"说完了这一句，她又有些后悔，怕被王昉看出她对这件事情的过分了解与关切，毕竟她与石越也是曾有过许婚之说的。

但王昉摇了摇头，却显然没有留意到她的心思，"我不相信，"王昉沉吟道，"石越这个人虽然不怎么样，可也不是目光短浅之辈。他要兼并，不去杭州兼并，反去广西那路偏远之地兼并，实是不合情理。只怕是他家的什么人在外面为非作歹吧！"

清河郡主见王昉神情郑重，忽地捂嘴轻笑起来。

"你笑什么？"王昉奇道。

清河揶揄地浅笑，轻轻道："石越的家人不就是你们家吗？他兄长听说是个老实人呢。"

"我们家哪会有人在外面惹是生非呀！"王昉一本正经地说道。

"是啊，是啊，是我胡说了——我们家又哪会有人在外面惹是生非呀？"清河郡主拖长声调，学着王昉的语气说道。王昉这才省得清河是在取笑她，呵呵双手，就去咯吱清河。清河郡主一面伸出手来挡，一面取笑道："你们家的人可了得呢，便是连太皇太后也说桑……"

"太皇太后？太皇太后说桑郎什么了？"

清河郡主眼波流转，嫣然道："太皇太后说了什么呀？……嗯，你先告诉我今天去白水潭学院究竟是做什么？"

王昉笑道："郡主到了那里，自然就知道了。"

清河郡主撇了撇嘴，笑道："那桑夫人也自己去问太皇太后好了！"她有意将"桑夫人"三个字咬得极重，语调更是拖得极长，语气中全是戏谑之意。

王昉侧着头，望着清河郡主，笑道："你告诉我，我也告诉你。如何？"

"遵命，桑夫人。"清河郡主在外人面前端庄娴雅，直似庙里的菩萨，唯有和王昉在一起，才显露出一个妙龄少女活泼的天性，肆意地打闹嬉笑，因此二人闺中之谊，实是非比一般。当下忍住笑说道："前几日我进宫给太皇太后、皇太后、皇后请安，因听皇后说，淑寿公主很喜欢石学士，皇太后便笑道：'可惜石越没有孩子。'皇后笑说：'石夫人韩氏已经有喜了。'皇太后：'韩氏聪明剔透，说话行事都得体，我倒是很喜欢她。只是听说她本家有个哥哥，却是个硬骨头，办报纸得罪过不少势家，连石越都骂过的，却不知一母同胎，怎的竟生得如此不同？反倒是妹妹好过哥哥。'太皇太后拿着玉如意敲了敲，笑道：'你却是不知道，她哥哥现在长进不少。结婚之后，一日比一日的稳重。待到明年会试，白水潭学院再考上几十上百的进士，将来这个人可了不得。'——姐姐，你说，太皇太后可不是在夸你的桑郎吗？"

王昉出身宰相门第，于普通功名利禄，未必看得太重，但对于皇室的评价，却不能不十分重视，因此也常常会透过清河郡主，以及一些熟交的夫人小姐，侧面了解内廷与朝廷的意见，然后小心地提醒桑充国注意。是以婚后，王昉俨然竟成了《汴京新闻》的"幕后总编"，而《汴京新闻》的风格也变得更加稳重成熟。外人皆以为桑充国更加历练成熟，却不知道竟是一个女子的功劳。但这时候她听到太皇太后那不冷不热的评语，竟是怔住了。直到清河郡主唤她，才猛然回过神来，心不在焉地笑道："太皇太后也是说笑而已。"

清河郡主望了王昉一眼，忽然悠悠叹了口气，轻声道："女子嫁了人，果然便一心一意都为着夫君了。"

这一声感慨说得王昉俏脸通红，不由低声啐道："你也会嫁人的，皇太后亲自为你择婿，你当我不知道呀？"

清河郡主顿时脸如霞染，一直红到耳根，半晌才低声啐道："你不要胡说八道。"

"我何曾有胡说八道？都说你那未来夫婿是再世潘安呢！"王昉笑道，"狄武襄的三公子狄咏——我说也唯有这样的人物，方配得上你。"但清河郡主的笑容，却似慢慢地僵住了，过了良久，她才苦笑着摇了摇头，却欲言又止。王昉看在眼里，不由关心地问道："郡主，怎么了？难道竟是不喜欢……"清河郡主却紧闭着双唇，默不作声。王昉猜测道："狄三公子人品出众，难不成郡主竟会是嫌他是个武夫？"半晌，清河郡主方轻轻摇头，神情中竟带着些苦涩，过了良久方低声说道："你可知道蜀国公主的事？"

"蜀国公主？"

"本朝的公主之中，论相貌、才华、品行，谁能在蜀国公主之上？但千挑万选，还是……王驸马……王驸马对她……原来竟是这般……以前也有过王驸马风流不羁的传言，听说现在越是变本加厉，竟容小妾轻辱公主。但公主却生怕驸马被降罪，一直隐忍着不说，所以竟连太皇太后、皇太后、皇后都被瞒得死死的，丝毫也不知情。若非柔嘉那日撞破几个侍奉公主的宫女私下哭泣议论，便连我，也不知道竟还有这样的事！"

"怎么会这样？"王昉听清河郡主说得含糊，便也聪明地不敢追问。有些事情，女孩子本就不好开口，何况事涉宫闱，更是不便议论。

"听说是因为王驸马觉得自己才华出众，却因娶了公主，阻了他的前程——本朝之法，你也不是不知，蜀国公主是何等尊贵清洁的人物？又哪里会去学那些下贱的女子般去做些无耻之事，讨他欢心？"

王昉一时无语，蜀国公主与驸马王诜之间的事，她也不是全然没听过传言：蜀国公主温柔娴雅，一贯为人称颂，但王诜也是开国功臣之后，文采风流，也是有心做一番大事业的，却因尚主而前程受限，心中颇有不平郁郁，于是纵情声色，冷落了公主，但公主对他却是一心一意，所以一直瞒着此事，不敢叫皇太后知道。想到这里，她随即便悟到清河郡主为什么会黯然了，于是轻声问道："郡主是怕狄三郎……"

清河郡主幽幽说道："本朝的例典，尚宗室之女，便再不可领兵。这为的是严防外戚之乱。狄武襄公之后，只怕也不是甘愿默默无闻的人。我却是实在不愿他日受辱。"

"似王诜那般的人，终是少数。郡主也无需太过介怀，缔姻皇室，是多少人盼也盼不来的荣耀！"

清河郡主涩然道："是啊，多少人盼也盼不来，所以我倒宁愿嫁个庸碌之人，那么至少还能有郡主的尊荣。"

王昉握起清河郡主的纤手，柔声道："你是堂堂郡主，有什么好担心的？何况狄咏未必是这样的人，我请桑郎托人帮你询查他的人品德行好了！"一面却岔开话题笑道，"今天我带你去，却是看一位了不起的姑娘。"

"什么了不起的姑娘？"

"她是大程先生的女儿，据说河洛一带的名门望族、少年英杰，为了想娶这个姑娘，把程家的门槛都踏破了，却终是没有一人让程家看得上眼的。"

"啊？"清河郡主轻笑道，"那是个什么样的人儿呀？"

"你见了定会喜欢的，"王昉笑道，"我第一次见到她时，看着她那动静举止，竟要以为自己是个乡下人了……听说她自搬到白水潭后，虽然深居简出，可却是把白水潭图书馆的书看了个十之七八。若是说起经义道理来，就连二程也难她不住，有时候甚至要向她请教呢！前不久做了一篇《问道》，拿着几位大家的著作，提出来十八个问题，石子明听了也连连夸赞，只道是五年以来，除了我爹爹，没有人见识及得上这位小姐。"

"啊，那岂不是个女博士？素来女子无才便是德，只怕太过聪明……"清河郡主说到此处，方觉失言，连忙止住。王昉却丝毫没有在意，自顾自地说道："我向来以为自己是女子中的聪慧者，却不知天外有天，人外有人。这位姑娘不仅学问道德出众，便是相貌，也是说不出来的可亲可爱。以前我老笑郡主是菩萨，见这位程姑娘，方知郡主是假菩萨，她才是真菩萨。皮肤便如定窑的瓷器一般白润，五官不是五官，竟似是玉雕成的。你见了她，虽不觉得是倾国倾城，却自然而然地觉得可亲可敬，想要和她亲近说话。我虽然是一个女子，也会对她生出喜爱之心哩！"

"若这般说来，这个女子不是天人也似？她闺名唤作什么？"

"程琉，小字唤做'璃璃'的。郡主见了，便知道了。"

二人一路说着程琉的种种事迹，马车从西面的旧郑门拐了个弯，直奔西南面的戴楼门而去。在将出戴楼门的那一刹，风动车帘，缝隙中王昉竟见两个熟悉的身影从眼前一闪而过。"他们怎么到京师来了？"她不由得心中纳罕，不明白大哥王雱的书童，怎么竟到京师来了？

此时，开封城外北郊的一座小山林中。潘照临、陈良、唐康、秦观等人率一众家丁簇拥着一身紫衫、骑白马、挟弯弓的石越在林中穿行，众人一面走一面说着闲话。"潜光兄，去桂州调查的人，安排好了吗？"

"公子放心，已经安排好了。我也想明白究竟是谁这么大的胆子，居然敢陷害公子。"潘照临仿佛感觉自己被人家打了一巴掌。

"去宣诏的王焘，不过是个中书舍人，我打听了他的底细，他断没有胆子来陷害我。他是迫不得已接了数十个百姓的状纸，又被人暗示，不得已才上报中书门下的。此事背后一定有人弄鬼。唐二叔那边来信了吗？"石越平静的声音中透着一股寒气。

"还没有。"唐康接过话来，答道，"我回家也想了一回，若按那些状纸所说，是有一个叫石珍的人拿着大哥的书信，还有一枚大约是伪造的印章，往来诸州县，强买田地。我家中诸位叔伯堂兄，纵有不肖，也不至于如此大胆。"

"嗯。"石越漫应一句，举起马鞭顿了顿，忽道，"若是别人陷害，我也不怕。若果真是跟我的人胆敢如此，我却断不能容他。"

"我们理会得。"众人赶忙齐声答道。

"此事不过三种可能，要么是我自己做的；要么是我家中门下果真有人胆大妄为；要么便是有人陷害我。那个石珍干下这么大的勾当，背后没人撑腰，我却不信。"

潘照临苦笑道："我看咱们府上也没有人有这种本事。虽然亲戚繁多，门人家丁，也不在少数，难免有不肖之徒，所谓宰相门前七品官，出去便能为恶。但家中的家规森严，我谅也没有人敢犯，何况又是这样的大手笔。根据现在的线索，那个石珍不是等闲之辈，熙宁七年他运过粮去灾区，得过太常寺颁发的奖章，他配着奖章，拿着莫分真假的印信，也难怪能得志一时。桂州偏远小郡，那些地方的县官，谁又敢来问公子真假？"

"沈起也不敢吗？"石越反问道，一片栖鸟被他的话惊起，乱糟糟飞上空中，"沈起不是怕事的人，他是敢惹事的人！"

潘照临沉思半晌，道："此事还得从桂州调查起，最要紧的是抓住石珍。只要抓住人，不怕他不说真话。只是这若是个阴谋，也未免太简单了。即使石珍跑了，那些印信核对一下，就能分出真假了，抓住石珍，不过是可以揪出幕后指使的人而已。谁会这么傻？"

"大哥，我倒有点儿明白了——"唐康沉吟道，"此事会给大哥带来什么损害？皇上对大哥一向信任恩宠，为何这次却又大发雷霆？"

石越和潘照临听到这两个问题，顿觉心中似乎有什么东西一闪，二人连忙勒住坐骑，沉吟思忖。片刻之后，二人同时轻轻"啊"了一声，石越叹了口气，说道："原来如此！"潘照临赞赏地看了唐康一眼，笑道："吕吉甫真是了不得。"

"虽然知道了，可一时也难有良策。"石越拿着鞭子，不停地在手中轻轻敲打，苦苦思索。潘照临也默默不语，似乎在想着对策。

秦观与陈良却是茫然不解，秦观悄悄走到唐康身边，低声问道："康时？"唐康知道他想问什么，笑道："少游兄试着反过来问问，便知端倪，我问你，皇上为何会大发雷霆？"

"这样的事情，皇上岂能不怒？"秦观一脸愕然。

唐康摇了摇头，叹道："少游兄，皇上正要锐意进取，一切改革措施都有赖于家兄，以皇上的脾性，是绝不可能为了一点小过而责罚家兄的。除非这件事情对变法有很坏的影响。"

秦观依旧没有明白。

"我想那个石珍，可能确是有人想陷害大哥。也许还有其他厉害的手段还没使出来，或者来不及使出。但那人未必是吕吉甫。但吕吉甫却是看到了这后面的机会，善加利用。此人真是善于把握时机！"唐康感叹道。

秦观依然想不清其中的曲折，不好意思地笑道："这又有什么机会？只要调查清楚真相，不就一切大白了吗？"

"那时候就晚了。"唐康冷笑道，"这才是吕吉甫的厉害之处。皇上马上就要正式公布官制改革，左右仆射六部尚书九寺卿一切重要职务，都要公布人选。家兄本来定为太府寺卿，改革后的太府寺卿是仅次于户部尚书的财政大臣——但若这时候，家兄正陷在一起严重影响声誉的案件中，你要让皇上如何服众？到时吕吉甫就可趁机提出他的人选，将家兄排斥于尚书省之外。皇上即使再加宠眷，也不过是继续做学士——以改革后尚书省的权力来说，一个翰林学士又岂能主导变法的进程？他吕吉甫自然顺理成章可以唱回主角。待这案件澄清之日，尚书省众相早已各安其位，若无大过，岂好轻易罢免？要任用家兄，起码也要两三年之后……到时众多的预备措施，说不定吕吉甫稍加改变就会加以施行，将名望与功绩全部揽到自己身上，若有成效，两三年后他已地位巩固，牢不可破；若无成效，自然于大哥身上也没什么光彩。"

秦观听到唐康娓娓而谈，背脊上冷飕飕的寒气直往上蹿。他万万想不到，一桩看起来愚不可及、简单明了的陷害案，能够被人发挥到可能影响到朝局的地步……"这些钩心斗角……"秦观游顾四周诸人，心中冒出一股凉意，"吕惠卿的聪明才智，用来争权夺利，已是如此可怕；幸好石越和这些人还有着为国为民之心……"他完全不敢想象下去了。

唐康却没有去在意秦观，只喃喃道："皇上大怒，是因为皇上已经意识到了这一点。皇上既说了要提前改革官制，话不能收回；可偏偏出了这样的事情……"

"如今之计，是要赶快澄清这件事情纯粹是诬陷。只要澄清此事，镇压交趾，学士有建策之功，到时候大加宣扬《升龙府盟约》的文治武功，朝廷便可以借此声势，将官制改革顺顺利利地推行下去。并且可以借此机会，逐步开始进行军事改革！"潘照临笑道。

一直默不作声的陈良早已听到惊心动魄，这时听潘照临如此说，不由精神一振，笑道："这只是大坎之前的小坎？"

"这是许多大坎前面的小坎。"石越看了他一眼，淡淡笑道。

但这个小坎也不是那么好过的。按先前确定的方针，皇帝将在四月廿五日公布官制改革中的大部分内容；五月一日大朝会，公布中央政府三品以上官员的任命，同时下令增建"海船水军"，建设港口，增设市舶司，并诏令新任太府寺卿厘定新的"市舶务敕令"草稿。不出意外，皇帝还会在这一天正式宣布对交趾的武功，嘉奖有功人员！五月一日那一天，石越究竟是太府寺卿兼参知政事，还是依然做翰林学士，很大程度上便取决于短短七天之内，石越有没有可能澄清自己。

正如石越等人所料，变法并没有因为"石珍案"而停住脚步。

四月廿四日，赵顼在崇政殿召见两府、学士院、御史台的大臣，最后一次确立官制之细节。讨论从早晨持续到晚上。每个部门每个职位都进行再一次审核。

次日朝会，赵顼向天下颁布《熙宁八年新官制第一敕》，烦琐复杂的官制改革，正式开始。"朕要在今岁之内，结束官制改革之过渡期！"皇帝以威严的语气，向庞大的官僚机构展现他的决心。这是对一个庞大官僚体系进行的外科手术。

赵顼首先做的，是稳定人心，满朝的臣子都在关心着新官制推行后自己的官位。禁中右掖门东面，原本是中书门下省在东面，枢密院在西面，两府遥遥相对，称为"东西二府"。赵顼以非常的效率与果断，将中书门下的官衙改称"尚书省"，迅速任命了尚书左右丞以下的官员，让几位宰相暂时保留原有的职务与官名，搭起尚书省的架子。然后将中书、门下二省迁到尚书省北面紧挨着文德殿的几个院子中；将枢密院北面的院子，划归门下后省，任命了门下后省的官员。在大宋少有的雷厉风行的作风之下，不过两天时间，中枢机构就可以基本上维持运作了。

几乎同时，赵顼又诏令以冯京为权吏部尚书，简拔刚回京的范纯仁为权吏部左侍郎，以翰林学士韩维为权吏部右侍郎。令三人以原中书门下堂官、审官院等机构官员为基础，选择在京官吏，经尚书省、门下后省同意后，即颁布任命，在宣德门外御街东侧的官衙中建立起吏部。

仅仅三天时间，官制改革的核心机构，便已全部粗具规模。

然后，尚书省与吏部在赵顼的督促下，颁布了"以阶易官"的转换表，废除原有文散官，将所有文官旧的寄禄官一律按规定改换成新的散官。并同时向天下官员颁布诏令，宣布此次改革，暂时只涉及文官；勋爵、祠禄官、贴职等暂不涉及；地方官员差遣亦暂时不变；中央机构职事官未接到新任命之前，照常处理事务，直到接受新任命或与新委任官员办好移交为止。为了严防作弊请托，皇帝更是断然下令，在此期间，所有批文往来必须有清楚的记录，否则罢官夺告身，永不叙用。尚书省、门下后省、吏部，包括拟诏的学士院、舍人院所有官员一律住进官衙，由皇城司派兵吏锁院，禁止无诏外出。尚书省、吏部召见新任官员，皆须有第三人在场。

在如此严厉的措施之下，身为翰林学士的石越，与身为参知政事的吕惠卿，全部都困在了禁中。石越万万想不到，当初自己给皇帝的建议，竟成了捆住自己的一根绳子，眼前的困境，也只能指望外头的幕僚们了。

皇帝是如此重视这次改革，凡五品以上的职事官，也就是诸部各司郎中以上官员的任命，皇帝都要亲自过目，并一一接见。在此期间，石越一直陪在皇帝身边，向皇帝介绍这些官员的能力与声誉，向皇帝提供自己的意见。这是一个让无数人羡慕的美差。但在迩英殿一天站上九个时辰，中间连吃饭都不敢放肆，无论什么样的美差，同时也必然变成一种苦差。

所以，当子时的钟声响起，石越拖着沉重的双腿回到学士院后，一向习惯自己照顾自己的石越，也没能抵制住眼前的诱惑 —— 他听之任之地让皇帝特意分配来照顾自己的内侍脱掉了自己的靴子，伸进温热的清水中 —— 让一个宦官给自己洗脚，的确是一种奇特的体验！石越没有忘记在心里讽刺着自己。他看了那个内侍一眼，见他年纪轻轻，长得白净高大，竟有几分英俊，却不知为何来做这种贱役，当下竟忍不住问道："你叫什么名字？"

那个内侍连忙尖着嗓子答道："回学士，小人叫童贯。"

石越早已疲惫得迷迷糊糊，一时也没有听清，反问道："童贯？这个名字好熟，我以前见过你吗？"

童贯谄笑道："小人进宫不久，还是第一次有幸见到学士。"

"哦。"石越正要闭目养神，忽的灵光一闪，双脚一个哆嗦，腿一伸，竟把水盆蹬得老远，热水流了一地，"童贯？"他倦意全无，瞪大了眼睛，上下打量着这个年轻人，不可思议地问道："你就是童贯？"童贯被他问得莫名其妙，还以为什么地方没有服侍周到，忙不迭道："学士息怒，学士息怒。"

但饶是石越如今已是"见多识广"，王安石、司马光、苏轼、蔡京……什么各式各样的人都见过了，但一个直接造成北宋亡国的大奸宦，忽然出现在自己身边，替自己洗脚，自己还浑浑噩噩地没有反应过来 —— 这实在不能不说是一件极其吊诡的事情。看着眼前的这个家伙，想着他的种种"劣迹"，石越竟是呆住了。半晌，他才哑然失笑："管他是不是童贯，现在他又能有什么本事为恶？"但心里却毕竟有着一种偏见，当下只冷冷说道："方才水太凉了，去换盆水吧。"

"小人立即去换。"童贯连忙答应着，谄笑着捡起盆子，轻轻退了出去。

石越望着童贯轻轻走出门去，方无可奈何地叹了一口气，来到这个世界上，总要和各种人打交道。和童贯相遇，既是偶然，也是一种必然吧？"只是，不知道这时碰见这个阉人，究竟是凶是吉？"石越心中自嘲地想着，"碰上这种东西，估计不会是什么吉事。"

石越这边因在禁中出不来，为了避免给人口实，也不敢递消息。外面潘照临等一干人也忙得四脚朝天。七天的时间，无论能不能找到石珍，都已经来不及了。所以潘照临定下的策略第一就是"撇清"。只要能证明石越与这案子无关，案子什么时候破都不重要。好在石越亲戚并不多，家人门客也有限。这些人的名籍田产，很容易厘清，排除掉这桩嫌疑之后，石越的嫌疑就洗去了一半。

　　另外就是要设法找到石珍伪造的印信，只要证实是伪造的，那案子虽然未破，但石越亦可以立时由嫌疑人变成受害者——至少皇帝在心理上，会倾向于相信石越。从政治上来说，这就完全足够了。这些印信流落在各州县的官员手中，但都远在广西，调过来核对已来不及了，而蔡确又指望不上——蔡确接过这桩案子后，只是简单地询问过沈起、王焘之后，就发文给桂州苏缄，"耐心"地等待那边移来石珍和涉案文书档案。他的心思也许是放到了官制改革之上，也许是另有隐情。总之他有充分的理由暂时不去搭理此案，别人也拿他无可奈何

　　但却也并不是完全没有办法——潘照临就坚信，不管这个构陷是怎么来的，沈起手中于情于理，都会保留着这些伪造的印信，除非他傻得愿意自己去扛全部的责任。他通过田烈武寻来东京最负盛名的几个小偷，于是沈起被软禁的驿馆，多了几个梁上君子进进出出。

4

　　四月廿八日的清晨，沈起看着空空如也的箱子，面如死灰。钱财只是身外之物，丢了就丢了，他虽然此时正值晦气之时，也未曾将之放在心上。但那封信的丢失，却让他意识到出大事了！寻常盗贼，是决不会偷他书信的。

　　"沈使君！"

　　沈起被吓了一跳，霍地转过身来，却见是两个清秀少年，他认得这是王雱的书童王芃、王兰。连忙收敛心神，努力镇静下来，勉强笑道："是你们啊！"

　　王芃、王兰给沈起见了礼，方说道："沈使君，可是出什么事了吗？"

　　沈起故作轻松地笑道："不过被小贼偷了一点银子。怎么样？二位见过蔡中丞了吗？"

　　王芃、王兰相顾一眼，王兰立时走到屋外，王芃又游视了房中一眼，见再无旁人，这才说道："已经见过了。"

　　沈起稍稍放下心来，笑道："来，咱们坐下说话。"

　　王芃也不推辞，与沈起相对坐了，道："蔡中丞说皇上正在恼怒当中，此事甚是难办。"

　　沈起"呸"了一声，冷笑道："还不是索要贿赂？皇上怎么看这件事，还不是公卿一张嘴说死说活？往坏里说，我这是抗旨兴事；往好里说，就是为国者无暇谋身。春秋经义里，还找不到替我辩护的话吗？"

　　王芃微微一笑："正是。不过我家公子早有妙策——他知道蔡中丞现在也是骑虎

难下，进退维谷。"

"怎么说？"沈起不觉向前倾了倾身子，专心听王雱的书童给他分析朝中大势。他深知王雱热心于权术，虽身在江宁，但是于汴京朝局洞若观火，加之王安石虽已罢相，但新党之中，未必没有依附传话之人，王芃虽只是个书童，可在这样的主人身边，知道的事未必会少了。

"沈使君治民打仗，都是个人才。但若论到对朝中大臣的了解，却不及我家公子。如今我家相公退居金陵，朝中主张变法的大臣，以吕参政、蔡中丞、曾计相三人为首。我来京师之后，曾计相也去了广州，那么此刻，朝中自然只余下其余两人。"王芃娓娓道来，神情竟似教授弟子一般。

沈起心中冷笑了一声，脸上却做出虚心受教之态，点头道："正是如此。"

王芃见他如此，更加矜持，昂然说道："既以二人为首，那其他支持变法的臣子，便只有四种选择——或支持吕；或倾附蔡；或观望；或者干脆投奔正得势的石越！而石越此人外似忠厚，内怀奸诈，是十足的伪君子，但凡此类人，久必败露，众叛亲离。所以吕参政与蔡中丞心中所想的，必是由谁能继承我家相公之位，得到皇上的信任、众大臣的支持，来主导变法。这却是瑜亮之争。"沈起自然知道王芃对石越的评价殊不可信，不过对于吕惠卿与蔡确的心理分析，他倒是深以为然。"所以沈使君也无须太过担心。吕参政如今在朝中支持者寥寥，那些亲附他的多是些无知无学的小人，不过想借此幸进。下无有力大臣的支持，上也无皇上的信任——皇上此时的信任，还是全在石越身上。故吕参政对我家相公，还会装成尊重之态，否则只怕内外交攻，立时便要被逐出朝廷。蔡中丞在御史台，身份超然，可让他坐享清誉，他既交好冯京，又向石越示好，与旧党、石党若即若离，这是他的优势，但也是他的弱点——若他无所顾忌打击支持变法的大臣，甚至涉及我家相公，沈使君试想一下，支持变法的大臣将如何看待他？若果真如此，他就只有彻底转向，依附石越——但是他之前弹劾算计石越不少，他又如何肯信得过石越？雷州、崖州，说不定便是他的终老之地。"

沈起听了这番话，细细思忖，似乎觉得颇有道理，但又隐隐觉得其中似乎还少了点什么，可一时间竟想不出来。迟疑半晌，问道："既如此说，那为何蔡中丞说难办？"

王芃笑道："沈使君还不明白吗？蔡中丞当然难办，因为吕参政正拿着您做棋子，逼着蔡中丞落子呢。蔡中丞若放过您，皇上那边如何交差？石越那里如何交代？若是严惩您，我家公子那面，他又当如何处置？他想干干净净，却偏生不能，岂不为难？这中间最痛快的，就是吕参政了！"

沈起心一沉："这么说来？我的事情岂不是……"

"沈使君自己也说了，春秋经义中，一定也有帮您开脱的那一条。所以您不用着急，蔡中丞一定会拖，拖得皇上火气渐小，拖到他可以从宽处置。这样他才能把事情做得圆满。如今朝中局势瞬息万变，一切都有可能发生。只要待我家公子病体稍愈，沈使君即使是这次稍受委屈了，我家公子也能帮您把这委屈加倍地补还过来。"

沈起望着口若悬河的王芃，心中忽然泛起一阵莫名其妙的心烦意乱，还有一丝后悔。他又想起了丢失的那封信，心中竟有一种快意：丢就丢吧，丢得好！我沈起未必便是你们的棋子！

次日上午，石越陪着皇帝接见了几十个官员后，趁着中间有段时间小憩，赵顼忽然笑道："昨天晚上，通进银台司递进来开封府的一份奏疏……"说到这里，他忽然顿了一下，看见石越一脸茫然，不由一笑，又道，"原来却是开封府推官破获了一起盗窃案——不，甚至没有破获！不过是缴获了一批赃物。"石越听出赵顼的语气带着嘲讽之意，更是莫测高深，不知道一件这么小的案子，究竟什么原因，竟会惊动到皇帝御前。赵顼嘲弄地笑道："卿可知道这些失窃的物什是哪位官人的东西吗？""臣……"但不待石越说完，赵顼已经先说了出来："朕本来也觉得奇怪，心道是什么人的东西值得开封府这么巴巴地递给朕？又是什么盗窃案值得直达九重之内！谁知原来竟然是朕的前桂州知州沈起沈使君！"

"啊！"石越根本不知道外头发生的事情，此时乍闻，也完全是大吃一惊。

"开封府没能抓到盗贼，却捡到了他留下的赃物。这些赃物里面，别的东西倒也平常，唯只有一封书信，却是非同寻常。便是沈起沈使君，也还一般，更不得了的，居然还牵涉到本朝一位青年俊杰！哼哼……"赵顼越说脸色越是难看。石越听到"青年俊杰"四字，心里便是一阵咯噔，但随即又想到，皇帝既然这般说起，那么此事与自己必然无关，这才心中稍安。只见赵顼脸上的表情说不清楚是失望还是愤怒，他从袖中抽出一封信来，递给石越，咬牙说道："卿可以自己看看，当可知道人心如何险恶法！"

石越赶忙恭恭敬敬地接过信来，略一浏览，背上已是冷汗直冒！原来这竟是王雱写给沈起的书信，那桂州田宅，自是王雱帮忙购置——但让石越想不到的是，这还只是这一桩大阴谋中的小小的一个佐证罢了！王雱之计，是让沈起派人深入交趾，买通交人将领，伪造与石越的书信。石越保证在朝中帮助李乾德，利用海船水军帮交趾攻下占城。而交趾的报答是，和大宋和平共处，在石越有朝一日不顺之时，为石越和海船水军提供据点，到时候从交趾反攻桂州，让石越割据两广为王！购置田产，不过是石越在桂州设置据点的一个伏笔罢了。王雱在信中叮嘱沈起小心行事，耐心等待时机，只待朝局有变，就抛出此计，可置石越于死地！

但是王雱却没有料到沈起罢职、交趾屈服,令得田产一案提前泄露……这桩阴谋,还没有发动就败露了。

"陛下……"石越身上冷汗涔涔,他完全没有想到,他和王雱根本就没有什么深仇大恨,如今勉强也还算是亲戚,王雱竟然如此狠毒要致自己于死地,一时间竟是说不出话来。

赵顼默默望着石越,忽然叹了口气,道:"依他之罪,便是赐死也不为过!"

石越静静地望着赵顼,见他脸上虽然大有愤怒之色,却又有犹疑之状,他已知皇帝此时兀自还在顾及与王安石的情分。若以他的本心,此刻实在恨不能置王雱于死地方能后快,但是此时的石越,已深深明白凡做大事的人,却多半做不得快意事。他控制着自己的情绪,淡淡道:"陛下,于王元泽,臣已无话可说。是可忍,孰不可忍!但是于王相公,还望陛下稍存些体面才是。陛下与相公君臣相知,臣也唯愿陛下能全始全终!"

赵顼赞赏地望了石越一眼,轻声道:"朕会派人将这封信还给王元泽。"

君臣又说了一会儿话,听到午时的钟声响起,石越方告退出了迩英殿。刚刚走下了白玉阶,便见童贯鬼鬼祟祟走了过来,低声唤道:"学士万安。"

"有什么事吗?"石越对童贯,始终有点儿偏见。

却听童贯压低了声音,说道:"刚刚学士府的书童侍剑带话进来,说府上有要事。"

"什么要紧事?"石越心不在焉地问道,"石珍案"如此顺利的了结之后,他的仕途现在看起来是可以一帆风顺了。下午皇帝将要召见准备拜兵部侍郎的郭逵,顺便讨论一下军事改革的事宜,事关重大,他甚至没有时间去高兴自己前面的一块障碍已经被扫除了,中午吃饭的时间,还要好好理一下思路才行。"小人也不知道!"童贯对石越却格外的巴结,这让石越完全不能理解——他是中官,没有必要来巴结一个外官的。"但是听说侍剑的样子非常着急。"

"嗯?"石越怔住了,是什么事让侍剑冒着禁令来见他?正思忖间,一个宦官急匆匆地走了过来,石越隐约认得这是太皇太后身边的小宦官,还不及他细想,那小宦官已经看到石越,也不待站稳,便尖声叫道:"接太皇太后懿旨!"

石越心中惊疑不定,连忙拜倒接旨。

"太皇太后口谕,让石越立即回府!"

石越不由怔住了,他谢了恩站起身来,一时间心乱如麻,不知道家里究竟发生了什么不得了的事情,居然会劳动到太皇太后下旨。慌慌忙忙出了西华门,却见侍剑早已在门外等候,旁边还有一个长相清秀的少年,相貌似曾相识,但此时他已经无心细想了，他已经看见侍剑脸上的惶急与大汗。侍剑见他出来，立即牵着马迎了过来，急道："公子，快快回府吧！夫人要生了……"

"什么？"石越的头仿佛被什么东西重重地敲了一下，一下子就懵了。梓儿此时怀孕尚不足六个月，这个时候早产，凭谁都知道凶多吉少。尤其当时卫生条件低下，即使是正常生产，为此丧命的孕妇也为数不少，何况梓儿这是毫无预兆地早产？他也顾不得许多，甚至不敢去多想，跳上马去，狠命抽了一鞭，驱马往家里跑去。侍剑与那个少年见他如此，连忙上马跟上。

一路之上，石越的脑海中一片空白，只知道拼命挥鞭往家中狂赶，什么也不敢想，生怕此时一想那些种种可怕的念头就会浮上来将他吞噬掉。此时正值正午，街上行人众多，熙熙攘攘，而从西华门到石府，还要经过许多条热闹的大街，他既没有带仪仗，更无人清道，这般纵马狂奔顿时冲得街上行人七零八落。惹得皇城司和开封府的兵丁一路叫喊追赶。

好不容易奔到府前，石越翻身跳下马来，连马也顾不得了，便径直冲进府去。紧随而来的皇城使和开封府的兵丁没料到犯事者进了石府，一个个不知深浅，在府前面面相觑，一时也没有人敢说要入府搜查。正没奈何处，又听两骑从后面冲来，两个少年下了马，一个书童打扮的人翻下马来，便也径直冲进府中。另一个少年却勒马望了这些兵丁一眼，冷笑道："你们快快散去，这是你们待的地方吗？回去上司若要交代，便说是柔嘉县主做的。"

那些兵丁听他这么一说，得了交差的办法，哪里还敢停留？顿时散去。那少年得意扬扬地下了马，便往石府走去。石府中的下人正乱得热锅上的蚂蚁也似，也无人留心他，他一路穿堂入室，直到了内堂。却见蜀国公主、清河郡主、王昉、程琉都坐在那儿发呆，阿旺等丫鬟侍婢走来走去，似那无头的苍蝇一般，石越却不在堂中，便高声问道："石越呢？去哪了？"顿时引得众人瞩目。蜀国公主抬眼望见是她，叹了口气，说道："他进产房去了，怎么劝也劝不住！"当时的风俗，男子是不能进产房的，否则便会有血光之灾，但此刻的石越又怎会理会这些忌讳？

那少年笑道："啊！我现在看他可顺眼多了。鲁郡君怎么样了？"

蜀国公主摇了摇头，黯然说道："还在半昏迷当中。"

"孩子呢？"

"自是保不住了。"蜀国公主一面说着，一面双手合十，轻声祷告。少年的脸色立时黯淡下来，也不多说，转身便往产房走去。慌得众人急叫："十九娘，你去不得。"但柔嘉却早已闯进产房之中。

这个少年正是柔嘉县主，她今日正好陪着蜀国公主等人来看访梓儿。不料竟然赶上梓儿早产，家中虽有男子，除了唐康外，却都不敢踏入内房。而众女中有生产经验的，也唯有蜀国公主一人，情急之下，只得由蜀国公主来主持大局，但不料竟遇上梓儿难产，性命堪危，当下一面找稳婆来引产，一面便急急忙忙带了柔嘉进宫。因为怀胎六月早产，后果实在难以预料，蜀国公主念在相交之情，无论如何也要求太皇太后下旨让石越回府不可；同时也好带来御医。好在蜀国公主见了太皇太后后，说起此事，立时得到应允。蜀国公主这便带着御医先行回到石府，柔嘉却孩子脾气，偏要到西华门外等候石越。她此时年纪渐长，略解人事，一边见到的是王旁对蜀国公主的薄情与冷淡，便想看看这不纳妾的石越对待妻子是何等模样。却不料见石越如此情急担心梓儿安危，不由得大生好感，竟替他揽下冲乱街市的罪状来。

此时她蹑手蹑脚地走进产房。却见石越坐在床头，将梓儿轻轻抱在怀中，身子微微颤抖。梓儿躺在他的怀中，脸色苍白如纸，半睁着眼睛，声音几乎细不可闻，却又隐隐地带着一丝哭腔：“大哥，我对不起你。”

石越伸出手来，轻轻擦去她眼边的泪水，柔声安慰道：“傻瓜，是我害得你受苦，是我对不起你才对，是我对不起你……”他喃喃地说着，声音却不由自主地发颤。

梓儿轻轻闭起眼睛，泪水却依然从她紧闭的眼中溢出。她微微摇了摇头，哽咽道：“我们的孩子没有了……”石越心如刀绞，却勉强挤出一丝笑容来，柔声道：“没有关系，没有关系。大哥只要你平安就好了，你平安就好了。”他反复念叨着，眼中犹有惊悸，似乎这句并不单只是安慰梓儿，还是在安慰他自己。

“可是，我真的很想要那个孩子。”梓儿的声音中，似乎有无限凄伤，令得石越的心，似乎也要在这一刻粉碎了。他俯下身去，轻轻吻去那些泪水，温柔地劝慰道：“我们以后还会有孩子的，以后还会有的，很多个孩子……”他顿了一顿，忽然轻轻说道：“天可怜见，你却会平安无事！”

柔嘉见他真情流露，忽然间觉得心里酸酸的，泪水也似要流出来了，她咬着嘴唇，轻轻退出房外，痴痴地想着，痴痴地想着，竟似呆了一般。她似乎很难明白，为什么这个世界上，既有王旁那样的坏蛋，又有石越这样的好人。

但石越究竟是不是“好人”，委实也很难说。

冥冥中似乎果真会有一只手在推动命运的走势。正在同一天，楚云儿昏晕过去两三次，只余得心头口中一丝微气尚未断绝了。阿沅哭得死去活来，到得最后，连眼泪都流不出来了。打发去石府报讯的人，又被石府管事的人全部打发了回来——石越还在宫中，又逢梓儿早产，谁会有心思去理会一个外人的死活？潘照临安排了个大夫，又随便派了几个人过来侍候，这些人早就听说过阿沅的盛气，这时一个个消极怠工。大夫看完之后，只轻轻说了句："准备后事吧。"便匆匆离去。

如此耗到下午，楚云儿却又缓过神来了，能睁开眼睛，似乎竟可以吃点东西了。阿沅哪里知道这是回光返照，赶忙擦干眼泪，就要去熬药熬汤，不料却被楚云儿一把抓住，轻声道："阿沅，你不要去了，陪我一会儿吧。"说着，闭了眼睛，仿佛是在积攒精神。

阿沅强作笑颜，柔声道："姑娘，我去煎药，你定会好起来的。"

楚云儿摇摇头，低声道："我是不行了。阿沅，你不要难过。我这是解脱……"

"不会的，不会的。"阿沅说着又哭了起来。

楚云儿却只是闭着眼睛，又不说话了。半晌，才说道："阿沅，我已经把你托给石大哥照料……他是个好人，他做的是大事业，你万万不可怪他……"阿沅哽咽着，又听楚云儿说道："你也不可以怪石夫人，她也是个好人……我自己命苦，不愿意你也命苦，你要记得，不可因我的事去怪旁人……"

阿沅趴在床边，泣道："我哪里也不去，我谁也不怨，我只要姑娘好好的，我情愿跟姑娘一辈子。"

"傻孩子。"楚云儿伸出消瘦的手，温柔地摸了摸阿沅的脸蛋，说道，"扶我起来，我想弹曲琴。"

"姑娘……"

楚云儿竟然微微一笑，道："谁知道阴间能不能抚琴呢？便顺我这回意吧。"

阿沅迟疑着退出房间，走一步回头看一眼，走一步回头看一眼。出了门，便快步走到放琴的房间取了琴一路小跑回来。刚刚进门，望那床上时，不由得心头一凉，手一松，琴"当"的一声掉到地上。

楚云儿的手僵硬地垂着，却已经断绝了呼吸。在她的脸上，似乎还含着淡淡的微笑。

5

五月一日的大朝会如期举行。皇帝与文武百官都穿上了正式的朝服，在大内的正殿 —— 大庆殿举行一年三次的大朝会。仪仗是最为奢华壮观的黄麾大仗，整个仪仗队用到数以百计的旗帜，以及五千余名精壮的禁军。四象旗、五岳五星旗、五龙五凤旗、红门神旗在风中猎猎飘扬；禁军们的铠甲在阳光下闪着耀眼的光芒！

赵顼高高坐在大庆殿的御座之上，俯视着向他山呼万岁的臣子们。在今天，他要向天下宣布，他的帝国，将开始全面而深刻的变革！

礼官们有条不紊地引导着仪式的进行，石越却知道这一切不过是个仪式。所有的一切都安排妥当，公布官制改革，各主要官员的任职，公布《升龙府盟约》，宣布归义城都督，然后就是献捷仪式……

这个帝国，正慢慢地开始按照他所希望的方式来运转。

但是石越感到非常的疲惫，非常疲惫。

梓儿终于保住了性命，但是他的孩子却死掉了。年近三十的石越，其实非常希望能有一个孩子。结果在他从一桩陷害案中脱身的那一刻，在他顺利成为太府寺卿、参知政事之前的那一刻，他的孩子却死了！梓儿的身子依然虚弱，至少要一个月才能复原，更让他忧虑的，是她心中的创伤。这个孩子是她的第一个孩子，寄托了她几乎所有的期待与梦想，却在瞬间倾覆了，此刻没有人能够安慰她的悲伤，就连石越都不能，他甚至不敢在梓儿面前露出他的悲伤。他只能寄希望于时间，那漫长的时间会冲淡她的悲伤，会给她带来另一个孩子。

楚云儿也死了。自己感觉亏欠最多的就是楚云儿，她竟然与自己的孩子在同一天死去。他不知道这是否是命运的残酷安排，他最终没有能够去看她最后一眼，这让他不能不感到歉疚。每当他闭上眼睛，就会想起熙宁二年的那个冬天，那个双十年华、穿着棕黄色貂皮大衣、深绛色的缎面窄脚裤，身材婀娜多姿的女子；那个容貌清丽，眉如细黛，眼似晶珠，神韵清雅如水的女子；那个和自己在酒楼尴尬对坐的女孩子；那个默默给自己弹琴的女孩子，用那样的信赖仰慕的目光望着自己……

宣读诏令的官员大声地念着："翰林学士石越除 [11] 参知政事、太府寺卿……"

石越默默地听着，思绪却似在这一刻飞到了不知名的地方。不知为什么，他很想哭一场……但是他不敢。

对于升朝官来说，高潮是宣布官员的任命，还有皇上照例的恩赐。对于百姓来说，高潮却是归义城都督的任命与献捷仪式——此后，皇帝还会开放金明池，许可百姓参观被俘的交趾战舰！

"第一任归义城都督，百姓们的热情……"只有朝中的重臣，才知道这个归义城都督并非是一个美差，朝中没有什么大臣愿意去比桂州、雷州更远的南方，中原之人，谈瘴疠而色变，谁愿意死在那个遥远的异乡呢？

"以狄谘权持节都督海外归义城军政事……"

诏令从大庆殿一重一重传出宣德门，很快，京师的百姓们都会沸腾起来，报纸也会关注"归义城都督"的身份来历——为了这个，石越与尚书省诸相伤透脑筋，

[11] "除授"的简称，本义为除去旧官、授予新官。晋代以后，"除授"变成同义，简称"除"或"授"。

一个近乎贬斥的地方，要派一个让百姓觉得重要的官员，这是多么为难的事情！狄谘是天造地设的人选。他是狄武襄公狄青的次子！这一点就足够刺激百姓们的神经了。因为狄谘本是正六品武官，不得已，朝廷最终决定从权，将归义城都督的品秩定为武职正六品。

"但愿狄谘不要堕了他父亲的威名。"石越模糊地想着。

在这整整一天，他的心神都无法集中。

七七四十九天后。

汴京城南六十里的小村庄。楚云儿的冢边，青烟兀自袅袅不散，纸钱漫天飞舞，亦如花般慢慢委与泥土。

石越扶着病体初愈的梓儿，站在墓前。夕阳也似要渐渐入土了，残阳的光芒照着新坟，显出一种凄凉的红黄色。远处搭了间茅屋，那是给楚云儿守墓的仆人居住的。远远地站在他们身后，阿沅铁青着脸望着石越与梓儿的背影。

石越默不作声，这个地方，是他记忆最深的地方。他当年初到宋朝便是出现在这里。往事前尘，已如一场遥远的旧梦，现在开始的新梦是什么呢？他突然感觉到一种说不出的荒唐。

现在此处的田地已经全在他的名下。不过却不是兼并，因为他是以田易田，而且还加付相当于田产价值五成的补偿。但不论怎么样，此地现在已叫"石家村"。他将楚云儿安葬此处，究竟是为了什么，连他自己也说不清楚。

梓儿从丫鬟手里要了一炷香，给楚云儿插上，轻声道："楚姐姐，愿你在……泉下的日子，会比这人世间更多些快乐满足。"她的声音中似有微微的哽咽，似乎是在感叹，又似是在祈祷什么，她的心绪似乎也在这一刻飘到了那遥远的地方去。

石越凝视墓碑，听了她的话，不禁微微叹了口气，柔声道："妹子，眼下暑气未散，我们回去吧。"

梓儿点点头，却向阿沅走去，石越连忙快步跟上。

"阿沅，楚姑娘曾经对石大哥说过，要他照顾你，你这便和我们一起回府吧。这里我会安排人手照料的。"梓儿柔声说道。

阿沅身子轻颤，瞪着她冷冷地说道："我不用你惺惺作态。我……我是不会去你们石府的！"

石越见她说话无礼，不由沉了脸，喝道："没点规矩吗？"

阿沅嘴一撇，又狠狠瞪了石越一眼，哽咽道："我就是不懂你们的规矩，更不会假惺惺。我在这里陪我们姑娘，不用你们装好人来多管闲事。"说罢，已经掩面跑到楚云儿坟前低声哭泣起来。先前被阿沅训斥过的那个小丫头也忽然走了过来，低声道："我们陪着我家姑娘便好，就求你们成全罢！"说罢竟跪了下来。

石越不料她如此，倒是怔住了，正要伸手相扶，阿沅已经跑了过来，一把拉起那个小丫头，狠狠地骂道："没出息的东西，谁让你给他们下跪了？他们是大官，我们是百姓，他们蛮横，我们便让他们打死就是了。有什么好怕的？"

石越见她说话越来越放肆无礼，心中更加不悦。他心中记得楚云儿的托付，已以阿沅的保护人自居，更不在乎她生什么嫌隙，当下提高声音喝道："真是没有管教了。你家姑娘若见你这个样子，只怕也要泉下不安！来人，把这个丫头给我绑了，带回府上。找个婆子好好管束她。"他话音未落，已经有几个妇人跑了过来。她们原是出来祭拜的，哪里会有什么捆人的索子，但几个妇人七手八脚的，早把阿沅架到了马车旁。梓儿不料石越如此，忙劝道："大哥，她这样也是情有可原……"阿沅挣扎不得，大声哭道："我让姑娘不安心，你便让姑娘安心了吗？"

石越被她一语击中心事，身子不由一颤，咬着唇，铁青着脸喝道："带回去。"那些妇人早已将阿沅丢进马车里挥鞭而去。石越这才转过身来，见梓儿脸上兀自有担心忧虑之色，忙柔声说道："我知道她情有可原。不过放她在这里，只怕性子要一日比一日激烈。不若带回府上，好好的宽解教养。日子长了，自然能领会到咱们的苦心。"一面扶着梓儿上了马车。转头又吩咐道："其余的丫鬟仆人，若愿意守灵，便让他们在这里守着。若想进府上，也由他们。总之他们爱去哪便去哪，每月给他们发钱粮便是。"

早有管事的人连忙答应了。石越踏上马车，侧身远远望见墓碑上"楚氏云儿之墓"六个大字，虽然是新立的墓碑，光鲜明洁，但在夕阳之下竟是显得说不出的凄清孤寂。不禁长长地叹了一口气，他默默注视一会儿，终于低头钻进马车。

当石越一行回到石府时，天色已然全黑。但石府内外却是灯火通明，石越先将梓儿送回内院，未及更衣，便见唐康急匆匆走了进来。石越见他脸上颇有惊喜之色，知道是有事禀告，便笑道："康儿，有什么事情吗？" 唐康点头笑道："大哥，司马先生回来了。""什么？"石越竟是吃了一惊。"是司马纯父先生回来了。"唐康又重复了一遍。

第四章

御帐惊变

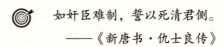

如奸臣难制，誓以死清君侧。

——《新唐书·仇士良传》

1

司马梦求见到石越的第一句话便是："辽国大乱了！"石越与潘照临面面相觑，当下便听他细说辽国的究竟。

自从耶律乙辛复任北枢密使，留守中都之后，辽朝局势就充满了火药味。太子耶律濬展现的决心，让整个辽朝的统治层都担心不已——亲信者，担心他的前途多艰；反对者，担心被他澄清朝政的动作波及；甚至就连耶律洪基，心里也未必真的希望自己的太子如此能干。

但是耶律濬似乎完全没有顾忌到这些。

那一日风和日丽，司马梦求原想出门了解些当地的民情。谁知方一踏出门，却见耶律濬的侍卫撒拨向自己走了过来。司马梦求对此人一向非常忌惮，他知道撒拨虽然寡言少语，却极为精明，而且武艺过人，曾以一人之力搏杀猛虎，兼之对耶律濬忠心耿耿，若是被他发现什么破绽，只怕自己立时便要死无葬身之地，是以见他朝自己走来，不由得有些惊讶又有些意外。却见撒拨走到司马梦求近前，躬身抱拳，冷冷道："马先生，太子有请。"见司马梦求点头，他便转身带路，除此之外，再也没有多一句话。

司马梦求自从入太子幕府以来，除了第一次听到一些大事以外，一直便被耶律濬恭恭敬敬地供着，却再也没有机会参与过什么重要的事务。而他怕别人起疑心，也装得淡然自若，只是整日借四处闲逛，了解中京风俗民情，四周地理形势，兵防布置。他有太子府的腰牌，任何去处都是畅通无阻。隔一段时间，司马梦求也会去见一次韩先国，传递一些信息。不过，最多每隔一日，耶律濬总要见上他一面，无非是问些宋朝的情况。耶律濬听司马梦求说起三大报、白水潭学院的种种趣闻，总是听得津津有味。有一次，耶律濬竟然找出来白水潭学院的全套最新教材给司马梦求确认，令得司马梦求大吃一惊——须知白水潭学院的教材在大宋国内自然可以畅通销售，但却是严禁私带出国的。

这时司马梦求一面想着心事，一面揣测着耶律濬找他的原因。不多时便见着一大队战士簇拥着一身金色软袍的耶律濬、萧佑丹等人策马而来。见司马梦求过来，耶律濬笑道："马先生，快快上马，今日天气甚好，正好出去打猎。"

司马梦求知道契丹人生性便喜欢打猎，便是太子号称"英明"，也不能例外，这一点与大宋尚文之风全然不同。他也不以为意，笑着答应了，见有人牵马过来，脚尖微一点地，便纵身跃马而上。当下一行人扬鞭催马，浩浩荡荡，便出了城去。

但这次狩猎却与往常略有不同。以往耶律濬狩猎，不过在中京周围的大定县、长兴县等处，这次却不停留，倒似行军一般，沿河而上，直达归化县境内，方开始打猎。耶律濬在打猎之时，一向以军法勒束部属，加上这次带的又都是侍卫中的精锐之士，不消一两个时辰，便已硕果累累。

萧佑丹抬头打量天色，见天已渐晚，便轻声向耶律濬低语数声。耶律濬立时勒转马头，鸣金收兵。一面向司马梦求笑道："马先生，今晚且委屈一些，我们要住在归化县了。"

司马梦求笑着答应了，他此时已看出耶律濬似另有所谋，他留神观察萧佑丹，却见他虽然神色如常，却隐隐约约似有忧色，当下心里更加疑惑，索性不动声色地等着看戏。

一行近二百人悄无声息地在山林间行走了半个时辰左右。便听到一个侍卫回来报告离归化县城还有七里左右，众人皆以为耶律濬会下令加速前进，不料他竟忽然下令扎营做起饭来。耶律濬军令甚严，部下无人敢多说什么，只见命令一声声传下去，近二百名侍卫便有条不紊地忙碌起来。司马梦求却是暗暗心惊：这么近却不去归化县吃饭，分明是想保持侍卫的体力，这位太子爷究竟葫芦里卖的什么药？

众人悄无声息地埋锅做饭，虽然火光点点，归化县却也没有人前来干涉。耶律濬不时张望归化县城，嘴角不经意地流出丝丝冷笑。吃过饭后，侍卫们便就地休息，耶律濬却与萧佑丹、司马梦求围坐在一起，低声说着闲话。眼见天色全黑，耶律濬依然谈笑风生，没有半点动身的意思。司马梦求虽然心中好奇，却也只得忍住，陪着这位太子爷聊天。

估摸着到了亥时，萧佑丹才忽然打断了谈话，对耶律濬笑道："殿下，天色已晚，我们该动身了。"

耶律濬笑着起身，轻轻握了一下刀柄，对司马梦求笑道："马先生，今晚我们还要去归化县过夜，真是辛苦先生了。"

司马梦求连忙欠身道："不敢。"

耶律濬一行人举着火把来到城墙下时，整个归化县城都在一片寂静之中。守城的士卒早已歪歪斜斜的躺在粗陋的城墙上睡着了。

"开门，快开城门！"几个侍卫扯着嗓子大声喊道。

过了半晌，方有人举了火把从城头往下张望，"什么人呀？这么晚了。"声音依然带着迷糊以及明显的不耐烦。

"瞎了你的狗眼，太子殿下的旗号都不识得吗？快开城门！"侍卫不耐烦地厉声喝骂。

那人睁大眼睛看了半晌，黑夜之间又哪能看得清楚，只是见城下之人穿着都十分华美，也知必是贵人无疑，立时慌慌张张叫了人起来放下吊桥，开了城门。

"吱"的一声，城门才开了一半，卫队的侍卫早已迫不及待地拥着耶律濬冲进城去。前面稍有人阻拦，便有几个侍卫骑马冲上，没头没脑一顿鞭子打得鬼哭狼嚎也似。

"去县衙！"耶律濬冷冷地下令，于是队伍便似群狼般扑向归化县衙。

司马梦求冷眼旁观着这次行动，耶律濬如此行事，明显是针对归化县令而去。但一个小小的南面县官，怎么又值得当朝太子如此兴师动众？正疑惑间，队伍前锋已到归化县衙，归化县令似乎已经得到消息，率领一大群僚属在县衙之前跪迎。

耶律濬似乎吃了一惊，但立即就恢复平常之态，向萧佑丹递了个眼色。萧佑丹微一点头，策马上前，冷冷地问道："谁是归化县令？"

一个四十来岁的官员赶紧向前爬出几步，媚声道："下官便是归化县令。"

"你叫什么？"萧佑丹骑在马上，竟没有看他一眼。

"回君侯[12]，下官张思平，不知太子殿下远来，有失远迎，还请殿下与君侯恕罪。"张思平的神态中有着掩饰不了的惊讶，但更多的，是像一只急欲讨好献媚的哈巴狗。

萧佑丹"哼"了一声，讥道："你的罪过只怕不止于此。"

张思平呆了呆，似乎这才发现萧佑丹来意不善，慌得接连叩头求饶："殿下恕罪，殿下恕罪。"

萧佑丹鄙夷地望了他一眼，忽然笑了起来，温和地问道："这么说，你知罪了？"

"是，是，下官知罪。"张思平几乎是条件反射般回答道。

这本也只是一句惯常对长官说的话，谁知萧佑丹脸一沉，却厉声喝道："既然知罪，那么来人啊，先给我绑了！"

"是！"几个王府卫士早已经如狼似虎地冲了过来，将张思平捆了个结结实实。张思平惊骇之极，眼看耶律濬不是玩笑，但任他挖空心思也想不出自己如何惹恼了太子以致降罪，只一面挣扎一面大呼："下官冤枉，下官冤枉！"归化县县丞嘴唇微微动了动，似是想说什么，却终于不敢说话。

萧佑丹冷笑几声，望着张思平，叹了口气，说道："你都已经知罪了，怎么又冤枉起来？"

"我，下官的确冤枉。殿下明察，殿下明察！"

....

[12] 汉以后对达官贵人的一种尊称。

"你竟然敢说殿下冤枉你？"萧佑丹厉声喝道，"来人啊，给他打上二十军棍，看他还冤不冤枉！"

到这个时候，任谁都能看出来萧佑丹根本是故意在找碴，但却没人敢做仗马之鸣。跪着的每个人都恨不得把身子伏低到土里，大气不敢喘上一口，只在心里暗暗猜测张思平不知道怎么便得罪了太子，竟惹来这场祸事。张思平也已吓得魂飞魄散，口不择言地乞求道："殿下，殿下，看在小人族叔的份上，饶了小人一回吧。看在小人族叔的份上……"

萧佑丹脸上讥笑之意更浓，他策马走到张思平身边，跳下马来，用只有二人能听见的声音恶狠狠地说道："殿下这次来，就是想要你的狗命，岂不知道你的族叔是谁？你若有种，就纠集县中官兵，与我们打上一仗，反正你们人多，我们人少，杀人灭口，也是个办法。若是没种，不如便等死罢！"

"我，我……"张思平听到这话，尿都吓出来了，一屁股瘫在地上，神不守舍地哭道，"我，我可从来没得罪过殿下呀。"

萧佑丹一只手抓起张思平，轻声笑道："怎么会没有得罪过？殿下要宽赋养民，偏偏你归化县年年税收为中京道第一，殿下没有办法因你收税收得多治你的罪，难道就找不到别的办法吗？你死于军棍之后，我还不信在你官衙中找不出你贪污受贿的证据来。"

张思平万万料想不到，竟然是因为自己收税收得最多而招来杀身之祸，一时之间根本就说不出话来。远处的耶律濬早已等得厌烦，和司马梦求说起闲话来，显见全然没有将张思平的生死放在心上。萧佑丹将他一把丢到地上，俯身又道："太子殿下最喜欢勇士，你若敢纠集兵丁和我一决高下，说不定殿下还能饶过了你。"

张思平眼睛一亮，随即又立时黯淡下去。他心头一片空明，似乎一瞬间全都明白了过来，惨笑道："你也不必骗我了。我不反抗，是我一个人死；我若反抗，便是我一族死。我有今天的下场，也不全是因为我收税收得多吧？"

萧佑丹料不到张思平竟有这份心思，居然顷刻间都明白了，倒也微感意外，他也不否认，反而笑道："想不到你也不是笨蛋。这样好了，你替我写封信，我便求太子殿下放过你。"

"什么信？"听了这话，张思平又似抓住了一根稻草。

萧佑丹压低了声音，对他耳语道："写给耶律乙辛的信件。"

张思平呆滞了一会儿，然后苦笑一声，竟也不问信件的内容，无力地说道："这位上官，我虽然怕死，可不是傻子。我若写了这封信，只怕死得更快。到头来我家人也难免受连累。罢了罢了，你就给我个痛快吧。"

"想不到我倒小看你了。"萧佑丹当下不再废话，站起身来，冷冷地说道，"拖下去，帮张县令弄清楚他有什么罪。"

归化县杖毙张思平之后，耶律濬又从张思平官衙搜出数万贯铜钱以及几千两黄金白银，轻轻松松地便安了一个贪赃的罪名给张思平。紧接着，他又寻出中京道收税最多的十来个官员的罪过，重加贬斥；又将两个收税少的县令提拔做州官——到这个时候，中京道的官员便都是傻子，也已经知道皇太子完全是因为没有办法要求皇帝对中京道减赋，便来了一招釜底抽薪，将怨气撒在那些税民多的苛吏身上。但凡还长着脑子的，碰上这样为减税不惜以杀人来威慑人心的皇太子，于催税收税上，都不免要收敛很多。

但在司马梦求看来，耶律濬这样做，未免过于激烈，是有勇无谋。张思平苛剥百姓，死不足惜，但是他口中的"族叔"，毕竟是正受辽主宠信的耶律孝杰。二人虽然血脉疏远，但是打狗伤主人，这已摆明了是向耶律孝杰示威。在与耶律乙辛为敌的同时，再去激化与耶律孝杰的矛盾，习惯石越作风的司马梦求，心里对此肯定是要不以为然的。在他看来，哪怕耶律濬再怎么轻视耶律孝杰，耶律濬在策略上也是错误的。也许萧佑丹明白这一点，但便是连司马梦求也已看出来了，耶律濬的行事极端自主自负。这有时是优点，有时却会是致命的缺点。

当然，这一切与司马梦求无关。对于他来说，辽国内部的矛盾，越激烈越好。

张思平的死的确刺痛了耶律孝杰。但耶律孝杰状元及第，身为汉人却能居辽国北府宰相的高位，深受耶律洪基的宠信，却也绝非只会拍马屁、揣摩主人心意这点本事。他看透了耶律濬的"用心"，不仅没有为自己这个远房侄子的死向耶律洪基诉冤，反倒一面向耶律洪基自请罪责，一面又亲自向耶律濬写信，表达自己疏于管教、诚惶诚恐的心情。

刚刚吩咐家人将信送往中京，耶律孝杰便听到管家来报："魏王王子耶律绥也求见。""快请。"不多时，管家便将一华服少年引至。那少年见到耶律孝杰，连忙拜倒在地，口中称道："小侄拜见丞相。"

耶律孝杰忙上前一步，亲自将耶律绥也扶起，笑道："王子不必多礼，快快请起。"耶律绥也顺势起身，注视耶律孝杰，沉声道："丞相，大祸临头，犹不自知吗？"耶律孝杰笑道："又能有何祸事？王子莫要危言耸听。"耶律绥也环顾左右，见有仆人在侧，便默然不语。耶律孝杰哈哈一笑，朝左右挥挥手，道："你们都退下吧。"数以十计的仆人不一会儿便走得干干净净，只留下耶律孝杰与耶律绥也二人。耶律孝杰笑着拉耶律绥也坐了，这才笑道："王子请说。"

耶律绥也望着耶律孝杰，道："丞相是真不知道？还是假不知道？"

"还盼明示。"耶律孝杰目光闪动。

"老狐狸！"耶律绥也在心里骂了一声，叹道，"太子柄国，倒行逆施。日前无故杖杀张世兄，污以他罪，让忠臣元老为之寒心。狡兔未死，走狗先烹。只怕不待他登基，丞相与家父，都不会有好下场。"

耶律孝杰不以为然地笑道："他毕竟是太子。"

"太子又如何？大辽的事，可不是由太子做主。"耶律绥也赤裸裸地说道。

"这可是族诛之罪！"

耶律绥也"哼"了一声，笑道："若丞相肯周全，古今被废的太子还少吗？"

耶律孝杰没料想耶律绥也竟如此放肆，倒不由吃了一惊。他一向的名言是"无百万两黄金，不足为宰相家"，一贯贪污受贿、厚颜无耻。耶律濬在柄政之后，大大阻了他的财路，早被他恨之入骨。更何况还杖杀他侄儿——张思平血脉上自然不亲，可是每年的孝敬却从来没有少过。此时耶律乙辛主动要求联手，他岂有拒绝之理？只是他生性谨慎，若非万全之策，也断然不会轻易下水。当下笑道："废立大事，若无万全之策，不可轻言。"

耶律绥也显然早已摸透耶律孝杰的性情了，笑道："自古以来，欲谋废太子，必先废其母。而且宫闱床第之事，向来最易构事，当今又善妒，从此下手，绝无不成者。"

耶律孝杰却不置可否，沉吟道："皇后一贯甚受宠爱……"耶律濬的生母皇后萧观音，是辽国有名的美女才女，一向得到宠爱，耶律孝杰不能不有所忌惮。

耶律绥也笑道："丞相有所不知——当年耶律重元谋反，有奴婢名单登，精擅筝与琵琶，号为国手，后重元事败被没为宫婢。皇后素来精通音乐，宫中有伶人赵惟一最为得宠，单登每与赵惟一争胜，总是因皇后偏袒而不能胜，早有不满之心。其后皇上召单登弹筝，又为皇后所阻，不得入内宫。单登因此深怨皇后，偏偏世事极巧，单登的妹夫教坊朱顶鹤，颇得我父王喜爱。若定计让单登与朱顶鹤揭发皇后与赵惟一的私情，皇上必然大怒……"

"此事若无证据，皇上如何肯信？"耶律孝杰皱眉道。

耶律绥也从袖中取出一页纸来，笑道："丞相请看——"

耶律孝杰接过来一看，见上面写着一首《怀古诗》："宫中只数赵家妆，败雨残云误汉王。惟有知情一片月，曾窥飞燕入昭阳。"当下微微一笑，道："仅凭这片纸，只怕动不了圣听。除非是皇后手书……"

"正想诳得皇后手书。"耶律绥也笑道。

"这首诗里藏了赵惟一的名字，皇后也是聪明人，岂能不知？若用此计，只怕坏事！"耶律孝杰沉吟半晌，忽然走到书案边，铺纸蘸墨，提笔书道："青丝七尺长，挽作内家装。不知眠枕上，倍觉绿云香。"写完之后，又看了看，颇觉满意，又继续写道："红绡一幅强，轻阑白玉光。试开胸探取，尤比颤酥香……"他是状元之才，写这些艳词自不在话下，当下笔不加点，连写十首，总名之曰《十香词》。

耶律绥也早已离座，探头看耶律孝杰的词稿，一面摇头晃脑地低声吟哦着，当读到"解带色已战，触手心愈忙。哪识罗裙内，销魂别有香"之句，不由伸出舌头舔了舔嘴唇，笑道："丞相果真是才高八斗，倚马书成，只怕曹子建也有所不及。"

耶律孝杰笑道："皇后最喜欢这些诗词曲赋，只需让宫人哄得她手书《十香词》，再呈给皇上，皇上大怒之下，再背一下《怀古诗》——若说皇上会不穷治其事，那便是神仙也不肯相信。"

"正是，正是。"耶律绥也喜笑颜开，道，"只要皇上穷治……如是我父王上奏此事，必由丞相治狱。到时候……"

耶律孝杰冷笑一声，道："只要赵惟一落到我手中，我让他写什么供词，还怕他会写不出来吗？"

2

正当耶律濬志得意满地准备对朝政进行进一步的整顿之时。从萧忽古那里传来的信息却让他彻底地懵了。

原来耶律乙辛密奏皇帝，说单登与朱顶鹤举报皇后萧观音与伶官赵惟一有私情，奏折之中，将通奸过程讲得绘声绘色，当晚皇后所穿衣裙等细节都有描绘，并且还拿出皇后赐给赵惟一的手书《十香词》为证，更另有一首藏名的《怀古诗》。耶律洪基闻后果然大怒，立即下令耶律乙辛与耶律孝杰穷治此事。二人遂立即逮捕赵惟一，用酷刑使其诬服。为了使此事更加可信，又将教坊高长命也牵连进来，屈打成招。枢密副使萧素与萧惟信前去讲理，耶律孝杰冷然不听。当日即将供词交给耶律洪基。因见耶律洪基尚有犹豫之色，耶律孝杰唯恐有变，立时再审，锻炼证实。于是耶律洪基终于勃然大怒，便即下令，族诛赵惟一，斩高长命，并赐皇后萧观音自尽。

于是事涉当朝皇后的大案，从案发到案结，前后竟然不过两日！而耶律濬远在中京，猝不及防。公主在行宫中乞代母死，也被耶律洪基拒绝。

当日萧观音便赋绝命诗自缢而死。

耶律濬自接到信的一刻起，脸色便由铁青转为苍白，浑身颤抖，最后整个人都跪到了地上，紧紧咬住嘴唇，鲜血竟从嘴角溢出。

"殿下！"萧佑丹见状大惊，慌忙扶起耶律濬。耶律濬木然半晌，才将手中的信递给萧佑丹，萧佑丹略扫一眼，脸色立时大变。好半晌，才颤声说道："殿下节哀！"

司马梦求听到此语，也是大吃一惊，不过他还以为是耶律洪基驾崩了，于此时也顾不上收敛形迹，忙上前问道："萧兄，发生什么事了？"

萧佑丹微一迟疑，便将手中的信递给司马梦求，司马梦求匆匆扫了一眼信件，也是被这突如其来的事情震惊了。他正要说话，便听耶律濬低声抽泣起来。司马梦求心中一动，上前一步，冷冷道："殿下，此时非悲伤之时！母仇不共戴天！"

耶律濬闻言先是一怔，随即咬牙恨声道："不错，杀吾母者，耶律乙辛也！"说话间，突然一把拔出腰刀，狠狠地劈在地上，厉声高呼道："不杀耶律乙辛、耶律孝杰二贼，誓不为人！"

司马梦求是局外之人，一惊之下，心中便已有计议。当下一心想挑起辽国贵族内讧，好让他们无力南顾，于是更是刻意火上浇油，挑拨道："自古以来，母后惨死，太子能久居其位者，十中无一，殿下不可不防！今日之事，若不早作决断，莫说报仇，只怕他日死无葬身之地！"

耶律濬如被冷水浇身，霍地站起身来，狠狠盯着司马梦求，狞声道："马先生有何良策教我？"

"当日耶律重元如何谋反？"司马梦求知此时不能有丝毫迟疑，直视他目光，毫不退缩地逼问道。

"以四百余人诱胁弩手攻击帷宫！"

"为何失败？"

"其军心不稳，临战动摇。"

"若不动摇，又当如何？"

"胜负难知！"耶律濬此时已经知他话中之意，不由栗然一惊，已经动摇起来。

"今太子若亲率二百亲卫，以奔母丧之名，直取行宫。萧惕隐率亲军占据中京，随后而至。举清君侧之名，纵不能一举而成大事，然诛耶律乙辛、耶律孝杰不在话下。好过坐而待毙百倍！"司马梦求声色俱厉。

耶律濬不由得悚然动容，但兹事体大，心中却不免迟疑，道："然一切皆无准备。"

司马梦求听出他的犹豫，森然道："正是没有准备，才能事起突然。殿下与臣白衣而行，若能成功，则大事可定，效唐太宗故事，遵皇上为太上皇即可。若不成功，萧惕隐还控制着中京，中京、西京、南京三道百姓皆知殿下之明、皇后之冤，民心岂不可用？"司马梦求到了这个时候，也已没有退路。

萧佑丹一直冷眼旁观，揣摩司马梦求的用心。他虽不能深信司马梦求，但知此刻决断当速，否则必有后祸，细想司马梦求之言，似乎眼前形势也的确可以一搏，否则若容耶律乙辛返回中京，只怕便再也没有任何机会。当下说道："殿下现在总北南枢密院事，一道令书，臣可以控制中京，先将耶律乙辛等贼子家人诛杀殆尽。然后遣亲信大臣矫诏前往上京，二京在手，则朝中贵幸之家属尽在掌握之中。届时再下诏大赦，免税，以清君侧之名行大事，向天下白二贼之奸、皇后之冤，即使正面对决，也未必没有机会。只是奇袭行宫……"

"欲得奇功者，不可不冒奇险。何况当年耶律重元一击不中，尚可远走大漠。臣拼一己之力报殿下知遇之恩，敢以性命保殿下平安返回中京！"司马梦求慨声说道，他现在只求挑起辽国内乱，对耶律濬的生命安全，却是毫不在意。

耶律濬微一沉吟，随即紧握刀柄，断然说道："事已如此，便冒一回险——或者为人上人，或者死无葬身之所！"

耶律洪基行宫所在有近三万大军，附近的州县尚有两万马军驻扎，随时策应。自重元之乱后，若有人再想谋反，已是千难万难。耶律濬精挑细选了两百名卫士，外着缟衣，内着软甲。距行宫二十里左右时，耶律濬下令留下了一百五十名卫士策应，自己只率着撒拨、司马梦求等五十名身怀短刃的卫士前往行宫。一路之上，想起无辜惨死的母后，耶律濬忍不住泪流满面，整只队伍都不停地低声哭泣着。

整个行宫的人都知道太子为何而来！

看着这些人人数不多，又没带兵器，没有任何人不识相地出来阻拦。这时候激怒太子，和自杀又有什么区别？

自然早有人报给大帐内的耶律洪基："太子前来奔丧。"

"让他去看一眼他母后便是，朕就不见他了。"耶律洪基心中也有几分黯然。他与萧观音，也有几十年的夫妻情分，年轻的时候，那个如观音般美貌的女子曾经也得到过他全心全意的宠爱。

但耶律濬一行却向着耶律洪基的金帐而来。在距耶律洪基的金帐不过两里的地方，耶律孝杰与萧十三等一批侍卫将耶律濬拦住了。"太子殿下，陛下说不想见你。"耶律孝杰恭谨的语气中带着一丝嘲弄。

"我要见陛下！我要替我母后申冤！"耶律濬高声呼号道。

耶律孝杰沉下脸来，厉声喝道："太子殿下，皇后是你的母亲，可是皇上是你的父亲！你难道要违抗圣旨不成？"

耶律濬红着眼睛望着耶律孝杰，厉声道："你们这些奸人，难道要阻止我和父皇相见不成？我是皇上的儿子，为什么不可以见皇上？"

耶律孝杰的目光中似乎有无比同情，却只能无奈地望着耶律濬，假惺惺地劝慰道："殿下，你应当冷静一点。你以后要是继大统的，须注意自己的言行举止为万民表率！"

耶律濬怒视耶律孝杰，忽然扬声吼道："阿斯怜，你在哪里？你出来替我禀报！"

萧十三上前一步，笑道："殿下，阿斯怜不在这里。"

"谁说的！"一个沉厚的声音从耶律孝杰等人的身后传来，萧忽古身披重甲，大步走上前来。耶律孝杰与萧十三都是一怔，回头望去。便在此时，司马梦求忽然飞身上马，拔出短刃，从耶律孝杰身边掠过，只见刀锋一闪，一道鲜血喷洒而出，耶律孝杰当场毙命。司马梦求突起发难，便是耶律濬也始料未及。好在撒拨反应十分神速，见司马梦求动手，便也斜冲上前，抢了萧十三的腰刀，一刀便将他斩成两段。耶律濬再也没有犹豫的机会，长啸一声，纵身上马，率着众侍卫向金帐冲去。

萧忽古事先也毫不知情，夺过一匹马来，追上耶律濬，厉声问道："殿下，这是怎么回事？"

"清君侧！替我母后报仇！"耶律濬侧首怒视萧忽古，低声吼道，"阿斯怜，你去替我杀了耶律乙辛。"

当侍卫惊慌失措地闯进帐中时，耶律洪基知道自己又一次面临一场叛乱——此时外面的喧嚣与马蹄声，只有叛乱才可以解释。"太子谋反！请陛下先离开此处。"侍卫们牵了马过来，慌乱地说道。耶律洪基被这消息惊呆了："太子谋反？自己的儿子什么时候养成了谋反的胆子！""阿斯怜，萧十三！"耶律洪基怒吼道。

"陛下，萧忽古与太子是同谋，萧十三已经殉国了。"侍卫们焦急万分。太子打着"清君侧"的名义一路攻来，侍卫们军心极不稳固，他们不过出于本能在抵抗。只有一部分最忠心的侍卫组成一道防线在距金帐不到五十米的地方守卫——他们甚至不知道究竟有多少人攻来了。

"朕要去见见那个逆子！"耶律洪基并没有迟疑，就站起身来，大步走出帐外。对付叛乱，他早有丰富的经验。果然，众侍卫见到皇帝威风凛凛地出帐，立时响起一片"万岁"之声！耶律洪基跃身上马，上前几步，厉声喝道："耶律濬，出来见朕！"

耶律濬的卫队此时距他不过百米之遥，耶律洪基的声音清晰地传入每一个人耳中，长期积威之下，耶律濬身子都震了一下，几乎便要下马认错。

司马梦求早已经驱马近前，沉声道："殿下，回答他，切不可散了军心！"耶律濬哪里知道司马梦求打的如意算盘？哪里知道他正是想要让辽国长期两方内战？还道他感激自己的知遇，所以忠心耿耿，他感激地望了司马梦求一眼，收敛心神，高声回应道："父皇，儿臣在此！"

"你还敢叫朕父皇吗？快让你的人住手！你可知这是在谋逆！"

"儿臣并非谋逆，儿臣是清君侧！待陛下身边的奸臣死尽，儿臣自会向陛下自缚谢罪！"耶律濬毫不示弱，抗声说道。

"你……"耶律洪基的话没有说完，一支羽箭已经准确地射中这位辽国皇帝的额心。

耶律洪基魁伟的身躯在马上一晃，倒下马去。

"弑君！""弑父！"——相同的念头泛上不同人的心中，耶律濬脸色立时苍白，几乎要与耶律洪基一起倒下马去。便在此时，南面有人厉声喝道："皇上被魏王耶律乙辛刺客所弑！儿郎们，快护卫太子，诛杀刺客！"紧接着数十个士兵高声呐喊道："皇上被魏王刺客所弑！快护卫太子，诛杀刺客！"耶律濬回头望去，却是萧素领兵到了。

萧素是老于谋略之人，他远远望见耶律濬与耶律洪基正在说话，不料不知从哪里飞来一枝长箭，正中耶律洪基——萧素立时想到嫁祸江东之计，这数十儿郎喊将出去，不知底细的人自然要信以为真。至于事后是否经得起推敲，却并非此时要考虑的了。

司马梦求眼见耶律洪基刚刚被弑，萧素就带着数千精骑，风卷而至，将金帐团团围住，若让太子耶律濬稳定了辽国局势，只怕为他人作嫁衣裳，心中暗暗焦急。

身披重甲的萧素铁青着脸环视兀自持刃挟弓的金帐侍卫，厉声喝道："太子殿下在此，还不速速放下兵刃，尔等想谋反不成？"众金帐侍卫面面相觑，眼见大势已去，抵抗无益。但是放下武器，又焉知下场如何？数百侍卫在萧素部的威逼下，下意识地护着耶律洪基的遗体缓缓后退。

"再不投降，就地诛杀，满门处死！"萧素脸上青气更盛。

"当"的一声，终于，一个侍卫抛下了武器。便如多米诺骨牌倒下，众侍卫纷纷抛下武器，有些忠心者更是抱头痛哭。萧素立即驱使兵卒将众侍卫与耶律洪基的遗体分开。耶律濬早已翻身下马，扑了上去，放声大哭。萧素这时候却没有时间假哭，他一面部署亲信侍卫护卫耶律濬，一面派人去召集文武百官，一面又让撒拨领人去找玉玺。

司马梦求见他处理事情有条不紊，更是暗暗叫苦。

待萧素将诸事处分完毕，此时耶律洪基遗体早已移到金帐之内，他走进帐中，向耶律濬低声道："殿下节哀，此时奸臣未除，人心未稳，殿下当墨缞[13]治事。先帝侍卫无能，导致先帝被弑，臣请殿下赐众侍卫自尽，以慰先帝在天之灵！"

司马梦求心中一凛，暗叫一声："毒辣！"

耶律濬也知道这是杀人灭口之策，射杀耶律洪基之人，眼下虽然不及、不便追查，但自己总是难逃干系。既然要嫁祸耶律乙辛，那众多金帐侍卫自然非死不可！他停止哭泣，面无表情地挥了挥手，道："赐其自尽，陪葬先帝，厚恤其家人。"

....

[13] 黑色丧服。

萧素漠然点头，无声地朝身边的侍卫打了个手势，侍卫略一欠身，默默退出金帐。片刻之后，就听见马蹄奔驰、弓箭掠空的声响，一声声惨叫传入帐中。萧素便在这惨叫声中扶起耶律濬，说道："耶律乙辛党羽众多，殿下不可掉以轻心。眼下之事，一面要安抚人心；一面要趁势擒杀耶律乙辛；同时上京、南京、西京、东京的守臣也必须安抚，禁止南京、西京行人出关，以防南朝趁火打劫……"他话音未落，便见撒拨闯入帐中，萧素连忙问道："玉玺呢？找到没有？"

撒拨单膝跪倒，面有愧色，道："臣无能，没有找到！"

"啊？"耶律濬站起身来，与萧素四目相交，心又紧张起来。

撒拨伏着身子，有点儿僵硬地说道："刚才臣翻查尸首，没有发现近侍直长撒把的尸体……"

"撒把？"

"臣问过宿卫官敌里剌等人，皆说撒把平素与耶律乙辛往来甚密。"

"啊！"耶律濬脸上再无悲伤之色，厉声喝道，"萧素，命你为权知北枢密使事兼契丹行宫都部署，整顿军马，擒拿耶律乙辛，夺回玉玺。"

"臣遵旨！"

"撒拨，命你为侍卫太保兼近侍直长，掌领一切御帐亲卫之事。以敌里剌为总知宿卫事，统领宿卫之事。以萧禧为北面林牙兼总领左右护卫，往军中拜萧惟信为同知北院枢密使事，遣人速召萧岩寿……"

"殿下！"一个侍卫急匆匆闯了进来，禀道，"五里之外，出现一支骑军！好像是耶律乙辛的旗号！"

"狗贼来得正好！"耶律濬双眼立时红了，怒冲冲走到帐外，跃身上马，厉声喝道："布阵，准备迎敌！"萧素等人连忙紧紧跟上，司马梦求骑在马上，双手轻轻抚摸着从金帐中顺手取出的弓箭，意味深长地望了耶律濬一眼。

耶律乙辛万万想不到太子耶律濬敢于谋反。耶律孝杰、萧十三横死，耶律濬进攻御帐的消息一传到耶律乙辛耳中，他立即前往亲信部将控制的营帐，同时四处下令，准备再一次亲自率军"勤王"。但是这一回的叛乱，却非比寻常——各营帐将领都有自己的效忠对象，有些奔赴耶律乙辛帐下，有些听从萧素的调动，有些则是萧惟信的部属，还有些意持观望……反应最快的是萧素，他不仅亲自率军前往御帐，而且还分出兵力将那些忠于耶律洪基本人的部队拦在御帐数里之外——仅仅凭此一点，耶律乙辛也可以断定萧素的立场了。整个行宫一片混乱，耶律乙辛费了九牛二虎之力，才调集了近九千骑军，气势汹汹地向御帐扑去。

"只要能趁机杀了太子……最好趁乱把皇帝也杀了……"耶律乙辛已经感觉到前

途巨大的透惑，那座万万人之上的黄金宝座，在向自己招手！

御帐之前两军遥遥对峙，唯有马蹄微扬之声，竟听不见半句人言。辽军与敌人作战，向来四面布阵，每面五到七万人左右，每逢攻击，先以五到七百人为一队，试探进攻，若得利，则诸队齐进；若不利则退回，由第二队攻击，如此轮番骚扰，敌阵不动，则一直死耗，敌阵若动，则趁机进攻……所谓"成列不战"，本是辽军治军格言。

此时双方兵力，耶律乙辛有九千骑兵，而耶律濬属下却不过五千余人。双方结阵列队，皆不下马，弓弦绷紧，只待鼓声三响，便即进攻——狭路相逢勇者胜，一切战法都只好抛到九霄云外。

耶律乙辛见耶律濬军营整肃，心中暗骂萧素。他知道萧惟信一部心怀叵测，若久拖于己不利。眺望耶律濬阵中，却不见耶律洪基身影——他心中又惊又疑，咬牙拨出长刀，高声大呼："前锋出击，左军、右军包抄，冲啊！"顿时中军鼓声摆起，数十面皮鼓"咚咚"大响。顿时五六千骑兵喊声震天，冲了过来。萧素眼见敌军冲近，夺过令旗，将军令旗向下一挥，厉声喝道："放箭！"中军鼓声三响，数千支羽箭同时射了出去，只见铺天盖地的箭雨后，敌军前锋纷纷倒地。但这进攻的亦是辽国精锐之师，兵将们尽是悍不畏死，前仆后继，蜂拥而上。萧素钢牙一咬，拔出弯刀，大声喝道："儿郎们，冲啊！"数千辽兵立即一齐拔刃，冲了上去。耶律濬双目瞪圆，抢过一面鼓来，亲自击鼓，数十面大鼓一齐响起，中军将士齐声呐喊，众将士见太子如此，士气立时大振，锐不可当。

司马梦求见霎时之间，羽箭长枪在空中飞舞来去，杀声震天，血肉横飞，想到这死的尽是辽军精锐之士，不由大感快意。但眼见耶律濬一方虽然士气高昂，但毕竟人数太少，却又不免担心——耶律濬的死活他自然不在意，但自己的生命却不愿就此消逝。

司马梦求能看出来的战场形势，萧素自然早已看出来。己方在敌军人数优势下已是左支右绌，战阵左翼尤其危险，他几次忍不住要投入中军，终是硬生生咬牙忍住。司马梦求走到萧素身边，低声耳语数句，萧素立时大喜，立时叫过传令官，叮嘱数句，传令官连忙领令下去。

片刻之后，就听见萧素中军数百名士卒齐声高喊道："皇上有旨：耶律乙辛谋反，行刺皇上，众将士不得附逆，以免连累中京家属！皇上有旨：众将士不得附逆，阵前反戈，助朕平叛，加官晋爵，更有重赏！耶律乙辛全家已经伏诛，众将士不得附逆！"

这一声声呐喊传过战场，耶律乙辛部下顿时军心动摇——这御帐亲军比不得别的军队，家属全在中京、上京为质，听到这些喊话，便是耶律乙辛中军的士兵脸上都露出了迟疑之色。萧素瞅准机会，厉声传令：“中军第一队、第二队冲击左翼！”又有千余骑军朝左翼呐喊冲去。耶律乙辛的右军早无斗志，竟是一触即溃。

萧素见机会难得，挥刀大喊：“敌军败了！全军追击！”身先士卒，率中军冲向敌军。

耶律乙辛此时也只得孤注一掷，仗着自己生力军人数远远占优，举刀高呼：“儿郎们不要听叛军造谣，救出皇上，人人都有重赏！冲啊！”鼓声大作，中军只留下千余卫队，此外尽皆倾巢而出。

这时双方都已倾尽全力。司马梦求一心盼着耶律乙辛耗尽精兵后得胜，自己再与撒拨护着耶律濬逃回京师，从此耶律濬占据上京、中京、东京三道，耶律乙辛则占据西京、南京两道，让辽国陷入内战之中，宋朝则好乘机恢复燕云故地。眼见战场上耶律乙辛渐渐有利，司马梦求的如意算盘就要打响，不料便在此时，远处黄土飞扬，一大队骑兵向战场卷进！

耶律濬与萧素、司马梦求顿时又紧张起来 —— 若来者是敌，则三人只怕连逃都逃不掉了！若是友，则形势立即逆转，要逃命的变成了耶律乙辛。三人六目相视，竟是谁也说不出话来。

3

金明池，百年前吴越王进贡的楼船被翻修一新，赵顼很随意地坐在甲板上，饶有兴趣地听着石越的叙述。

“究竟是谁来了？”

“是萧惟信的军队。”

“啊……”赵顼遗憾地摇了摇头。

石越笑道：“耶律乙辛也不是傻瓜，他远远望见萧惟信的旗号，就带着千余亲兵逃之夭夭了。臣听说辽国上京留守萧挞得与他一党，西京留守杨遵勖与太子不和，耶律乙辛党羽遍布辽国军中朝中，若能得到玉玺，别立宗室，矫诏讨伐太子，辽国内乱，没那么容易消停。”

“那玉玺究竟落在何处了？”

“臣亦不知。玉玺究竟有没有被找到，待耶律濬登基，遣使来告哀，自然便知道了。”

赵顼笑道：“朕想那耶律濬也非蠢人，怎的不追杀耶律乙辛？偏要留下这个后患。他虽是王储，但若有弑父之疑，又无玉玺，兼之耶律乙辛作乱，辽主的位置只怕坐得不甚便当。"

"耶律濬与耶律乙辛有杀母之仇，怎会不追杀？"石越笑道，"只是他身受重伤，这件事情，终是不得不耽搁了！"

"啊？卿说耶律濬身受重伤？"

萧佑丹狠狠地一拳砸在桌上，目光中闪着愤怒、羞辱的火焰："是我误了皇上！是我误了皇上！"

"萧公，现在自责无益。谁知道那马林水如此包藏祸心！"耶律寅吉劝慰道。

萧素苦笑道："当时贼子鼠窜，皇上执意要亲自追杀，我只得亲自点了一支精兵随皇上一道追击。果然追出二十余里，便见皇上先前埋伏的百余侍卫正与贼军力战，此时侍卫虽已伤亡殆尽，但那老贼眼见也难逃一死。这时马林水忽然持弓突前，我等皆以为他是想射杀老贼求功，谁料他反手一箭，竟然是想弑君！皇上猝不及防，胸口中箭。我只得护着皇上返回中京……"

萧岩寿望了自己的缞衣一眼，沉声说道："众位，这些事情，待日后慢慢细究不迟。所幸太医说皇上的伤势并不致命，眼下之事，是要尽快给先帝举丧，请皇上登基。安抚属国、部族，向宋朝告哀；将五京道稳稳地控制好，再追捕耶律乙辛老贼——这几件事情，却是拖不得的。"

萧惟信也道："如今玉玺不知所踪，天下疑惑，必须要尽快给天下人一个交代，宣布耶律乙辛的罪状。南京道与东京道已向皇上效忠，但是西京道杨遵勖却没有消息回来，上京留守萧挞得一向党附耶律乙辛，不可不防。"

"上京是我大辽根本之地，各帐与各部族大王、节度使不会追随耶律乙辛叛乱。可虑者，是耶律乙辛拥立宗室，胁迫引诱女直等部落与我为敌。如此上京与东京虽在吾手，上京道与东京道却永无安宁。杨遵勖若为耶律乙辛所惑，亦是大患——西京道临宋、夏两国，焉知狗急跳墙，贼子不会引狼入室？"萧素也有自己的担心。

耶律寅吉苦笑道："皇上的伤势，没有三个月无法养好，至少要半个月到一个月才能起床行动，这登基大典，又要如何举行？"

"一定要尽快举行！"萧惟信沉声道，"耶律乙辛的罪状好定，便说马林水是耶律乙辛的奸细，受其指使弑杀先帝，后来又行刺皇上。下令全国悬赏捉拿耶律乙辛。"他说到此处，一直默不作声的撒拨与萧佑丹迅速对望了一眼，又立即分开视线。

萧岩寿自告奋勇道："我来草拟诏书。"

"此外，就是要派大军前往上京临潢府与西京大同府……"

一瞬间，所有的人都沉默了——没有人愿意在这个时候离开中京。萧惟信领兵来得太迟了，萧素既不愿意让他一个人留在中京，也不愿意让他领大军出外；而萧佑丹也不敢在此时冒险，若让萧素领军出外，成功了，是不赏之功；失败了，是覆国之祸！

兵权在这个时候，必须牢牢由耶律濬掌握；耶律濬的生命越是脆弱，这一点就越重要。

"我看还是应当先取守势。"耶律寅吉看懂了萧佑丹给他的眼色，"先派使者安抚杨遵勖与萧挞得……一切等皇上龙体康愈再说。"

萧忽古只带了阿萨和刺葛两个人去寻找耶律乙辛。

但很快他就发现，行刺耶律乙辛已经成为不可能完成的任务 —— 在近万大军中取上将首级，萧忽古可不认为自己有这样的能力。他看着耶律乙辛进攻御帐，看着萧素抵抗，看着萧惟信的大军赶到，看着耶律乙辛逃窜……只有他发现了，耶律乙辛在逃跑时并没有惊慌，他自己带着大部队向上京方向逃跑，而另一支二百余人的队伍却是向西京方向逃跑！

如果是萧佑丹，会马上明白逃往西京的队伍的意义。但萧忽古只是个战士。他让阿萨和刺葛去跟踪小队，自己则从另一条路去包抄耶律乙辛。结果他亲眼看到了那一幕 —— 耶律濬的身边策马飞驰出一个白袍男子，弓弦一响，耶律乙辛身边的一个侍卫便应声倒地，他还没来得及叫好，弓弦二响，却是反手后射，一箭正中耶律濬的胸口！所有人都惊呆了，白袍男子却没有丝毫停留，伏在马上，催鞭向上京方向逃去。耶律乙辛也趁此机会，催马狂奔。

萧忽古顾不上看太子的伤势，愤怒充斥他的脑海，他疯了似的，赶着马向白袍男子追去。他一定要亲手杀了这个奸细！

司马梦求很快就发现身后有人追踪，来人马术精湛，竟然边追赶边在马上解甲！他瞅准空档，"嗖嗖嗖"连发三箭，不料那厮反应敏捷，一翻身将身子挂在马腹边，三箭全部落空。司马梦求连忙俯身驱马狂奔，跑得数十步，就听身后风响，他慌忙低头，一支羽箭擦着头皮飞过。

这么一次交手，双方皆知遇上了劲敌。几乎便在同一瞬间，双方又互射了一箭，司马梦求的羽箭正中萧忽古马首，萧忽古的一箭，射中了司马梦求的马臀！狂奔中的坐骑忽然倒下，饶是萧忽古武艺精绝，也被摔出老远；司马梦求的马一阵吃痛，发起性来，竟也几乎将司马梦求摔下马来。

但司马梦求也总算将萧忽古甩开了。他跑不多远，便转道向南，往南京析津府逃去。只是坐骑奔跑已久，又兼受伤，跑出数里之地便轰然倒毙。司马梦求也只得徒步而行，翻山越岭。好在他还有辽国东宫的腰牌，到了一处关隘，便要了几匹马，昼夜兼行，直奔燕京。如此非止一日，好不容易出山到了檀州。但城门口的一道告示，却几乎让司马梦求绝望！萧忽古竟然追踪而至，并且先他一步到了檀州！而且不知辽人用了什么方法，从中京传来命令，燕京已经闭关，大索"马林水"，当初和自己一起去中京的商号，也被查封，所有人员一律下狱，估计难逃一死，唯有韩先国生死不明！檀州离燕京尚有一百二十里，纵使侥幸到了燕京，没有当地人的帮助，又岂能那么轻易出关？

4

虽然石越有所隐瞒，比如并没有说到商号的遭遇与韩先国等人，但对于赵顼来说，这也是他一生都没有听过的精彩故事。他明明知道司马梦求已经"顺利"逃了回来，却依然忍不住紧张地问道："那司马梦求究竟是如何逃出辽国的？"

石越叹道："换上为臣，也不知道要如何是好！偏偏司马梦求却想出了办法。"

"是何妙策？"

"这个办法过于骇人听闻……"石越皱了皱眉，脸上有几分不忍之色，道，"司马梦求寻了一个身材，脸的轮廓和自己相近的辽人杀了。换上自己的衣服，又将脸孔剁烂，抓了几只野狗，将尸体咬烂，丢在檀州出山口附近……"

"这……"赵顼也被吓了一跳。

"然后司马梦求又射杀了几个辽人，打扮成强盗模样，将尸体一路布置在山中。引来野狗咬烂。再给扮成自己的辽人尸体上砍上刀痕，却将所有钱物一律带走。"

"杀一人却也够了，如何杀这许多人？"赵顼露出不忍之色。

"陛下，萧忽古与司马梦求交过手，知道一两人根本不是他的对手。为释其之疑，只好扮成被强盗围攻突袭而死的样子，而司马梦求死前，也必然会杀了不少人。"石越细心解释道，"为防万一，司马梦求杀的辽人，都是贩卖山药的行商，这些人失踪也是常事，不至于引人注意。待到辽人注意力被吸引，他便装成行商招摇出关。到燕京后，也不再进城，只是翻山越岭地绕道而行，一路艰辛，非臣所能尽道。"

"哎……不管怎么说，司马梦求毕竟是有功于国。"

石越知道赵顼长于深宫，听到这种为求脱身滥杀无辜之事，心中自然也是难以接受。他自己却知道当时户籍严密，一百二十里人烟稠密之地，若不用此策，断难脱身。当下委婉说道："两国交兵，虽然多杀不仁，但毕竟不能苛责于司马梦求。司马梦求当初入辽，是愤于臣被人陷害，想单骑查明真相，不料却机缘凑巧，立下这番奇功。虽然有功不能不赏，但是司马梦求之功，却不能公开赏赐，否则辽国无法下台，必然兵戈又起。"

赵顼犹疑道："毕竟是奇功！"

"此事再不能让他人知道！"石越断然摇头，又趁机进言道，"陛下，军制改革，此前商议，枢密院设职方馆，兵部设职方司，对外的名义皆是测绘地图，记录地理风物，便于通商、水利、采矿诸事，实际上则为间谍机构。职方馆负责搜集辽国、夏国、大理，甚至吐蕃、交趾、高丽、日本国等国的情报，在各国安插间谍；兵部职方司则负责国内安全，与各部门协调，调查潜入国内的奸细，搜集国内各土藩的情报，供朝廷决策等。臣以为这两个机构，每年虽然要花掉国库一笔开支，却终究对国家有利……"

"孙子兵法所谓'知己知彼，百战不殆'，朕是知道的。这笔钱不怕花。"

石越大喜，连忙说道："陛下圣明。"又道，"臣以为，司马梦求深知辽国情弊，陛下若要奖功，不若让他去枢密院，试知职方馆事，组建职方馆，以他的才能，必能胜任。"他心里已经决定要将之前私自建立的间谍组织纳入国家机器中，但这种事情，自是绝对不能让皇帝知道，只有由司马梦求经手，他才能放心。

"爵以赏功，职以任能。官职不能用来赏功，不过既是卿举荐，朕便给他一个机会。职方馆知事是正六品上，司马梦求布衣入仕，便是称'试'，也远远不够，朕想，便以司马梦求为试同知职方馆事，为从六品上，如此方能不骇物议。"

"陛下圣明。"

"那便让司马梦求去向朕证明他的才能吧！"赵顼意气风发地站起身来，走到甲板边上，半晌，却忽然叹道，"石卿，朕想知道海风与河风，究竟有何不同……"石越默然不语，他只能苦笑，甚至无法安慰皇帝——除了创业之君、亡国之主，历史上守成之主能亲身享受海风的，绝无仅有。

赵顼似乎也明白自己想的只是一种奢望。他深深地呼吸了一口金明池上清新的空气，问道："狄谘应当到了吧？"

"应当到了。这次朝廷特赦一千名死囚和数千名重刑要犯，随狄谘前往归义城，臣心里也惴惴不安。招募前往归义城的官员，也大部分都是在中土走投无路，或者唯利是图之辈，所有的一切，都有赖于狄谘的能力。"

"朕倒不担心。交趾外虽示弱，心里却未必归服，这些人大部分都是悍不畏死之辈，以毒攻毒，可得奇效。狄谘临行前，崇政殿面辞，朕已叮嘱他，治理这些犯人的第一要务，是要让他们在当地成家立业。只要他们不想着返回中土，就不会和李常杰勾结威胁中原，朕可安枕无忧。"

"服与不服，李常杰都不敢轻易造反。"石越淡淡地说道。

"南面事了，石卿，北面之事又当如何？"赵顼突然转过身来，热切地望着石越。石越这才知道方才皇帝提起狄谘，不过是想整理一下心中的思绪，他的心里，无时无刻没有忘记北面的辽国。

"若耶律乙辛真有能力站稳脚跟，反扑耶律濬，朕以为机不可失，何不准备一支大军，趁机收复幽蓟？"赵顼握紧了拳头。

"陛下！"石越跪了下去。

赵顼的脸沉了下去。

"士卒未练，兵甲未精，驱羊逐狼，岂能成功？"

"这……"

"陛下，国内万事待举，众多变法刚刚开始，河北灾情方过，各地报告似乎明年又有旱灾，这样的情况下，朝廷又有什么本钱北伐？"

"难道就这样眼睁睁看着机会从眼前流走？"赵顼心有不甘。

"机会只给准备好了的人。"石越沉声说道。

"朕不甘心！"赵顼无名火起，怒声吼道。

"不甘心也要甘心。"石越硬生生顶了回去，他可不想看着五路伐夏的悲剧提前上演。

赵顼怒气冲冲地盯着石越。石越只是板着脸不作声。

君臣二人对峙良久，忽然，赵顼叹了口气，道："罢！罢！"

"陛下，朝廷应当静待形势。一面抓紧推进变法，防范灾情，一面整军经武，静候时机，切不可操之过急。机会日后一定还有。"石越放缓了声音安慰道，"若这次辽国内乱，朝廷虽然无力发兵趁机恢复燕云，却也并非无利可图。"

"怎么说？"赵顼悻悻地问道。

"一旦辽国正式内战。若是南京道与西京道分别被双方割据，则于我大宋利益最大，可以遣使者分赴双方，要求他们卖战马与耕牛与我，我则用棉布、钟表、茶叶交换，谁敢不从，便威胁他们与另一方结盟攻击之。臣谅耶律乙辛与耶律濬都不敢不从。若二道为一方占据，朝廷依然可以要他卖战马与耕牛，他若同意，我则承认其正朔；他若反对，我便以用兵相威胁……"

赵顼脸色稍霁，又问道："岁币呢？难不成朕还要给他们岁币？"

"战争未打完之前，自然不给。打完之后，给与不给，其权在我。"

"如此则差强人意。军事改革，朕以为刻不容缓！"

第五章

贤烈二祠

◇ ◇ ◇

彼苍者天，歼我良人！如可赎兮，人百其身！
　　　　　　　——《诗经·国风·秦风·黄鸟》

1

"整个军事系统将由六个机构领导：枢密院、兵部、三衙、卫尉寺、军器监、太仆寺，受御史台与门下后省监督。其各有职掌——枢府掌军国机务，兵防、边备、戎马之政令；同时亦是皇帝陛下之最高军事参议机构。兵部的职掌，包括六品及以下武官品级的补选和升调转迁；征募兵员、士兵的迁补，退役；驿传，后勤军资等。殿前都指挥使司、侍卫亲军马军都指挥使司、侍卫亲军步军都指挥使司三衙掌全国之禁军，平时主要职责是督导各军训练、建议奖惩官兵、提出装备建议。卫尉寺掌监军、军法诸事宜，它可以监视、调查军中一切叛乱、违法行为，审理军事案件。军器监掌研究、生产军器。太仆寺专掌马政……"

王韶坐在藤椅上，听长子王厚介绍着军事改革的内容，忽然冷笑道："这次郭逵要受重用了吧？"身为枢密副使，却只能做军事改革的看客，王韶心里十分不满。但是皇帝的决心如此之大……

"郭逵任兵部侍郎兼讲武学堂山长。"王厚淡淡地说道，"儿子以为讲武学堂非常紧要，这次军事改革，首要的事情就是整编禁军。按计划，将首先在京师创办讲武学堂，从禁军中选调从九品下至八品上的武官进入讲武学堂培训，训练阵法、纪律、号令、武艺等，然后再由这些武官为基础，从各禁军中选调副都兵使至什长等，组成骁胜军与宣武军第一军、神卫营第一营……"

"慢着！"王韶忽然坐直了身子，问道，"什么叫副都兵使？"

"这次变动非常之大。副都兵使，大约便是原来的副都头吧。"王厚笑道，"武官也废除了寄禄官，以散官品秩决定服色、俸禄、资历等。从骠骑大将军至陪戎副尉共是二十九阶三十一个名目，大抵名称还是本朝旧制。而从九品外，又有准备使唤至守阙毅士十资。似爹爹，散阶便将定为镇国大将军。"

"镇国大将军？"

"是。天下武臣阶级，都全部改成新官名。从一品为骠骑大将军，正二品为辅国大将军，从二品为镇国大将军。爹爹便是镇国大将军！"王厚一面说着，一面递过一张写满了字的纸给王韶。王韶接过来一看，见上面写着：

熙宁八年钦定武臣散阶

从一品　骠骑大将军

正二品　辅国大将军　　　　　　　　　　从二品　镇国大将军

正三品　冠军大将军（怀化大将军）	从三品　云麾将军（归德将军）
正四品上　忠武将军	正四品下　壮武将军
从四品上　宣威将军	从四品下　明威将军
正五品上　定远将军	正五品下　宁远将军
从五品上　游骑将军	从五品下　游击将军
正六品上　昭武校尉	正六品下　昭武副尉
从六品上　振威校尉	从六品下　振威副尉
正七品上　致果校尉	正七品下　致果副尉
从七品上　翊麾校尉	从七品下　翊麾副尉
正八品上　宣节校尉	正八品下　宣节副尉
从八品上　御武校尉	从八品下　御武副尉
正九品上　仁勇校尉	正九品下　仁勇副尉
从九品上　陪戎校尉	从九品下　陪戎副尉

未入流共十资：

准备使唤　守阙准备使唤　听候差使　守阙听候差使　听候使唤

守阙听候使唤　效士　守阙效士　毅士　守阙毅士

　　王厚见父亲看得认真，又笑道："这其实是旧瓶装新酒。散阶的名称没有任何变化，怀化大将军与归德将军依然只授给归顺诸番首领……"

　　"这未入流十资又是怎么一回事？"王韶指着纸问道。

　　"从守阙毅士到准备使唤，一共十资，士兵入伍第一年，就是守阙毅士。又特别规定，士兵入伍后，只需训练合格，不犯军纪军法，一年一迁。若有功劳，或考绩优等，还会按功绩加以晋级。每级薪俸各不相同。这本来也是军中旧法，用来鼓励士兵上进之心，不过这次却是规定得更加具体了。"王厚也是久在军中之人，于旧制本熟，因此说起军制改革来，也历历如数家珍。

　　"这么说，士兵的役期是十年？"王韶眯起眼睛，反问道。

　　"是，十年役满，若还不能升到陪戎副尉，就要退役。兵部将另外颁布禁军士兵退役法例，或使其转入厢军、地方巡检部队，或者就直接发钱遣散回籍。另外，此次兵制改革，将暂时保持募兵法不变。禁军以后会采用两种招募方法，一是从厢军中挑选，一是直接向天下招募。士兵入伍后一年，所属部队若发现条件不合要求，将遣回原籍，处罚招募官员。看来这次皇上是打定了主意，要让禁军的士兵永远由三十岁以下的精壮青年组成。"

"说来容易。"王韶不以为然地笑道，又将身子舒服地靠在椅背上，闭上眼睛，嘴里开始哼起不知名的小曲。

王厚微微欠身，道："其实这兵制改革的谋主还是石越。是他建议皇上将卫尉寺变成一个监军、军法系统，军法官配到了大什一级，依孩儿之见，若真能够成功，军中许多改革必然能够实现。卫尉寺成了完全独立的系统，若有人招募不合格禁兵，他便要同时让军中武官与军法官都与他同流合污才能如意——这代价未免就太高了。"

"这么说，你是相信郭逵遂能成功？"王韶的眼睛却没有睁开，只是淡淡地问。

"不。"王厚咬着嘴唇，缓缓说道，"孩儿是相信石越能成功。"

"你又要劝我和石越合作？"王韶懒懒地问道。

"爹爹，石越一样可以让您成就功勋！"

"是吗？"王韶冷笑道，"我可不相信几个新机构就能解决问题。"

"若有清晰明确的奖惩制度，又能公正地执行，孩儿却认为是可能的。"王厚声音很轻，似乎怕因此冒犯了父亲，但眼神中却极有信心。

"谈何容易？"王韶依然没有睁开眼睛。

"总要去做！"王厚的声音终于渐渐大了进来，"皇上亲自接见儿子，以我为骁胜军第一营都指挥使。讲武学堂第一期将召集禁军中副都兵使以上，指挥使以下军官约一千人进行训练，半年之后，组织比武与演兵，淘汰近四百人，胜出的六百多人，将分别编入骁胜军、宣武军第一军，神卫军第一营为军官，组成教导军……"

"抽调一千名小使臣进讲武学堂训练，真是大手笔啊！"文焕笑道，"还要淘汰四百人，更是出手不凡。"

"现在不叫小使臣了。"段子介笑着纠正，问道，"文兄被抽中了吗？"

"不幸被抽中。"文焕的语气中却没有半点"不幸"的意思。却听到田烈武瓮瓮气气地叹了口气，文焕于是回身笑道："田兄，你叹什么气？"

"一千人淘汰四百人，你居然觉得好笑？"田烈武摇了摇头，"万一被淘汰，薪俸减半，留在讲武学堂继续培训一期，如果两期都被淘汰，四十五岁以上罢职为民，四十五岁以下降两级调入厢军——这是好玩的吗？"

"纵要倒霉，也是别人倒霉，田兄你怕什么？这次过关的将全部进骁胜军、宣武第一军、神卫军第一营，品秩虽不变，却拿高一阶的薪俸，也是美事一桩啊。"文焕不以为然地笑道。

"莫要想得太乐观了。"田烈武继续摇着头，显然对于文焕轻松的神情不以为然。

"你想想，全国有多少禁军，再怎么裁减，指挥使以下的武官起码有一万多人，凭你田兄的本事，还不能立足吗？这次整编，不过是对付那些吃闲饭的。不过朝廷这次整编倒是动真格的。我听说朝廷准备用五年时间，以每年整编七到八个军的速度，对禁军重新进行编制。指挥使以下的武官由讲武学堂训练，从第二期起，人员还会逐渐增多，一期培训两到三千名武官。而什长以上未入流的武官，就由骁胜军、宣武第一军、神卫军第一营进行训练，每次也要淘汰三成到四成人。"文焕压低声音，说着听来的小道消息。

"这真的是整编吗？"段子介若有所思地问道。

"何出此言？"文焕与田烈武都怔住了。

段子介沉思了一会儿，方轻声道："五年时间，每年整编七到八个军，算来全部禁军加起来也不过只有三十五到四十个军左右，每军一万五千人左右 —— 这不是裁军吗？"

"啪啪啪……"段子介话音方落，便听隔壁桌上传来击掌之声，有人高声赞道："好见识！"段子介不料自己压低声音说的话还被人听见，忙回过头去，却见一个三十余岁的中年人走了过来。文焕见着此人，吃了一惊，连忙起身抱拳道："章大卿[14]。"他识得此人是新任卫尉寺卿章惇，只没有想到会在此处偶遇。

章惇也不料有人识得自己，吃了一惊，拿眼打量文焕，却不认识，不由奇道："你怎的认识我？"

文焕微微一笑，却不解释，只道："下官文焕，这厢有礼。"段子介与田烈武也连忙起身行礼。章惇笑道："不必多礼。"一面大大咧咧拉了张椅子坐下，又打量三人一回，才笑道："本想出来散散心，不料倒有这番奇遇，竟遇见几位青年俊杰。"

三人连忙谦逊道："不敢。"

章惇又看了段子介一眼，笑道："这位段公子，颇能见微知著，一语中的，某十分佩服。不知却是在哪里高就？"

"惭愧，下官不过一区区宣节副尉。"

"咦？"章惇真是吃了一惊，说道："我看段公子是读书人，怎的换了武职？"

段子介被他问到痛处，当下摇头不语。章惇微微一笑，随即道："班定远当年也是投笔从戎的。"旋又道，"方才听到几位谈论，这位文公子和田公子，都入了讲武学堂。不知段公子？"

"下官却是没有抽中。"段子介淡淡笑道，声音中却听不出是高兴还是沮丧。

章惇顿时面有喜色，笑道："我还道郭逵要将武官中杰出之辈一网打尽，却不料终有漏网之鱼。"

....

[14]　对九寺正卿的尊称。

文焕不由笑道："章大卿，这又是怎生说的？下官听说这次抽选的武官，也都是在京师附近禁军中抽调，驻边禁军，轻易不敢动的。"

"那也已经了不得了。"章惇笑道，"我现今要在禁军中找些识文断字的人来做军法官，实在如大海捞针一般难。段公子若是有意，不如便进卫尉寺如何？"

"卫尉寺？"段子介怔了一会儿，立刻摇头婉拒道，"多谢大卿厚爱，但是下官志不在此。还望大卿恕罪。"章惇盯着段子介看了一会儿，见段子介神色很坚定，知道不能相强，微微叹了口气，道："我又岂敢相强？既如此，我便有一言相劝，方才段公子所猜测之事，千万不可泄露，否则于国于身，皆有大害。"

段子介猛然醒悟，正要道谢，忽然便听到远处传来"轰隆"数声巨响，隐隐似从西南面传来。他正感愕然，章惇已经快步起身，走到窗边向外张望，只见是西南城外浓烟直冒，似要蔽住天日。他顿时脸色大变，也来不及和三人告辞，匆匆便即下楼而去。

待章惇下楼，段子介三人也立时好奇地走到窗边察看——眼前之景，顿时也让三人全都怔住了，文焕脱口说道："白水潭……"段子介脸色煞白，转身就向楼下奔去。

三人一路策马狂奔。到了白水潭学院，却发现白水潭虽然学生三五成群凑在一起议论，神情中惊疑不定，但学院却安然无恙。段子介下马一打听，才知道原来出事的地方，竟是兵器研究院！兵器研究院的研究员这几年也陆续有招募别处人员，但是骨干力量始终是白水潭格物院的师生，可以说与白水潭学院同气连枝，这时发生爆炸，学院的学生自然非常担心。但是段子介等人打听半晌，却没有人知道究竟是发生什么事情。

段子介三人便又驱马向兵器研究院行去，不料在两三里之外，就被士兵挡住。三人虽皆是禁军军官，却也不敢擅闯，只得悻悻在外围远眺，却发现附近一棵树下，桑充国、程颢、蒋周等人也站在那儿焦急地等待。三人连忙过去，下马行礼后，段子介便迫不及待地问道："桑山长，究竟是出什么事情了？"

桑充国忧形于色，摇头道："只听到数声爆炸巨响，本来我们以为是在试验震天雷什么的，但后来才发现响声巨大得多，而且更引发了大火，这才知道是出了事故。我们几个担心，来探问情况，谁知却都被拦住了。"

蒋周低声道："一定是研究什么新兵器出事了，我听说……"却听桑充国突然高声唤道："子明！"众人连忙循声望去，见远处一群人驱马而至，中间一人，依稀便是石越。

石越听见这边呼唤，连忙拨转马头过来，下马问道："长卿，程先生，蒋先生，你们怎么在这里？"虽然眼前之事甚急，他却还是从容不迫一一唤出名字来。段子介等人见着石越，也连忙上前参见。桑充国急得直摆手，道："子明，这时节就不用管虚文礼节了。兵器研究院究竟出什么事了？"

"我也是刚刚赶到。"石越也不知道究竟是什么事情，"你们且随我进去看看便知。只是兵研院里规矩甚多，你们不要到处走动。"说着便招呼众人，一道进了兵器研究院。

待进入兵器研究院的警戒圈内，石越才发现竟然所有的卫哨都已经动员。从三里之外开始，便三步一岗，五步一哨，所有的士兵都脸色严峻，如临大敌。石越看到这个场面，心也开始一点一点往下沉。众人在兵器研究院一个官员的指引下，无声地向出事地点走去。

约莫走了两盏茶的时间，出事地点才终于出现在众人视线之内。众人都被眼前所见惊呆了——大地的某一块似乎已经被烤焦了，地面被烧得黑乎乎的，大火虽然扑灭了，却不时还有地方在冒烟；到处是被炸飞的物什，巨大的铁块东一块西一块，满地都是，其中还夹杂着一些血肉模糊的残肢！连流动的空气中，都夹杂着刺鼻的焦味与血腥味……

石越不由颤抖起来，心中立刻明白："大爆炸！这是大爆炸！究竟是在试验什么兵器！"他的心里转过一个个的念头，难道……

桑充国难以置信地看着眼前的一切，声音颤抖得几乎不能成声："死……死了多少人？"

"二十五名研究员、八名工匠、三十名卫兵当场殉国！还有四十余人受重伤，已经转移。"章惇不知道什么时候也已经到了。听到这个可怕的消息，桑充国已经颓然跌坐到地上，没有听到章惇刻意加重了"殉国"这个词的语气。

"医官到了吗？"石越的声音也有一点呆滞。

"已经到了。正在医治，只是……"章惇垂着头，叹了口气。他在任判军器监的时间里，就一直亲自兼任兵器研究院知事，这里所有的人，他基本都认识，并且这个研究项目，也是他亲自批准的……

"二十五名研究员，八名工匠，三十名卫兵，一共六十三人殉国。"石越身子颤抖，喃喃地道，"究竟是什么试验？究竟是什么试验？"他的声音逐渐由低到高，说到最后一字，几乎已经变为咆哮。

"山长，我们在研究一种远程攻城火器，研究院命名为火炮。"章惇身后的一个研究员轻声道，被浓烟熏黑的脸上纵横着一道道泪痕。

"火炮？难道是……难道是炸膛？"石越颤声问着，只觉脑中一阵晕眩。

"我们以前试验过几次，威力很大，于大哥说，再多加点火药，不知道效果会怎么样，结果、结果……"那个研究员早已经泣不成声，他口中的"于大哥"，显然也是研究员。

"该死！"石越喃喃咒骂着，他眼前仿佛能看见几十个研究员和工匠，正围在黑黝黝的火炮旁边，记录着火药的配比，计算火炮的仰角，检查着火药与火炮是否符合规定，然后，引信点燃，每个人都捂上耳朵，紧张地观察着，没有人想到这么大的铁管也会有被炸飞的危险。人人只关心火炮发射时的威力是不是达到要求，炮弹是否会按着设想的抛物线飞出去，然后，"轰"的一声……

"该死，是我的错！我明知道可能有这样的结果，可我忘记提醒……"自责、痛惜……诸般感情啮咬着他的内心，一种前所未有的愧疚几乎要把他一口吞没掉，令他几乎说不出话来。过了好一会儿，他才勉强轻声地问道："遗体已经清理了吗？"

"有几个人的遗体根本无法找全了……"

"一定要找全！"石越铁青着脸，几乎是声嘶力竭地吼道，"一定要找全！"

桑充国此时已在程颢的搀扶下站起身来，缓缓走到章惇身边，颤声说道："章大卿，我想去看看我学生的遗体，不知可不可以？"

"请——"章惇叹了口气，却不知道该说些什么，只是做了个手势，一个研究员便引着桑充国走向一栋平房。

石越呆呆地站着，还是无法接受这个事实——"他的"研究院，竟然因为一次炸膛，导致了六十余人的死亡！其中还包括二十五名最优秀的火器研究专家，这已是全部兵器研究院火器专家的一半！六十多条生命，他的头脑之中一片混乱，无数的面孔在他的心中交递着闪过，他的心中忽然隐隐地浮现出一个想法："如果不是我，他们都不会死吧？"这种可怕的想法才一出现，便立刻像附骨之疽般缠绕住他。

"这是可以避免的。如果我事先……"他喃喃说道，不敢正视心中那个可怕的想法，可是却又无法逃避，只要他睁着眼睛，就能够看到眼前的悲剧，这是六十多条人命呀！

"子明，总要付出代价的。人之一死，有轻如鸿毛，有重于泰山……"

"他妈的！这是可以避免的！"石越再也忍耐不住，高声向章惇吼了起来。在这一瞬间，泪水迅速涌上了他的眼眶，他喃喃地说道："六十多条人命呀！"

章惇并不知道"他妈的"是什么意思，但却能明白他的心情，于是将安慰的话咽回了口中，静静等待石越的平静。

2

这一天，是熙宁八年的七月初七，乞巧节。传说中的这天晚上，牛郎与织女将在鹊桥相会。但是在人间的汴京，却因为一场意外的变故，令得六十多人再也见不着他们的情人了。并且，死亡的人数在三天后上升到八十二人。

火炮研究是保密内容，不能公开报道，无论是《新义报》还是《汴京新闻》，都只是约略提到："七月初七日兵器研究院发生意外事故，造成爆炸云云"，但是八十余人死亡的大事，却无法瞒过和死去的研究员们朝夕相处的白水潭学院的师生。

整个学院第一次陷入了全面的悲痛当中。曾经朝夕相处的伙伴，在一声巨响之后，就再也回不到你的身边 —— 第一天时，这种感觉是一种不敢相信的迟钝，到了第二天、第三天，就变成了一种抓不住东西的惶然。只觉得身边的东西，一件件失去，至关重要，却无可挽回。这种失去的东西，无法描述，却能感觉得到，就像自己的一部分也被带走了。

几天来，桑充国每天晚上都会坐到兵器研究院的山下，燃起香烛，静静地哀悼。

那些死去的人中，有他的得意门生，他清楚地记得熙宁三年他们来报名的情景；他清楚地记得，有一个叫赵铭仁的学生，为了撰写的论文能在《白水潭学刊》上发表，是怎么样深夜来敲他的门，求他把论文给蒋周看看的；他也还记得他在开封府狱中的时候，这些死去的学生，就曾经悄悄买通狱卒来看他……他曾经亲手发给他们毕业证，曾经和他们一起参加技艺大赛，曾经知道他们的喜怒哀乐……

这些人，都是白水潭的精英，是他的学生，也是他的朋友，是他整个生命的一部分……

但现在，却全都失去了。

为了一个理想，他们被炸得四分五裂，尸体不全。

第一天，他还会低声哭泣，到了现在，他已经哭不出来了。他只能静静地坐在那里，远远望着这些学生工作的地方，死去的地方。当他专注的时候，他的眼前就会出现幻觉，仿佛他们还活着，还在那里研究着火药的配方，试验着各种各样的兵器，为了一张设计图纸而争吵不休，那声音都似还在他的耳边……

"长卿。"程颢和蒋周一人点着一枝香烛，默默地坐在桑充国的旁边。想劝慰，却不知道从何说起。

"他们是为了自己的理想而死，死得其所。长卿要节哀。"程颢低声说道。

"他们还年轻。"桑充国却只会反复说着，"他们还年轻……"

程颢与蒋周对望一眼，无言地叹息一声，坐在旁边。没过多久，欧阳发、晏小山也捧着香烛静静地走来，坐在旁边。然后便是白水潭的其他师生，一个一个，有些点着香，有些捧着香烛，密密麻麻……在兵器研究院外，便见数千只烛光摇曳闪烁，还夹杂着低低的抽噎之声 —— 那是平素相好的同窗，抑制不住悲痛之情。

忽然有人悲声作歌唱道："薤上露，何易晞！露晞明朝更复落，人死一去何时归？"起先还只是一个声音，慢慢地，许多声音便都加入进去，悲歌渐转低沉，最后变成数千学生齐声合唱，他们低声地，反复地和唱："薤上露，何易晞。露晞明朝更复落，人死一去何时归。薤上露，何易晞。露晞明朝更复落，人死一去……"

悲凉凄婉的歌声，在旷野中久久地回荡着。众人一边唱和着，一边已是泣不成声。便是程颐那样淡然生死的人物，也不禁惨然动容。

在这样一首无可挽回的哀歌声中，桑充国再也压抑不住内心的哀恸，他奋然站起身来，张开双手，仰望星空，厉声呼道："彼苍者天，歼我良人！如可赎兮，人百其身！彼苍者天，歼我良人！如可赎兮，人百其身！"他凄厉尖锐的声音似乎要将天地裂破，直穿入九霄黄泉。

"如可赎兮，人百其身！"

"如可赎兮，人百其身！"

众人一齐怆然合应。

桑充国却忽然转过身来，注视烛光点点下泪流满面的师生们，呛声道："我们不会忘记，死去的同窗是为何而死！他们是为了汴京永远不会再有异族的铁骑而死！他们是为了探寻未知而死！我们永远都不会忘记……"

远处。

田烈武、段子介、文焕、秦观四人默然站立，静静望着这一幕。田烈武低声问道："少游，方才他们唱的歌，是什么意思？"

秦观显然也被这情绪所感染，眼中隐有泪光，轻声道："《薤露》是汉朝的挽歌，意思是说人生就像薤上的露水一样，容易消逝。但是露水干掉了，明天早晨还会再有，但人死去了，却不知道什么时候才能回来。"

田烈武本不是多愁善感的人，但此时细细思忖秦观话中之意，想到果然露水易逝还能复结，人死却不知魂归何处，又想起失去亲人朋友，一时竟是痴住了。竟没听到秦观又说道："后面桑山长念的诗，是《诗经》中《黄鸟》里面的句子，那是指责上天为什么要夺去国家的栋梁，如果可以挽回的话，就是自己死上一百次也愿意。那本是秦人悼念三良的诗……"

他们都没有看见，在不远处的树下，还站了一个人，树下的阴影似乎已经将他包裹了起来，令得他整个人都像是处在黑暗之中。他静默地站立着，在他的心里，正反反复复想着："如可赎兮，人百其身……消逝的生命不会再回来，我的过错，要多少人来赎呢？赎得回来吗？"

3

兵器研究院的惨剧，白水潭学院的哀伤，到了朝廷中，却变成了怀疑。

虽然官制改革与兵制改革依然有条不紊地推行着，宋朝中央政府转换成尚书省与枢密院对掌大权，御史台、门下后省监督的架构。在兵部尚书吴充与兵部侍郎郭逵的支持下，兵制改革也开始了它的第一步……但是，对于开发火药武器，朝中却开始出现质疑之声。甚至还连累到石越，有言官指责是他破坏了天地的平衡，使阴阳失调，于是降下天怒。

"已经不止一个官员上书说，兵器研究院研究的事情不祥，要求朕下诏禁止。"赵顼的眼中，也似有了疑惑，"卿说是不是兵器研究院欲夺天地之造化，所以招此大祸？此是上天之警示？"

石越沉声道："陛下！自古以来，凡欲求真证道，无不经历千难万险。便如陛下改革，也是一步一步走来，不知中间有过多少曲折艰辛。兵器研究院之事，至为不幸，然而却不可因噎废食，半途而废，更使死者枉送性命。"

赵顼沉默良久，方说道："人心疑惑，又当如何？"

"若表彰死者之功，使天下皆知他们的死重于泰山，且能得到朝廷的认可，则敬意可以取代疑惑。"章惇从容答道。

石越见他如此敏锐，也不禁感到惊讶。此人运气极好，方除卫尉寺卿不久，兵器研究院就出事，于是责任就完全与他无关，反倒显出他的能干——在章惇任期内，大规模生产霹雳投弹和震天雷，没有出过任何差错；而标准化改革，也推行得非常顺利，已经初见成效。

赵顼目光移向石越，问道："石卿之意如何？"

石越连忙敛神答道："章大卿所说极是。若天下人皆以为国而死为荣，那么国家强大之日也就不远了。"

"朕会给他们追赠官爵，厚加抚恤。"

"追赠官爵的荣誉，不足以震撼天下人的耳目！"石越决心要给死难者争取更大荣誉。

赵顼不由面露难色，问道："那卿以为当如何？"

"臣请陛下，在汴京建先贤祠与忠烈祠。先贤祠专门供奉本朝有名的学者、于国有功的研究者的牌位，不分儒学杂学，只要才学有益后世，皆得入祠供奉；忠烈祠则供奉为国战死的将士牌位，凡为国尽忠者，都要查明其姓名籍贯，将牌位供于祠中。

每年春秋二季，由朝廷举行祭奠，宰相以下行跪拜礼……"

赵顼与章惇听到石越这番话，都不禁吃了一惊，赵顼不禁迟疑道："这只怕于礼不合。"

"陛下，虽是古礼所无，但是儒家弟子，亦可配享孔庙，国家功臣则可以配享宗庙，二者之意义相近。若能让人知道死去有意义，则人人勇于效死，远胜于追赠官爵。这也是奖励忠义智勇之意。"石越竭力地游说着。

章惇看看石越，又偷眼打量一下皇帝，道："臣以为此议可行。"

赵顼苦笑几声，道："知都给事中事是前御史中丞杨绘，这还是石卿举荐的。朕愿和石越打个赌，纵然尚书省同意，门下后省也非得驳回去不可。"

同一日，开封城南朱仙镇，皇宋讲武学堂。

一千零八十二名指挥使以下，副都兵使以上的禁军军官，分成马、步、器械三列整整齐齐地站在校场上。他们都是来自于汴京周围的禁军军官。将台上，站着三四十名教官，其中不少教官一脸杀气，一看就知道是久经战阵的悍将；还有一些则文质彬彬，倒似读书先生，这自然是原来武学的教授。

枢密副使王韶、兵部尚书吴充、兵部侍郎郭逵都出席了这次"开学典礼"。开学典礼后，所有禁军军官分成了十个都。其中九个都一百零五人，包括三个骑军都，六个步军都，另有一个神卫军都则是一百三十七人。田烈武和文焕分在同一个都，他们很惊喜地发现，在自己这个都中，还有一位老熟人——吴镇卿！

但他们没有什么机会叙旧，传令官刚刚分配完毕，一个可能不到三十岁的年轻军官就走了过来，厉声喝道："从此时起，你们归本官统辖，谁敢不听号令，军法无情！"

文焕低声在田烈武身后说道："这人是王韶的长子……"一句没有说完，就听王厚厉声喝道："文焕！"

"末将在。"文焕吓了一跳。

"还有你，田烈武！"

"末将在！"

"文焕，你可知罪？"王厚不去看田烈武，只向文焕冷冷地喝道。

"末将、末将……"

"本官知道你是武状元，武状元又如何？"王厚冷笑道，"田烈武，你执杖重责文焕十五军棍！"

田烈武一怔，早有亲兵到小校场边拿来一根大棍，递到他手里。田烈武无可奈何，只得应道："得令！"走到被两个亲兵按倒的文焕身边，"啪！"一棍打下去，便听一声清脆的响声，文焕应声"啊"地大叫。他把棍子举得高高的，一连打了十五棍，文焕痛得哇哇直叫，王厚却只是不住地冷笑。待他打完十五棍，王厚却忽然走了过来，目光逼视着田烈武，沉声问道："听说你是田琼的侄子？"

"是。"田烈武不曾想王厚对他们每个人都如此熟悉。

"田琼当年和我有袍泽之谊，他常说他有个侄子武艺出众，可惜在开封府当差，那人是你不是？"

"是。"田烈武的冷汗已经冒出来了。

"衙门里打犯人的把戏，你玩得挺熟是不是？"王厚这时才提高了声音吼道。

"……"

"是不是？回答我！"王厚的目光犀利得仿佛要撕开田烈武的皮肤，直刺入他的内心。

田烈武硬着头皮高声答道："是！"

"很好。"王厚大步走到队伍之前，厉声喝道："来人，给文焕重打二十军棍，田烈武三十军棍！"

"得令！"他的亲兵厉声应道，按下两人，棍如雨下，顿时打得二人皮开肉绽。但这次二人却是咬紧了牙连哼都不哼一声。

王厚环视众人，厉声道："今日就教你们第一课，我不管你们在禁军里面是什么老爷，是上四军还是什么军的，进了讲武学堂，就要明白一件事，军中纪律第一！"他轻轻一击掌，一个亲兵送上数张写满字的白纸。王厚指着纸说道："这是讲武学堂纪律，也是军中纪律，我让亲兵念读十遍，今日你们就站在这里给我背熟了，记熟了，到讲武台来找我的亲兵背完再回去休息，背不会，站在这里背会为止！"说罢竟是头也不回地走了。可怜这些禁军军官，平日里薪俸优厚，最少也管着百来号人马，这时却被几个小兵虎视眈眈地盯着，一遍一遍地听着军纪。稍有动弹，几个亲兵就冲上来，扑头盖脸就是一顿鞭子。

讲武学堂的教官自然并非全如王厚一般严厉，但其中却也还有更加残酷的，比如军中号称"枭勇"的两大名将张玉和林广，竟然要求受训的步军军官站在箭雨面前纹丝不动，保持队列的整齐，若是稍露出些许怯意，就会受到极其严厉的体罚。于是讲武学堂开学第一天，和田烈武、文焕一样被打得几乎站不起来的学员，竟多达数十名，至于挨过鞭子的学员，则数以百计。

当天晚上，田烈武与文焕从医官那里要了药，挣扎着相互搽了，趴在简陋的铺盖上睡了。谁知迷迷糊糊睡了两个时辰不到，但听得一阵刺耳的号角声打破了夜空的寂静，回荡在整个学堂之中，随即使听到有人声嘶力竭地大声喊道："劫营！劫营！"

文焕连眼睛都没有睁开，只含含糊糊地嘟哝道："太平盛世，劫的鬼营？"话音未落，头一歪竟然又睡着了。田烈武本也是强睁睡眼，但看到他这神情，却不禁又是好笑又是好气，伸手重重拍了一下文焕屁股上的伤口，痛得文焕"哎哟"一声大叫，几乎跳了进来，正要埋怨，却见田烈武已开始披挂，一边道："快起来，要不然小阎王饶不了你。"——不过一天工夫，王厚便已在学员中得了"小阎王"这样的诨名。文焕这才醒悟过来，慌慌忙忙披挂。便在这时，校场结阵点兵的号角声已经响了起来。吃过苦头的学员们也顾不得身上的盔甲是不是穿齐整了，急急忙忙便往校场跑去。

到了校场，就发现各都教官都已经到齐，所有教官、亲兵都穿得整整齐齐，手执长鞭，肃然站立。王厚冷冷地望着麾下的学员，见他们一个个披挂不整，有些人甚至连武器都没有拿，眉间早已经锁成了"井"字。

"明日每人去领一本《诸军训练条例》，自己看看若敌军劫营，应当如何应对。"王厚忽然举起鞭子，指着一座不知什么时候搬来校场的座钟，厉声斥道，"从吹号到集合，竟花费整整三十分钟！若真是契丹、党项的骑兵，你们早就去奈何桥报到了！"

文焕心中大是不服，暗道："你不安排哨探，是你主将无能。"但不服归不服，这样的话，哪里敢说将出来？

王厚凌厉的目光环视众人，高声道："我知道你们不服！但两个人配合披甲，快则五分钟，最多十分钟！从明天开始，连续十天，每天一个时辰练习解甲披甲。今晚凡拿了兵器的，回营睡觉。没拿兵器的，换班守夜！"

众人如蒙大赦，顿时散去。那些没有拿兵器的学员虽然愁眉苦脸，却也不敢让"小阎王"听见了。王厚待所有人全部走了，才吩咐亲兵道："待会给挨过打的人，悄悄送点伤药过去。"亲兵连忙应着去了。却听一人笑道："恩威并施，处道将门之子，果然深明治军之道。"

王厚循声望去，却见是讲武学堂大祭酒章楶，连忙欠身行礼，道："末将见过大祭酒。"原来讲武学堂之设，除了五年整编期内半年一期速训军官外，以后每个军官升迁，都要到讲武学堂速训半年。其长期的目标，更是直接向各州学、县学招收士子，培养科班武官。担负这样的重任，兵部侍郎事务繁多，是不可能奔波于开封与朱仙镇两地来管理校务的。因此，讲武学堂在山长之外，设有"大祭酒"一职，负责处理日常校务。第一任大祭酒章楶，是礼部试第一名，省元出身，畅晓军事，文才武略，皆是大宋少有的人物。因此石越特意向皇帝推荐，以章楶为讲武学堂大祭酒兼武经阁侍讲。

章楶这一日来四处巡视，检查各都教官训练之法。他与卫尉寺卿章惇同宗，又得石越青眼，自是知道不少内情 —— 为了防止某一派系军官对讲武学堂影响太大，皇帝与吴充、石越、韩维四人精心挑选了数十名教官，名义上的山长郭逵与他这个大祭酒，并没有影响第一批教官任命的能力。这些被精心挑选出来的教官，有些来自武学、王韶军、蔡挺军中，还有些则是以前狄青的旧部。所有的教官都有过战功，武艺好，通文墨，懂兵法，可以说放在任何一处，都是军中翘楚。皇帝与石越，就指望着以这些人来打造一个精干的军官阶层。因此章楶丝毫不敢怠慢，他知道这些教官虽然都是军中英杰，但是各军风格不同，作风自然不一。似王韶旧部，如王厚便深受乃父影响，虽然讲究恩威并施，却是为人严肃；而张玉、林广，训练虽然严酷，但是一旦解散，就和部下喝酒赌钱，无所不为；还有些教官，则多恩少威，或者有威无恩……虽然颁布了《诸军训练条例》，明确提出了各种训练指标与操练规程，但是要打造一只真正强大的军队，还需要有真正精干的军官与公正的奖惩监督。这些东西的养成，绝非一部《条例》的颁布就可以解决的。所以，章楶知道自己的责任，就是约束好这些教官们。

但是章楶这次来找王厚，却是为了别的事情。他走到王厚身边，笑道："处道，刚刚接到兵部行文，卫尉寺想派一批军法官来讲武学堂，一同参加训练。"王厚不明其意，便不接口，只是默默地看着章楶，知道他必然会继续解说明白。果然章楶顿了顿，又道："但学堂教官人手略嫌不够，而且……"

王厚心中顿时雪亮，笑道："而且没有人敢接收军法官，这些人将来是要配备军中，负责执行军法，监督将领的，而我们这些第一批教官，却没有几个人会在讲武学堂待一辈子，迟早要编入禁军之中，到时候难免不碰上这些冤家。此时训练起来，轻不得，重不得……"

章楶苦笑着点了点头，道："正是如此。"他倒不料得王厚如此坦率。

王厚嘴角忽然露出一丝嘲讽的笑容，他掂了掂手中的软鞭，淡淡道："既然他们想来，就让他们归我管好了。我倒要先看看，这些所谓的随军军法官，究竟有多少本事？"

章楶见王厚一口答应，不由松了口气，一面笑道："这些人也只来受训半年，然后还要回卫尉寺受训半年，主要是成为卫尉寺军法官的教官，派到军中的概率也是很小的……"

王厚注视章楶，脸上肌肉一跳，笑道："大祭酒太小看我了！我王厚对朝廷忠心耿耿，怕什么军法官！"

章楶哂然，道："那就好。我还要去看看神卫营的教官，兵器研究院的惨案对他们的打击太大了。"

王厚连忙欠身抱拳，道："末将恭送大祭酒。"

　　尚书省，政事堂。

　　政事堂会议。

　　左仆射韩绛、右仆射吕惠卿并排坐在上首。六部尚书中，吏部尚书冯京、户部尚书司马光、礼部尚书王珪在左，兵部尚书吴充、刑部尚书陈绎、工部尚书苏辙在右；六部尚书之次，则是大理寺卿张景宪、司农寺卿安焘、太府寺卿石越；压班的两个座位，左面坐着尚书左丞王安礼，右面坐着尚书右丞吕大防。此外，太常寺卿常秩与新任军器监兼知兵器研究院苏颂则坐在了最下首，他们二人均不带参知政事衔，是奉命前来旁听并作证的。按旧制，太常寺卿为九卿之首，如今却事权多削，反而远远比不上九卿之末的太府寺，看着正襟危坐的张景宪、安焘、石越，常秩不由感到一阵别扭，不安地扭了扭身子。这一切都落在了吕惠卿眼中。他淡淡一笑，旋即正容，缓缓说道："子明关于建忠烈祠与先贤祠供奉殉国将士与逝世贤者的建议，门下后省通过了忠烈祠，却驳回了先贤祠，理由是凡国之贤者，或可入孔庙陪祠，或可入宗庙配享，设先贤祠多此一举，虚耗国帑。"他说到这里，有意无意地望了石越一眼，见石越面色沉静如水，竟是看不出深浅，心中一凛，继续说道："今日要讨论的第一件事，便是政事堂是否决定坚持设立先贤祠？"

　　韩绛轻轻咳了一声，望着石越，道："子明是倡议者，你以为如何？"

　　石越的目光依次扫了众人一眼，才缓缓说道："我依然认为有必要设立先贤祠，因为孔庙、宗庙非常人所能配享。"

　　"贤者自然不是常人。"吕惠卿笑道，"某以为给事中们担心的，是先贤祠供奉的人是什么人，是不是要把杨朱[15]墨翟[16]之流，全部请进去供奉？谁有资格入先贤祠又当由谁来决定？若这些不说清楚，只怕还会被驳……"

　　"虽不必杨朱墨翟皆入祠，但是如算学名家入祠，却是可以的。此前以算学家配享孔庙，争议甚大，若设先贤祠，便可无争议。"石越的声音微微抬高了些，似乎要以此表明他的决定，他心里也知道以这样的理由是很难说服众人的。先贤祠对在座的人来说，除了苏颂以外，没有任何吸引力可言。这些人死后，即使是进不了孔庙，也是有机会宗庙配享的。

　　果然，王珪息事宁人地说道："子明，这个先贤祠若专为祭祠算学家似无必要。

----

[15]　杨朱，字子居，战国时期诸子百家中杨朱学派创始人。杨朱学派在战国时期的影响很大，曾与墨家并称于世，因主张"贵己""重生""人人不损一毫，人人不利天下"，而受到传统儒家学者的批评。

[16]　墨子，战国时期墨家学派创始人。因墨家主张"兼爱"，与儒家主张"爱有差等"大相径庭，被荀、孟以来的儒家学者所批评。此处将之与杨朱并称，是带有极大的贬义。

这次兵器研究院不幸死难的人可以进忠烈祠祭奠，那也是罕见的殊荣了。为何非要偏执于一个先贤祠？"

"诸公，"石越抱拳环顾，慨声道，"设立先贤祠是功在千秋之事，它可以鼓励一代一代的人去追求真知，了解天地间的奥秘，甚至于不惜为此献身，因为他们会知道，自己死后，英灵能得到祭奠，自己的努力会得到天下的认可！当然，先贤祠也是慰藉军器监事件中死去的二十五名研究员和八名工匠的地方，他们不仅是为国捐躯，也是为追求真理而死！在一个个教训中吸取经验，是前进所必须付出的代价！他们必须被我们用一种特殊的形式来纪念！"

但是没有人听得懂他的话。司马光蹙眉道："死去的人诚然值得悼念，但是有忠烈祠足矣。我总以为，若创立先贤祠，不利于淳化风气，且会破坏董仲舒以来儒术独尊的地位……"

石越愕然道："君实相公何出此言？"

"朝廷为钻研奇技淫巧的人如此郑重的大开先例，必会影响天下风气。若只是入祠忠烈祠，倒还算合情合理。"

"君实，这是偏见！"

"偏见？儒学自是正统。"

"儒学不仅仅只有九经！天地之间，存在大道，要了解道是什么，就需要我们格物致知。仅凭九经，是不能了解天地的真理，圣人的本意的！"

吕惠卿心里其实是非常同意石越的意见的，但同时他也十分怀疑石越是不是别有用心。在他看来，石越的七书已经开了奇技淫巧之例，这先贤祠不过石越欲借朝廷威信来巩固他的学术地位而已。不过吕惠卿更明白这件事背后有着什么样的含义——白水潭学院集体悼念死者英灵的事情，他早已听说，《汴京新闻》《新义报》甚至《谏闻报》都有详尽的报道，他一点也不想得罪白水潭学院上万师生，所以倒是乐得看石越和司马光打擂台。

与吕惠卿相反的是，冯京虽然心里支持司马光，但却不愿意看到二人发生矛盾，这时见二人争执，便连忙出来说道："我以为不必争执这些细节，政事堂本是支持动议的，还是想想怎么样说服都给事中杨绘和礼科给事中吕希哲？要紧的是不要出现三驳。"

吕惠卿目光转向韩绛，笑道："韩相以为如何？"

韩绛本来就在为难，若不支持石越，不免得罪了这个红人，若是支持，就要承担三驳的政治风险。杨绘的性格他是非常明白的，虽然到时是谁辞职尚且难说，但事情走到那一步，本身就已经是失败了。他沉吟良久，才含糊道："若一点不改，那是断然不行的。不过这次设立忠烈祠与先贤祠，本来就是以政事堂的名义颁敕，若这么被驳回了，似亦有失体面……"

吕惠卿不由笑道："韩相的意思是要杨绘能接受，政事堂也不失了体面？"

"正是。"

吕惠卿环顾众人，道："依我之见，不如一面且由石参政去草拟方案，最好能先说服杨绘与吕希哲；一面可由常大卿先准备祭祀之礼，到时纵然给事中们不肯通过先贤祠，我们也可以给死者风光大葬，迎入忠烈祠，以示朝廷之恩。"

韩绛也点头赞道："此议甚佳。诸公可还有意见？"

这算是进可攻退可守之法了，当下众人纷纷赞同。石越也无可奈何，只得点头答应。

吕惠卿见众人都无意见，又笑道："此事便算暂时议妥。且说第二件事，也与兵器研究院有关。是一个叫赵岩的研究员改进火药，制成火药颗粒的事情。赵岩的嘉奖令已由吏部颁发，我们要议的是军器监苏大监上表，要求扩大震天雷与霹雳投弹的生产，给永兴军诸路以及河北诸路诸军配备霹雳投弹。皇上下诏，询问尚书省与枢密院、学士院的意见。"

苏颂忙欠身道："下官乞政事堂下敕，在河北、陕西、两浙、广南东路各增建一座火器作坊，河北、陕西两路，以日产五百枚至一千枚为额，两浙路与广南东路以日产百枚为额。加上京师作坊，最终使每天可以制造两千到三千枚霹雳投弹……"

"且慢。"司马光问道，"一枚霹雳投弹的成本是多少？"

"现在已经可以降到三百文左右。"

"一个普通厢军一月的薪水？"

"相对来说……"

"每日以生产两千枚计算，是六百贯，每月是一万八千贯，每年约二十一万六千贯。若再计上运费……"

"君实相公，三百文已极便宜，一枚霹雳投弹也就是七八枝箭的价格，却比七八枝箭有用得多。"

"但这是额外支出的，难道军器监准备减少弓箭产量？"

苏颂顿时语结。

王珪插话道："但是皇上一定是支持的……"

司马光不客气地说道："大臣不是专为迎合皇上的意思而设的。大臣要为天下着想！"

王珪面红耳赤，心中暗恨。吕惠卿却讯道："司马公说得不错，然某以为，正因大臣要为天下着想，才不当吝啬区区二十余万贯的开支。须知若打一次败仗，国家的损失远不止二十万贯。"

司马光反唇相讥道："吕相公莫不是以为有了霹雳投弹就可战无不胜？我却以为有了**霹雳投弹**，不过是多了把双刃剑而已。若是自觉可以战无不胜，只怕穷兵黩武，国家的灭亡，也指日可待！"

"司马公又何必危言耸听？每年军费单俸禄支出就有近千万贯之巨，区区二十余万贯算得了什么？裁掉两千厢军就省出来了。某以为这个规模还要扩大。"吕惠卿慢条斯理地说道，存心激怒司马光。

石越立即明白了吕惠卿的用心：皇帝询问两府和学士院，不过是问怎么样执行，了解一下利弊，至于增建霹雳投弹院，进行大规模生产，那是势在必行。若司马光在这个问题上再次逆鳞犯颜，保不准皇帝就要把他赶出政事堂。因此吕惠卿才这么咄咄逼人，不断刺激意欲节省财政开支的司马光。石越心里也恼怒司马光在先贤祠的问题上和他纠缠，导致他在政事堂陷入被动，吕惠卿从而可以轻易地把包袱丢给他。但让司马光在政治上陷入困境却并不符合他的利益——户部进行的一系列改革，完全有赖于司马光个人的政治威信。石越无法想象换一个人来推行并县省州这一政策的结果，那必然是铺天盖地的反对声。唯有司马光一人有本事让这么大的改革安安静静地进行。

所以石越还是要拉司马光一把。他趁着司马光一时辞拙，插话道："君实相公也是为朝廷着想。朝廷增加开支，哪怕再小，都要慎之又慎。因为增起来容易，减起来就千难万难。冗兵冗官冗费，不是一夜之间出现，而是日积月累，不知不觉形成的；百姓的负担加重，也并非出自一夜之间，同样是这里加一点，那里加一点，积少成多。故为政者对每一项开支进度都要慎重。今日加二十万贯，明日再加二十万贯，那国家财政，就再也没有好的一天。"

这一番话说出，司马光大感知己，吕惠卿却笑道："子明的意思是反对增设霹雳投弹院？"

"非也，非也。"石越连连摇头，笑道，"霹雳投弹是军中利器，自然不能吝啬。但在增建霹雳投弹院的同时，我们要寻一处地方，减掉开支，使整体支出不增加，这才是谋国之道。"

"子明所言确是正理。"众人尽皆点头称是。连吕惠卿也笑道："如能这般，自是最好不过。"说罢，话锋一转，立即问道，"那子明以为，当从何处削减这超过二十一万贯的开支？"

"重新厘定短刃刀、斩马刀、弓弩生产数量，略加节省，便可以省出。"石越胸有成竹地说道。

苏颂迟疑道："斩马刀是皇上亲赐式样，只怕……"

"皇上是明君，必不以为嫌！"宋军制式兵器花样过多，石越早就想解决了。

政事堂会议结束后，石越便想去找杨绘、吕希哲游说先贤祠的事情。不料前脚才踏出尚书省，就被李向安给叫住了。"石参政，皇上召见。"石越只得随着他去见赵顼。不料这次皇帝召见，既不在崇政殿、资政殿，也不在内东门小殿，反倒是在一座小水榭上。赵顼见了石越，便笑道："是淑寿想见卿。"

石越这才发现赵顼的脚边，还有一个小人儿在爬，旁边的宦官宫女都睁大了眼睛紧张地望着她，生怕发生半点意外。那小小的人儿见到石越，早已经半仰起身子，伸出胖乎乎的双手，含糊不清地叫道："抱，抱。"

石越方遭丧子之痛未久，对小孩子真是喜爱之极，此刻见一个冰雪可爱的孩子对自己流露出亲切信赖之意，心中一动，竟忘了她的公主身份，不由掀起衣襟，蹲了下去，将她一把抱了起来。那孩子被他抱起，不由得咯咯大笑。石越见她一双小眼睛黑得宝石也似，脸上肌肤娇嫩似吹弹可破，可爱之极，一时间忘情，竟在淑寿脸上使劲亲了一口——他这"无礼"的举动，教水榭之上的众人都惊呆了，一时间竟是鸦雀无声，便连赵顼也目瞪口呆地望着石越。

石越这才意识到自己举动出格，不由尴尬地望着赵顼，欲要解释，却一时半会儿也说不清楚。偏偏在他怀中的淑寿公主不肯安静，伸出白嫩的小手一把抓住他耳边垂下的两绺头发，使劲地拉扯着，害得他只能歪着脑袋望着皇帝。

赵顼见他这模样，终于忍俊不禁，"扑哧"一声笑了出来。一面却充满醋意地从石越怀里一把抢过淑寿，也在淑寿脸上狠狠亲了一口。

石越这才讪讪地说道："臣死罪，臣死罪。"

赵顼摆摆手，半开玩笑地说道："石起不是有两个儿子吗？卿过继一个过来吧。"

石越不料赵顼对他的家事知道得这么清楚，倒是吃了一惊，只是他却不愿意过继石起的儿子，便委婉拒绝道："臣想过一段时间再说……"

赵顼笑道："卿若现在过继过来，朕便将淑寿许给你儿子，结个亲家。若是晚了，你还有几个小舅子，王韶家还有个聪明的十三郎，只怕要被人抢走了。"

石越知道皇帝说的是韩琦的幼子和王韶的十三子王寀，不由恋恋不舍地望了淑寿一眼，也半开玩笑地笑道："陛下何不再等几年？臣还想自己的亲生儿子来娶公主进门呢。"

赵顼哈哈大笑，抱着淑寿使劲亲了两口，自嘲地笑道："朕这个公主，总算是不愁嫁了。"

石越跟着笑了一回。赵顼忽然问道："卿有个义弟叫唐康，是吧？"

"是。臣弟现在白水潭读书。"

"朕想给他做个媒。"赵顼笑道。

石越一怔，笑道："唐康何德何能，岂敢劳动天子？"

"朕想冲冲晦气。清河郡主不日将下嫁狄咏，听说卿也在给程家小姐做媒，是嫁给包拯之后吧？朕来凑个热闹，替卿的义弟定下文彦博之孙女，这门婚事，还算是门当户对吧？"

石越忙笑道："只怕是臣高攀了。"

"你一下子比文彦博矮了两辈，有什么好高攀的。"赵顼开着玩笑道，"朕准备不日召文彦博还京，再拜枢密使，正好让他带着孙女进京，两家好订婚下聘。"

石越这才知道皇帝的意思，他需要一个信得过的人来掌领枢密院。而且此人必须资历极高，可以统领枢府以制衡现在风头正劲的兵部，达到枢府和尚书省的平衡。文彦博毫无疑问是最佳人选。"陛下，臣以为让文彦博掌枢密院甚当。只是若臣与文家结亲，只怕还需要避嫌……"

"那倒不必，有王安石与吴充的先例在。"赵顼摇摇头。文彦博与石越关系并不太好，稍稍拉近一点距离，是有必要的。

这几日桑充国一直忙着筹办在兵器研究院事故中身亡的二十五名研究员的丧事。对于其他之事，都无心关注。这日他疲惫不堪地回到家中，忽然发现书案上放着一份报纸，他顺手拿起来，却见是当天的《新义报》。桑充国习惯性地去看头条，目光便立即被吸引住了——只见那头版头条用粗黑的隶书印着一行标题："逝者已矣"，而标题下面，竟赫然署着石越的名字！

他立刻仔细读起来。原来竟是石越在《新义报》上倡议建立忠烈祠与先贤祠以分别迎奉兵器研究院死难者牌位，并公开呼吁朝中大臣予以支持。桑充国做梦也没料到石越竟然有这样的决心，更付以此非常之法，一时竟陷入沉思中，恍恍惚惚地想道："难道以前那个子明又回来了？"

"桑郎。"桑充国猛然一惊，回过神来，却见是王昉盈盈站在自己面前。她显然已经猜出桑充国在想些什么，只瞟了一眼报纸，便即浅笑道："听说石越好不容易说服皇上与政事堂，要下敕建忠烈祠与先贤祠，却被门下后者驳回先贤祠之议。昨日政事堂会议，石越又受阻于司马光，没有得到政事堂的支持。晚上就听说他夜访吕希哲与杨绘郁郁而归。谁料今日一早，《新义报》就刊登了石越的署名文章，摆明了就是想借士林清议的力量来迫使杨绘与吕希哲屈服。数年以来，倒是头一回见到石子明如此毅然决然。"

王昉素来能对朝中大臣的动向了如指掌，这样的能耐，他也早就习以为常了。只是此刻，他望着自己的妻子，忽然无比懊恼地摇摇头，道："昉儿，你不了解子明。"王昉诧异地望着他，但她聪明地没有说话，只是静静地等待着桑充国解释。果然桑充国叹了口气，又道："这个世界上，真还有比石越更决然的人吗？他不过有时候藏得极深罢了。"

"我一直觉得他缺少直面困难的勇气。有些困难，总是需要人面对面地去战而胜之。"出于某种不可言传的偏见，王昉对石越的评价始终有限。

"这不公平。"桑充国轻轻道，"也许，他只是比我们多了面对困难的智慧而已。"

王昉默然良久，忽然柔声道："桑郎，你很尊重他？"

桑充国郑重地点了点头，道："我一直都尊重他。他是我见过的最有智慧的人，虽然有时候，我理解不了他。"

"也许吧。但我觉得你比他要坚毅勇敢。"王昉温柔地笑了，非常诚恳。

桑充国站起身来，缓缓踱到门口，望着蔚蓝的天空，悠悠道："我曾经答应过他，会永远站在他的一边。但是，我似乎没有做到。"

"我的夫君无论什么时候，都应当站在道义一边。"王昉的唇边流露出一丝执拗，"桑充国不应当向任何人效忠。"

桑充国却没有转过身来看自己的妻子："但这一次，道义就在石越一边。"

王昉撇了撇嘴，摇着头，柔声道："桑郎，你还不明白？石越不像你，他永远没有你的纯粹。他做任何事情都带着功利。他表面上温文尔雅，其实心机深不可测……你以为这次，他只是纯粹想慰藉死难者的英灵吗？"

"难道还有别的目的？"桑充国愕然回过头，惊讶地看着妻子。

王昉犹豫了一下，不由在心里叹了口气，她的神情依然似水般温柔，但声音中却隐隐有刀锋般的锐利："他不过是想借此机会，设立先贤祠，破坏儒家的独尊地位，树立自己的万世声名罢了！"

"这……"桑充国不自觉地瞪大了眼睛。

王昉细声道："桑郎，你且想想，石学问世以来，风行于世。那些所谓的杂学，除了不能参加科举之外，学习者已经完全可以借此谋生，甚至也有做官的机会。如今朝廷再这么大张旗鼓地进行褒扬，死后甚至可以享有千秋万世祭奠——这已是董仲舒以来从未有过的新局面！虽然不可能彻底撼动儒家的地位，但是儒学独尊，必然受到实质上的挑战……天下杰出之士，有多少人能不被万世之名所诱惑？石学一派的贤者，本来有许多是终身无望入孔庙的，但如今他们却终于可以进先贤祠享受祭祀——我看石越的野心，根本不是在孔庙里陪祀，而竟是想与孔子并驾齐驱！"她侃侃而说，若此刻石越能听到她的这番评论，也许都会感叹王昉才是他真正的知己。

"不管如何，这都是好事。"桑充国依然不太相信，石学地位的提高，也是他所乐于见到的。

"不管是不是好事，我都觉得石越城府太深了，连他这次亲自在《新义报》撰写署名文章，我也觉得有他的用意……"

桑充国摆了摆手，咬着嘴唇说道："昉儿，你不必对子明太过苛责。这次我一定会站在他的一边的！"

次日起，《汴京新闻》刊登了一个系列报道——《汴京新闻》替二十五名死者各做了一个专题，讲述他们的生平事迹，和亲人朋友对他们的悼念。报道感人至深，几乎博得了整个汴京的同情。而《新义报》则默契地刊登着一系列的评论，不断呼吁朝廷的"有关官员"不要让死者不能瞑目，令生者耿耿于怀。在两大舆论力量的引导下，汴京士林普遍相信，石越的要求完全是出于一种对死者的尊重。也有不少人知道自己配享孔庙终身无望，却幻想能进入先贤祠享受千年之令名，因此极为支持石越的主张。甚至连《谏闻报》也一反常态，站在了石越一边——很多人都怀疑唐坰是因为盼望自己死后能入先贤祠，才有这样异乎寻常的举动。

这是历史上头一次，尚书省操纵舆论，来对门下后省的官员施加压力。

4

崇政殿中气氛有点儿紧张。赵顼亲自在这里召见吕惠卿、石越和门下后省的杨绘与吕希哲。

"陛下，古往今来，从未有这样的事情——臣身为都给事中，是慎政官员，需要公允地判断每件政事是否恰当，石参政居然用这样的手腕，实在让臣大失所望……"杨绘一脸愤然。

"陛下明察，臣只不过在《新义报》发表了一篇文章，寻求士林理解，实在不明白杨公的'手腕'是什么意思？"

"《汴京新闻》与《新义报》的一唱一和，臣的家门槛几乎被来劝说的士大夫踏平，每日都有十数人来劝臣，臣迫于无奈，已经不敢见客。"杨绘想起这几天的情况，就气不打一处来。上门游说的，写信劝说的，从亲朋好友到故交旧识，甚至还有素不相识的人，络绎不绝，给他造成极大的心理压力。吕希哲这时也是苦笑不已。他是吕公著之子，不过二十来岁，颇有令名，这才被皇帝擢为礼科给事中。他与白水潭学院本来关系甚密，此时受到的压力更在杨绘之上。故朋好友的冷嘲热讽和声色俱厉的指责都已是家常便饭，甚至还有人威胁要与他割袍断交。杨、吕二人万万料不到会面临这么强大的压力，吕希哲已经动摇，但是杨绘却拒绝让步，反而要求面圣，当面弹劾石越。这才有了这次崇政殿的召见。

石越愕然望着杨绘，半晌，方转向赵顼，激动地说道："陛下，《新义报》是吕相公当管，臣在政事堂忝居末席，何曾能施加影响？《汴京新闻》臣更没有本事去影响，此是陛下所深知者。杨公不晓其中原委，怎生便如此妄下结论？"

赵顼的目光转向吕惠卿，问道："《新义报》还是陆佃在管罢？"

"是，陛下。陆佃原兼着《三经新义》与《新义报》两边的差遣，如今《三经新义》已经停了，他便专责做《新义报》的主编。"

"陛下，陆农师[17]是王介甫的门生，与臣无半点交情。臣岂能影响到陆农师？"石越慨声道。又转过脸怒视杨绘，道："杨公，你以为我石越是个弄权的小人吗？"

"这……"杨绘竟是被弄糊涂了，但他始终不相信《汴京新闻》与石越无关。

石越得势不饶人，又厉声道："杨公，在下以为，做给事中，需要的是一颗公心！舆论清议怎么样，并不重要。择其善者而从之，其不善者而改之便可。譬如此次设置先贤祠，天下皆谓可，杨公若持公心，便不当坚持一己之偏见，否则给事中之职，徒然变成慎政官员与尚书省意气之争的工具，那不免大违本意。若杨公坚持以为不可，则可以再度封驳，三封之后，自有规矩，是非曲直，天下咸知。又何必以清议为嫌？"杨绘默默不言，脸立时红了。"给事中之大忌，在于沽名钓誉。诸科给事中，官卑位重，本来就是希望给事中们不要在乎自己的官职，敢于用自己的官职来博得名誉。但是过犹不及，若故意反对政事堂来获取'不阿''刚直'之名，却也是以私心坏国事。杨公如此介意清议，难道是因为反对此议，除了最终不免要丢官弃职，还会得不到士林的同情，所以心怀耿耿？"石越句句诛心。

杨绘涨红了脸，便要辩驳，却忽然发现自己辩无可辩，怎么说都是越描越黑。当下叹了口气，不再说话。吕希哲却是初生牛犊，上前亢声说道："臣反对建先贤祠，却不是为了什么沽名钓誉。臣以为，入祠先贤祠礼制过隆，近于僭越。唐太宗贞观二十一年，首次将左丘明、公羊高、穀梁赤、孔安国等二十二位为《春秋》《诗》《书》《礼》《易》等作过注的学者，作为传播儒学的功臣配享太学孔庙，以表彰其传注之功，亦只称为'先儒'。而所谓'先贤'，则专指孔门七十二贤。似兵器研究院诸人，虽为国尽忠，其情可悯，但是道德学问，岂能比之先贤？何况数十人一朝入祀，更是唐太宗以来前所未有之事。国之大典，不可轻下于人。"

赵顼思忖一会儿，问道："先贤祠不附于孔庙，仪制贬损一等，卿以为如何？"

"犹是大典。"

"各州县皆立孔庙祭祀，先贤祠只立于京师，孔庙四时祭奠，先贤祠只春秋两季祭奠，如此则所费有限，卿以为如何？"

吕希哲眼见皇帝步步退让，但言语中偏袒石越之意甚明，心中不禁灰心。欲待坚执不可，心中一转念想起众多的亲友劝说，士林议论，不免觉得意兴阑珊。口气一

---

[17]　陆佃，字农师。

软，偷偷望了杨绘一眼，说道："臣不敢再持异议。"

赵顼又顾视吕惠卿、石越、杨绘，笑道："三位以为如何？"

"陛下英明。"三人一起欠身回道，只是神情心思，却各不相同。

赵顼嘴唇微动，正要说话，忽见一个内侍急匆匆走进大殿，尖声禀道："陛下，礼部尚书王珪求见。"赵顼一怔，却不知道发生什么事情，忙道，"宣。""遵旨。"内侍一面高声应道，一面爬起来退出大殿，亮起嗓子唤道："宣礼部尚书王珪觐见。"

吕惠卿与石越顾视一眼，肃容站立，远远望着略显臃胖的王珪走进殿中，近得前来，跪下叩首道："臣王珪拜见吾皇万岁。"

"平身。"

"谢主隆恩。"王珪站了起来，便即一脸兴奋地说道："陛下，辽国遣使报哀，辽主耶律洪基宾天，太子耶律濬在中京即位。"

"啊？"耶律洪基春秋正盛而去世，吕惠卿都不由大吃一惊。赵顼与石越四目相交，心中暗道："终于来了。"

"可有辽主的国书？"赵顼连忙问道。

王珪点点头，道："有。"

"上面用玺……"

"此正是所怪者，玉玺似是伪造，但使者却是北朝名臣耶律寅吉。"王珪心中显然也大惑不解。

赵顼激动得站起身来，急道："快去调阅以往档案，核实玉玺是不是伪造的。"

"遵旨。"

"礼部派遣谁作陪？"

"臣选定主客司郎中富绍庭相陪。"

"富绍庭？富弼之子？此人城府谋略如何？"赵顼皱眉问道。

"富绍庭老成稳重，但是不及乃父多矣。"

石越自是知道赵顼心中打的什么主意，但富绍庭本是他大力推荐，自是不便亲口否决，连忙笑道："陛下，耶律寅吉是北朝名臣，轻易也套不出什么话，让富绍庭陪同似无不妥。至于能不能套出话来，或者另遣大臣试探，或者就看职方馆的本事了。"

"也罢。"赵顼点点头。

吕惠卿心何等伶俐，一听赵顼与石越之话，便知道二人早就知道了耶律洪基驾崩之事，内中自然会有许多的隐情。但他耻于相问，只是心中计较。

6

耶律洪基突然驾崩，太子耶律濬即位，南京道、西京道戒严……种种消息很快就传开了，因为不是本国事务，除了《新义报》较为谨慎外，《汴京新闻》《西京评论》《谏闻报》都饶有兴趣地讨论着北面强敌的种种变故。各种猜测漫天飞舞。司马梦求看着手中的报纸，哭笑不得。虽然朝廷装模作样地罢朝一日，表示深切哀悼，但是民间对于辽国皇帝，却没有任何敬意可言。七月廿日，《谏闻报》首先怀疑耶律洪基是死于纵欲过度。次日，《汴京新闻》对此冷嘲热讽，认为耶律洪基死去数日之前的皇后萧观音被赐死，与耶律洪基之死，二者必有因果。第三日，《谏闻报》相信有可能是鬼神勾魂报应，并写了一篇有声有色的传奇故事。第四日，《西京评论》认为耶律洪基很可能是打猎时被狗熊所伤致死……大宋的市民阶层，对于种种推测分析，都充满了兴趣。《谏闻报》因为作风大胆，敢于迎合大众的口味，销量几日之内扶摇直上。

但是司马梦求感兴趣的，却不是几大报纸的猜测与销量，他关心的是辽国的形势究竟发展到了哪一步？耶律乙辛究竟值不值得期望？可惜的是，燕京几家商号被辽人捣毁，如今又全面戒严，消息根本传不出来。韩先国也不知道是死是活……他现在事务繁多。一面，他要培训细作，从大理、西夏、辽，甚至高丽招募汉番人等，长期潜伏各国，收买高官，传递情报。石越私下提出来的要求非常严格——收集的情报内容，从粮食的价格到驻军的分布，官员的贤愚，私人的矛盾，都被包括在内。真正的骨干细作，要精通各种语言，了解种种风俗——从细作的培养，到间谍网的建立，都不是一朝一夕之功。石越给的时间是五年，但司马梦求认为起码要十年。另一面，虽然耶律寅吉的驿馆布满了枢密院职方馆的细作，但是职方馆缺少情报分析人员，细作们汇报耶律寅吉的一举一动，职方馆的官吏事无巨细地记录下来，整理成文件，司马梦求则要阅读全部的文件，以求从中发现有用的线索。最可恼的是，他与耶律寅吉认识，只好成天躲在职方馆，不敢亲自去试探究竟。

"司马同知，这是最近几期的《海事商报》。"一个文吏捧着一大沓报纸走进司马梦求的阁间。

"放下吧。"司马梦求随口说道，一面拿起一份报纸浏览起来。文吏连忙轻轻退了出去。忽然，司马梦求的目光停住了，一行不起眼的小字跃入眼帘："传闻七月初高丽国东部粮价、铁价皆有上涨，价格不详……"司马梦求盯着这短短一句话，翻来覆去看了许久，忽然站起身来，朝门外喝道："备车，去石参政府。"

短短几个月之间，石越的府邸已经大变模样。"学士"变成"参政"那是题中应有之义，而最显眼的，则是规模气势扩大许多。显示官府威严的门戟，紧闭的朱红大门，衣着光鲜的奴仆，普通的百姓尚未进门，已经先畏惧三分了。司马梦求下了马车，递进名帖，等待召见。府上的奴仆大都认识他，虽然以往出入便如自家之门，但是今时不比往日，很多忌讳却也是必须讲的。因此司马梦求便安静地站在门外等候。未过多时，便见陈良从偏门迎了出来，远远便是一辑，笑道："纯父，久违了。"

司马梦求也连忙回了一礼，笑道："子柔，久违了。"一面问道，"参政在府上吗？""参政特意叫我来迎你。若是亲迎，未免太过于招摇。"陈良低声道，一面与司马梦求携手并肩，走进府去。司马梦求见陈良一路前去，却是直奔石越的书房，不由问道："参政在书房？"

"是潘先生在书房。参政在客厅会客，包孝肃之子包绶来访……"

"参政亲自接见？这个年轻人看来非同寻常。"司马梦求诧异道。

"若非如此，岂能劳动参政给他做媒？程颢的女儿，不是人人有资格娶的。"陈良笑道。

司马梦求也笑道："二公子是天子指婚，何时下聘？"

陈良苦笑着摇摇头，道："二公子似是不愿意娶文家的女儿，眼下正求公子让他去广州。"

"这是为何？"司马梦求不由一怔。

"二公子想去虎翼第二军。"按枢府新设的沿海制置使司的规划，杭州市舶司海船水军待返航后，就进行整编，一分为二，虎翼军第一军负责高丽、日本国、琉球等航线；虎翼第二军驻扎广州，负责南海航线。登州海船水军则是虎翼第三军，负责与高丽之间的航线，威胁燕云，保护登杭二州之间海运航线。

"早不说去晚不说去，这当口却要去，分明是缓兵之计，还不如说考不上进士，不愿意成婚呢。"司马梦求笑道，"难不成文家的孙女有什么不妥当处？"

"这倒没有听说。"

二人边走边聊，须臾便到了石越的书房。跨进房门，司马梦求便见潘照临手里拿着厚厚一叠报纸在看，赫然便是《海事商报》！见司马梦求与陈良进来，潘照临连忙放下报纸，起身笑道："纯父、子柔。"

司马梦求也不客套，注视潘照临，笑道："潘先生，在下此来，特意向先生请教辽事。不知先生以为耶律乙辛……"

潘照临笑道："纯父真不知耶？假不知耶？辽国五京道，耶律濬在中京即位，耶律寅吉自南京而来，若东京道为耶律乙辛所制，必然遣使联络高丽，然而似乎并无异动。如此，中、南、东三京道为耶律濬所控制，自无疑问。眼下不知者，只有上京道与西京道。上京道深入东北，是辽人内腹之地，虚实固然难知。但是西京道却邻西夏与本朝，自是容易知道……"

"辽人戒严，用间不易。"

"间者，千变万化之物。若西京道为耶律乙辛控制，则必然遣使本朝。其使未至，则可知西京道尚未为其控制；但是否为耶律濬控制则还不能轻易断言。只需如此这般，便可以探出虚实。"潘照临低声细说方略。

司马梦求听得连连点头，笑道："此计甚妙！"

潘照临又笑道："纯父再看这《海事商报》，高丽国东部铁价、粮价皆有上涨，虽是传闻，却也是蛛丝马迹。似是辽国境内局势紧张所波及。"

"高丽向来向宋、辽皆称臣，只恐难以利用。"

潘照临微微摇头，缓缓道："虽然如此，但是纯父须知自杭州市舶务水军建立以来，高丽与本朝联系越发紧密，本朝大量丝绸、钟表、瓷器、书籍、棉布卖往高丽，深受高丽人喜爱。若辽国不乱，或还无计可施，若辽国内乱，则可趁机施加影响。须知辽国之乱，高丽必然害怕波及，挟宋自保，本是必然之选择。本朝若能遣一精干使者，前往高丽，收买贵人，游说高丽国王，趁火打劫……"

"妙哉！一旦高丽卷入辽国内哉，势必与辽国结仇，则更加依赖于本朝。"

"高丽国王未必不觊觎辽东，唯辽国强大，自保不暇，自不敢做非分之想。一朝有变，未必不可游说。纵不得志，亦于本朝无损。"

"如此，何人可以出使高丽？"石越爽朗的声音从门外传来。身后跟着二人，却是唐康与秦观。众人连忙行礼，潘照临却注视石越，笑道："可令蔡京为使，二公子为副。"

"康儿不过一布衣。"石越迟疑道。唐康却面有喜色。

"加恩未难，副使有九品官足矣。"潘照临笑道。

"学生也愿同行。"秦观面有羡慕之色。

"马上就是大比，少游若去高丽，又要蹉跎三年岁月……"

"科场功名，岂比得上立功边疆？"秦观慨声道。

石越微睨秦观一眼，笑道："少游果真不后悔？"

"绝不后悔。"

"那我便遂你心愿。"石越又道，"蔡京诚然是个人才，若使之高丽，则杭州事属谁？"

"杭州之事，规模具在，张商英、李敦敏皆可代之。况且蔡京此人，若一直不得升迁，则必有异志。令他去高丽立功，其必不推辞。"

"只恐羽翼渐丰，势大难制。"石越皱眉道。于蔡京此人，他一直有深深的戒意。

潘照临见无旁人，竟是肆无忌惮，淡淡说道："非汉高不能用韩信、陈平。"

石越赫然变色，却见众人一脸淡然，连秦观也无异色，他怕越描越黑，当下便只轻描淡写地笑道："此喻不类。唯蔡京此人，不用可惜，用之可惧。"

"魏王不能用商鞅，亦不肯诛之，遂为万世之患。"潘照临眼中闪过一丝寒光。石越却微微摇头，笑道："潜光兄越说越不靠谱了，岂可诛无罪之人。"

次日，驿馆。耶律寅吉一早起来，便被访客的身份给吓了一跳。宋参知政事、太府寺卿石越与卫尉寺卿章惇奉旨前来慰问。履行了种种礼仪，说过种种套话，耶律寅吉正暗暗揣测石越与章惇的来意，却听章惇笑道："下官闻贵使自南京道来？"

"正是。"耶律寅吉笑道，却暗生警惕。

"听说贵国边境戒严，不知是真是假？"章惇又笑问道。

"确是实情，因有盗贼作乱，故下令边将严防。"这却是早已想好的托词。

章惇却似毫不怀疑，只叹了口气，道："原来贵国也是如此。也好，如此贵使当能体谅……"耶律寅吉莫名其妙地看着章惇，却听石越笑道："贵使有所不知，我二人奉旨前来，便是想告知贵使，毗邻贵国南京道诸州县，忽发盗贼，悍不可制，官兵正在围剿。本朝问哀的使者、贺新皇登基的使者，只得取道太原，由贵国西京道往中京，为了贵使的安全，也请贵使从贵国西京道返回上京……"

耶律寅吉顿时呆住了。他想不到宋朝给他来这一手。他来之时，耶律乙辛在上京举兵，手执玉玺，挟持各部落贵人家属，自称天下兵马大元帅、总北南枢密院事，要为耶律洪基报仇。而耶律濬是自奉正朔，指耶律乙辛为逆贼。辽国境内，本来各少数部族一向反抗不断，此时更是蠢蠢欲动，不少部族就不再纳贡，反而屯粮备战；西京道杨遵勖一日之内诛杀异己将官四十余名，家属上千，将西京道牢牢控制在自己手中，摆出拥兵自重的架势。这时若使者从西京道过，后果真的是不堪设想。

"石参政，章大卿，在下以为还是从南京道走比较稳当。"耶律寅吉只怔了一下，连忙说道。

石越与章惇相视一眼，旋即从容问道："这又是为何？"

耶律寅吉笑道："区区几个盗贼，当不至于遮断使路。否则两朝的体面何在？"

"还是安全要紧。万一有失，体面更是无存。"

章惇却狐疑道："莫非西京道？"

二人如此一唱一和，耶律寅吉何等人物，这时岂能还看不出来？他虽然不知道是哪里露出了破绽，但宋朝君臣既然起了疑心，却终是隐瞒不下去的。若是真的逼着自己从西京道走，那就大事去矣。当下苦笑数声，道："明人面前不说暗话。敝国西京道盗贼更加猖狂，故此还是走南京道妥当。"

"原来如此。"石越恍然大悟，顺口道，"昨日贵国魏王遣使……"

"呼！"饶是耶律寅吉再镇定，这时候也不由大吃一惊，茶碗自手中跌落，砸了个粉碎。

"贵使……"

"没事，没事。一时失神，见笑。"耶律寅吉连忙掩饰道，一面正色说道，"耶律乙辛叛逆弑主，无父无君，理当为天下之共敌，还请南朝不要接纳，将其使者遣返中京。"

"叛逆弑主？"石越与章惇都惊得站了起来。

"本朝正欲讨伐此叛贼。"耶律寅吉惨然道。

"这，这……"石越一脸地震惊。章惇却干笑道："北朝的家务事，本来不容我们置喙，但是玉玺，似乎……"

"那是逆贼弑主夺玺。正朔何在，天下皆知，区区一玺，又有何用？想来南朝是礼仪之邦，必不至于不顾大义，助纣为虐。"耶律寅吉逼视石越、章惇，慨声道。

"本朝自不会帮助无父无君之人。"石越断然说道。耶律寅吉稍稍放心，却听石越又道："只是眼下局势不明，真假难辨。虽然本朝相信贵国新君才是辽国帝室正统，但不能不谨慎。眼下之势，却不知贵国能否迅速控制局势？为防万一逆贼势大不可制，殃及池鱼，敝国欲修缮边境城寨，还望贵国谅解。"

眼下之势，宋朝自要修边防，辽国也无可奈何。耶律寅吉一念及此，干脆便示以大方，道："那是贵国之事，自修边防，也是平常。不过区区逆贼，本朝必然克日擒杀，南朝也不必过于紧张。"

石越暗骂道："此前怎么就不是平常事？"一面又笑道："若果真如此，自是幸事。万一有变，还请禀告北朝皇帝陛下，大宋与辽国世为兄弟之邦，愿意帮助大辽皇帝陛下平叛。北朝用兵，必缺兵器、粮草，本朝愿意用弓矢、粮食等物换取贵国的马、牛等物，以互取所需。"

耶律寅吉心中一凛，这摆明了是趁火打劫，当下推脱道："此事在下却做不得主，须得皇帝同意。"

"那是自然。不过本朝弓矢，为天下劲兵，下官私心揣测，贵国皇帝必然不会拒绝这份好意。最近本朝改革官制，财库紧张，一时之间，也无法履行澶渊之盟，每年岁赐，也只能折进这弓矢之中，本朝自当降低价格，以为补偿。还盼贵国能够谅解才是。"

耶律寅吉心中暗恨，但是形势比人强，却也无可奈何。他却不知道，所谓耶律乙辛的使者，自然是杜撰，但是宋朝的使者，除了一路等着与他同行去见耶律濬，另有两路，却早已分头出发，一路往西京道，一路却是直奔杭州。赵顼给真定府、河间府、太原府等沿边府州守令的密诏，也陆续发出。催文彦博上任的使者，更是不绝于道。

这等天赐良机，若不趁火打劫，简直便无天理！

7

石越一回到太府寺，便命令属下的互市局准备与辽国进行大规模互市的计划，太府寺的官员，低级官员中有不少是白水潭学院毕业的学生，但是七品以上，却几乎全是同情和支持新党的官员，用起来倒还顺手。刚安排妥当，便有人进来禀道："参政，有个叫程梄的人求见。"

"程梄？"

那人显然是收了好处，又道："这个程梄是市舶局介绍的，是江宁二十家商号联合作保，想组建武装商船队出海的。"说完，见石越还在沉吟，连忙又补充一句，道："听说是西湖学院的学生。"

"哦？"石越顿时来了兴趣，笑道，"那便见他一见。"不多时，一个年轻人被领了进来。那青年见着石越，赶忙趋前一步，拜道："学生拜见石参政。"

"不必多礼。"石越打量着程梄，笑道，"你是西湖学院的学生？"

"是。学生懂大食语，曾译过夷书。"程梄爽声答道。

"哦？这可极难得。为何想要组建武装船队？怎的不去考取功名？"石越笑道。

程梄笑道："千里求官只为财，通商海外，功名利禄，不逊于东华门戴花。况且，学生总想亲眼见识一下，世界是不是圆的。"石越见他如此坦诚，顿生好感，笑道："你的船队想去哪里？"

"学生要比薛世显走得更远。去天竺，去大食，甚至更远。"

"本朝极少坐海船去天竺者。"

"正因为少，才有大利润。"

"你知道海上的风险吗？航路不熟，却是大忌。"

"在杭州、泉州便能雇到大食人。"

石越见程梄对答，辞气慷慨，却又不故作夸饰，心中暗暗称赞。又笑道："为何非要组建武装船队？"

"一是防海盗，且若去了异乡，非我族类，其心必异。若无武器，只恐被人欺生。"

"那你来见我，却是为何？市舶局不准你建船队吗？"

"学生已是第三只武装船队，市舶局岂能为难学生？不过是学生仰慕参政令名，所以冒昧求见。同时，学生也有一个不情之请。"

"哦？"

程栩迟疑了一下，终于鼓起勇气说道："若有朝一日，学生在证明世界是圆的的航行中遇难，请参政许诺学生，死后能入祀先贤祠。"

"先贤祠尚未建立。"石越注视程栩，淡然道。

程栩平静地望着石越，道："学生以为必会建立。"

"纵然建立，能否入祀，非私人说了算。取决于公议。"

"那么学生敢问参政，参政以为若学生因此而死，公议当不当许我入祀？"

"理所应当入祀！"石越毫不迟疑地答道。

"如此足矣。"程栩深深一揖，告辞而去。

石越望着他远去的背影，不知为何，心中竟是生出了一丝妒忌。

程栩的信心果然得到了验证，兵器研究院爆炸事件四十九天后，忠烈祠与先贤祠终于在此之前建成。在爆炸中死难的士兵自然是进入忠烈祠，忠烈祠还一并请入了宋朝开国以来历次战争死难者的总牌位加以供奉。研究员则被隆重地请入了先贤祠。但是那几个工匠，在几次争论后，终于没有能够入祀先贤祠，而是进入了忠烈祠。这种身份歧视，短时间内依然难以改变。甚至连白水潭学院的学生，都不认为死去的工匠可以和他们死去的校友相提并论。入祀先贤祠，在某种程度上，依然是读书人的专利。不过，超乎规格的葬礼 —— 皇帝亲自下诏书表示哀悼，丞相吕惠卿、副丞相王珪，以及石越等人亲往拜祭，白水潭学院以及汴京市民上万人送葬，数以千计的人写诗哀悼，还有迎入忠烈、先贤二祠的殊荣，都让整个天下为之震动。连《海事商报》这样的报纸，都大加报道，言辞之间，有掩饰不住的羡慕。

这绝对是一次观念上的大冲击。

然而石越对于自己的杰作，却不过得意了一天的时间。因为第二天，就发生了一件让他哭笑不得的事情 —— 王雱死了。石珍案早已查清，在皇帝的授意下，司法公正毫无疑问地被破坏了，石珍被流放到归义城，王雱却没有承担任何罪名。对此现实，石越没有任何办法。王雱的死讯传到京师之后，蔡确、李定、常秩等人当天就上表，认为王雱完全有资格入祀先贤祠！

"故天章阁待制王雱，为建议新法，多有贡献。其文章策论，有数十万言，更非常人能及。其于《老子》《孟子》二书，更有独到的见解……总之，王雱无论学问功业文章，皆有资格入祀先贤祠。"石越用嘲笑的语气说道。

潘照临都忍不住苦笑："虽然王元泽才华过人，但是若这样就可以入祀，只怕晏几道这样的才子词人，将来也会有资格进先贤祠。"

"但我似乎还不能反对。"石越有一种吃了苍蝇的感觉，"旁人倒也罢了，蔡确并非不知道内情，怎的也上表，他不怕惹皇上生气吗？"

"蔡确在御史中丞的位置上坐太久了，很快就会换人，他有什么好怕的？皇帝最多说他太念旧情。这都是给王安石面子。"

"让王雱入祀先贤祠……"石越喃喃自语道，他实在无法接受这种事实。

潘照临完全可以体谅石越的心情，但是体谅不等于支持："不管能不能接受，都没有理由反对。硬要反对的话，代价太高。"石越心烦意乱地站起身来，踱来踱去。"公子，太常寺卿是常秩，韩绛以降，朝中半数以上是王安石的旧人，《新义报》的陆佃是王安石的学生，连《汴京新闻》的桑充国也是王安石的女婿、王雱的妹夫——左右是在先贤祠加个牌位，不如就认了吧。"潘照临无可奈何地劝道。

"皇上呢？皇上的意思呢？"

"皇上与公子只怕是一样的，有些事情既然不便声张，到头来也只好装傻。"

石越摇摇头，道："好不容易争来先贤祠，却要便宜王雱，太让人憋气。"

"世事大抵如此。"

"罢，罢。我去散散心。"

石越骑了马离开府邸，一路随意而行，亦不知过了多久，竟然不知不觉又走到了先贤祠前。这是一座标准的中国宫殿式建筑群，大门正上方高悬一匾，写着"大宋先贤祠"五个大字，是当今皇帝赵顼亲笔手书。石越在门口无声地叹了口气，方走进祠中正殿，在一个蒲团上跪了下来，正要低声祷告，却发现旁边有一个人在那里低着头，无声的哭泣。他定睛望去，原来却是赵岩。石越轻轻叹息一声，低声道："死者已矣，还须节哀为是。"

赵岩听到石越说话，吃了一惊，抬头道："石山长……"

石越沉着脸，闭上眼睛，低声祈祷。赵岩不敢打扰，只默默望着石越。良久，石越忽然说道："赵岩，你为何来这里？""我……"赵岩咬着嘴唇，不肯回答。石越却没有等他的回答，低声道："你是因为自己发明了黑火药的最佳配方，所以感到内疚吗？""我……"虽然石越一直闭着眼睛，但是赵岩也没有勇气抬起头来看他。"你是觉得如果不是你，就不会死这么多人，是吗？"石越的脸上，有一种说不出来的忧伤。

"是。"赵岩低声说道，话音中带着一丝颤抖，"我很恨，为何死的人不是我？"

"哈哈……"石越睁开眼睛，转过头来望着赵岩，低声苦笑道，他的眼中，有深邃的悲伤，"你都这么自责，我呢？你可知道，其实是我害死他们的！"

"啊？"赵岩瞪大了双眼，"山长？"

"你还记得那年吗？我把你们叫到我的府上 —— 这些人，大部分都是那一年，在我的劝说下进入兵器研究院的……"

赵岩叹了口气，道："这怪不得山长。我们都有一个理想……"

"是啊，一个理想。赵岩，你知道吗？火药的确很重要，以后，也许要很久以后，但它一定会主宰战场。"石越似乎在和赵岩说话，也似乎是和先贤祠的英灵们解释，"我想得到它，我想利用它的力量。纵然我不能成功，我也要让我们汉人比别人先一步了解它，重视它，使用它！我这么急功近利，所以我想要造出来火炮、火枪，我想用强大火器武装起大宋的军队，保卫我们的文明。"赵岩忽然觉得眼前的石越，非常的脆弱。似乎不再是以前那个光彩照人，温文尔雅的石子明了。他静静地听着。"我想要收复灵武，我想要夺回河套，这样我们才可以打通西域；我想要北伐燕云，我想至少要控制辽东。如果我们能够拥有绝对优势，我们就可以裁军，然后大宋才有可能实现历史上第一次全国性的减税减役！那个时候，我才有足够的资金，在全国广建学校与图书馆！辽国和西夏，就像两根绳子拴在我们脖子上，让人不敢大声喘气。所以，任何有可能帮助我们打败他们的东西，我都想拼命地抓住……"

"你没有错，山长。我愿意为了这个理想而奋斗。为此牺牲，也是值得的。"赵岩感觉到石越话中的诚恳，他再次被感动了。

"也许目标没有错，但不代表手段没有错。"石越苦笑道，他使劲地摇头，似乎这样可以让自己舒服一点。"站在我这样的地位，若我选择的道路错了，就会这样 ——"石越用手指着先贤祠的牌位，惨容道，"许多生命白白死去。如果更严重一点，甚至会万死不赎！凭什么我石越就认为自己能有资格做引路人？如果我引导的道路，走向的是一个深渊，那又会如何？我有什么资格，去决定别人的生死？"

赵岩觉得石越身上，有一种孤独的气息，但是他无法理解石越说的意思。

"所有人的道路，都是自己选择的。你没有决定别人的生死，是我们决定了自己的选择。"一个声音从门外传来。赵岩诧地转过身去，看清来人，怔了一下，唤道："桑山长。"

桑充国微微颔首，一面走进殿中，跪在石越身后，低声祷告完毕，才沉声道："子明，你又何须自责？"

"你不知道，这完全是我拔苗助长所致！火器研究一直一帆风顺，大家才因此忘记了最基本的安全常识，没有人想到，火药会炸膛，而且会把那么厚的铁管都炸掉！长卿，你不会明白，这完全是报应 —— 畸形发展，最后必然付出惨重的代价！我们积累的太少，却走得太快！这是我的过错。"石越低着头，充满自责。

　　但是他说的，无论是桑充国，还是赵岩，都只能似懂非懂。

　　"他们很出色，才几年时间，就已经想到可以制造火炮了。而且还懂得制造实心的炮弹和布置碎片的炮弹，他们真的很出色。"石越喃喃道，"可是，不管如何出色，却终究是为了一个错误而死了。他们也是我的学生！也是我的学生！"

　　桑充国与赵岩都沉默了，他们不能理解石越。桑充国在这个时候，终于发现自己和石越的差距，原来远比自己想象的要大。他默默地听石越说道："……我知道了错误，却不知道如何去纠正。我知道要循序渐进，但我不知道如何在急功近利与循序渐进中，找一个平衡点。我不知道那个平衡点在哪里？若想待它自己出现，又不知道要付出多少不能承受的代价？"石越抬起头来，望着殿中一个个牌位，一个个熟悉与不熟悉的名字，竟是无比的愧疚与迷惘。但是有些东西，是没有人可以给他答案的。

　　沉默良久，赵岩忽然道："山长，我不知道你的平衡点是什么，但若是这次的悲剧，我虽然很内疚，但是我认为对同学们最好的安慰，便是成功造出火炮来。把他们想做的事情做完……"

　　石越爆发的情绪已渐渐平复，他望着赵岩，很久，才说道："这件事情，等幸存的研究员们精神平复再说吧。"

　　"我可以试试。"赵岩抿着嘴道，"之前我一直在试图配制出山长所说的硝化甘油这种东西，试过很多配方，却一直没有明白它的成分是什么。我想暂时中断这个研究，来制造火炮。兵器研究院的试验，有完整的档案记录，我只需要一些精通铸造的研究员配合，再到格物院招募几个新人，在这样的基础上，成功并不会太难。"

　　石越知道赵岩非常的出色，他最擅长的事情，便是进行各种试验，从中选出最优的方案。本来配制硝化甘油也是很重要的工作，但是此时的石越，对于这种可以说是超越时代的进步，已是变得非常的没有信心。他不能知道，没有各方面的齐头并进，没有扎实的底子，而拼命地进行功利性极强的研究，究竟是福是祸？再次沉默良久，石越终于说道："我会去找苏大监说说，让你来负责火炮研制。"

　　"多谢山长！"赵岩深深揖了一礼。他那种恭敬的态度，竟让桑充国生了一分嫉妒，明明自己才是"山长"，可是两个人在一起时，赵岩口中的"山长"却是指石越，叫自己，却叫"桑山长"！

　　石越注视赵岩清秀的脸庞，忽然轻声说道："不要太勉强。我不想再看到牺牲。"

　　赵岩的眼睛红了，他望了一眼香烟缭绕中的牌位，提高了声音，说道："不会了，不会再有牺牲了！我保证！"说罢又朝桑充国躬身行了一礼，头也不回地转身离去。

　　石越伫立殿中，望着他远去的背影，良久，忽然说道："他比我要伟大。"

先贤祠与忠烈祠隶属于太常寺，因此负责日常祭祀的人员，非僧非道，而是穿着礼服的官员。但是这些官员中有一部分，是从死者的遗族中挑选出来的，所有二祠官员与吃政府俸禄的医官相似，别有品秩升迁，与一般官员区别了开来。因为朝廷的重视，兼之不断有白水潭的学生、汴京市民、外地赴京的人来上香祭拜，且负责者又有死者遗族，因此照看非常殷勤。未多久，便有人来殿中察看香油是否足够……那人方进殿中，见着石越与桑充国，不免吓了一跳。须知这二人对于先贤祠的祭官来说，并不陌生。见那个祭官正要上来拜见请安，石越连忙避开，道："死者为尊。你在这里供奉诸贤英灵，除天子外，不必向任何人参拜。你可见过僧人在释迦牟尼面前向官员叩头的吗？"

祭官一时却反应不过来，为难地说道："这……"

"你是替天子与天下的百姓祭祀英灵，纵然是太子亲至，宰相拜祭，也不能要你拜见。特别在此殿上，更加不可。"

桑充国也道："石参政说的是至理。所以朝廷为你们另立品秩，为的就是让你们超然俗品之外，以示对先贤与忠烈的敬崇。"

"下官明白了。"祭官非常不自在地欠身答道，然后转身去添香油。

石越望着他的背影，微微叹了口气。

"子明，为何叹息？"

石越默然不语，只是摇头。

"很多观念一时之间总是难以改变的。只有慢慢培养。若能坚持四五十年，则人们便会习以为常。"桑充国安慰道。

石越默然良久，走出殿中，仰望天空。一只大鸟从空中掠过，发出一声响彻云霄的清鸣。石越忽然道："自从云儿死后，我常常会感叹很多事情自己力有未逮。我经常会对自己的能力感到迷茫。"

"如果子明你都不能够做到的事情，只怕没有人能做到了。"桑充国诚恳地说道。

"其实并非如此。令岳、司马君实，甚至苏子瞻、范尧夫，都比我要聪明。"

"但是普天之下，没有人能比得上你目光长远。而且我知道，你一心想废除本朝的一些苛政，你是以天下为己任，而非为一己之私利，你始终是个好官。"

石越忽然在先贤祠的台阶上坐了下来，拍了拍身边的台阶，向桑充国说道："来，坐。"桑充国目瞪口呆地望着石越，小心翼翼地坐在石越身边，只觉得屁股上一阵上冰凉。石越笑道："好久没有这样放肆过了。"

"你的压力很大。"桑充国温声说道。

"是啊。我就像在下一盘棋，我小心翼翼地布局，却发现后面千变万化，未必会完全按照我的心意走。我很怕出错，我输不起这盘棋。"微风吹动石越垂在耳边的一绺头发，石越伸出手轻轻理了一下，又道，"我写了《三代之治》，但我自己都没有指望在有生之年能看到那个世界实现。也许永远也不能实现。我的目标很简单，第一步，我要解决本朝冗官、冗兵、冗费三大难题；第二步，我要为华夏日后的良性发展，打下最好的基础……"

"你已经在做了。"

"是啊。我已经在做了。在五年之内，我要全面开始官制、军事、财政、交通、教育、司法、农业、工业八个方面的改革，并且要初见成效，这样才能说服皇上坚持下去。将来的大宋，一定要让最多的百姓都能安居乐业，轻徭薄税，要让文化高度发达，要让国家兵精粮足，充满活力。这里是世界贸易的起点，也是世界贸易的终点，我们制造各种产品，运往天下的每一个角落，赚取利润，并且将那里的特产带回国内销售。由繁荣的贸易刺激工业的发展，再由工业的发展来支持贸易的繁荣。一旦国家财政得到初步改善，就可能减轻务农者的税役……"

"贸易真的这么重要？"

"贸易的作用，是激发各个层面的活力。我要解决冗官问题，第一步，就是重定官制。先中央，后地方；先职官，后勋爵；一步一步来。先借用司马光的威信，裁并州县，节省开支，也可以减轻百姓的负担。接下来我就要改变官员的考试、考核制度，慢慢废除荫官。本朝因为荫官太多，所以进士科就歧视其他出身的官员，因为进士科是凭自己的才智考取为官的，所以朝廷也特别重视。但是在官员的磨堪考课中，这种优势太明显了，结果才华取代了政绩，进士科的出身掩盖了一切，我要改变这个弊政，以后大宋官员的升迁惩罚，将主要以政绩决定。本朝还有一大弊政 —— 就是不杀士大夫！"

"啊？"桑充国吃了一惊，望着石越，眼睛都不再眨动。

"你不要吃惊，这就是弊政！不杀言事者，才是德政。不杀士大夫，却是十足的弊政。言者无罪的传统要坚持，但是不能扩大。百姓贩卖私盐二十斤就要处死，重罪法适用全国，但是凭什么官员贪污腐败就不判死刑？各级官员贪污得不到有效的制裁，只能依靠自律。本朝一个状元赴任，在途中骗得同年数以十计的金器，士林不以为耻，反引为美谈。朝廷优待士大夫，薪俸优厚，的确使许多人可以廉节自爱，但是人心苦不知足，只抚不剿，想要吏治澄清，终是空谈。柴贵友是你我旧识，号称清廉，但他在家乡置地千亩，以为我不知道吗？李敦敏清介，杭州官场却骂他是傻子。我如今立足未稳，不便大动，但迟早有一日，我会严厉惩罚那些贪官，纵然不杀士大夫，也要将他们流放到归义城，虽赦不得归。"

桑充国听石越说起这些内情，不禁耸然动容，道："只怕镇压解决不了问题。"

"我自然知道。只不过到时候，压力也一定非常大！所以我现在，根本不敢动，不能动。"

"到时候我一定站在你这边，便是落得家破人亡，也在所不惜。"桑充国淡淡地说道。

"令岳也曾经想过要解决这个问题，但是连他那样的人，也没有勇气来直面这个挑战。他担心低层官吏薪俸太低，克剥百姓，所以想办法提高他们的薪俸，但这一点也不妨碍那些人继续克剥百姓。令岳也无可奈何。因为如果一动，就是犯了众怒。"石越没有正面回应桑充国的话。

"那也顾不得，义之所在，虽万千人，吾往矣。"桑充国坚定地说道。

"我现在羽翼未成，未可轻飞。"石越一拳砸在石阶上，一丝鲜血从手上流了出来，他却浑然不觉，注视桑充国，说道，"你知道我今天为何来先贤祠吗？"桑充国嘴唇动了动，终是没有说出来。"你以为我是来忏悔的吗？不是。我不过是因为王元泽要入祀先贤祠，心中不平，信步至此而已。进来之后，也不过是触景生情。我不曾想我也会有如此脆弱的时候。"石越苦笑了几声，又道，"但是平心而论，王元泽虽然对我过于心狠，但他其实不是个太坏的人。他只是很可悲。"

"他做了什么？"桑充国愕然问道。

石越却没有回答他的话，自顾自地说道："为了一个高尚的目的，可以采用最卑鄙的手段。王元泽的目的如果是对的，如果他能走向成功，那么一定有很多人会赞美他。他毕竟从来没有贪污过，他不择手段打击政敌，主张采用最激烈的方法进行改革，最终的目的并非是为了私利，至少他比那些只知道克剥民脂民膏的人要强。令岳的几兄弟，除了令岳一家，王安礼、王安国、王安上，都谈不上清廉，难怪王元泽对他们谈不上多尊敬。"石越做了这么多年的官，官场上的内情，早已非常的清楚。

桑充国的脑海中，却一直在想着一个问题：他的大舅子王元泽究竟用了什么"最卑鄙的手段"？

石越与桑充国在先贤祠交谈的同时，石府却乱成了一团——阿沅不见了！

自从那日石越将阿沅带回府后，阿沅的情绪就一直不稳定。整个府上，她只愿意见石越与唐康两个人，但每次见面，和石越基本上都是冷言冷语。石府所有的丫鬟婢子，家丁奴仆，都不喜欢阿沅。梓儿再怎么样三令五申，下人们只觉得梓儿宽大，却越发觉得阿沅可恶。更何况，阿沅本身不过一个丫头，忽然间被当成了小主人，更让很多人心里不服气。阿沅在石府，虽然锦衣玉食，却也谈不上快乐。石越每日下朝，都会花点时间去陪她，但是几个月来，二人的关系却从不见好转。只有唐康似乎慢慢成了阿沅的朋友，经常会陪她去拜祭楚云儿。可自从唐康与秦观一同前往杭州，成为蔡京的副使，准备出使高丽之后，石府上上下下，除了石越和梓儿，基本就没有人记得还有阿沅这个人的存在了。丫头们见着她，行礼都会主动退到十步之后，她偶尔走出房门，无论走到哪里，哪里的欢声笑语就立时中顿，所有的人都会用无比冷漠的神态待她。无论是阿沅自己，还是石府的下人们，都觉得她完全是硬生生地挤入了一个不属于她的世界。

于是，阿沅终于从石府中消失了。丫头们心里几乎是幸灾乐祸地向梓儿报告这件事情，梓儿立时吩咐家人寻找。众人在梓儿的催促下，心不甘情不愿地翻遍了府上的每个角落，终是没有找到阿沅。石安派人去楚云儿的墓地打听，也是不得消息。似汴京这么大的城市，若她真有心不让人找到，那还不是轻而易举的事情？一时之间，竟连潘照临也束手无策。

众人抱着各异的心情，一直瞎忙到石越回府，这才七嘴八舌地向石越禀报阿沅失踪的事情。石越顿时也慌了神，但是凭他有多大本事，除非全城大索，否则要找到阿沅，完全没有可能。石越一时想起楚云儿对他的嘱托，一时又想起阿沅一个女孩子家，万一有什么差错……竟是欲哭无泪。当下也只能去开封府报官，又派出家人，去杭州打探消息。

第六章

励精图治

前车之覆轨，后车之明鉴。
——《晋书·载记第十四·苻坚下》

1

数日之后，东海万里碧波之上。海面蓝得像最美丽的矢车菊花瓣，清得像最明亮的玻璃。唐康与秦观都是第一次出海，站在神舟海船上，看着眼前的大海，伟丽而宁静，碧蓝无边，像光滑的大理石一般，二人都不禁从心底发出一声赞叹。唐康深深地呼吸了一口新鲜的海风，笑道："少游兄，果真是不虚此行啊。"

秦观正要点头同意，却听身后有人笑道："那是二位公子没有见过风高浪险之凶险。"

二人知是蔡京，连忙转身，抱拳道："蔡公。"

蔡京知二人身份与众不同，丝毫不敢怠慢，回了一礼，笑道："我比二位痴长几岁，如蒙不弃，叫我一声元长兄便可。大家不必过于拘谨。"

"岂敢。"

"康时、少游，可是嫌我是个俗人？"蔡京笑道。

"蔡公书法名动天下，京师有人以百金相求，少游的词则连大苏都称赞，若说我是俗人，那还差不多。"唐康笑道。

"康时何必过谦？白水潭谁不知康时的大名？明理院与格物院两院的才子，整个白水潭也就君一人而已。"蔡京恭维道。

唐康倒想不到蔡京竟然连这些也知道，他虽然为人沉稳，但毕竟年轻，还真道自己的声名竟然传到了杭州，心里不由暗自得意，口里却谦道："几年来格物院越发受重视，明理院学生兼格物院功课的，在白水潭也有五六百人。我却也算不得什么。蔡公……"

"康时真的要如此见外？"蔡京不悦地说道。

唐康与秦观见他如此，对望一眼，改口说道："元长兄。"

"这便对了。"蔡京顿时喜笑颜开，笑道，"这次我们奉旨出使高丽，正要齐心协力，大伙儿都是为了皇上，为了大宋，也是给石参政争口气，千万不可生疏了。"

"正是。"秦观笑道，"元长兄以前去过高丽吗？"

蔡京笑道："我虽然提举市舶务，却是连出海也没有过几次。哪里便去过高丽。不过二位放心。高丽贵族学汉文，讲汉话，虽然和普通百姓之间言语不通，和高丽国官人，却是没有任何障碍的。何况我使团之后，还跟着许多商船，精通高丽语的人多的是，我已经让人召集一些对高丽风俗民情非常了解的人，来船上以备咨询。这叫有备无患。"蔡京微微笑道，显是胸有成竹。

"难怪家兄时常夸赞元长兄颇有才干。"唐康对蔡京也是很佩服，但他久在石越身边，自是知道石越对蔡京颇有疑忌之意。

蔡京微觉得意，又笑道："每次使节、商队出海，都有专人进行详细的记录，这些记录我早让人抄录了一份，带在船上。康时与少游若有空，不妨也看看。孙子兵法说，知己知彼，百战不殆。我们此去，要说服王徽出兵辽东，并非易事。"

唐康点头道："还是元长兄想得周到。"

秦观却道："高丽国国王王徽即位以来，高丽一直弱小，面对辽国，自保不暇，要游说他攻辽，又无大宋策应，的确是太难了。"

"凡人必有欲望。世人最难戒者唯一'贪'字。若能诱之以利，使其利欲熏心，则无论什么傻事都做得出来，虽然斧钺加身，也不能使其后退半步。少游千万不要以为天下人都能够懂得取舍进退。"蔡京走到一个文吏跟前，取来两张报纸，递给唐康与秦观，笑道，"我查了不少关于高丽的记录，二位看《海事商报》的这篇游记，说高丽国王心慕汉化，在开京建了白水潭学院与西湖学院各一座，规模制度，甚至名称，完全仿照本朝，不过只能让贵族子弟入学罢了。高丽贵族对本朝丝绸、瓷器、钟表、书籍的喜爱，比日本国平安京[18]的贵人更深，单单那种价值高达一万贯的座钟，在小小的高丽国竟然卖掉了三十八座之多！"

"这能说明什么？"秦观不解地问道。

"这说明高丽贵族生活极其腐化。"唐康收起手中的报纸，道，"他们极想要过一种更好的生活，希望自己的一切，不要比中原的贵人差。"

"正是。"蔡京笑道。他一向知道唐康不可轻视，这时更加深了这种印象。"所以我们可以知道一点，高丽国王和他的贵人们绝非无懈可击。接下来，我们要弄明白的，是他们的勇气有多大，他们敢不敢为了更好的生活去冒险？"

"不管他们有没有冒险的勇气，我们的任务，就是一步步引导他们去冒险。当然，他们或将在这场冒险中，付出极其惨重的代价。"唐康笑道。

秦观震惊地望着唐康与蔡京，一时竟说不出话来。

蔡京轻松地笑道："少游，不必如此。为了大宋的利益，让高丽人去送死，是一种仁慈，至少是对大宋百姓的仁慈。我们如果成功，将来就要少死许多大宋的百姓，国库就要少花许多百姓的血汗。"

唐康知道秦观喜欢的，是以堂堂之师击皇皇之阵的战争。他注视秦观，良久，忽然从怀中掏出一本书来，递给秦观，笑道："少游，走之前，家兄让我把这本书转赠给你。"

....

[18]　日本的京都。

秦观疑惑地接过书来，只见封皮上写着三字草书：《战国策》。

"家兄曾经说道，西夏、契丹、南交，本属中国，高丽亦中国之后院，岂可落他人之手？我辈当勉之。"

秦观正在细细品味着这句话，忽然，瞭望塔上的水手吹响了号角，一时间旗号挥动，原本松散的水手迅速紧张起来，纷纷拿起武器。随船的水军武官楼玉匆匆走了过来，欠身说道："蔡正使，唐副使，秦公子，有海盗。"

"海盗？"蔡京吃了一惊，道，"什么海盗敢来打劫我们？"

"回正使——最近因为薛提辖率海船水军南下，东海[19]海盗便猖獗起来，不过，敢挑衅杭州市舶司水军的海盗，下官却还是第一次听说，以往他们连大规模的商船队都不敢招惹的。"楼玉脸上露出不可思议的笑容，居然有人敢在东海水域公开挑战大宋海船水军的权威。

蔡京见他如此轻松，也放松下来，笑道："便看楼将军破敌。"楼玉官职低微，本不配称"将军"，他听到蔡京如此称呼，心中亦不由得意，笑道："海上稍成气候的海盗，多是契丹人、女直人与高丽人组成，据说数十年前，曾经有这样的海盗攻入日本国，日本国用尽全力，才将他们击败。但若说要在我大宋的海船水军面前，未免就有点儿过于不堪一击了。"

"将军莫要轻敌。"蔡京提醒道。

楼玉笑道："就算是最为凶猛的女直海盗，也不可能与我大宋水军相比。"话音刚落，便听到号角声变，连蔡京也听出来了，这是敌人远窜的信号。显然那支海盗完全是看花了眼，待到看清，自然要逃之夭夭。

唐康听二人对答，忽然心中一动，脱口说道："女直人！楼将军，能不能派船追上那些海盗，我要见见女直人。"

蔡京笑道："康时，多一事不……"忽然间，他也明白过来，转身向楼玉命令道："不管用什么办法，我要几个女直活口！"

楼玉虽然莫名其妙，却知道唐康的身份，兼有蔡京下令，自是不敢违抗，连忙敛容答道："遵令。"一面冲身边的传令兵大声喝道："传令，张帆，追击海盗！"

东海海面上正上演着一场毫无悬念的追逐游戏；而在汴京城中，白水潭学院格物院博物系的学生们，却在兴致盎然地听一个学生讲述他的构想："以汴京为中心，构建庞大的水陆交通网，可以加强朝廷对南方的控制，进一步开发南方——根据这几年的全国考察结果，经过初步分析，我们一致认为北方已经出现人多地少，许多人

---

[19] 古代东海包括东海、黄海、日本海，而太平洋则称东大洋。

力闲置，垦田也不容易。而南方，虽然大宋建国以来，赋税仰仗东南，但是南方远被真正地开发！特别是荆湖北路与荆湖南路、江南西路，可以成为天下的粮仓！我们估计，若这三路真正开发了，其粮食产量能占整个大宋的三成到四成。所以开发南方绝不是痴人说梦……"

坐在最后排的程颢低声对桑充国说道："王介甫一定很喜欢这个构想。"

桑充国苦笑着摇了摇头，用只有程颢一个人听得见的声音说道："这也是子明的构想。博物系与子明的观点，不谋而合。"

"啊？"程颢大吃一惊，道，"这只是一种构想。构想未必可以付诸实现 —— 当年隋炀帝修运河，前车之覆，后车之鉴……"

"子明应当有别的办法，他总能想到一些更好的办法。"连桑充国也知道这样的工程有多么浩大。

"司马君实一定会反对。"程颢自我安慰道。

"司马君实自然不会轻易同意。便是苏辙，也未必会同意。子明若要开始这个计划，就一定会先说服苏辙。"桑充国的声音压得更低。

台上的学生继续慷慨激昂地演说："……从汴京到江陵府，到潭州，到广州，所有主要城市，用陆路与水路联结起来，在军事上，可以加强朝廷对南方的控制，使更多的蛮夷归化，成为编户齐民；在财政上，便于漕运的畅通。更重要的是可以有计划地向南方移民，将中原的耕种技术传播到南方，十年之内，可以初见成效；五十之内，可以克建小功；一百年之后，国家坐享其利……"

程颢摇头叹道："这些学生难道真的只见其利，不见其害吗？隋炀帝之事，不可不惧！不可不惧！"

石府。

苏辙吃惊地望着石越。蔡卞也觉得不可思议，道："仅仅是修葺、拓宽从汴京到广州这一条官道，以通常之造价计算，每修整一里官道，需费缗钱数贯至数十贯不等，汴京至广州约四千七百里，纵以平均每里十贯计算，就是近五万贯。此外还要修葺甚至更造桥梁，新建一座石桥所费在五百贯至数千贯不等，若是大桥，甚至需上万贯，修葺虽略省，然总不下数十贯，便以百座桥梁来计算，下官以为亦至少需预备五万贯。如此则总计需要十万贯之巨。而参政若急于求成，则所需将十倍于此，因为和雇民夫十分费钱，和雇一个民夫每日至少需一百文，有些地方甚至需要二百或三百文一天，方能雇到民夫，低于此价，则容易逼迫地方官强行征发民夫，变成扰民。哪怕只以每日一百文计算，若和雇十万民夫，每天光工钱就需一万贯！如此浩大之工程，再快亦需数月，则所费工钱便不下百万贯……这还仅仅只是一条官道，若要完成参政的构想，下官认为那笔开销，实在有些骇人听闻……"[20]

唐棣几乎怀疑石越是不是因为阿沅的失踪而导致精神恍惚，在国家财政并不是十分乐观的情况下，提出如此庞大的计划 —— 构建一个几乎遍布整个南方地区，以及部分北方地区的水陆交通传驿网 —— 虽然说是"长期"的计划，也已是耸人听闻。他也委婉地说道："子明，我们可以等上几年……"

"子由、元度、毅夫，你们先听我说完。"石越向陈良打了个眼色，陈良立时转身，取出一幅"天下郡县图"来，铺在桌子上。石越走到桌前，苏辙、蔡卞、唐棣等人也围了上来。石越拿起一根玉如意，在地图上依次点了几个城市，道："汴京为中心，沿汴河至楚州，再沿运河到扬州，不仅沟通长江、大河两大水系，也堪称整个大宋的生命线。汴京的生存，严重依赖汴河的漕运。为了解决漕运问题，朝廷可以在泉州、福州、杭州、扬州建立四个大的港口，利用海运，解决福建路、两浙路与京师的运输问题。但是京东东路、淮南东路、淮南西路、江南东路、两浙路、福建路，以及江南西路，这八路是朝廷赋税的主要来源，而所有的运输，最终全部要依赖于汴河，但汴河漕运已经快不堪重负。倘若能利用长江，使汴京与沿长江的城市 —— 江宁、鄂州、江陵，甚至庐州、光州、襄州，用水运、官道连接起来，便可缓解汴河压力。而长江以南诸路若也能用水、陆两种渠道连接，则整个南方的流通将更为顺畅。将来朝廷开发荆湖南、北两路也可受益 —— 这两路与京师的联系，绝对无法指望汴河。"

"开发荆湖南、北路？"众人越发震惊起来。

"不错。"石越用玉如意在二路的位置上画了个圈，道，"构建水陆交通网，促进南北流通以及南方内部的流通，最终是为了开发南方。大宋的富强，只可能建立在南方全面繁荣的基础上。同时……"玉如意指向了蜀中，"也能顺便解决川峡的漕运。"

"计划越大，开支越惊人。不知参政想要如何开发南方？"蔡卞注视石越，实在无法想象石越这样谨慎的人，怎么会提出这样大胆的计划。

石越在黄河以北诸路画了个大大的圈，道："北方兼并日甚一日，大量的农夫无地可种，盗贼不断。重罪法诸位都知道，这是盗贼猖獗使然。民本不乐为贼，迫于无奈，不得不为贼。而南方许多地方稀无人烟，有待开垦。白水潭的学生写了报告，认为仅两湖路、江南西路就可再吸纳一百万户人口。我想从兼并严重的北方，招募五等户以及客户、流民，往两湖甚至远至广南东、西路垦荒。除了几条主干道外，垦荒的人走到哪里，道路就修到哪里。"

"即是说除了主要官道、河道的修缮开通，其他道路的开通，包括在移民费用中？"蔡卞立即反应过来了。

---

[20]　以上数据皆据相关史料得出，并非杜撰。

"正是。"石越赞赏地一笑，道，"朝廷对五等户与客户本来就不征收役税。将这些人吸引到南方，每丁授地八十亩，桑麻田二十亩，宅地三亩；五年之内免税。凡移民之户，朝廷每丁发给安家费三十贯，足够一年之开销。凡盖房、种子、农具，皆可贷给，用劳役的形式分年归还。"

苏辙望了石越半晌，叹道："子明，你可知道这要花多少钱？假设你能吸引五十万丁，安家费就是一千五百万贯，还有盖房、种子、农具，亦不下一千五百万贯。朝廷哪有那么多钱？何况你还有个修路的计划。"

蔡卞苦笑道："实际上绝不止三千万贯。而且农夫能领到手里的钱，也不可能有三十贯，我看最多有十五贯。"

唐棣也道："中间若不经剥刻，实无可能。"

"我当设严刑峻法以待之！"石越寒着脸说道，"刻剥之事，自然难免，但只要查出一个，便抄没家产，发配往归义城。更何况，便是十五贯，以荆湖、广南四路的物价，也勉强够用了，一个低等厢军，每年的薪俸是四贯左右，也可以拮据维生。"

苏辙却毫不客气地泼着冷水："严刑峻法只能惹来议论，未必有什么用。再者，厢军虽然薪俸少，但每月都有米、盐等物发放，否则只靠区区四贯薪俸，岂能谋生？不论在何处，每人每日没有二十文，绝难活下去。而且，这事也没这般容易，荆湖南北路又不是无人之所，哪些地是有主的，哪些地是无主的，弄清这桩事，便不容易。"

被人当面指出这样的硬伤，石越亦不禁脸色微红，但还是坚持说道："子由，纵以每日二十文计算，五口之家，每日百文，十五贯亦足支五个月之开销，寻常百姓总不至于那样坐吃山空，这笔费用，便不足以支用一年，亦够一家一户渡过最初的难关了。至于厘清有主无主之地，亦有办法——除已经开垦之熟田之外，一切山林河泽，皆是官产！移民之前，可命令湖广四路编户自报财产，他报多少，朝廷信多少。以后便按这个收税。等到移民之时，朝廷就按所报之数，计算其地产。若到时有人忽然又多出了许多田产，一百亩之内，朝廷就既往不咎。若超过一百亩，那便怪不得朝廷了。"

"如此，只怕会引得湖广四路骚动……"

"这个子由与参政倒不必担心。"蔡卞突然说道，"湖广四路在朝廷没有重臣贵戚，流民少了，对北方来说是件好事，许多官员也多了中饱私囊的机会，朝堂中的这一方面的阻力倒不用担心。下官担心的是朝廷的财政，能不能支持这个计划？"蔡卞早就在心里从另一个角度分析过为什么石越的计划中没有川峡与江南西路——前者属于大宋朝的敏感地区，后者则是很多朝廷官员的老家，此时便直言不讳地说了出来。不过，他心里还有一句话没有说出来："石子明与王介甫的区别，就是石子明拼命花钱，王介甫拼命挣钱，若再加上司马君实拼命省钱，实在可以并称'三绝'。"

"财政的问题可以再谈。"石越笑道，"我们先达成一个共识，不考虑财政的因素，移民开发湖广四路是完全可行的。若执行得好，四五年之后就能见大利。诸位是否同意？"他的目光扫过众人，苏辙与唐棣点了点头，蔡卞却迟疑了一下。石越注视蔡卞，笑道："元度还有何意见？"

蔡卞笑道："下官以为，庙算者，未算胜，先算败。还要看看若然失败，会有什么后果？"

石越一愣，旋即赞道："说得好。"他转向陈良，道："子柔，不如你来说吧。"

陈良应了一声，微一欠身，道："最坏的状况是国库六千万贯白白花掉，财政彻底败坏，移民与官员，移民与本地百姓冲突不断，甚至引发小股叛乱，同时，各蛮夷部族因移民开发起兵叛乱。朝廷在财政瘫痪的情况下，不得不增加税收，组织军队平叛，整个大宋因此万劫不复……"他说到此处，见苏辙与唐棣脸色都为之一变，不由笑道："不过我们认为这种可能性很小。我们不是一次性的大规模移民，也不是无序的移民，移民开发是有组织的，比如分几年来达成这个目的，每次移民的规模，移民的目的地，都会谨慎规划。我们事先要对一些州县进行调查，分析每个州县大约最多可以接纳多少移民，并且只移民最大可接纳数的六成，尽可能缓解移民与本地居民的冲突。再善择官吏，加强监督，减少移民与官员的矛盾……"

"那么与蛮夷呢？"唐棣忍不住问道。

"让山中蛮夷下山成为编户，番汉杂居，本就是开发的一部分。我们尽量避免冲突，若诸夷接受教化，朝廷也一视同仁，以华夏待之。实在不可避免的冲突，则自有军队进剿。同时可以在水源上游，湖泽周围，划定一些山林，禁止开垦。诸夷愿意迁徙，朝廷当优容之。只要他们不袭击移民，朝廷会一如既往地优待他们。"唐棣听到陈良这冠冕堂皇的话语，心中一凛，移视石越，却见石越竟似一尊雕塑一般。他知道一旦移民，的确也会有汉番取长补短，互相交好的事情发生，但是只怕更多的还是血腥的冲突。越往南这种冲突必然越明显。因为很多耕地的开垦，一定会侵犯到蛮夷的传统领地。唐棣犹豫了一下，终于说了出来，道："子明，多杀伤仁，不可不慎。"

石越避重就轻地笑道："朝廷自会慎重，尽量用抚不用剿。兵者凶器，不得已而用之。"

陈良又道："最可惧者，还是虽多有挫折，但移民总算进行，而南方也得到开发，但是移民却给朝廷背上了巨大的财政包袱，朝廷不断追加费用，财政十年之内，都处于极度困难中。万一有何天灾人祸，或者朝廷支持不下去，半途而废，就导致前功尽弃。"

蔡卞点头道："这亦是我最担心的。"

"所以移民一定要有计划。第一年移民的数量要少，移民限制在某几个州县，发现问题，可以及时解决。若真有大问题，朝廷也可以及时抽身。一年之后，第一批移民基本可以站稳脚跟，下一年可以适当增加数量。如此进行，朝廷在前五年内虽然要花上一大笔钱，但是分开支付，却并非不能承受……"

蔡卞道："话虽如此，但再怎样裁减，移民与修路浚河的费用，都是目前朝廷的财政无法支持的。朝廷要冒风险花一大笔钱，可单靠移民们能给朝廷增加的税收，见效太慢。"

石越笑道："元度，账不是这么算的。若移民成功，首先大宋粮食产量便能显著增加，百姓日子也能好过些。南方适宜耕种，把中原的技术带过去，垦田开发，有朝一日，便能湖广熟，天下足。其次可以缓解北方兼并严重带来的矛盾。现在工业与商业吸纳的人口有限，下户、客户、流民太多，移民是唯一的解决办法。朝廷与其等到灾害来临之时，将人召入厢军，白白浪费粮食供养，还不如来支持移民，这才是治本之策。如此，移民也是为了解决冗兵的弊政，减少不必要的厢军供给，多出了向国家纳税的主户，一进一出之间，利弊自现。"

苏辙等人显然都没有想到这个层面，须知当时厢军有四五十万之巨，是一个巨大的财政负担，若能够彻底解决这个问题，将节省下来的军费，去供给移民生产开发之用，这一进一出之间，的确是个巨大的诱惑，而且，将来裁军时，许多的厢军安置计划也可以放进移民计划中统一解决——将裁汰的厢军以军屯的名义，进驻羁縻州，那是一举数得的事。这样算起来，虽然整个计划的总开支高达数千万贯，但真能成功的话，却是值得的。

石越见众人神色，知道已经打动他们，当下趁热打铁，又道："朝廷还可将部分厢军按编制开进羁縻州，实行军屯。南方不缺粮食，厢军可种植甘蔗等作物，生产蔗糖；还可以烧制陶器，酿酒，甚至制药——如此，军屯不仅不会成为朝廷的财政负担，反而会成为一个财源。蔗糖、酒、药材，不仅可以满足国内的需要，也能通过海外贸易带来高额的利润。"

苏辙、蔡卞、唐棣终于被打动了，他们都知道蔗糖在海外贸易中的惊人利润，而酒与药材，也是可以带来巨大收益的。只要有办法保证厢军能心甘情愿的进驻湖广四路的偏远之地，削减厢军进行军屯时稍稍谨慎一点，那么石越所画出来的大饼，绝对是可能实现的！石越与陈良相顾一笑，又重新说起南方水陆交通网的构建与步骤，终于赢得了苏辙等人的首肯。

"一旦计划推行，我将向陛下推荐元度为工部屯田司郎中，毅夫为屯田司员外郎，负责移民开发事务。民屯军屯，一应总之。元度精细谨慎，毅夫沉稳至公，必能为大宋日后的盛世，奠下坚实的基础。"石越目光中充满了期望。

蔡卞与唐棣心中也甚是激动。尤其是蔡卞不过二十岁出头，一旦升了屯田司郎中，就是正五品下的朝廷大臣，服绯佩银，其任命也将由政事堂发布，而不再归吏部管辖——许多人在官场上沉浮一生，也未必能跨过五品这道坎，当真称得上青云直上了。唐棣对于蔡卞居于其上，倒也并不介意。他与蔡卞同年进士，蔡卞名次便在他上，后来一同协助军器监改革，蔡卞的能力他也是亲眼看见，的确远在他之上。因此石越不推荐关系更亲密的自己，而是推荐蔡卞为屯田司郎中，寄以重望，唐棣反倒觉得石越有识人之明。当下二人齐声道："必当竭尽所能。"

苏辙目光在《天下郡县图》上停留良久，道："子明，我自当全力助你。但是此事要通过朝议，非一朝一夕之功。尚书省韩、吕二相，冯、司马二参政不首肯，众给事中不同意，皇上不下定决心，终究只能是纸上谈兵。"

"子由说得甚是。"

"一定要说服司马君实，只要司马君实肯花这笔钱，冯当世也会同意。吕吉甫是乐于生事的，不会太反对。韩子华不过拱手而已——如此，至少能取得尚书省的同意。"

石越笑着点点头，胸有成竹地说道："要说服司马君实与朝廷诸公，须得如此如此……"说罢，将早已想好的计划全盘托出。苏辙开始听得目瞪口呆，其后便徐徐点头，最后不由笑道："子明真野狐精也。"

2

熙宁八年重阳佳节。此时大宋朝野所关注的焦点，毫无疑问是辽国已经渐渐明朗的内战与即将开始的省试。

辽主耶律濬控制了中京道、东京道、南京道等辽国最富庶的地区，以大义之名，举兵十五万，准备进攻占据上京的耶律乙辛。为了防备宋朝趁火打劫，监视态度暧昧的西京留守杨遵勖，耶律濬不得不分兵十万，保护自己的后方。耶律乙辛则在上京道纠集了约八万契丹军、十二万各部族军队，指责耶律濬弑父，另立了一个叫耶律阿剌的三岁宗室为君，自称总北、南枢密院事兼天下兵马大元帅，与耶律濬对抗。从某种程度上来说，双方势均力敌，耶律濬控制的三京道内，有不少耶律乙辛的死党，以及怀疑耶律濬弑父而心怀两端的人；他还要担心着宋朝与杨遵勖的进攻、东京道诸蛮族的叛乱。而耶律乙辛部下，则有许多部族是被胁迫引诱而来，斗志不高，也有许多的契丹贵族心向耶律濬，只是不得已而臣服于耶律乙辛。因此，双方都不敢贸然接战——耶律濬担心一旦远离中京，杨遵勖就趁机进攻，腹背受敌；而耶律乙辛却也不敢远离上京，他担心自己一离开，上京立即就被同情耶律濬的人控制，到时候只怕二十万部下会作鸟兽散。双方都希望杨遵勖能够明确站在自己一边。杨遵勖已经被耶律乙辛封为楚王、北枢密使；被耶律濬封为宋王、北枢密使——他的向背，可以说举足轻重。与此同时，从西夏到宋朝，都不断有使者来往于西京大同府，游说杨遵勖归附，西夏梁太后开出的价码是代王、中书令、都统军；而赵顼的许诺则是泰宁节度使、中书令、世袭卫国公。但是无论怎么样，杨遵勖就是不肯表态，只是操练士卒，征集粮草，勤修武备。若非觉得过于不可思议，简直让人怀疑他自己想做辽国皇帝。

在大宋国内，三年一度的大比也拉开了序幕，成千上万的士子聚集陆续聚集京师。赵顼一面下令边境修缮守备，监视辽国的动向，督促诸作坊大量生产霹雳投弹，让军器监全面推行标准化生产；一面不得不暂时转移一部分精力，来关注省试的公平进行。

然而，便在此时，苏辙与石越一起上了一道奏章，不仅吸引了皇帝的注意，而且还引起了轩然大波。这是一个超出所有人想象的规模庞大的计划，共由三个部分组成。其一，从黄河以北诸路移民五十万户至荆湖北、南路，广南东、西路。计划分五年进行：第一年移民五万户至湖北路南部地区；次年移民十万户至两湖路；第三年移民十万户至两湖路、广东路；第四年移民十二万户至两湖、两广路；第五年移民十三万户至两湖、广西路（包括崖州）。其中，第一年的移民投入是三百万贯；接下两年则是六百万贯；第四年是七百二十万贯；第五年是七百八十万贯。此外还有军屯的计划，五年内调拨十五万被裁汰的厢军，进驻四路。其二，交通网计划。首先修葺沟通南方各主要城市间的官道、水道，特别是从汴京到广州的官道；建设海运港口；然后再从衡州修葺一条通往桂州、邕州的官道，从潭州修一条通往洪州的官道，并修葺京南西路的官道，加强汴京与川陕路的联系等等。整个计划中较大的官道、水道、港口的修建，就有三十余项，总费用高达数千万贯！凡小城市、小水道的建设沟通更多——全部计划执行完毕需一百余年，平均每年的投入，不低于五十万贯！其三，改革驿传体系……

赵顼几乎是被吓住了——每年投入至少数百万贯，多则上千万贯，而且要持续五年，其后每年还要投入至少五十万贯！赵顼存下钱来，是为了开疆拓土的！移民计划如果成功，税收当然会增加，但他没有耐心，而且他担心在他收到成果之前，国家便先破产了。除非强行征发民夫，那国库倒的确不要花多少钱——但赵顼不想成为亡国之君！整个计划唯一让他心动的，就是让厢军去军屯。按此计划，十五万厢军的军屯，每年至少为国库增收一二百万贯，而且还能省掉对这部分厢军的开支……赵顼的确很赞赏这个想法。

但是对于这个计划，石越似乎另有一套理论。

赵顼想起了那天石越与司马光在他面前的辩论……

"陛下，这是亡国之策！"司马光毫不留情。

"臣却以为这是大宋真正繁荣必须付出的投资。"石越虽然针锋相对，但是语气却很平和。他似乎不愿意激怒司马光。

司马光却并不买账，讥讽道："隋炀帝倒是为大唐的繁荣打下了基础。所谓'为王前驱'，便指今日之事。国库每年的收入，折算成缗钱约合六千万到七千万贯，但开支惊人，尽管陛下即位以来开源节流，总算每年收支相抵后还略有盈余，但每年节余不过几百万贯。万一边防告警、旱涝灾害，这点钱根本不够用。若按此议，所有节余全部花掉尚且不足。若只是一年，还可以勉强支撑，但这短则五年，长则一百年，国库如何承担得起？休说祖训不得加税，就算想加税，百姓负担已经很重，也实是不能再加了。且修路开河，是强征劳役，还是雇役？强征劳役有官逼民反之虞，陈胜吴广之事，指日可待！若是雇役，国库又从哪里去找钱？朝廷处处要用钱，臣以为这等事情，不如留待后世去做。"

但石越却有他的一套说法："臣以为并非如此。譬如第一年投入五百万贯，其中三百万贯的移民费用虽暂时没有回报，却也没有白白花掉。不过是朝廷将取自百姓的三百万贯，又还给了百姓。这笔钱迟早能收回。而修路的二百万贯，臣以为绝不可以强征民夫，而应当雇役——如此多则可有十万农夫从中获益，若整个工程只在农闲时进行的话，便有十万人增加了一笔额外收入；此外还有供给原料的许多作坊，也会从中获益。可以说朝廷是用这种形式，将二百万贯税收还给了百姓，而且还修葺了一条从汴京至广州的官道——百姓多了余钱，可以用来从事生产，或者购买货物，间接又可以提高朝廷的税收。而官道的修葺可以节省许多的运输开支，加强京师与湖广的联系，不仅朝廷，包括百姓，都可以从中获利……所以，臣以为不可一概而论，克剥百姓自然会导致亡国，但若朝廷采用一种温和而宽厚的方法来进行这个工程，结果绝不相同……"

石越的这种经济思想，无论是赵顼与司马光，都是闻所未闻的。但赵顼却觉得他说的并非全然没有道理，沉思良久，才问道："那应当如何去计算这笔钱投入进去之后，间接又能给朝廷带来多少收益呢？"

这么不经意地一问，却把石越问倒了。石越显然没有料到皇帝会问这个问题，想了半晌，还是老实的摇头道："预测这笔投入带来的效应，给国库的税收带来多少增长，臣暂时还无力做到。可能需要进行许多的统计、分析、计算，才可能做一些大概的预测。但它能带来一系列好处，却是肯定的。"

这显然不能够说服人，赵顼沉默良久，终是摇头道："此事关系太大，还是要慎重。"

"陛下英明。"不知道是因为石越并不是想要强征民夫修路，还是石越的经济新思维对司马光也有一些触动，语气之中，司马光已经明显带了几分善意，"臣以为这样的大事，还是应当权衡利弊。最重要的，还是量力而为。"

石越默然无语，他心里依然相信，要从根本上解决宋朝一系列社会问题，就要凭借发达的工商业吸纳大量的贫民与客户，创造更多的社会财富进行分配；但在没有近代工业之前，只能一面鼓励传统工商业发展，一面寻找新的土地进行农业开垦来多管齐下。若没有新的土地去吸收大量的劳动力，创造更多的财富，任何变革，都只能是治标不治本。除非他要徒劳无功地去学王安石方田均税，向整个社会的既得利益挑战；或者去美洲找回高产作物种子，在有限的土地上创造更多的财富。湖广地区本是历史留给宋朝最好的礼物。在耐寒高产作物出现之前，这里几乎是当时中国唯一的处女地。最妙的是，在这里，大宋朝廷的高官们既没有什么重大的利益，而四路的居民对朝廷的决策也明显缺少影响力，所以移民过程中可以预见的主要矛盾，不过就是汉番矛盾。但这样巨大的工程，是需要很多钱来支持的。而且湖广特别两广被视为"瘴疠之地"，足以让许多的北方人视为畏途，因此移民的过程，既要诱之以利，也要有官府进行组织……一笔庞大的开销实在不可避免。而最大的矛盾则是，宋朝每年的财政盈余，却也的确少得可怜——实际上，也这是赵顼坚持要变法的重要原因之一。在王安石变法之前，有很长一段时间，朝廷几乎每年都是入不敷出的。无论司马光怎么样反对王安石，他也不得不承认，王安石的新法，的确是一举扭转了这数十年来财政上的尴尬局面。虽然在他心里，自然是认为那并非是正途的，他是始终坚信，只有通过节省不必要的开支，削减财政支出，才是改善国家财政的王道。

所以，石越也没有指望他的计划能够获得通过。这不过是策略的一部分而已。皇帝与司马光的质疑与反对，是在预料之中的。

对于这个计划，赵顼心里面是同意司马光的，但他又觉得不能太驳石越的面子，便又笑道："朕以为军屯一事，还是颇为可取。"

"谢陛下。"

"卿亦不必灰心，待日后国家行有余力，未必不可以再实行这个计划。或者将修路开河与移民分开来……"

"是。"石越沮丧地应道，但他心里等皇帝这句话，却是等了很久了。

石越的庞大计划，甚至没有被付之政事堂讨论，就被赵顼强行压住了。也没有人知道一向以谨慎闻名的石越，为何会提出这样激进的主张……但很快，事情出人意料地迅速地滑出赵顼与石越的掌握之中。

九月十二日，发生了一件让人不可思议的事件。

午膳之后，赵顼按习惯开始浏览当日的报纸，当他拿起《新义报》与《汴京新闻》后，忽然发现竟然有一份《谏闻报》放在下面。赵顼素知《谏闻报》是小报，双日是绝不发行的，不由奇道："今日怎会有《谏闻报》？"

侍立一旁的李向安连忙回道："回官家，或是增刊也未可知。辽人内乱、京城省试，百姓也很关心。《谏闻报》偶尔也会有增刊。"

"那朕倒要看看唐坰又找到什么独家新闻了。"赵顼一面开着玩笑，一面拿起《谏闻报》，却发现比平日厚了一倍，足有十六页厚！赵顼垂首欲读，才看了一眼，笑容便立即凝固在脸上。李向安察言观色，知道不对，顿时大气都不敢出一口。

殿中沉默了一会儿，便听赵顼一掌击在案上，怒声喝道："唐坰好大的胆子！好大的胆子！"

龙颜大怒，顿时满殿的内侍宫女全都跪了下来。李向安趴在地上，偷偷向上望去，却见一叠报纸飘摇落下，掉在他面前的那页报纸上，赫然印着一行字——"开发湖广裁汰厢军"，后面还跟着一条大号标题——"独家报道《苏石奏折》详情"！

李向安正待再看，却听皇帝厉声吼道："速召张景宪、蔡周辅！"

李向安慌忙应道："遵旨。"一面急急退出殿中，取马往大理寺宣旨。他匆匆忙忙走到明堂附近，却见童贯在那里做事，瞅见四下无人，李向安连忙朝他招手。童贯赶忙跑了过来，请安谄笑道："小的见过押班。"——此时李向安也然高升为入内内侍省押班，成为入内内侍省的长官之一，童贯对他自是格外巴结。

李向安看了他一眼，问道："你可知道太府寺怎么走？"

"回大官[21]，小人去过几次。"

"嗯，怪不得石参政说你办事伶俐。你现下悄悄去趟太府寺，叫参政看今天的《谏闻报》。"李向安不动声色地低声吩咐道。

"小的一定办妥。"童贯低声应道。

李向安见他竟不多问半句，心中大喜，笑道："你果然聪明。快去。"说完也不停留，便直奔大理寺而去。

童贯匆忙收拾一下，转了个弯，也从东华门溜了出去。他知是李向安与石越的差使，也不敢怠慢，一路紧赶，到了太府寺。见着石越，便将李向安的话转叙一遍。

石越一头雾水，问道："押班也没有和你说别的？"

"却是不曾说得其他事。"

"嗯。"石越沉吟道，"如此有劳你了。"一面吩咐侍剑道："给童内侍封点茶水钱。"

童贯连忙欠身道："不敢。参政，小的不便久离，便告辞了。盼参政小心为要。"

[21] 宋时对高级宦官的尊称。

竟是连钱都不要，转身便走。侍剑从未见过不要钱的宦官，望着童贯的背影，不由怔道："公子，这……"

石越笑道："有违人情者，必然为伪。不过他能做到这个份上，也是难为他了，便领他这个情。"一面走到案边，翻出当日的《谏闻报》来，才看了一眼，整个人也呆在当场。

"这，这是军国机密！是谁敢外泄？"石越颤声问道，一面急速地翻阅《谏闻报》，却见整份报纸，不仅详详细细地刊登了石越与苏辙联名奏折的全面内容，还刊登了白水潭的几场讲演，以及《谏闻报》对此事的评论。

侍剑也不知道是什么事情，凑过来了一看，顿时也吃了一惊，忽想起一事，恍然大悟道："刚才出去，听说《谏闻报》增刊大卖，市井纷纷抢购，我以为又是辽国的谣言……"

石越苦笑道："必是皇上也见了，李向安才着人来知会我。唐坰要倒霉了，这份奏折事关裁撤厢军等等机密大事，出了两府几乎没人知道，唐坰怎么如此不知好歹，《皇宋出版条例》规定泄露军国机要，最轻都要杖责二十，罚铜二百斤……"

"公子，只怕皇上要追查是谁泄密的。皇上最恨的便是有人泄露朝中讨论的大事，这件事情只怕公子与苏大参都脱不了嫌疑。"侍剑担心地说道。

石越不以为然地摆摆手，道："我怎么会泄露这些机要，荒谬。"

崇政殿。

大理寺卿张景宪与少卿蹇周辅跪在殿中，听赵顼怒气冲冲地说道："朕要你们即日查封《谏闻报》，将唐坰抓起来，找出泄密之人。"

"陛下。"张景宪已经知道事情的大概，他缓缓说道，"臣以为按例此事当由开封府管。"

"大理寺管不得吗？大理寺不管天下刑狱吗？"赵顼怒道。

"这等小事若也要大理寺亲自过问，大理寺就有管不完的事。"张景宪毫不退让，顶了回去。

"这是小事？"赵顼恶狠狠地问道。他气极欲狂，几乎想要走下御椅狠狠踢张景宪一脚。

"臣以为就是小事。一桩普通的泄密案，大理寺不当管。"蹇周辅也不给皇帝面子，"而且，若开封府要查封《谏闻报》，臣必当驳回。"

"朕为何查封不得？"赵顼怒睁双目，霍地从龙椅上站了起来。

"有法令在。"张景宪简简单单地回答道。

"陛下。"蹇周辅道，"按《皇宋出版条例》，报纸泄露朝廷机要，可以杖责当事的编辑、撰稿者，可以追查泄密人，可以对报馆罚铜，却不可以查封报馆。"

"若朕定要查封呢？"赵顼冷笑道。

"立法不守，不如无法，臣等不敢奉诏！"张景宪与蹇周辅一齐顿首道。

"你们可知道《谏闻报》所泄机密，关系重大？"

"若情节严重，最重可以杖责四十，罚铜千斤。足以让唐垌刻骨铭心。"张景宪道。

蹇周辅却道："陛下若大动干戈，世人本来还怀疑《谏闻报》者，反不能不信了。臣以为上策是宣布绝无此事，以伪造朝廷奏折，报道不实的罪名处罚《谏闻报》。如此时日渐久，自然无人相信。"

"臣亦以为《谏闻报》所登之所谓'奏折'，荒谬不经，倒似纸上谈兵，便是泄密，亦多有夸饰，世间凡明事理之人，皆知断非苏、石所为，此案之罪断，似乎诬蔑造谣多于泄密。"张景宪粗略看过《谏闻报》上刊登的奏折，心里非常不以为然。

赵顼不料他如此说，愕然道："卿何出此言？《谏闻报》所登，却是千真万确之奏折。"

"啊？"张景宪与蹇周辅齐齐吃了一惊，二人讶然对视，半晌，忽然一起顿首。

赵顼奇道："这是为何？"

张景宪慨然道："陛下，泄密事小，奏折所议事大。苏、石向来谨慎，不知何故献此下策。隋亡故事，陛下不可不戒！臣身为大臣，此事亦不可不谏。"

蹇周辅亦道："臣不敢信此为苏、石所为，便是周文王再世，朝廷财政亦将败坏不可救。若有天灾兵祸，陛下将如之何？万望陛下三思。"

赵顼摆摆手，道："苏辙、石越不过建议而已，韩绛、吕惠卿、司马君实皆以为不可，故此事外间不知。《谏闻报》竟刊登其事，朕必欲知此事是何人泄密，若不查出，日后朝廷岂有机密可言？"

张景宪、蹇周辅这才稍稍放心，齐声道："陛下英明。"张景宪又道："既确是泄密，臣请陛下令开封府立案。"

"罢，罢。权且让开封府去查这件事罢。"赵顼不耐烦地挥挥手，懒得再和这两个固执的臣子计议。

《谏闻报》的报道在汴京城迅速掀起了轩然大波。既有旗帜鲜明的支持者，也有立场坚定的反对者，但绝大多数的人，则是觉得不可思议——如此庞大的计划，几乎是当时人闻所未闻的。支持者以白水潭的一部分学生为主，反对者则多是老成稳重之辈，而觉得不可思议的，却多是朝中的大臣——很多人的第一反应就是不屑地丢下报纸，笑道："造谣！"这些人中间，就包括在当天抵达京师的枢密使文彦博。

"若说是吕惠卿提出这样的主张，或者还可以相信。苏辙和石越？"文彦博摇了摇头，在来迎接他的冯京面前骂道，"这些报纸越来越放肆了，居然连朝廷大臣的谣也敢造。如此军国大事，连老夫都未曾与闻，又怎能让唐坰知道？"

冯京一脸的尴尬，半晌没有作声。文彦博瞧出蹊跷，心中一惊，问道："当世，难道此事是真的？"冯京支吾一声，道："今日傍晚，开封府已经将《谏闻报》有关的编辑全部抓了起来，罪名未定。不过我听说，皇上曾召见大理寺卿张景宪与少卿蹇周辅……"

"哦？"

"究竟圣上和他们说了什么，别人也不知道。现在皇上龙颜大怒，宫中也没有人敢乱传话。张景宪与蹇周辅，什么话进了他们的耳里，那便和进了棺材没甚区别……只是我颇疑心，此事或许是真的……"冯京也无意隐瞒文彦博。

"为何？苏辙、石越，皆是稳重之人。"文彦博奇道。

"十几日前，我曾听说苏辙、蔡卞、唐棣等人频繁来往石府，虽说几人素来交好，但现在各部正是事繁之际，总有点儿不同寻常。其后石越又拜访过韩维。尔后皇上一日之内，先是召司马君实、石子明、苏子由密谈，其后又相继召见韩、吕二相。尔后又闻通进银台司曾递交苏、石之奏折……种种事情，总觉可疑。"冯京身为吏部尚书，自然是知道很多内幕。

文彦博皱眉道："既是奏折言事，如何这般遮遮掩掩？你是吏部尚书、参知政事，竟不得与闻？"

冯京笑道："若果然是真的，亦不难理解。如此庞大之计划，以石子明之性格，必然先得到皇上的同意、司马君实的支持，方愿示人。一旦皇上与司马君实认可，自然就会交朝廷讨论；既是秘而不宣，想必是皇上与司马君实没有答应。"

文彦博又瞄了一眼手中的《谏闻报》，冷笑道："司马君实除非疯癫了，否则焉能同意这种事？数千万贯——朝廷哪来这么多钱？何况移民又岂是小事？一次移民五万户，折算人口，就是二十万人，那还不搞得鸡飞狗跳？朝廷莫非钱多了没处花？石子明一向谨慎，不料倒成了王介甫第二。"

冯京苦笑着摇了摇头，道："相公此言太过，石子明此事虽然失算，好在为人不固执。知错能改，善莫大焉。且我看其中也并非一无是处。譬如移民，未尝不是好事，北方盗贼不断，朝廷岂不知原因？然无可奈何尔。移民便是良方。只是性急不得，还要慢慢来，若五年之期，改成十五年，先遣人分赴南北，将要移民的地方与要移民的人都算清楚了，第一年竟只移民一万户，且这些人必是北方无业之民，或为乞丐，或为招安之盗贼。如此缓缓图之，朝廷付出有限，而长远来看，确有大利。且湖广之利，未必全在于移民，应于北方征募老农，前往湖广为农师，劝农教农，如此持之以恒，二十年后，必收全功。"

文彦博却毫不客气的反问道："当世说得轻巧，当政者岂能做到十五年坚持不懈，图二十年后之利？这是容易之事吗？石越年轻，急于求成，既是孟浪，然亦是本朝风气使然。依我说，朝廷能安静劝农，少收两税，便是上策。"

"诚然。石子明其实亦并非不知缓缓图谋之理，他道路修建之法，便是长达百年，却不知为何，移民之事，便要急于求成，非要五年之内见功。"冯京又想了想，终是不能明白，只得无奈地摇摇头。

文彦博冷笑道："百年之规划，真是痴人。一朝天子一朝臣，谁能管得住二十年之后事？全篇奏折，最愚不可及者，便是道路修建，朝廷有此数千万贯，早已北伐燕云。此时辽国内乱，本是大好机会，朝廷不敢动手，还不是缺钱？本来石子明建议皇上整编禁军，训练将校士卒，老夫亦觉得他知世务，远胜王介甫。若从此事来看，却叫人失望。"

冯京知道文彦博对石越素来观感一般，虽然皇帝给两家订下亲事，但是文彦博三朝元老，说话之间，也未必会给谁留面子。当下不再讨论这个话题，只笑道："此事竟不知何人泄密？想来惹怒龙颜者，或是此事。"

"管他谁人泄密，到头来还是报纸泄密。"文彦博对于报纸，始终没什么好印象。

但即使是文彦博如此不屑一顾的计划，也并非没有支持者。次日，《汴京新闻》便针对《苏石奏折》刊登了一系列的评论，其中既有白水潭博物系学生的支持，也有士林的担忧与怀疑。而随着当天开封府正式以泄密罪提审唐坰等一干编辑，从侧面证明了《苏石奏折》之真实性后，关于此事的讨论，立刻变成众所关注的焦点。支持者与反对者纷纷在《汴京新闻》与《西京评论》上发表自己的观点，提出各种各样的建议与指责。与此同时，商人与百姓们谨慎地评估着移民与修路的可能性，厢军与其家属有些则担忧着是否会遭到裁汰的命运，有些却期盼着被裁汰……朝中的大臣更是纷纷上书，未雨绸缪地劝告皇帝不要推行这个计划。而最让人担心的则是北方百姓和湖广四路汉番居民听到传言后可能产生的惊慌与不安 ——这些地方的百姓在不久之后听到的"新闻"，必然大大走样。

所以，石越此时已经明白，短期内，自己这个计划已经彻底夭折！尽管他从未指望这个计划会获得通过，但以这样的方式夭折，却也并非他所愿 ——这份奏折留给清议的，绝不会是一个好印象。要命的是，这时候京城里正聚集了成千上万的举子。

果然，到了九月十五日，民间对此事的关注几乎已经超过了省试与辽国内战，众多在京参加省试的举子议论纷纷，有传言说他们准备云集白水潭辩论此事。终于，到了九月十六日，宋廷再也无法坐视了，为了安抚已经动摇和将要动摇的军心、民心，在石越的请求下，皇帝亲自拟写了《安民诏》，向天下臣民宣布，《苏石奏折》所叙内容只是朝廷的一种讨论，朝廷并无实施之意图，而裁军云云，更是无稽之谈。这份《安民诏》由各大报开出头版整版转载，总算是暂时起到了安抚人心的作用。

而另一方面，石越则在《皇宋新义报》发表了一篇著名的错误百出却影响巨大的署名文章——《货币乘数效应》，指出货币只有进行流通，才能创造更多的财富，由此提出了一种全新的货殖思想。因为石越学术宗师的地位，这篇文章一面世，就引起了各大学院、书院的关注，各《学刊》纷纷讨论石越的基本观点：政府投放或收回一单位基础货币，即能取得倍数之效果，故政府支出能带动整体的经济活动，导致社会财富的增加。石越的这一理论非常的粗糙，他毕竟没有受过经济学之专门教育，当时的钱庄也无后日商业银行之影响。但饶是如此，对于当时的精英来说，也已是巨大的冲击。不过绝大部分的人，则被石越所举的例子给绕晕了。石越在文章中举了一个很简单的例子：假设修路，朝廷给农夫十文钱，农夫吃饭、穿衣各用五文，则十文钱有二十文之效果；粮食店、裁缝店各得五文，其又要支付成本、制作、运输等等环节之支出，则十文钱的效果又会产生相应的倍增……如此，朝廷若将十文钱收在府库，则始终是十文钱，若将其花掉，便能使整个天下得利，产生远远超出十文的效果，这些效果又可以通过税收等手段为朝廷收回，从而创造更多的财富！

对于"货币乘数效应"，无法理解者斥之为诡辩——因为他们一时间也无法驳斥；而许多杰出之士，则感到眼前一亮，似乎发现了一片全新的天地。

3

吕惠卿府。

"石越真奇才也。"吕惠卿手里拿着一份《皇宋新义报》，向前来拜访的安惇感叹道，"我本以为他提出那样大的计划，只是进二退一之策。谁知背后竟有大文章。自古以来，都以节俭为尚，不料花钱也有这等妙处……王介甫见到这篇文章，必然赞叹。"

"在下却不以为然。"安惇的笑容中，带着几分不屑。

"哦？"

"石越所言，一则难以证明，二则会败坏风俗。这不是鼓励人君乱花钱吗？自古以来，穷奢极欲、大肆花钱的君王又岂在少数？若依石越之说，岂不是个个都要国富民强了？"吕惠卿微微一笑，却不答话。他自是知道古时暴君穷奢极欲，却是廉价役使百姓，百姓困于生死之间，与石越所说全然不同。但是既是批评石越，他却没有必要去为石越辩解。安惇见吕惠卿神态，却以为是默认他的话有道理，顿时大受鼓舞，又语带讥刺地说道："石越也是想学王介甫不加税而财赋足，只是画虎不成反类犬。皇上厚德，生性节俭，又岂会受他鼓惑？"

吕惠卿干笑道："处厚所说的确有道理，但是眼下皇上所关注的，只怕还是唐坰是如何知道那份奏折的。"

"唐坰与《谏闻报》的编辑都一口咬定消息来源是匿名。若非唐坰说的是真话，则提供消息者的背景一定非同寻常。"吕升卿插话道。

"知道此事的朝廷大臣，说多不多，说少不少。若是石越那里泄露，想来……"安惇意味深长地说道，一面望了吕惠卿一眼。他心中甚至在怀疑这件事是吕惠卿做的。

吕惠卿从容放下报纸，有意无意地"嗯"了一声，淡然道："石越搬起石头砸自己的脚，实在不可能。最多是门客亲友泄露……"

"只是唐坰与石越向来交恶，他不肯招供，情理上却又颇说不过去。"安惇皱眉道。

"越是如此，越是值得怀疑。"吕升卿高声道，"或许唐坰真不知情，倒是被人一起耍了。"

安惇心中暗骂吕升卿是个草包，唐坰又不似他吕升卿一样蠢，岂会随便发表一些匿名的东西？必是背后之人他惹不起，而又知道朝廷的处罚重得有限，所以才不肯招供。想到此处，他又怀疑地望了吕惠卿一眼，见他从容淡雅，一脸超然，但不知为何，安惇就觉得和吕惠卿有关……但当此之时，他要想青云直上，却是需要和吕惠卿互相利用，纵是怀疑，也不会说出口来。

"此事定然会水落石出的。"吕惠卿眯着眼睛笑道。奏折的泄露，让朝中大臣对石越的信任感大幅度的降低，对吕惠卿而言，总是一件好事，至少石越以后在尚书省，就不会得到那么多的支持了。

但吕惠卿没有料到，仅仅一天之后，石越又联合苏辙，向皇帝提出了新的计划。

赵顼仔细阅读着手中的奏折，新计划的内容做了十分巨大的调整，整个计划几乎完全不涉及民间，其修路的内容，大幅削减为沟通湖广、川峡诸路漕运的几条水陆要道，其构想中由广州通往汴京的交通路线，是由西江入漓水到桂州，走灵渠进湘水而入洞庭，再由长江入汉水，溯游而上，由白河进南阳，由唐河进唐州方城，再用陆路联结南阳、方城、叶县、襄城、颍昌府，由颍昌再转水道，进惠民河，直抵汴京。这条路线完全无须修筑新路，北面只需对南阳至颍昌的方城路加以改造，在原有官道上加铺石灰石与黄土以增加运能；南面则只需开浚灵渠，保证灵渠之畅通无阻。同时修葺由颍昌、信阳军至江夏的官道，以供军队与行人使用，节省交通时间。两条道路一旦开通，汴京至江夏之间即可畅通无阻，并可利用长江水运，其投入则相对较少 —— 除了开浚灵渠需要厢军与民夫的配合，花费较多之外，颍昌至南阳与颍昌至信阳、江夏两条官道的修葺，皆可由厢军进行，且数百里之路，数月便可成功。朝廷要出的只是一些工本费罢了。至于屯田之计划，石越则暂时搁置了移民之主张，采用的是军屯先行的策略 —— 从信阳开始，一路逶迤而南，直至永州，开辟六十个定居点安置三万名厢军，每个定居点约五百人。定居点之选择，则必须是已经存在的与日后可能要修建的交通干线附近，由朝廷遣工部屯田司官员往各路州县善择军屯地点。与传统的军屯不同，厢军在军屯地点因地制宜，生产蔗糖、药材甚至陶瓷等物，主要以手工业和加工农业为主……

赵顼看完，不由望了石越一眼，笑道："卿这个计划之中，伏笔甚多。"

"陛下英明。臣与苏参政商议此策，是所谓'进可攻、退可守'，若成功，将来朝廷财力宽裕，便可以沿厢军驻扎地点，修葺官道，进一步加强对南方的控制；同时，移民也可以沿官道南下，处于厢军保护之中。最重要的是，一旦军屯成功，朝廷大部分厢军，以及一少部分禁军，都可以采用军屯的模式，逐步以军养军，可以缓解冗兵之害。"石越说的让赵顼怦然心动。

苏辙窥见赵顼神色，又补充道："臣等之军屯与历代皆有不同。历代军屯以屯田为主，而臣等所议，则以手工业为主，屯田为辅。如此一则厢军不会占据过多的垦田，此法若能成功，则天下皆可效仿；再则以军养军，因地购粮，可以减少转运之费；三则厢军受朝廷供养日久，或有不乐耕田者，工业之利，远胜屯田，朝廷与军卒，皆可从中得利，则上下两洽。"

"那由颍昌至南阳、江夏两条官道，需要出动多少厢军？"赵顼已经心动。

"二万厢军足矣。"石越欠身答道，"路不甚远，半年可就，且不扰民。唯役使厢军，不能不厚给其廪，以免由怨生变。故臣等核算，所费在四五十万贯左右。至于灵渠，非有数年不可成功，不可急于求成。其所费也略多，然永州、桂州一带，物价低廉，故臣等以为，亦不当超过一百万贯，若以三年图之，则每岁最多四十万贯。"石越心中，自是从来没有强制役使百姓的想法。

赵顼又问道："厢军军屯所费几何？"

石越与苏辙对视一眼，二人皆是迟疑了一下。赵顼看在眼中，不由笑道："但说无妨，便是所费略多，朕亦当考量。"看过最初的计划，再来看这个计划，不管多少钱，赵顼都觉得是节省了。

不料却听石越笑道："臣等有一个异想天开的主意，竟是不想让朝廷出一文钱。"

"啊？"赵顼当真吃了一惊。三万人进驻南方，虽然必定是就近调动，但是军队的调动，平日的粮饷，还有初时军屯要投入的成本，这笔钱自然是不能少的。赵顼本来已想要咬咬牙出了这笔钱，不料石越竟说不要花一文钱，让他如何不惊？

"臣等商议出一个办法，却未知可行与否，还请陛下裁断。只是所议之策，历朝未有，或者骇人听闻，故不敢写在奏折之中。"石越这样一说，赵顼本是聪明之主，立时便知道石越与苏辙是多么希望这个新的计划能够通过，因此竟然连一点会遇到阻力的东西，都不愿意添加进去。他不由笑道："朕登基以来，已不知做过多少历朝未有之事。"

"陛下，这笔钱不妨想法子让那些巨商富室来出。"石越谨慎地说道，"臣等以为，可由朝廷公开招募商人出资，供给三万军屯厢军之军费与军屯成本，且派人教导军屯厢军技术。而三万军屯厢军所生产之蔗糖、陶瓷等物，即归商人所有，十至十五年之内，朝廷、军屯厢军、出资商人，按一成五、一成五、七成的比例分成。军屯所生产之商品，由朝廷一次性征收百分之五的货物税，发给'长引'，从此过关进场，不再征税。臣以为军屯货物，既可北供京师，又可南下广州运往海外，利润本就十分丰厚，且一路再无关场征税之繁扰，商人必然乐从。而朝廷则坐享其利。为保证公平，朝廷可监督商人与军屯厢军签订契约，在商人保证供给的前提下，军屯厢军每年必须交纳足额合格产品给商人，否则则由其赔偿损失；而朝廷亦要所有商人，提供资产保证，若其毁约，则没收其资产供给厢军。"

赵顼虽然心动，犹自半信半疑地说道："朕颇疑商贾不乐出钱。"

"商人逐利是本性，以供养五百厢军计，每年不过一万五千贯左右。而这笔开支，也就是相当于市价而已，只要雇佣劳力，这笔钱总是要出的，商人的损失，不过是一次性雇得久一些。但好处却很多，对这些厢军，朝廷或给山林，或给土地，虽非熟田，然所赐总不低于数万亩，商人便相当于是租下了这大片土地，虽说在开垦之初需要再投入一笔钱，但这投入却是有利可图的，便是只用来种田，十年至十五年，亦足以有数倍之利，更何况工商之利，又倍于农田。且军屯地点南北交通畅通，其所产无论运至京师还是远卖海外，利润又可至数倍甚至数十倍。臣以为那些商人所疑惧者，只不过是朝廷是否会信守诺言而已。陛下若以为此策可行，可交由微臣执行，只要朝廷守诺，必能成功。"石越信心十足地说道，他知道单单省去一笔运输的成本，以及沿途无数关场的繁苛，便足以让无数的商人趋之若鹜了。更何况，所有的商人都明白，与官府合作，虽然有官府翻脸不认人的风险，却也有许多意想不到的好处。

苏辙也道："臣亦以为商贾必然乐从，所虑者，或朝中大臣以逐利见责。且军屯附近百姓，必然受到影响，或亦有弃农之事，而致使地方守吏骇怪……"

"此未足虑。"从南方不痛不痒地割出些荒山野地，国库不仅可以省下三万厢军的军费，每年还坐享税收与分成之利，一进一出之间，国库每年便至少能多出数十万贯的收入。若能成功，推行全国，想想全国数十万厢军的军费全部省了下来……无论如何，都是值得一试的。"此事当交两府、学士院、诸部寺监共议。"

"陛下圣明。"石越又趁机说道，"军屯厢军既驻扎荆湖南北路，臣以为其兵器可以一律改用诸葛连发弩……"

"石卿，军屯厢军当是不教阅厢军，甚少配备军器。"赵顼以为石越不懂军中状况，笑着提醒道。

"既往南方，不得不配军器。其既在朝廷编制之内，紧急之时，朝廷还需依赖之。国朝兵器，诸葛连发弩传说得自诸葛亮遗法，弩上刻直槽，相承函十矢，其翼则取最柔木为之，另安机木，随手扳弦而上，发去一矢，槽中又落下一矢，则又扳木上弦而发。然机巧虽工，其力甚绵，所及不过二十余步而已，非军国之器。正好用来装备南方军屯厢军，其镇压藩人有余，若万一有不测之心，与禁军作战，则与徒手无异。故臣以为，军屯厢军，当配此弩箭。甚至可允许一些军屯厢军造诸葛连发弩市卖民间……"石越不惮其烦地向皇帝介绍诸葛弩，其用心无非还是要想办法引导民风重武。

赵顼迟疑道："持弩之禁，只恐未可轻弛。"

"禁令空悬已久，百姓持弩者甚众，臣以为不如废之。一弩所值亦贵，非寻常百姓所能置，且诸葛弩非军国器，故于朝廷无害，民间防身则甚便，若使部分军屯厢军专营此物，亦是一利源。且民间习武，则全民皆兵，此不可战胜之法。"

赵顼思忖良久，方说道："卿策虽善，但还须问韩绛、吕惠卿、文彦博，此事不可轻率。"

4

次日，兵器研究院。

石越与苏颂望着摆在沈括面前的机械，石越的眼中闪烁着惊奇的光芒——天才的设计！石越感到不可思议，在没有自己指引的情况，沈括能设计出这个机械来。摆在石越眼前的，是一个架子上面放置的齿轮，齿轮的中心用轴连着一根杆子，杆子上面有一个爪子似的东西。而在齿轮的下侧，架子固定着另一个爪子，正好合在齿轮之上。沈括让他的一个学生转动杆子，当杆子顺时针方向摆动时，杆子上面的爪子便插入齿轮的齿槽中，齿轮亦随之转过相应的角度。与此同时，下方的爪子则在齿背上滑动。苏颂望着这似乎平平无奇的东西，不知道其中有何奥妙，却见沈括微微一笑，向他的学生点点头。那个学生立时开始逆时针转动杆子，此时齿轮下方的爪子阻止齿轮逆时针转动，而杆子上方的爪子则从齿轮齿背上滑过，整个齿轮静止不动。那学生忽然加快速度，齿轮便一直作着单向的间歇运动 —— 苏颂的嘴开始张开，人也不禁走近几步，赞道："妙哉！"沈括却一直注意石越，见石越神色间似乎对这种机械很熟悉，不由奇道："子明，你见过这个物什？"

"棘轮机构，我当然见过。"石越随口答道。

沈括与他的几个学生顿时都呆住了。石越这才发觉自己失言，一时尴尬无比。半晌，沈括怅然若失地叹道："不料世间竟早有聪明之人制出此物，我还道自己已是极得妙思，唉……"

石越有心安慰他，可是这却是涉及自己来历的大事，只能不痛不痒地说道："存中兄之才智，的确已是世所罕见。"

沈括摇头叹道："子明无须安慰我。这个物什，是叫棘轮机构吗？"

石越却问道："存中兄本来又是如何命名？"

沈括摇头不答，只默念道："棘轮、棘轮，果然是个好名字。这些零件，想必亦各有名称？"

石越无可奈何地点点头，道："正是。这个杆子，叫主动摆杆；齿轮便叫棘轮；主动摆杆上的爪子，叫驱动棘爪；下方这个爪子，叫止回棘爪。主动摆杆与棘轮相连的轴，叫从动轴；与驱动棘爪相连的轴，叫转动轴。"这种最简单的棘轮机构，石越曾经不止一次的见过，因此对于各部分名称，竟是记得十分清楚。

"果然是好名字。"沈括叹道。

"存中兄的发明意义重大，在许多地方都可以用到！"石越见沈括总免不了怅然若失，连忙岔开话题。

苏颂本来也是精通机械，宋朝最先进的天文仪器，他便有设计之功，自然是识货之人，也不禁赞道："的确是工者之利器！"

"我料存中发明此物，不止是工者之利器如此简单。"石越望着沈括笑道。

沈括听到这里，神色一振，笑道："正是如此。因子明说要改进弩的设计，除了以钢为弩臂、统一弩机规格、精确望山刻度之外，我以为还可以设法节省弩手的体力、缩短上弦时间，这棘轮一物，便由此而来 —— 用棘轮传动，便是老妇稚童，亦可张弩！此物于单兵所持之弩上作用还不甚明显，毕竟工艺甚繁，造价太贵，然而若用到七种床子弩上，则意义巨大。似三弓弩，射程达三百步以上，一次可发数十箭，然须七十人操纵，消耗体力甚巨，若装上棘轮机构，则多不过十数人而已！且激战一日，亦不觉疲惫。"

苏颂顿时大喜，他知道床子弩威力巨大，是攻守必备之物，如果改进至此，自会大大增强宋军的战斗力。他思忖一会儿，道："若能如此，则禁军组成战阵，三百步以外，用床子弩与神臂弓，床子弩先发，神臂弓次之，一百五十步以内，则用弓箭。若是守城或有营阵防护，床子弩之威力，实不可小视。不过……"

"不过什么？"石越见苏颂忽现迟疑之色，不由问道。

"钢臂弩的推广，甚是问题。虽钢、铁产量皆有增加，且以钢为臂，可以减少天气对弩的影响，增加射程与力量，但是全面采用配备钢弩机、棘轮的钢臂弩，价格不菲，亦是一大问题。"苏颂身为军器监，自然要考虑到兵器的价格成本问题。

石越笑道："我担心的却是产量。"

"这倒不用担心，一年装备至少两至三个军不成问题。"苏颂对于产量反而不以为然。

"三个军？年产四万五千把钢臂弩？"石越不可思议地反问道。

苏颂淡淡地回道："若让所有作坊全部开工，我能做到。"

"罢了。"石越笑着摇了摇头，道，"只需整编一军，装备一军，如此足矣。以前的淘汰军器，不妨卖给民间的武装船队，装备厢军，还有辽人内战，普通的弓弩，正好送给他们。至于成本，我会再想办法考虑……"

苏颂笑道："若皇上最终能允许彻底开放民间持兵器之禁，允许卖诸葛弩，那么许多兵器都可以卖掉。民间用来打猎，却是最合适不过。"

石越叹道："始终是国家大防，能否最终通过，我亦没有把握。"

"所有的报纸都支持彻底解除持兵之禁，白水潭学院的技艺大赛马上又将举行，民间清议，却是支持的……"沈括插口说道。

"且看文相公要如何说。"石越摇了摇头，文彦博的心思，委实难猜，偏偏潘照临又被派出去了。

让石越没有想到的是，他今时今日之身份地位，早已不比以前，即使在政治声望颇受影响的情况下，亦有人对他讨好献媚。仅仅数日之内，便有数十名官员接连上表，公开支持解除持兵之禁，其中淮南东路转运使更是重提当年石越钢铁奏折之旧事，甚至提出可以让部分兵器生产民营化！石越自是知道这些人支持自己，很多并不是因为政见相合，而不过是知道自己的地位日渐一日地巩固，希望凭借这种支持进行政治投机，为自己以后谋一个好职位。当年党附王安石的人，大抵便是此辈。石越自然不介意他们进行投机，但是"回报"这种东西，他暂时却没有准备给他们，他没有任何兴趣走上王安石的老路。不过这几份奏折的确上得恰到好处，又过了数日，苏颂便同时向皇帝和尚书省提出了改进手弩与床子弩，装备整编军队，处理过往军器等一系列问题的札子。是否允许民间制造、携带部分兵器，立时成为朝廷必须要讨论的一大问题。

"数日之内，皇上接连召见韩绛、吕惠卿、文彦博、王韶、冯京、吴充、司马光、王珪、陈绎、蔡确、韩维、张璪、元绛、曾孝宽、郭逵还有李宪共十六名大臣，询问对于修路与军屯、解除持兵之禁、允许部分兵器私营的看法。关于修路与军屯，似乎只有吕惠卿与文彦博说要从长计议，旁人倒没有反对……"司马梦求笑道，"而司马君实看起来似乎竟很支持这个提案。"

"那么纯父你的看法呢？"石越笑道。

司马梦求笑道："我开始亦奇怪参政最初为何提出那样的计划，但想来有潜光先生参赞，参政又一向谨慎，其后必有深意。果然，朝野间才被这庞大的计划吓了一跳，立即又有新的计划提出来，相形之下，无不觉得这个计划实在可行 —— 这可是进二退一之策？"

石越笑着摇了摇头，既没有承认，也没有否认。旋即笑道："吕惠卿必然料不到我这么快抛出一个新计划。"

"但是我更奇怪的，还是司马君实的态度……"

石越淡淡一笑，司马光坚定地支持他的提案，原因可能有许多 —— 石越纵然不是最好的选择，也是目前来说最不差的选择，彻底地打击石越对司马光来说完全没有好处，那只能让吕惠卿得利。而且，司马光也认为这个提案是值得一试的。但石越却知道，自己曾经向司马光许诺要力劝赵顼"永不加税役" —— 这才是司马光支持自己的关键。但是这些事情，他却没有必要告诉司马梦求，只是笑道："君实之政见，无非是不扰民，不白耗钱财。修路之事，只要不白白役使百姓，而是发给工钱，多用厢军，且不在农忙之时进行，反是便民利民之事，与君实之政见便无根本之冲突。军屯之事，朝廷之利，众所周知，虽或损番民之利，然纯父若读《资治通鉴》，便知君实是将中国之利益置于夷狄之上的，并无'德被天下'之类的想法。整个计划若有争议，亦只在于是否同意商人参与进来。文彦博之反对，若我所料不差，便为此事。"

司马梦求笑道："原来如此。"

"但皇上虽然心动，亦不会轻易下定决心。毕竟牵涉甚大，因此，皇上的使者，一早就出发，分道前往西京与江宁，询问富弼与王安石的意见……"石越漫不经心地说道。

司马梦求一惊，笑道："参政果真料事如神！我今日前来，其中一事，便为通知此事。"

石越端起茶杯，轻轻吹了吹泡沫，笑道："但是最让皇上疑惑不决的，还是我向皇上主张彻底解除持兵禁令，或者说放宽百姓持兵器之种类。将大量的兵器卖给百姓，甚至开放部分兵器生产民营，皇上心中不能没有疑惑。太皇太后与太后心中，也会拿不准。"

"正是如此。"司马梦求点头说道，"皇上询问之大臣，反对解除持兵禁令者，有文彦博、吴充、王珪、陈绎、蔡确、曾孝宽五人，可怪者是吕惠卿支持此事。而反对兵器民营者，则有整整十二位，只有王韶、韩维、郭逵以及吕惠卿认为可行。"对于吕惠卿支持此事，司马梦求多少都感到不可思议。

"只要王安石与富弼皆支持，皇上与太皇太后、皇太后心中便不会执着。只是吕惠卿为何会支持，我却也一直没有想明白……"

"参政放心，此事我会想办法查清楚。吕惠卿如此行事，必有他觉得值得这样做的理由。"司马梦求笑道，"我此来另一件事是想告诉参政，学生已经成功地将几名细作，安插进了夏国，而且是进入了几名大将的幕府。"

"哦？"石越倒当真吃了一惊。

"这要多亏了活捉的瞎木征，还有董毡、包顺部……"司马梦求的声音，几乎细不可闻。

江宁城外，钟山。

一位葛衣老者静静地站在一抔新坟之前，凌厉的山风掀动老者的衣襟与发须，发出呼呼的声响，然而那个老者沧桑的身躯，却始终一动不动。数十步开外，一个三四十岁的中年人垂着眼帘望着老者的背影，似乎在等待老人的回头。几个素衣童子跪在墓前，默默地供奉着果品酒水。坟前所立之高大的石碑上，刻着几行遒劲的大字："大宋故太子中允、天章阁待制、赐紫金鱼袋、赠天章阁直学士王君讳雱之墓"。

"阿弥陀佛！"一声洪亮的佛号，从远处传来，但是王雱坟前的诸人，却似乎根本没有听见，竟没有一个人回头。驴蹄之声慢慢由远而近，一个中年僧人骑着一匹黑驴渐渐走近，他在坟前数十步远的地方下了驴，走到静立不语的中年人面前，又高宣佛号，双手合十，道："阿弥陀佛！"

中年人斜着眼睛望了他一眼，嘴角竟露出一丝讽刺的笑容，微一欠身，淡声道："这位想必便是智缘大师。"

智缘微微一笑，回道："不敢，施主想必是潘潜光先生。"

"正是区区。"潘照临淡然回道，目光却始终不离葛衣老者，那个人，才是他千里迢迢来此的主要目标 —— 前宰相王安石。

王安石却似乎没有意识到二人的存在，他的目光一动不动地停留在那块高大的墓碑之上，久久不愿移开。爱子王雱与弟弟王安国相继去世，特别是聪慧的王雱在三十二岁的年纪英年早逝，给王安石与王夫人的打击，是一种旁人无法体会的沉重。王安石的脑海中，不停地回放着王雱去世之前的一幕幕情景：

王雱的病情略有好转，却忽然接到皇帝从京师送来的东西，使者只让王雱一个人看这些东西……

当晚，使者走后，王雱的病情忽然转重。

但第二天一大早，王雱又似乎清明起来，还问了书童关于交趾的局势，朝中的情况。上午，王安石外出，王雱烧掉了皇帝御赐的物件。

晚上，王安石回家，得知此事，大为生气，训斥了王雱不知天高地厚的行为——这是大不敬之罪。不料王雱却一反常态，默不作声，只是脸上却有愤然与灰心，那种死灰的脸色，让王安石也感到一丝害怕。

但是事情似乎就此过去，平平安安地过了许多天。直到那天终于到来……

王雱半卧半躺地靠在枕头上，皱着眉头，四处顾视，似乎在寻找什么。王安石与王夫人连忙寻找，找了无数的东西，放到他眼前，王雱却总是看都不看一眼，半晌，方问道："妹妹呢？"王安石的心立时就颤抖起来，他知道儿子已经快不行了。王夫人忍住眼泪回道："在汴京。"王雱忽然咳了几声，道："在汴京好。只需防住石越，此人狡猾虚伪，万不可掉以轻心。"王夫人闻言，顿时泪流满面，泣不成声，王安石也哽咽得说不出话来。又听王雱皱眉咳道："我……我……"好像每个字都在喉咙里生了根，要艰难地拔出来一般，"我不会输给……给……石……"这句话终于没有说完，王雱头一歪，便断了气。

王雱死后，皇家追赠官爵，入祠先贤祠，备极哀荣。但是这一切，对于王安石夫妇来说，却没有任何意义。这个世界上，没有什么东西能够换回已经死去的儿子！

王安石常常不自禁地回忆起过往的种种，想起爱子王雱为自己出谋划策，那种种理想抱负——早知有今天这一日，又岂会有当日之事？偶尔，王安石也会想皇帝赐给王雱的，究竟是什么东西……但是每次想到这些，他都会晃晃头，把这个念头赶开，不愿意深想下去。

"相公，人死不能复生，还需节哀顺变。"智缘大步走近，在王安石身后低声说道。

王安石终于转过身来——潘照临这才发现，王安石比起在汴京之时，神态之间，老去不止十岁，但是那双咄咄逼人的眼睛中，此时却多了一种深深的寂寥与悲伤。他连忙深深揖礼，非常诚挚地说道："元泽文章逸发，才不世出，不料天不能容一士，良可伤也。唯望相公节哀顺变，保重身体，使死者有灵，亦足欣慰。"

王安石注视着潘照临，略显疲惫地说道："吾儿去世，子明亲自撰写祭文，遣使吊祭，吾闻入祀先贤祠，亦有子明建言之功，此德至深，未能面谢。潘先生甫来金陵，即先祭拜吾儿，亦必是子明之托，先生回京之日，还望替老夫转达谢意。"

"相公何出此言？无论生前有何误会，我家公子却常常与我辈提起，元泽良才美质，一心为国，有公无私，堪称贤士，国事之分歧不可引为私情之嫌怨。"潘照临态度诚恳谦和，与平时不可一世的神态，宛若两人。

"潘先生此来，想必是身怀使命。"王安石的神情，始终是淡淡的深远，连潘照临也难以知道他心中所想。

"相公料事如神。我家公子在这几日之内，将向皇上提出一系列之政策主张，因涉及朝廷理财之要，公子担心自己年轻少识，或有阙失，故特遣在下东来，向相公请教。这是我家公子给相公的书信。"潘照临一面说，一面从袖中取出一封信来，递给王安石。

王安石接过信来拆开，只见上面写道："越顿首介甫相公阁下：某愚不量力，而欲有为于天下……"信中不过略表慰问谦逊请教之意。他一眼看过，又将信收起，道："子明过谦了，《货币乘数效应》一文，我曾见过《西湖学刊》的转载，其想法实非常人所能及。《苏石奏折》之规划，虽过于骇人听闻，然于长远来看，却也是有利之事。非大有为之人，不敢及此。"

潘照临笑道："然此次前来就教者，却是之后我家公子又提出的新计划。"他忽然走到马边，抽出一支箭来，在地上画了几个圈，在旁边标上"汴京""广州"等字样，又画了几条水道陆道相连，便就在此地解说起石越的一系列政策来。王安石与智缘只是静静听他解说，始终不置一词。

这种态度，竟让潘照临心中亦惶惑起来。石越给他的指示，是要说服富弼、王安石支持自己的政策，特别是解除持兵禁令，以及后续的一系列政策：钢铁产业化，部分军器民营生产等——实则这不过是军器监改革的进一步而已。军器监的一些军资，已经开始向民间采购，而非采用过往的"进贡"，更不是物无轻重，皆由军器监属下作坊来亲自生产的格局了。但是眼下，王安石的这种态度，却让潘照临感到高深莫测。他并不知道王安石对于石越的真正观感如何；而这种观感是不是会最终影响王安石的政治判断，他也不能把握。他在王安石身上感觉的，是一种奇怪的气质……

"相公，依贫僧之见，这份计划，最终必然会通过。军屯之利，还有便利湖广四路以及川峡诸路漕运，这已是十分诱人。再加上这计划并不扰民，司马君实等人也不会反对。"智缘待潘照临说完，沉吟一会儿，便抢先开口说道，他本人十分认可这个计划。

王安石却只是沉吟不语。

潘照临试探着问道："不知相公以为如何？我家公子说，任何计划，都不可能完美无缺，以他的才华见识，必然更有许多不尽如人意处……"

"子明之识，远在众人之上。"王安石打断了潘照临的话，沉声说道，"只是某虽无大病，然年弥高矣，衰亦滋极，稍似劳动，便不支持，朝中大事，实无精力关心。况且远在东南，亦不当于多论朝事。"

"士大夫当以天下兴亡为己任，岂可逃避自己的责任？"潘照临正色责备道。

"肉食者谋之可也。不在其位，不谋其政。老夫已经无意政治，只想退而著书，以老天年。西湖学院所译诸夷之书，虽多有晦涩不可解之处，然亦颇有真知灼见于其中。老夫老年丧子，功名之意已绝，只欲于学问中求一解脱。盼潘先生替老夫回复子明，望他能念同殿之情，吾尚有一子一女，便托他照顾。"王安石的回答，让潘照临与智缘都大吃一惊。

"相公之才，只怕天子不许隐居。"

"老夫已上表请求致仕，君臣相知一场，想来皇上会许我。"

"相公，此事亦非元泽之愿！"

"某一生抱负，已付东流，子明后起，政策谋略，远胜于吾，某又有何可坚执者？且吾儿既逝，某之抱负，更无后继者。曾子固、蔡持正之辈，虽则聪明多智，吏才敏捷，然恋于禄位，终难寄以大事者。唯一吕吉甫，或可期待，然此人之才智，亦无须他人帮助。"

"吕吉甫？"潘照临不觉摇了摇头，道，"真能继相公事业者，唯石公子一人而已。相公无非想要富国强兵，石公子必能让大宋国富兵强。"

王安石目光一闪，轻轻说道："子明抱负，不止此尔！"

他这轻轻一句话，却如平地霹雳，将潘照临与智缘都吓了一跳。二人顿时脸色齐变，潘照临立时说道："相公此言差矣，石公子忠心事国，岂有他志？"

王安石转过身去，摇头道："我并非此意。老夫已知先生来意，若是有使者至此，询问老夫意见，老夫必然会凭心回答，绝不会欺瞒圣上。潘先生尽可放心，老夫对子明的政策非常赞赏。"

潘照临注视王安石良久，他虽然任务完成，却又凭空添上一桩心事，也不知是高兴还是烦恼，表面上却只是恭恭敬敬地欠身说道："得相公一言之赞，石公子行事，便可放心。石公子曾言道，天下士大夫中，能为后世表率的，不过王相公与司马参政二人而已。二公心愿，皆是要使国富兵强，百姓安乐，公子也必当为此目标，竭心尽力，死而后已。"

王安石脸上却无半分激动之色，只是微微点头，转目注视智缘，叹道："吾儿之死，让我明白许多道理。我今生唯欠皇上知遇之恩，粉身碎骨难报。其他再无别想。大师虽在空门，却有一身才智，不可轻弃。不若便从此投了石子明，也好不辜负胸中抱负。安石只有一语相告，望大师念着你我几十年之交，他日切不可有负赵家。"

智缘望了潘照临一眼，又注视王安石的目光，知他心意已决，但是他也不愿意这样自贬身价，轻易投靠石越。当下淡淡一笑，道："相公心意既决，贫僧依然便回大相国寺可也。"说罢合十一礼，便欲飘然离去。

潘照临却知道智缘此人，人脉深广，在河套一带番部更是颇有威信，石越若得此人襄助，自是难得的臂助，当下连忙大声说道："大师可知我家公子为何开始要提出一个那么庞大的计划？"

智缘不由一怔，这也是他所好奇之处，当下停住脚步，笑道："这不是进二退一之策？"

"世人只知其一，不知其二。"

"哦？"

"还有一个原因，却是我家公子五年之后，欲在西北用兵！故此，眼前一切计划，皆是五年为期，庞大的移民计划，欲用五年时间完成，便为此而来。"

智缘吃惊地问道："五年之后？夏国虽小，不可轻视。五年之期，似乎太急。"

"若大师知其中缘故，便知不是太急！"

智缘完全被吸引住了，他走近几步，问道："其中又有何缘故？"

潘照临却不再回答，只淡然一笑，道："十五日之后，京师之中，可由我家公子亲自向大师解惑！大师若想知道，望不负此期。"说罢竟向王安石、智缘深揖一礼，告辞而去。

5

开封府狱。

唐坰在这里已经坐了很久了，他比桑充国不幸，没有什么人去营救他；但他也比桑充国幸运，因为没有人对他用刑。牢房阴森森的，唐坰一直没有习惯这里。

"吱——"的一声，牢房的门又打开了。牢头领着一个人走了进来，唐坰见着来人，不由笑道："安处厚，真是难为你天天来看我。"

安惇嘻嘻抱拳一笑，道："唐兄，别来无恙。"

"这里头管吃管住，渐渐习惯，也谈不上有恙无恙，总比桑充国好，开封府还没有用刑。"唐坰嘲讽地笑道。

"那是，其实这原也不关我事。我一个御史，也没什么旨意管这件事。"安惇笑道，一面找了块干净点的地方，就在唐坰对面坐了下来。

"是吗？那就难得安公如此重情重义，我唐某入狱之前，与君毫无交情，不料住进了这开封府的大狱，倒高攀了安公这样的好朋友。"唐坰毫不留情地讥道。

"呵呵……在下不过是仰慕当年唐兄做谏官时的风骨而已，并无他意。唐兄的案子，结不结，怎么结，对我而言，实在没什么好处。唐兄不要误会。唐兄一口咬定奏折是有人匿名送到报馆，不惜在这种狱中坐下去，也不肯出卖朋友，在下十分钦佩。"安惇漫不经心地笑道。

唐坰翻了一下白眼，嘲笑道："安公，御史台我也待过，这种套话的伎俩，我早就知道了。我们接到的奏折，的确是匿名送上的。安公若有心帮我，何不向皇上保我一本？如此唐某深感大德。"

安惇笑道："唐兄，不瞒你说，保本我早就上了。"他一面说一面从袖子中抽了一份奏折的抄本，递给唐坰。

唐坰却懒得去接，袖起手来，笑道："如此多谢安公厚德，待唐某出狱之后，再行报答。"

"唐兄莫非不信？"安惇的脾气好得出奇，无论唐坰如何冷嘲热讽，始终不生气。

"我有什么不信的？"唐坰经过几年的历练，早已油盐不进。其实《谏闻报》几年来一直能够很好地生存下来，委实也不是一件容易的事情。

"不管唐兄信还是不信，反正我的确是上本保了唐兄，唐兄出狱之后，自然便知道了。"安惇忽然正色说道，"不过唐兄这些年批评朝政，结怨甚多，这次又重重得罪了石越，出狱之后，是编管何处，委实难料。"

"安公以为我不懂《皇宋出版条例》吗？大宋刑律，我知之甚熟。"唐坰不屑地冷笑道。

"我当然知道唐兄懂。"安惇笑道，"不过唐兄若自己承担这个罪名，最终结案，自然是散播不实言论，诽谤朝廷大臣，用不实言论故意扰乱朝政这三条。说起来也是罚个倾家荡产，然后再加杖责而已。但是唐兄在御史台待过，想必知道栽赃嫁祸是怎么回事？皇上恨那泄密之人入骨，唐兄却揽过责任。兼之又得罪了石越，到时候若有人给你安点别的罪名，来迎合上意，讨好执政，去归义城屯田想来也未必不可能。"

唐坰眼皮一跳，神色却依然平静，懒懒地说道："纵是如此，也是唐某的命不好。多谢安公关心了。"

安惇缓缓起身，拍了拍衣服，走到牢门口，忽然放重了语气，冷冷道："唐兄，我劝你还是招了为好。纵然你不招，开封府也会破了这桩案子。实话和你说，开封府调查了奏折上呈那天起，一直到《谏闻报》泄密止，有关你唐兄的全部行踪，你接触过什么人，关于这个案卷资料就有十本之多。只要将这些人一一排查，你以为会找不到吗？"

唐坰蔑视地看了安惇一眼，笑道："既是如此，安公又何必来找我？"

安惇黑着脸转过身来，狠狠地盯着唐坰，冷笑道："唐兄，别敬酒不吃吃罚酒，说吧，是韩家的衙内，还是张安国？"

"什么韩家的衙内，什么张安国？"

"韩绛的三公子韩宗吾，尚书省左司员外郎张安国，你这些天接触的人中，只有这两个人有机会接触到奏折。你和韩宗吾是多年好友，满风楼喝花酒一个月至少三次；张安国与王元泽是好友，与足下也是至交……"安惇的声音，似冰刀一样划向唐坰的心。

"是我的朋友又如何？"唐坰并没有惊惶失措，反倒更加冷静了。

"你真不肯招？唐兄……"安惇弯下腰来，放低了声音，恶狠狠地说道，"你以为我不敢提审韩宗吾与张安国？告诉你，我没什么不敢惹的。这两人，一个不过是有个宰相爹，一个不过是受到前宰相的赏识，但我是御史，我不怕他们！你知道皇上有多重视这个案子吗？"

"按新官制，御史不能单独审案。"

"谁说我要单独审案，我是监察御史，监察御史主监察地方官吏，并稽核该府路刑名案件。正巧，开封府就是我当管！我不过是稽核该府路刑名案件而已。而且，我可以以监法御史的名义，来陪同治狱！"安惇桀桀冷笑道。

"那你还不快去做？"

"嫌麻烦，如此而已。你若肯和我合作，招出一切，则省去无数烦恼，你唐坰的罪名，也可以从轻。若你不招，我便冒冒风险，看看韩宗吾衙内与张安国官人，是否也与唐兄一样的硬气！你们满风楼喝酒说的话，我总能让那些妓女想起来！你以为这个世上，有破不掉的案子吗？"安惇的眼神，咄咄逼人。

唐坰沉默良久，他心中已然知道此事败露，不过是迟早的事情。但是他亦想得很清楚，为了他唐坰的前途，也为了《谏闻报》的前程，他绝对不能松口。否则《谏闻报》以后声名扫地，肯定得不到半点内幕消息，若他能紧咬牙关，纵然受罚重一点，日后却终有东山再起之日。明白此关键，唐坰脸色重新恢复了木然的神态，他面无表情地望着安惇，道："安处厚，我奉劝你不要捅马蜂窝。株连无辜倒也罢了，株连到宰相公子和尚书省官员，你一个小小的从七品上御史……"

安惇的脸色已如铁一般黑，他盯着唐坰许久，恶声道："你既然是铁了心不招，就别怪我翻脸无情！"

从开封府大牢中出来之后，安惇一只脚方跨上自己那辆崭新的四轮马车，一面已经向仆役沉声喝道："去满风楼。"仆役答应了一声，便欲鸣锣开道，却见前面一群人高声嚷嚷而来，竟将去路阻住，不由有些怔住了。安惇已坐进车中，见马车未动，不由怒道："怎的还不走？"

一个仆役忙走近来，恭声回道："官人，前面有人挡道。"

"谁这么大胆？"安惇"唰"地掀开车帘，怒声喝道。

"官人，好像是白水潭学院的技艺大赛，小的听说叫什么马……马拉什么树来着，就是一群人跑步，听说一共要绕过城中的许多街道，总共加起来有几十里哩，赛跑的与看热闹的人又实在太多……"

安惇立时便明白事情之缘由，暗道："我怎的忘了这事。"心中又不免暗怪："石子明堂堂一国参政，位列九卿，却生出来这些个怪花样，叫这么多学生举子一起赛跑，委实有失体统！"他当初听闻此事，本欲弹劾，但是白水潭学院学生众多，中进士为官的便有数十，加上此次大比，不免又有数十人要考上进士，且学院学生多有出自富室豪族的，安惇不免投鼠忌器，生怕犯了众怒。石越又说这"马拉松"源自泰西，本是为纪念一次卫国大胜而设，整个故事详情，便登在《汴京新闻》之上，安惇却也看过。年青学子都是好事之徒，又有这等名目，报名参赛者竟然数以千计，汴京百姓也将之当成不逊于大相国寺"万姓会"的一大热闹来看。于是皇帝亲自下旨，让开封府提供方便，昌王殿下还要亲自为获胜者颁奖……

他并非不知轻重之人，抬眼望去，眼见那什么"马拉松"的队伍离自己的马车越来越近，连忙喝道："蠢材，还不让开！"

仆役与车夫闻言，连忙手忙脚乱地将马车与仪仗让到一边。刚刚妥当，马拉松的队伍便从安惇等人身边拥过，还有一群看热闹的汴京市民，紧紧跟在参赛者旁边，大声加油，更有好事者竟一路敲锣打鼓，沸声喧天，热闹非凡。

安惇斜眼望去，正好看见自己仪仗中那几块写着"回避"和"肃静"的牌子，心中不由苦笑，自语道："到底是谁给谁回避？"正自感叹了一回，回过神来便听见几个仆役在悄悄商议着要买哪支蹴鞠队彩头，今次的射箭比赛，又会是何人夺魁？他仔细听时，竟然听见还有许多花样，买某人是一赔几，买某人又一赔几，各不相同……安惇不禁摇了摇头，暗道："此等事情，于淳化风俗何益？回去当好好写篇奏折，向皇上说说此事。"一面板下脸来，瞪了那几个仆役一眼，喝道："人已过了，快点整理一下动身！不可误了公务。"

几个仆役伸伸舌头，连忙抖擞精神，朝着空空如也的街道重新鸣起锣来。安惇在马车上坐好，闭目养神，一面考虑要怎么样从满风楼的妓女身上审出消息，一面又想着要如何对付韩宗吾——张安国倒也罢了，似韩宗吾这样的世家子弟，却最是让人头痛……

这次白水潭学院技艺大赛的盛况远胜三年之前——在熙宁七年，太学、嵩阳书院、应天府书院就都派了队伍来参加比赛，并且约好以后年年参加。今年除了这三家如约而来之外，横渠书院、西湖学院、岳麓书院等十余家书院，都特意趁此大比之年，派队伍来京，共襄盛举。再加上众多参加省试的举子，可以说这是一次规模空前的技艺大赛。石越因此还特意添加了马拉松长跑等几个项目，更是吸引了汴京城无数市民的注意，以至于出现了内城空巷的情形。白水潭学院的体育馆虽然依然是免费开放，但是为了有效限制入场人数，教授联席会议采用石越的建议，特意印刷了一种叫"门票"的小纸条，提前赠送给市民与学生。但让桑充国等人始料未及的是，一些没有领到门票的人，居然会出钱从有门票的人手中购买某些比赛的门票，最受欢迎的蹴鞠比赛门票，竟然能卖到五十文一张！若不是因为明知教授联席会议绝不会同意体育馆收费，且白水潭学院今时今日，不仅仅有学费收入，还有数千顷田产、钟表业分成、印刷出版业收入、报业收入、朝廷对一些研究项目的资助等，资金非常的宽裕，也不会在乎那笔"小小的"的门票收入。石越几乎想要劝说白水潭学院不妨发展一下竞技体育。在石越看来，竞技体育完全可以在当时并不丰富的娱乐生活中占据一席之地，而商业化也是完全可行的。

石越的这种想法，最终并没有在教授联席会议上提起，反倒是和西湖学院的几个学生当成笑谈说到，不料仅仅一年之后，在扬州、江宁、杭州、苏州，就相继盖起了大型体育馆，四个城市的一些商人，竟然率先组织起了蹴鞠、龙舟、射箭、相扑四种联赛。这种联赛与汴京白水潭学院的技艺大赛不同，完全与学生无关，而是各商行自己从民间募集训练，然后进行循环比赛，争夺桂魁。百姓观看比赛，自然也需要购买门票。扬州、江宁、杭州、苏州是当时江南最富庶的四座城市，特别是扬州与杭州，繁华仅次于汴京，四项联赛一经推出，立时大受欢迎——最让石越意外的，是此举居然还受到司马光的称赞。虽然司马光对于收费之举有点儿不以为然，但是他却认为这样的比赛，有助于民间习武，较之保甲法的强迫训练，要好上百倍！

但这些都是后话。当此之时，白水潭学院技艺大赛带来的最直接的后果是，当安惇一路畅通无阻地走到满风楼之时，偌大一座勾栏，竟然只有稀稀拉拉几个人。见安惇带了七八个仆役进来，龟公连忙迎了出来，点头哈腰地招呼道："这位官人……"

安惇不待他说完，沉着脸喝道："竹娘呢？叫她出来？"

"官人，您来得不巧，竹娘已经有客了。"龟公以为安惇来嫖妓，连忙谄笑着赔罪。

"大胆！"安惇"啪"的一个耳光扇去，将龟公打得直冒金星，连忙跪了下来，哭道："官人恕罪。"

"你只管去将竹娘叫出来，否则本官封了你这院子！"

眼见安惇生气，龟公虽然害怕，却也并不动身，只是一个劲地叩头，道："官人恕罪、官人恕罪……"

"蠢材，还不去叫人？"安惇心中不耐烦，照着龟公，狠狠踢了一脚，骂道。

"小的不敢，小的不敢……"

"不敢？"安惇心中一动，冷笑道，"如何不敢？"

"韩相公的衙内与竹娘在喝酒，若是惹了韩衙内的雅兴，小的实在吃罪不起，还望官人恕罪。"

"韩宗吾吗？"安惇冷笑一声，心道："本官正要会会他。"他背着手踱至龟公面前，忽然笑嘻嘻说道："我与韩公子本是世交，见见又有何妨，你便领我去见他便是。"话音方落，便听有人大声问道："谁又与我是世交？"只听玉佩丁当，一大群人前拥后簇中，一个身白色湖丝长袍，脸敷粉，唇点朱的青年公子哥已经从里间走了出来。他身旁还依偎着一个女子，赫然便是汴京名妓竹娘。韩家宗字辈的子弟中，安惇与韩宗师、韩宗道等人倒是认识，于这个韩宗吾却一点也不相熟，不过此时揣见模样，也知道便当是韩宗吾本人，当下淡淡一抬手，算是抱拳为礼，道："韩世兄好雅兴。"

不料韩宗吾见安惇身着常服，平淡无奇，却态度高倨，心中已是十分不喜，连手都懒得抬，待下人搬来椅子坐好了，方跷着二郎腿，两眼望天，回道："这位官人面生得很，我家世代交好的，似乎没有足下。世交二字，绝不敢当。"

安惇见韩宗吾神情高傲，看着自己脸上颇有轻蔑之色，显然没把自己放在眼中，心中更加恼怒，咬咬嘴唇，笑道："本官又不是衙内钻，岂敢高攀相府子弟？只为了一桩公事而来，要提审满风楼歌妓竹娘。韩衙内想必不会阻挠。"

竹娘听到此言，竟不知安惇为何事而来，顿时慌了神，跪倒哀声告道："奴婢一向安分守己，不知如何得罪官人……"

韩宗吾也不知竹娘犯了何事，此时见她肩膀微颤，模样楚楚可怜，不免生了几分怜香惜玉之心，又听安惇语含讥讽，更是大怒，竟向竹娘笑道："有何了不得之事，本公子自会给你做主。"一面挑衅地看着安惇，道："这位官人，不知道竹娘犯了何事？"

"此事不劳韩衙内过问。"安惇背着手，冷冷说道，随即又讥道，"难不成韩衙内还想要来阻拦本官吗？这倒也不难，不过下官却要先劝衙内回府好好读书，等中了进士，当了官，再来打抱不平，方为时不迟。"

韩宗吾屡试不中，只是靠恩荫受勋爵，向来都引为奇耻大辱，安惇如此当面讥讽，他又是做惯了威福的人，此时那里按捺得住？霍地站起身来，破口骂道："你别口口声声本官本官的，当本公子没见过官吗？你若识相，便立时滚出此地，否则，休怪本公子不客气。"说罢一努嘴，一群家丁便已将安惇等人团团围住。

本来韩宗吾若是知道安惇是御史，自是不敢如此放肆，但是他如何会想到竹娘一个小小的歌妓，竟然会劳动御史亲至？因此他以为安惇只不过是开封府一个小官，那么以他韩家的声威，自然是不会放在眼中的。但安惇既然身为御史，有参劾之权，便是韩绛都要礼让三分，又如何会怕他的儿子？他眼睛高抬着，只略略打量了韩宗吾一眼，不屑地笑道："韩家有你这样的儿子，若不败亡，是无天理。"

韩宗吾哪里知道安惇是存了心要激怒他——韩家世代缨簪之家，终宋一代，都非同小可。他家中长辈兄弟，无不以诗书自持，做官不稀罕，考中进士，方是荣耀。韩宗吾学问不精，又不愿意去太学与白水潭学院读书，在家中兄弟面前，常常都是抬不起头来，因此才流连于声色犬马之中。偏偏安惇神色语气，每一桩都直中他的心病，早已惹得他恼羞成怒，一时也不及细想：眼前之人若当真只是一个开封府小官，又如何竟敢平白惹他宰相公子？只是涨红了脸，作色大骂道："你是什么东西，也如此无理？来人啊，给我撵了出去！"他那些家丁侍从，平时跟随主子为所欲为，怕过谁来？只听得韩宗吾一声吩咐，便气势汹汹冲了上来，不管三七二十一，鞭子棍子，纷如雨去，便向安惇等人打去。

安惇不料韩宗吾竟如此不知天高地厚，冷不防竟吃了几鞭，眼见对方人多势众，也不敢再留，连忙由仆役护着，狼狈逃出满风楼，口里兀自骂道："好你个韩宗吾，你与你老子便等着圣上降罪吧。"那些韩家家人见安惇手忙脚乱爬上马车跑去，一个个叉腰嘲笑，浑不当回事情。

安惇又羞又怒，催着车夫便要回御史台调兵，不料方出了一条街道，便见前面一队仪仗马车经过，他定睛去看旗牌，不由大喜，原来经过此处的，却是参知政事吏部尚书冯京与参知政事太府寺卿石越！当下安惇也顾不得许多，连忙提着衣襟跳下马车，飞奔过去，一面高声呼道："冯参政、石参政，下官安惇有事求见。"

石越与冯京本是刚刚从崇政殿议事回来。原来派往辽国南京的使者已经回来，说辽国新主耶律濬愿与大宋重订盟约，永结世好，并许诺以每岁马二万匹、牛二十万头的限额，与大宋进行互市。但是耶律濬需要的，不仅仅是宋朝的弓箭，还有大宋新近打造的上等钢刀、钢片盔甲、震天雷、霹雳投弹，以及粮食与食盐，再加上一份双方皇帝盖上印玺，向天下颁布的同盟诏书——耶律濬愿与赵顼结为兄弟，两国约为兄弟之邦，辽国兄事宋朝！

如此大事，赵顼自然要召集所有重臣商议。石越没料到耶律濬竟然如此聪明，针对宋朝明显的趁火打劫，不仅不动怒，反而放开手脚，不仅跳出不向宋朝卖马的成规，反而主动出价，要求得到宋朝更多的支持——一旦真的签订那样的盟约，宋朝若毁约，就无疑是赵顼向天下百姓宣布他背信弃义，在重视信义的宋代，难免会严重影响到士气民心。耶律濬摆明了是想用区区二万匹马的市易，解除自己的后顾之忧。至于震天雷、霹雳投弹等物，那不过是漫天要价的一部分，摆明了宋朝绝对不会卖的。

宋朝君臣商议了半天，一时难做决定。虽然自韩绛、吕惠卿、文彦博以降，大宋的重臣，都清楚地知道宋朝此时并无攻辽之实力，但眼见敌消我长，轻易签订盟约，作茧自缚，自然谁都不愿意。但若不答应，却又有不便明言之处——万一耶律濬能迅速平叛，到时候只怕便会招来报复，如此亦非众人所愿。

因此，退朝之后，石越便邀冯京一道去自己府上，想与他私下里交流一下意见，且商议一下官制改革的下一步计划。不料半途之中，竟被安惇拦住。

石越因楚云儿之事，与安惇本有素怨，此刻见安惇模样如此狼狈，心中竟有一种说不出的快意，当下坐在马车之上，略带嘲讽地问道："安御史，何事竟然急急似丧家之犬？"

安惇眉棱微微一抖，眼中不由闪过一丝恼怒之色，但他入仕愈久，心机愈深，只欠身道："参政说笑了，下官冒昧拦驾，却是想请冯参政、石参政替下官主持公道。"

冯京眉头微皱，却不应话，只是望着石越。他与石越毕竟私交颇深，不久前还在商议要把石起之女许配给冯京的孙子，两家约为婚姻。安惇与石越之间的恩怨，他岂有不知之理？自然是不愿意拂石越之意。只听石越冷笑道："安君身为御史，朝中谁不退避三分？怎么还要我们来主持公道？安御史的公道，只怕唯有皇上能主持。若无他事，我等便要告辞了。"

安惇见石越转身欲走，连忙高声呼道："参政，若是有人殴打朝廷命官，参政也要坐视不管吗？"

石越闻言不由一怔，若真发生这样的事情，于情于理，他没有不管的道理，否则只怕又要掀起轩然大波。当下沉着脸望着安惇，道："安御史，难道有人殴打你吗？若真有此事，我自然要管，不过是非曲直，我也要弄清的。若有人在外面胡作非为，我却不能官官相护！"

"那是自然。"安惇立时应道，一面便将自己如何发现泄密案的破绽，如何去满风楼寻找证据，如何被韩宗吾所阻，一一说了。只是瞒过了自己去见唐坰的情形。这泄密案本是皇帝关注的头等大案，石越直到此时，也没有完全洗刷嫌疑，本来安惇发现线索，于石越也是好事。但是他在大宋朝的最高层摸爬滚打了数年，面对与自己有怨的政敌，又岂敢掉以轻心？当下微睨了一下安惇，似笑非笑地说道："安御史，既要去传人，不穿官服，不带兵丁，未免过于不慎了。韩衙内又焉知你是不是大宋的官员？"

"下官微服私察，方能得其真。便下官不是官员，韩宗吾如此行事，亦是横行地方，仗强凌弱。何况他明知我是朝廷官员，分明是不将朝廷命官放在眼中。"安惇愤然道："如何？参政是不愿意管这事吗？"

石越正要答话，便听冯京轻轻拉了一下自己的袖子，低声道："子明，安惇是想害你我得罪韩相公。此事要三思而行，若是去了，此事坐实，只怕韩相公难安其位，得罪韩家不轻；若是不去，安惇必生事端，我等皆难免要受皇上斥责。"石越心中也早已明白此节，当下微微点头，目光霍地一闪，计上心来，笑道："安御史微服去满风楼，是真办官事，还是争风吃醋？某等无从确知。此事某自然会知会有司查明，并上奏皇上——韩宗吾若果真如安御史所说无法无天，他是宰相之子，还能跑到哪里去？安御史似乎不必急于报仇。如此，安御史且先回御史台，某等差人将韩宗吾叫我府上，细细讯问。明日再向皇上分辩此事可也。来人……"石越不待安惇答应，便向侍剑唤道："带我名帖，去满风楼，请韩衙内与竹娘请到府上。"

安惇本欲致石越于两难之地，借机挑起韩、石之间的矛盾，不料石越居然还有这一手，而且行事之间，根本不把自己放在眼中。但人家位列九卿，是皇帝倚重的参知政事，军国决策，无不参与，自己却不过一七品御史，权虽重，位却卑，若无道理在手，自然也无法与之抗颉。只得抱拳说道："泄密案非同小可，盼参政能秉公行事，无愧士大夫的风骨，对得起天下的人望。"说罢又一欠身，道，"下官告辞了。"

"不送。"石越淡淡抬手，不待安惇走远，便吩咐道："回府。"

冯京待车帘放下，微微一叹，轻声道："又会是一件倾动朝野的大事。"

石越却似乎无动于衷，笑道："冯相不必担心。这些阴谋，又能成什么气候？无非争权夺位而已。我本以为此事是针对我的，不料竟然不这么简单……"说罢轻轻一笑，道，"富韩公的奏折已经递了进去，韩国公支持修路与军屯之事，眼下就只看王介甫的意见了，料来此事通过已有九成。然军屯之事，究竟由工部屯田司负责，还是由枢府东南房负责，或者组成新的衙门来推行，依然有待商议。我特意想问问冯相的意见，不知如何更好？"

冯京微一沉吟，他自是知道由枢府负责，事情皆由文彦博，于石越而言，远不如由工部屯田司更好施加影响。大抵尚书省诸相，这一点上都与石越利益一致。不过如此一来，工部的职位，立时就炙手可热了。冯京不愿意轻易表态，笑道："军屯之事，不可操之过急。朝廷方针一定，依我之见，可以让枢府职方馆、东南房，兵部职方司、驿传司，工部司、屯田司，以及将作监有司，各遣能员，秘密分遣各地，负责堪定修路之路线，军屯之地点，做好前期准备。"

"此议甚善。"石越微笑赞道，"其妙在'秘密'二字，便是不许扰民。各官员司责须当明确，路线地图要测绘清楚，一切困难、预计开支，至于周边物产民情，皆要上报。待日后执行，若是一如所报，则记功奖赏；若有不实虚妄，则要追究其责任，加以严惩。每地各部司各派一人或数人，如此则不易欺瞒。此外，我欲禀告皇上，请皇上允许，派各学院博物系学生随行实习。争取年底之前，完成此事。明春就可以进行军屯，修路则选农闲时进行。"

"修路由工部司负责，一切自有成规，只要勤于督促，便可放心。"

"虽说如此，我却每每担心小吏舞弊，使朝廷良法，反成恶政。思来想去，唯完善制度，方能杜绝此弊。"

"制度虽善，亦需人来执行。若人存心不正，制度再好，亦流于形式。依我之见，与其多事完善制度，不如澄化风俗，肃清吏治为上。"

"非也。夜不闭户，道不拾遗，历代以来，非上贤不能为之。然上贤不常有，故平常人家，皆有门闩与铜锁。敢问冯相，门闩与铜锁，是用来防范何人？"

冯京不知石越葫芦里卖的什么药，笑道："自然是防盗贼。"

"非也。此二者，防君子不防小人，防良民不防盗贼。"

"这……愿闻其详？"

"若真是盗贼，岂有门闩与铜锁能防范得住的道理？若能防住，世间便再无盗贼。门闩与铜锁，最多让盗贼稍稍麻烦一点而已。但是二物却能让君子与良民，见而止步，故曰，防君子与良民甚有用。"冯京一时没有明白石越之意，一头雾水，只觉石越强词夺理。石越知他不解，又笑道："倘若某屋，大门洞开，堂中放着黄金千两，且无人看守，敢问冯相，世间不取此黄金者，能有几个？"

冯京笑道："此万中难觅一人。"

"正是。"石越又问道，"若是这千两黄金，大门紧闭，铁箱铜锁，试问冯相，世间不取此黄金者，又将有几人？"

"大抵清白持家者，必不会取。若越墙破门而入，便是盗贼了。"

"正是如此。"石越笑道，"制度之设，便如门闩与铜锁，其目的是为保护大部分人的名节。制度愈是完善，则世间君子越多。故我以为，欲使民风官风澄朴如古，一则自然还要德化，以德治天下，若处道德沦丧之时，便有严刑峻法，亦不能止人为盗贼，好的制度并不能决定一切，同样的制度，在此处是良法，在彼处则是恶政，便是道德不同所致，此所谓徒法不足以自行。所以，即使是三代的制度，也不能照搬于今日。但另一方面，仅有德化，亦不足以自恃。譬如日日有黄金千两唾手可得为诱惑，便是每日在其耳边念上《论语》三百遍，亦难使其不做贼。故此我以为，道德教化与完善制度，二者不可偏废。"

"道理自是如此……"

"人情都是趋利避害。制度之设计，便是要使众人知道，做好人便是利，做坏人便是害。"

冯京苦笑道："子明，种种情弊，想要杜绝，绝非易事。制度过于严密，也并非好事。做宰相的，要有包容之心。要知道阴阳为天地之道，宰相之道，在于调和阴阳，而并非执其一端。否则，徒然多事，让天下不安而已。"

石越知道冯京倒也并无恶意，只是一时难以完全理解自己的想法，当下笑道："冯相放心，我绝不会做商鞅、李斯的。"

石越与冯京到达石府之后，二人方坐下来，便听侍剑来报，韩宗吾与竹娘已经请到。石越与冯京微微一笑，连忙吩咐侍剑将这位韩衙内与竹娘请进客厅。

韩宗吾虽然是宰相之子，但是身份比起石越来，却有天渊之别。他于石越，素来是高攀不上，此时忽然接到石越的帖子，心中不免惴惴不安。走进厅中，正要行礼，却又见冯京也在，更是吃了一惊，连忙拜道："学生见过冯参政、石参政。"竹娘也盈盈跪了下来，欲要参拜。

石越却抬抬手，笑道："韩世兄、竹娘姑娘，不必多礼。来人，看座——"

早有仆人过来，给二人上茶看座，韩宗吾见石越如此客气，稍稍放心，一面抱拳问道："参政召学生前来，不知有何吩咐？"

石越笑道："的确有事相询，不知韩世兄与竹娘姑娘，可否如实相告？"

"参政下问，焉敢不答？"

"如此便好。"石越站起身来，慢慢踱到二人面前，看着韩宗吾，笑道，"在下便是想问问二位，那份奏折，是不是韩世兄泄露给唐坰的？"

韩宗吾被石越吓了一跳，抬起头来，愕然道："不是，不是。"

"韩世兄，此事你隐瞒无益。你若能坦白告诉我，或还有转圜的余地，也保住了这位竹娘姑娘一条小命。我坦白向你说罢，你可知道今日来满风楼的人是何人？此人朝中赫赫有名，乃是御史安惇。世兄今日得罪了他，只怕明日令尊都难免要受到牵连……你若再瞒上这等大事，到时候只恐真的要祸及家门，牵连不浅呀！"石越看着韩宗吾与竹娘，从容而恳切地劝说道。

冯京也温言说道："我与石参政，与令尊，令叔皆是交好，今日之事，贤侄还是要实话实说，以免误了大事！"

韩宗吾万万料想不到自己打的竟然是当朝的御史，尤其安惇的名字，他也是听说过的，当下脸上青一阵白一阵，想起后果，不由得后怕，竟然瘫在椅子上浑身颤抖，半晌说不出话来。那竹娘被卷入这等大事中，早已目瞪口呆，只是垂头屏气，连喘息都不敢稍大一些儿。

石越静静地望着韩宗吾，柔声说道："那份奏折，是令尊带了抄本回家，所以被你看到了吗？"

"不是，不是。"韩宗吾似乎还没从震惊中回复过来，听了石越的问话，条件反射似的一颤，便即慌忙否认。

"那你是如何得来的？"

"我……"韩宗吾望了石越与冯京一眼，一咬牙，道，"我是拣来的。"

"拣来的？"石越与冯京不可思议地望着韩宗吾，齐声反问道。

韩宗吾见二人似有不信之意，急道："家父家规甚严，我等兄弟轻易不能入家父书房，我怎能偷看到？实是那日我约了唐坰去满风楼喝酒，在楼外的街上与人发生口角，那人伤了我两个家人，逃跑之时，不慎遗下这个包袱。学生想查知此人是谁，便打开了这个包袱，只见里面除了一些铜钱外，便是这封奏折。学生当时也不知是真是假，便和唐坰炫耀……"韩宗吾在此处，却是撒了小谎——他以为既是捡来的东西，无论真假，告诉唐坰也不会与他韩宗吾有关，这才没有顾忌。

石越见他神色惶急不似撒谎，不由得苦笑问道："你看到这个包裹，也不觉得可疑吗？"

"学生以为那或是个盗贼……"

"没脑子！"石越一边在心中暗暗骂了一句，一边却在口里安慰道："既是如此，奏折还在吗？当时必有家人为证。"

不料韩宗吾低垂着头，低声道："那奏折，学生在唐坰入狱时烧掉了，但做证的家人倒是有。"

"草包！"石越再次在心中暗骂了一句，他望着韩宗吾，心中颇有些哭笑不得。当真是龙生九子，子子皆有不同，韩家也并非没有英杰之士，否则岂能在宋代盛极一时？但韩宗吾此人，却的的确确是既无心机又无胆色，十足的一个纨绔子弟。如今还亲手毁掉了物证，纵是韩绛只怕也要百口莫辩了。

"世兄现在即刻回府，快将此事原原本本告知令尊。以令尊之明，自然能猜到事情真相如何。只是事已至此，只怕也没什么更多的办法。单单只今日满风楼之事，便已足够令尊头疼了！"石越几乎是叹息着说道，想起以韩绛的厉害，竟然会有这么一个草包儿子，他的心中对韩绛，倒也有些同情。

"我若回去，会被家法活活打死的。"韩宗吾脸上露出极恐惧之色，一边哀求地看着石越与冯京，似乎想恳求些什么。

"事到如今，只怕令尊已经没有空来打你了。"石越又叹了口气，一边高声唤道："石安，送韩衙内回府。"

待石安将韩宗吾与竹娘送走，石越与冯京相顾一叹，二人心中皆是雪亮：韩绛在尚书省政事堂的日子，只怕已经是屈指可数了！

　　果然，次日早朝，安惇便即弹劾尚书左仆射韩绛教子无方，纵子行凶，殴打朝廷命官，且事涉泄露朝廷军机。顿时令得满朝惊骇，韩绛自韩宗吾回家，便已知悉此事，早已准备了谢罪的表章递上，自请引咎辞职。安惇一个七品御史，仅凭一己之力，扳倒宰相，一日之内，便名噪天下。

　　接下来数日之内，赵顼接连降诏，罢韩绛相位，夺韩宗吾勋品，以安惇为殿中侍御史，韩绛这个尚书左仆射屁股还没有坐稳，短短几个月就被罢相，尚书省暂时便形成了以尚书右仆射吕惠卿为首的新格局。

　　而唐坰亦在交纳巨额罚金之后释放出狱，但是《谏闻报》在财政上受到重大打击，无力复刊，只得暂时停刊。唐坰出狱之后，因为一贫如洗，不得已远赴杭州，加盟《海事商报》。

　　但是这一切，对时局产生的影响，其实相当有限。韩绛本身是个没有特别坚定政治信念的相公，他在政事堂的作用，甚至连石越都认为几乎是可有可无 —— 无非是用来盖印而已。而《谏闻报》也并非是有影响力的大报，虽然这可以看成是报业发展的一个小小的挫折，但是无论是石越，还是三大报的编辑们，都没有夸大这件事的负面影响的意图。

　　总之，大宋前进的车轮依然没有停止，并且一直停留在石越所希望的轨道上。

第七章

江头风怒

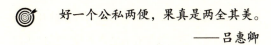

好一个公私两便，果真是两全其美。

——吕惠卿

1

熙宁八年十月立冬之后，天气渐渐转冷。因为汴京冬月无蔬菜供应，上至宫禁，下至民间，无论贵贱，都开始购买蔬菜收藏，以备过冬之用。这段时间，汴京四门大开，过冬物资车载马驰，充塞于诸官道。连接汴京与扬州的汴河，也是船来船往，一片繁华景象。自从石越任太府寺卿之后，杭州的海外贸易与鼓励商业政策，得到了大宋朝廷最高层的直接支持，以扬州、杭州、江宁、苏州、明州五大城市为中心，一个繁荣的江南商业圈初步形成。而这个地区与汴京的主要联系通道，便是汴河。无数的丝绸、瓷器，甚至是制造精美的钟表，以及普通人穿用的棉布、粮食、食盐、茶叶，海外进口的香料，还有晶莹剔透的玻璃杯，都要通过汴河，运往京师，或上贡给皇宫，或者在市场上出售。汴京这座庞大的城市，对于"扬杭商业圈"的依赖性，更加明显。

此时，在汴河之上，一艘商船正降下帆来，缓缓通过东水门进入汴京外城。懂行的人一眼就可以看出这艘商船是用栗木制成，载重三千石，与汴河上标准的运粮官船，是同一型号。不过一般运粮船的船舱装饰，远不及此商船精美。船头站立着一僧一商，二人正指点谈笑，让人诧异的是，僧人眉宇之间竟颇有慷慨之色，而商人亦有一种异于常人的雍容气度。

商船过了东水门后，一路缓行，直至内城角子门附近的相国寺桥之畔，方靠了码头。早有仆役童子先行上岸招呼，僧、商二人方才并肩上岸。却见岸上有一个十八九岁的少年，手挽白马，站在码头边的一棵柳树之下，见着二人，连忙笑吟吟走上前来，深揖一礼，道："侍剑见过二叔、智缘大师。"原来这二人，便是唐甘南与智缘。潘照临那日辞了王安石与智缘之后，即拜会唐甘南，托他此事，叮嘱务要将智缘引入石越幕府。唐甘南也听到京师意欲开发湖广的诸般政策，便欲上京见见石越，以了解详情。因此连忙托人访着智缘，殷勤相邀。智缘也不拒绝，二人竟相携来京。唐甘南早用急脚递五百里加急告知石越，石越本欲亲来迎接，但他以参政之尊，毕竟颇忌招摇，兼之公务繁忙，便只遣侍剑前来。这是示唐甘南以亲昵之意。

唐甘南也知道石府的仆人，与一般府中不同，侍剑在石府之中，亲信更甚于唐康，忙笑道："许久不见，你又长高不少。府中一切安好？"

"参政与夫人甚安。这几日朝中事务太多，参政不能亲迎，多有怠慢，还请二叔与大师不要见怪。我已经备好车马，便请二叔与大师过府中叙话。"

"阿弥陀佛。"智缘轻宣佛号，笑道："石参政实在太客气了。不过贫僧离京日久，还是想先回大相国寺一趟。"

"大师可是怪我家参政失礼吗？"侍剑笑道，"委实是参政此时尚在宫中未还。参政早晨进宫前，还吩咐府中备好斋饭，便盼大师佛驾光临。"

智缘望着侍剑与唐甘南，笑道："贫僧岂敢做如是想？实在离寺日久，心中挂念。"说罢双手合十，欠身道："贫僧便先告辞了。"

侍剑忙道："大师且慢。既是大师想着回寺，便让小人送大师一程。改日我家参政必然亲来大相国寺，向大师讨教。"

唐甘南也笑道："大师莫要再推迟，说起来在下也有许久没去过大相国寺，正好一道送大师一程。"

智缘见难以推辞，当下笑道："阿弥陀佛，如此恭敬不如从命。"

"那是小人的荣幸。"侍剑一面笑道，一面往远处打了个招呼，便见两辆华丽的四轮马车应声而至，旁边还有八个骑着骏马的家人。侍剑将唐甘南与智缘请上马车，自己也上了马，挥鞭笑道："去大相国寺。"侍剑一马当先，上了相国寺桥，绕了几道弯，竟往保康门方向走去。那些家人一愣，旋即会意，不动声色地紧跟着侍剑驰去。

不料闹市之中，人来车往，车马不敢走快，走了三四十分钟，智缘在车中不耐，掀开车帘往外一看，见外面景物，赫然已是汴京内城，顿时一愣，立时便知道是上了侍剑的当。侍剑见车帘一动，已闪到车前，笑嘻嘻地赔罪道："大师莫怪，是我家参政要小人务必将大师请到府中，以慰仰慕之情。小人不敢违了参政之令，这才出此下策，待到了府中，大师要打要罚，任凭大师处置。"

智缘又是好气，又是好笑，不料自己聪明一世，却被一个毛头小子所诳，眼见他笑嘻嘻的绝无恶意，竟是发作不得，又终不能从车上跳出去，大扫石越的面子，只好苦笑摇头，道："岂有如此胆大妄为的书童。"

侍剑吐吐舌头，笑道："我老早便听参政说，大师与王相公交好，于世俗礼法，尽不在意，是超凡脱俗之人。料来必不怪罪我不知上下的。"

智缘笑道："贫僧不来怪你，自有佛祖怪你。骗人是要下割舌地狱的。"

"阿弥陀佛，大师你这不是骗我吗？前些日子，小人还去了汴京的十字僧庙，他们就吓我，说人一生下来就有罪呢。小人就寻思，我有什么罪孽可言？我家参政是个大好官，大忠臣，常和我们说要善待百姓，身居高位要有同情怜悯之心，小人年纪虽小，可从来没做过一件坏事，如何便说我有罪呢？我小小骗一下大师，佛祖慈悲，再也不会让小人下地狱。"侍剑口舌伶俐，素性倚小卖小。

智缘听到此言，双眉微垂，温声道："善哉！石参政能持此心，是朝廷百姓之福。"

侍剑当下揽辔而行，一面和智缘说些京师里的笑话，时不时问些佛经要义，西北风俗，乃至医术药材。他是石越的书童，石府藏书已不少，白水潭学院又另有图书馆，甚至皇家藏书他都能借阅，交游见识，又尽是大儒俊彦，论起见识之博，较一般的书生，都要胜过一筹。此时要投其所好，便故意引智缘说些得意之事，竟是让智缘刮目相看。

　　大约同时，大内武库。

　　随行皇帝赵顼检阅武库的，有尚书右仆射吕惠卿、枢密使文彦博、副使王韶、兵部尚书吴充、卫尉寺卿章惇、军器监苏颂，宦官李宪、张若水、李向安，还有特旨随行的户部尚书司马光、太府寺卿石越与吏部侍郎韩维、兵部侍郎郭逵，以及兵科给事中郭申锡等人。狄咏全副戎装，率领着御龙直左班的五百名侍卫，紧张地戒备着。没有人想到赵顼会突然要率领大臣们巡视武库，也难怪众人如临大敌一般。

　　"朕自束发，即知为人君者要使臣民安居乐业，马放南山，铸兵为犁，方为太平盛世。然我大宋自建国起，实无一日之太平。灵武未复，燕云沦陷，旦夕有变，虏骑数日之间便达汴京城外。国家社稷，实有累卵之危。朕前日读报，闻泰西之地，有古巴比伦国，曾有所谓'空中花园'者，我大宋之太平，便如此物，实是空中楼阁。兵法有云，先为不可胜，以待敌之可胜。今日之势，则是敌虏为不可胜，以待我之可胜。祖宗所以勤修武备，养兵百万者，非不知其劳民伤财，不得不然耳。故朕一即位，即讲求富国强兵之术，其意无他，欲致太平尔。卿等观武库甲兵，谓之'凶器'，朕却以之为太平之器。"

　　"陛下。"司马光早听得不太顺耳，待皇帝说完，便即反驳道，"臣以为欲为不可胜，在德不在险。"

　　"臣却以为天时地利人和，德者人和，险者地利，二者不偏废。"吕惠卿对司马光的论点嗤之以鼻。

　　"天时不如地利，地利不如人和。故曰，在德不在险。若天子勤修德政，孰敢轻犯？"

　　"非也，形胜之地，兵家所必争。若谓在德不在险，此宋襄公所以败国亡身也。司马公精于史实，岂不知耶？历代王者，无不据有形胜之地。以本朝而论，仁宗皇帝便是仁君，而元昊扰边，关中震撼，百姓劳苦转运，死者万计，及至今日养兵百万，劳累百姓者，皆非我大宋无德所致，而是我大宋无险所致。故陛下所言实为至理。一劳永逸之策，还在收复故地。北控燕云，西据灵武，进取西域，此万世太平之基。纵边疆小警，亦不至动摇我中原根本。"

　　司马光冷笑道："吕相公不知道历代亡国，多非由外族，而是由德政不修，导致百姓叛乱吗？"

"是吗？司马公不妨听听石子明如何说。"吕惠卿望了石越一眼，不动声色地说。

石越知道二人争论，并非仅仅因为过往不和，二人的确是生性不能相投。此时的争论，其根源依然是为了部分兵器民营化。司马光虽然不反对解除持兵禁令，但对于兵器民营化，却认为是走得太远了，反对的态度异常坚决。可吕惠卿对于部分兵器生产民营化，却一直是表示坚定的支持态度。若按司马光的观点，则国家败亡的主要威胁来自国内，固然一方面要敦促皇帝修德政，另一方面却也不可避免地要防范百姓。而吕惠卿的观点，则是直指主要威胁来自异族，那自然要进一步地武装百姓，方为上策。石越本来乐于见到吕惠卿出头争辩，不料几句话下来，吕惠卿却将球踢到了他的脚下。

石越连忙笑道："臣的确曾向皇上言道：历代亡国之原因，非止是人君德政不修，亦是因为豪强数百年兼并土地，使得百姓贫者无立锥之地。若再加官府失德，则民不聊生，这才盗贼蜂起，致有亡国之祸。若使百姓有一线生机，断不至于反抗朝廷。本朝若要脱离治乱循环之道，须从根本处下手，朝廷要时刻给百姓找一条活路。本朝向来是不抑兼并，本也无可非议，实是兼并原本也抑制不了，但也不能无所作为，毕竟还要鼓励与帮助百姓开垦新田，亦应当鼓励工商业，让工商业能尽可能多地吸纳贫民。天下少一个饥民，便是少了一个叛贼。这才是治本之道。必要之时，还要组织无业之民开疆拓土，就地扎根，以缓解兼并之害。"

"治乱循环，实是气数。历朝概莫能免。何况鼓励工商，则务农者少，务农者少，则粮食不得增加，粮食不得增加，则百姓必然饥馁，石子明所言，前后矛盾，本末倒置。况且百姓重视乡土，不乐迁移，强行征发，必致大乱。"文彦博听得极不舒服，不由亢声反驳道。

"文相公所言差矣。凡太平日久，则人口必然增加，此势所必然。若初有人口一万，历二十年，则可至二万，再历二十年，则可以至四万，如此递增，百年太平，人口滋长，必然构成压力。何也？因垦田数之增加，无法比上人口数之增加。而且兼并一事又难以杜绝，便有更多的人来分更少的土地。土地所增有限，多数又归于兼并之家，贫者所占土地愈少；而人口增长却无穷尽，是百姓终有无法生存之日。故每逢末世，百姓生子杀子，生女杀女，大伤天和，虽如此亦不得苟全。历朝历代，治乱循环，实由此来。所谓盛极而衰，亦是由此。历代最盛之时，亦是在籍人口最多之时，人口一旦再加增长，则土地便显不足，于是百姓谋生不暇，一切动荡，皆由此引发，国家亦不能不转衰。故要想长治久安，朝廷一定要为百姓谋生路。百姓不乐迁移，亦不必强行征发，可以鼓励之，诱使之，人情趋利避害，若迁移之利大于不迁，则未闻有不乐迁者。至于以为重工商而伤国本，此商鞅之鄙见，非圣人之义。商人使物资流通，使农夫能以物换物，能让最好的农具、种子传遍天下，非徒然害农而已。

何况朝廷还可征收商税，此处多得一文税，农夫则可少缴一文税。工商与农业，并非是一端繁荣必使一端受害，而是可彼此皆受益于对方者。是圣人方以士农工商并列，未尝偏废。臣在杭州时，鼓励商业，未闻杭州粮食减产，农夫之家，亦从中获利。臣以为，商鞅那点见识，实不足法。"

"巧言令色。"文彦博拂袖怒道，"陛下不可轻信此言，历朝未闻有不重农而国富强者，农为国本，不可动摇。治国之道，务在安静。"

石越笑道："臣未曾言要国家不重农，臣亦以为农为国本，国家不可不重农。臣所言者乃重农之术。盖历朝偏见，以为重工商必然伤农，而臣以为未必然，兼重工商，有利于农。历朝皆以为固邦之术，在于抑兼并，而兼并却无法抑制，臣以为本朝既然祖宗以来，未尝抑兼并，则不妨另辟新径，解决之道，便在发展工商，鼓励移民垦田。朝廷治民之道，不当是为防范百姓，而当是依靠百姓，帮助百姓。朝廷若视百姓为亲友，则百姓必为朝廷之亲友；朝廷若视百姓为仇敌，则百姓必为朝廷之仇敌。视百姓为亲友，则朝廷有亿万之亲友之助，何愁社稷不稳固，何忧天下不太平？若视百姓为仇敌，则朝廷有亿万之仇敌，无论怎样防范，总是防不胜防！"

石越一番话说得赵顼频频点头，连司马光亦觉得颇有道理。文彦博虽然心中不忿，却又辩他不过，只得愤愤道："强词夺理！"

"臣却以为石越言之有理。臣请陛下早下决心，废持兵之禁，将军衣等十余种军资向民间商人招标，以节省朝廷开支。同时向商人出售许可令，允许民间生产诸葛弩、刀、剑等十三种兵器。至于武库兵器，亦当清点，凡老旧陈腐者，可拍卖给商人出售，或者干脆卖给辽人。臣以为，武库的兵甲，一定要是最好的。"吕惠卿态度积极，让石越大惑不解。

"陛下，将军衣等物资承包给民间，只恐缓急难用。平素固然可以省下十几万贯的开支，且能让一些百姓多赚一点钱，但是万一开战，只怕误了大事。"文彦博对于这些改革，实在很不乐意，若非军器监隶于尚书省，他早就要断然否决。

"臣却以为文公过虑了。"石越笑道，"商人若有数倍之利，虽死亦不足使之惧。一旦开战，需求增多，只要朝廷许诺给钱，焉有不尽心尽力之理？何况朝廷亦当立法，与其签订契约之时，就当规定国家若有战事之时，一切与军队有关之作坊，都需按要求开工。而纵是平时，卫尉寺与军器监都要派人进驻作坊，加以监督。凡产品交验，必须手续清晰，责任至人。若三衙属下军队发现有问题，即可请求追究军器监之责任，而军器监与卫尉寺即要追究当事人之责任。若某作坊生产之物不合格超过一定之比例，则不仅可以要求退货，而且要追加处罚，禁止其以后参与投标。如此数部门不相统辖，互相监督，臣以为朝廷无官官相卫与欺上瞒下之忧，而民间所造军资，质量必胜于官营。何况这些军资，都是辅助性质，无非军衣鞋帽营帐之类而已，民间可以胜任的作坊数不胜数，朝廷可以分成份额，允许多家作坊投标，互相之间，各有竞争，优者存，劣者汰，一岁一投，则是流水不腐之道。”

其实当时军队干粮的等物，早便是由民间制作，官府购买。亦算是行之有效了。司马光听石越说得在理，虽然不表支持，却也退到一边，默然不语，不再反对。文彦博却吹着胡子，傲然道："臣不信民营之物，胜于官家所制。"

"文相公不曾读过《盐铁论》？官物粗糙，汉时已然。"石越笑着反驳。吕惠卿却游目四顾，忽然上前欠身说道："陛下，臣大胆，想做个试验。"

赵顼心里已偏向石越，但又觉得文彦博是三朝名臣，他的意见不能不重视，且他又是枢使，亦不能不说服他。当下便笑着点头应允。众人皆不知吕惠卿弄什么玄虚，也一个个凝目注视。吕惠卿随便叫了几个侍卫，便往武库中走去。众人等了一炷香的工夫，方见他从武库中出来，几个侍卫手中还捧着两件纸盔甲、几杆长枪。他吩咐侍卫将这些东西放在地上，这才走到皇帝跟前，欠身笑道："陛下，臣刚才在武库中，挑了几件纸盔甲，几杆长枪。臣听说本朝的纸甲，钢刀不能入？"转身向苏颂问道："苏大监，是吗？"

赵顼也凝视苏颂，苏颂见此情形，心中已明白八九分，额上不由浸汗，硬着头皮干笑道："确是如此。"

吕惠卿又转目注视张若水，笑道："请问张都知[22]，这些物什，是何时入库？"

张若水也是聪明伶俐之人，背上已是冷汗直冒，却不能不答，勉强走到纸盔甲与长枪边上，睹视片刻，方说道："是熙宁三年之物，熙宁四年入库。"

"有劳张都知。"吕惠卿微微一笑，走到狄咏身旁，道："借狄将军佩剑一用。"

狄咏却将目光移向赵顼，见赵顼点头允许，这才抽出佩剑，双手捧给吕惠卿。吕惠卿走到纸甲之前，让侍卫将两副纸甲叠在一起拉开，他提起剑来，随手捅过，便见那纸盔甲有如薄纸一般，一剑洞穿两层盔甲。吕惠卿随手捅了几下，那盔甲上便有几个大洞！

赵顼的脸色立时难看起来，张若水与苏颂"扑通"一声，跪倒在地。文彦博铁青着脸，默不作声。吕惠卿笑道："陛下，文相公请看，这便是官营之物，军国之器。"说罢，一剑挥向一杆长枪，便听一声脆响，枪杆断为两截。他又提起一杆长枪，用手一扳，一个枪头竟被他拧了下来！"臣，书生尔！竟能手断长枪！"吕惠卿厉声说道，"武库之中保存此物，不知何用？此虽军器监设立之前之物，然臣曾判军器监，

[22]　入内内侍省都知，为入内内侍省长官，仅次于都都知，号称"参内宰"，熙宁中曾规定此职以四员为额。但宋朝限制宦官，号称"内臣极品"从不轻易授人的入内内侍省都都知，品秩亦不过从五品，都知则仅为正六品。。

深知其中利弊，军器监设立之后，虽然力行责任明确，但不少军器之成本也因此提高。军衣帐篷，针线粗糙，制造鄙陋，众所周知。更有一弊，是生产之时不计成本，浪费甚多。今有官民两便之事，陛下当早下圣断。"

文彦博一时无语。司马光与吴充顾视一眼，一齐道："臣等细想，亦以为可行。然此事犹有细节，招标究竟是由枢府还是军器监主持？如何防止作坊擅自生产军衣营帐卖给民间甚至敌国？如此等等，虽为小事，不可不虑。"

"此谋国之言。"石越赞道，"臣以为苏颂熟知军器生产情弊，章惇心思细缜，可着二人详定以闻。"

"至于部分兵器生产民营，臣依然有异议。万一有人借此屯集兵器谋反，后果不堪设想。"司马光于此坚决反对。

一直不曾说话的韩维忽然说道："君实过虑了。民营之兵器，实则民间铁匠即可打造，若有人要行谋反之事，本就无法防止。而凡生产兵器之民营作坊，所造兵器皆有标号，卖给何人，亦要登记。而且要购买许可之令，生产多少，生产何种武器，皆有限制，由卫尉寺派人监督。若要由此来谋反，只怕更露痕迹。许可民间制造兵器，实是为鼓励民间习武，而且是在军器监诸作坊之外，多一些储备，平时朝廷不用花钱供养，反可从中收税，而缓急之时可用。凡民营兵器作坊，朝廷亦可鼓励其研制新式武器，包括火器，但是必须向朝廷申报，由枢密院最终决定是否可以研制。若研制成功，其有利军国者，即可以由军队购买装备，军器监下属设立兵器专利局，其研制之武器若能申请专利，十年内许其独家生产，别家若要生产，则要付购买专利之费。军队不要者，能否卖给民间，亦须由枢院批准。如此，使其研究能尽量为军队所用。如此，不仅可以节省朝廷研究费用，亦可集思广益，实是强国善策。"

"正是如此，兵器民营，并非随便许可。凡能得许可之令者，要家世清白，有足够之资产，而且其家眷必须迁居汴京，置于朝廷控制之下。这些人实是朝廷养在民间之鹰犬。"石越深感每进一小步之艰难，对敌国讲"在德不在险"，对本国百姓就不肯讲"在德不在险"了，这种态度，石越非常以为然，但是司马光等人的顾虑，亦有其立场，而且有强烈的代表性，他不得不设法消除他们疑虑。

赵顼望了地下那断枪残甲一眼，凝视文彦博，问道："文公以为如何？"

"臣终惧养虎为患，望陛下三思。"无论如何，文彦博都无法信任商人对国家的忠心。

"朕当再思之。明日朕先下诏，废持兵之禁令。苏卿、章卿可去筹划军衣等军资生产向民间招标之事。张若水、李向安会同苏颂，检视武库兵器，若下次朕再发现武库中还有这种不中用之物，小心你三人项上人头。诸葛弩等兵器民营化，再下廷议。"

"陛下圣明！"

　　当石越回府之时，已是夜幕低垂，万家灯火。石越刚刚踏进府中，石安便迎了出来，禀道："参政，二员外和智缘大师在客厅等候已久。"石越这才想起此事，也不及更衣，便直接往客厅走去。人未进门，瞅见唐甘南与智缘正在吃茶，而潘照临、陈良坐在下首相陪，侍剑则站立一旁侍候，石越高声笑道："二叔，大师，可想煞我了。"

　　众人这才知道石越回来了，一齐起身，唐甘南笑道："贤侄别来无恙。"智缘则高宣佛号，合十道："贫僧有礼。"

　　石越连忙还礼，一面笑道："快快请坐。大师、二叔，让你们久等，多有不敬，还望恕罪。"又向侍剑问道："斋宴可有备好？"

　　侍剑笑道："已然妥当，便等参政回府。"

　　"那便先开宴。"一面道："刚刚回府，未及更衣。我先进去更衣，恕罪。"又向唐甘南与智缘分别告了罪，方进里间更衣。到了内室，梓儿正在研墨，见石越回来，忙吩咐阿旺去取了衣裳，一面笑道："大哥可是忙煞，今儿个二叔已等了很久。"

　　石越轻轻摸了摸她的头发，笑道："朝中事情太多，一时半会竟是撕掳不清。几乎忘记此事。"

　　"十一月初一清河郡主下嫁狄将军，十一月初三包公子迎娶程家小姐，大哥可不许忘记了。这两处你一定要到的。"梓儿一面从阿旺手中取过衣服，替石越更衣，一面柔声提醒道。

　　"这等事情就要劳烦夫人提醒了。"石越俯首亲了梓儿一口，眼角却见几上摆着一件物什，不由吃了一惊，问道，"那是何物？"

　　梓儿瞄了一眼，笑道："那是琉璃杯。晶莹剔透，煞是可爱，以往只听说宫中才有此物，这次是二叔带来两只送给我。"一面向阿旺笑道："阿旺，取来给参政看看。"

　　石越却见那分明便是玻璃杯？他从阿旺手中接了过来，只见这玻璃杯的颜色并不纯净，中间夹有淡淡的绿纹，杯壁甚厚，除此之外，则与他所见过的玻璃杯并无二致，当下说道："这哪是琉璃，这是玻璃。"

　　梓儿奇道："什么是玻璃？"

　　"玻璃比琉璃要纯净透明。"石越简单地解释道，也不管自己的说法是不是正确。

　　梓儿看他神色，笑道："大哥是喜欢这个吗？二叔说，这种杯子用来喝葡萄酒甚好，不如便……"

　　"那过于奢侈了。"石越一面笑道，一面扣了玉带，道，"妹子，借你一只杯子一用，我且去陪二叔与智缘大师。"

他拿着杯子到了客厅，宴席已然就绪。一切既以家宴为名，石越便让智缘与唐甘南坐了上席，自己反在下首相陪。智缘得石越如此看重，心中也觉舒泰。然而石越席间所问，饮食起居之外，尽是些西北边事民情，番人风俗，智缘虽然随口回答，心中却总是存有一个大大的疑问，竟是食不知味。

唐甘南却不知石越为何竟将琉璃杯带了出来，因找了个机会问道："子明可是很喜欢这个杯子？"

石越笑道："方才见着，因见此物剔透可爱，便带了出来，想问问二叔，此物是从何而来，价值几何？"

"此是自大食胡人购得，一杯值五百贯。"

"五百贯？"石越暗暗心惊，五百贯可以在汴京以外的任何城市买一座大宅院。陈良亦不禁叹道："世间偏是无用之物最贵。"

潘照临却笑道："如此贵重，若能得其制法，其利不可估量。"

唐甘南苦笑道："这却要去何处觅来？听说琉璃是由琉璃石烧制而成，传闻之中，琉璃石产自西域。"

石越知道中国之琉璃业虽然独立发展，但进步缓慢，明代琉璃业之发展，郑和下西洋带来大量的琉璃工是其中一件大事，因笑道："此物是人工制成。其透明如此，可称玻璃，若一面镀银，可以为镜，胜铜镜百倍。若能得其制法，其利百倍。若二叔有意于此，何不设法去买回胡人中的琉璃工？"

唐甘南眼睛一亮，笑道："只怕轻易买不到。"

"我会写信给薛奕，托他留意。昔日赵飞燕时，所居之所，以琉璃为窗，光可照人，我大宋自己要厉行俭朴，但是不妨鼓励邻近诸国的君主奢侈一点。"石越半开玩笑地说道。

唐甘南也笑道："日本国的贵人，高丽的显宦，以至南方交趾等国，都不难被这些淫巧之物打动。但辽国新君却似乎不是个喜欢华服玩乐之人，比耶律乙辛强。至于西夏，却要问智缘大师了，若能令其主奢侈一点，我们百姓可赚钱，朝廷也可以坐享其利。"

潘照临也淡淡道："李元昊之所以能为乱，正是因为他学匈奴之故技，让百姓不着丝绸绫缎，不吃茶叶，以减少对于我大宋的依赖。辽国亦限制民间饮茶，正是为了避免受制于我。若能让其贵人耽于享乐，此勾践之所以兴而夫差之所以亡。"

智缘笑道："吐蕃贵族心服大宋，亦是缘于此。羌人喜爱茶叶与大宋的衣物器饰，其贵人更是喜爱丝绸瓷器，朝廷加以恩德，便容易笼络。然夏国则不同，秉常虽然亲信汉人，喜爱汉风汉俗，但他即位之时，不过七岁，现今亦不过十五岁，尚未成年，大权一直旁落，梁太后专擅国政，置秉常如同傀儡。她以妇人专政，便只能打出重视番俗的旗号，借元昊旧法，来笼络一些部族首领，欲以奢侈之物打动她，只怕难以奏效。"

"那梁乙埋呢？"石越不由问道。其时正是西夏大安元年，梁太后专权已久，以其弟梁乙埋为国相。梁乙埋与其子梁乙逋合谋，重用都罗尾、罔萌讹等人，权倾朝野。从熙宁二年起，便废汉仪，用番礼，袭元昊故智，屡屡侵犯宋、辽边境，以转移国内矛盾。至熙宁四年不得已才与宋朝议和，五年和议始定。但梁氏以外戚专权，不得不努力转移国内势力的不满，因此又屡屡觊觎辽国西京道。不过石越却听说梁乙埋父子都是喜好享乐之辈，他知智缘往来宋夏边境，深知西夏虚实，故有此问。

"梁乙埋固然爱享受，但是梁太后虽为妇人，却不可轻视。其杀伐果断，智谋深远，不下吕后、武则天。"智缘一再强调西夏梁太后之能，石越想起宋朝五路兵败之事，不由一时无语，过了良久，方道："虽然如此，但夏国女主当权，幼主若昏暗，还可无事，若幼主聪明，一旦成年，必生事端。以汉献帝困于曹阿瞒，尚有衣带诏之事，何况秉常之于梁太后？"

智缘眸中精光一闪，凝视石越，问道："参政高见。不知参政以为西夏母子，将在何日反目？"

"当在秉常行冠礼之后！若梁太后果如大师所言，她又岂会轻易归政？"

"参政既能洞见幽明，何不早图之？"智缘说起西夏之事，实是关系到平生的抱负所在，不由慨声道，"夏国不比辽国。辽国除幽蓟故地之外，本是胡夷所居，我大宋便能抚有，然若不能大量移民以镇之，则终究只能亲和胡狄，以夷制夷。得其地，除使边境安宁之外，便无尺寸之用。而夏国河南之地，凡华夏强盛之时，未尝为他人所有，河套之利，虽愚可知。若能进据灵凉二州，西则可开通丝路，北则可夹击辽国，精兵良马，其地所产，朝廷得之，可以征伐四方，而关内无烽烟，大宋无西顾之忧。且夏国自元昊后，国力衰落，正是天予弗取，反受其咎！"

"以夷制夷，未若化夷为汉。辽东非不能为我所有。"石越笑道，"然而我听说耶律濬才智过人，又信任贤臣，我大宋兵不练甲不精，一旦行军，处处掣肘，且于辽军有未战先怯之忧，真要打仗，胜算不多。故此我才力劝皇上不可轻举妄动。历来占形势而兵败，不知凡几，实不得不谨慎。至于夏国之事，若朝廷早做准备，一待有变，兵锋直指灵夏，当其内外疑惧之时，以迅雷不及掩耳之势，可一鼓而胜之。故我的不少主张，皆急欲在四五年之内克见事功。为的是万一西境有事，不致被国内之事困住手脚。"

智缘听到石越这番话，当真喜出望外。石越分明告诉他：他已然决意图谋光复灵武！智缘一身抱负，尽系于西事，王安石罢相，石越得势之后，他以为石越行事谨慎，志在国内，便是对外用兵，也当是一二十年后之事，因此满腔雄心，渐渐收起。

不料石越切切之意，竟然不逊于他。而之前急欲在五年内完成移民，想必也是由此而来。智缘心意已动，便试探道："参政若要谋划西事，不可不结纳吐蕃。"

其时吐蕃以青唐最盛，其酋长董毡本是唃厮罗第三子，尚契丹公主。嘉祐七年，契丹主思念公主，欲遣使迎还，触怒董毡，遂杀契丹使者，绝辽通宋，至此已有十三年。当年夏主谅祚在位，以为吐蕃与契丹有隙，即领兵而西，欲吞并吐蕃，并乱秦州。时张方平在秦州，严阵以待，谅祚无隙可乘，转攻青唐城，不料被唃厮罗击败。两家世仇，愈结愈深，唃厮罗虽曾两败于元昊，却三克谅祚。青唐吐蕃实是宋朝有力的盟友。

石越目光转向潘照临，潘照临微微颔首，笑道："青唐吐蕃自是我大宋臂助。王韶平定熙河之后，西番亦多归附。联番制夏之策，已然成形。然而董毡终是番人，他日有事，无非使其出古渭州，取西凉城，以为牵制。若要谋划西事，其根本还在中国。"

"善！"智缘本是试探石越之见识，此时听潘照临道吐蕃不可恃，不由大生知己之感，笑道，"本朝诸公，无一语能及此。王相公曾言，夏国一国户口，仅能当陕西之一路，以陕西四路攻夏国，倾全国之力供粮饷，不能成功，其罪在用人不当。又朝廷之中，凡议兵事者，尽以计苟安、弥边患为便，故种谔取绥州、城罗兀，无不干犯言路，众议纷纷，以为衅事。贫僧愿为参政言平夏形势：平夏之地，以绥、宥为首，灵州为腹，西凉为尾，有灵州则绥、宥之势张，得西凉则灵州之根固……"石越连忙吩咐道："取地图来。"顷时，便有家人将一幅地图取来，挂在客厅的屏风之上。石越起身走近，仔细观看地图，便见在陕西以北、河东路以西的河套地区，由东至西，盘垣着银、夏、绥、宥四州，往西则有灵州与静州，再往西则是凉州，也就是西夏的西凉府。这数州之地，便宛若一条长蛇，盘踞于宋朝的西北边境，护卫着西夏的都城兴庆府。石越知道银、夏、绥、宥、静五州，是李家的"祖宗基业"，而如今绥州总算落入宋朝手中，便如一根尖刺一般，插入银、夏、宥三州之中，时刻威胁着蛇首，特别是银州更是近在咫尺。而熙河地区，则与蛇腹灵州、蛇尾凉州，形成一个三角形，一朝有事，夺下兰州，不仅可以巩固西线，切断蛇腹与蛇尾的联系，还可以直接威胁灵州。更重要的是，掌握熙河，则宋朝与吐蕃便联成一线，可以互相支援——王韶毕竟是知兵之人。

"参政请看……"智缘走到地图之畔，手指银、夏二州，道，"绥州属银、夏之冲，得绥州，则银、夏不安。此处是横山，罗兀城是横山之要，若能两险并据，则夏国国势已危。种谔争之，岂为失策？然所惜者，其能守绥德，不能救抚宁，患得患失，临战而怯，致使诸堡分崩，朝廷震动，将已成之业，付诸东流！种谔固有罪，然朝廷弃之不争，亦是失策！"

石越默然无言。

智缘所说的，其实也就是几年前的事情而已。自宋朝赵顼即位，重用王安石，宋廷就一直积极谋划攻略西夏。宋廷对付西夏的策略，便如智缘所说的，就是兵分两路，分别从延绥地区与熙河地区下手，从外围削弱西夏，并构成对西夏的战略包抄态势。其中熙河地区以王韶、李宪为主，是王安石力主的重点，目的是切断西夏与吐蕃的联系，将青唐吐蕃等势力置于自己的控制之下，进而从侧面威胁西夏。而经略延绥地区则是由薛向献策、种谔负责，早在赵顼即位之初，王安石尚未进入中枢，便已经开始。并且，这个计划是由皇帝直接指挥，种谔受密旨行事，有一段时间，不但可以不受陕西帅臣之指挥，甚至连枢密院都只有枢密使文彦博知情。

但这两路计划，却命运迥异。王安石所主张的开熙河之策，总体来说还是进展顺利，但是经略延绥地区，进而谋取横山、平夏的战略，却有颇多不利。这个计划一开始就受到枢密使文彦博为首的旧党反对，文彦博甚至不惜违旨，将内情告诉时任权御史中丞的司马光，导致司马光上章反对，赵顼迫不得已将司马光改任回翰林学士。但便如智缘所分析，横山、平夏地区对西夏的重要性，远非熙河地区的西番可比。种谔虽然顺利夺取了绥州，并筑城以守，但种谔的行动立即就引来了西夏人的大举报复——夏军虽然未能夺回绥州，却一度将堡垒进筑到离绥德城仅四里的地方。种谔与郭逵因其兵锋太盛，都不敢与之争锋，直到夏军主力退去，郭逵才又出兵击破其堡垒。然而夏军并未因此而善罢甘休，又兴兵十余万，号三十万，大举进攻庆州，宋军虽然抵住了这波攻势，并且靠着坚壁清野，在河流下毒等手段，迫使夏军粮尽撤兵，但战死的高级将领却也不少，许多地区都被夏军劫掠。这直接引起陕西震动，当时的参知政事韩绛奉旨宣抚陕西。

韩绛到达陕西后，与属于旧党的宣抚判官吕大防一道定策，编整陕西军队，进取横山，报复西夏。种谔开始取得一系列的军事胜利，夺下了罗兀城，并筑抚宁诸堡，但他孤军一路，未得友军支援，结果很快引来夏军的重兵进攻。梁太后以重兵攻陷抚宁堡，切断罗兀城宋军与绥州宋军的联系。韩绛惊慌失措，急令庆州宋军驰援，没料到庆州宋军竟然在此关键时候发生兵变。两千庆州兵在陕西兵变，关陕骚然，这个时候的宋军，根本已经无力对付西夏，抚宁诸堡全部沦陷，除了绥德城外，从治平四年到熙宁三年所有的战果，全部付诸东流。韩绛、种谔等人，都因此受到严厉的处罚。

经略横山的失利，也是王安石及其亲信们心中的一道伤疤，虽然这个计划主要是由赵顼主持，但是王安石开始也是支持的，尤其是最后的失利与溃败是在"传法沙门"韩绛的领导下直接造成的，这也给了旧党批评的口实。此后王安石基本上放弃了攻略横山的计划，而是全力支持王韶在熙河的行动，也与这场惨败有关。

　　但是，在新党当中，如智缘这样对横山地区念念不忘的人，还是有很多的。由一场兵变导致的失利，是无论如何也不能让他们甘心的，更何况绥州这个战略支点还在宋朝手中，所以，他们也并不认为这个计划失败了……

　　这些几年前的旧事，石越也是最近才开始渐渐有所了解。很多事情也只有在他进入政事堂之后，才有可能知道。在熙宁三年、熙宁四年初的时候，他对于这些事情，可以说所知有限。庆州兵变很快被王广渊与林广以果断、残酷的手段平定，最终没有造成太大的破坏。消息传回汴京，也就是平平淡淡的几段文字，一切内情，都不是当时的石越所能知晓的。进取横山的计划虽然夭折了，但宋夏之间，反而形成了几年的微妙平衡……那时候的石越，目光根本顾及不到遥远的横山地区。

　　但在他进入中枢之后，他就不得不去认真思考宋朝对西夏的战略。不要说几年后那个几乎一定会出现的机会，哪怕仅仅只是为了避免五路伐夏的悲剧，他也必须未雨绸缪。更何况，解决掉宋朝两北的边患，本来也是他的目标。而且，石越还是比较了解赵顼的，赵顼变法的目标，其实也是为了用兵以解决两北边患。因此，想在中枢待得长久，想要获得皇帝的支持推行自己的变法，在这方面，就必须要有一个能让赵顼信服的方案。

　　而石越并不打算推翻王安石的一切，平地再造一座新的高楼。新党在经略西夏方面所取得的成绩，所留下的经验教训，在石越心里，都是宝贵的遗产。对于皇帝与王安石最初确定的战略，从根本上来说，石越也并不觉得是错误的。实际上，无论是皇帝、王安石，还是王韶、薛向，他们所设想的战略，早在宋仁宗时代，就有许多的名臣提出来过。这是文彦博等旧党反对的主要原因，纸面上的战略是一回事，实际上执行就是另一回事，这种事情，文彦博他们实在见得太多了。但这却也正是石越不打算完全抛弃新党的战略的原因——这么多精英不约而同所得出的共同见解，石越不认为自己聪明得可以完全另起炉灶制定出更可行的战略。

　　关键在于细节。

　　这也是石越如此重视智缘的原因。他知道智缘愿意倒向自己有很多原因，但那些都不要紧。最重要的是，智缘深知西北虚实。而石越听他的言语，已可以断定，智缘至今对于种谔的失利，还是不甘心不服气。他希望这个战略能够重新被朝廷采用，但是，王安石罢相了，韩绛这个左仆射也再度倒台了，种谔虽然已经复官，但他一介武官，根本不可能影响朝廷大事，以智缘的智慧，应该能够判断，现在中枢的宰执中，没有比自己更好的人选，除非他愿意去信任吕惠卿……

　　"参政可知夏国之兵乎？"智缘却不知道石越脑海中转过这许多念头，他手指地图上的横山，重重一划，带着几分遗憾的语气说道，"夏国虽在河外，然河外之兵怯懦少战，人马精强惯习战斗者，唯二百余里横山番部。此为天下精兵！夏国每入寇，横山兵必为前锋。嘉祐八年，横山部将轻泥怀侧苦于谅诈虐用，率所属归附，请兵延州，约中国会兵灵夏，此本是天赐良机。昔日吐蕃衰绝、回纥乱亡，无不由此，这本是夏国安危之机。然会逢仁宗不豫，朝廷未能回应，谅诈已然得讯，立时遣使安抚，我大宋竟然与良机失之交臂。实为可惜！"

这宗秘事却是石越以前从未听闻过的，一时间不由愕然。不过他倒是知道嘉祐八年正逢仁宗驾崩，英宗并非仁宗亲生，中外不安，宋朝自然不敢轻启边衅。纵有机会被白白浪费，也是在所难免。

却听智缘又说道："夏国并非无隙可乘，其国内，上则权臣当道，女主临朝，幼主不安其位；下则各部心怀怨恨，常有异心，百姓亦苦于赋敛，且两国和市久绝，其国中必然匮乏，民不能无怨。光复河套之要，在于大宋能把握时机，善用将领。言臣纷纷，于防范权臣或有利，于军机大事则常误。行大者，岂能顺庸人之意哉？"说到这些，智缘和尚依然是一脸的不平。

石越当然知道他话中的言臣、庸人是指谁，他凝视智缘，长揖道："越不才，愿请教大师图夏之策。"

智缘坦然受了这一礼，口里却说道："岂敢，岂敢。朝中王副枢使、郭侍郎，本朝名将，皆是熟知西事之人。参政何故问一老僧？"

石越笑道："若机会已至，自当问策于王、郭等人。然我终不能坐等良机天赐，没有机会，便要设法制造机会！越所请教于大师者，是如何制造机会？"说罢，朝侍剑打了个眼色，侍剑立时斥退厅中所有家人。智缘听到这话，正是合意，但他性格沉稳，直待众人散尽，这才笑道："参政之言甚是。要制造机会，首在用间……"

2

数日之后。大宋尚书省低调地成立了一个临时机构，其全称为"荆湖南北、广南东西四路军屯制置使司"，负责全面协调军屯地点勘测工作，由两府各派一人并同主持，于是工部尚书苏辙与枢密院都承旨曾孝宽一同担任"四路军屯制置使"。四路军屯制置使司向荆湖南北、广南东西路派出了一共十多个调查团，调查各路州县可以进行军屯的地点、规模与周边状况，画出地图，撰写报告，最后再由苏辙与曾孝宽选定方案，交由尚书省决策。四路军屯计划悄然拉开序幕。

与此同时，工部司的官员也开始了修路的准备工作。在石越的一再强调下，苏辙亦开始要求手下官员递交由石越亲自拟定格式的调查报告，苏辙简单明了地要求属下：如果报告中没有足够的数据或者发现多处数据错误，以不胜任论处。与石越愈行愈近，不仅仅让苏辙在政治上根基日固，石越的作风也在影响着苏辙，苏辙深知修路与军屯之成败关系重大。因此他竟然一改自己温和的习惯，严厉地与工部的官僚主义斗争，甚至主动请求《汴京新闻》与《西京评论》前往颖昌至南阳进行调查。

但是这些，当时一般的百姓是不可能知道的。他们所能知道的，最多是一些事实的碎片而已。熙宁八年十月下旬，最具轰动性的事情，是自从皇帝明诏天下废除持兵禁令，允许百姓持有二十七种兵器之后几天，尚书省便紧接着颁布了《若干军资恩许民间生产敕》，这份敕令宣布此后诸军所需军衣等物品，官府将向民间作坊采购六成以上，并且将于十一月十五日在汴京城单将军庙，向天下公开竞标。"凡大宋商民，只需家世清白，皆可投标！"——报道此事最为热诚的，自然是《海事商报》。敕令颁布之后仅仅七天，远在杭州的《海事商报》即已刊出，一时"杭州纸贵"，商人纷纷争抢。许多人不及细思，便决定先来汴京一探究竟。虽然不是每个人都知道大宋究竟有多少军队，但是人们都知道这个数目非常庞大，之前军器监向民间购置寒衣，就让许多作坊主发过一笔小财。所以历史上第一次，从江南到汴京的官道上，竟然有无数的马车不绝于道——大家都怕坐船耽误了时日，但连续不断的骑马赶路则不是这些腰缠万贯的商人们所能承受的。也是在这个时候，四轮马车格外突显了它的优点。从此以后，在陆路上，四轮马车几乎成为商人们出行的唯一选择。在江南到汴京的马车上颠簸的商人们，并没有意识到，他们最好的时代就要来临。虽然这个时代未必比得上战国之时能与国君抗礼，但是却也比战国时更安全。

不过不能责怪这些商人们看不到一个新时代的帷幕正在升起。因为十月下旬的时候，整件事的始作俑者，太府寺卿参知政事石越与皇帝陛下赵顼，正躲在琼林苑的行宫中一面喝酒，一面大失身份地算计着别人的钱袋。

"军资开放给民间竞标，固然会为朝廷节省更多的资金，但于那些商贾，也是极有利可图之事。"石越笑道，"因此臣已经规定，凡是参加竞标者，都必须交纳一百贯钱的入场费，以向朝廷证明他的实力。"

"一百贯？"赵顼吃了一惊，他并不是那种不知金钱为何物的君主，自然知道一百贯绝非是一个小数目。

"来竞标之人，自然都是家产殷实的，给朝廷贡献几万贯钱，权当替朝廷省下了组织竞标的开支，臣以为并不无妥。他们日后要赚的钱何止万贯？这样也免得有人进来看热闹，搞得乱哄哄的不好。"石越笑道，"此次成功之后，明年军屯之竞标，就会更有经验。"

"如此开源节流，明年虽有修路与军屯两项工程要做，军器监生产新式军器的投入也要加大，又少了许多免役钱、宽剩钱的收入；但若省下给辽国的岁赐，加上增加的商税与市舶务关税，撤并州县省下的费用，明年也许能净余五百万贯不止。"赵顼笑道。

以宋朝如此庞大的帝国，每年仅交到中央的税赋折成铜钱最低不低于六千万贯，省吃俭用能节余五百万贯，皇帝就已如此高兴，实在让石越哭笑不得。"陛下，待两三年后，财政好转，臣以为就应当减点税了，也让百姓稍得休息。"石越趁着皇帝高兴，进言道。

"减税？"赵顼心中不由一紧，若是司马光提出这个意见，他还会宽心一点，但既是石越提出，司马光更无反对之可能——他两个管财政的臣子只要难得齐心一次，他的军费储备就不免要大大减少。"这……"赵顼果然迟疑起来，但他毕竟知道"爱民如子"是一个杰出君主所应有的品德，石越打出"与民休息"这样的大义来，他也不太好反驳。

石越自是知道赵顼在想什么，因笑道："当然这减税之议，还须待财政纾缓，臣想与陛下约定，若国库连续两年盈余达到一千万贯，或者连续三年盈余达到八百万贯，便请陛下允臣此议。"

赵顼轻轻抿了一口酒，笑道："卿何不到时再议？"

"陛下，减税之恩，当自上出。今日陛下若与臣许诺，则自此之后，臣必无一言及此。陛下何必以此大恩归于大臣？"

赵顼恍然大悟，许久才叹道："卿真忠臣也。朕便与卿立此约。"

"陛下圣明。"

赵顼点点头，喝了几口酒，见石越只是端坐，不由取笑道："如何石子明也变得拘谨了？今日并无御史纠仪，你不必如此小心。"

石越不好意思地笑着端起酒杯，轻轻抿了一口，道："臣这些日子，倒是心事太重了。"

"亦不必如此。满朝大臣中，唯有卿不懂享乐。"

"范仲淹言，先天下之忧而忧，后天下之乐而乐。臣以此句时时自勉。辽、夏之患不除，陛下之志便不得逞，臣得陛下知遇之恩，岂敢言'享乐'二字？昔汉冠军侯言匈奴未灭何以家为，臣较之古人，已是惭愧。"

赵顼默然良久，叹道："朕闻夏主年不过十五，未知贤愚。然辽主真英杰也，昨日军报，闻他超擢一小校于营中，授三千精骑，突入上京，斩敌三百，耀武而去。辽主亦已亲率大军北上。"

"陛下可知小校何名？辽主以何人留守？"

"以萧惟信守南京，萧素留守中京。小校之名，却不得而知。"

"此悍将也，不可不知其名。当责令司马梦求打探真切。"石越实在大吃一惊，从中京至上京有数百里，孤军深入而能全身而退，必是行动迅疾如风而胆色过人方能办到。

"辽主行事用人，皆可称英主。盟约之事，文彦博上策道，可遣使致辽主：昔有盟约，无须再订，以免示天下以隙。若要再定，则两国之君当亲约于宋辽边境，辽主必不能来，此议自罢；或者，竟许其盟约，然互市须增加为战马五万匹，民马十万匹。"

"辽国正在内战，绝无可能互市十五万匹马，更何况还有战马。这亦是拒绝盟约之意。以臣之见，此时不必自绝于耶律濬，他日若要寻一借口背盟，亦不是难事。臣以为与其如此咄咄逼人，不如一口答应辽主，双方可重缔盟约，约为兄弟之国，然而两国必须开放边境，许可官民全面通商，并约定关税。如此大宋之商品，可以直达辽国内地，而辽国所产之马、牛、羊等物，亦必然源源不断运来大宋。如此若耶律濬拒绝，则是辽国无诚意，而非我大宋无诚意；若其同意，则运来大宋之马匹，自也不会短少。异日他不断绝此商约，则辽国情弊，必然尽落入我大宋掌握之中，其民衣我大宋之衣，用我大宋之物，以其之马，装备我大宋之精兵，长此以往，辽国必为我大宋之附庸；若其断此商约，内则得罪于本国百姓，外则失信于天下。大宋从中获利之民众，亦必然支持朝廷用兵惩罚，如此天下形势，尽利于我，岂不胜于断然拒绝？"

赵顼从未听说这种用通商的方法来影响一国的策略，不由将信将疑，道："此计甚奇。然我大宋之情弊，却难免尽为契丹所知。"

"陛下所虑甚是，然敢问陛下，是大宋的商人多，还是辽国的商人多？再者当年耶律德光曾经攻破开封，真宗时辽军亦曾至澶州，河北道路，于辽国有何秘密可言？倒是燕云沦陷已久，辽国道路，我大宋惟一二使者曾至，反不知其虚实。若如此说来，臣以为还是我大宋得利多，辽人得利少。天下事，兴一利，必有一弊，唯其利害相权，孰轻孰重而已。"

赵顼听石越说起当年耶律德光之事，又提及澶州之盟，不由苦笑，自嘲道："大河以北，辽国的确是轻车熟路。"

"陛下，宋辽之间实无秘密可言。苏轼的诗词在岳州写就，汴京与中京几乎同时传唱，辽国在大宋，焉能无细作？倒是大宋细作潜入辽国不易。故通商之利，于大宋而言远胜于弊。辽主眼下正在两难间。耶律洪基在位多年，百姓困苦，而耶律濬方一即位，便逢国中大乱。他既要安抚百姓，又要大举用兵，国内用兵，如何去就粮于敌？若与大宋通商，结好盟约，他眼下之利，一则无后顾之忧，二则可使百姓稍得纾缓，减少民怨。他若能料及长远，自知此事于辽国，实是一个巨大的陷阱，总有一日，要逼得他自毁盟约。但若以眼前来看，还是他得利多些。臣竟不信他有这等眼光。"石越知道辽国与宋朝全面通商，除非宋朝大量购买他们的牛马羊以及药材之类，而且辽人严格控制贵族购买奢侈品，否则辽宋之间的贸易逆差，必然越来越大，辽国主动毁约，几乎是板上钉钉的事。以当时的条件，辽国即使想转变成依附型经济，宋朝也未必有足够的对外购买欲望来配合，所以贸易逆差的结果，只能是辽国财政的恶化。除非出现理想状况：辽人养绵羊、学会剪羊毛，而大宋的纺织业则以羊毛为主；同时大宋百姓生活水平上涨，大量购买辽国的牲畜，以满足对肉食的需要等。但要使这种情况实现，除非石越同时身配宋辽两国相印。

在赵顼这儿而言，虽然这一两年来对于海外贸易表示了一个支持的态度，也享受了相当的好处，但是总的来说，一种思维惯性之下，他对于贸易能给国家带来的利益，也没有很深刻的认识，因此也谈不上什么热情可言。特别是以往与辽、夏、大理的互市，对于大宋来说，与其说是为了赚取利润，倒不如说是为了安抚四夷，换取边境的安宁。像石越这种极富侵略性的主动通商策略，若非是迫于军事、政治上的压力，兼之对于辽国的马匹还有一点兴趣，赵顼几乎不会认为有值得他思考的价值。但此时他却不得不循着石越的思维考虑下去，以权衡其中的利弊得失。他沉吟许久，才问道："卿谓长远来看于辽国是一个陷阱，朕未解其意。"

石越立时意识到许多在他看来是常识的东西，赵顼却未必知道。忙解释道："陛下，以宋辽两国通商的情况来看，陛下以为会是大宋商人挣辽人的钱多，还是辽人挣我大宋的钱多？"

"自是我大宋商人挣得多。"

"正是，两国通商规模越大，我大宋商人挣得就越多。若将从外国购买商品叫进口，卖出商品叫出口，出口多于进口叫顺差，进口多于出口叫逆差，那么两国通商规模越大，大宋的贸易顺差则越大，随着这个顺差慢慢扩大积累，辽国的财政必有一日要全面崩溃。"石越不厌其烦地向皇帝解释着一些贸易名词，"试想，一座普通摆钟卖到辽国，便可以换取十匹马。此外大宋的丝绸绫缎，甚至棉布衣服，还有瓷器，纸张，甚至染料，还有从海外进口来的香料，无一不深得辽人喜爱。果真全面通商，辽国对大宋的贸易逆差，迟早会积累到一个让耶律濬寝食难安的地步。但他若要轻率用兵，则内必招致民怨，外则失信天下。故此，臣说这于辽国，实是一个陷阱。"

赵顼又想了好一会儿，终于点点头，恍然大悟。既然想明白其中关键，不由笑道："朕不料通商竟然能有如此奇用。"

"若规模不大，其实也没甚用处。汉之匈奴，夏之元昊，皆深明此道。胡人凡欲大有为者，皆绝汉俗，用胡俗，其所惧者，便是通商。若非此非常之时，耶律濬断然也不会答应。现今却是有了一丝机会，毕竟眼下两国相好，互相通商，于他有眼前之利。"石越对于耶律濬是不是会答应，其实并无把握。

"无妨，若其拒绝，则是其无诚意。只是须善择使者。"

石越知皇帝已然采纳，笑道："使者不难，可令卫尉寺卿章惇为正使，黄庭坚为副使。章惇有胆色决断，黄庭坚知文章礼仪，必能不辱使命。"

"卫尉寺诸事草就，章惇或不可轻离。"

"陛下何不问章惇？此次出使，非比寻常。一旦决定盟约，则不可再公开支持耶律乙辛。窥探辽国三方内情，从中为朝廷谋取最大的利益，此事非章惇不能办。"

离开行宫之后，石越便叫了侍剑，上马回城。眼见清河郡主与狄詠大婚在即，清河郡主是宗室第一美女，而狄詠则是当时天下第一美男，号称"人样子"，这一对天作之合的婚配，让整个开封府都津津乐道。自苏颂在赵顼面前推荐狄氏兄弟之后，狄詠就一直负责皇帝的宿卫安全，亲贵无比，因此清河郡主大婚的礼物，虽有梓儿打理，石越却也不敢怠慢了，即使在百忙之中，还是要亲自过问礼物的准备。

主仆二人按辔徐行，刚出琼林苑，却见一骑人马从后面追来，还一面大呼小叫道："石越，石越……"

当时天下除了皇帝之外，无人敢当面直呼石越之名，朝中大臣，便是吕惠卿、蔡确、安惇，在皇帝面前称"石越"则可，若当石越之面这么称呼，却也没有这个道理。因此石越与侍剑听到这呼唤，不用细想，心里便已在苦笑。二人停下马来等候，没多时那人便已赶上，果然便是柔嘉县主赵云鸾。

柔嘉虽未成年，但也快有十五岁，按宋代的规矩，再过两年，便可嫁人。虽然也不是没有晚婚的例子，却终究是应当讲讲忌讳嫌疑了。哪料得她纵性妄为的脾气不仅没改，反倒是变本加厉了。此时更是一身男装，头发用一条白色丝带束起，倒似个俊逸的美少年。

石越见她近了，苦笑道："县主，不知有何吩咐？"

"我想去看去你夫人，可不可以？"柔嘉横了他一眼，撇着嘴说道。侍剑捂着嘴窃笑，不料柔嘉已是一鞭子抽下，啐道："也就是石越惯出你这种书童来。"侍剑是经过名师指点的，哪里便能让她抽着，一拉缰绳，轻轻避开这一鞭，笑道："请县主恕罪。"

柔嘉却不去理他，只看着石越，问道："让不让？"

石越在马上微微欠身，道："县主言重了。只是下官还有点儿事情，不会马上回府。"

"无妨，我反正没事可做，便陪你走走。"柔嘉顿时兴高采烈地笑道。

石越不由暗暗叫苦，他早已知道，只要被柔嘉缠上，便如狗皮膏药一般，难以揭下。但是若要带着她到处逛，万一被人看见，未免会朝野哗然。正在为难，却听侍剑笑道："公子，朱仙镇离汴京亦不近，若不赶快，只恐到时已经天黑了。"他连忙应道："我知道了。"一面向柔嘉笑道："县主，我却要去朱仙镇，要明日方回。县主同行，不甚方便。"

柔嘉看了侍剑一眼，冷笑道："少闹这种玄虚。朱仙镇我不敢去吗？陈桥驿我也去了。"说罢夹了一下马腹，催马前行，一面高声道："走罢。你若敢跑了，我便将石府闹得鸡犬不宁。"

石越无可奈何，只好硬着头皮跟上。只是人马始终和柔嘉保持五十米的距离。

如此一路前行，进了万胜门，便见两旁商贾密集，把大道都占了不少，叫卖之声更是不绝于耳。因人来人往，熙熙攘攘，通行甚是不便。三人不得已下了马来，牵马徐行。柔嘉走到石越身边，皱眉道："皇兄下过几次诏书，不许这些商贾在御道做生意，竟是管不住。也不知道开封府做什么的？"

石越笑道："当年太宗皇帝想扩建皇宫，万事都已准备好了，只因皇宫附近的百姓不肯搬迁，十分反对，太宗皇帝便决定放弃扩建。我与皇上说了此事，皇上圣明，便决定不再管此事。这须怪不得开封府不尽心。朝廷须尽量体惜百姓，才是正道。"

"原来是你从中作祟。"柔嘉怒视石越，她却懒得去管那些大道理，直欲把今日通行不畅的罪责加在石越身上。

石越一见她神色，心中一惊，慌忙说道："非也，非也。昔日也曾下过诏书禁止，却屡禁不绝。这须怪不得我。"

柔嘉却不依不饶，依然怒目瞪视，道："我可不管。似这般走，要走到何年何月才成？总之便是你的错。谁让你去面君也不肯带仪仗，朝中大臣，谁像你这般不成体统？"

石越哪敢再讲大道理，只得苦笑道："回到府上，再给县主赔罪。只需走出这段，在前面拐个弯，便没这许多人了。"

柔嘉"哼"了一声，正欲说话，忽见四五骑人马从万胜门那边飞奔而来。马蹄过处，吓得行人纷纷躲避，许多人和担子、摊子都被冲倒，顿时街上乱成一团。柔嘉一怔之下，忘记躲闪，便见马上之人一鞭挥来，石越顿时被吓得脸色煞白。好在侍剑见机快，已闪身冲出，一把抓住鞭子，猛一用力，竟将马上之人给扯下马来。柔嘉回过神来，更是怒火中烧，也不管那人是谁，执起马鞭，便向那落马之人没头没脑狠抽过去。那人从狂奔的马上被拉下来摔到青石地板的地上，已将一只腿骨摔断，这时又被柔嘉一顿狠抽，顿时鬼哭狼嚎地大叫起来，声音却甚是奇怪。

另几个骑者见同伴落马，被人虐打，又惊又怒，一个个纵身下马，抽出佩刀，便围了上来。还有一个三十来岁的汉子，则在马上弯弓搭箭，瞄准石越。

侍剑见势不妙，连忙拔出佩剑，一把拉开柔嘉，用剑抵住落地之人的喉咙，怒声喝道："休得妄动！"

那些人投鼠忌器，连忙止住脚步，却仍然虎视眈眈。石越这时才看清那几个骑者，除了马上一人是汉人装扮外，其余几人，却都是夷人打扮。但却绝非辽、夏、吐蕃之人，看模样倒像是大理国的，又或是大宋境内的蛮夷部落。石越素知这些人不知律法，动辄杀人，这时才暗暗后悔没有带护卫。只是又奇怪这些人如何敢在汴京如此横行。

柔嘉却是不知道天高地厚，她见这些人竟如此无礼，不由厉声喝道："你们是哪来的蛮子，敢如此大胆？"

她一开口，众人顿时便知她是个女子，眼中都有诧异之色。那马上之人冷冷地说道："你们放开我的同伴，我便饶过你们。"

石越见此情形，便知余下众人，是以马上之人为首。他怕柔嘉多言，反激怒众人，连忙上前一步，抓住柔嘉的手，把她拉到自己身后，一面从容问道："你们是何人？怎敢在御街上如此横行无忌？"柔嘉被他拉住，略一挣扎，忽然满脸通红，不再动弹。

"你管不着。只需放了我同伴，便井水不犯河水。"马上之人的语气，甚是高傲。

"我如何能相信你？现时你首领在我手上，你自然投鼠忌器。若我放了他，你若毁约，我悔之无及。"石越此时早已看清为侍剑所制之人，衣着锦缎，与余人不同，身份必然不同寻常。

马上之人眼中露过一丝诧异之色，道："他不是我的首领。"

石越听出他话中之意，淡淡一笑，道："便不是你的首领，亦是他们几人的首领。"

那人沉默一会儿，却不回答，反问道："你欲如何方肯信我？"

"你放下弓箭，我等去开封府理论。"

那人脸上忽然露出一丝讥讽的笑容，道："你的打扮，非富即贵，我等在汴京人生地不熟，开封府定然帮你，我岂能上此恶当？"

柔嘉忽然高声道："那你们将兵器放下，马赶开，走到百步之外。"石越不料柔嘉亦有此急智，不由大感吃惊，回头诧异地望了她一眼。柔嘉望见石越眼神，竟慌忙将目光避开。

那马上之人微一沉吟，道："如此不太公平。若你们毁约，我追之无及。我等可骑马至百步之外，你若敢毁约，我亦能取你等性命。"

石越见此人临机决断，毫无迟疑，神色之中，更是有一种凌驾于人之上的习惯，心中暗暗称奇。心道："我竟不知京师中来了如此人物！难道是大理国的使者？"但他素知大理国的使者一向知礼守法，绝不可能纵马横行于街肆。此时见彼方步步退让，更是深知被擒之人身份于对方必然非同寻常，当下更不着急，凝目注视马上之人，从容说道："你们究竟是何人物？若不肯说出来，我终难相信你。"

"那你们又是何人物？我又如何能相信你们？天下之大，我随口胡诌一个名字，你亦不知真假，何必相问？"

石越忽然笑道："我信足下不是说谎之人。"

那人略觉诧异，喉咙一动，却不答话。石越走到侍剑跟前，却见那被擒之人头发凌乱，脸上东一道西一道鞭痕，此时被侍剑用剑抵住喉咙，早已脸色苍白，惨无人色。又见他肤色甚黑，肌肉隆起，却不似养尊处优之人。这人见石越过来，虽不敢说话，眼中却露出怨毒之色。石越淡然一笑，温声问道："你是何人？敢于街中横行，却不敢说出自己的名字吗？"那人脸上更加愤懑，口里连珠似的说出一串话来，石越虽听出是西南口音，却是一句也听不懂。

马上之人冷笑一声，道："你又何必咄咄咄逼人，非要知我等来历？"

石越霍然转身，逼视对方，道："自是为了后会有期！"

"你还想寻事？"忽然间，马上之人似乎换了一个人一般，身上处处散发着一种傲然之气。他注视石越，淡淡说道："那便告诉你也无妨。被你擒住之人，是归来州知州个恕之子、番部巡检乞弟，乃是入京就读番学的。我是归来州何家堡堡主何畏之。你若想报仇，可来寻我。"

石越又打量了被擒之人一眼，终于恍然大悟。归来州是西南梓州路的羁縻州，大约在后世宜宾的古兰、叙永、兴文一带，是熊本平定泸夷时所置。石越兴番学，凡附宋之各部酋长都遣子入学，这些人平素在山乡夜郎自大惯了，又不懂礼法，触犯法禁更是常事。为此事，石越没少遭弹劾。朝廷为之屡申严令，这些人才渐渐收敛，这乞弟等人，想是来京不久，才敢如此横行。只是那个何畏之，却不似一个平常人物。不过山野间藏龙卧虎，亦是平常之事。当下问道："我在何处可寻到你？你与这个乞弟住一块？"

何畏之淡然一笑，道："只要你在开封，日后便会知我大名。"言外之狂傲，让石越都不由一怔。柔嘉早已按捺不住，冷笑道："好大的口气。我亦不要知道日后，只需知今日晚间你在何处便可。"

"告诉你亦无妨，今日晚间，我当在石子明参政府上。"何畏之傲然回道。他话一出口，石越三人面面相觑。柔嘉恶狠狠瞪着石越，石越连忙无辜地摇了摇头。

何畏之说了这许多话，已是不耐，又催道："放不放人？"

"放。"石越生怕柔嘉多嘴，连忙说道，"你们先下兵器牵马退后一百步。"

何畏之打了一个眼色，余下几人便将兵器丢到地上，何畏之却将弓收起，只是把箭全部丢到地上。一手牵马，缓缓后退。柔嘉走上前去，正要拾起众人兵器扔到一边，却听何畏之冷冷说道："箭上淬有剧毒，见血封喉。姑娘自重。"

柔嘉素是不知天高地厚之人，哪里肯信，反倒偏偏先要去拿箭了。石越却知何畏之这种高傲之人，定然不屑于撒谎，慌忙抢上一步，一把拉开柔嘉，低声说道："县主，你上马先行回府。"也不待柔嘉答应，便将她拉到马边。不料柔嘉死活不肯上马，却也不说理由，只是涨红了脸死死抓住马缰不作声。

石越万料不到柔嘉这时居然闹起别扭，顿时傻眼。他知道当时西南诸番，大多好斗，视杀人为常事。万一对方翻脸，使柔嘉有个什么三长两短，他可真是百死莫赎了。但这位姑奶奶不肯上马，他却也无可奈何。眼见何畏之等人就要退到百步开外，石越当真是心急如焚，低声说道："县主，算我求你了，你快上马吧。"

柔嘉脸色越来越红，却依然是无比坚定地摇头。

侍剑一直注视着何畏之等人，也不知石越与柔嘉在闹这个别扭，眼见半晌没有听见动静，不由催道："公子，你与县主先上马回府，我来交人。"

石越知道侍剑学过武艺，自己留下来反是累赘，当下应声说道："你多加小心，不必伤害人命。"一面踏蹬上马，也不顾嫌忌，伸手将柔嘉拉上马来，催马回府。

侍剑故意拖延了一会儿，待石越走远，这才一脚将乞弟踢开，跃身上马，狠狠抽了马一鞭，又高声笑道："何畏之，后会有期。"驱马绝尘而去。

何畏之目视侍剑的背影，心中忽然升起一种奇怪的感觉。他见几个属下已将乞弟抬起，亦上前将地上的箭捡起，放入箭筒，上马说道："先回去吧。"

不料众人却是怒目相视，并不动身。乞弟黑着脸说道："你为何不问他们姓名？"

何畏之轻蔑地看了乞弟一眼，淡淡地问道："你想报仇？"

"此仇不能不报！"那乞弟在归来州也是称王称霸之辈，何曾吃过这种大亏？

"我劝你不要报了。"何畏之的语气充满了戏弄。

"何畏之，你怕了吗？你要想想这些年是谁支持你们何家堡？"

何畏之脸色忽然冷冰，他催马走到乞弟旁边，居高临下地望了一眼，寒声说道："我要灭掉你个恕家，便如探囊取物。西南诸部，我何家在哪里都可以立足！"

乞弟听见这冰冷刺骨的话语，身子竟是不由一颤。

"你若想报仇，大可自己去寻。方才那个书童称那个女子为县主，大宋朝敢女扮男装出来逛街的县主，必然不多。"何畏之嘲讽地说道，"不过我劝你不要存报仇这个痴心妄想的念头，即使人家不是县主，就以那个书童的武艺，你们个恕家的人去，也是送死而已。"说罢竟是催马扬长而去，留下乞弟在那里瞠目结舌。

石越与柔嘉共骑而行，不料一路上柔嘉竟是很安静，倒让石越很感到奇怪。过了几条街道，因听不见后面有人追赶，石越便下了马来，牵马而行。柔嘉坐在马上，一反常态的默不作声，只是不停地把玩着手中的马鞭。不多时二人便到了石府。石安远远望见石越竟然给一个年轻男子牵马，不由大吃一惊，张大了口半晌合不上。一面迎了上来，看得实了，才知道是柔嘉县主，慌忙行礼。石越见他模样，亦不由好笑，骂道："还不快叫人领县主进去？"

石安连忙答应，一面问道："参政，侍剑没有回来吗？"

石越想自己和柔嘉是牵马走回，侍剑却是骑马，自是侍剑在前，不过京师道路交叉，不走一条道也十分正常，因此他只道侍剑早已回府，这时听石安问起，不由担心起来，反问道："侍剑还未回来？"

"小的今日一直在大门前，并未见着。他是与参政一道去面圣的……"

石越与柔嘉对望一眼，不由脱口说道："糟了！"他正欲叫人去开封府找人帮忙，便听石安笑道："回来了，回来了。"石越与柔嘉回头望去，不由愕然——学士巷两头，各有一骑缓缓而来，一头是侍剑骑马回府，另一头却是何畏之牵马进巷。侍剑与何畏之亦互相望见，侍剑倒还罢了，何畏之脸上不动声色，心里却是惊疑不定。他此次赴京，是在归来州熊本的酒宴上，听到石越的大名，又得十余年前结识的一个故友书信相邀，以护送乞弟上京为名，来访石越，谋干大事。谁知乞弟在归来州横行惯了，入京之后，震撼于汴京的繁荣，反而更加放肆，才惹出今日之事来。他欲谋大事，自是不愿意多生事端，否则石越早已毙命于他箭下。此时居然在石越府前见着石越三人，让他如何不惊？如何不疑？但他是久历沧桑之人，仍然一步一步缓缓向石府行来。

侍剑此时已回老巢，石府虽然不曾蓄养死士，却也有家丁护院，武艺是潘照临、司马梦求、田烈武亲自指点督训，区区一个何畏之，他自是不再担心。骑在马上，高声笑道："何畏之，不料在此相遇。"

何畏之却不去理他。径自到了府前，将马拴好，从怀中抽出一张名帖，顾视众人一眼，目光落在石安身上，彬彬有礼地说道："劳烦先生通报一声，道归来州布衣何畏之求见石参政，盼赐一见。"

石安双手接过名帖，却望着石越，不知其中是何玄虚。柔嘉却是越瞧越是好玩，忍不住笑道："石安，还不去通报？我也是来见石越的。"侍剑嘻嘻一笑，走到石越身边，却不说话。

石越见何畏之背手而立，竟是视众人为无物。心中又是感慨此人身份绝非一平常的边郡堡主；又是奇怪他为何来见自己。他知自己府上之人向来令令严肃，石安虽然自建府之日起便在府上，却也知道规矩，有自己在场，没有他的亲口命令，绝不敢听旁人号令，柔嘉虽是县主，却也差使不动石安。当下便朝石安使了个眼色，石安这才向何畏之说道："先生请入内奉茶，小人立时便去通告。"竟是径自引着何畏之入府。何畏之毕竟不知中原风俗，虽觉奇怪，却也不以为意，只道石府规矩如此，来人便可以引至客厅等候。他哪知道，有多少官员来拜会石越，都只能在门外干候着。

待石安领了何畏之入府，石越这才吩咐道："侍剑，你领县主去见夫人。我去会会何畏之，你再顺便叫上潘先生与陈先生。"

侍剑正要答应，柔嘉哪里肯依？道："我要和你去客厅会会这个何畏之。"

石越顿时头大，道："这如何能够？"

"为何不能？你若不答应，我便在此大喊大叫，让你不得安生。"柔嘉坐在马上，瞪大眼睛，双手叉着腰威胁道。

石越被她闹得哭笑不得，只得点头答应。一面让侍剑去叫潘照临与陈良，自己带了柔嘉去见何畏之。到了客厅，便见何畏之端坐在一张椅子上，正在品茶。厅中侍立之仆人见石越进来，连忙一齐欠身行礼，道："参政。"只是见着柔嘉一身男装，却都是一怔，不知要如何称呼才好。

石越摆摆手，向何畏之抱拳笑道："何先生，今日多有得罪了。"

何畏之这才清清楚楚地明白，今日所见之人，竟然便是自己想要求见的石越。但他当真沉得住气，脸上竟是从容如故，只起身温声道："在下有眼不识泰山，多有得罪，还望参政恕罪。"

石越一面又请何畏之坐了，自己坐了主位，柔嘉却站在他身后。石越无可奈何地望了柔嘉一眼，这才向何畏之笑道："先生非寻常之士，不知为何屈居归来州个恕部？"

"此虎困平阳之时，然何家堡于个恕家，亦非主仆，不过盟友而已。"何畏之淡淡说道。

石越笑道："原来如此。"柔嘉却轻轻"哼"了一声，显是不大相信。

何畏之傲然瞄了柔嘉一眼，目光转落到石越身上，问道："敢问参政府上可有一位叫潘潜光的先生？"

"潘先生便在府上，先生与潘先生是故识？"石越奇道。

"十二年前，曾有一面之缘。"何畏之淡淡的话中，似有无限苍凉之意。

石越微微点头，笑道："我已着人去请潘先生，稍候便至。何先生是汉人，只不知为何却在归来州蛮夷之地建堡？"

"我祖上确是汉人。不过我何家避居大理已逾四甲子。"

"先生是大理人？"石越愕然道，他拿起放在桌上的名帖，上面分明写道："归来州布衣何畏之字莲舫"。

"参政无须多疑，我的确是大理人，迁居归来州亦不过数年。十二年前，我与潜光先生，便是在大理相会，我的身份，他知之甚详。"他说话间，目光有意无意瞥向柔嘉。

这神态落入石越眼中，石越便知他为人精细，已猜出柔嘉身份不同寻常，却是有话不便当她之面说出。石越却也不能赶走柔嘉，露了痕迹。正觉为难，便听柔嘉笑道："是大理人不是大理人又何妨，若有本事，天下皆可去得。只恐是胡吹一气，料你西南偏野之处，又能有什么了不起的人物。"

何畏之心中一动，笑道："此话确然有理。在下本来亦无甚本事，平生只会酿酒配药，懂点杀人之术。却不知参政用不用得着？"

"未知先生有何杀人之术？"石越淡淡笑道。

何畏之嘴角现出一丝冷笑："参政也要杀人吗？"

"佛也要降魔。"

何畏之哈哈大笑，击掌赞道："好！好！我早知潘潜光不会看错人。"又笑道，"我之杀人之术，却有杀人见血与杀人不见血之别。"

"愿闻其详。"

"我曾于某次蒸取花露时，有人恶作剧，将花露换成了酒，结果蒸馏所得之酒露，入口极辣，却别有风味……"何畏之一面说，一面从包裹中取出一小瓶酒来，递给石越。宋代酒大抵用瓶装或者坛装，石越倒也不以为意，接了过来，拧开瓶塞，轻轻喝了一口，便觉得一股火辣辣的味道传来——虽然度数并不高，也就二三十度左右，但是在古代喝惯了十几度的低度酒，竟是有他乡遇故知的感觉，不由咂舌赞道："好酒！"

柔嘉与何畏之却各是一惊一喜，柔嘉不料石越如此轻信，万一其中有毒，后果不堪设想，只是阻止不及，心中一急，几乎要哭了；何畏之却不料石越如此相信自己，自是大起知己之感。此时见石越称赞，不由笑道："确是好酒。"

石越心中大奇，他素知蒸馏酒须要蒸馏器，但却不知蒸馏器早在汉代中国便已发明，不过却是用来蒸水银或者花露。他第一次听到还有蒸花露一说，忙问起详情，原来蒸花露一般是采用固态蒸馏，但是何畏之为了提取"花中之精"，却是对采集回来的花露尝试进行液态蒸馏，不料被人恶作剧换成了酒，偶然之中，发现此法。他随即进行种种试验，改液态蒸馏为固态蒸馏，亦获成功……石越这才恍然大悟。

何畏之又笑道："我既悟其中之道，便将这蒸锅加以改良，且又尝试将蒸出来的酒再行蒸煮，所得之酒露，其烈无比。较之方才参政所喝，更厉害数倍，见火即燃，须兑了泉水方能入喉。我想此等烈酒，大宋人或者喝不习惯，但是若给辽人，不怕其不爱之如甘露……辽人本就嗜酒，若得此物，便能让其朝廷上下，整日皆在醉酒之中。只是若私自酿酒出卖，干犯禁令……"

石越此时却是大喜过望，当时蒸馏酒的技术，至少在东方世界还是一个极大的秘密，若把蒸馏酒卖到大宋的各个邻国，其利润之巨，难以估量。而且他的军屯计划，便能更加顺利地推行了。"种甘蔗制糖、制造蒸馏酒，还有制药……"石越一念及此，立时想到早就听说过甘蔗制糖之蔗渣可以发酵制酒，还可以用来造纸——若能再将蔗渣制酒的技术发明，那么开拓的就不仅仅是国外市场了。毕竟用粮食酿酒，在粮食产量不是极丰富的时候，其规模还是需要控制的，但是用蔗渣来酿酒，却完全没有这方面的顾忌。转念又想到何畏之所献之技，足以令他富甲天下，他却毫不保留地告诉自己，分明是有更大的图谋，虽说此人自称是潘照临所荐，石越心中亦不能不惊疑。

柔嘉却不曾想这许多，见到石越无事，心中竟不由一阵轻松，笑道："这便是你的杀人不见血之术吗？可笑，可笑！一瓶酒也能杀人？却不知你那杀人见血之术，又是如何惊世骇俗法。"话中充满戏谑之味。

何畏之微微一笑，道："杀人见血之术，数不胜数，便要看参政如何用了。其实参政今日便已见过其中一术。"

石越一怔，不知何指。却听何畏之轻描淡写地说道："我那几枝毒箭，非比寻常。"

柔嘉冷笑道："你当大宋没有毒箭吗？"

"只怕比不得我的。自来毒箭并不耐久，若在风雨中作战，更是百无一用，我却有一个秘方。"何畏之语气虽然平静，但是说到此处，眉宇间却有一股阴厉之气，让人不寒而栗。

石越心中一凛，忙问道："是何秘方？"

"大宋广南东西路、梓州路附近，以及大理国，有一种树汁剧毒无比，见血封喉。若将此种树汁与砒石煅烧后一同投入烈酒之中，淘去渣滓，然后将澄清之毒酒在沸水上隔锅加热，酒蒸发之后，便只余下潮湿的褐色粉末，再行加热，便成药粉。又取蛇毒液浸泡后阴干。凡一十五斤药材，可得一两药粉。此药粉可随军携带，要使用时，加水冲兑，以箭镞沾水即可。一分药末加水一斤调开，可浸箭镞一千。十斤药末，可浸箭镞数百万。浸药之毒箭，一旦见血，十步封喉，料辽夏二国，没有这么许多兵马好杀。唯药材得来不易，我费尽心思，亦不过制出一两来。"何畏之娓娓说来，倒似乎他说的事情不过是在如何杀鸡宰牛。

石越心中却极为不忍，他站在文明之立场，自是奉宋朝为正朔，知唯有汉文明方是中华之主体，但是与契丹、党项却也没什么深仇大恨。此二族在石越的时代早已消亡，不少人更是融入汉族之中。若说要灭人之国，他的确是念念不忘，但说要屠人之族，他却丝毫没有此心。真要说来，焉知他石越身上，便无契丹、党项血脉？似何畏之之毒箭，虽然不知是否真有他说的那般厉害，却已经是"化学武器"了。好在石越知道这种毒药得来不易，而且他也从不将战争胜负寄托于这种奇门毒药之上，因只是淡淡笑道："先生真是有心之人。"

柔嘉却骂道："这法子真毒。"她却不知何畏之满腔怀抱，所谋者大，于此种种，自是处心积虑。

何畏之于柔嘉的指责，自是毫不在乎；但于石越的态度，却甚是留心，可从石越脸上却看不出一丝端详，不由暗叹石越城府之深。

石越初见此人之时，本有爱才之心，后来听他要来寻访自己，更有延揽之意，但是交谈愈多，便愈觉此人外表温和，内心高傲，胸中更有一股说不出来的怨毒之意。虽然不曾见诸言语之中，但是石越却能时时感觉分明。似乎此人曾经身居高位，或者至少是受过严格的贵族训练，所以才用外表的温和与高傲，来掩饰住那心中的怨恨。一时之间，石越对于是否能够控制此人，竟是没有了把握。

"此枭雄也。"石越暗暗警觉。这样的人物，若然没有机会，可能就一辈子老死于穷乡僻壤，默默无名，因为他们不愿意去受庸人的气；但是若然他们找到机会，却未必是普通人可以控制的——双刃之剑！

便在此时，听到客厅之外有数人的脚步之声，一个家人进来禀道："参政，潘先生、陈先生来了。"

石越忙道："快请。"何畏之却已起身等候。不多时，潘照临、陈良、侍剑便进了客厅，潘照临看见何畏之，长揖到地，又凝视何畏之半晌，方悠悠说道："一别十二年，莲舫已非吴下阿蒙。"

"家破国危，欲为五陵少年不可得。恭喜潜光兄托得明主，可一展胸中抱负。"何畏之淡然的神色中，有几分苍凉。

石越听到"家破国危"四字，心中一动，已知何畏之在大理国，必然非寻常人物。果然，便听潘照临说道："参政，当年大理国王段思平攻破下关，与滇东三十七部石城会盟，莲舫祖上，曾有力焉。"

石越这才知道原来何家是大理开国功臣之后，忙立身说道："原来如此，失敬。"

"不敢，惭愧。"

潘照临又道："当日曾听到传闻，道何家受到杨、高二权臣之陷害，举族焚屋出走，不知所踪，心常念念。后听梓州路上京官员说起归来州何家堡，又提及莲舫之名，虽恐是同名同姓之人，却不敢错失机会。便修书一封，托人带到。不料莲舫果真是信人。"

"有劳挂念。"何畏之自是知道潘照临信中招揽之意，但是他对于大宋，却谈不上什么感情，更无效忠之意。此来拜谒石越，全是为了自己一族之利益，以他之才，若是没有机会便罢了，只要有一丝机会，便不会甘心老死归来州。

潘照临亦知道何畏之一向骄傲，种种安慰的话语自然全都收起，以免被他当成讽刺。只是说道："何兄既然来京，盼在府上少住，以叙别来之情。"石越亦笑道："正是，还盼先生多留几日，在下好时时请教。"

何畏之微微扬首，他无意入石越幕府，但是许多事情，非一时半会能说，不得不耐下心来。当下便不推辞，道："如此多有叨扰。"石越与潘照临见他答应，连忙一面吩咐人去安排住处，一面给何畏之引见府中诸人。

柔嘉本欲看个热闹，好对何畏之出口胸中恶气，不料此人反成了座上嘉宾，心中大是不忿，众人种种应酬，她更是毫无兴趣。因见侍剑站在旁边，便走到他面前，问道："喂，你知道给十一娘准备的礼物在哪里吗？我要去看看。"她竟是理所当然地把石府当成自己家，毫不生分。

侍剑早知她的脾气，忙道："在夫人那里，小人给您带路。便是一张古琴，几副字画。"

"啊？"柔嘉顿时回转身来，瞪视石越，怒道："石越，你不用这般小气吧？礼物如此寒碜，害我都没有面子。"

石越顿时莫明其妙，不知道自己的礼物"寒碜"，和她的面子有什么关联？当下苦笑道："我薪俸微薄……"

"你叫什么穷？你是参知政事、太府寺卿，当我不知道吗？一张古琴，几副字画值得几贯钱？怎的如此小气？"柔嘉一腔怨气，便全发在此事之上。

侍剑连忙赔着笑说道："县主，这一张古琴，几副字画，可不是几贯钱能买到。这张古琴是东晋之物，字是卫夫人的真迹，画是大李将军的《春山图》……"

"还说不小气？卫夫人是谁？我都不认识，必是无名之辈。还大李将军？一个武人画的画，亏你也送得出手。你便是派人到岳州找苏轼写个字，也要体面些！"柔嘉更加气愤。

众人听到这话，几乎喷饭。"大李将军"李思训的《春山图》，是难得的稀世之珍，不料到了不学无术的柔嘉嘴里，竟然变成了"武人画的画"。便是何畏之也要忍俊不禁，不知道是哪来的活宝县主。侍剑想笑又不敢笑，连忙低下头，歪着嘴巴说道："县主，卫夫人死了七百多年了，您自是不认识。她的书法，古人说如插花舞女，低昂善容；又如美女登台，仙娥弄影，红莲映水，碧沼浮霞。连王羲之也是她的徒弟。她老人家的墨宝，价值三千两白银。这个大李将军，也不是普通的武人，他是唐代宗室，战功卓著，做过武卫大将军，画风精丽严整，是唐代有名的画家。他的那幅《海天落照图》，此时正在宫中，连皇上都很喜爱。这副《春山图》，是百方搜罗所得，苏使君若是知道，必然愿意用一百幅墨宝来换。"

柔嘉早已满脸通红，她哪里知道梓儿知清河郡主不是一般俗人，为了挑件好礼物，不知费了多少苦心。这三件礼物，无论赠上哪一件，都已经堪称厚礼。只因清河郡主是在太皇太后、皇太后、皇后面前都能说上句话的人物，这才不惜成本，三件无价之宝一齐送上。她不识货倒也罢了，却还嚷嚷出来，不料出了这个大丑。好在柔嘉是脸皮厚惯了，羞赧也只是一会儿，立时便鸡蛋里挑骨头，说道："若是这样，那还不错，只是却不够周详。"

侍剑哑舌笑道："县主，似这不够周详，便无法再周详了。"

"你一小小书童，懂得什么？"柔嘉得意扬扬地斥道，"这点东西，送给十一娘自是配得上，可是郡马呢？"

"狄将军亦通文墨音律的。"

"毕竟是个武人。"柔嘉刚才还对武人大为不屑，此时却已是津津乐道。

石越知道柔嘉必要找回这个场子，笑道："便是县主说得对，便劳县主去指点一下拙荆，挑几件礼物送给狄将军。"

柔嘉却是满脸奇怪地望着石越，道："你不是叫你夫人叫妹子的吗？如何便叫拙荆了？"此语一出，众人顿时捧腹，再也按捺不住。石越亦被她闹得哭笑不得，不知如何是好。

何畏之跟着众人笑了一会儿，因从包中取出一物，笑道："参政不必再去劳心，或者我这个东西，能入狄将军法眼。"

众人循声望去，顿觉宝光闪烁，原来何畏之手中，竟是拿着一柄镶满了红宝石的匕首。石越连忙谦谢道："不劳先生费心，此物过于珍贵，断不敢受。"

何畏之淡淡笑道："这种无用的石头，在蒲甘国到处都是，值不得几文钱。"

"蒲甘国？"石越一怔，不知道他说的是什么国度。

"便是缅国，唐朝所谓骠国。"

石越这才明白，原来竟是缅甸。他于缅甸历史并不熟悉，便问道："我读《大唐西域记》与唐史，知缅国素来分裂，小国数以十计，不知现在如何？"

"今时不同往日。三十一年前，蒲甘国阿奴律陀王即位，大约于十八年前国力始盛，开始征伐各部。蒲甘统一，已是指日可待。"何畏之亦不知道，便在熙宁八年，阿奴律陀王在即位三十一年之后，终于完成了统一大业。缅国已是中南半岛的一个大国。不过此节石越却也是在薛奕回国之后始知。

"原来如此。阿奴律陀王亦英主也。"

"确是英主。传闻中其子江喜陀，亦不下乃父。"何畏之憾声道，若非知道缅国有英主在位，他当初未必便一定要避居归来州。

柔嘉对这些却不关心，只饶有兴趣地问道："那个什么蒲甘的红宝石果真遍地都是吗？"

"其国盛产宝石，而大多数地方并未开化，不识此物之用，以数尺之布，便可换得若干块。不过彼国丛林凶险，便是大理国之人，轻易亦难以去得。久闻大宋有海船水军，若能去得，似这几块石头，实值得不几文钱。"何畏之轻描淡写的几句话，却让石越等人怦然心动。这红宝石在大宋，却不只是"几文钱"！

3

大宋历熙宁八年十月。高丽国，开京。

这一年，有一个叫金富轼的婴儿在开京出生，在另一个时空中，此人后来模仿司马迁的《史记》，撰写了一部《三国史记》，从而成为那个时代高丽唯一有资格被世界历史记住的人。但是这个婴儿的命运，同样会发生改变。石越带来的蝴蝶效应，早已刮到了这个世界东北部的半岛之上，并且，将更深更猛地刮下去，将高丽王国的历史命运彻底改变。

蔡京、唐康、秦观三人到高丽国已久，不料高丽国上上下下十分迷信阴阳鬼神之事，受上国诏旨，非要选定良月吉辰不可，此事在淳化年间，早已被宋廷责骂，但也就是当时好了一阵，过不多时便旧病复发，硬是让蔡京、唐康与秦观，在开京心急如焚地干等。好不容易受了诏旨，又要使者在馆中待足一个月，方能出馆。气得蔡京等人尽皆破口大骂。好在高丽国礼数恭敬，特意腾出一座离宫来做大宋使者的驿馆，又临时换了招牌，名之为"顺天馆"，据说是要像恭顺上天一样对待大宋。不过话是如此，能否做到，却无人知晓。

"高丽国王王徽诸子之中，当以次子国原公王运最贤，且好读诗书，亲近中国。至于王太子王勋，不过是个平庸之辈，无大过亦无大善，唯唯谨谨而已。"唐康在顺天馆内，与蔡京、秦观一起分析高丽国内各种势力。

"从之前收集的情报，以及至高丽后种种情状来看，可以确定高丽国内，有两党存在。"蔡京一面说，一面从桌上棋盒中取出几粒黑白子，"啪"的一声，将一粒黑子扣在桌上。"一党，是首鼠两端之辈。彼辈因中国远，契丹近，故此外表虽然不得不对中华示以恭敬，但实际还是以不敢得罪契丹为主。之前与契丹的战争，已将他们彻底打怕了。若非我大宋海船水军随时可以将上万精兵送至开京登陆，此辈势力当更盛。彼辈与中国交往，是贪图贸易朝贡之利，兼以制衡契丹。但眼下辽国大乱，而我中华渐盛，故除一些被契丹收买者之外，此党亦不敢公然得罪我大宋。"

秦观点头道："我听说此前高丽使者来我大宋朝贡，甚至有契丹人混入其中。彼辈打探南方山川道路，图画虚实者，亦是为契丹所迫。"

"此亦人之常情，薛将军破交趾之前，高丽所惧者，契丹也。原因无他，契丹可置其于死地，而我大宋不能也。故辽主致我大宋国书中，常呼高丽为其'家奴'。自薛将军破交趾后，高丽始知恐惧，若我宋朝军队一日自海路而来，可直抵开京城下，高丽如何不惧？"唐康一面指指所住宫殿，又笑道，"这'顺天馆'三字，是海船水师与霹雳投弹之功。"

"康时所言甚是，王徽将我宋使之待遇高契丹一等，亦是因宋辽国力此长彼消之故。"秦观于这些亦看得十分清楚。

蔡京微微颔首，道："此党之人，在高丽国中居多数。甚至连高丽国王王徽，亦是如此。彼于契丹，唯一个'惧'字；于大宋，则是一个'惧'字再加一个'贪'字。"说罢，右手微抬，"啪"地将一粒白子扣在桌上，道："另有一党，则是亲近中华，力图摆脱契丹控制者。此党于契丹，在'惧'字之外，尚有一个'恨'字和一个'蔑'字，彼辈视契丹为蛮夷，深以受其控制为耻；于大宋，则又另有一种羡慕与喜爱之情。此辈人亦遍及高丽朝野，全是汉化较深且精通儒学、文辞之人。我等若要成事，便需借助此辈之力。"

"以元长兄之意，此党以谁为首？"唐康含笑问道。

蔡京微微一笑，道："康时岂有不知之理？"

"此君亲近中华，非止为了喜爱中华文物，亦非止为了摆脱契丹的那点子野心。他有求于大宋！"唐康凝视蔡京，笑道，"若要他助我等，我等不能不助他。"

秦观沉吟道："此事不可不慎。此司马昭之心，他亲自来顺天馆便来了五次，遣使者问起居，使亲信前来探望，在下算过，一共是四十八次。如此迫不及待结援大宋，所谋者大。万一犯王徽之忌，我辈身死事小，惹起两国纠纷，坏了参政大事事大。"

蔡京眼中凶光一闪，冷笑道："昔日陈汤万里之外能斩郅支。如今海港之中，尚有五百军士等候，等赴日本国船队返航，军士水手，亦有数千之众。真到决裂之时，胜负未可知也。"

唐康亦笑道："少游不必担心，欲立奇功，必冒奇险。唯此事须机密，不可贻人把柄。"

秦观见二人已经定策，便不再多言，握紧佩剑，慨声笑道："既是如此，在下亦无异议。若能为国立此奇功，必当扬名万世。"

三人六目相顾，哈哈大笑。唐康笑道："三日之后，便是王徽召见。在此之前，须与那人再见上一面。"

与蔡京商议停当之后，因蔡京是正使的身份，不便随意出行，招人疑忌，便只有唐康与秦观带了几个随从，一道去逛开京，兼以亲身探访开京形势。

开京号称"王京"，当时高丽共有四京，除"王京"开城外，西有西京平壤，东有东京庆州，离"王京"不远，则是南京"扬州"，亦即历史上的"汉阳"、后世的"汉城"，并称"小三京"。宋朝商人与高丽通商，或者东至南京"扬州"；或者自礼成江逆流而上，于碧澜亭登陆，走四十余里山路，进入被松岳山环抱的开京。因松岳山上松林茂密，因此开城亦被称为"松都"。

行走在异国都城的街道上，尽管身负重要的使命，唐康与秦观却都禁不住有几分好奇。开京气候偏冷，这一点让蜀人唐康和高邮人秦观都很不适应，**哪怕身上穿着用狐皮制成的大衣，冰冷的空气也会时时钻进身子里，让人不由自主地打个寒战。**不过对于第一次出使外国的唐康与秦观来说，高丽无疑是理想的去处，**因为开京的大街小巷，凡是用到文字的地方，毫无疑问都是汉字 —— 这是高丽国唯一通用的文字。**与普通百姓虽然言语不通，但是稍有身份的人，却都能说汉语官话。而且随着两国贸易的经常化与平民化，开京与南京"扬州"两处会说汉话的普通百姓也与日俱增。

唐康与秦观一面向城门前行，一面打量两边的店铺：开京虽然远没有汴京的繁华，甚至还比不上杭州与扬州的富裕，但也是一个人口超过十万的大城市，各种各样的店铺，应有尽有。书店里整整齐齐地陈列着翻刻的宋朝图书，从儒家九经至石学七书，甚至有苏轼最新的诗文、西湖学院翻译的"西夷经书"以及早已过时的报纸。唐康随意拿起一本，却发现价格不菲，约是大宋的三到四倍，不由大吃一惊，这才知道书籍在高丽，穷人是无法问津的。须知即使是在大宋，书价虽然有石越百般设法降低，比如对书店免税，对定价过高的印书坊征高税，对定价低的印书坊减税，又设法促进改进印刷技术，使印刷字体变小等，但是对于大部分贫寒人家来说，买书依然是件奢侈的事情。唐康就曾见到一些乡下的读书人，走上几十里甚至上百里路，到白水潭图书馆以及新成立的汴京官立图书馆抄书回去读。这些人的生活极其贫苦，吃不起汴京的饭菜，就自带烧饼，一个烧饼要吃上一天甚至两天；笔墨也都是自制的。为了解决这个问题，大宋国子监正在推动一项政策：五年之内，要在每座人口超过十万的城市建立一座藏书不低于两万卷的官立图书馆。同时亦鼓励各书院建图书馆，向所有读书人开放。一向节俭的赵顼与司马光，在这件事情上，倒是说不出来的大方。大宋已是如此，开京虽然是高丽的王京，书价如此高昂，唐康自然可以想见普通人与文化的无缘。正在暗暗感叹之间，便见到一个衣衫褴褛的读书人被书店伙计赶出了店，抱头而走。

秦观出身贫寒，早岁向学，书大抵都是借来的，自是深知读书人的艰苦，不免同情地叹道："历来寒士未达之时，皆难免受小人欺辱。"

唐康却是心中一动，问道："少游，若是以大宋的名义，在开京建一图书馆，供贫寒之士读书上进之用，你说这些读书人会不会对大宋因此平添好感？"

"那是自然。此辈素读中华诗书，心中已有仰慕之意；高丽与大宋一样行科举，寒士求一进身之阶，无不由此。其未达之时，最朝思暮想的，还是可以读自己想读的书。建一图书馆，焉能不让其心存好感甚至感激？亦显我中华是礼仪上邦，不与小国同。"

"嗯。"唐康微微颔首，笑道，"让高丽建房出人，我大宋只管赠书，赠书两万卷，所费不足万贯，而可收一国贫士之心，这笔买卖，自是做得。"

秦观亦点头称是，不过心中始终有利义之辩，闷了一会儿，终于按捺不住，自嘲道："不过这却是市恩。"

唐康不以为然地笑道："正要市恩。我大宋的铜钱，终不能白白花在高丽。凡有付出，必欲思有所得。此必然之理也。"说罢，又打量两边，略带奇怪地问道："我曾听闻开京是高丽人参之产地，怎的却未曾见得有人参店？"

秦观一听，这才发现果真如此。两边街上，从书店、布店、陶器店等，什么都有，其中充斥着大量的宋朝产品，却唯独没有人参店。他细细想了一回，愕然笑道："人参当在药店卖。"

唐康亦不禁失笑，道："竟忘了此事。"连忙寻了一家药店问去，不料药店虽有人参，却也是最次的货物，唐康与秦观细加询问，这才知道为了满足对宋朝商品的需求，高丽国产的人参，十之八九，都被运出礼成江，至海港卖给宋朝商人了。不仅如此，其国所产的紫水晶、软玉、水银、麝香、松子、石决明、防风、茯苓、鱼干、鼠毛笔等物，也被大量贩卖至宋朝。饶是高丽国物产丰富，在贸易上亦受到了极大的压力，结果是交易量到达一定程度之后，始终无法上升。因此之故，无论是蔡京之前与薛奕私下里商量，还是请示石越所得，都一致同意贸易的未来在南洋。狄谘都督归义城，便受石越亲笔信，要鼓励交趾国种植水稻、棉花、甘蔗三种作物，却要严厉打击其发展棉纺业与制糖业、陶瓷业，保证其富余农产品用于与宋朝交易。但是这些细节，却非唐康与秦观所能知。

一路之上，唐康与秦观不厌其烦地询问各种产品的价格，便发现一个奇怪的现象：除了书籍、钟表等物之外，在高丽最受欢迎的棉布特别是染色布，以及各种陶瓷，价格相比杭州而言，只是略高二成左右，却铺天盖地地占据了大部分的店坊。若说是因为商品过多而便宜，可是同样是大受欢迎的茶叶与蔗糖，价格却非常高昂。唐康身为唐家的子孙，又跟随石越，常常参与机要，自然知道宋朝商人海外贸易之定价，大抵是由杭州市舶司与江南十八家大商号协商议定，高丽国棉布与陶瓷价格低廉，背后必有文章。他与秦观讨论半天，却终是不得要领。

如此缓缓而行，走了一两个时辰，方至开京城南门。二人知道身份特殊，不便过于靠近，便寻了一处酒家，找了个楼上靠窗的位置，一面吃喝，一面观察。看了约一炷香的时间，秦观便皱眉说道："康时，开京毕竟是高丽王京，戒备森严。"

唐康又看了一眼城门口装备精良的高丽兵士，绷着脸，点头说道："真要大战，以我等之能，至少要五万军队方能克此名城。此非交趾可比。"

"如今之计，只得用智。凭三寸之舌游说王徽。"秦观脑海中立时游想起苏秦、张仪的风采，不由双目生辉。

唐康摇了摇头，道："不能将希望全寄于此。若能用强，则一语不合，便可率军突袭，挟大国之威而立新君。既是不能用强，便要多辛苦少游了。"

"辛苦我？"秦观愕然道。

"正是。自明日起，我等便要分别设宴招待高丽国中所有名臣，如此就要靠少游展示才华，博得亲宋大臣的好感与尊敬。一旦少游的才华能震服高丽，我等便大造舆论，遍会高丽国士子，由元长与少游讲五经一日，再宣布将向高丽国王请求替高丽士子建图书馆、资助其佼佼者至白水潭学院等各大书院读书，趁机再许诺一些大臣将其爱子送至大宋游学，在大宋参加科举取得功名之后再回高丽做官。届时再贿赂各主要大臣，让高丽国朝野清议都一致亲宋，然后再善加诱导，不愁大事不成。"唐康压低了声音，笑道。

秦观听完，不由喟然长叹，赞道："康时真妙策也。"

唐康哂笑道："此非我之能。"

"是元长之能？"

"此是吾兄之策。我临来之时，吾兄言：欲说其国，先服其心。若能使高丽亲我重我信我，再诱之以厚利，则事无不成者。"唐康抿了一口酒，又道，"吾兄说，天下事有刚者，有柔者，智者审时度势而用之，或刚，或柔，或刚柔并用。若有数万精兵屯于城下，我自然要用刚道；既然事有难成，便当改用柔道，缓缓图之。"

秦观正要点头称是，忽听楼下有数骑踏过，秦观眼尖，见着为首一人相貌，忙低声说道："是那人。"

唐康心中一凛，忙向楼下望去，便听到城门有人高声呼喝，那一队人马早已停下，"那人"与守城将官不断地用高丽话高声说着什么，却是一个字也听不清 —— 当然，也听不懂。只见二人神色，"那人"满脸怒容，不断训斥，守城将官虽然外貌谦逊，却是丝毫不肯相让。唐康与秦观四目相顾，二人心中皆是一动。唐康叫过一个随从，低声嘱咐数句，那随从连忙应声去了。

不多时，便见那个随从到了"那人"身边，低声在他耳边说了句什么。"那人"似是一怔，抬头往酒楼上看来，正好看见唐康，顿时面露喜色，又朝那个守城将官训斥了几句，便率人离去。

唐康见他离去，松了口气，缩回头来，让随从将附近几个雅座全部包了去喝酒，自己只和秦观对酌。约莫等了一炷香的工夫，先前遣出去的随从便领着两个人走了进来。唐康与秦观连忙起身，抱拳欠身说道："国原公，下官有礼了。"原来"那人"便是王徽之次子国原公王运。

王运有求于人，何况唐康等人是上国使节，更是不敢怠慢，忙回了一礼，笑道："多有怠慢。"

唐康二人忙称不敢，唐康一面吩咐随从退下，一面却望着王运身旁之人，只看了一眼，便将目光移向秦观，却见秦观也在看自己，目光中尽是尴尬。

王运早就看见二人神色，忙笑道："这是在下密友金芷。"金芷向二人一揖，并不说话。

唐康咳了一声，请二人坐了。他约王运前来，本为趁机接触，谈论要事，所说之话，自是不足为外人道，因此连自己的随从都要遣开。不料王运反倒带了个人来，若真是"密友"倒也罢了，可这个"金芷"，明明就是个女的。她那肤若凝脂，柳眉凤眼的样子，纵是不开口说话，穿着男装，也瞒不过人去。王运如此行事，实在太出人之意料。因此唐康二人竟是大犯踌躇。

王运早知其意，笑道："尊使不必担心，金芷是我腹心之人。早日拜会尊使，因顺天馆内，不便细谈，有些话只是不敢出口。不料今日如此有缘，亦是在下的福分。"

"国原公言重了。"

"在下知宋朝天子遣尊使前来敝国，自是为赐我父王医药，以及乐器诗书，但不知除此之外，尊使是否尚有他意？"王运一双眸子凝视唐康，一动不动。

唐康淡淡一笑，轻描淡写地说道："便有些事情，亦是于贵国有利者。"

"未知尊使可否透露一二？"

"我朝约束甚严，还望国原公恕罪。倒是自来高丽，少见王太子殿下。"唐康喝了一口酒，似漫不经心地随口说道。

王运与金芷四目相交，旋即分开，冷笑道："我王兄要于父王面前多尽孝道，因此不免怠慢尊使。"

"言重。为人子多尽孝道，亦是应该。"

"那是自然，只是……"

"只是什么？"唐康轻轻放下酒杯，问道。

"只是敝国风俗，颇有为大邦所笑者。"王运此言出口，金芷已是满脸通红。

"哦？"唐康与秦观诧异地对望了一眼。

"尊使初来敝国，有所不知。敝国贵族之女，并不许外嫁，反要尚自家兄弟。此等陋俗，实为上邦所笑。在下曾数次上书，道本邦既受礼义教化，宜效中华风俗，去此陋俗。不料父王不听，反屡次责罚于我。我那王兄自己娶了几个堂妹，不知羞耻，反道我欲乱风俗。因此在下于国中，欲尽孝道而有所不能。"王运说及此事，一脸愤然。

唐康与秦观相视一眼，心中恍然大悟。二人不知高丽竟有这等风俗，眼见那个金芷对王运情意绵绵，现于形色，二人素知金姓亦是高丽大族，便猜到王运想要废此陋俗，未必全是为了公义，只怕也有几分私心在内。然于此节，二人自是不便说破，唐康笑道："国原公何必心忧，若国原公能承绪王位，他日要如何除旧布新，都由得国原公。且在下见朝中大臣，都心知国原公之贤。"

王运喟然叹道："尊使有所不知，在下是次子，若要继位，亦是我王兄继位。虽则国中文臣大多属意在下，然则上不能得父王欢心，下不能让掌兵之臣信服。他日能封于一大郡，于愿足矣。"

唐康与秦观都不料王运连这等话都敢说出来，不由吓了一跳。他不知王运早已打定主意，若不能成大事，便出家为僧，料王勋也不便赶尽杀绝。他自知眼下国中武臣与掌兵之臣，无一人支持自己，连出个城都千难万难。他的出路，要么便是潜心经营，反正王徽虽然常病，五六年内却不至于崩驾，他再经营五六年，未必不能多收拾一些人心；要么便是抓住眼前的机会，结好大邦，宋朝海船水军之威名，他早已知晓，兼之契丹内乱，眼见大宋就是天下最强之国，若能得到宋朝支持，加上国中亲信助力，那么大事必然可成。因此王运竟是绝无忌惮，一意要取信于宋使。

唐康沉吟一会儿，顺着王运的话笑道："国原公若要成大事，何不学唐太宗？"

"玄武门？"王运被唬了一跳。高丽国有唐史，自是知道玄武门之变，唐太宗杀兄夺位。

"非也，非也。"唐康摇头道，"那种事情，下官怎么会劝国原公行之？"他心中冷笑：我若劝你行玄武门之事，保不住谁杀谁。你王运死了，于我大宋有害无益。

王运显然心中也知道其中利害，吁了一口气，笑道："那尊使所说？"

"唐太宗能登大位，不在玄武门，在其晋阳首义、征伐四方之功。因此当时名将，大抵心服。"唐康说到此处，却不再多言。

王运也是聪明之人，沉思良久，叹道："契丹虽乱，又有欺压敝国之仇，然百足之虫，死而不僵。只恐难以说服朝议。除非大宋能先出兵，在下方能说服国中大臣，以一支偏师，呼应大宋。"

唐康笑道："高丽只与契丹有仇？与女直无仇？"

王运一愣，怔道："尊使之意？"

"我等来时，于海上擒得海盗，已知契丹内乱，女直各部便开始不服管束，许多部落契丹皆征不到兵丁，反意已现。女直与高丽，史上亦互有攻伐，不得谓无仇。国原公若要兴兵，自当言报女直之仇，替契丹讨叛，岂可直言要攻契丹，引火烧身？"唐康一面说，一面优雅地把玩着手中的酒杯，"辽主与魏王屯兵待战，高丽名义上亦是辽国属国，替辽主惩罚东京道不听差遣的小部落，难道辽主还能生气不成？"

"这……"

"届时若能由国原公亲自领兵，则自古以来，军功最重；若由王太子殿下领兵，则王京之内，岂非任国原公作为？国原公一向亲近中华文物，若是国原公领兵，下官保证大宋以七折价格卖一万套盔甲武器予贵国，国原公凭之与女直作战，用夺来的财物与马匹还债即可。若是令兄领兵，则大宋便当没有此事。只要令兄在东京道打几个败仗……"

秦观在一旁又说道："此为进可攻，退可守之策。若辽主获胜，则贵国可一面向辽主献俘，一面主动退回高丽，辽主亦无话可说；若辽主与魏王僵持，则东京道正好任君作为；若魏王得胜，东京道可抚而有之。大宋所能许诺国原公者，是若辽主进攻高丽国本土，则大宋必然直取燕云。"

王运思忖良久，迟疑难决。唐康与秦观只是静静等他答复。

忽然，一直不作声的金芷清声问道："如此大宋之利何在？"

唐康注视金芷，笑道："大宋之利有二，一则高丽之军入东京道，辽主虽无力与战，却必然分兵监视，如此其与魏王之战，便更加持久。此大宋之利，亦高丽之利。二则大宋亦欲高丽有一个亲近中华的国君，吾等来高丽已久，知诸王子之中，唯国原公最贤。若国原公有尺寸之功，大宋皇帝之敕命必至，届时内外压力之下，不由国王不传位于国原公。"

"大宋不要付出分毫，却坐享大利。在下以为不甚公平……"

"享大利者，非大宋，乃是国原公。辽国内战久一点，于大宋虽有利，却也十分有限。其内战过后，恢复元气，最少要五六年，长则十年。大宋之利何在？"唐康知道讨价还价的时刻来了。

"便无大利，亦无大害。而高丽则有引火烧身之患，万一辽国内乱迅速平定，辽主以战胜之余威，兵压西境，则高丽危矣。高丽是举国相搏。"金芷说起话来，声音便如银铃一般，甚是清脆动听。

"足下不过危言耸听。不说此事绝无可能，纵然如此，只需高丽迅速撤兵，向辽主献俘，以辽主之明，自然会见好就收，绝不会穷兵黩武。且我大宋亦不会坐视不管。"

"口说无凭。"

"可订密约。若在下欺瞒国原公，国原公他日将密约陈于大宋皇帝御前，在下就是杀头之罪。"唐康为了成功，竟已将生死置之度外。听得秦观瞠目结舌，须知与外国私订密约，其罪非轻。

王运听到此处，亦已动摇，不由望了金芷一眼。金芷却微微摇头，注视唐康，笑道："我亦读过史书，古来爽约者不知凡几。密约无用，若尊使能为两国约为婚姻，则大事可谐。"

"约为婚姻？"唐康不由愕然，道，"辽国欲尚公主尚不可得，此事无能为尔。"他再大的本事，也没有办法替皇帝许下个公主给高丽。

"尊使误会了。敝国尚有公主待字闺中,若能侍奉大宋皇帝,使天下咸知两国之好……"金芷轻轻说来。王运立时明白,忙点头笑道:"若能如此,实是敝国之幸。"他知道仓促之间陋习难改,倒不如将妹子嫁掉为妙。而且若能入大宋后宫,那便是高丽建国以来第一件大事。

但是唐康在高丽国可以颐指气使,和王子平起平坐,在宋朝却是品秩低微,岂能决定这种大事?顿时苦笑道:"国原公,此事绝非下官能做主,便是蔡正使,也不敢做主……"

"这在下自是知道。"金芷微微点头,又道,"但另有一事,尊使必是做得主的。我早听闻尊使是石参政之义弟,在下有一妹妹,粗识文墨,略解礼仪,唯不足以侍奉君子,然若能与尊使结秦晋之好,在下与国原公,都会欣慰。"

唐康不想刚刚说完皇帝的婚事,又当面给自己说起媒来,顿时满脸通红,道:"可是在下已有婚姻之约。"

"无妨。若尊使不弃,为妾亦可。"

唐康更加尴尬,一时答应也不是,拒绝也不是,只得托词道:"在下是朝廷命官,私自与外国婚姻,出使外国,私许婚约,其罪欺君。此事还须请旨……"

"此亦无妨。国原公可与尊使齐心协力,促成大事。然而这两桩婚约不定,敝国终不敢出兵。便是朝议已定,想来国原公亦有办法拖延之。"金芷浅浅一笑,无比妩媚地说道。

唐康想着这天上飞来的艳福,竟是哭笑不得。

回到顺天馆之后,唐康将遇到王运之事与蔡京说了,蔡京亦是愕然。只得分别给皇帝与石越写奏折和书信,说明情况。一面同时按计划开始进行公关,又是要收买掌权的大臣,又是要博取高丽国朝野的好感。

以秦观此时的才华,要在大宋出名,自然还有难度,但在高丽小国,却足以让人目眩了。他的诗赋以及长短句,加上蔡京的书法,连续几场宴会之后,立时轰动高丽朝野。所有达官贵人,无不以认识二人为荣,若能附庸风雅与秦观唱和一次,或者得蔡京赠一幅书法,便如得了至宝一样。因此在蔡京提出欲在顺天馆大会高丽士子,并讲经辩论一日之后,高丽国上上下下,都认为这是本国难得的盛事!王徽不仅自己御驾亲临,连同国中所有重臣,都一股脑儿地带了过去。

历史上称为"顺天馆会议"的事件,是高丽国史上相当重要的一页,亦是大宋外交史上非常重要的一页。宋朝外交官员,从此日起,开始有意识地利用本国文化上的巨大影响力,在传播文化的掩护下进行自己的政治活动。顺天馆会议原定一天,结果却开了整整三天,闻讯而来的士子充斥开京的大街小巷,比起科举考试都要热闹。

前来听讲辩论的高丽士子，第一日就有一千余人，至第三日更是达两千六百六十余人。在会议的最高潮，由蔡京征得王徽的同意，宣布大宋将免费向高丽国提供二万卷图书，协助高丽国子监在开京建"成均馆"与"成均图书馆"——"成均"二字取自《周礼》，董仲舒认为那是五帝之时大学之名，相传是中国历史上最早的大学，在高丽国王徽治下，原是高丽国子监的别名。在石越所来的时空，此名在中华反倒少人知晓，倒是韩国有成均馆大学，乃是韩国的著名学府。

宣布此事之后，蔡京又进一步向高丽朝野表达善意，表示成均图书馆之藏书，将向所有士子免费借阅；且大宋在接下来十年之内，每年向成均图书馆赠送五千卷藏书。而成均馆之学子，每年将选拔六名成绩优秀者，由大宋出资，按成绩分别送往白水潭、嵩阳、应天府、横渠、西湖、岳麓六大书院学习三年。其他成绩在前三十名者，将许可其自费前往大宋游学。此事一经宣布，立时轰动高丽全国，须知此六大书院，除岳麓书院名声稍逊之外，其余五大书院都声名远播于高丽，特别是白水潭学院与嵩阳书院、西湖书院，更是所有高丽士子都向往的所在。能有机会亲赴彼处求学，如何不喜出望外？便连王徽都觉得受宠若惊——诸国之中，高丽是头一个可以派人去大宋各大学院学习者。连向大宋臣服最为彻底的交趾，都不曾享受此等优待。当然王徽并不知道，在几个月后，也就是熙宁九年初，大宋国子监即向交趾宣布：该国五品以上官员子弟，可以自费至六大学院求学；同时大宋所协助交趾创办之学院，每年可以选派一名优秀者官费至六大学院学习，资金由交趾与大宋平摊。当然，给交趾的两项优待，实际上高丽更早享受——几天之后，蔡京便亲口向王徽与高丽国众大臣许诺，高丽国五品以上官员子弟，可以申请自费去六大学院学习，而宰臣、各部尚书之子弟，更可直接去白水潭学院求学，由大宋与高丽国平摊学费。

宋使在数日之内，如此前所未有地优待高丽，在两国贸易联系日趋紧密，而辽国内乱，宋朝国力上升的时候，无疑使得高丽国内一种"小中华"的自许之情更加膨胀。无论是读书人还是贩夫走卒，整个高丽都洋溢着一种亲宋的气氛。兼之大宋在新的贸易方式渐渐占据主导地位的同时，并没有断然放弃朝贡贸易体系，大宋朝廷对于高丽国进贡的赏赐更让高丽国王王徽心花怒放。

在此良好的气氛下，国原公王运指使亲信的大臣，向王徽上了一系列的奏折，正式提出"亲宋、和辽、报复女直"三策。力劝王徽乘此千载难逢之机会，征伐女直各部，将高丽国的势力范围向西推进到鸭渌江[23]、长白山一带，从而使高丽国日后具备觊觎辽东、括有渤海国故土的机会。而且，若能战胜女直各部，则通过掠夺、压榨各部，还可以增强高丽国力。同时王运又按唐康之建议，打出"替辽主伐女直"的旗

---

[23]　即鸭绿江。

号，一时机会主义在高丽国中大行其道。一向畏契丹如猛虎的高丽君臣们，开始打起了自己的小算盘，幻想一面不激怒辽主，一面扩充本国的实力。

蔡京则在与王徽的会面中，暗示这位年老多病的高丽国王，如果辽主敢侵犯高丽国土，大宋必然会抄其后路，以收两面夹击之效。又有意无意地指责女直各部纵容部属在海上为盗，抢掠宋商，若有人能征伐女直，为大宋惩罚盗贼，大宋必然给予支持。

高丽王宫望月台之内那盏奢华的座钟准时响起，和城中佛寺的撞钟之声相互应和着，王徽似乎被这钟声吓了一跳，老迈的双手微微颤抖了一下。去摸一只无暇他顾的老虎的屁股，而且远处还有一只狮子在承诺着安全，实在是非常刺激的事情……王徽是决心安于现状，还是决心勇于尝试，依然没有人知道。但是还有一件更致命的事情在被人遗忘 —— 女直部落，自渤海国建国那一日起，数百年来，在它周围土地上兴起的所有政权，无不视之为巨大威胁。

那是一只容易被人遗忘的野狼。

4

汴京。熙宁八年十一月初一。

清河郡主与狄詠的婚事几乎成为汴京的一个节日，但让一些知情者奇怪的是，吕惠卿、文彦博、石越、韩维竟然缺席了，而皇帝也临时取消了亲临祝贺的计划……

所有这些人，此刻都聚集在崇政殿。

"据狄谘的奏折，薛奕船队预计在十一月十五日之前返回杭州……"赵顼一面说一面环视众人，神色似是高兴，又似有几分不安，"狄谘道薛奕此次远航，最远到达注辇国，并且从三佛齐手中用两座镀金座钟买回凌牙门岛，建凌牙门城……"赵顼说到此处，见吕惠卿等人一脸迷茫，知道这些饱学的臣子并不知道"凌牙门"是个什么地方，便停顿了一下，让李宪取出一张大海图，由几个内侍举好，笑着对石越说道："石卿，你来解释一下。"

"臣遵旨。"石越的目光移到那幅并不十分精确的海图上，手指划在了中南半岛最南端的一个小岛上，朗声说道，"此处便是凌牙门。"他心里暗暗一笑："新加坡，薛奕果然没有辜负我的期望。"又继续说道："凌牙门是南海之出口，为香瓷之路[24]

---

[24] 即"海上丝绸之路"。宋朝时，海上贸易进口以香料为主，出口以瓷器为主，故称之为"香瓷之路"。

上最为关键之所在，平素亦有中国人居留，不过此处并不繁华，只是过往船只，偶有在此歇息贸易者。"

"正如石卿所言，薛奕认为此岛可成为我大宋海船水军以及海商的一个补给之所，遂半迫半买，从三佛齐手中购到此地。并留下了三百水军屯卫建城。"赵顼笑道，"如此从杭州、泉州、广州，海船可以直接抵达凌牙门，甚至不必去占城与真腊等国。"

文彦博审视地图良久，也点头道："此处确是咽喉之地。难得薛奕有此见识。"

吕惠卿却笑道："臣想，此处若能建成海港，必能成繁华巨港。想来薛奕定然也让狄谘转奏，请朝廷派官员驻屯。"

"吕卿所料不错。"赵顼的笑容却有点儿勉强，"不过这是小事，薛奕请狄谘所呈之奏章，却是请示一件大事。"

众人觑见皇帝神色，却不知道是什么样的大事。连石越也不知道狄谘转交的奏折的内容。但是皇帝如此神色，却肯定不会是一件轻松事。崇政殿中，立时寂静下来。

"众卿可还记得注辇国？"赵顼的目光投向吕惠卿。

吕惠卿略一思索，即欠身答道："注辇国，其前身即是唐玄奘所谓的珠利耶，真宗大中祥符五年，其国王罗茶罗乍曾经遣使娑里三文自南海而来中华朝贡，娑里三文言历时三年方至广州，当年曾献珠六千六百两，香药三千三百斤。此后天禧四年、明道二年均曾遣使来华，因其国离中华有万里之遥，故此朝廷一向也赏赐甚厚。此国相传是三佛齐之属国。"他娓娓说来，不仅石越，连文彦博这等老臣，心里也不由不佩服他熟知本朝典故。

赵顼点了点头，又摇了摇头，叹道："可笑本朝此前无人，那注辇国，本在西天南印度，是天竺眼下最强盛之国，三佛齐又有何本事能使其为属国？薛奕回报，道注辇国有战舰千艘，战象五万，为一时霸者。此国在大食与中华之间，掠夺小国，灭国无数，凡香瓷之路上所有贸易，注辇国必然要分一杯羹，控制海路近七十年。"

赵顼此时说来，殿中之人，无不吃惊。连石越也不知道在印度洋东岸有一个如此强盛的海上强国存在，更不用说他人。赵顼此时早已知道"香瓷之路"的巨大利润，本来大宋海船水军与贸易船队的最终目的地，应当是直达大食，甚至还要组织商队通过陆路前往大秦。但不料刚刚出了南海，横在面前的，便是一个称霸印度洋东海岸近七十年的强大王国。

"薛奕道注辇国不许海船水军通过，远航船队仅仅二十余艘战船，终不能与注辇国开战，兼之船上水手有二成得病，因此已遣使向注辇国国王问好，并招其使者来中华朝贡。唯是战是和，须朝廷决策。"赵顼有点儿无奈地说道。注辇国已经远得让他感到麻木，若非是因为控制"香瓷之路"是既定之策略，赵顼对于什么注辇国绝不会有丝毫兴趣。

"薛奕之意见如何？"文彦博略一沉吟，立时意识到这个所谓的注辇国，大宋朝廷完全不了解，一切都依赖于薛奕的报告。

"薛奕以为五年之内，不能与之争锋。注辇国水军是百战之余，而我朝海船水军是新创，水手未练，且数量又相差太远。兼之劳师远征，补给困难。薛奕请求朝廷允许，暂时放弃对注辇国以西的经营，唯遣民间船队前往贸易。同时与蒲甘等国交好，注辇国与蒲甘、三佛齐国不能谓无冲突。若我大宋能控制、影响蒲甘等国，组成联军，则可迫使注辇国订城下之盟。眼下之策，薛奕以为当与注辇国通商为上。"赵顼转述薛奕的意见，心里却十分矛盾。一方面，面对如此遥远的国家，他心中的确提不起太大的兴趣来，有一种多一事不如少一事的心理；另一方面，堂堂宋朝上国受阻于一个难得听说一次的夷国，赵顼的心中也有一种挫折感。至于说要花偌大的精力去经营中南半岛上的关系，于赵顼而言，他认为西面的夏国与北面的辽国更值得关注。

"陛下，不知狄谘的意见又是如何？"文彦博又谨慎地问道。

"狄谘道他于注辇国之事，几乎一无所知，因此不敢胡乱进言。"

文彦博沉吟半晌，欠身道："陛下，注辇国虽然远在万里之外，却也谨修贡职，若随便兴兵，只恐让四夷笑我中华不讲信义。且注辇国既是强国，只恐不可轻侮，万一失败，为祸甚大。薛奕不轻启战端，是他知轻重、晓利害。臣以为万里之外，当以和为上。"

"吕卿之意如何？"赵顼目光转向吕惠卿。

"臣以为本朝海船水军初创，而经营海外亦不过是年内之事，仓促间寻衅于强国，是不智之举。今日之上策，是步步为营。以广州、归义城为据点，以凌牙门城为海上门户，将凌牙门城以北之海域及周边交趾、占城、丹流眉[25]、三佛齐等诸国，控制在我大宋海船水军之影响之中。一面加强与交趾之同盟，来影响中南半岛诸国，有朝一日，更可对大理形成两面夹击之势。待五至十年之后，南海诸国巩固，再议与注辇国之战和不迟。"

吕惠卿说出来这番话来，殿中诸人心中不免又各吃一惊。特别是石越，对于吕惠卿居然有这番见识，真的是完全出乎意料。他能够将环南海诸国看成"自家的院子"，其气魄与眼光真让人刮目相看。毕竟吕惠卿，说到底也不过是个宋朝人……

"石卿以为如何？"赵顼的目光移到了石越身上。

石越回过神来，欠身道："陛下，注辇国虽然不准我海船水军通过，却没有禁止

---

[25] 在马来半岛，《宋史》称为丹眉流，是误记。此国是三佛齐最强之附庸国，又三佛齐在今苏门答腊岛。

民船通过。既是如此，臣以为短期之内，海船水军之任务，便是浚清南海海盗，保护航线安全。将南海纳入大宋控制之中。究竟要如何制定方略，不如等薛奕回朝再说不迟。臣以为与注辇国之间，若要作战，便要打一场必胜之战。"

"韩卿之意呢？"

"臣不晓海事，只知凡事谋定而后动，有益无害。香瓷之路，由大食商人控制大食至注辇国之一段，大宋则控制杭、泉、广三州至注辇国一段，虽然注辇国坐收中转之利，但亦无不可。大宋每岁从香瓷之路所得利润，亦数百万贯之巨，其中朝廷所得，商税与贸易相加，几乎占到三至四成。臣以为已经可以满意了，朝廷眼下之重点，还是在解决两北之百年边患。"韩维无意中说出了一句实话，大宋朝廷关心海事，完全是受利益驱动。

赵顼听完四人意见，思忖了一会儿，道："既是如此，便暂不与注辇国开战，待薛奕回京，让他分别去两府叙职，之后朕还要接见他。到时候再讨论经营南海诸国之方略不迟。"

"陛下英明。"

赵顼摆了摆手，并没有如释重负的感觉，反倒苦笑着将一份奏章递给李宪，说道："此外还有一事，李宪，你把这份奏折给诸公看看。这是蔡京的奏折，杭州张商英转达的。用的也是密急。"

李宪接过奏折，依次递给文彦博、吕惠卿、石越与韩维。四人传阅过后，脸上都露出奇怪的表情，良久，文彦博才说道："陛下，迎娶属国王女之事，本朝从未有过，还要详议才是。"

吕惠卿也笑道："陛下，高丽号称君子国，却毕竟是夷狄，如此不知礼义。且欲强为婚姻，若许诸之，只怕为天下臣民所笑。"

石越却笑道："臣却不知此事有何不可？以汉唐之强盛，亦不免有和亲之策。今日不过纳其两女，却可得一国之助，臣以为无拒绝之理。"

韩维望了石越一眼，笑道："此事自秦汉以来所未有。且天子与高丽为婚姻，必为辽国所笑。夷狄女子，安能侍奉君子？"

石越不料三人众口一词地反对，心中暗暗苦笑道："高丽公主居然会嫁不出去。"忙又道："若是拒绝婚姻，只怕高丽会恼羞成怒。况且一国王女……"其实这种事情，春秋战国时代倒是屡有发生的，但是那种事例举出来，只会弄巧成拙，因此石越也不敢提起。

文彦博冷笑道："此事断然不可，万一皇后无子，其女为陛下生下皇子，难道让他来继承大统？此是为社稷留下绝大隐患。旁事皆可答应，唯此事答应不得。"

石越见他如此坚持，不由哭笑不得。赵顼笑道："此事若然应允，必然为辽人所笑。不若寻一亲王，收为姬妾。”

“一国王女，岂肯为姬妾？高丽必以为我大宋轻视其国。此结怨之始，董毡背辽归宋，其缘由亦不过是为了一公主。辽夏相攻，亦不过为了一公主。史上事如此，陛下岂能为一女子而结怨一国？”

“这……”

“请陛下三思。目下是朝廷有求于高丽之时，以婚姻巩固盟约，可坚高丽之心。”

文彦博见皇帝又开始动摇，忙欠身道：“婚姻之事，是陛下的家事，陛下何不问太皇太后与皇太后？”

“此事的确应当询问太皇太后、皇太后。”韩维也附和道。

“朕知道了……此外唐康与金氏之婚姻、又蔡京所允诺高丽国王诸事，又当如何？”

“臣以为……”

从崇政殿出来之后，天色已然微黑。石越自从上次遇见何畏之遇险之后，每次出门，虽然并没有弄出全套仪仗，却也多带上了七八个骑马携弓的家丁，也算是开始前拥后簇了。这日因为讨论的事情都并不如意：远洋船队受阻注辈国，挑拨高丽之策反倒被己方一种小小的歧视所阻隔……他几乎有点儿怀疑文彦博是因为自己的孙女未正式过门就要先接受唐康收一个异国小妾而心情不佳，所以极力阻碍此事。因此，石越的心情也不是太好，上马之后，侍剑正欲开口询问，石越早已挥鞭喝道：“去张八家。”

不料他话音刚落，便听一人在身后笑道：“张八家的酒不正宗，子明若是有暇，何不上我府上喝一杯？最近我家人却酿出了一桶好酒。”

石越不用回头，便已知是何人，心中虽然不耐，却也不得不收拾心情，转身答道：“吕相公，今日如何有此雅兴？”

说话之间，吕惠卿已到近前，笑道：“近日不仅得了好酒，还买了几个绝色佳人，精擅歌舞，若无人共赏，却是扫兴了些。子明万万不能推辞。”

吕惠卿毕竟是当朝宰相，兼之最近以来他一直都非常支持石越的诸多政策，虽然石越心中一直怀疑韩绛罢相，根本是栽在吕惠卿的阴谋当中。但是既然查无实据，以后又有许多地方还盼着吕惠卿能够配合，自然不便拂他面子。因笑道：“如此敢不从命？”

吕惠卿哈哈大笑，招呼了从人，竟是与石越并辔而行。二人一路谈笑，说了许多闲话，吕惠卿忽然注视石越，似笑非笑地说道：“熙宁八年一年之内，黄河以北出售矿山、拯灾；扬杭之间发展商业与恢复农业生产；裁并州县、减少不必要的开支；

推行官制改革；建忠烈祠、先贤祠；兵器民营化，全面解除持兵禁令……子明几乎是于无声无迹之中，做了大宋百年来众多贤士所不敢想的事情。细细想来，实在让人不得不佩服。"

石越听吕惠卿如数家珍地说出自己的种种政绩，心中亦不由有点儿得意。特别是河北诸路拯灾，虽然出售矿山使得黄河以北许多商人地主几乎一夜暴富，趁机兼并的事情也并非没有，但是毕竟救灾的问题基本上得到了解决；而扬杭商业圈的发展却使得众多中小商家更加活跃，在海外贸易的刺激下，杭州等地胡人聚居的番坊不断扩大，伴随而来的，则是商业规模的扩大。前不久《海事商报》上就报道了一个故事，一个来自大食的商人，一次性向杭州市舶司出售大象牙四百株，大犀角五十株，此外还有珍宝无数，竟然使杭州市舶司无力购买！不得已之下，需要请民间商号帮忙消化。那个大食商人回程时，买了二十艘福船，装满货物而归。而市舶司在此一次交易中收取的税金，《海事商报》推测可能高达二十万贯。这样的大手笔，让一向号称富甲天下的汴京商人，也要望尘莫及。海外贸易所带来的利润与关税，在熙宁九年极有可能达到五百万贯，除去发展扩建海船水军、兴建港口，建筑归义城与凌牙门城等资金，应当还能够向朝廷交纳二百万贯至二百五十万贯左右的税收。换句话说，大宋经营海外势力，没有用过朝廷一文钱。若环南海贸易圈能够更加成熟，那更加不可估量……

想到这些，石越不由笑道："这全是皇上英明。"

吕惠卿哈哈笑道："贤主良辅，相得益彰。"

"若论良辅，相公才是良辅之材。"石越虚伪地客套道。

"岂敢。"吕惠卿微微一笑，神色间却没有半点"岂敢"的意思。又随口道："十五日单将军庙公开竞标，乃兵器生产民营化至关重要的一步，皇上已让子明前往主持，想来子明应当早有章程。"

"在下自当尽力。"

"我以为，这军器一物，与子明在杭州竞标之物不同，不可纯粹以价低者得。"吕惠卿淡淡笑道，如叙家常。

石越脸上肌肉微微跳了一下，旋即笑道："哦，还请相公赐教。"

"军器关系甚大，若以价低者得，难免没有商人不丧心病狂，为得利润，不择手段。因此凡竞标，须得考虑竞标者实际之生产实力，家世，甚至品德，再综合其投标之价格，决定是否中标。"

石越不知道吕惠卿打的什么主意，心中暗暗狐疑，口里却笑道："相公所言有理，不过若是如此，则不若让众人去写标书。只不过眼下信誉未立，用标书的方式，可能会影响朝廷在商贾之中的信誉。"

"何谓标书？"吕惠卿笑问道。

"便是各家将投标之内容、价格，自家之实力，中标后要如何生产之类，先用文书写好，交给朝廷。朝廷再从中选出一部分较满意的，由其再次竞争。如此方式，则不纯粹是价低者得，但是却难免有情弊，有碍公正。"石越一面解说，一面悄悄观察吕惠卿的神色，但吕惠卿始终神色如常，让人难知他心中所想。

"这是良方。投标价格过低，未必是一件好事。"

"在下当斟酌。"

二人如此边走边谈，穿街过巷，终于到了吕府。宰相府的规模气度，远胜参政府，比起石府来，吕府要大出四至五倍。二人在府前下了马，吕惠卿挽着石越的手臂，无比亲热地将石越迎了进去，且不在客厅设宴，而是直赴花园的一座水榭之中。吕惠卿与石越分了宾主坐下，侍剑便站立在石越身旁侍候，吕惠卿身边却是侍立着两个美貌的婢女。

奉茶之后，吕惠卿朗声笑道："子明是稀客，难得来一次。今日却是凑巧，要向子明介绍另外几个稀客。"说罢，轻轻击掌三声，便见三个人走了进来，向吕惠卿与石越长揖为礼。石越注目看时，却见三人之中，有一人却是熟悉的——原来竟是归来州个恕之子乞弟。

乞弟见石越认出他来，忙一瘸一拐地上前又深揖一礼，操着极其蹩脚的官话说道："日前多有得罪，还望参政恕罪。"

石越傲然望了乞弟一眼，眼角又扫了吕惠卿一眼，心中雪亮，知道必是乞弟贿赂吕惠卿，托他向自己赔罪。他与吕惠卿虽然素来不和，却不愿意为这种小事去扫吕惠卿面子，当下淡淡一笑，端起茶杯，抿了一口茶，笑道："不知者不罪。"

乞弟见石越不怪，立时面有喜色，向门外招了招手，立时便有一个仆人捧着一个檀木盒子走了进来，恭恭敬敬地跪倒在石越面前，将盒子举过头顶。

石越不动声色的一笑，道："这是何意？"

"一点薄礼，不成敬意。此是下官向参政赔罪之意。"乞弟一面说，一面将檀木盒子揭开，便见盒中放着一件黄黑之物，边角上缀了许多珠宝，璀璨生辉，"蛮邦之人，没什么贵重之物，这件虎皮披风是当年我父亲与另一蛮部罗氏鬼主相攻时所得之物，今日献予参政，正是使物得其主。"

乞弟发音不准，石越怔了一下才明白他的意思。他正待说话，忽然见另两人中有一个人眼中似有愤怒之色，心中一动，向吕惠卿笑道："相公，不知这两位又是何人？"

吕惠卿指着二人，笑道："这一位是归来州罗氏鬼主之子罗牟平；这一位是我族侄吕颜山。"吕颜山见介绍到自己，连忙向石越行礼，甚是恭敬。

石越一面答礼，一面却不禁哑然失笑，他知道吕惠卿以一国宰相之尊，自然是十分轻视归来州的夷人，因此让两个世仇部族的继承人同聚一堂，偏偏乞弟所献之物，还是个恕部对罗氏鬼主部的战利品。也难怪罗牟平双眼几乎要冒出火来。只是不知道这两个世仇是通过什么门路找上吕惠卿的。他对乞弟没什么好感，当下心中转念，笑道："乞弟，你送此物，是有求于我，还是单为谢罪？"

他如此直截说出来，乞弟纵然是有求于他，也不便开口，只好讪讪笑道："自然是为了谢罪。"

"既是如此，那我便收了。"石越笑着朝侍剑打个眼色，侍剑连忙接过盒子。乞弟顿时喜动颜色，吕惠卿眼中却有惊讶之色。

却听石越又朝罗牟平说道："罗牟平，听说你父亲对朝廷一向忠心耿耿？"

罗牟平不料石越问到自己，怔一下了，忙欠身说道："罗家一向效忠朝廷，从不敢有二心。"他的官话比起乞弟来却要流畅许多。

"既是如此，我便要借花献佛，送件见面礼予你。"石越笑道，"这件虎皮披风既是你罗家之物，今日正好完璧归赵。"他话音刚落，侍剑已将盒子递到罗牟平身前。乞弟睁大眼，急道："这……这……"

石越冷冷看了他一眼，道："你既然送给本官，便是本官之物。是也不是？"

"这……"乞弟的官话本来就不灵光，此时着急，更加说不出话来。

"你若要收回，本官眼下也可以给你。"石越的脸顿时沉了下来。侍剑立时捧着盒子递到乞弟跟前，乞弟看了半天，却终是不伸手去接。

"你到底想不想收回？"石越不耐烦地问道。

"不、不收……"

"既是不收，那本官想送给谁，亦是本官之事。"石越脸色稍霁，向罗牟平笑道："这既是件宝物，便当还给你。"

罗牟平脸上却大有为难之色，这件虎皮披风，的确是其部中之宝，但是他托尽关系来求吕惠卿，是想要为父亲在归来州谋个好一点的官职，好让罗家压过个恕家一头。此时明知石越是在帮自己，按理是不应当收回，受石越这般大礼；但若不要，这件虎皮日后便再难有机会收回了，未免又有几分舍不得。他可不是什么心怀大志之辈，能让自己的部落在归来州的群山中称雄，已是他心中最大的志向。

石越这些年来，什么样的人没有见过，见他神态，早知其意，笑道："你尽管收下，这件披风，我却是用不着。"

罗牟平脸孔一红，单膝跪倒，双手接过木盒，朗声说道："参政此恩，罗家没齿难忘。日后若有用得着之处，但有一语带到，罗家绝不敢辞。"

石越与吕惠卿对望一眼，哈哈笑道："那我就先多谢了。"二人心中都不曾将此当回事，毕竟罗氏鬼主充其量不过是数万人之夷族，二人却是掌握数千万人口帝国的宰相与副相，又有什么地方能用得着数千里之外的夷族？

吕惠卿招呼众人坐了，便吩咐了歌舞酒宴。他的酒倒也罢了，虽然非常香醇，但终究比不上皇宫的御酒，便是曹太后家的家酒，也远胜于此。但是他买的这几个舞伎，却真的是非比寻常。石越见过众多显贵家的舞伎，无论相貌舞技，都无人能出其右。金石丝竹，罗绮珠翠之中，似乞弟与罗牟平，早已不知身在何方，连石越也忍不住赞道："亏得相公寻来这些女孩儿。"

吕惠卿笑道："这却不是我寻来的，是我这个族侄寻来的。他在泉州，亦颇有些身家。此次因为军资生产竞标，千里迢迢来京师，可难为他还能寻到这些女孩子。不过送给我却是送错人了。"

石越听到这话，心中立时明白，吕惠卿是有求于自己。当下笑道："以令侄之能，想来必有十足之把握。"

吕惠卿冷笑道："他想要竞标的东西太多，只怕未必有希望。"

"哦？"石越心中忽然有点儿好奇，很想知道吕惠卿会如何向自己说项。

"他这次想要投标二成的军衣生产，而且还想制造新式弩机标准配件。实在是有点儿不自量力。"吕惠卿喝了一口酒，眯着眼睛，漫不经心地说道。

"若令侄资金雄厚，有足够的作坊，又是相公族人，这倒并非不可能。"

吕颜山一直竖着耳朵倾听，听见石越此语，以为石越有许诺之意，不由笑道："参政所说有理。实在不是晚生贪心。据晚生所知，江南十八家商行此次联合竞标，竟然是想夺下全部标物的五成。晚生与他们比起来，实在是小巫见大巫。汴京的几家巨富之家，每家所想要竞到的份额，都在一成以上。"

石越笑道："若是作坊不足，也不可能随便竞标。万一完不成，罪责非轻。"

"此事不难。竞标成功之后，再根据竞标所得，收购作坊便是。似弩机一物，若未能中标，谁家又有这等能力？"

"原来如此。"石越不置可否的一笑。

"只是此次竞标，晚生多方打听，知道大多商行作坊，在一些项目上都并不指望挣钱。只要能够不亏便可。他们是想和军器监拉好关系，从下一年开始，军器监必然会优先选择与其合作，得到更多的项目。相信未来利润最大的，是弓、弩、刀、枪，以及许多攻城器械之生产，因此眼下竞争最激烈的，便是弩机等物了。毕竟军衣这等东西，只要有钱就行。而弩机等物，却需要实力。若能得到军器监认可……"

吕惠卿不待吕颜山说完，便笑着插话道："眼下真有能力制造弩机的，只有江南十八家商行，十八家商行联合之后，就一同创办技术学校，最要紧的是他们的作坊里有各种各样的工人。这是别人无法相比的，而且十八家商行一向联合行事，实力也是大宋首屈一指的。"

石越听吕惠卿开口，便知道他要说的是什么意思。所谓"江南十八家商行"，是这几年来扬杭商业圈中最赫赫有名的十八家大商行联合组成的一个准行会，其产业无所不有，也是海外贸易中的巨无霸组织，又创办了《海事商报》，更因此成为江南地区商业领袖组织。而这十八家中的一家，便是唐家，与石越的关系非比寻常，这些事可以说人所共知。

石越笑道："弩机此次的配额并不多，不过十万只。此事不瞒相公，军器监苏大监的意思，是希望至少分成五份，军器监的确是要从弩机的生产中，了解各个商行作坊的实力，这完全是为了以后打算。以江南十八家商行的实力，只要他们有意，必然会得到一份。"

吕颜山听到这话，已知这次如果不能中标成为弩机生产的五家之一，日后要介入军器生产的领域就肯定会失去先机，不由急道："万望参政能够周全，晚生感激不尽。"

石越却望着吕惠卿，笑道："最后是谁中标，要听枢密院与军器监的意见为主。我不过主持其事，谈不上决定之权。"

吕颜山正待再说，吕惠卿早已朗声笑道："正是如此。颜山，你既是我的侄子，就不可令石参政为难。须当公平竞争。"一面又向石越说道："今日崇政殿所言之事，我细加思索，又觉蔡京之策甚是可取……"

石越听他没头没脑说起此事，不由一怔。眼下乞弟、罗牟平、吕颜山都是不相干之人，竞标的事情还不妨事，但这等军机大事，自然是不方便谈论的。吕惠卿如此精明，突然说起此事，背后必有他意。石越微一沉吟，已知道这是吕惠卿在暗示于他，毕竟高丽事成，他石越有创议之功，而唐康更是为国建功……因语带双关地说道："皆是为国家朝廷而已，若能公私两便，自是两全其美。"

吕惠卿闻言，不由哈哈大笑，道："好一个公私两便，果真是两全其美。"

熙宁八年十一月上旬，充满了喜庆的味道。清河与狄詠的大婚过后，便是包绶迎娶程琇。到了十一月初十，出乎文彦博意料之外，太皇太后向皇帝赵顼表明态度：支持他迎娶高丽国王女，并可破格封为贤妃。而吕惠卿则不再反对此事。十五日，在祭奉单雄信的单将军庙，五百余家商行作坊主购买了军资生产竞标的入场券。江南十八家商号联合竞标，一举夺下了百分之四十的标物。此外比较引人注目的是，前宰相韩绛的族弟与妻弟，前宰相曾公亮的族侄、即枢密院都承旨曾孝宽的族弟，现任宰相吕惠卿的族侄，也参加了这次竞标，各夺到一万件弩机的标物——两天之后，这件事便成为《西京评论》的头版头条。《西京评论》谴责此事是"道德败坏，斯文沦丧"，而《汴京新闻》亦质疑其公正性 —— 但是五百当事人无人质疑，而且主持者又是石越，这种质疑未免显得无力。对于当事人而言，这些谴责更加不关痛痒，没有任何指责能够让他们面对如此巨大的利益而不动心。而朝中，甚至连皇帝都认为让他们分一杯羹是理所当然的。

在汴京的目光被单将军庙的这次竞拍牢牢吸引的时候，十一月十七日，薛奕的远航船队，载满了整船的货物，进入杭州湾。薛奕的水手们并没有能够全部回到大宋的国土，有数以百计的水手病死或因故身亡，另有数以百计的水手因为病重，留在了凌牙城休养。但是这一点完全没有妨碍到杭州市民的热情，在《海事商报》和西湖学院的煽动下，人们好像在迎接一个收复了燕云失地凯旋的将军，欢迎的人群从杭州湾的港口开始，长达十余里。

但是薛奕并没有在杭州多作停留，他必须赶赴汴京。在那里，大宋朝廷将听取他的意见，制订真正意义的海外战略规划。同时，作为一个武进士，他也非常希望能够赶上朱仙镇讲武学堂历史上第一次"演习"。

5

辽国。上京道。潢河。

潢河南岸，旌旗密布。辽主耶律濬自统十五万皮室军，从中京而来，想要渡潢河进逼上京临潢府，将耶律乙辛势力一战荡平。大将萧阿鲁带率左路军，统兵三万，从上游广义县渡河，汉人行宫副部署萧夺剌与给事北院知圣旨事萧迁鲁率右路军，统兵二万，从下游长宁附近渡河。而耶律濬亲率十万大军为中路军，从丰州渡河。大军一旦渡过潢河，距上京临潢府便只有区区二百一十里，大军两日可到。因此，在潢河北岸，耶律乙辛亲率十六万大军，据险而守，绝不容许耶律濬的大军渡过潢河一步。耶律乙辛深知，一旦耶律濬大军过了潢河，上京绝不可守，他的命运，便只能依托上京道那无比辽阔的疆域，与耶律濬捉迷藏；或者干脆孤注一掷，把命运寄托在杨遵勖与女直部落的反叛之上。

此时寒风猎猎，潢河之上已经结起了薄冰。耶律乙辛早已把潢河上的几座石桥全部拆毁，但是他却没有本事阻止天气寒冷后，河水结冰的自然现象。他只能祈祷，祈望自己的儿子能够说动一直狐疑不定的杨遵勖谋反，祈望带着重礼前往几个强大女直部落的使者能够不辱使命，祈望前往宋朝、西夏、高丽的密使，能够顺利到达，说动他们用兵。但是眼下，在这一切实现之前，他耶律乙辛必须依靠自己的力量，证明给天下人看看 —— 他耶律乙辛，有资格成为耶律濬的对手！

　　站在稍高一点的山坡上，就可以依稀望见南岸的皇帝金帐。耶律乙辛对此再熟悉不过了，那是用铁枪扎成的硬寨，以粗大的毛绳将帐篷连起来。每杆枪下都有一把黑毡伞，卫士们站在伞下躲避风雪。在枪旁就有小毡帐，每帐住五人。在金帐周围，还设有拒马、铃铛等物，防备敌人的偷袭与刺客。耶律乙辛自己的营寨与耶律濬的行头，是差不多的。营中的那个小皇帝，不过是个傀儡罢了。

　　耶律乙辛是见过大阵仗的人，对岸那身着厚厚的皮衣，在寒冷的冬天依然军纪严肃的军队，虽然也曾让他感到一阵心虚，但是如果以他的三千最精锐的卫队而论，则一定也不逊色于对方。甚至他部下的契丹军队，也称得上是精悍之军。但让他担心的，则是那些部族军的战斗力。而且他的部队士气始终不高的问题，也需要解决。

　　"耶鲁斡攻又不攻，退又不退，究竟打的什么主意？"说话的人是耶律乙辛军中大将耶律连达，这人是军中勇将，长得五大三粗，说话声音洪亮。他本不过是一个奴才，是耶律乙辛一手提拔起来的，因此对耶律乙辛甚为忠心。耶鲁斡是耶律濬的小名，耶律乙辛军中常直呼耶律濬小名，以示轻蔑之意。

　　"大王，耶鲁斡的确让人莫测高深，这小小的潢河边上，他已经停了将近一个月。数十万大军对峙于此，空耗粮饷，于他有什么好处？难道他的补给就那么充足？"说话的人细声细气，似乎有气无力的样子。此人是耶律乙辛府中幕僚，叫姚孝友，却是个辽国汉人。

　　耶律乙辛骑在马上，皱了皱眉，没有出声。耶律连达却已粗声说道："我军军粮充足，怕他何来？"

　　"大王，将军。"姚孝友依然不紧不慢，细声细气地说道，"学生担心的，是耶鲁斡可能在等待什么。大军在外，利在速战，敌人一反常态，必有所图。"

　　"他在等什么？在等下雪，等潢河结冰。他没有那么多舟船来渡十几万军队。"耶律乙辛重重的"哼"了一声，脸色越发难看。所有的人顿时都不敢作声，大家都知道，潢河结冰，是迟早的事情了。数月之前，一个名不见经传的小校，竟然将上京搞了个天翻地覆。耶律濬用人不拘一格，帐下许多将领都是他一手简拔，从那个叫耶律信的表现来看，委实不可轻视。若人人都能如此勇悍果决，进退如风，那么己方的前途，便已经注定。历来叛逆者的下场之悲惨，想想都让人心寒。

　　耶律乙辛一方真正的依赖，是利用时间与险阻来拖垮耶律濬。只要时间一长，南方的宋朝、东方的高丽、西方的夏国，还有杨遵勖、女直部落，都会嗅到味道，一起来抢夺，到时候耶律濬就算是阿保机转世也无力回天；而耶律乙辛便有机可乘。这一点，不仅耶律乙辛心里明白，很多将领也明白。耶律濬本身一向有"英明"的贤名，毕竟又是天下公认的辽国太子，他的正统地位远远强过耶律乙辛拥戴的小皇帝。这一点给耶律乙辛一方造成极大的心理压力，众人口里不说，但是潜意识里，都已自居于叛逆者的角色。不过借着一个小皇帝的名号，来自欺欺人罢了。

"报……"黄尘之中，一个背上插着一面旗帜的士兵骑马疾驰而至，在山坡下翻身下马。耶律乙辛的几个亲兵立即上前，将他挡住。那人从怀中掏出一块腰牌，一面高声说道："紧急军情。"

耶律乙辛早已听到，在山坡上喝道："放他上来。"

几个亲兵验明腰牌无误，领着探子上了山坡。探子在距耶律乙辛四五步远的地方单膝跪下，高声说道："小人拜见大王。紧急军情！在上游距此处三十里的麝香河口，出现大量叛军旗帜与烟尘，似乎有许多人马调动。还有四五百人马，在河上试探。"

"知道了。"耶律乙辛点了点，道，"你下去领赏、再探。"

探子谢恩退下。耶律连达向前走了一大步，粗声道："大王，末将愿领三千人马前去监视敌军。叛军若敢渡河，叫他们在潢河里喂鱼。"

耶律乙辛阴着脸，冷笑道："实则虚之，虚则实之。若真要主攻，如何会如此大张声势？分明是想分我之兵力。我军只要沿河遍布烽火，敌人在何处过河，便往何处攻之，后发制人，亦无不可。上京城能守住两日，就能让攻城之敌腹背受敌。历来分兵是大忌，决不可分兵。他若处处渡河，我便率大军直捣中京，杨遵勖一直心存观望，痴心妄想坐山观虎斗，不知道唇亡齿寒。但若中京落入我手，杨遵勖再无不反之理。"

"大王英明。否则沿河处处设防，兵力空虚，必为敌军各个击破。我军之计，只能是他打他的，我打我的。眼下已是冬天，取暖的干柴木炭，还有屯集的军资最为紧要。若让敌人知道所在，必将倾力来攻，大事危矣。唯须加紧守卫。"姚孝友细声说道。

"你放心，便让敌人知道，也轻易攻不破那所在。"耶律乙辛朗声笑道。

便在此时，又听到一声："报……"来禀报之人，却是中军负责巡视将领伊撒。伊撒上了山坡，耶律乙辛微皱眉头，问道："伊撒，你来此何事？"

"报大王，沿河巡察小队抓到三个奸细，自称是南京的商人。称有要事禀报大王。"

"南京的商人？"耶律乙辛的眼睛眯成了一条线，笑道，"本王便见见他们。带他们上来。"没多时，便有三个被捆绑的商人被带到耶律乙辛跟前。耶律乙辛细细打量三人，忽然笑道："你们都是汉人？"

为首一个望了耶律乙辛一眼，笑道："大王好眼力。"

"你们叫什么名字？"

"小人韩先国。这两个是我的伴当。"

"做何营生？"

"本在南京析津府做山货生意。"

"哦？"耶律乙辛冷笑道，"听说马林水当年就是和南京道的商人一起进入耶鲁斡幕府的。后来追随耶鲁斡谋反，不知为何，却又被萧忽古追杀。听说马林水后来竟成了本王的奸细，嘿嘿……"

"小人却不知道马林水是何人？"

"是吗？"耶律乙辛眯着眼睛死死盯着韩先国，韩先国只是一脸茫然。半晌，耶律乙辛哈哈笑道："你太沉着了。"耶律乙辛忽然把脸一沉，厉声道："事异于情便是伪。譬如本王现在质问你，你惊恐万状，自然是伪；但是过于沉着，不合乎你的身份，却也是伪。所以，你必然是在撒谎。"

"回大王，小人生性慢性子，不知天高地厚，却不敢欺瞒大王。"

"你已经在欺瞒。"耶律乙辛冷冷地说道，"不过你如果和马林水熟悉，必然不会是耶鲁斡的人。马林水为耶鲁斡立下大功，若在我手下，至少封他做枢密副使，不料反被追杀。想来是知道太多机密而又让耶鲁斡不放心所致。他最后惨死，不能不让人寒心。你说吧，来找本王何事？"

韩先国沉声道："大王太看得起小人。小人确不知马林水是何人，小人冒着生命危险来此，是因小人在南京的家眷被太子爷派人妄杀，家产也被充没。因此才来和大王做一桩生意。"

耶律乙辛笑道："因家人之死，便要向太子报仇，可称得上国士。为何却要和我做生意？"

"小人是个生意人，只会做生意。"

"你要和本王做何生意？"

"卖两个消息给大王，对大王来说，一好一坏。好消息一千两白银，坏消息两千两白银。"

"兵荒马乱，给你白银，你带得走吗？"

"所以要请大王折成等价的东珠。"

耶律乙辛哈哈大笑，道："只要你的消息值，本王就给你。"

"好。"韩先国问道，"大王是想先听好消息，还是坏消息？"

"先说坏的。"

"小人得到可靠消息，一个姓章的和一个姓黄的宋使，已经到了大辽。眼下相信已经到了河对岸的军营中。小人和南朝的商人也有来往，听说辽宋准备重立盟约，大辽要和南朝全面通商。南朝会卖给大辽许多兵器与军资，甚至是粮食。"

"啊？"耶律乙辛诸人都倒吸了一口凉气。若宋朝与耶律濬盟好，必然会制约夏国、高丽，甚至是杨遵勖等国内反叛势力的蠢动。便是一般的部落与普通的官员，也会因此形成一种耶律濬统治非常稳固的印象。如此一来，耶律乙辛这一方的前途，就非常不乐观了。宋朝无论卖给耶律濬多少东西都不要紧，只要不是大张旗鼓地做。眼下看来，事情却是正朝着耶律乙辛最不愿意看到的方向发展。

耶律乙辛沉吟良久，忽然笑道："所谓重立盟约之事，暂时不足为惧。料来南朝不会如此大方，胜负未分，就急忙订约。眼下耶鲁斡尚未向天下诏告，可见即使此事是实，双方也还在讨价还价。"众将听到此言，稍稍放心。耶律乙辛又问道："那好消息是何事？"

"小人从南朝商人中得到消息，高丽国王太子和二王子国原公各统数万大军，打着代辽征蛮的旗号，开始向西攻击女直部落。听说他们会越过鸭渌江，进入东京道境内。"韩先国话音刚落，众人皆已喜动颜色。耶律乙辛笑骂道："这些高丽龟孙！终于忍不住趁火打劫了。本王在东京道境内布了许多眼线，怎的竟不如你消息灵通？"

"这也不足为奇。高丽国有任何动静，南朝的商人立即就会知道。小人恰巧之前认识一些南朝的商人。"

耶律乙辛摆摆手，笑道："本王知道了。"一面向伊撒说道："你给这位韩先生松绑，请他去帐中休息。晚上本王还有事要问韩先生。"说罢也不多留，挥鞭驱马而去。众人紧紧跟在他周围，一齐下坡。

姚孝友驱马紧随耶律乙辛，低声说道："大王，叛军既然可能和南朝盟好，又多了高丽在东边捣乱。局势更加复杂，我想他们会开始希望速战速决。"

耶律乙辛点点头，眼中不易觉察的闪过一丝忧色："南朝竟然和耶鲁斡盟好，难道石越竟然失势了？本王知道此人一向对我大辽虎视眈眈……偏生如今使道断绝，本王竟然无能为力。今天晚上……"

一轮明月高高地挂在天空，寒风刮过，树枝乱颤，发出凄凉的"飕飕"声。

辽主耶律濬金帐所在，灯火通明。耶律濬帐下将官谋臣，倒有一大半聚齐。耶律濬箭伤早已愈合，此时身着黄金镶龙铠，神采奕奕。

"朕今日白间，己与南朝使者达成盟约。自今日起，大辽与大宋，是为盟邦，两朝永不为敌。盟约之内容，佑丹，你向大家说一下。"

"是，陛下。"萧佑丹起来欠身一礼，环视众人，朗声道："辽宋盟约之内容主要有五。其一，扩大互市规模。南朝商人，向南京析津府提出申请后，发给路引，即可以进入中京道、南京道、东京道、西京道所有州县所在城镇互市，除了兵器、马匹须由官府批准之外，一切皆可以自由贸易。大辽从中抽收一成以下商税。大辽商人在南朝享受同等待遇。由大名府发放路引。其二，南朝人在大辽犯法，交由南京析津府按大辽律令审理，但审判时，须有大宋官员在场。大辽人在南朝犯法，依南朝律令在大名府审理。同样须有大辽官员在场。为此，辽宋将互相在南京析津府与大名府设立常驻使节。其三，双方在距边境二百里内超过五千人规模的驻军调动，应当提前通知。其四，大辽取消南朝的岁币，南朝向大辽每年提供十万贯缗钱的无偿'援助'，大辽将此笔款项用于开办学堂、图书馆等事。其五，南朝向大辽卖包括震天雷在内的武器，大辽用南朝指定的物资包括马匹、铁矿进行等价交换。"

"震天雷？"

"震天雷！"

"不错，南朝决定，若我大辽需要，可以向大辽提供五百枚震天雷，条件是用五十匹公马和五十匹母马交换。"萧佑丹想起此事，都觉得不可思议。虽然他知道南朝已经研制成功一种叫霹雳投弹的武器，但是向自己的宿敌卖震天雷，萧佑丹本人认为极其不可思议。他不知道，在章惇出发的前一天，赵顼亲自召见，告诉他，可以给辽国震天雷。当然，这种震天雷的火药配方做了"适度"的修改，并且增加了一些可以在爆炸后发出刺激性气味的"作料"，而且亦非颗粒火药制成。并且，大宋朝廷最高层已经决定，在辽国拿到第一批震天雷后一个月，即向交趾和高丽出售这种武器，一枚震天雷，售价六贯。如果可能，宋朝愿意向全世界出售自己的这种武器。

"陛下，整个盟约，除了取消岁币之外，似乎过于公平了。久闻南朝皇帝与石越不是善予之辈。俗语有言：无事献殷勤，非奸即盗。南朝背后，必然大有阴谋。"说话的人，是北院林牙赵思茅。

"赵林牙以为南朝背后有何阴谋？"耶律濬反问道。赵思茅的怀疑，他不是没有。但是思前想后，实在看不出来有什么了不起的阴谋。连萧佑丹也深感奇怪。扩大互市固然是前所未有的事情，但在耶律濬看来，利弊难知。在目前的情况下，只怕还能纾缓财政紧张，让百姓多得一点好处。讨价还价之后，南朝竟然接受这样的盟约，让耶律濬大吃一惊。本来即使是明显不利的盟约，他也已经准备接受——等平定叛乱之后，再找个借口撕毁便是。

"这个，臣愚钝。但唯其如此，才显得背后的阴谋更加可怕。"赵思茅虽然是汉人，但是却忠于眼前这个将他从一县县令直接提拔到北院林牙的年轻皇帝。这等知遇之恩，粉身碎骨难报。

"陛下，臣以为，不管他有什么阴谋。只要我大辽骑兵一日称雄，南朝用尽心机，也是枉然。眼下如此有利的条约，焉能不答应？若他们捣鬼，待平叛之后，再教训他们不迟。"

"或者南朝志在买马。"

"南朝纵然有马，骑兵也非我契丹儿郎之敌。骑兵练成，非一朝一夕之功。更何况，即使我大辽不卖马，南朝也能经熙河买到一些马。杨遵勖若有震天雷交换，谁敢保证他不愿意卖马？高丽人和南朝通商，南朝也能想办法从女直人手里买到马。臣以为眼下之患，是耶律乙辛之叛贼。先除此大患，稳定后方，再图其余不迟。"

"此事不必再议。"耶律濬举起手来，打断了臣子们的对话，"朕意已决。若有阴谋，日后再图补救未迟。高丽人趁火打劫，委实可恶。但是他们虽然让朕要忧心东面，却也同时让朕不必再担心女直的叛乱。目前须得尽快平定耶律乙辛之乱，以免杨遵勖有异动。然后回师东京道，将女直与高丽人全部荡平，以绝后患。"

"陛下不必担心，数日之内，潢河必然冻结。我军便可直捣上京。"

"朕意不在上京！"耶律濬眼中露出一丝冷笑，"耶律信！"

"臣在！"金帐之末闪出一名三十来岁的汉子，身着黑甲，欠身应道。

"你去挑三千精兵，偃旗息鼓，马衔枚，至麝香河口偷渡过河，佯攻长乐县城。"

"遵旨！"耶律信接过将令，大步退出金帐。耶律濬环视众将，又厉声喝道："传令萧阿鲁带，命他的左军，便在今夜渡河。敌人若有援军救援长乐县城，便是他阿鲁带的责任。"传令官应声退出。耶律濬又喝道："中军今晚子时，摆出准备渡河强攻之阵势，让叛军一刻也不敢妄动。萧忽古，你领五千骑兵，带十日干粮，在阿鲁带之后渡河，一路不得交战，绕过长乐县城，直取保和馆。届时必有奇兵呼应。"

萧忽古闻言大吃一惊，保和馆在长乐县城以北五十里，黑河边上。这是让他孤军深入敌后，阻断耶律乙辛的退路。耶律濬如此调兵，分明是想把耶律乙辛的大军困死在黑河与潢河交汇的三角地带。他这支孤军，若能成功，则自然是立下不世之奇功。但是任何人都知道，这个任务，实是凶多吉少。但他是耶律濬心腹爱将，自然不敢置疑，只得高声应道："臣得令！"恭身退步而出。

萧忽古走出营帐数十步，忽听到人唤道："阿斯怜，请留步。"萧忽古回头望去，却是萧佑丹，连忙欠身道："萧公，末将军令在身，不敢久留。不知有何指教？"

萧佑丹走了近来，拍拍萧忽古的肩膀，叹道："阿斯怜，你是契丹第一勇士。故此皇上才将如此重任托付于你。但是此次前去，若只靠勇力，只怕你再也喝不到七金山土河的水。"

"萧公放心，阿斯怜的命，没有那么容易取去。我绝不会让耶律乙辛的马喝上黑河的水。"萧忽古边说边跃身上马，跑出几步，忽又掉转马头，在马上向萧佑丹抱拳道，"萧公，若阿斯怜果真战死沙场，便请先生好好辅佐陛下，一定让陛下成为大辽最英明的君主。告辞！"说罢，也不待萧佑丹答应，驱马绝尘而去。

萧佑丹望着萧忽古远去的背影，微微叹了口气。眼角之间，不由有点儿湿润。

长乐县城隶属延庆宫所辖饶州，是饶州州治所在。辽太祖将渤海国故民迁居于此，其县有四千户。其中有一千户从事采铁矿的工作，每年要向辽国朝廷纳铁为税。其城是潢河与黑河交汇处最为坚固高大的。耶律乙辛自己并没有驻跸城内，原因很简单，城中住不下太多的兵马。但是此城既当要冲，他便也在城中驻扎了一万军队。在城外还驻扎了梅古悉部的三千部族军，由梅古悉部节度使统领。

此时已是子时时分，长乐县城外梅古悉部部族军驻地以外五六里的树林里，树影幢幢。梅古悉部自节度使以下，对于这场战争都缺少兴趣。长时间的对峙，不仅仅让这个小部族的军队忘记了战争的目的，也让他们忘记了战争的现实。如此寒冷的天气里，除了例行公事地派了几个人在营外巡逻之外，所有的人都已经睡觉，在梦中诅咒着耶律乙辛为什么不让他们驻扎在相对暖和的长乐县城之内。即使那几个巡逻的营卒，也已经把武器丢到一边，好把手插进袖中取暖。若不是睡着更冷，他们只怕也早已睡着了。

忽然，一个营卒的嘴巴大张了开来，他使劲揉了揉眼睛，不敢相信眼前的现实——远处的树林向着自己飞快地移了过来！半晌，一个声嘶力竭的声音撕破夜空的宁静——"偷营！"便在这个声音落下的一瞬间，一支羽箭随着凛冽的寒风一起射进了营卒的喉咙……轰隆的马蹄声将整个营地震得发抖，四面八方，都是黑衣黑马的敌人，挡马的木栅被劈开，每个骑士都带着三匹用绳子拴在一起的马，如潮水一般冲进营寨，到处可见雪白的刀光与鲜血的喷溅，空中飞舞着如闪电一般的箭矢。梅古悉部节度使看见那个脸上带着冷酷笑容的契丹将领的第一眼，便已是最后一眼，他眼睛尚未闭上，甚至还没有来得及恐惧，头颅早已飞到离身体数丈远的地方。

远处，长乐县城之上，早已布满了火把。但是城门紧闭，一万守军眼睁睁看着城外的杀戮，看着梅古悉部营地上方的熊熊大火，听着清晰可闻的撕心裂肺的哭喊之声，却没有一个人敢出城相救——城外那面黑色的旗帜，那面没有绣任何花边与字迹的黑色将旗，耶律乙辛部下的每个士兵，都曾听过有关它的传闻！一个让他的敌人胆战心惊的名字——耶律信！

半个时辰之后，长乐县城外的杀场渐渐平静下来，但是平静没有持续多久。很快，约两千左右的梅古悉部族俘虏，整整齐齐向长乐县城走来。在他们身后，还紧紧跟着数千静穆的黑衣骑士。

"站住，全部站住，否则我射箭了。"长乐县城守将声嘶力竭地喊道。这一招契丹人并不陌生，不过今天轮到自己身上，虽然梅古悉部不过是个小部族，但是毕竟一刻之前，这些人还是自己的战友。

守将的呼喊似乎奏效，梅古悉部的俘虏们都停了一下，但是他们背后的黑衣骑士却没有停止前进的步伐。俘虏们似乎感受到背后的压力，连忙又加快脚步，向长乐县城走来。

"站住！"守将无力地喊道。

但是被死神驱赶的人们，是绝不敢停住自己的脚步的。

俘虏们已经进入长乐县城的射程之内。

守将举起手来……

耶律乙辛中军大营。

耶律乙辛刚和韩先国谈妥，请韩先国带他的使者去高丽国与高丽王子联系，并且希望可以预先为自己安排一条退路，一旦战败，便想办法从海路逃往宋朝或者高丽、日本国，最差不失为富家翁——狡兔尚有三窟，耶律乙辛不能不预做谋划。

但是才送走韩先国，僵持的战局就发生了变化。对岸大张旗鼓，摆出要大举渡河的架势。这已经是耶律濬第九次摆出这种架势。虽然如此，但是耶律乙辛却一点也不敢放松。他虽然是放羊出身，却也知道小心驶得万年船，历史上不知道多少人就是因为一次不小心而栽了，结果身死名裂，为后世所笑。耶律濬要的就是想让他放松警惕，然后出其不意。不过，这一次似乎略有不同。但究竟是哪里不同，耶律乙辛却又说不上来。

没多久，长乐县城方向便燃起了报警的烽火。耶律乙辛竟然是松了一口气：耶律濬终于在长乐县城方向发起了攻击。眼见敌人大军未动，耶律乙辛的中军也不敢妄动，只派了耶律连达率两万大军前去救援。以长乐县城的守军与城墙，敌人绝不可能在一两天之内攻破。

耶律连达自接到命令的那一刻起，就很强烈地感觉到这次自己的对手，很可能是耶律信。想到此人，耶律连达浑身的血都沸腾起来——他竟然敢孤军深入上京临潢府城边，视二十万大军为无物！耶律连达发誓一定要杀了耶律信，剖开他的肚子，看看他的胆是用什么做的。两万骑兵的调动，纵然在夜间，也很难掩饰。耶律连达很担心耶律信闻风而逃。耶律信并非是一个莽夫那么简单，他也懂得害怕。为了争取时间，耶律连达下令采用纵队急行军。

离长乐县城还有十里左右的时候，天色已然微亮。

忽然之间，耶律连达的前军停止了前进。浓烈的杀气从前方传来，耶律连达心中一凛，连忙驱马上前，喝道："斥候呢？"

"将军，斥候都失踪了。所以末将自作主张……"

耶律连达的瞳孔忽然缩小，他举起右手，厉声喝道："全军换马列队，准备战斗！"

"换马列队，准备战斗！"

"换马列队，准备战斗！"

两万大军，迅速排成了雁行阵，如同一队南飞的大雁，缓缓向长乐县城开去，马蹄掀起的尘雾，几乎将整个天空都遮蔽了。

耶律连达的判断，很快得到证实，走出两里之地，远处便可以看到一条黑色的长线，静静地在天的彼端等候。数万人的军队，寂静得如同地狱中的鬼兵，没有发出一丝声音。耶律连达的前锋刚刚出现在视线之内，一面斗大的帅旗就从敌阵中升起，上面绣着一个巨大的"萧"字！只见帅旗向前方一倾，号角齐鸣，敌军的前锋向耶律连达的前军冲了过来。

耶律连达没有想到自己遇上的不是耶律信，而是萧阿鲁带的三万左路军。望着对方的旌旗，竟是一眼望不到边，至少有五六万人的规模，耶律连达不由倒吸一口凉气。

向耶律连达军冲击的骑军如同普通辽军一样，有三匹战马，战马都用绳子相连，以避免冲锋时跑散。但不同的是，所有的战马，都穿着皮甲！骑士身上也穿了一种奇怪的铠甲，这种铠甲只在几个要害处采用了铁片，大部分地方都是皮甲。骑兵们也并不像普通的辽国骑兵一样，以弓箭为主要武器，他们手中的武器，全是雪白的长刀！

大地在马蹄之下，沉闷地响起来。大队骑兵似洪流一样涌向耶律连达军。骑兵们发出震动天地的呼叫声。那支三千人的骑兵部队，在马上伏低了身子，举起盾牌，凭借薄薄的装具，在不到两里的距离，硬生生顶住正面飞来的箭雨，向耶律连达的阵脚冲来。他们的两翼，各有一大队普通的辽国骑兵，好像两条巨蟒一般爬向耶律连达军的两侧，密集的箭雨如同蝗虫一样，在空中飞舞。许多人在冲击的过程就倒了下来，但是他们的马匹却依然随着洪流涌向敌军的阵地。整个天地间，到处响彻着马匹践踏大地的声音，战士的呼喊声，空气中弥漫着臭不可闻的马汗味，死伤者鲜血的腥味……

耶律连达的军队从未见过这样的敌人，也从未见过这样的战法。他们习惯于远距离攻击，利用自己的机动性打击敌人，从来都只有他们冲击敌人步兵的阵脚。眼下的状况让耶律连达的前军很快陷入混战之中，他们不得不和一支装备比自己好的军队进行肉搏战。而在两翼，萧阿鲁带的军队一边发箭，一边保持距离，缓缓向后移动，待到耶律连达发现之时，他的两翼已经身不由己地远远脱离中军。耶律连达的阵形，在他还没有反应过来的时候，就已经七零八碎，便像是一群失散了的大雁。唯一没有乱的，只有耶律连达的中军。

"鸣金，撤兵！"双方的交战仅仅持续了半个小时，耶律连达就下达了有生以来最英明的命令。在中军的掩护之下，交战诸军很快退出了战场。耶律连达付出的代价，是两千人阵亡。萧阿鲁带似乎无意追击，他的军队，牢牢地钉在长乐县城东边七八里左右的地方，等待着任何来救援长乐县城的部队。

耶律连达心有不甘地向耶律乙辛发回战报：吾师被六万叛军阻于长乐县城外十里；长乐县城似未失陷。

在接到耶律连达战报的同时，耶律乙辛也接到了下游的报告。萧夺剌与萧迂鲁已经从下游渡过潢河，攻克上京道之松山州。大军现在已直奔于越王城而去。从旗帜与人马来判断，至少有四万大军。

耶律乙辛彻底糊涂了——必定有一处在虚报兵力。长乐县城不可不救，长乐县城失守，则保和馆危矣，自己的右翼与后方都将受到威胁。而于越王城紧紧挨着上京，若真被攻击，不救会使军心动摇。但眼下的问题是，如此寒冷的天气，四万人进攻于越王城，可能吗？粮草如何转运？即使他们在国境内打草谷，也无法满足四万大军的需要。而且，千里奔波去救于越王城，不如攻击分兵之后，兵力空虚的耶律濬！

耶律乙辛已经问过地方上的老人，相信两日之内，潢河必然结上厚厚的冰。是分兵救长乐县城，还是集中兵力，主动出击？耶律乙辛陷入犹豫当中。他心里非常明白，自己很可能陷入腹背受敌的困境当中。

长乐县城。

长乐县城的守将眼睁睁看着城外敌军的旌旗越插越多，最后终于漫山遍野，不知道敌人来了多少军队。他眼睁睁地看着一支支规模庞大的军队从城外经过，将长乐县城视为无物，却也只能忍下这口气。

因为在城外，插着一面无字黑色将旗。

耶律信始终没有攻城，梅古悉部的俘虏已经全数死在长乐县城守军的箭下，他的目的也已经达到——让城中原渤海国的居民对守军产生不信任感。射向梅古悉部俘虏的每一箭，都在动摇着敌人的军心与民心。耶律信可以轻易攻下长乐县城。长乐县城的守军，在耶律信眼中，已经等同于死人与俘虏。

他甚至懒得和长乐县城的守将对话。

长乐县城东郊，耶律连达的大军与萧阿鲁带的军队已经对峙了一天。萧阿鲁带没有任何进攻的意愿，而耶律连达却没有任何进攻的勇气。

"潢河之水马上就要结上厚冰了。"萧阿鲁带瞥了远处的河流一眼，悠悠说道。

"阿斯怜的军队，已经快到保和馆了吧？"说话之人的声音极其柔软。萧阿鲁带回过头，打量眼前之人：雪白的窄袖圆领齐膝外衣，领间绣着虎纹，头上戴着幞头，足下穿着长筒靴，骑在一匹雪白的骏马之上，腰间佩着一柄长刀。若非此人眉宇之间流露出一股慑人的杀气，凭那清秀的脸庞，萧阿鲁带几乎要怀疑眼前之人是女扮男装。"真像个南朝人。"萧阿鲁带心中突然冒出一个想法。

"希望他到了。大战就在一两日之间了。耶律冲哥，听说你去过南朝？"萧阿鲁带忽然说起不相干的话来。

"南朝？"耶律冲哥微微一笑，露出一口雪白的牙齿。他的确是整个契丹族的异类，他出身贫寒，少小就被卖为奴隶，在南朝生活了十多年，后来又被卖回到契丹，成为耶律濬宫中的伶人。四五年后，又因为武艺出众，被选为侍卫。从此一路青云得意，两三年内，就成为能够统率数千军队的中级军官。也许是因为伶人的生涯，使得耶律冲哥三十多岁的年纪，却有着二十来岁青年的面貌。让许多显贵一眼就会生出许多绮念来。

"是啊。我从未去过南朝。"萧阿鲁带勒马向南，叹息道。

"那是一个温暖的地方。"耶律冲哥收起了笑容，淡淡地说道，"我有预感，大辽和南朝还会有许多故事发生。不过，在此之前……"他优雅地伸出修长的手指，指向东面耶律连达的大营："我们需要解决他们。"

萧阿鲁带在空中虚击一鞭，笑道："耶律连达，在我眼里，不过是一个死人。"一面掉转马头，向上京方向迈出数步，道，"我担心的，是耶律乙辛会跑掉。"

当晚。北风刮过大地，发出"呜呜"的声音。

潢河南岸，耶律濬的金帐灯火通明。远远望去，不断有士兵来回巡逻。马蹄声与口令声隐约传来，却在风中消逝，让人无法听清。

二更时分。潢河北岸。耶律乙辛一身戎装，一手搭在配刀之上，沉声说道："诸位，是荣华富贵，还是阶下之囚，一切决定于今夜！攻破耶鲁斡之后，中京财富，全部用来犒赏将士。凡统军将官，封王封侯，唾手可得！"

他身前一排将领一齐在马上躬身答道："愿效死命！"

"好！"耶律乙辛拔出配刀，厉声喝道，"渡河，进攻！"将领们立时驱马离开中军，一炷香之后，鼓声雷动，号角长鸣，耶律乙辛手下十几万大军，分成三路，踏过潢河，杀向对岸耶律濬的营地。

耶律乙辛军的前锋，如同狂风一般卷向南方，耶律濬营中巡逻之人，未及反抗，便死在弓箭弯刀之下。马蹄从他们的尸体上践过，耶律濬营外的栅栏被推倒。不断有人将手中的火把投入耶律濬军营之中，瞬间，整个耶律濬的军营，都燃起了熊熊大火。

但是片刻之后，耶律濬的营中，便出现了小规模的拼死抵抗，只不过稀疏的箭雨根本无法挡住数以万计的骑兵的冲锋。耶律乙辛的军队很快就冲入军营中，射砍着猝不及防的耶律濬军。

各路将领的目标，不约而同都是耶律濬的中军大帐。

耶律濬的军队似乎没料到防守的耶律乙辛会主动出击，营中的抵抗没能对耶律乙辛的军队形成有效的狙击。在如潮水般的冲击之下，只有节节败退，很快，所有的残兵败将都聚集到了金帐周围。但耶律乙辛部杀得性起，仿佛是如同一股巨大的洪流卷来，数以千骑的马匹冲向金帐——"轰"的一声巨响，整个金帐凭空陷了下去，冲锋中的马匹来不及停止，一匹匹摔入坑中。许多人从马上被摔了出去，当时就被摔得脑浆迸裂而死。

便在此刻，耶律濬大营的四周，"呜呜"的号角再次吹响，四面八方不知多少人马，在响彻天地的喊杀声中冲了过来。

"中计！"耶律乙辛顿时脸色惨白，一咬钢牙，高举佩刀，高声呼道："孩儿们，我们拼了！"竟然亲自率着中军杀了过去。但他耶律乙辛愿意拼命，各部族的军队却不愿意拼命，不知道有谁发现潢河方向没有敌人，立时便带了自己部族的军队，向北方逃去。众多本来都心怀异心的部族军队，顿时纷纷效尤，反倒有不少军队和耶律乙辛的中军冲撞在一起，自相残杀起来。

逃跑的军队越来越多，起先是部族军，后来连契丹军队也开始逃跑，兵败如山倒，一队队军队如同丧家之犬，再次渡过潢河，一路北窜，各自向自己的老家跑去。契丹军队害怕处分，干脆各自向自己家里逃去。仅仅在瞬息之间，耶律乙辛的十几万大军，竟然作鸟兽散。

耶律乙辛眼见大势已去，无可挽回。决一死战的雄心也早已烟消云散，拨转马头，带着身边未散的几万人马，渡过潢河，也不再去管兀自在长乐县城边和萧阿鲁带对峙的耶律连达，径直向保和馆逃去。

大军渡过潢河之后，耶律濬安排了追击部队，向章惇笑道："贵使相信朕能打赢这一仗，朕也没有让贵使失望。"大战之前，虽然是以防万一，辽人要宋使先行回国。章惇却坚持只让副使黄庭坚先行返国，自己一定要亲自领略耶律濬的用兵。对此，耶律濬倒是非常的欣赏。

"陛下指挥若定，料敌先机。臣十分佩服。"章惇微微欠身，恭维道。虽然此次大胜，主要还是因为耶律乙辛的部下各怀异心，军心不稳。但是耶律濬能算到耶律乙辛会来劫营，章惇的确不能不佩服。"接下来，就要祝陛下早日生擒叛逆，结束内乱了。"

耶律濬笑道："虽然敌军瓦解，但耶律乙辛老谋深算，若不能一战成擒，总是心腹大患。他在燕王城屯集了大量军资，驻扎了万余精兵。自以为机密，旁人不知，朕却了如指掌。朕料他新败之后，必然不会再去上京，反而会奔燕王城。但无论他奔上京还是往燕王城，其间必经之道，就是保和馆。只要阿斯怜能阻住他，他便在劫难逃。"

章惇起身一拜，问道："陛下之谋略实不可测。然有一事不明，若耶律乙辛不来偷营，又当如何？岂非致萧将军于死地？"

耶律濬大胜之后，不免微有得色，笑道："耶律乙辛其人，多疑好赌，爱用智计。他自以为知兵，不愿犯分兵之错。但是在河水结冰之季尚临河扎营，是不过赵括之流。朕与谋臣商量，料他骑虎难下之时，必然铤而走险。但若他不来，朕就让耶律信攻下长乐县城，让阿斯怜攻下保和馆。切断燕王城与他的通路，断他粮道。待他分兵去攻长乐县城与保和馆，朕再引大军攻之。他再无不败之理。况且朕还有一着奇兵，阿斯怜断不至于陷于死地。只不过兵事贵在机密，却不可使旁人知晓。"

章惇知道耶律濬口中所谓"谋臣"，必然是指萧佑丹。想到此人将耶律乙辛算计于股掌之中，处处都先一步料到，心中不由凛然。对于大宋来说，自然辽国内乱越久越好，但是如果事情的发展不尽如人意，自然是先示好于强者更加划算。想到来辽之前，皇帝忽然召见，一改前态，不惜以出售震天雷为代价，一定要尽快达成盟约，此时想来，其中必然有许多旁人所不知道的内情。章惇暗中揣测，已知职方馆必然在中间起到了重要作用，至少是相对准确地报告了辽国双方的情况。一念及此，章惇才稍稍放心。一面笑道："敢问陛下，不知那只奇兵，又是什么？"

"朕听说贵使也曾统兵打仗，何妨猜上一猜？"

章惇微一沉吟，脑中忽然灵光一闪，道："莫非是右军？若由敝人来用兵，则右军攻下松山后，可以分成两支，一路大张旗鼓，直取于越王城；另一路，却偷偷向西渡过黑河，因为保和馆必然先被萧将军攻取，从保和馆附近渡河，可以非常安全。这一路奇兵，退可以替萧将军固守保和馆，进可以抄袭敌军。"说到此处，章惇已是十分确信，不由击掌赞道："真是妙计。难怪右军陛下要派两位名臣统军。"

耶律濬哈哈笑道："外人自是以为朕不信任萧夺剌，所以派萧迁鲁去监视。却不知用人不疑，疑人不用。朕将一路之军托于萧夺剌，焉有不信任之理？"

但事情并未完全如耶律濬预料地发展。熙宁八年冬十二月。在潢河之畔大破耶律乙辛之后，因为右路军的萧迁鲁没有及时赶到保和馆，耶律乙辛率领残军突破萧忽古的保和馆防线，成功抵达燕王城。保和馆之战，虽然惨烈，却没有任何悬念。因为人数上占据绝对优势，兼之又是耶律乙辛经营十数年的部队，萧忽古虽然勇猛，却也无力回天。他部下的五千骑兵战死三千余人，生还者人人带伤，却依然没有阻止住耶律乙辛。

　　而在潢河大捷之次日，长乐县城守将即向耶律信投降。耶律连达率军向燕王城逃窜，却撞上萧迂鲁迟来的援兵，在前有强敌，后有追兵的情况下，耶律连达不战而降。

　　由于天气过于寒冷，耶律濬渡过黑河，占据黑河城之后，被迫停止了对燕王城的进攻。耶律濬不得不放弃一鼓作气将耶律乙辛剿灭的想法，率大军返回中京，静静等待春天的到来。

第八章

社稷之臣

相见争如不见，多情何似无情。

——司马光《西江月·宝髻松松挽就》

1

朱仙镇讲武学堂。击鞠场。

击鞠与蹴鞠不同，击鞠又叫"打球"，是一种马球。乃是军中最重要的体育活动。分为大打和小打，大打就是打马球，骑马进行；而小打则是骑着小马或者驴骡打球，在民间流行较多，甚至有女子参加。讲武学堂的击鞠场场地平坦，是用石灰石与黄土整平的土地，占地一千步见方。东西方向，各有丈余高的球门；球门之后，各有一个虚架；球门两旁，各插旗十二面。在南北向，各有五面大鼓，十个鼓手以及一支乐队。

赵顼的滚金龙袍裁剪紧凑，显得非常精神。在击鞠场的北面，早已搭起一座高台，赵顼便端坐高台正中央的御椅之上，观看讲武学堂的击鞠比赛。站立在皇帝身旁的，除宦官李宪与李向安之外，有枢密使文彦博、枢密副使王韶、参知政事兼兵部尚书吴充、参知政事兼太府寺卿石越、吏部侍郎韩维与范纯仁、兵部侍郎郭逵。除此之外，还有一位身材挺拔、双目炯炯的年轻将官，格外引人注目。一位低级武官，能站在众多朝廷重臣的行列之末，陪同皇帝观赏比赛，实在不知道让多少人羡慕、嫉妒。站在高台之下的郡马狄詠，每次目光掠过这位年青武官的身上，都无法掩饰住自己目光中的欣羡；不仅是他，在球场南面观看比赛的讲武学堂的师生，目光只要掠过此人，心中的情绪都相当复杂——羡慕、嫉妒、佩服、不屑，没有人说得清楚那是一种什么样的情绪，但是所有人都知道，这个人的名字，叫薛奕！新近授武经阁侍讲、虎翼军第一军都指挥使。

击鞠比赛首先进场的，是一队手持哥舒棒的人员，这些人进入场中，即向皇帝所在的高台跪倒，山呼万岁。李宪虽然明知赵顼对击鞠比赛非常熟悉，仍然欠身说道："陛下，这是负责维持球场秩序的球场卫队。"

赵顼微微颔首，道："让他们平身，各归本位。"

"遵旨。"李宪应声答道，一面走到高台之前，高声喝道："皇上有旨，球场卫队免礼平身，各归本位。"

"谢主隆恩。"球场卫队便带了哥舒棒，向球场四周跑去，站在球场周围。

紧接着，在悲壮雄浑的《凉州曲》中，两名手持红旗的裁判走入场中，着绯绣衣的左朋和着绿绣衣的右朋共三十二人也从球场东西两面骑着高大的骏马，穿着乌黑发亮的马皮靴，手执下端弯曲的鞠杖、戴着华插脚折上巾入场，他们所骑的骏马都已结尾。石越已不是第一次观赏击鞠比赛，自然知道这每朋十六人中，各有二名守门员，一名朋头（队长）。只见队员们在裁判的率领下，一齐下马向皇帝请安。赵顼向来酷爱马球，在宫中便经常和两个弟弟打球为乐，这时早已伸直身子，笑道："免礼平身。可令左朋守西门，右朋守东门。"

李宪微笑点头，转身面向球场，拖长了声音高声说道："皇上有旨，左朋守西门，右朋守东门。"

众人谢恩上马，便听鼓声擂动，裁判取出一只中空木制红色漆球，抛向空中，左右两朋队员立时驰逐上前，执杖击球。红色木球在空中飞驰，绯衣与绿衣交叉穿过，无论是北面的皇帝与众重臣还是南面的众军官，都立时被紧张刺激的比赛所吸引，不时发出一声声惊叫声。李宪在皇帝身边低声说道："左朋朋头叫田烈武，是忠臣之后，陛下亲点的武进士；右朋朋头叫李世衡，原本是禁军指挥使。"

赵顼哪里还记得田烈武是何许人也，随口"嗯"了一声，便见一个绯衣球员，手持鞠杖乘势奔跃，在空中运球，向前连击，让球始终运行在马的前方，一骑穿行于绿衣球员之间，矫若游龙。其他绯衣球员则紧紧护在他的周围，阻挡绿衣球员攻向他身旁。到了东门之前，他突然加速，鞠杖如闪电般在空中挥过，那个红色木球竟然旋转着在空中划过一道弧线，骗过来阻挡的两个守门员，从球门的角上射入。一个裁判立时举起红旗，高声说道："左朋胜一筹！"然后便听鼓声响起，乐队奏乐，欢声雷动，裁判跑到西门之后，拔出一面旗来，插入虚架之中。以示左朋得了一分。

赵顼见此人球技如此精湛，也不禁大为赞叹，向薛奕笑道："薛卿，听闻卿家也是击鞠高手，不知较此人如何？"

薛奕忙欠身答道："回陛下，此人球技，远在微臣之上。然而臣以为，左朋能得此一分，不全由此君球技高超，而主要是左朋配合有致。"

"哦？"赵顼不由来了兴趣，向前倾了倾身子。

"左朋之战术分工明确。臣刚才观察，发现左朋除守门者二人以外十人，有四人专责防守，有四人专责传球与保护，另有二人专责进攻。只要右朋有人得球，必有四人骑马上前争夺，其中二人负责吸引对方注意，二人负责夹击对手。以致右朋任何一人得球，都不能一直球前进。而一旦左朋得球之后，则立即会传给进攻的二人，另有四人则紧紧守护在这进攻的二人身旁，挡住右朋的抢夺。虽然进球之人球技之精湛的确为臣仅见，但是左朋队长居然自甘为人作嫁衣裳，甘当两名进攻者的守护者之一，臣非常佩服。这守护者极是吃力不讨好，鞠杖挥舞，烈马疾驰，身体难免受到攻击，轻则破皮流血，重者伤筋动骨。而众人能见到的，所赞叹的，则只有进攻者的荣耀。但以臣之见，这种采用双球门制的击鞠绝非一个人凭着了不起的球技可以取得胜利，重要的，还是全队的配合与牺牲精神。"

薛奕这一席话，说得众人频频点头。赵顼正要赞叹几句，忽听到南面发出一阵惊呼之声，只见击鞠场上裁判挥动红旗，原来左右朋各有一名队员在争夺红球时，用力过猛，球没有击到，两杆鞠杖却是重重地击在一起，竟都是脱手而飞，顺着这巨大的惯性，二人都被从马上带了来下，好在二人都算是武艺精湛，在空中顺势翻转，才没有把腿给摔断。这二人也甚是强悍，虽然鼻青脸肿，可从地上爬了起来，拣起鞠杖，便跃身上马，示意裁判还可再战。

赵顼与众重臣观赏过无数的击鞠比赛，都知道击鞠是充满危险的运动，有时候甚至导致头部都被击碎。正因为它的刺激与超强的对抗性，才广受欢迎，并且成为北宋军中最重要的体育活动之一。但是似眼前这种悍不畏死的行为，却是十分少见，因为一般受伤之后，自然是要换人再战的。赵顼不由叹道："此亡命徒也。"

文彦博微一欠身，淡淡回道："军中正需要亡命徒。这是章楶调教有功。"

赵顼一怔，立时觉得文彦博所说有理，不由注目石越，笑道："这也是石卿建议之功。若禁军军官人人都能敢死争先，我大宋的军队，便可无敌天下。"

石越忙欠身谦道："臣无尺寸之功。这全是郭侍郎与章祭酒之功，是讲武学堂众教官之功。"

李宪笑道："陛下，同样的白菜，在普通的妇人手中，不过寻常之物；而入大厨之手，则能化腐朽为神奇，其美味不可胜言。古人有云，治大国如烹小鲜。若以治国与烹饪相比，则治国者之能力高下，则能决定国家之强弱。石越之策虽然有奇效，然而非陛下谁又敢用之？因此微臣以为，这是陛下擢用贤能之效。"

赵顼虽明知是奉承之语，亦不由得摇头微笑。

文彦博却是有几分看不惯李宪，冷笑道："方才薛奕所说，一人进球，功在全队。凡事有成功，皆是众人齐心协力，兼之策略得当所致。臣望陛下不要以为天下事的成功，全是因为陛下一人之英明。陛下不英明固然不足以成事，然而事情之所以能成功，却也不仅仅是陛下英明之故。若非有章楶、王厚、林广等人，讲武学堂未必有今日之气象。陛下为万民之主，须要赏功罚过，赏罚分明，方能使国家兴盛。人主若与臣下争功，则是亡国之征。"

这般不客气的言辞，也只有文彦博敢说。赵顼肃容道："文卿所言有理。"心中却不免大觉扫兴，转目去看场中比赛。这时场中的争夺已经进入白热化。讲武学堂采用淘汰制教学，从七月中旬开学算起，半年为一期。眼下期末将至，有数百人将要惨遭淘汰，众军官都在明争暗斗，在任何事情上都不肯落人之后。何况这是皇帝亲自观赏的击鞠比赛！李世衡领衔之右朋，其教官是军中勇将林广；而田烈武所率之左朋，其教官则是王韶之子王厚。二人都是军中之佼佼者，自然更是多了一个心眼，虽然一个人训练骑军军官，一个人训练步军军官，但是平常也会互相较劲，二人所训练的军官，都称得上讲武学堂中最出众的学员。这时球队的输赢，更关系到二人的面子。在这种微妙关系的影响下，场上两朋队员的比赛，更是越发地激烈，每隔一会儿，就会出现两杖相交、脱手飞出的刺激场景。有一次左朋负责进攻的吴安国与右朋李世衡交马擦过，双杖齐挥，一齐击在木球之上，竟然将球击成碎片！弄得裁判不得不换了一只球继续比赛。好在讲武学堂纪律甚严，倒没有人敢故意伤人。

郭逵因为是讲武学堂的山长，眼见众学员如此凶猛，亦不觉得意，不由笑着低声向范纯仁夸耀道："尧夫之前可曾见过这样的击鞠比赛？此虎狼之师也。"

范纯仁正襟危坐，眼皮都不曾抬一下，淡淡回道："王者之国，当有仁义之师。"

郭逵被范纯仁抢白，不由当场呛住，作声不得。石越听到二人对话，却是心中一动，想起一件事来，但此时却不便多说。只是注意欣赏场中比赛——此时李世衡率领右朋已经扳回一分，左朋虚架上的旗帜又被拔掉……

左朋之中，田烈武与石越有宾主之谊；而吴安国因为其表兄康大同的关系，也有数面之缘，石越自然是比较倾向于支持左朋。但是以他的身份，却不便表露出过多的倾向性，因此只是随波逐流的鼓鼓掌，叫叫好，实在没什么乐趣可言。反倒是薛奕因为与田烈武、吴安国相熟，叫起好来比较肆无忌惮。

赵顼见薛奕如此偏爱左朋，因笑道："薛卿家以为这场比赛，谁会获胜？"

"臣相信是左朋。"薛奕直率地回道。

赵顼故意笑道："朕却以为会是右朋。卿可敢与朕赌上一局？"

薛奕哪里料到皇帝会找他打赌，他不知朝中规矩，因踌躇道："这个微臣实是不敢。"

"朕有一柄七宝剑，便以为此为赌注。卿若赢了，七宝剑归卿。卿若输了，须输点什么物件与朕？"

薛奕见皇帝兴致高昂，便不敢再推辞。当下欠身笑道："陛下，臣若赢了，不敢要七宝剑。只请陛下准了臣的《海船水军七事札子》。臣若输了，三年之内，臣保证将凌牙门附近大小岛屿，全部纳入陛下的疆域之内，让凌牙门成为陛下在海外的聚宝盆！"

薛奕所上《海船水军七事札子》，说的是薛奕向大宋朝廷提出的七条建议：

其一，重编海船水军编制，将"自成一军"的海船水军编制独立于普通军队之外，海船水军之规模将定为四大船队——杭州第一军、广州第二军并辖驻归义城海船水军、登州第三军、凌牙门第四军，用十年时间建成，共辖福船级战舰一千八百艘。

其二，降低海船水军维持军费，藏兵于民，以民养兵。在杭州、广州建海船水军学堂，培训海船水军武官；平时船队由水军武官为主要力量，只保留极少数规模之水手，以打击海盗，保护商路安全为主要任务。所有出海贸易之商船水手，每十年必须在海船水军学堂接受一次为期半年到一年的军事训练。两年之后，任何大宋出海船只上无海船水军学堂毕业证明之水手不得超过六成；四年之后，任何大宋出海船只不得雇用无海船水军学堂毕业证明之水手。

其三，鼓励民间武装船队建设，强行命令所有民间武装船队必须向朝廷雇用一定数量之水军武官。统一规定大宋海船水军与商船之不同旗帜，颁布诸国，悬大宋旗帜之船只，即为大宋之财产，有敢劫掠者，必报复之；

其四，杭州、泉州、广州夷商居住之番坊，可依旧保留，其中大宋居住十年以上，无犯法作奸，愿意归附为大宋子民者，可以视同汉商，其子孙可以参加科举做官，其商船许悬大宋商船旗帜；

其五，征募无赖子弟、贫寒农夫，以及乞丐、犯法者，移民凌牙门；

其六，鼓励大宋商人向凌牙门东南诸岛之夷人购买土地，在当地兴办各种行业。大宋海船水军将保证其合理利益不受损害。自凌牙门以东、以南，所有无人居住之岛屿与土地，皆为大宋皇帝陛下之私人财产。大宋子民可以向皇帝陛下支付一定之费用购买。大宋军民亦不得侵害所有愿意向大宋称臣之蛮夷领地。

其七，凡海外诸夷向大宋称臣纳贡者，其酋长继承由其部自行决定，但继承者必须在中土或者交趾接受过官学儒家教育，且必须由大宋颁布任命。接受王化者，大宋待以藩邦之礼。拒绝王化者，只需不攻击大宋军民，不危害大宋海外领地之安全，不与大宋之藩属发生冲突，大宋亦以宽大之心，许其自在于蛮荒之地。唯其领土范围，亦不受大宋之认可。

薛奕所呈之七事，显然其中也有石越之影子。范围并不限于海船水军之建设，而涉及宋廷对环南海地区的态度。这份著名的《海船水军七事札子》，甚至可以说饱含攻击性。一千八百艘福船级海船水军的规模，其背后的实质意义是，一旦总动员，就可以出动数十万人规模的庞大海军，这种规模庞大的构想，有史册记载以来，都无人敢想。在石越的建议下，薛奕提出了藏兵于民的构想。让日益蓬勃发展的海外贸易商人，来替宋廷供养规模庞大的军队。而对待遍布于环南海诸岛之部落，薛奕亦采取了两手策略，一方面对那些规模较大的部落进行拉拢，给予藩邦之礼，只求让大宋商人前往投资与通商即可；而对待小部落，愿意接受"王化"的，自然也予以承认，以拉拢为自己的盟友，打击那些不愿意接受"王化"的小部落——南海地区有无数的欠发达部落，在当时根本不知道"大宋"为何物，自然不会愿意来接受"王化"。与此同时，薛奕毫不客气地将所有无人荒岛赠予了赵项。石越对于各种殖民史都不算陌生，但是他本人既无愿望也无可能去推行种族灭绝政策——如果他敢丧心病狂的那样做，必定会在国内变成过街老鼠，这种政治风险即使是吕惠卿、蔡京一流的人物，也会顾忌三分。因此石越对环南海地区的态度是：第一，尽可能地化夷为汉；第二，尽可能把土著居民变成大宋商人的佃农。石越的这种思想，与薛奕不谋而合，表现在

《七事札子》中，便是第六条与第七条。

这份札子在原则上并没有受到激烈的反对。讨论的重点是可行性，至少户部尚书司马光的态度相当明确，他绝对不愿意为这"没有必要"的海船水军扩军花一分钱。譬如司马光认为，杭州的第一军和登州的第三军，完全可以合并，以五百战舰的规模，绝对可以牢牢控制东海而不受任何挑战；而凌牙门第四军与广州第二军总数高达一千艘的水军规模亦过于浪费。司马光从交趾海战中得到经验，认为有一百艘战舰，足以控制南海。纵然要与注辇国争雄，总数在六百艘的规模，便已经绰绰有余。所以司马光坚持，一千八百艘战船，最起码可以削减到一千一百艘甚至是八百艘。

而文彦博则认为，第六条和第七条，表面客气，但实质却过于咄咄逼人。让海外诸岛为大宋创造财富，固执如文彦博也不会反对。但是他认为如果到处挑起纷争，并不是大宋的荣耀，而是大宋的耻辱。大宋处事应当有大国之风范，不当如同蛮族一般，以力服人。而且如果介入太多，会出现兵力不足的状况。而且文彦博非常怀疑，强迫水手受训的计划能不能得到真正的贯彻，他怀疑会因此重蹈保甲法的覆辙。只不过因为这损害的是南方商人的利益而非农民的利益，所以文彦博心里认为：即使是失败，也无所谓。

比较有利的是，兵科给事中已经表露出赞许的态度，似乎不会出现被封驳的情况。因此，赵顼的态度，便成了关键。薛奕才敢壮着胆子，向皇帝提出如此请求。

赵顼却只是不置可否的一笑，用手指着文彦博，笑道："朕便同意，若枢使不同意，也是枉然。国家大事，不可草率。朕这个皇帝，不是什么事都可以做主的。"

薛奕忙说道："那是因为陛下是英明之君主，善于纳谏。这是大宋之福。"

"卿既然知道此理，依然赌七宝剑便是。"

"七宝剑非人臣之物，臣不敢赌。臣斗胆，要请陛下恩许臣前往枢密会议与政事堂向执政说明主张。"薛奕毕竟年轻，耐不住中央政府决策的那份谨慎或者说拖沓。

赵顼顾视文彦博，哈哈大笑，道："卿欲做说客？那朕便许卿。若左朋胜了此局，便让枢密院与政事堂会议，听卿陈述。"

薛奕闻言大喜，拜道："谢主隆恩。"

赵顼笑道："不忙着谢恩。卿以为左朋必胜吗？只恐未必然也。"

2

季冬。

田烈武理了理英雄帽，回头打量了一眼大门新贴的两尊门神：东侧是一尊头戴金盔，身披铠甲，全身戎装，一手持剑，一手托塔的天王；西侧的天王，则是右手执剑，左手舒掌当胸，足下踏着药叉。两个天王俱是虎目瞪圆，威风凛凛。

秦观见田烈武临行还回身打量门神，不由得好笑，便取笑道："门神有什么好看的？田兄听说过苏学士的那句话吗？"

田烈武愕然问道："什么话？"

"吾辈不肖，傍人门户，何暇争闲气耶？"秦观摇头晃脑念道，一边笑道，"这是苏学士取笑门神的话。"他这厢话方说完，一旁的文焕已经忍俊不禁，扑哧一声，笑了出来。

谁知田烈武只是一本正经地摇了摇手，看着秦观说道："神灵无分大小尊卑，俱是莫要得罪的好。"

秦观见他如此严肃正经的模样，便忍住了笑，也不再取笑于他，只抿嘴说道："快走罢。唐康时只怕也已经等得不耐烦了。"

文焕一边上马，一边笑道："难得有个假期，却要陪着你田烈武来家里看老婆孩子，真是不知道前世做了什么孽。我可等着唐康时给我找几个漂亮的女孩来……"

秦观笑道："文兄，你这就不对，你这是当着田兄的面说嫂子不好看？"

田烈武红着脸，叫道："莫要取笑，莫要取笑，咱们快走罢。"说罢挥了一下马鞭，便径出了巷子而去。秦观与文焕连忙紧紧跟了上去。

此时已是熙宁九年十二月八日。

就在昨日，朱婕妤顺利诞下皇六子，因为前面五位皇子都已夭折，因此，这个被赐名为赵佣的皇子，实际上就已经是皇长子。母凭子贵，朱婕妤稍后因此被晋封为朱贤妃，成为正一品的天子夫人。子嗣累累夭折的赵顼，在朱氏生下赵佣之后，立即下诏天下大贺三日。并且陪同太皇太后与皇太后、皇后，前往大相国寺祈福。

正是托了这位皇子的福，被编入骁胜军、担任骁胜军第三营第四指挥指挥使的田烈武与担任骁胜军第一营第三指挥指挥使文焕，才得以回汴京游玩数日。骁胜军是骑军教导军，其骨干力量都曾经在讲武学堂受训，经过残酷的训练淘汰而出。骁胜军五营都驻扎在京师黄河北部诸镇，第一营在陈桥镇、第二营在郭桥镇、第三营在潘镇、第四营在酸枣镇、第五营在蒲城。骁胜军的军部则设在潘镇附近的封丘城。

田烈武对于自己为何编入第三营，而并非王厚为都指挥使的第一营，记忆非常深刻。约将近一年之前，皇帝赵顼视察讲武学堂，在一场击鞠比赛之中，田烈武为朋头的左朋在付出两人骨折的代价之后，最终击败右朋。此后，讲武学堂又进行了一次演习，由林广统率步军协同神卫营，模拟对抗王厚统率的骑军——这样的"演习"在大宋历史上是第一次，虽然箭镞、枪头都已取去，但是神卫营那如雨点一般的石灰包，还有步军密集如蝗的箭矢，都让从未参加过实战的田烈武兴奋异常。

这场演习起先由于王厚轻敌，直接与严阵以待的林广军进行正面对决，结果导致队伍"死伤惨重"，那一次能发射数十支箭的床弩，还有只放烟不爆炸的演习用霹雳投弹，在进行阵地战时的威力，大出王厚的意料。在这次演习的第一轮冲锋中，田烈武就不幸"阵亡"，他身上有无数石灰印，证明如果那是真的战场，他早已变成刺猬。但是吃过苦头后的王厚，立刻变换作战方式，采用了辽国骑军常用的战法，凭借骑兵的机动优势，永远只与林广的军队保持距离。而文焕则率领着一支小队，只要林广部一休息，他立即就上前攻击，当对方起来反击，他立时便远远跑掉；吴安国则死死盯住林广部的"粮道"。林广虽然努力约束着部队不要分散，但是却在一个山头"粮草耗尽"，吃了三天野菜之后，被迫"投降"。在这次演习之后，王厚认为田烈武太富牺牲精神，结果在骁胜军成立之时，他推荐的指挥使名单中，便没有田烈武。但是薛奕的好友、第三营都指挥使金彦却看中了他，向骁胜军军部请求，把他调入了自己的麾下。

骁胜军第一营被视精锐中的精锐，从军中选拔基层武官由第一营先挑，军器监与兵器研究院为其量身打造武器，有着最优良的装备，每人的标准装备都是轻型装甲一套——田烈武见过文焕的这套盔甲，羡慕不已，那套盔甲与普通的鳞甲全然不同，只在要害部位提供了精钢防护，其他部位则用野猪皮或者牛皮制甲，对于在讲武学堂每日进行负重行军的他们来，非常轻便灵活，但防护能力却也同样出色，足以应付辽人与西夏常用的六斗、七斗弓的射击——除非被人家在近处一箭射穿，那就另当别论。这种盔甲的一个特色是对头部防护很严密，戴上头盔后，只露出了眼睛与嘴巴。田烈武听说这种盔甲，是从辽国人那里学来后，由兵器研究院特别为骑兵设计的，其设计的思想就是要轻巧与防护能力兼顾，其主要防备的是敌人在远处的弓箭攻击，而并非刀枪。除此之外，第一营配备的是从辽国买回来的最好的战马，达到了每人一马一骡或者一马一驴，须知其他几营现在往往是两人一马甚至三人一马，这一点就不知道让人多么羡慕。至于马刀、手弩、弓箭等物，虽然骁胜军诸营都有，但是大家心里都怀疑第一营的装备就是要特别一点，说不定自己手中的武器，也是第一营挑剩的。总之，骁胜军第一营在禁军将士们的眼中，几乎可以和诸班直相提并论，甚至还传说有不少班直武官也在第一营受训——当然，田烈武倒是非常肯定的知道这是谣言，因为班直武官绝对是在讲武学堂受训的。

和文焕在一起，田烈武就不由自主地想起这些旧事。却听身后秦观和文焕笑道："怎么没见着吴镇卿？"

"吴镇卿？他前几日和小王将军顶撞，结果被打了三十大板，现在还躺在床上呢。他要有本事跑到京师来，我就把文字倒了写。"文焕略有点儿幸灾乐祸地说道。

田烈武笑道："他又因为何事惹着小王将军了？"

"我们实兵演习，他的第四指挥设了个陷阱，把小王将军亲率的第一指挥使给做掉了。本来胜负乃兵家常事，倒也没有什么，谁知事后总结之时，吴镇卿居然公开讥讽小王将军不会打仗，又笑小王将军所作的诗文也属狗屁不通。前几天他到陈桥镇喝了点酒，又在街上打抱不平，小王将军找到这个由头，还能不给他穿小鞋？一年之前，石参政就上表，要求禁军要整肃军纪，严禁与百姓发生争执。枢密院为此三令五申，他去打架，那还了得？"

秦观笑道："他不是打抱不平吗？怎么算是打架？"

"打抱不平也是打架。"文焕事不关己地笑道，"军中谁和你讲道理？军中只讲命令。何况吴镇卿这个第四指挥使，和我们第一营中大大小小的武官，竟没有关系好的。本来这等事情若是有人求情，上官也自然睁一只眼闭一只眼地罢了，大家天天苦练，偶尔脾气大一点也是人之常情。但是吴镇卿要受罚，却是谁也不肯为他求情，连我都不肯，我却是怕求情之后，还被他冷嘲热讽。"

秦观与田烈武想起吴镇卿的脾气，不由相顾苦笑，摇了摇头，又向文焕说道："你也忒不厚道。"

文焕满不在乎地笑道："有本事你们去求情好了。我倒是听说薛世显观看演习之后，夸过吴镇卿，说他进退严整。不如让他写封信给薛世显，调去海船水军好了。他只要不晕船，到了海船水军学堂，绝对是佼佼者。"

"罢了。谁知道薛世显还记不记得吴镇卿？枢密院莫名其妙就要调他到广州，转任虎翼军第二军都指挥使，还只准他从杭州带五艘船过去。虽然说让他节制归义城与凌牙门所有水军，并且允许第二军扩军到六百艘福船的规模，但是广州市舶务怎么可以和杭州相提并论，纵然许他扩军，一时间也没那么多钱。广州人情风俗与杭州不同，杭州经营已久，招募水手甚易，百姓均乐于做水手。在广州却要困难许多。就算有曾使君的全力支持，一年之内，又要办水军学堂，又要建船队，还要经营南海地区，薛世显还能有性命留着，已经是奇事了。"秦观说到此处，不由叹息一声，但在他的心中，却是还有许多话不便出口。他自从与蔡京出使高丽归来后，被皇帝召见，授了个正八品下的枢密院编修官，在枢密院编修《武经总要》等军事资料。这个官职对于他来说，算是可有可无，不过领份薪水，清闲得紧。但他却也因此知道了枢密院的许多事情——譬如薛奕被调任广州，杭州虎翼军第一军由荆昭担任军都指挥使，其中就有不足为外人道的内情：表面上这是正常轮换，但最关键的却是荆昭是宋初名将荆罕儒之后，而荆家与曹太后家世代通好。因此朝中大臣，包括石越在内，无不对这道任命三缄其口。

"这次调动，对薛世显实在不够公平。"文焕却也是听说过种种传闻，不由替薛奕抱不平。

秦观笑道:"唐康时却不这么说,他说让薛世显去广州,对他个人不公平,对国家却有利。让荆昭在杭州守成,好过让他去广州把南海诸国局势扰乱。边将若是用错人,很容易激起大变。因此有薛奕在广州,朝廷便可安心……只是朝廷未免也太小气了一点,至少也应当让薛奕带二十艘战船过去。这样他在广州才容易打开局面。"

三人一面说着话,不觉已是到了御街之上。只见御街之上灯烛辉煌,人头攒动,一条大街上,尽是密密麻麻如同蚂蚁一般的人们,隐隐的丝竹之音混着嘈杂的人声、笑声,未入其中,便觉出行人的喜悦。只是瞧这等局面,骑马是走不得了。三人不得已下了马来,便听有人叫道:"快去,快去,晚了就错过了。"呼声未落,便有许多人托儿挈女,如潮水般地都往一个方向涌去。

三人俱不知发生了什么事情,心中均感好奇,文焕于是一把拉住一人,问道:"兄台,劳驾。敢问前面发生了什么事情?"

那人不料被人紧紧拉住,心中甚是焦急,又挣脱不得,只得急道:"别拉,别拉。官人不知道在大相国寺前,要举办烟火大戏庆祝皇子出生吗?听说那些烟火是兵器研究院专门调集人手连夜制成,和往常大不相同。"

"有这等事情?"文焕笑着放了手,便见那人匆匆向前跑去,似乎要挽回被文焕耽误的那点时间。

"怎么办?去不去看热闹?"秦观笑道。

田烈武迟疑道:"唐康时在等……"

"他同时娶了文家小姐和高丽佳人,必定在家多温存一会儿才出来的。别怕,从大相国寺过去,也不算得太远。"秦观笑道。

文焕也暧昧地笑了笑,道:"正是。少游之言有理。难道你们竟不想看看兵器研究院做成了什么物什吗?"说话间,已经拉着田烈武,便跟着人群一齐向大相国寺走去。

待三人到大相国寺时,大相国寺外早已经是人山人海。太皇太后、皇太后、皇帝、皇后率领众亲王、宰执、翰林学士等大臣,在大相国寺内一座高楼上远远观赏。班直侍卫艰难地维持着秩序,让大相国寺门前空出一块大坪来。只是三人来得晚了,那里挤得过去?只听到人声喧哗,但坪中的场景却是丝毫也看不到,眼前唯有众人伸手指点的背影。

文焕灵机一动,眼见道边不远处有一株柳树,便将马拴了,捋起袖子、衣襟,抱着树干,竟然爬了上去。一面找了根树枝坐了,这才招呼二人。秦观是风流不羁之人,田烈武捕快出身,自然也不在乎此举是否有损形象,见他招呼,也跟着爬了上去。三人居高临下，这才看得清楚，此时在坪中摆了九十九面巨大的屏风，屏风上画着各种各样的图画，有大宋最英俊的神灵二郎神；有永远笑容可掬的寿星；有象征生男的罗睺罗，有百子嬉春图……一时也看不清许多，只听欢呼喝彩声中，有人燃起引线，立时，屏风之中，便蓬放出五彩的烟火，笔直地冲上空中。随着耳中听到烟火被点燃的"哧""呼"的声响，一个接一个的烟花腾空而起，在空中绽放出各形各样的绚丽烟花来。此时已近傍晚，满天的烟花绚烂无比，在暗黄的天空中尽情地挥洒着所有的喜庆与美丽，将天际重新映亮，夺去了夕阳的光彩。

无数斑斓的色彩构出的火树银花，在汴京的天空绽放，似乎要将人群的喜悦传达到九天云霄之上。人群中不时发出一声声赞美与惊叹的声音，尽皆看得目眩神迷……令得这偌大的地方顿时成为一片欢乐的海洋。

的确，人们是有理由快乐的。

田烈武便隐隐约约地听到树下有人正在兴致勃勃地议论着。

"今年的确值得庆祝。又是湖广屯军，又是官道改造，听说许多商家向钱庄借钱去开发湖广，现在许多钱庄里都没有钱了。唐家钱庄已经在各大报纸登出广告，明年起在钱庄存钱，不仅不要交钱，反而会给利息。存的时间越长，利息越高。"一个瘦高个子尖着嗓子叫道，神情间甚是兴奋，似乎他所说的这此事跟他大有相关。

旁边的矮胖子笑道："湖广开发顺利，连带朝廷也省了不少钱。朝廷连续两年免征免役宽剩钱，今年夏天河北旱灾，虽然报纸上说朝廷拖缓了什么地方官制改革，可竟是没有流民——这可是少有的事。司农寺又成立了什么齐民馆，专门负责劝农教农，教百姓用好种子，好农具。齐民馆的人，有不少进士官人，还有不少老农长者呢。种田种得好，也能做官……啧啧！听说只有汉朝有过这等好事。"

"这事情秋天的时候还闹得很凶，有人说圣人不主张教农艺，有人说建了齐民馆也没什么作用，只是浪费官帑，为这事吵了个把月。还是皇上有主见，硬是定了下来。"

旁边有人插话道："依我看那是放屁——圣人不种田他吃什么？听说那是司马相公进谏之功。"

"错了，那是石参政力主的功劳。《新义报》上那几篇评论，你没看见吗？署的是石参政的大名。"高个子似乎很以自己能读报为荣，口气中颇有几分不屑。

矮胖子用劲地点点头，道："这我信。这些子事情，十有八九都是石参政的功劳，你说一个人怎么能那么有本事？南海小薛将军搞得风风火火，听说凌牙门城现在已经有万余人了。向大宋称臣纳表的小国有几百个，不知多少人去那里买地。在国内买地，朝廷要征'宽地税'，到南海买地，又便宜，还不用交税，也不用怕强盗，小薛将军打仗厉害，六月份就灭了渤泥国，听说是分成三国，两个渤泥国贵人和南平王的一个弟弟各得一份。"

"为何有南平王的弟弟一份？"又有人不明白了。

"尊府就算养条狗，打了猎物也要给块骨头不？小薛将军让交趾国出兵出将，打赢了自然也分他交趾国一份。况且他弟弟到了渤泥国，就被封为渤泥侯，自成一国，也不受交趾国管辖，每年只要上交十几万贯税金，就是一方霸主，这种好事，谁不乐意？听说那渤泥侯年纪还小，不过是个娃娃，国中的事情，都要小薛将军替他拿主意。"

"那总是便宜了他们！"这时，有人听到他们的议论，忽转过头来，愤愤不平地补充了一句。

"交趾国为大宋也做了不少事。老兄你现在身上穿的衣服，说不定就有交趾国的功劳。"

"你什么意思？"

"归义城收购交趾国的棉花，在归义城加工后，其中有三成就运回了国内。你喝过甘蔗酒没有？说不定也有归义城酿的。归义城今年上缴朝廷的税金就有几十万贯，你以为是凭空来的吗？小薛将军带着几艘船，打出这么大声势，也托了归义城的功劳。狄相公的儿子，果然是有本事的。"矮胖子说完，吞了口唾液，压低了声音道："听说没有？清河郡主生辰，狄都督从归义城送来的礼物，听说价值十万贯！石参政夫人三个月前怀了第二胎，狄都督不敢送钱，可是上个月送来的东西……"

"是什么？"立时有一堆人把头伸了过来打听。

矮胖子白了众人一眼，冷笑道："不知道。总之是宝贝。"

田烈武心中暗暗好笑，石夫人怀孕的事情，他自然知道。他老婆也是时常上石府走动，还替石夫人求过神，送过一些用得着的小玩意儿。狄谘给清河郡主送礼没有，他不知道，但是送给石越的东西，他却清楚，那不过是十二坛咸菜。只是千里迢迢从交趾送来，却是礼轻情重的意思。昨晚上他老婆还笑话过狄谘太过寒碜，送的礼竟与他们小户人家一样。田烈武夫妇自然不知道，别说狄谘，许多石越一手提拔的官员，还有熙宁九年的进士——石越是省试主考官，只需知道石越脾气的，都不敢送什么贵重的礼物。他正想着狄谘送给石越的咸菜，忽然却被秦观拉了一把，只听秦观笑道："快看，那是什么？"

他连忙抬头望去，便见几个纸制的人物，被扎成各路神灵的模样，被火药推向空中，借助火药的力量，在空中不停地旋转，火药燃烧发出的火光，在空中发出耀眼的光芒，倒似这些纸人踩着金光升空而去一般。引来市民的阵阵欢呼声。连树下谈话的都吸引了过去，除了惊叹赞美之声便不再有其他之声。田烈武是汴京土著，自是知道这物什的名目，当下笑道："这是温家的药发傀儡，家传的手艺。"

正说话间,又见一座二尺多高的金色佛像,端坐金盘之中,被火药送上天空。最让人感到不可思议的是,那座金色佛像升空之后,竟在金盘中向四方缓缓转了一圈。引得不少虔诚的信众连忙双手合十拜倒。田烈武也是第一次见到这样的奇事,不由得张大了嘴合不拢来。

便在金色佛像升空之时,在大坪周围,忽然传来许多人的惊呼声,不少班直侍卫都吓得连连后退。田烈武等人居高临下望得清楚,却见是数百只小猫大小的老鼠,屁股上闪着火花,在大坪中满地乱窜,把围观的军民都吓了一跳。好一会儿,众人才看清楚,原来那些大老鼠,也是烟火玩具。这东西是兵器研究院的研究人员利用火药燃烧时产生气体向外喷射的反推力围绕一个轴心旋转的原理设计出来的,在当时却是一种新鲜玩意,自是没有人见过。而且那老鼠做得甚是逼真,突然之间冒将出来,自然唬人不浅。

田烈武看到此处,悔得连连拍打树枝,叫道:"早知道如此,要把我儿子带出来的!"

这时候烟火表演已经到了最高潮。众人屏息静气,要看下面将要如何,却见一个老道士带了几个道童,走到大坪之前,指着一棵光秃秃的桃树,团团围了一圈。然后从怀中掏出一粒药来,埋在树根之下。几个道童便把桃树用一块青布遮了起来。过一会儿,道童将布掀开,只见那桃树已然长出翠叶来。道士又围着桃树走了一圈,闭目做法之后再次遮上。过一会儿,再掀开,桃树已经开花。于是再次罩上,不一会儿,再揭开了,却见是桃树已经结实。道士又命将桃树遮上,过了一枝香的功夫,拉开青布,只见见桃实如火,果实累累,竟是一树全熟!

道士从桃树上摘了一盘桃子,一边派人呈给两宫太后、皇帝、皇后。再次将青布罩上,掀开之时,桃树便又如最初之时光秃秃的了!

这种魔术表演,真称得上炫人心目。田烈武愕然叹道:"这难道真是仙术?"

秦观摇摇头,道:"这是幻术。"但是这幻术表演得逼真之极,又是他亲眼所见,所以心里明明知道这是什么,但一时之间,却也觉得有些恍惚,无法相信自己的眼睛。

"幻术?"田烈武不可思议地重复道。忽听到有人轻声叹道:"唉!乐极只恐生悲,但愿我大宋的繁华,不要如同这烟花与幻术一般,到头来还是一场空。"他心中一凛,忙去寻那人说话之人,只是人海茫茫,那里竟能寻到发话之人?

大相国寺的表演只是整晚欢庆的一个开始。

田烈武、文焕、秦观赶到何家楼之时,天色早已全黑。何家楼是何畏之名下产业,何畏之自拜会石越之后,一直在石府住了约两个月的时间。在一次和石越彻夜交谈之后，就离开石府，自立门户。石越帮他取到了酿酒出卖的权利，他名下的产业就主要以制药、制酒为主，另外在汴京也开了几处酒楼。何家楼的伙计，都是头戴着方顶头巾，身穿紫衫，脚着丝鞋，彬彬有礼；而何家楼更是由几栋三层高、五层高的楼房组合而成，诸楼高低起伏，参差错落，楼宇间有飞桥相接，在整个汴京城，都非常有特色。而何家楼每一间雅间，都是单独的房间，房中有古朴发黄的史书，有崭新的经书与报纸，有琴，有剑，有香炉，有字画，还有漂亮的书童与美丽的女婢……格调之高雅，即使在汴京，也是数一数二。因此许多的达官贵人，文人雅士，都喜欢来何家楼吃酒。

唐康所选中的一间房子，名为"夹竹"。是在何家楼最高的一座楼的顶楼之上，打开窗户，可以看到大半个汴京城的夜景。三人走进屋时，唐康正与段子介在一起喝酒。秦观前脚刚刚踏入房中，就高声笑道："段誉之，你怎的在此处？难道讲武学堂也放假？"段子介进入讲武学堂第三期，此时应当是最紧张的时候。

唐康喝了一口酒，笑道："段誉之被章大卿看中了，章大卿又向讲武学堂要人。章大祭酒放他几天假，让他来京师见一次章大卿，好好考虑一下。"

段子介苦笑着摇了摇头，默然不语。文焕走上前去，也不客气，一屁股坐了，笑道："做军法官也没甚不好。那是皇上的亲信，我们骁胜军的营都指挥使，对军法官都要客客气气的。"

"并非如此。"段子介叹了口气，道，"几位有所不知，只因司马先生在枢府主持职方馆 —— 虽然外人不知道，但听说很是立了功劳；此外兵部职方司也非同小可，今年年中有几个厢军不服调遣，密谋叛乱，不知怎的就被职方司查到了，尚未起事就被抓了起来，远远发配到凌牙门。故此章大卿羡慕他们的功劳，便向皇上道卫尉寺本是皇上在军中的耳目，军人反叛，卫尉寺不知道，便是卫尉寺的失职。竟请求皇上让卫尉寺在京师设立一个卫尉寺分析局，专门处理各随军军法官报上来的信息，找出可疑点进行调查。章大卿是想让我进分析局……"

"什么？军法官顺便还要做探子？"文焕几乎要从凳子上跳了起来，叫完之后，想了一会儿，又似泄了气地说道，"这也无法可想。皇上答应了，是不是？要不章惇不会来找你。"

段子介点点头，喝了一杯闷酒。

文焕想了一会儿，又笑道："枢府的职方馆到底立了什么功劳？听说司马先生一年之内，就已经升到正六品，这几年除了薛奕之外，再没有人升迁有他这般快法。"

唐康与秦观对望一眼，默默指了指东北方向。

文焕心中一凛，道，"你是说东北？高丽与女直打得不可开交，这应当是你们的功劳啊？"

唐康摇了摇头，道："多的我不能说，也的确不知道。我只知道司马先生一年之内，把手伸进了辽国境内的各种势力之中。高丽和女直，辽主和耶律乙辛，还有杨遵勖。这中间都少不了司马先生的功劳。"

"辽主一年之内，已经稳稳控制中京道与南京道全部，上京道与东京道大部。上京半年之前，就已经被耶律信攻克。耶律乙辛龟缩于庆州，凭借天险顽抗了半年有余，只怕也撑不了太久了。耶律信与耶律冲哥迟早要攻克庆州的。我真看不出来职方馆做了什么事情。"文焕不以为然地笑道。

唐康冷笑道："职方馆又不是神仙，你还要他们撒豆成兵不成？杨遵勖是个傻子，徒有野心，行事却犹豫不决，他从我大宋'某些商人'手中偷偷买了不知多少兵器，可就是前怕狼后怕虎的。辽主解决掉耶律乙辛，迟早掉过头来对付他。你不知道如今有多少说客在大同府。高丽与女直打了一年多，女直开始时节节败退，后来竟越打越强。双方时不时都要骚扰一下辽军，辽主不得不分兵在东京道监视。若非如此，只怕耶律乙辛早就被灭掉了。"

"这辽主真是个又可敬又可畏的人物。"秦观也道，"他攻克上京之后，借口许多贵族参与叛乱，剥夺了他们的全部特权，把他们的家财赏赐给有战功的将领与有功大臣。然后又把许多头下军州收归国有。一面又整肃吏治，严禁官吏扰民；一面轻徭薄赋，还把许多不能打仗的士兵放回，把一些没收的土地分给有功劳的士兵。若不是他现在三面内乱……"

"他如此行事，却也有操之过急的地方。显见辽主毕竟年轻。若不是他如此急于向贵族开刀，耶律乙辛也不能支持到如今。许多人既然明知道在辽主治下自己会一无所有，自然铁了心跟随耶律乙辛顽抗。"唐康笑道，"咱们且不用去理会辽国如何，只要我大宋强盛，辽国终不足畏。若按这一年的情势发展，大宋会成为比大唐更强盛的国家。国家今年盈余八百余万贯。真是可喜可贺的事情！"

段子介听唐康说起此事，也笑道："现在民间都说，司马参政与石参政二人理财，是天造地设之合。司马参政节流省事，石参政开源兴事。国家焉得不富？"

"今年商税收入增加了一成；市舶务关税增加了一倍。与辽国的互市、归义城的税收还是另算的。凌牙门城朝廷已经答应五年内不要上缴税金。但是薛奕逼南海各国每年上缴一定数额的税金以换取大宋的认可，虽然有些小国不过几百贯，但是积少成多，这笔收入也非常可观。"唐康笑道，"现在不论是报纸也好，老百姓谈论也好，朝中大臣议论也好，无不夸赞我大哥。"

说起这些振奋人心的事情，便连段子介也觉得精神大振。秦观走到窗边，望着窗外夜空中灿烂的礼花，笑道："熙宁以来，纵然是上元佳节，也曾未有过这样繁华的盛况。今晚的烟花，至少放掉二万贯！若在以前，司马君实定然上书反对。但如今的大宋繁华，便如同这烟花一般灿烂 —— 想来石参政升任仆射，应当是众望所归吧？"

田烈武听到他又用烟花来比喻大宋的繁荣，忽地想起刚刚在大相国寺时听到的话，不由说道："但愿这前所未有的盛况不要像烟花一样短暂才好。"

他话一出口，自觉不对，果然，众人的脸色都立即沉了下来，一同默然望着田烈武。良久，唐康方勉强笑道："不会的，我大宋就是如日中天的太阳。"忽然想到太阳也会有落山的时候，心中更觉扫兴。正要想些什么话来岔开，却见一个书童急急忙忙走了过来，在他耳边低声说了句什么。唐康脸色立时便沉了下去，望着田烈武，嘴唇微动，欲言又止。

秦观等他这模样，便知是出了什么事情。果然，那个书童附耳说完，就匆匆离去。唐康也起身抱拳说道："小弟有点儿要事，要先告辞了。这里账已结过，哥哥们且慢慢喝茶 —— 少游，你也随我一道去一下吧！"秦观忙点头答应，于是二人匆匆告辞而去。

出了何家楼，唐康便把秦观拉上马车，车帘一放下，唐康神情郑重，压低声音说道："少游，出大事了。"

3.

睿思殿。

李向安将吕惠卿、文彦博、石越等人拦在了殿外："诸位相公，此时不宜打扰。"

吕惠卿与文彦博脸色立时黑了下来，对望一眼之后，文彦博寒声道："李向安，你快让开，否则本府便斩了你！"

"文相公恕罪！"李向安虽不明所以，但见文彦博神色凛然，竟吓得跪了下来。

"皇上病重，拒两府于门外，是阻隔中外，使天下疑惧。这个罪名，你担当得起吗？"吕惠卿也厉声喝道，"你速速让开！"

"皇上不过偶染风寒。"李向安身后的一个内侍壮着胆子说道。

"臣子探视问安，也是理所当然！"文彦博微微有点儿跛脚，一摇一摆走到那个内侍前面，瞪圆双目，厉声问道，"你叫什么名字？"

"小人童贯。"

"好，来人啊，把童贯拖下去，杖责三十。"文彦博厉声喝道，立时便有几个随从上来架起童贯。

童贯却昂然不惧，冷笑道："相公今日在睿思殿前责罚内臣，他日只怕也难逃跋扈之罪！"

"本府乃三朝老臣，为国不敢顾身。纵然有罪，也好过让大宋重蹈唐代覆辙。"文彦博铁青着脸，提高声音喝道，"拖下去，打。"

石越眼见文彦博就要惹出大事来，他对于童贯虽然没什么同情，但却不希望在此时多生事端，忙上前劝道："文相，此时不宜与小人计较。惊扰了皇上也不好，咱们还是先去给皇上请安吧。"

冯京见状也道："子明说的是正理。皇上在回宫途中突然病倒，传言十分厉害。眼下开封府已经准备撤掉接下来的庆典。我等要速见皇上，才好拿个主意。"

吕惠卿与文彦博、石越一齐大吃一惊，几乎齐声道："撤掉庆典？糊涂！"文彦博转身对枢密都承旨曾孝宽说道："你快去开封府，命令庆典照常进行。皇上得病之事，不许声张，敢传言者，斩！"

吕惠卿目送曾孝宽离开，不动声音地望了文彦博一眼，一把推开李向安，率领诸宰臣径直闯进睿思殿。留下李向安与童贯等人面面相觑，半晌才回过神来，立时追了上去。

到了殿门之外，吕惠卿与文彦博掀起衣襟，跪在门前，高声说道："臣文彦博、吕惠卿率两府宰臣，给陛下请安。"说完之后，停了半晌，殿中却没有一点声音。二人又提高了声音，重复道："臣文彦博、吕惠卿率两府宰臣，给陛下请安！"

半晌之后，殿门"吱"的一声，终于打开。从殿中走出两个人来。

吕惠卿与文彦博抬起头来，不由怔住了，原来这两人，一人是皇帝的嫡亲弟弟昌王赵颢，一人却是李宪。文彦博与吕惠卿狐疑地对望一眼，也顾不得失礼，文彦博便站起身来，须发皆张，厉声问道："李宪，陛下呢？"李宪从未见过文彦博如此失态，目光凶猛，竟似要杀了自己一般，不由一怔，一时竟然忘了答话。

石越见着眼前形势，不能不惊心，当下不动声色地走到王韶身边，在他手心写道："速调狄詠。"王韶心中一凛，趁众人不注意，立时便退了出去。

文彦博见李宪不说话，愈发惊疑不定。又厉声问道："李宪，陛下呢？"

李宪这才回过神来，忙答道："陛下已经安歇，明日方召见诸位相公。"

"陛下不见我们？"文彦博冷笑道，看了昌王赵颢一眼，一把甩开李宪，竟然直接闯进殿中。众大臣也紧紧跟着，闯了进去。李宪哪曾见过这样的场面，一时竟是不知所措。他望了赵颢一眼，见赵颢面上露出惊惶之色，瞬间已是满头大汗，心中灵机乍闪，猛然间明白，究竟为何文彦博等人会如此紧张！不由顿时暗骂自己糊涂，跺了跺脚，急忙跟着众人走了进去。赵颢却是站在那里，进退不得。

李宪到了赵顼寝宫之时，发现赵顼已然被闹醒了，由高丽来的王贤妃与两个宫女搀着，坐在床头。文彦博等人一起齐跪在床前，文彦博以头顿地，老泪纵横的泣道："陛下龙体欠安，岂可不知会两府，而拒两府于殿外，使中外疑惧？前唐之鉴，让人触目惊心。陛下岂得如此？昌王虽是兄弟，然当此非常之时，岂得不避嫌疑？李宪阉人，如何可以托以安危？王贤妃高丽人，安能于此时侍奉左右？臣请陛下，当请皇后前来侍奉；使诸亲王归藩邸；使两府旦夕问起居。如此方可安天下之心，防患于未然。"

赵顼在相国寺时便感不适，后来又吹了冷风，竟突然晕倒，此刻虽然醒转，但却依然是头晕眼花，浑身无力。虽吃了太医的一剂药，也不觉如何好转，正欲上床休息，哪里料得竟冲进一班大臣，个个面色凝重，似惹出了什么大事来。正自奇怪，听了文彦博的话，这才略略明白些究竟，有心想要怪他们小题大做，但见他如此情真惶急之态，终又忍住不说。

王贤妃与李宪听到文彦博直斥自己，丝毫不加掩饰，连忙也跪下来。李宪在宫中呆了三朝，王贤妃是在钩心斗角上丝毫不逊于任何一国的高丽王宫长大，自然一听，便知道文彦博话中之意。但文彦博既然是枢密使，又是三朝老臣，是当今天下仅次于富弼的人物，皇帝不语，他们又哪里敢去分辩？李宪倒也罢了，王贤妃却毕竟是个女孩子，她用心服侍赵顼，博他欢心，并无半点他心，哪里经得起如此怀疑？一腔眼泪立时便到眼眶中，转了几转，只是勉强忍住，不敢教掉了出来。

只听赵顼有气无力地说道："朕无事。昌王是朕的兄弟，王贤妃忠心耿耿，与大宋人无异，不必猜忌。李宪不过一忠奴，也不必放在心上。自明日起，两府旦夕入内问起居便好。"

文彦博此时见赵顼能说话，已经稍稍安心。又听吕惠卿说道："陛下所言固然有理，但非常之时，当有非常之举措。臣请陛下准许，自今日起，两府都要有宰臣轮流夜宿禁中，以充宿卫，以备非常。"

赵顼苦笑道："似不必如此大惊小怪吧？"

石越趋前一步，哽咽道："陛下负社稷之重，安能不慎重？若非如此，臣等不敢奉诏。请陛下念着皇子尚幼，准许臣等入禁中宿卫。"

众大臣一齐叩首道："请陛下恩准。"

"罢罢，那便如此。"赵顼无力地挥了挥手，与其说他同意了，不如说他实在没有力气与这些大臣们争执，"众卿退下吧，朕想休息了。"

众人连忙叩头谢恩，这才轻轻退了出来。刚刚走到殿门之前，便见王韶与狄咏带着一班侍卫走了过来。石越见文彦博眼中有怀疑之色，忙说道："刚与李宪争执，是下官请王副枢使去调侍卫。"

文彦博眼中闪过一丝赞赏之色，转身向吕惠卿说道："今日老夫与相公一起宿卫。睿思殿的侍卫，暂时全由狄咏统管。相公以为如何？"

"一切全凭文公吩咐。"吕惠卿淡淡地说道。

他话音刚落，便见皇后的鸾驾亦向睿思殿过来。众人又连忙跪倒迎驾。向皇后坐在鸾驾之中，在殿前落了驾，在宫女的簇拥下走了过来，见着文彦博等人，似是舒了一口气，仓皇的脸色稍见镇定。她走到文彦博跟前，柔声说道："国家不幸，太皇太后与皇帝欠安，一切要劳烦诸位相公。文相公，你是三朝老臣，一切多有仰赖。"

众人听到"太皇太后与皇帝欠安"这句话，稍稍放心的心顿时又全部被提了起来，文彦博又惊又疑，反问道："太皇太后也凤体违和？"

向皇后红着眼眶点了点头，说道："国家不幸。"一面走到石越身边，忽低声说道："石参政，官家一直和我说卿家是忠臣。"

石越听到向皇后没头没尾的这句话，心中顿时一凛，沉声说道："臣断不敢辜负陛下与圣人。"

向皇后微微点头，不再言语，缓缓走进睿思殿中。

太皇太后与皇帝的这场大病，非但来得突然，病势更是超出想象的沉重。自十二月初八起，太皇太后曹氏一直卧病在床，每日只能勉强吃一点东西；而皇帝的病，更是一日重过一日，开始时似是感染风寒的症状，低热一直不退，然后又添上了腹痛隐绵之症，一日间要腹泻四五次甚至七八次，便中夹赤白黏液，间或带血。六七日之后，已是面容憔悴，形体清癯，畏寒肢冷，口干唇红。太医们虽然开了各种方子，总是不见效用。到了十二月十七日，赵顼整个人，已经瘦得只剩下皮包骨头，几乎连话都说不出来了。

而宿卫睿思殿的宰执大臣们，脸色也一日比一日黑了下来。虽然禁止报纸报道皇帝的病情，但是邸报上却是要向天下官员通报的——在那些虚饰的美丽文辞之后所包含的真实意义，所有的官员都能猜出个七八分。每个人心中都无法回避一个念头：赵顼唯一的儿子赵佣，现在还没有满月！如果皇帝大行……

唐康与秦观在十二月初八就已经知道皇帝病重的消息。石越虽然如日中天，但他深深地明白，他的一切根基，都有赖于皇帝的信任，如果一旦皇帝大行，一朝天子一朝臣，立幼君的话必然是太后垂帘；立长君则多半是昌王绪位，无论是哪样，对石越的改革，都会平添难以预料的变数。因此，石越一系的官员，比起旁人来，都更加关心赵顼的病情。免不得要四处求神拜佛，寻访名医。唐康出使高丽回国后，被授予枢密院侍卫司检详官之职。这几日之内，他亲眼看到内廷当值侍卫的人数一班一班地增加，侍卫们保护的重点，不是太皇太后所在的庆寿宫，也不是皇帝住的睿思殿，而是朱贤妃与皇子赵佣所住的流杯殿。太皇太后在病中降了一道前所未有严厉的懿旨，命令御龙骨朵直两班侍卫，昼夜轮值，若有任何闪失，两班侍卫与流杯殿的宦官、宫女，将全部赐死。而皇后，却在十二月十八日，托人从宫中赐了把一把扇子给石越。

"昨日，太皇太后与皇太后各有赏赐；今日，皇后又赐了一把扇子给公子……"潘照临皱着眉道，"难道皇上真的要大行了吗？"

石越苦着脸，摇了摇头，道："眼下的情势，无法判断。前天是我轮值，眼看着皇上的身体……"

"究竟是什么原因引起的？"

"太医只说是阴阳两亏，却各有各的意见。唯一共同的意见，是所有的太医都认为这个病只能慢慢调理。"石越对医术一窍不通，但每想起这些日子来太医们天天争论不休，却始终不得要领，皇帝每日汤药如流水似的服下，而皇帝的病却迟迟没有起色，不由得大感头痛。

"我曾经听到一点传言……"唐康神色间有点儿迟疑。

"什么传言？"

"有人说与王贤妃有关，说皇上亏了身子。眼下王贤妃也有了三个月的身孕，各种谣言，对王贤妃非常不利。"

潘照临瞳孔骤然缩紧，断然道："项庄舞剑，意在沛公。攻击王贤妃的谣言，是为了对付公子的。"

"不错。王贤妃送进宫中，与蔡京和康时有关，便是和我有关。不过这种谣言时间久了不攻自破，暂时不用理会。皇后赐东西给我，言外之意甚是明确。"

"现在的事情，都难以下定论。"潘照临沉声道，"奇怪的是，太皇太后为何要下这道杀气腾腾的懿旨？以太皇太后的精明，若皇子无忧，是不会如此大张旗鼓。她这是在做给一些人看……宫中一定出了什么事情。"

"如果有什么事情，必然是针对昌王的。"石越顿时后背发凉，如果皇帝真的大行，在这种立新君的政治斗争中，站错了队是不可以原谅的。虽然他所熟知的历史，赵顼绝不应该这么早死去，但是历史根本已经改变，出现什么意外又有什么奇怪？既然耶律洪基可以死，凭什么赵顼就不能死？

潘照临沉吟半晌，喃喃道："昌王也是太后的亲生儿子，又一向很受太后喜爱，如今小皇子如此年幼，国家要立长君也不是没可能。昌王虽然反对新法，却与桑充国交好。而小皇子虽然不是皇后亲生，但毕竟是名义上的儿子，皇后自然是愿意立自己的儿子。若立幼君，则必然要由三位太后主政……眼下最重要的，是要知道两宫太后怎么想……皇上与皇后，自然是愿意要立自己的儿子的。"

"眼下说这些为时过早。"石越站起身来，沉声道，"不论如何，要尽一切办法让皇上康复。别的事情，等事情不可为再说不迟。后发制人吧。"

4

庆寿殿。

司马光垂手站立在殿中，眼前一道轻纱帘在微风中飘动，帘后曹太后斜靠在枕上。偌大的庆寿殿中，只有太皇太后曹氏与司马光两人，静得似乎能够让他们听到对方的呼吸之声。

不知沉默了多久，曹太皇太后才低声说道："君实相公，满朝文武，堪称社稷臣者，唯有韩琦与司马公。可惜如今韩琦已死，便只余了公一人。"

"臣……"一向端庄严肃的司马光，听着曹太后诚恳低沉的话语，不禁微微哽咽起来。

"皇帝病重，虽然帝王有上天护佑，但是诸事不得不防万一。偏偏我的身体也不争气，老太婆眼见也没几天好活了。可如今皇子尚未满月，诸事便不能不防。朱家你素是知道的，并没有什么势力，断不至于有外戚专权；朱妃也为人谨慎，皇后也最是贤淑，有些钩心斗角的事情，她们两个妇道人家，既不懂也不会去做。因此，有些事情，老太婆便不能不为她们预先安排了。"曹太后一气说了这么多话，已觉乏力，便停下来，歇息一会儿。

司马光是何等人物，早已知道曹太后分明是在托孤了，他知此刻寻常之话也不必多说，便只说道："臣万死也不敢辜负太皇太后和皇上的信任。若主上有个万一，臣定会竭力尽心，让幼主能顺利亲政。只盼太皇太后能保养凤体，皇上能保重龙体，太皇太后与皇上洪福齐天，必然无事。"

"生死之事，我其实看得甚淡。"曹太后摆了摆手，缓缓道，"我也早就应当去见仁宗了。只是大事未安排好，却没面目见仁宗于地下。不管怎的说，我都活不到皇子行冠礼的那一日了。所以有些事情，此时便不能忌讳。"

"请太皇太后放心。"

"司马公是天下闻名的君子，有些事情，司马公想不到。我却是放心不下，既担心我那曾孙子不能顺利亲政，也担心他甚至坐不了那个龙椅。"

电光火石之间，司马光只觉得心脏霍然揪紧。一个想也不敢想的念头顿时涌上心头，但数十年的宦海生涯，却让他惊而不乱，反而镇静下来，平静地说道："太皇太后担心有人想要篡位？"

"有人和老太婆扭扭捏捏地说'国有长君，社稷之福'之类的鬼话几次了。还有人托人给老太婆又是读史书，又是读经书。老太婆岂有听不懂的？不过兄终弟及，于国非祥。太祖皇帝错了一次，太宗皇帝就发誓不能再错，以后子孙们，也不可以再错。"

"太皇太后圣明。"

"所以，若有朝一日，老太婆也不在了，有人想要欺负孤儿寡母，老太婆便只能拜托司马公了。"太皇太后说着，忽从枕边取出一个盒子，颤巍巍地递了出来，说道，"司马公接了这个物什，将来事有非常，是用得着的。"

司马光此时也知此事无可推辞，当下也不避嫌，连忙趋前接过盒子，小心揣入怀中。

"可惜杨文广熙宁七年也死了，侍卫当中，能够信任的，也只有狄詠。只是狄詠究竟年轻，难保也不会有别的想法。事有非常，朝中诸公真有能相信的，便只有文彦博一人。只是文彦博太跋扈，我怕他做了霍光，对得起赵家，却害了文家。"

"石越与范纯仁，臣以为似乎也可信得过。"

曹太后沉吟不语，似乎颇有迟疑，过了好一会儿才说道："范纯仁是方正君子，自然也信得过。可惜威望不高。但石越……总之，非常之时，公宁召王安石赴京，也不可太过相信石越。"

司马光不料曹太后如此疑忌石越，不禁霍然心惊，忙欠身道："臣谨记在心。"

曹太后长长叹了口气，低声道："我实是也挑不出石越有什么错，本也不当疑心他。但是他总让老太婆放心不下。若是皇帝好端端的在位，他自然是国之良臣，是信得过的。但是皇帝若一旦大行，石越实在太年轻，待到我那曾孙亲政，他还正当壮年，只怕难以善始善终。而且……"

司马光静静地听着下文，曹太后却迟迟不语，似乎心中正有事踌躇难定，又过了许久，才听她缓缓说道："相见争如不见，多情何似无情。笙歌散后酒醒初，深院月明人静……这，是君实相公的词作罢？"

司马光做梦也料想不到此情此景，曹太后竟然会吟出自己当年的小词，这么一首情意绵绵的小词，突然在这样的时候被提及，他一时间不由大感窘迫，一张老脸都红透了。

曹太后似乎淡淡一笑，轻轻说道："这首词是司马公年轻时所写吧？词间真情流露，哀家很久以前就曾听人提过，是以一直记得，甚至颇为感动。'宝髻松松挽就，铅华淡淡妆成'，君实相公当年喜欢过的，定是一个美貌的女子吧？"

"那是臣年轻时喜欢过的一个道姑。"司马光虽然觉得有点儿不好意思，但对于那些年少轻狂的往事，他也并不想去否认。

"是啊，以司马公如此守礼之君子，年轻之时，尚且还会喜欢一个道姑。但是石越呢？他虽然也算是锦衣玉食，但却不爱财，清廉之名闻于天下；他少年得志，如今身居高位，可丝毫不见骄矜之态；他为人风流倜傥，却对夫人忠贞不贰，不仅没有纳妾，听说还有个女子为他而死，他也不曾将那女子纳入家中；他平生行事，似乎从不谋私，所作所为，全是为了朝廷社稷。他还懂得进退，知道不居功。听说他幕中有奇谋之士，竟然也不稀罕朝廷的爵赏。司马公，你熟知史书，你可知道历史上这样的人有过几个吗？"

司马光心中一震，可是声音依然是平静的："臣愚昧。"

曹太后淡淡说道："相公能做《资治通鉴》一书，哪里会是不知道？不过是不敢说、不愿说罢了。老太婆虽是女流，却也读过史书。这样的人物，历史上只有两个……"说到此处，太皇太后的声音顿了一顿，然后再轻轻地凝重地说道："一个是制礼作乐的周公，一个篡位代汉的王莽。你说石越他是周公呢？还是王莽？"

"臣不知道。臣以为石越人才难得，不可以猜忌而不用。"

"你这话是正理。石越这样的人，兴许就是周公，但是就怕万一是王莽，就悔之无及。所以，我以为石越这样的人，是国之能臣，国之干才，却不是社稷臣。老太婆这么说，不是猜疑他，也是为了保全他，让他只有机会表现他的好，没有机会表现他的坏。"

"臣当铭记在心。"

"嗯。我信得过司马公。外间之事，司马公还要多加小心，若不得已，就派人去召王安石，王安石做了五年宰相，在朝中自有威信。只是那时候司马公却不可再拘泥于变法不变法的成见……"

高太后望了一眼匆匆离去的司马光的背影，眼中不由闪过一丝疑虑。在庆寿殿门前定了定神，这才走进殿中。

"娘娘。"高太后走到曹太后床前，挥手让宫女让开，替曹太后盖好被子，挨着床沿坐下，笑道，"娘娘，好点了吗？"

"老了，不中用了。我怕是熬不过这一关了。"曹太后叹了口气。

"娘娘福大命大，断然没事。我已经请了一群道士，去流杯殿祈禳。相信很快娘娘与皇帝就会好起来。"

"去流杯殿祈禳？那是做什么？"曹太后心中一凛，望着自己的这个亲侄女。

"宫中有点儿流言，说是皇子命太大，所以一出生就克娘娘与皇帝。请几个道士作场法事，就会没事。所以我就让太清宫几个道士去作法……"

"荒唐！"曹太后立时作色，怒声骂道："谁敢传这种无法无天的谣言？立即斩了——你平素是个明白人，怎的此刻这么糊涂，竟信这等不经之事？"

高太后不料自己这个好脾气姨妈如此发作，不由赔笑道："这也不是大事，宁信其有，不信其无。"

曹太后冷笑道："什么宁信其有，不信其无。将来佣儿是可能继承大统的，你这不是要坐实这种谣言吗？难道你想让佣儿不明不白地背上个不孝之名？还不快让人把那帮道士给我叫回来。"

"这……"高太后嗫嚅道，"已经去了良久了。"

曹太后瞅见高太后的神色，心中霍然一惊，又重新打量自己的亲侄女一眼，问道："是谁给你出的这个主意？"

"是太清宫的一个老道士。"

"派人去，赐他一碗酒。"曹太后神色冷峻，冷冷地吩咐道。

"这……这时候赐死，似乎不太好。娘娘与皇帝身体违和，正要多积善德，求天庇佑。"

曹太后此时心中已是雪亮，只是冷笑道："我老太婆生平不曾少做善事。罚恶就是行善，老天爷断能体谅我。去吧。"

"是。"高太后无可奈何，只得吩咐身边的内侍，道："去赐清云一碗酒。"一面转身赔笑道："娘娘，这也是我思虑未周详之故。娘娘万不可生气。这事只要不传出去便没事——方才司马公来过？"

曹太后淡淡说道："你虽是思虑未周详，却只怕有人是处心积虑设这个圈套。我赐那个道士酒，已是不想生事。若扯出背后指使之人，不免失了皇家的体统。总之你以后不可再信这些东西，我知道你素是个清心寡欲的人，又是我的亲侄女，断不会为自己去图什么事情，况且你也福贵已极——因此我才不疑你。我召见司马光，便是为了托他大事。日后你也可以信任他——满朝文武，这是第一个可信之人。"

她话中不动声色的敲打，高太后焉能不知其意，忙赔着笑，道："我知道了。娘娘只管安心养病，事情断不会到那一步。只说朝中可信之大臣，似乎石越比司马光要可信，他和皇帝，是亦君臣亦朋友的关系……听说圣人也派人赠了石越扇子。"

"这事我知道。"曹太后喝了一口宫女喂过的汤药，才继续说道，"皇后年纪轻，能有什么主见？我也不曾说石越不可信，只说他不及司马光可信。"正说话间，便见向皇后脸色惨白，匆匆走了进来，见着曹太后，便伏倒在床前，哭道："求太皇太后、太后为臣妾做主。"

曹太后也不知道发生了什么事情，与高太后对望一眼，问道："圣人，发生了什么事，你且慢慢说。"

尚皇后一面哭一面说道："臣妾也不知道从哪里跑出一群道士，竟要去流杯殿作什么法事。被侍卫拦住了，他们还说是奉了太皇太后和皇太后的旨。恰好臣妾到了那里，见他们怎么也不肯走，只得命侍卫把他们强行赶走的。臣妾查问过，那些道士居然胡言乱语什么皇子出生克了太皇太后与官家 —— 这种事情若传起来，日后要让朱妃母子何以自处？她母子二人，竟是没有活路了……"

曹太后瞪了高太后一眼，一面安慰向皇后道："圣人不必担心，胡进谗言的道士，我已让人赐酒了。日后若有人敢胡言乱语，抓住一个杖杀一个。不用管他是哪宫的人，也不用顾什么忌讳。这种无父无君、丧心病狂的话也说出来了，和谋逆也没什么区别。流杯殿依旧吩咐御龙骨朵直好好守卫。这次御龙骨朵直的指挥使是谁？"

高太后脸上青一阵白一阵，不敢作声。向皇后本来不知道此事与曹太后有没有相干，这次哭诉，本也有试探之意，心中正自忐忑不安，这时候听到曹太后如此说话，心里便明白了八九分。当下便收了眼泪，道："臣妾原不当在这时候打扰娘娘，只是一时乱了主意。那御龙骨朵直这一班的指挥使，是杨文广的孙子，叫杨士芳，忠臣之后。"

"嗯，是杨文广的孙子，就没什么话说。他爷爷在英宗的时候，英宗就很信任 —— 婉儿，从我书架上，把《汉书》第六十八卷找出来，赐给杨士芳。"

次日，睿思殿。

柔嘉端着一只精制的小玉碗，一口一口地给赵顼喂药。骨销形瘦的赵顼望着渐渐变成美丽少女的柔嘉，强作笑容，细若柔丝地说道："十九娘，朕怎也没想到你也会这么体贴。"

柔嘉望着赵顼的模样，想哭又不敢哭，低着头，含了眼泪不敢看赵顼。赵顼勉强笑道："朕还没给你找个好婆家，不会有事的。不要这个样子，日后你出嫁了，朕还要按公主出降的规格嫁妹子。"

柔嘉哽咽着，断断续续地说道："可是…… 可是…… 我听到娘娘和司马光说话……"

"娘娘和司马光说话？"赵顼心中疑云顿起，看了看左右无人，问道，"娘娘和司马光说了什么？"

"娘娘向司马光嘱托后事，说要司马光好好辅佐幼主，要他保着幼主登基，保着幼主亲政。还说……"柔嘉一面说，一面已是泣不成声。

赵顼微微叹了口气，道："还是娘娘想事情周详，司马光的确是社稷臣。可是娘娘要司马光保着幼主登基，又是什么意思？十九娘，你把娘娘和司马光说的话，原原本本地和朕说一遍。"

柔嘉当下依言把曹太后和司马光的对答，向赵顼复述了一遍。说到石越之事时，柔嘉忍不住说道："皇兄，石越是个忠臣，娘娘是误会他了。"

赵顼却似没有听见一般，只是在那里发怔。柔嘉等了良久，见赵顼依然不出声，想起自己私听这等机密之事，此刻说了出来，这个皇兄虽然一贯交好，但帝王家事，她也并非丝毫不知，不由也有些害怕，当下小心翼翼地唤道："皇兄……皇兄……"

赵顼猛然一震，回过神来，道："十九娘，这等机密的事情，你是如何知晓？还有谁知道？"

柔嘉涨红了脸，低声道："昨儿一早我去看太皇太后，见她睡了，就没敢说话，我原是想等娘娘醒来的，然后向她问安，便等在帐后，那时殿中无人，我也便睡着了，谁知后来听到娘娘召见司马光，我想退也退不出去，便听见了他们说话。后来司马光走了，太后来了，我这才偷偷地溜了出来。昨晚上我就和十一娘说过这件事情，十一娘说，这件事情不能不告诉皇兄你……"

赵顼点点头，低声道："你做得对，十一娘也很懂事体。不过这种事情，再不可外传。"

"我们理会得。只是……皇兄，石越他真的是个忠臣，娘娘定是误会他了。十一娘也这么说来着……"

赵顼奇道："你为何要着急替石越开脱？"

柔嘉脸颊绯红，垂首说道："我只是觉得石越确是个好人，对皇兄又很忠心……"

赵顼心中却愈发生疑，又问道："那十一娘又如何要替石越说话？"

"我，我不知道。"柔嘉一时也不知道要如何去回答赵顼的这个问题，过了半晌，才结结巴巴的回道。

"连你和十一娘这种从来不关心朝政的人，也要替石越说话。看来石越和皇亲国戚们的关系，一定很好吧？"赵顼微怒道，脸色也变得更加苍白。

柔嘉没料到自己好心办了坏事，她本意是想替石越分辩几句，谁料反似激起赵顼的猜疑，心中顿觉委屈，"哇"的一声，竟哭出声来。赵顼一向宠爱这个妹子，见她着急，心中微觉不忍，但这个时候，却也只得硬起心肠来，不去理她。躺在床上闭目休息，诸般事体顿时涌上心头，哪里静得下来？太皇太后的眼光与判断，赵顼自然是非常同意的，的确，朝中的大臣，真正称得上是社稷臣的，唯有司马光和王安石两人。石越是个能臣不假，自己在世，自然可以用他。因为自己对石越有知遇之恩，石越也不见得有极大的野心，一切都不至于脱控。但是如果这时候托孤给他，只怕石越难免要做霍光，甚至做杨坚也说不定——一个人身居高位久了，到时候愿不愿意退下来，就很难说了。设想如果自己死了，儿子登基，到儿子亲政至少要十六年，十六年时间，以石越的能力，绝对可以把朝政牢牢控制在手中。即使石越到时候不篡位，他也可以活到自己的孙子继位——历来皇帝的寿命是很短的，这一点赵顼心里非常清楚。一个人柄三朝朝政，是多么可怕的事情，赵顼岂能不知？因此，若自己真的大行，而太皇太后也不幸去世，那么最可信任的人，无疑是司马光与王安石。

　　"但是此时召回王安石，会不会太过于惊骇物听？"赵顼虽然觉得自己的身体一日不如一日，却并没有油枯灯灭的感觉。这个念头尚未决定，忽然，另一个念头又浮上脑海："太皇太后让司马光保着幼主登基，又是什么意思？"

　　望着渐渐止住哭泣的柔嘉，赵顼忽然有了一种非常疲惫的感觉。"好想休息一下啊。"赵顼又闭上了眼睛。

第九章

抚翠亭·睿思殿

生在帝王家的孩子，又有什么值得高兴的？

——金兰

1

熙宁九年腊月二十二日。

一场突如其来的罕见大雪令得汴京城顿时成为一个银装素裹的世界，玉树琼枝，分外妖娆。汴京城中一切平静如昔，唯有一些敏锐的人，却因着这场大雪分外清楚地感受到了严冬的气息。

两日之前，即是十二月十九日，据说染了微恙的皇帝在病中一日连下了几道诏令，措辞严厉地命令亲王宗室，谨守本分，严禁结交外官士人、僧道方士。又从常秩之请，令昌王赵颢代皇帝前往山东曲阜，以孟子与颜子并列，封邹国公；从礼部尚书王珪之请，令嘉王赵頵巡视天下宫观寺院，替皇帝祷告求福。

这几道突如其来的令旨，令官员们明显地感觉到了不寻常，更令他们无法忽视的不是皇帝突如其来的严厉的诫令，而是两个亲王对于这两道令旨完全相反的反应。令下之日，嘉王赵頵一早接到诏书，中午便匆匆离京，连太皇太后与太后都没有辞行，当晚竟是宿在陈桥驿。而昌王赵颢，却在这当口，极不巧地染上重病，竟然不起，一直延至二十二日，都没有离京。只是昌王府从接到诏令之日起，也便闭门谢绝一切客人。

这足以令一些了解内情的官员议论纷纷了，昌王的心里，究竟在想些什么？当然更令他们难以猜测的，却是太后的心里，是在想些什么？眼下暂时的平静，下面究竟掩伏着什么呢？但正如白雪包裹了汴京城一样，在白雪消融之前，人们谁也不能看清被包裹的下面是什么。

昌王赵颢的花园，素来扬名汴京，尤其后府的花园之中，遍植红梅，每逢大雪，疏奇的枝干被白雪所覆，却掩不住那鲜红的娇艳，那静静浮动在银白世界的暗香，直沁人心脾，令人恍觉此间并非寻常俗世。

梅林之畔，有叠石当屏，小桥堆雪。在结了一层薄冰的小溪之畔，尚有数间精舍。舍内窗明几净，陈设却极为简陋，一张床，一架书，一具琴，一柄剑，如此而已。此时，一个眉清目秀的青年男子，正手捧着一卷《史记》，在低声诵读。

一个青衣书童正引着一人穿过梅林，他的身上披着一件极宽大的斗篷，完全看不见容貌身形，他低着头，随着那青衣书童匆匆经过小桥，正往精舍走来。那书童与那男子到了精舍之前约十来步的地方，书童就向黑衣男子告了罪，上前轻轻叩门，唤道："主公，李仙长来了。"原来那个黑衣男子，竟是个俗家打扮的道士。

屋中诵读之声戛然而止。停了一会儿，就听到"吱呀"一声，门扉从里面打开了。青年男子走到门口，淡淡地笑道："仙长远道而来，小王有失远迎，还望恕罪。"这个英俊的男子，赫然就是抱病在身的昌王赵颢。

被唤作"李仙长"的男子回手解下了身上的斗篷，露出里面的道袍，随手将斗篷递给那童子，然后才看着面前的昌王，淡淡地回了声："无上天尊。"便不再说话。赵颢一边把他请入屋中，一边挥手令那僮儿退下。

那男子方入屋中，便觉一股暖气迎面而来，这屋中与外面竟似两个天地，一处冰天雪地，一处却似阳春三月。但举目望去，屋中陈设一目了然，竟是不能看出是从哪里供暖的。

亲手为客人奉茶之后，赵颢才笑道："这可不是机缘凑巧吗？道长仙踪素来如天际神龙，这一别三年，都不知道长一点音讯，偏偏在这个节骨眼上，道长竟会到了汴京。"

那道士却是一脸的郑重，看着昌王，肃然道："大王不知道自己有灭门之祸吗？"

赵颢不以为然地一笑，道："我又有什么祸事？"

"大王为何不学嘉王，速速离京？此时留在京师，只会招惹皇上的疑忌。"李道士与赵颢的关系显然非同一般，是以并无一句客套，一上来就开门见山地谈论起如今最犯忌之事。

"道长还记得治平二年的事情吗？"赵颢微微一笑，道，"治平二年，也是一个大雪天，道长为小王看相……"

"大王对我，有救命之恩。所以有些事情，我不能不直言。治平元年到治平二年，我流年不利，为强盗所伤，身上又无分文，若非大王救治，我有死无活。因此在告辞之时，我破例为大王看了相。大王之相，贵不可言。但天下至道，变化无穷。小道虽自以为识人不差，却不敢以为世上之事，竟能仅以相术来定命运。"

赵颢心中略觉不快，但是他知道眼前之人，并非寻常傍倚大户豪门求取荣华的道士，所以并不敢怠慢了。笑道："仙长所言，自是至理。小王素服仙长之能，还要请仙长能不吝赐教！小王并非是敢觊觎九鼎，若我皇兄好端端的，或者太子已经成人，小王自当安于这昌王之位，绝不敢有非分之想。实是因为皇子太小，主幼则国疑，许多事情不可预料。小王实在是不忍心太祖太宗皇帝的江山社稷，竟落入外姓之手。若我皇兄病情能够好转，自然万事皆休，小王也心甘情愿受罚；但万一皇兄大行，则小王绝不会允许朝中出现霍光、杨坚，令我大宋锦绣山河改名换姓。"

李道士沉吟半晌，才缓缓道："大王素来恬淡，今日如何竟卷入这等旋涡当中？实非智者所为。我夜观天象，紫微星虽然暗淡无光，但是算来算去……唉，凡人如何又可以料知天机？……罢罢，大王既然存了此心，我若不管，只怕更加坏事，那时反是我对不起大王。"

赵颢见李道士话中之意，已是应允，喜道："多谢仙长眷顾。"

"所谓天时不如地利，地利不如人和。大王虽然素有贤名，但平素也不曾结交外官，并无缓急可用之人，真可依赖的，只是两宫太后而已。不知两宫太后此时心意如何？"

赵颢叹了口气，道："我母后虽然聪慧，先帝在位之时，便多赖母后周旋于先帝与太皇太后之间。但是她的性格，却并不喜欢争权夺利。若依她的本心，固然是希望国家能立长君，但是奈何太皇太后坚持认为，今日若有危局，断不可以重蹈太祖皇帝覆辙。因此母后的心意，却也难定 —— 若是以前，母后是绝不会同意让小王和四弟出京的。不过，宫中太医传来的消息，却是说太皇太后病情也渐渐加重了……到时候，母后自是可以说服的。当前可虑者 —— 小王以为，是要看朝中可有大臣肯替小王进言。"

李道士哂然一笑，道："大王以为，朝中大臣，有谁可倚赖？"

"今日朝中有威望之大臣，无非文吕石马诸人，此外王珪喏喏，冯京、吴充谨谨而已，余者更不足道。"

"然而这七人，皆非大王池中之物。文彦博忠直，其意如坚石；吕惠卿圆滑而恃才，今上在位，彼虽然称不上言听计从，但也已位极人臣，除非他料定今上必有不测，否则大王何以能动其心？石越受今上知遇之恩，我观其志，似不在小，此人更非大王所能羁使；司马光天下君子，这等大事，更不用多说。冯京、吴充，谨小慎微之人，可守成不可创业；王珪是墙头之草，不足以谋划大事。若为大王计，若无两宫太后为内援，政事堂诸相，更非大王所能倚靠者。"

赵颢不以为然地说道："又非要兴兵动枪，不过是进一奏章。小王不信无待价而沽者。皇兄若无事，自是万事皆休。若有事，便请在朝堂上一争，而富贵唾手可得，岂有人不乐为者？"

李道士知道赵颢此时已经完全被权力的欲望迷住了双眼，不由暗暗摇了摇头，道："若是如此，吕惠卿、王珪，大王可以加以笼络。此外，蔡确做了几年的御史中丞，居然能一直不动，可见其有过人之处，大王亦可留心。至于其他官员，无非是以壮声势而已。"

"吕惠卿，为何不是石越？"赵颢眉头微皱。

"石越……石越其人之怀抱城府，表面上望去，似乎是一个兵库，大门洞开，其中兵枪弓矢，一目了然。但是若细加思索，却实是深不可测。吕惠卿之怀抱城府，虽然是大门紧闭，但内有何物，智者不问可知，不过能骗骗无识之徒。因为对吕惠卿而言，一切都有一个价钱，而其价钱是什么，却是明码标价的；石越的价钱则不可问……"

"但是和吕惠卿相谋，难免不会被他出卖。"赵颢难以掩饰自己对吕惠卿的厌恶。

"诚然。只要他觉得合适，必然出卖大王。"

"无论如何，小王都不愿意结纳吕惠卿。"

"若是如此……"

便在同一天。宜春苑。

宜春苑与琼林苑、金明池、玉津园齐名，并称为"四园"，是汴京有名的皇家园林。四园之中，琼林苑是宴请进士之所，金明池教习水军，玉津园有种麦劝农之意，唯有宜春苑，大宋皇室却一直任其荒废，几十年来，从来没有一个皇帝曾经驾幸此园。为何并为四园之一，却如此备受冷落，其中的奥妙，在大宋，却也是尽人皆知：原来这宜春苑是因为旧址改成富国仓，于是迁到了秦悼王园，而这位秦悼王，便是宋太祖、宋太宗的弟弟赵廷美，因为"阴谋作乱"，曾被宋太宗赵光义贬为"涪陵县公"，忧郁而死。虽然死后赵廷美又恢复了王爵，并且从熙宁三年开始，他的孙子赵承亮、曾孙赵克愉相继继承秦国公的爵位，代代享受着祭祀；但是大宋普通的老百姓，却用通俗的语言表达了他们对这件事情的全部评价——汴京城的老百姓，都称宜春苑为"庶人园"。

石越曾经听人说起过这些典故，但身为大宋朝的参知政事兼太府寺卿，他自然不便对这些事情发表公开的评价。虽然他的确感到非常奇怪，为什么吕惠卿会一路带他来宜春苑赏雪——是巧合，还是想要暗示什么？他不由侧了侧头，打量了一眼正在专心温酒的吕惠卿。吕惠卿穿着一件茄色狐皮袍子，束着金丝腰带，披玉针蓑衣，头戴金藤笠，靴子是貂皮缝制的，此时一脸的从容恬淡，坐在一个石凳上——凳子上垫了一块虎皮坐垫，神情专注地在木炭炉上温着酒。石越又看了一眼园中，青松翠竹上覆盖着厚厚的白雪，二人带来的护卫随从，都稀稀散散地分布在园中，低头喝酒吃肉。

"子明，既来之，则安之。久闻你是最沉得住气的人，如何今日却似心事重重？"吕惠卿浑厚的声音极具磁性。石越转过身去，发现吕惠卿并没有抬头，依然低着头往炉中加木炭。

"我在担心皇上的病情与天下的局势。"石越注视吕惠卿，半真半假地说道。对于吕惠卿的盛情，石越始终有一份保留，"吉甫相公也知道，天下漕运，有赖于四条水道，眼下黄河漕运，眼见迟早就要彻底中断；虽然今年因着灾情，以工代赈，疏浚了广济河。但终究不是长久之道——广济河水浅易塞，迟早会废掉，最后可能还是要往陆路上想办法。开发湖广，惠民河的压力骤然增加，兼之汴河漕运也已经接近饱和……而要运的东西却越来越多，今年铁矿产量达到一千万斤，比去年的两倍还要多，铅矿产量也达到一千二百万斤，锡矿产量也翻了将近一倍，达到四百万斤。制造业与商业也更加繁荣，这一切都在给水运增加压力。朝廷必须早日想出来对策——无论是浚清水道，还是增加陆路的运输能力，总要有个决策。还有，商业日渐发达，但铜产量却迟迟上不去，今年铜产量不过一千四百五十余万斤，金产量不过一万多两，银产量不过二十多万两，迟早有一日，朝廷要受货币不足之累，这也需要皇上的决断……但是皇上的病情……"[26]

吕惠卿静静听着石越说着这些他也耳熟能详的数据，他知道石越说这些事情，其实不过是为了试探而已。

"这些真是子明此刻担心的吗？"吕惠卿依然没有抬头，却淡淡地反问道。石越微微一愕，却听吕惠卿又道："这所有的一切，只怕比起皇上的病情来说，都算不了什么！"

领会到吕惠卿话中隐含之意，石越不由暗暗叹了一口气，可是他并不想这样直接地令眼前的这个人猜到他的心事，因平淡地说道："吉甫相公所言固然不差，但是做臣子的，也不能等皇上病好之后，方发现朝廷处于完全混乱的状态。"

"朝廷并没有停止运转，一切庶务都处理正常。唯有些要紧的大事，尚书省不能独断，只能等待皇上的康复。也许我们的原因各不相同，但无论如何，我与子明一样，都希望皇上能尽快康复。"吕惠卿一面说着，一面将酒从火炉上取开，"来，子明，先喝杯酒暖暖身子。"

石越伸手接过酒杯，心里却在琢磨着吕惠卿刚才那句话的意思。他似乎是无意中说的，但石越却非常确定他是另有所指。

"我知道子明在四处寻访名医。"吕惠卿轻啜了一口酒，缓缓说道，"这一点上，我和子明是一样的，我们的前途，都与皇上紧密相关。除了当今皇上，没有别人会给子明更多的支持与信任；而我吕某人，也只能是当今皇上的臣子。一旦有变，子明将得不到你要的信任与支持，而我，则必然会外放地方，担任一州的知州。也许还会被贬到凌牙门城去吧？"说到最后一句，吕惠卿干笑了一声。

"相公说笑了。"

吕惠卿饶有深意地看了石越一眼，神情严肃地说道："我并非说笑。子明是聪明人，这里并无外人，我们不必说假话，我们实际是在一条船上的。"

石越没有立刻接话，也没有反驳，他静静地听着，也浅浅喝了一口酒。这酒并非蒸馏酒——高度酒问世后，中原的士大夫大部分斥之为"臭酒"，反而是甘蔗酒更

---

[26]　以上皆是宋制，一宋斤约合 633 克，一宋两约合 40 克。

被精英阶层所普遍接受。高度蒸馏酒的消费群体远不如甘蔗酒来得普遍，主要限于出口北方诸国、卖给重体力劳动者与底层的武夫们；而甘蔗酒却出乎意料地迅速风靡大江南北，以及大东洋西岸诸国，出海的船只常把甘蔗酒当成淡水来存储，这一切导致中土对甘蔗的需求激增。为了避免过多的耕地去用来种植经济作物，影响到粮食的产量，各地方官员都采取不同程度的限制措施，这间接导致了薛奕《七事札子》的成功——大量的商人将目光投向了南海诸国，希望在当地种植甘蔗园以谋取巨大的利润。无论是蔗糖还是蔗酒，都是高利润产品，并且不用担心销量。此时石越喝的，便是归义城进贡的甘蔗酒。狄谘的头脑非常灵活，甘蔗酒技术被迅速传到归义城后，他就给它起了个非常吉利的名字——"归义甘露"，全部用桶装、坛装、瓶装，封口加盖归义城都督府茶酒曹的官印，以示正宗——经此一番手续，归义城官方作坊所产的甘蔗酒利润要高出同侪三成至五成，大宋国内，人人以喝到归义城的甘蔗酒为荣。

吕惠卿却明显是尝而不知其味，对于这些来自狄谘的礼物并不珍惜。

"政事堂的大臣们，唯有子明与我，是真正受皇上知遇之恩的。"吕惠卿似乎并不在意石越的沉默，又用一种几乎是叹息的声音说道。

石越细细品味着吕惠卿这些努力把自己与他并称为"我们"的话语背后的含义，只觉其意味与甘蔗酒的味道一样值得玩味。

"我听说皇太后曾经私下召见过子明。"

石越眼中霍地精光一闪，却依然没有看吕惠卿。高太后不久前的秘密召见，每一句话都还清晰地留在他的记忆之中。

保慈宫。

轻纱之后的高太后看不见容貌，但声音却显得非常的慈祥与温和。石越很清楚地知道这位高太后，在他所出生的时空之中，有"女中尧舜"之称，是中国历代女执政者中，享有儒家最高评价的女子。对于这个女人，石越有着应有的敬意。无上的权力唾手可得而不弄权，这件事情本身，就值得敬佩，但另一方面，他却对这个女人还不敢有丝毫的轻视。

但此刻的高太后，却如同一个普通的慈祥的老太太，与石越叙着家常。"鲁郡君是小产过的，她的身子虚弱，特别需要小心地调养。不孝有三，无后为大。石卿家已过而立之年，又是朝廷重臣，若无一儿半女，对石氏祖宗来说，就是不孝。这也会招人闲话……官家的子嗣就来得艰难了一点，幸好今年风水好。听说王安石的幼女也有了身孕？"

"多谢太后关心。桑夫人已有五个月的身孕。贱内第一胎流产，实在是下臣疏忽之过。"石越想起此事，便自耿耿。

"往者已矣，来者可追。现下注意也未为晚。鲁郡君最是知情识趣的人，为人又乖巧，我也甚是喜欢她。宫中有一些进贡的续断、紫苏，还有一点昌王、嘉王带来的阿胶，等会儿都让你给鲁郡君带过去。要用得着宫中太医之处，你也只管开口，总之是孩子要紧，不要有那么多忌讳。"

石越听到高太后突然提到昌王与嘉王，似乎另有言外之意，心中不由一颤。沉声说道："太后恩德，臣感于五内。粉身碎骨无以为报。"

高太后淡淡一笑，道："我要你报答什么？你的本事，好好辅佐官家，就是报答了。英宗是大业未成身先故，我怕的，是官家也与先帝一样的命。"

"太后放心，皇上吉人自有天相……"

"不用说这些。"高太后摆了摆手，道，"我见过三位皇帝，英宗难道不是吉人？年纪轻轻也就归天了。做皇帝，就是辛苦命。今日见你，无非是说些肺腑之言，那些虚文，不过是骗骗世人的。"石越越发疑惑起来，一时竟是不明白高太后见自己的目的。"石卿家的才干，天下人有目共睹。也亏了石卿，才扭转了新法的许多弊端。有了今日大宋前所未有的盛世气象，我也曾读过书，便是汉唐全盛日，中国也不曾有今日这么多属国吧？这是石卿的功劳。"

"臣不敢当此誉。这是皇上盛德所致。"

高太后见石越如此，不由笑道："石卿真谨慎小心之君子。只是太皇太后一向欣赏谨慎君子，为何却看重司马光多一点？召司马光在庆寿殿谈了那许久。"石越一惊，用眼角悄悄看了高太后一眼，却见高太后神色如常，似乎是说着闲话一般。"不论如何，我却是信得石卿是个忠臣的。不过石卿毕竟年轻，行事有时候不够细致也是有的。虽然说君子坦荡荡，但最好也不要授人以柄。免得被人中伤。"

石越听到话中之意，似乎暗有所指。忙道："臣对大宋的忠心，可表日月。请太后明鉴。"

高太后"嗯"了一声，微微点头，道："我自是信得过卿家的。眼下官家病了，朝政就全赖卿家等大臣，又岂能谈得上一个疑字？自古以来，猜忌大臣，都是自取败亡之道。"

"太后圣明。"

"想来石卿也听说过，太皇太后赐《汉书》第六十八卷给杨士芳。"

"臣听闻过，这是杨家的荣耀。"

"杨士芳一介武夫，太皇太后却赐以《霍光·金日磾传》，亦是因为太皇太后在病中，思虑未周所致。天下忠臣何止千万，霍光、金日磾也并非杨士芳可比。要赐，也应当赐给司马光、石卿这样的辅政大臣，而且也应当由官家来赐才是。"高太后委婉地说起太皇太后的不是，石越自然是绝不敢插嘴的，当下只是静静地听着。方说了几句，便见高太后自失的一笑，道："看我，人老了，总爱絮絮叨叨，竟和你说起这些话来了。你切不可放在心上，亦不便外传。"

"臣理会得。"

"官家卧病这段时间，外朝之事，便要有劳石卿家多多留神，切不可使朝政全都荒怠了。也要防着一些奸人趁机作奸犯科……"

这位"女中尧舜"在会见的整个过程中，不曾说过半句逾矩的话语，只是提到太皇太后对司马光的信任，勉励石越忠于职守，谨慎小心，"不要授人以柄"。高太后的态度，宛如春风一般和蔼，完全是以对待子侄辈的态度，来叮嘱着石越。但是考虑到这次召见的形式与时机，话语中若有若无的暗示，石越却不能不有更多的联想。让人感到讽刺的是，太皇太后密召司马光，结果高太后知道了，自己也知道了；而高太后密召自己，连吕惠卿都知道了……"那皇帝知不知道？"石越心中一凛，"如果向皇帝坦白，必然得罪太后；如果不说，那么皇帝又会如何想？"

吕惠卿并没有想到自己的话会令石越陷入两难之中。他想刺探一下石越，不料一颗石头扔出去，却犹如丢进了深不可测的大海之中，没有半点声响。心里也暗暗佩服石越沉得住气，因道："当前的局势，昌王受诏而不肯离京，太后接连召见子明、冯当世等七八名大臣……"

"相公耳目倒是很灵通。不知道这七八名大臣之中，有无相公？"石越悠悠瞥了吕惠卿一眼。

"我却没有这个福分。"吕惠卿的话中有几分酸意，两宫太后召见大臣，却没有他这个名义上的首相，即使明知道自己不被两宫太后喜欢，但是心里也不会怎么受用。

"但是眼下的局势，不少人都在想要立昌王还是立皇子吧？"石越忽然说道，他的嘴角，流露出一丝讽刺的笑容。

看到石越终于说出这句话，吕惠卿点了点头，也不再迟疑，单刀直入地问道："不知子明之意如何？"

"不知相公之意如何？"石越注视着吕惠卿的眸子，似笑非笑地反问道。

吕惠卿站起身来，在雪中踱了几步，踏出几个深深的脚印。停了一会儿，忽然斩钉截铁地说道："若皇上不幸大行，立皇子则必然是两宫太后垂帘，我吕某人自知如此，必被贬斥远方，但是皇上知遇之恩不能不报。纵然头碎玉阶，我也要死争保幼主登基。"

石越淡淡一笑，他知道吕惠卿这话无非是说得大方，因为眼下的形势，如果昌王登基，摆明了他的下场好不了，扶持幼主，等到两宫太后一死，皇子亲政，他这份功劳就大了。这根本是吕惠卿唯一的选择，偏他说得如此冠冕堂皇。他此刻心中明镜也似，面上却不带出丝毫，只说道："相公真无亏大节者！"

吕惠卿听石越话中之意，已是赞同自己的立场，心中顿时大喜，道："某愿与子明共勉之。"

石越此时已经知道，吕惠卿是担心有一日他自己势单力孤，在朝中孤掌难鸣，因此才选中自己合作，以应付目前的局势。政治之道，变幻不定，数日之前，也许自己还是吕惠卿争宠固权上的敌人，吕惠卿要时时防着自己将他取而代之；但到了今日，竟然要主动来寻求合作，实在不能不让他感叹。但是他也知道，吕惠卿有一点说得没错，眼下他二人最大的共同点，就是二人的"前途"，都依赖于赵顼。但石越对赵顼的依赖性，却并没有吕惠卿所想象得那么大。若赵顼真的大行，石越只要力保幼主登基。哪怕是其道不行，他亦可退居地方讲学，只须谨慎行事，等自己的门人弟子一步步能进入朝堂，到了幼主亲政的一日，首先想到的人，必然是石越，而绝不会是吕惠卿，哪怕仅仅从权术上讲，时间也是站在石越这一边的。一旦他石越退隐，赢得的，不仅仅是巨大的道德声望和政治资本，还会有天下人的同情。

"似乎王莽当年也这么做过……"盘算着自己未来的处境，石越忽然想道。

不过对于石越来说，此时在权位上的利益与他实现自己理想的利益，并不完全重合。从权位上考虑，暂时性的退隐能够收获更多的名望，日后复出，声势当更胜如今；但是考虑到他的目标，以及他想实现这个目标的热切心情，那么长时间的等待，也会是一种极难熬的忍耐。如非逼不得已，他并不愿意选择前者，也并没有在民间从容耕耘的打算。

熙宁九年腊月二十五日。赵顼在病中接受文彦博、吕惠卿与石越等人的建议，封皇子赵佣为均国公。

熙宁十年正旦。晋封均国公赵佣为延安郡王，尚书令。

至此时为止，太皇太后与皇帝已经病倒了二十二日。虽然报道太皇太后与皇帝的病情，依然还是一种禁忌，但是开封府已经明令取消官方正旦至元宵的庆祝活动，似乎已经在隐隐地预示着什么。而民间的活动，也开始自发地变成以向上天祈福为主。

正月初三晚上，禁中尚书省。

从熙宁九年腊月开始的两府宿卫的意思是：枢府副使在睿思殿与侍卫们住在一起，尚书省的宰相则守在禁中尚书省。每隔十分钟的时间，就有两个内侍穿梭于睿思殿与尚书省之间，报告平安。

　　石越坐在火炉边，翻看着各地的公文。他并不需要时时刻刻等待消息，自然有一帮人在外厅接收消息，只有在发生意外的时候，才需要他来主持大局。但是石越也不敢睡觉，于是便从一堆公文中顺手抽出一份下午刚刚送到的文书，打开阅读起来。不知不觉，一直读到六更时分，石越才觉得有点儿疲惫，站起来伸了伸懒腰。虽然有了座钟，但是更鼓并没有消失，而且禁中也一直保持着打六更的特殊习俗——此时，天边已泛起了鱼鳞白。

　　"一夕无事。"石越长长舒了口气，拿起案上的最后一本文书，看了起来。

　　几乎是同时，石越的表情便凝固了。

　　这是荆湖南路的一份折子，内容非常的简单，新化县驻屯厢军与梅山蛮发生冲突，新化县出兵平叛，斩逆蛮三十余人，遂平。这是军屯以来第一起流血冲突，新化县县令特别拜章自请处分，并请求为防止归附不过几年的梅山蛮再次叛乱，要求增派厢军前往新化县驻屯威慑之……

　　"喂！"

　　一个声音把石越从思索中拉回了现实。石越抬头望去，不由大吃一惊，诧异地问道："县主，你如何可以来这里？"站在他面前的少年男子嘴角带笑，清新如朝露，浑身上下散发出淡淡的幽香，赫然竟是柔嘉。

　　柔嘉狡黠地一笑，问道："你值完日了吗？我有事想和你说。"

　　石越愕然道："有什么事？"

　　柔嘉的眸子灵活地转了一转，似乎是漫不经心地向左右看了看，才皱眉道："此处不方便说话的。你值完日，到牛尾岗来找我。"说罢也不待石越回答，转身便走了。

　　石越素知柔嘉精灵古怪，但公然跑到尚书省来找自己，也实是令他吓出一身的冷汗。此时生怕她再来或是纠缠不休，哪里敢不赴约？待到交班，便带了侍剑与几个随从，匆匆往牛尾岗而去。

　　牛尾岗在汴京封丘门外以东一里左右的地方，因为百姓以为汴京城像一头卧牛，而这岗便如同卧牛之尾，便唤作牛尾岗。此时残雪未融，岗上的树木黑的愈显其黑，白的愈显其白，自有一种冬日的风景，让人心旷神怡。石越让随从在岗下等候，自己只带了侍剑，骑着白马上岗而来。他知道牛尾岗上有一座"抚翠亭"，柔嘉多半便在那里，便径直往抚翠亭走去。果然，到了离抚翠亭还有数十步远的地方，便听到悠扬的笛声传来。石越与侍剑下了马来，转过一道弯，就见抚翠亭中的亭柱之上，斜靠了一个红衣少女，手执白玉笛，一缕佳音散出，娓娓动听。

　　石越细听笛声，便知不过是新手所为。但是柔嘉居然会吹笛子，实在大出石越的意料之外。侍剑更是忍不住笑出声来。柔嘉听到笑声，才知道石越来了，转过脸来，两颊已然红了。她狠狠瞪了侍剑一眼，怒道："侍剑，你鬼头鬼脑地在笑什么？"

侍剑勉强忍住笑，恭恭敬敬地答道："县主，我不曾笑什么。"

"我明明听到你笑，都是石越纵坏了你。"柔嘉把笛子往腰间一闪，骂道。

侍剑望了石越一眼，笑道："公子，我且跑远一些，替你看着马去。"说罢已经接石越手中缰绳，牵马大步往岗下走去，一面高声笑道："县主别恼，小人下次再给县主赔罪。"

柔嘉涨红了脸，望着石越，怒道："没半点规矩，都是你纵惯坏的。"

石越淡淡一笑，却不去理她，只问道："县主要找我，究竟所为何事？"

"我没事不能找你吗？"柔嘉眼波流转，忽然反问道。

石越一怔，赔着笑道："若是县主没事，那我便要告退了。"说罢转身便走。

柔嘉没料到他真是说走便走，又急又怒，跺脚叫道："喂，你这个石头，给我站住！"

石越暗暗叹气，停住脚步，又回过身来，无可奈何地问道："县主还有何吩咐？"

"我找你来，当然有事。没事冰天雪地的我跑这里来做什么？"柔嘉咬着樱唇，若是她此刻手中有鞭子，只怕也已经落在石越身上了，但终于，关心还是胜过了意气，带着恼意，柔嘉恨恨地说道："你有大麻烦了，你还不知道吗？"

"大麻烦？"石越不由一怔，抬头看着白雪大地上的娇艳的红衣少女，一时间竟有些恍惚。

2

白雪皑皑之中的牛尾岗抚翠亭，一个紫袍男子与一个红衣少女静静地对立着。

"你是说，太皇太后还给过司马君实相公一件东西？"石越的瞳孔骤然缩紧了。

柔嘉细细地对他说了太皇太后召见司马光的全部过程，太皇太后对自己有如此强烈的猜忌，有点儿让石越始料未及。

"是啊。"虽然是在谈论惊心动魄的大事，但是柔嘉依然不敢对视石越的眼睛。"太皇太后对你有误会。总要想个办法哄她开心，去了她的心结，不要存了这误会才好。"

石越不料柔嘉如此天真，不由好笑，道："县主，有些误会，是解释不清的。你可知道你这样做，冒了多大的危险？"

柔嘉撇撇嘴，道："泄露禁中机密。我是宗室，最大的处罚，就是让我出家，或者替哪位祖先守一辈子陵。也没什么大不了的。"

石越见她嘴里虽然说得轻易，但是说到守陵之时，身子却是不自禁地颤了一下。知道那种孤独寂寞，对于柔嘉这样的女孩来说，实在比死了还要难受，又岂有不怕之理？他心中亦不觉感动，不由放低了声音，柔声道："县主，此事千万不可再告诉任何人。就当是我们俩的秘密……"

"可是……"柔嘉抬起来头，迟疑了一下，终于说道，"我已经告诉了十一娘，也告诉了皇兄……"

"皇上？"石越顿时怔住了，声音都不觉提高了许多。

"是啊。"柔嘉被石越的样子吓了一跳，以为自己做错什么事情，回答的声音都变得细不可闻。

沉吟良久，石越才问道："你是什么时候告诉皇上的？"

柔嘉歪着头想了想，道："是去年腊月十九日。"

"腊月十九日，难怪皇上那么突然要让二王出京。"石越在心中思索着事情的前前后后，"嘉王一向爱好医术与道术，并无野心。但他接到旨意立即出京，却显然是听说了什么风声。昌王虽然不与朝中官员结交，但是却常常向皇帝谏言新法，几次把皇上惹得勃然大怒。平素所交游的布衣中，也多是儒生，待人接物，称得上礼贤下士……此时又迟迟不肯出京，难怪吕惠卿要和我联名请皇上封皇子为尚书令，而皇上居然也立即答应，司马光也不反对……"突然之间，许多隐隐约约的事情，立时变得清晰无比。

"喂！"柔嘉嗔怪地瞪了石越一眼，忽又想起一事，奇道，"太皇太后误会你，你不担心吗？"

石越苦笑道："我担心也无用，这种事情，只能日久见人心。千万不能解释，也不能刻意去做什么，否则只能弄巧成拙。你懂吗？"

"你当我是小孩吗？我自是懂的。"不知为何，柔嘉心中忽然泛起一丝莫名的烦恼，停了一会儿，方说道，"但是我听十一娘说，有人去了郡马府，要了她大婚那日的礼单。十一娘还说要礼单的内侍还特意要了你送的东西，说是皇兄要看。她担心终会连累你……本来我想十一娘最得太皇太后宠爱的，而且那次送礼，也是我逼你的。我想让十一娘向太皇太后与太后求求情……我这几日想见皇兄解释一下，却总是被挡住了……"柔嘉越说越觉得内疚，说到后来，便如做错了事的孩子一般，声音几乎细不可闻。

石越却是越听越心惊。与宗室结交，这个罪名是非常微妙的。如果得意之时，自然无人管你；但是一旦失势，却是一条能让人丢官罢职的大罪。本来太皇太后对自己有点儿猜忌，石越并不在意。但是如果皇帝对自己也动了怀疑之心甚至厌恶之心，事情就会变得非常的棘手。但是无论如何，石越自是知道此事与柔嘉无关。他勉强把这些事情暂时从自己的脑中赶开，挤出笑容来，温声道："你放心，皇上是明君，不会错怪我的。现在皇上龙体欠安，你千万不可以再给皇上添麻烦了，否则才真是我的罪过。便是太皇太后，眼下也是凤体违和，不可以为了这点事情惊动。只待太皇太后与皇上身子大好了，我这点事情，也自然烟消云散了。不值得大惊小怪的。"

"真的？"柔嘉将信将疑地问道。

"真的。眼下最要紧的事情，就是要让太皇太后与皇上安心养病。别的事情，都没有什么大不了的。"石越非常笃定地答道。

柔嘉低了头，想了半晌，道："可我总觉得事情没这么简单。喂……"柔嘉突然提高了声音。

石越含笑望着柔嘉，道："县主还有什么吩咐？"

柔嘉瞪了石越一眼，高声道："石头，你要是再被贬到杭州去，可不能怪我，也不能不理我。最多我求十一娘，让她多求求太皇太后和太后，总想个办法让你回京便是。"

石越不禁莞尔，笑道："是，多谢县主关心，若是没事，下官便要告退了。"

"谁关心你呀？我是不愿意让你夫人怀着身子出远门。"柔嘉转过身去，从怀中掏出一个小玩意，含在嘴中一吹，便听一声哨响，一匹白马从山岗那边小跑过来。柔嘉回头得意地看了石越一眼，嫣然一笑，跳上马去，娇叱一声，纵马下山去了。

石越见她如此花样百出，不由摇头苦笑。正准备离开牛尾岗，忽听岗下侍剑一声怪叫，接着便见侍剑的坐骑载着侍剑疯了似的向东边逃去，一望无际的雪地上只留下一串串风铃般的笑声。

尚书省。

位于皇城之内的这座院子，是大宋最心脏的地区。但是除了西边那间名为"政事堂"的不显眼的房子之外，整个尚书省的保密措施都非常的不到位。石越与司马光前后共有五次上书，请求加强尚书省的保密措施，在各房之外设立警戒线甚至是篱笆，但是却一直被认为是多此一举。最后堂堂的政事堂只是通过了一道小小的决议，在政事堂外，增加侍卫警戒。至于在尚书省其他任何房间内说的话，都与在公众场所的对答相差无几——尚书省内，永远不缺少听墙角的人，而这是作风强硬的前任宰相王安石也无法解决的问题。至于其原因，则相当的微妙，潘照临曾经半开玩笑地告诉石越："这是因为不仅仅汴京城的文官百官需要从听墙角的内侍与小吏那里购买内部消息，更重要的是皇上对内侍们的这种爱好，也很有兴趣。"

不过此时无论尚书省内的保密措施如何都已不再重要，因为发生争执的两位宰执的声音，几乎可以传到对面的枢密院了。

"嘉奖新化县令？绝对不行！此例一开，只怕各地地方官没事也要寻出事来，从此湖广四路无安宁之日！"很少真正动怒的司马光不知为何，一见到吕惠卿，心里就非常的别扭，声音也不由高出许多。

吕惠卿却也没有丝毫退让之意："镇压叛乱，若不嘉奖，日后谁肯为朝廷尽心？"

"若不尽力，可以罢官，可以惩罚，唯独不可以赏功。一旦赏功，上有所好，下必甚焉。朝廷重边功，边将就爱挑衅。更何况这还是在大宋的内部，从此以后，必然引发无穷无尽的叛乱。"司马光绷着脸，厉声反驳。

"不错，上有所好，下必甚焉。但上有所恶呢？下亦必甚焉。今日有功不赏，日后再有叛乱，则士卒无积极进取之心，官吏则推诿过错，谁愿意冒险去平乱？司马参政不怕成为大宋的罪人，本相却是不敢受后世之讥。"

"只怕要成为大宋罪人的，不是我司马光，而是你吕相公！"司马光语带讥讽地说道。

吕惠卿冷笑道："若是司马参政不同意，那么便召开政事堂会议好了。堂议之后，再请皇上定夺。"

"悉听尊便。"司马光满不在乎地答道。

按大宋新官制的精神，重大军国政事之决策，有几种方法，一是由仆射召开政事堂会议，通过之后，再请皇帝批准，然后交门下后省的给事中们审议，三者通过，则颁布天下；二是皇帝同意后，交朝议讨论，政事堂通过，再交门下后省的给事中们审议。任何七体诏敕（册书、制书、诰命、诏书、敕书、御札、敕榜），无皇帝之玉玺，无仆射之相印，无参知政事之签押，无都给事中与有司给事中之官印，都是非法的，下级官员有权不执行。而次一等的事务，则可由政事堂甚至是一个仆射与一个参知政事来决定，不必事事报呈皇帝，但是同样需要给事中之同意，但这种命令，就不能再称为诏敕，只能称为"堂令""堂札"，其效力在七体诏敕之下。更次一等的，则是各部寺之部令、寺令，这等庶务决策，只需报政事堂与门下后省备案，却不必再有门下后省之印了，但其法律效力也自然更低一等。这种决策方式是对三省决策精神的继承与发扬，使其更加制度化与权责清晰。既可保证皇帝对六品以上的所有事务都有干涉权，也使得政事堂能有一定程度的独立性，不必再事事都要请示皇帝。

司马光知道吕惠卿利用其仆射之权力要求召开政事堂会议，并且还要报呈皇帝批准的用意——政事堂诸相之中，只有仆射可以单独要求召开政事堂会议，参知政事必须至少二分之一发起，才有此权力——吕惠卿是想刻意向皇帝表示他对皇帝的尊重，并且故意把这件事情提高到一个军国大事的地位来，吸引朝廷的关注。吕惠卿是项庄舞剑，意在沛公。自己根本就不是吕惠卿的目标——虽然表面上看来，是因为司马光的反对，他只能召开政事堂会议来决定。

司马光并不知道吕惠卿与石越曾经有一次密会，若是他知道他面前的这位"吕相公"一面与石越偷偷约盟，一面却又毫不客气地玩起了小动作，还不知道会有什么样的厌恶。不过，他现在就已经够厌恶这个"福建子"了。

差不多在同一时刻，庆寿殿。

"……古琴一架，卫夫人真迹一幅，《春山图》一幅……"一个年老的内侍站在太皇太后榻边，不带任何感情的念道。

"《春山图》？李思训的《春山图》？"曹太后打断了内侍。

"老奴不知道是不是李思训的……"

曹太后毫无血色的脸上泛起一丝笑意，道："知道了。继续念……"

"是。还有宝刀一柄。没了。"

曹太后微觉一怔，道："就没了？"

"是。"

"看来石越还真是煞费苦心啊。"曹太后的念头并没有说出来，歇了一会儿，才问道："官家是怎么说的？"

"官家把四件东西看了一眼，没有说话，又让人送回去了。后来，官家对李宪说，这几件物什，石越也买得起，不过搜罗起来却要费点心思。李宪说，以清河郡主之炙手可热，石越费点心思，也是人之常情，他李宪也曾经送过几样礼物，虽然比石越的要差一点，但是花的钱却是差不多。官家说，你李宪是内臣，他石越是外臣，不可相提并论。"

曹太后不易觉察地皱了一下眉头，问道："李宪服侍过三朝皇帝，连他也替石越开脱？"

"这都是老奴从别处听来的。不敢欺瞒娘娘，老奴等做内臣的，每年都会收到一些外官的礼物。石越每年冬至与端阳的礼物，便是他远在杭州之时，也是从来不曾少过的。虽然礼物都不重，不过是一点特产之类，但是内臣中，都感念他这么一点心意。"

曹太后瞥了他一眼，道："张严，你也收过石越的礼物？"

"老奴的确收过。熙宁宰臣之中，不送礼的只有文彦博、唐介、王安石、司马光几个人。其实这也是惯例，连韩琦和富弼，在仁宗的时候，听说也送过。不过老奴却没有资格收罢了。"张严自从仁宗朝宫中之乱起，就跟在曹氏身边，自然知道面前的太皇太后，是不可欺瞒之辈。

"唔。"曹太后沉吟了一下，问道，"那你为何不替石越说话？"

张严笑道："外臣们送礼，是前朝的书看多了，图个平安无事。却不知本朝祖宗家法，远胜于前朝。老奴收礼，只是贪了这个便宜，也是怕不收礼反惹人忌恨之意。并非是收了礼就要替他们讲话的。娘娘一向知道老奴，却是再没有那个胆子，敢去议论朝政，品评大臣。"

曹太后点了点头，道："你跟了我几十年，不要在老了的时候，把名声毁了，还把身家性命也搭上。不过若由此看来，结交内臣亲贵，倒也不止石越一人。只不过这一层上面，石越终是差了司马光与王安石一筹，也不及文彦博。"

"内臣们见了文相公，腿都有点儿打战，谁敢受他的礼？其实便是相公们的礼物，也没有人敢当真全受了，必是礼尚往来。不是都知、押班，也不会有份。内臣们也怕两府的相公，若真的犯了事，被一剑斩了，到时候只落了个白死。"

"你还算是个明白人。"曹太后躺下身子，道，"昌王的'病'，好了没有？"

"还没好呢。"

"有人去'探病'吗？"

"倒是没听到有什么动静。不过昌王府这么大，纵有个人进去，别人也未必知道了。"

"若没有别人去探病，过两天他病还不好，你就带我的旨意去探探病。"曹太后冷冰冰地说道，缓缓闭上眼睛，道，"我困乏了……"

"是。"张严却并没有告退，直直站立着，没有动。

曹太后半晌没听到动静，略觉奇怪，闭了眼睛问道："张严，还有什么事吗？"

"是有一件事情。"张严的语气略带迟疑，"只是老奴不知道当讲不当讲……"

"你说便是。"

"有人看见，有人看见柔嘉县主，在今日六更左右，去了尚书省……"张严尽量用平缓的语气说道，饶是如此，声音还是有点儿发颤。

"你说什么？"曹太后霍地睁开了眼睛，严厉的目光逼视着张严，道，"你再说一遍。"

"有人看见柔嘉县主，在今日六更左右，去了尚书省……"

"她去那里做什么？尚书省谁当值？"曹太后的语气越来越严厉。

"不知道县主去那里做什么，尚书省昨晚是石越当值……"

"胆大包天！"曹太后气得身子直发抖，好半晌才说道，"柔嘉是怎么进宫的？"

"她昨晚陪皇后下棋，宿在皇后宫中。一大早，皇后不见了她身影，就差人去找，结果有人说……"

"这事有多少人知道？"

"皇后已经让知情的人全部缄口。算上奴才，不过四五个人。"虽然知道太皇太后不至于杀自己灭口，但是说起这种宫闱之事，张严还是不禁打了个寒战。

"她在尚书省待了多久？"

"不到十分钟。很快就出来了。后来就出了宫。"

"去了哪里？"

"不知道。"

"此事关系到皇家的体统，不可外传。"曹太后毕竟是见过各种世面的人物，很快就冷静了下来。但是从她微微抖动的手臂，可以知道她的震怒并没有平息。

"老奴知道。且这件事，当是柔嘉县主一时好玩。"

"不管是什么原因，都不可外传。"曹太后严厉地瞪了张严一眼。

张严哆嗦了一下，道："奴才明白。"

"你去把邺国公叫来。"

"是。"张严不敢再在庆寿殿多停，立时弓着身子，退了出去。

当天晚上。邺国公府后门。

柔嘉牵着白马，哼着小曲，轻轻叩了几下后门的门环。如往常一样，门"吱呀"一声，打开了。但是柔嘉却怔在了门口，因为站在面前的，不是柔嘉的丫鬟，而是一脸怒容的邺国公赵宗汉。

"爹爹。"柔嘉眼珠儿一转，灿然笑着，张开双臂，扑向赵宗汉。

赵宗汉万万料不到自己的宝贝女儿来这一手，又是恼怒，又是怜爱，心中顿时一软，几乎就要硬不下心去责罚了。但是庆寿殿太皇太后的严词切责，却让赵宗汉心中一凛，勉强硬起心肠来，一把拉开柔嘉，板着脸说道："你随我来。"说罢转身向自己的书房走去。

柔嘉吐了吐舌头，像小猫似的紧紧跟在赵宗汉的身后，一只手还紧紧拉住赵宗汉的衣襟。

到了书房，赵宗汉吩咐一声，把所有的下人全部打发出去，只余下他与柔嘉二人，这才看了柔嘉一眼，道："十九娘，你跪下。"声音虽然不大，却有着从所未有的严厉与冷淡。

柔嘉此时早已发觉情势不对，却不知道出了什么事情，因笑嘻嘻地跪下，道："爹爹，不可打得太重，会很痛的。"

赵宗汉又是好气又是好笑。他本来就是最没有威严的一个人，竟是被柔嘉弄得无可奈何。好半晌才又硬起心肠来，冷冷道："你最近都在胡闹什么？"

"女儿何曾胡闹？不过是去陪十一娘和圣人下下棋，有时候也去蜀国公主那里玩玩。"柔嘉对付自己的父亲，早就驾轻就熟。

"是吗？"赵宗汉冷笑了一声，道，"你就没去过尚书省下棋？"

"什么尚书省？"柔嘉心中暗叫糟糕，却揣着明白装糊涂，一脸天真地问道。

赵宗汉见她神色，若非知道太皇太后素来英明，几乎要被她骗过，以为她是被人冤枉了。他从不知道自己的女儿竟然已经无法无天到了这种地步，需知尚书省那个地方，没有诏令，连他也不敢随便去。他女儿倒好，六更时分居然大摇大摆去了尚书省。完全是把皇家的种种忌讳，朝廷的各种礼法都不放在眼里。想到自己在庆寿殿被太皇太后骂了个狗血淋头，又惧又怕，又惭又愧，赵宗汉不由怒气上涌，厉声喝道："你还要抵赖吗？连太皇太后都知道了。"

柔嘉眼见父亲的脸色一阵红一阵白，早已知道此事难以抵赖了。但是却不料竟然惊动了太皇太后，不由大吃一惊，急道："女儿只是去玩玩。"一面偷觑赵宗汉的脸色，一面低声问道，"不会连累别人吧？"

她不说这话还好，此话一出，却是把赵宗汉的火气全部激了出来。赵宗汉涨红了脸，粗着脖子瞪着柔嘉，冷笑道："是啊，现在还担心会不会连累'别人'呢！我的宝贝女儿真了不起，柔嘉县主，你就敢去尚书省玩？你怎么不去明堂玩？你怎么不去太庙玩？"

柔嘉见父亲如此模样，缩了缩脖子，不敢再作声。

"赵云鸾，你听好了。太皇太后旨意，从今日起，无诏不准你进宫，不准你离开郏国公府一步。我已经让人收拾了一间院子，你就去那里闭门思过，每天陪陪你母亲。"赵宗汉一口气说完，又道，"从明日起，你每日抄一百页的班昭《女诫》和长孙皇后《女则》，抄不完，就不要吃饭。"

柔嘉几曾见过自己父亲如此声色俱厉地对自己，眼睛一红，扁起嘴来，赌气道："不让出门就不让出门。什么《女诫》《女则》，饿死我也不抄。"

"你……"赵宗汉不料柔嘉还敢顶嘴，气得话都说不出来。举起手来，作势欲打，可看着眼前这个明艳照人，天真可爱的女儿，泪汪汪地望着自己，却是实在下不了手。半晌，才软绵绵地把手放下来，叹了口气，几乎是哀求地说道："十九娘，你是皇家的女子，比不得平常百姓。你总不能忍心因自己一人之不端，把全家几百口人都连累了吧？这次太皇太后没有收回你县主的封号，已经是格外开恩。若有下次，只怕……"

柔嘉县主被郏国公赵宗汉"严加管束"之后的第三天。

石越府邸。

"陆佃在《新义报》待不长久了。"潘照临一面看报纸，一面淡淡地评论道。

"潘先生何出此言？"陈良奇道，拿起一份《新义报》，念了起来："当使天下咸知，诛异族，开疆域之功，大宋不吝厚赏，此王韶为枢使，薛奕拜侯爵也；至于镇压同族，平定叛乱，虽有功不可厚赏也。盖国内之叛乱，是朝廷之羞耻，社稷之非福，用兵平乱，不得已而为之。此事于朝廷不足为庆，于官员不足为赏……"

"这么大胆的评论，他也敢说。又是和吕惠卿唱反调……"潘照临笑道。陆佃自从王安石罢相后，虽然因为政事微妙的平衡，一直是《新义报》的主编，主管朝廷的喉舌，但其立场，却已经较为中立。既不倾向吕惠卿，也不倾向石越。但是支持变法，依然是《新义报》的主要倾向。

陈良叹道："新化县叛乱朝廷知道不过四天，《汴京新闻》和《西京评论》却在昨天不约而同报道此事。实在是厉害。《新义报》居然敢大张旗鼓地讨论政事堂正在讨论的问题，陆佃写这则评论，究竟是什么意思？迎合司马光，和吕惠卿破脸？他不过是个小小的主编……"

"清流而已。"潘照临略带讽刺地说道，"眼下管不了他陆佃如何，屋漏偏逢连夜雨。早不来晚不来，初三，新化县叛乱；初四，岳州军屯侵占民田，百姓联名告状；初五，卢阳县军屯数十名士兵胁持军屯长哗变。虽都是些小事，但连在一起发生，就显得军屯政策弊端甚多了。现在我们只要等着有人拿这些事情来做文章便是。"顿了一会儿，潘照临又道："新化县叛乱的事情本不足为惧，无论他们怎么样报道，远在湖南路穷乡僻壤的事情，对于汴京士林与汴京百姓来说，都只是遥不可及的谈资而已。朝廷也不可能因为这一点点小事而放弃利益甚大的军屯计划。只不过现在的问题，是时机非常的不凑巧。"

"是啊，现在汴京的上空，风云密布。"

"本来公子并不是风暴的中心……"

二人正在交谈着对时局的看法，门房进来禀道："潘先生、陈先生，门外有个道士求见。"

"道士？"潘照临与陈良顾视一眼，见二人眼中都写满了疑惑。潘照临笑道："问问他是找谁的，若不是找人，便让他离开。"

"他说是王昌先生派人前来，拜见参政。若参政不在，便要见见潘先生。"

"王昌？"潘照临心中一凛，望着陈良。见陈良点了点头，潘照临站起身来，说道："你去告诉他，参政不在，不便在府上相迎。我今天晚上，在陈州酒楼相候。"

晚上。陈州酒楼。

很少有人知道，陈州酒楼从熙宁九年腊月开始，实际上已经是唐家的产业。在这里单独的院子中密会一些不方便在正式场合相见的人，潘照临认为是比较安全的。他不相信何畏之，同样也不相信何家楼。

"无上天尊。"在李道士的道号之中，潘照临开始打量眼前之人。很快，他的目光中露出惊讶之色。

"是你？"

"不错，是我。"李道士微微笑道。

"你投入了昌王门下？"

"滴水之恩，当涌泉相报。救命之恩，不能不报。"

"昌王非可为之人。"

"我岂不知。昌王虽然礼贤下士，但资质有限。彼若为君，不过中庸之主。或者是又一个仁宗。"

潘照临冷笑道："就怕是又一个真宗。"

李道士沉默良久，道："昌王似非怯懦之人。"

"其才华又岂能与今上相比？"潘照临冷笑道，"你既知我在石府，还想要游说公子投入昌王一边？"

"一个平庸的君主，可能更容易发挥臣子的才华。此诸葛亮之于刘禅是也。"

"你知道我家公子之志向？"

"不知道。我云游四方，少问政事。"

"可你偏偏却涉足了这个旋涡。"潘照临指了指面前的椅子，道，"请坐。"

"事有非常而已。"李道士从容坐下，缓缓说道，"我相信昌王将来不是昏君。"

"但也不会是一个明君。"潘照临淡淡地评价道，"何况，昌王不会有任何胜算。"

"若他有两宫太后的支持呢？"

"两宫？"潘照临反问道。

"太皇太后病重了，皇太后是昌王的生母。"

"别说皇帝未必大行，纵然大行，皇太后固然是昌王的生母，但他也是皇子之亲祖母。你以为皇太后会为了昌王而不择手段吗？昌王最多能让皇太后睁一只眼闭一只眼，承认既定之事实罢了。"潘照临言辞之中，充满了讽意。"李昌济，你知道我的身份。但是即使以我的身份，我也认为当今的皇帝，算是个有道的明君，宋朝建国以来的皇帝，除了宋太祖，当今皇帝要排在第二名。他实际上比赵光义要出色。"潘照临竟然毫无顾忌地口出悖逆之词。

李道士却是毫不惊讶，淡淡说道："我现在是出世之人，不再叫李昌济。"

"你这个出世之人，却一只脚踩进了世俗间最多钩心斗角之所在，还谈什么出世？"潘照临动了下身子，换了一个更舒服的坐姿，笑道，"良臣择主而仕，你不若投奔石府罢。我可以告诉你，最低限度，我家公子能帮助当今皇帝成为历史上最著名的明君之一。"

李道士微微一笑，反问道："最低限度吗？"

"不错。"潘照临注视着李道士，不再说话。

"我见过薛奕。"李道士笑道，"石越的目光的确前所未有的广阔，华夏人从未把目光投入过南海诸边广大的领域，他是第一个。但是中国之患，历代以来，都在西北。不解决西北的问题，终是不行的。太祖皇帝之不及周世宗，就在于此，周世宗本欲倾国之力，先克契丹，再回师一鼓平定江南，先难后易；而太祖皇帝却是先易后难，结果国力已疲，英雄老去，契丹为大宋之患达百年之久。"

"你的见识始终有限。"潘照临毫不客气地批驳道，"你的目光始终局限在西北和燕云。你不知道今日之形势，大异于当年。大宋经营南海，没有伤到中国一分元气，反而解决了中国许多的问题。大宋只不过是顺便在经营南海而已。"

李道士哂然一笑，道："潜光，我是来游说你的。"

"但你也知道昌王不足以成事。"潘照临道，"你如何可以来说服我？更遑论我家公子。"

"我不必说服你什么。我只是给你与你家公子一个机会。若有朝一日，朝堂之上，要议立昌王，只要你家公子不反对，昌王许诺，尚书左仆射之位，便是你家公子的。你应当知道，如果立幼君的话，以现在的情势，辅政大臣，未必能轮到石越。这个机会，用或不用，我不多说。"

潘照临笑道："你不怕我去告密？"

"你方才说了如此多的悖逆之话，你不怕我去告密？"李道士反问道。

"谁会相信？"

"的确，谁会相信？"

潘照临端起酒杯，轻轻抿了一口酒，笑道："自古以来，以昌王开的条件最为大方。什么也不用做，就有宰相之位在那里摆着。"

"所以我认为你家公子没有理由拒绝。"

"但是谁也不知道昌王会不会反悔，对不对？"

"昌王倒是愿意立下字据，但是不知道石参政敢不敢？"

潘照临冷笑道："字据又有何用？你回去转告昌王，便说我家公子已经知道了。"

"那么他会如何做？"

"我不知道。"潘照临笑道，"我家公子并非我的傀儡。而且，虽然我家公子不用做什么，但昌王绝不可能对每个人都如此大方。想来自有人为昌王摇旗呐喊。让我想想……"潘照临侧着头，装模作样地想了一下，笑道："我若是你，首要之事，无非两件，一是把文彦博、司马光这些威望甚高，又死心眼的臣子赶出朝廷；另一件，就是找几个敢在朝堂上说话之人。"

李道士默不作声，把文彦博和司马光赶出朝廷，是一件非常困难的事情。本来这件事情上面，昌王和吕惠卿有利益交汇点，但是偏偏昌王绝不愿意和吕惠卿合作。

潘照临笑道："来来，这等大事，我也做不得什么主，不如来好好喝几杯，叙叙旧。"

"潜光，不论如何，我劝你转告石参政，让他考虑一下。他眼前就有莫大的麻烦，若是他同意大王的条件，那么大王就会力保他这次无事。否则，我不敢保证你家公子还能不能留在汴京……"

"我还记得当年我们在延州初见之事……"潘照临似乎完全没有听到李道士在说什么，滔滔不绝地说起了他与李道士的往事。

李道士暗暗叹了口气，他早知道有潘照临在石越的幕府，是绝对要不到一个肯定或者否定的答复的。"不同意，就是反对。"李道士不得不面对这个现实，"也许，真的要把石越赶出朝廷了。"若是有文彦博、司马光、石越三人在朝中公开反对，再加三人那无与伦比的影响力，就算是两宫太后想立长君，只怕也会无济于事。李道士可不希望到时候有数以万计的白水潭学生前往宣德门前上书。

3

无论是李道士，还是潘照临，此时都不知道。在睿思殿，每日靠盐水、稀汤、参汤等物维持生命的赵顼，此时正强打精神，看着一幅巨大的天下郡县图屏风。要强的赵顼，不愿意因为自己的这场病而影响改革，已经决心要在病中来推动延误已久的地方官制改革。

"汴京之外，以天下为十七路，为京东、京西、河北、陕西、河东、淮南东西、两浙、江南东西、荆湖南北、益州、黔州、福建、广南东西。其中河北东西路并为河北路，永兴军、鄜延、环庆、秦凤、泾原、熙河六路并为陕西路，成都府路、利州路、梓州路并为益州路，夔州路改名为黔州路。凡此十七路，以转运使为民政、财政长官，提刑使为司法长官，提督使为军事长官，学政使为教育、考试长官。四权并重，互不相统辖，互有监督之权责。诸路又各置监察御史二人，互不统属，监察四长官，稽核一路刑名案件，上报朝廷，有调查权而无处置权，三年一换，以防汉代十三部刺史之弊。如此，地方分权并立，则可无晚唐之患。而于陕西、河东、河北三路，可另设安抚使，以重臣填之，安抚使位在一路四使上，主管一路军民学政，唯提刑使不受其节制。转运使、提督使、学政使名为下属，亦有监督安抚使之权责。朝廷于安抚使衙中，遣卫尉寺军法官与御史台之监察御史驻节，加以监督。如此，既可防藩镇坐大之弊，又可使三路军民政事协调，应对夏国与契丹之威胁……"

赵顼脑海中，有关于地方官制改革的条陈无比清晰地浮了上来。赵顼心里非常的清楚，地方官制改革是整个官制改革中至关重要的一环。石越与韩维以及学士院的学士，是在建议他修正弱枝强干之国策。地方官制改革的核心之一，是在保留府州官员可直接受命于朝廷的前提下，将路这一级机构真正实权化。通过分权与制衡、监督与监察等手段，使地方保留更多的财政权力与军事力量，以方便地方政府有所作为。当然，有鉴于唐代藩镇割据的教训，对地方的防范也非常的严密，除了四权分立，由朝廷进行垂直领导之外，更是派遣了专门的监察御史。而最重要的是，提督使只能管辖境内的厢军、乡兵等武装力量，而无权管辖境内的禁军。禁军之调动，只服从来自枢密院的指令。

但赵顼也非常明白，话是如此说，但实际上大宋的知州都是兼领禁军的，尤其是两北边境。石越为他分析过这个现象，"唐代节度使之祸，是起源于李林甫阻塞了边将入相之路，使得边将长期驻守一地，且又多用胡人，才有了后来的祸乱。但唐太宗的制度是无可指责的。本朝边境的知州大多兼领兵权却从无祸乱，便是明证。"石越的话的确有道理，而且赵顼也从不曾猜忌边境的知州们——但是，如果是一路……这么庞大的力量，就不能不让赵顼心存疑惑了。特别是安抚使，兼领一路驻防禁军的安抚使！

大病折磨的身体，让赵顼眼眶深陷。他看着陕西路、河东路、河北路巨大的疆域，与海外归义城、凌牙门城的"无关痛痒"不同，这三路几乎包括了大宋黄河以北的全部领土，把它们交到三个实权完全不同于以往的安抚使手中——赵顼的脑海中各种各样的想法激烈地冲突着——"有严密的监督与分权，并且一旦燕云收复，平夏归宋，这些安抚使是可以撤掉的。这只是非常时期的非常制度……"终于，赵顼说服了自己。

他静静地把头靠在一张舒适的椅子上，闭上了眼睛。做出决定之后，应当好好休息一下了，明天再来考虑三路安抚使的人选吧……

熙宁十年正月初十。

群玉殿。

"臣妾拜见贤妃娘娘。"成安县君金兰的封号，是大宋少见的例外。因为她与唐康的婚姻，是宋朝建国以来从未有过的例外。而大宋关于官员妻母封号的另一个例外，也发生在石越家里，参知政事石越的夫人韩梓儿固辞鲁郡夫人的封号，最后还是太皇太后与皇太后叙封梓儿的母亲为郡太君才算了结此事。

"兰儿。这里没有外人，不要拘礼了。"远嫁到宋朝的王贤妃，除了身边的几个丫头外，在整个汴京城里，只有金兰一个故识。

金兰盈盈起身，注目着王贤妃，两眼已是珠泪满眶，低声用高丽语唤道："公主殿下。"

王贤妃心中一酸，却是用汉语回道："你还好吗？"

"还好。"金兰垂首答道，改用了汉语。

"汴京的春节，比起开京来，要热闹许多哩。"王贤妃幽幽说道，"可惜不能好好游玩一下汴京城。"

金兰沉默半晌，忽然又用高丽语说道："中国古代三国时，有位叫刘禅的国王，被敌国掳至京师后，曾经说，这里很快乐，我不再思念故国了。人之善忘，真是让人感叹啊。"

王贤妃嘴角流露出一丝苦笑，却依然用汉语回答："我只是个女人，皇帝对我很好，什么故国情思，对我来说，都过于奢侈了。"她一面摸了摸肚子，眼睛中似乎忽然有了动人的光彩，道，"我现在只想皇帝平平安安，我顺顺利利把孩子生下来。"

"生在帝王家的孩子，又有什么值得高兴的？"金兰冷笑道，"公主殿下真的已经忘记故国了吗？连你兄长的大军在鸭渌江的西边被蛮族击败都不放在心上吗？"

"你说什么？"王贤妃瞪大眼睛，惊道。

金兰脸上露出悲愤的神色："我前几天收到开京带来的密报，契丹皇帝派出了一名叫耶律信的将军，击败了国原公的大军。在回师的途中，又被女直人包围，如果不是耶律信将军又率军攻击女直人，国原公几乎成为女直人的俘虏。王太子殿下坐拥三万大军，却不肯救应，也不愿意听国原公的劝告率军回国，在国原公兵败之后，反而进攻契丹军队，又被耶律信将军击败。我高丽国五万大军西出鸭渌江，有命能够渡过鸭渌江回到故土的，已不足三万人！开京的正式使节已经在前来开封的路上……"

"契丹人渡过鸭渌江了吗？"王贤妃听到两个兄长都没有危险，已不似开始那么紧张。

"暂时没有。"金兰说到这里，神色也略微缓和，道，"听说耶律信将军的骑军，不足两万人。他现在应当在镇压叛乱的女直人。我们的失败，很可能是因为两位王子都没有料到契丹人会在这个天寒地冻的季节出现。而且……"金兰咬紧了嘴唇，说道："契丹人在攻城时，使用了震天雷！"

"震天雷？"王贤妃并不知道什么叫"震天雷"。

"听说是一种威力巨大的武器，只有大宋朝才有。国原公曾经几次请求蔡京准许大宋卖我们更多更便宜的震天雷。但是我们从来不知道契丹人也有这种武器！"

王贤妃一脸的迷惘，她对于这些，根本不懂丝毫："我听说大宋与契丹是有盟约的盟国，既然卖给高丽，为什么不能卖给契丹呢？"

金兰紧紧咬着嘴唇，道："的确，我们都以为大宋与契丹人的盟约，不过是面和心不和的东西，没有想到……但是现在说这些都迟了，国原公希望我们能够想办法，让大宋对契丹施加压力，防止契丹人反攻高丽。同时，希望有办法能让大宋卖给我国能装备两万军队的武器与盔甲以及一千枚震天雷，并且允许我们用五年时间来偿还这一债务。"

"我们能有什么办法？"王贤妃摇了摇头，道，"我们不过是女人。"

"殿下是贤妃，如果能够向皇帝进言……"

"不可能。何况皇帝的身体现在也不好。"王贤妃断然拒绝道，但是，她却躲开了金兰的视线。

"如果这时候没有大宋的支持，最初支持开战的国原公一定会被迫出家。国家也会面临契丹人的威胁，王太子殿下得志之后，很可能会抛弃亲附大宋政策。我们两人的命运，也会非常的悲惨。殿下，你以为大宋皇帝会喜欢一个敌国的公主吗？"

王贤妃身子一震，半晌，迟疑地说道："但是我们能做什么？我既不敢进言，也不能进言。皇帝是英明之主，绝对不会允许后宫说三道四的。"

"即使如此，但是殿下毕竟身在禁中。会有更多的消息与机会……此外，大宋朝廷中，最重视与高丽关系的人，可能就是石越。兰儿只希望公主殿下记住，帮助石越，就是帮助我们的故国。"

"石越？"王贤妃喃喃道。

"正是。这也是我嫁给唐康时的原因之一。"

"但是，我听说，我听说石越很可能要外放了……"王贤妃迟疑地道。

"什么？"金兰对于大宋朝廷最近一段的政治斗争，并不是很清楚，此时猛然听到这个消息，不由震惊得话都说不出来了，"这……这……"

"前天，我服侍皇上吃药的时候，看见一幅天下郡县图，皇上用朱笔在上面画了几个大圈，又让内侍在旁边的屏风上写了十几个人的名字，其中最上面的一个，就是石越。"王贤妃垂下头来，想了一会儿，道，"最近皇上见的人，最多的是文彦博与吕惠卿。我听内侍们说吕惠卿也是个爱钱相公，如果石越真的出外，就让使者去贿赂吕惠卿试试吧。"

金兰知道王贤妃的聪明才智，其实还在自己之上。她既然肯如此说，必然是有几分把握，当下点了点头，道："我会告诉使者的。但是我还是希望石越不要外放才好。难道是石越失宠了吗？"

"应当不是。"王贤妃道，"我可以感觉得出来，皇上对石越的感情，非同一般，与其他臣都不相同。皇上以前也常常说，朝廷有今日之局面，十之七八功在石越。只是自皇上染病以来，宫中的情况一直很复杂。我现在除了给太皇太后、皇太后、皇后请安之外，便只敢去睿思殿。石越如果真的外放，我猜与此事有关。"

"无论如何，不论是站在高丽国的立场，还是为了我自己考虑，我都希望石越的仕途不要有任何意外。这件事情，也要拜托殿下了。"

金兰出宫之后，王贤妃便准备前往庆寿宫与保慈宫，给太皇太后与皇太后请安。

她是高丽女子，虽然外表举止，谈吐学识，与汉族女子一般无二，但在这汴京的禁宫之中，却始终是个外人。太皇太后与皇太后、皇后，对别的妃子甚至是宫女都和蔼可亲，但是对她却总是非常的冷淡。朱妃本来对她不错，但是随着她的宠幸日隆，兼之朱妃又为皇帝生下皇子，偏偏她又怀了身孕，朱妃对她也变得疏远起来。可以说整个皇城之中，这位高丽王女唯一亲近的人，便只有赵顼。而对于赵顼，王贤妃也是真心的喜欢：这个年青的皇帝，做事情总是非常地投入与执着，对人又非常的宽厚，有一点点性急，但是很多亲近的人都可以和他开玩笑，身为皇帝，他有时候即使是生气，也会故意不显露出来，因为担心会影响别人的心情——王贤妃从来不知道，这个世界上居然还有经常为别人着想的皇帝。至少她的父亲与兄弟们，可都没有这样的"妇人之仁"。

出群玉殿之前，王贤妃走到供奉观音的佛龛之前，双手合十，暗暗为赵顼祷告了一番。然后才带了宫女内侍，出了殿来。方出得殿门没多远，便见东边有一个内侍急匆匆走了过来。她闪眼看时，却是童贯。

童贯远远望见王贤妃的仪仗，连忙在路边候了。待王贤妃的仪仗近了，才躬身行礼。王贤妃因含笑问道："官家这几日好些了吗？"

"前日太医们商量了个新药方子，吃了两日药，官家的气色似乎较之前要好许多。只是官家这几日太过费心，娘娘见着，还盼着劝一两句。"童贯却是知道王贤妃是皇帝面前得宠的妃子，并不敢怠慢了。

"阿弥陀佛。"一个多月来头一次听到赵顼的病有好转的迹象，王贤妃不由喜动颜色。只是又听到说赵顼又开始操劳国事，不免又平添担心，但是她素知赵顼的脾性，叹道："这又岂是能劝得进的。官家现在在做什么？"

童贯迟疑了一下，这个问题，本是平常的问候，但是却让他为难了。因为皇帝的行踪，实在不便泄露，不过他为人甚是机敏，当下回答道："眼下在做什么，奴才也不知道。或者是在召见大臣罢。"

王贤妃微微笑道："想不到你倒是个机灵人。"说完吩咐起驾，依旧先往庆寿宫去。

童贯垂手侍立，望着王贤妃仪仗的背影，微微摇了摇头，背道而去，却是出宫而来。

4

这汴京从初一到十五，历来都是热闹非凡的。今年虽然添一些忧虑的气氛，但是普通百姓的兴致，却是一点不减，因此街上也是摩肩接踵。童贯绕了好大一个弯子，好不容易才到了陈州酒楼。

走进酒楼当中，游目四顾，便见大厅中已经坐满了各色客人，其中竟然还有一些定居汴京的大食胡人，也有一些又黑又矮的交趾商人。他知道自从薛奕通南海诸国之后，各国商人与遣宋学生日渐增多，倒也并不奇怪。见酒楼的人因客人太多，没有注意到自己，停了一下，抬腿便往后院走去。

这陈州酒楼除了主楼之外，又有占地数亩的一座后院。院中又有许许多多单独的庭院，各自分隔开来，主要是用来住宿与出租。他进了后院，顿觉清静无比，外面的嘈杂似乎与这里面毫无关系一般。他见一个店小二端了一盆水往外面走来，忙叫住了，问道："地字一号房今日有人在吗？"

店小二一怔，忙答道："有人。"也不敢多问，把水放了，引着童贯往地字一号房走去。不多时，便到了一座幽静的院子之外，店小二躬身道："官人，这便是了。"说罢便告了退。

童贯这却是第一次来此，见这座院子是仿农家模样，便门扉都是竹制的。门的旁边种着一丛竹子，上面犹有未化的白雪。他轻轻咳了一声，叩了叩门。便听门"吱"的一声，应声而开。一个三十来岁的劲装汉子站在门那边，望着童贯，眼中似有惊诧之色，问道："请问这位官人找谁？"

"是内头有人吩咐我，送点东西给此间的主人。"

那个劲装汉子连忙欠身为礼，道："失礼了，请进。"把童贯引进客厅中坐了，让童子上了茶，才说道："请容小人前去通报一声。"童贯笑道："你去便是。"劲装汉子又告了罪，这才退出。

童贯也不懂屋中的字画，便也不装模作样的品评，只是跷起二郎腿，坐在那里喝茶。没多久，便见一人从里间走了出来。童贯闪眼望去，原来却是认识的——枢密院职方馆知事司马梦求。忙起身道："见过司马知事。"

司马梦求见着童贯，忙抱拳笑道："原来是童内侍。"

童贯知道司马梦求是石越的亲信，心中自无怀疑，他以采办东西的名义出宫，也不能久留，当下开门见山地说道："李大官让我传个口信给陈州酒楼地字第一号房的主人，二爷可能有大举动，请贤主人多多当心。"

司马梦求一怔，问道："不知是什么大举动？"

"这个小的却不知道。又有一事，却是小人的观察，也请司马知事转告贤主人，官家的身子，已有好转的趋势。此事外间都不知道……"

"当真？"司马梦求激动得站了起来。

童贯低声把赵顼这几日服药与进食、说话的情况，都略略说了一遍，道："小人妄自揣测，也不知道准不准。"

司马梦求此时对童贯已是另眼相待，笑道："多谢童内侍。我家主人必定记得童内侍的这份心意。"

童贯笑道："一家人不说两家话。"一面起身说道，"官家前几日看天下郡县图，让李大官在屏风上写了石参政、蔡中丞、曾布、孙永、刘庠、苏轼、范纯礼、吕大忠、梅尧俞、刘挚等十几位大臣的姓名，小人在旁觑了一眼，只记得这十位，虽然不解何意，但亦请司马知事转告，或者贤主可知上意亦未可知。小人在外不便久留，就此告辞了。"

司马梦求也不挽留，亲自把童贯送出院子。便吩咐人备了马，往石府赶去。

出陈州酒楼不久，便刮起风来。不多时，风越来越大，方走到一半，竟是又下起雪来。司马梦求也没有带蓑衣斗笠，只得任凭那雪如乱舞梨花一般地落到自己身上、马上。不过也亏了这场雪，让路上行人纷纷躲避，道路也顺畅了许多。

到了石府，正好石安在门上招呼，见着司马梦求雪人一样的下了马，忙迎了上来，一面帮司马梦求掸雪，一面笑道："这么大雪，怎么先生就来了？"

司马梦求一面往府里走，一面笑道："却是半路赶上的——参政在府中吗？"

"在。才回来不多久，正和潘先生在商议事情。"

二人一面说话，石安一面就把司马梦求往石越的书房引去。离书房尚有一二十步的时候，司马梦求见石安忽然停住脚步，一怔之下，旋即会意，笑道："管家，你先去通报一声。"

不料石安却摇了摇头，笑道："不用了。参政特意吩咐了，司马先生若来，便请直接去书房。是小人要告退了。"

司马梦求心中一暖，目送石安转身离去，才快步向书房走去，不过却终是故意放重了脚步。到了门口，他正要敲门，便听到房中石越朗声笑道："是纯父吧。"门已自里面打开。便见书房之中，石越、潘照临、陈良、唐康、侍剑都在。石越含笑注视司马梦求，侍剑忙过来请他坐了。司马梦求坐下之后，不待石越相问，便先把童贯所说之话，一五一十转述了一遍。

潘照临笑道："不知道昌王的大举动，又会是什么？我倒是很想看看李昌济的真实本领。"

"昌王如何，先不关我们的事情。"石越沉声道，"这几日皇上每日都要接见一到两个宰执大臣，说的全是同一件事情——地方官制改革。此事至关重要，我绝不允许它有任何变数。"

"我担心的，却是参政可能面临的危险。"司马梦求关切地说道，"据我所知，御史台已经下令荆湖北路与荆湖南路的两个监察御史回京叙职，眼下荆湖南北路接连出事，我听说政事堂已经议决，将派遣官员前往新化县等处调查，御史台也蠢蠢欲动。一旦有什么风吹草动，矛头必然指向参政。而且眼下的局势，似乎皇上有意让参政出外。"

石越摇了摇头，道："你放心。三件事情都会平息下去。柴景中已经写信告诉我，说新化县之军屯，是吕惠卿家族的产业；苏子瞻证实岳州军屯，背后牵涉韩、吕两大家族的利益，是韩绛与吕公著的族人在那里经营；卢阳县哗变，原因尚不得而知，但是当地军屯的投资者，是太皇太后曹家的远房亲戚。拔出萝卜带着泥，最后大事化小，小事化了的可能性居大。即将派到新化县调查的是蒲宗孟，一向亲附吕惠卿，这中间的玄虚一眼即明。至于御史台，蔡确必然要出外就职。他的御史中丞做得太久了，早就应当轮换了。"

"虽然如此，但我认为皇上还是有可能让参政出外。眼下总要想个应对之策才行。"

石越淡淡一笑，道："应对之策我已经想好，就是顺其自然。"

"为何不能退为进？自请出外？"

"皇上并无一语疑及公子，公子若自请出外，太露痕迹。不若就交由皇上决定的好。"潘照临解释道。

"但是如果参政出外，许多改革必然停滞。而另有许多改革，就无法进行。"

"有许多事情，是迫不得已的。"石越叹道。自从柔嘉被禁足以后，随着局势的发展，石越对于可能外放地方已有一定的思想准备。但是说他心里会全然甘心，却是骗人的假话："万一出外，我只希望有个好地方。"

"这要看皇上的心意。若是贬斥，则可以派往四京安置，或者做知州。若只是故意让公子离开这个是非之地，那么多半便是一路转运使，甚至是安抚使。去的地方，以两浙路与荆湖北路、荆湖南路可能性居大。"

"潜光兄所言有理，去两浙路，是让参政经营江南与海外；去荆湖南北，则是极可能兼管移民军屯。都显示圣眷未衰。"

石越听潘照临与司马梦求你一句我一句，心中更觉得惆怅。他知道这些话语，不过都是乐观的分析而已。哪怕是权力最重的河东路与河北路安抚使又如何？一路安抚使，又如何比得上参知政事兼太府寺卿之位高权重？一旦离开政事堂之后，虽然已经进行的改革，相信会由苏辙、韩维、郭逵、苏颂等人坚持下去，但是政事堂中，又有谁能够与吕惠卿的受宠、司马光的威望相提并论？政事堂依然会是"平衡"的，但是却不会再是"润滑"的。吕惠卿与司马光的火花是在预料之中，而其他参知政事们对树立自己政绩的渴望，又有谁能压得住？

而最让石越难以释怀的，是这件事情，自己根本没有做错半点，完全是因为皇室的猜疑之心，导致了自己所处的尴尬处境。

皇帝的信任，真的是如此的脆弱吗？

两天之后。

睿思殿。

"昌王还是没有离京吗？"赵顼靠在一张藤椅上，精神较前几日，略有起色。

"是。太皇太后派人去探过病，回来都说昌王病得很严重。官家看有没有必要让臣去昌王府走一遭？"李宪笑着回道。

"不必了。"赵顼道，"有些事情，心知肚明就行了。纵然揭穿了，朕也不能落个不友爱的骂名，让天下人骂朕不仁不义。终究也是不能把他怎么样的，无非是下旨严责而已。许他不仁，朕却不能不义。"

"官家的仁德，古今少见。"

"昌王朕可以不管，以免伤慈母之心。但那些亲附昌王的大臣，朕却不能不管。否则，卧榻之侧，有这等小人存在，朕未免睡不安枕。"赵顼的声音依然低弱，语气却严厉起来。

"但是无凭无据，何况投鼠岂器，也不好乱了人心。"

赵顼"唔"了一声，若有所思地望着李宪，叹道："想不到卿也有这等见识。"

"臣只知道多一事不如少一事。官家仁德，史官们自会为陛下传诵。"

"若不敲打敲打，终是不行。日后只恐更加猖獗。"

李宪沉吟半晌，压低了声音，说道："既是如此，就请官家下旨，禁止禁中泄露官家的病情。然后……"李宪的声音越来越低，逐渐细不可闻。

李宪离开睿思殿后，吕惠卿与司马光便一先一后到了睿思殿。

赵顼的脸色依然憔悴。

"地方官制改革之事，政事堂议得如何了？"赵顼的声音，细若游丝。

"回陛下，政事堂一致同意。"吕惠卿躬身答道，眼中流露出一丝关切的目光。

赵顼歇息了一会儿，略显艰难地说道："朕听说外间关于湖广四路军屯之事颇有非议。"

"陛下，世上之事，不能无弊。癣疥之疾，陛下不足为之忧心。"

"陛下，民变兵变，不为小事，陛下本当关心。只是现在陛下龙体欠安，不如静待调查官员之回报。"司马光不满地望了吕惠卿一眼。

赵顼却摇了摇头，道："此事无论如何，石越总是脱不了干系。石越入政事堂后，日渐骄满，德行有亏，赠宗室厚礼，有失大臣之体，深失朕望。"

吕惠卿与司马光都不料皇帝忽然说出这等重话来，不由都大吃一惊。司马光忙道："陛下，就事论事，军屯之事，石越功大于过。至于赠宗室厚礼，亦不过是官场积弊，实不足深怪。"

吕惠卿却道："大臣与宗室结交，确有不妥。"

赵顼望了司马光与吕惠卿一眼，带着几分怒容说道："朝廷三令五申，大臣不得与宗室结交。石越身为朝廷重臣，朕所倚重，却不顾禁令，不能不严惩。朕欲让他出外，挫挫他的骄气。"

"陛下，人才难得。"司马光已经跪了下去。

"正是人才难得，朕又念其为国谋划之功，亦为他留一条悔过之路。朕欲让石越去做荆湖南路转运使，或者是两浙路转运使。不知二卿之意如何？"

"陛下三思。"

"朕意已决。"赵顼的语气中，再无半点转圜余地。

"石越以参知政事兼太府寺卿之正三品重臣，黜为一正四品上之转运使，只恐使天下以为陛下之意动，而之前一切改革，付诸流水。"出乎司马光的意料，吕惠卿居然替石越求起情来。

司马光这时也顾不得自己和吕惠卿的成见，亦说道："臣以为罚俸切责，足以使其知过。"

"不然。"吕惠卿却又反对起来，"臣之意见，是不如委之以一路安抚使之重任。"

"安抚使？"赵顼与司马光同时一怔。司马光马上说道："若如此，臣以为石越在辽国声名素著，若以之为河东路或者河北路安抚使，朝廷可无北顾之忧。"他觉得正三品的安抚使，还是可以接受的。

赵顼心中却在犹豫，三个安抚使的位置，他现在都没有想好留给哪三个人。

"臣以为，河东路与河北路安抚使之位，尚不能一展石越之才，不若委之以陕西路安抚使。"吕惠卿从容说道。

"陕西路安抚使？"司马光怔住了。他终于明白了吕惠卿的用意，无论是两浙路、荆湖南路、还是河东路、河北路，都是石越大有可能建立功勋的地方。在两浙路，石越声望甚高，而且可以拓展海外贸易，这是石越的拿手好戏；在荆湖南路，石越若兼理军屯诸路，几年之后，政绩必然可观；而在河北、河东路，石越还不知道能对内部不安宁的辽国玩出多少花样，兼之二路离汴京又近些；但在陕西路，宋夏之间，除了边境的战争外，就是内部百姓的沉重负担。石越一个文臣，难道还怕他在打仗上也建功立业不成？弄不好就是韩绛第二。吕惠卿看似大方的推荐，其实没有安一点儿好心。

但是吕惠卿却依然是一副正直无私的模样，侃侃说道："陕西一路，役法为祸最甚，而民兵最多，自仁宗以来，几乎成为大宋最沉重的包袱。臣以为，若以石越为陕西安抚使，或者他能给大宋一个奇迹也未可知。其对役法有更多的了解，也便于日后进一步改革役法。臣以为，陕西路安抚使，非石越不可。"

赵顼点了点头，似乎下定什么决心一般，道："便以石越为端明殿学士、陕西路安抚使。"

"陛下，若以石越为陕西路安抚使，臣以为，陕西路四司，皆须是得意之人选。臣举荐刘庠为陕西路转运使、孙永为提刑使、陶弼为提督使、范纯粹为学政使。"司马光一口气向赵顼举荐了四位名臣。这四人之中，刘庠素有才智，曾经做过权知开封府；孙永是赵顼藩邸旧臣，素以贤能著称；陶弼虽然是丁谓的女婿，却素知战阵，参加过侬智高的战争；范纯粹是范仲淹之子，才华天下咸知。

吕惠卿不料司马光来这一手，亦是措手不及。反是赵顼道："孙永是朕定下来的转运使，不能给了石越。换成吕大忠为提刑使。"

吕惠卿欲待反对，忽然想起吕大忠的二弟吕大防是尚书右丞，暂时不便得罪，当下硬生生忍了下来。

次日。以石越为端明殿学士兼陕西路安抚使、以韩维权兼太府寺卿的诏书，加盖了皇帝的玉玺、尚书省右仆射吕惠卿与参知政事司马光的大印之后，发到了门下后省。

但是，这道诏书，却在门下后省被新辟的吏科给事中吕大临封回了。

这位吕大临，便是吕大忠与吕大防的弟弟，与谢良佐、游酢、杨时并称"程门四子"，是程颐门下，曾经也是白水潭学院的高才生。

而与此同时，有关皇帝病情加重的消息，也从宫中悄悄地传了出来。

5

尚书省。

"与叔，你知道我召见你的用意吧？"司马光问道。

吕大临略略抬起下颚，用他们吕氏兄弟特有的浑厚嗓门答道："定是为了封回诏书之事。"

"嗯。"

"是下官的理由写得不够清晰吗？"

"是你的理解略有错误。"

"愿闻其详。"

"与叔封回诏书的理由，是石越无罪遭黜，且国家大举改革之时，不可使能臣不用。是吧？"

吕大临点了点头，道："正是如此。下官以为……"

司马光摆了摆手，打断了吕大临的话，道："石越并非是被黜，参知政事是正三品，安抚使也是正三品。国家委以西北方面之重任，一身牵涉国之安危，不能说是'不用'。所以，你的理由并不成立。"

吕大临注视司马光，忽然问道："诏书上有相公画押，相公也支持这道任命？"

"不错。"司马光没有回避吕大临的目光，坦然答道。

"下官认为相公的解释，是诡辞。由参知政事至安抚使，不能说不是贬。"吕大临的脖子变红了。

"与叔。"司马光的语气严厉起来，"若按你的说法，难道参知政事没有犯错，就只能做参知政事或者升为左右仆射？做参知政事是为国效力，做安抚使也是为国效力。不过一在朝廷一在地方，怎么就做不得？"吕大临被司马光质问得说不出话来，但是心里却依然不服气，一张白脸涨得通红。"希望你好好考虑一下。这道诏书，无论如何，都要通过的。若是你的理由被认可，那么以后的参知政事就连正常的调动都会成为一个问题。"司马光站起身来，拍了拍吕大临的肩膀，又放缓语气说道，"皇上很赞赏你这点风骨，希望你能好自为之。"

吕大临默然良久，脸上红晕渐渐退去，优雅的向司马光欠身行了一礼，淡淡回道："下官做官，不是为了阿容悦世。不论皇帝怎么看，相公怎么看，下官认为是对的，下官便要说出来；若下官认为是不对的，下官也会坚持反对。如果能够被世人认可，那么下官自然不惜殚心竭智，好好做一番事业；若不被认可，下官也不会苟且。我可以回白水潭去教书，去《汴京新闻》……"

"与叔……"

吕大临抱了抱拳，道："请相公容下官说完 —— 这道诏书，从道理上来讲，下官的确说不过相公。而且我知道即使三封之后，朝议多半也会迎合皇上的意思。那时候，不过是徒劳的给朝廷引出许多事情来，对事情却没有帮助。但下官也不愿意这道诏书上，有下官的画押。因为下官心里认为，这实际上是一种贬黜，而这个任命也是不正常的。既然我进不能坚持己见，让朝廷改变主意；退又不能委曲求全，接受这道诏令，那下官只能选择辞官。下官自会向杨给事提出辞呈——只希望相公能认定自己的判断，真的是正确的。"他一口气说完这么多话，略带歉意地望了一眼尚书省内自己的二哥吕大防的阁房，又向司马光行了一礼，便径自退出了尚书省。

司马光望着吕大临离去背影，似乎依稀看见自己当年的影子，竟是呆住了。

自从石越罢参知政事兼太府寺卿，授端明殿学士、陕西路安抚使的诏令公布之后，便如同风雨欲来的池塘里落下了第一滴雨水，整个局势陡然之间就变得紧张起来。百姓与民间的报纸为石越鸣不平，为正在进行的种种改革的命运担忧；而朝廷官员们嗅到的，却是另一种味道——石越竟然未能面圣陛辞，反被命令尽快出京。而此后，尚书省自吕惠卿以降，几乎所有的官员都先后因为某些原因受到皇帝的训斥甚至责罚，唯有文彦博与司马光则各有嘉奖，负责流杯殿警卫的杨士芳也被升职奖励。除此之外，则有可靠消息证明，诸班直侍卫前往讲武学堂培训的计划被推迟了……

所有的人都相信，朝廷一定出什么事了！

汴京城西。

乌云蔽日。

近百骑乘者拥簇着七八辆四轮马车，缓缓而行。许多骑者的目光不断地投向其中一辆马车的车轮，似乎恨不得那轮儿生出四个角来。

"大哥……"梓儿望着强作笑容的石越，终于禁不住低声哭了起来。

石越轻轻理了理梓儿的秀发，有几分笨拙地安慰道："妹子，别哭。等到孩子生下来，我便派人来接你。一两年后，我们还会回汴京的。"

"我知道。"梓儿抬起头来，却是止不住眼泪。

石越用袖子擦了擦她的眼角，笑道："乖，回去后，把岳母请到府上来，好有个照应。每半个月记得写封家书给我，好让我放心。万事都要多多小心，那几样安胎药，要记得吃。每十天要请大夫来诊一次脉。"石越一面说，一面自己也有几分恻然起来，他不想让梓儿担心，便俯过头去，轻轻吻了梓儿的耳尖一下，柔声说道，"若是生了男孩，便起名叫石定朔，若是女孩，便叫石蕤。"

"嗯。"梓儿点了点头，靠在石越的怀中，睁大了眼睛望着石越。她心中虽有千般不舍，万种柔情，却终是不愿意说出来，她毕竟不希望自己的丈夫有太多的牵绊。

自出城之后，马车就渐渐颠簸起来。石越预定的行程，是自汴河、洛水取水道至西京洛阳，然后从洛阳起，便改行陆路，经新安、渑池，进陕西路境内，从司马光的老家陕州开始，经虢州，过潼关，取道华州、渭南，到达京兆府，陕西安抚使石越，便要在长安建牙。此次石越入陕，情势不同往昔，众官员在城门外各怀心事草草饯行之后，石越便婉拒了要送行的诸人，只让桑充国与唐棣送他至渡口。梓儿因为已有几个月的身孕，石越本来不愿意让她出门，奈何不让梓儿随行前往长安，已经是迫不得已，对于流过一次产的梓儿，石越是十万分的小心翼翼，哪敢让她受这种颠沛之苦？但是二人自结婚以来，少有分离，若不让梓儿送至渡口，梓儿却是死也不肯答应的。

尽管是缓缓而行，但是从城门到渡口的路程，却似乎格外的短。一阵马嘶蹄扬之声后，马车终于停住了。

梓儿收住泪，认真地替石越整了整衣服，心中有千言万语要说，到了嘴边，却变成了最简单的一句话："大哥，多多保重。"

"我理会得的。"石越温柔地笑了笑，弯着腰走出马车。桑充国与唐棣等人早已勒马在一边等候。见石越出来，桑充国温声说道："子明，多多珍重。"

石越含笑点头，道："长卿，你也请保重。"转身面向一直默默不语的唐棣，笑道："湖广屯田之事，毅夫要多多操心。此事功在社稷。"

唐棣朗声笑道："子明放心，我不会效小儿女状。你此去陕西，正好让夏国的龟孙子们知道我大宋有人。"

"定不会让君失望。"石越眺望西北，慨然答道。又向一边的唐康与秦观说道："虽然已经做官，却还要多读书，多知民情风俗。"

"是。"唐康与秦观一齐欠身抱拳答道。

石越微微颔首，众人又一一向潘照临、陈良等人道别。侍剑在石越身边低声说道："沈存中先生与司马先生不便前来送行，已托人致意。"石越点了点头——忽然，便见东边尘土飞声，一阵马蹄之声传来。众人尽皆愕然，一齐转目注视，瞬息之后，便见有数骑飞驰而来。侍剑眼尖，看得清楚了，不由诧道："前面的二人是章惇与司马康。"

石越与潘照临对望一眼，二人心中都觉诧异——这两个人怎生走到一起了？

正在疑惑之间，二人已到近前。章惇与司马康下了马来，章惇朗声笑道："子明，老章给你送行来了。"司马康却是躬身抱拳道："晚辈见过石参政。"他年纪与石越相差无几，因为父亲的关系，却不能不执晚辈礼。

"子厚、公休，你们怎么来了？"

章惇望了司马康一眼，笑道："途中偶遇司马公休，便结伴前来。某来此，一是特意给子明你送行；二是向子明介绍一下即将上任的驻陕西安抚使司监察虞候，本朝飞将军向宝之子，致果校尉向安北；还有他的副使，宣节副尉段子介。"他话音刚落，两个戎装武官已走到石越跟前，欠身抱拳道："未将参见大帅。"[27]

石越伸手扶起，不动声色地看了段子介一眼，向章惇笑道："子厚真有眼光。"

"向安北与段子介，是我费尽千辛万苦，威逼利诱，方从讲武学堂挖来，不料卫尉寺未待几天，就要派去陕西，真正可惜。"章惇笑嘻嘻地说道，"子明日后，需当多多关照他们。"

各路监察虞候身负监视一路掌军官员的重任，官位虽然低微，不过正七品武官，而且只有调查权没有审判权，但实际上却是皇帝在各路的耳目，身为安抚使的石越又岂能不知？这套制度还是他自己设计的。因此说要石越照顾二人，却是章惇的客气话。以章惇的精明，自然知道段子介的来历，他把段子介这个人安插到陕西安抚使司衙门，摆明了是向石越示好。而又特意来向石越介绍向安北与段子介，倒不如说实际上是向向安北介绍石越——这位安抚使，和你的顶头上司，关系非比寻常。章惇在这个时候，如此示好于石越，摆明了便是在进行政治投机。但是他如此明目张胆，当着司马康的面玩这种把戏，却不能不让一向谨慎小心的石越佩服他的肆无忌惮。

"不敢。"石越淡淡地回了一句。便听司马康笑道："章大卿真是顾虑周详——石参政，这是家父的一封亲笔信，特意让晚辈送到石参政手上。家父说，请石参政上船之后，再拆阅不迟。"

"谨遵台命。"石越恭恭敬敬地接过司马康递过来的书信，放入怀中。

章惇望了望天色，悠悠说道："汴京城风雨欲来，子明还是快快上船吧。"

"如此，在下就告辞了。"

在石越的船只离开渡口半个时辰之后，汴京城就下起了倾盆大雨。

渡口旁边，一个美丽的少女咬着嘴唇，呆呆地望着汴河那斩之不断的河水，不断地从远处流来，稍不停息，便向东方奔去。

"好不容易才从家里逃了出来……好不容易才从家里逃了出来……"一瞬间，再也忍耐不住，柔嘉的眼泪夺眶而出。她冲到大雨当中，抽出腰间的鞭子，拼命地抽打着渡口的木桩。雨水打湿了她的头发、脸庞、衣服，但是此时此刻，什么都不再重要……

（第三卷完）

---

[27] 宋以安抚使为"帅臣"，安抚使司为"帅司"，尊称安抚使为"某帅"或者"某大帅"。

华文经典

出 品 方　华文经典

出 品 人　张进步

策划监制　程　碧

执行编辑　史凡桂

封面设计　林　丽

内文设计　李　松

运　　营　蒋红艳

印　　制　刘洪珍

发　　行　肖　遥

营　　销　何雨淳　孙　星

新浪微博

微信公众号